MOINS 18°

Stefan Ahnhem

MOINS 18°

ROMAN

Traduit du suédois
par Marina Heide

Albin Michel

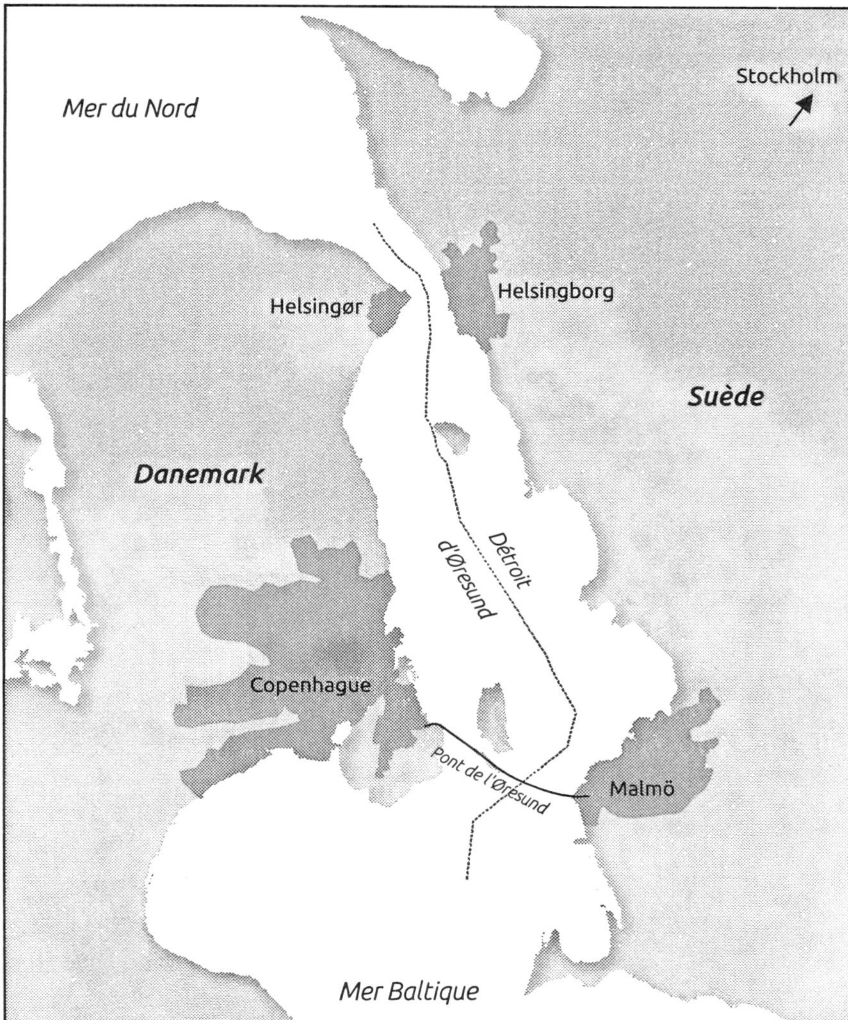

Ce récit se situe à la frontière entre la Suède et le Danemark, dans le détroit d'Øresund.

Fabian Risk, inspecteur, vit et exerce à Helsingborg, dans le sud de la Suède, qui se trouve en face d'Helsingør, au Danemark (ville rendue célèbre par *Hamlet* sous le nom d'Elseneur). C'est là que travaille la policière Dunja Hougaard. Le tout forme une seule et même région à cheval entre deux pays, où s'exacerbent la complicité et les rivalités entre les deux nations scandinaves.

PROLOGUE

SUÈDE
28 octobre 2010

Il était un peu plus de minuit lorsque le taxi s'arrêta devant la maison. L'homme tendit deux billets de cinq cents, puis sortit de la voiture sans attendre la monnaie. Dans le vent glacial qui soufflait depuis l'étendue d'encre du Cattégat, il ne sentait pas les embruns salés que projetaient les vagues en s'écrasant sur la jetée, une quarantaine de mètres plus loin dans l'obscurité.

Par terre, une fine couche de glace indiquait que la température avait chuté. Il fit le tour du véhicule, ouvrit la portière arrière et aida son invitée à descendre, de peur qu'elle ne glisse avec ses talons hauts.

Plus que trente mètres, se dit-il en claquant la portière derrière elle. Plus que trente mètres à jouer les gentils garçons et à s'efforcer d'inspirer confiance, sans paraître non plus trop acharné. Lui faire croire que l'idée qu'elle l'accompagne venait bien d'elle.

Elle frissonna, agrippa d'une main sa pèlerine en fourrure et lui laissa prendre l'autre, tandis qu'ils se dirigeaient vers l'entrée de la maison. C'était bon signe, surtout s'il repensait au dîner. Quel chemin de croix. Il avait dû utiliser tout son talent pour qu'elle ne remarque pas combien son sourire était faux, qu'elle ne voie pas clair dans son jeu et quitte la table.

Comme prévu, ils s'étaient retrouvés au Grand Hôtel Mölle. Elle l'attendait dans le hall, installée dans un fauteuil en cuir, un cocktail à la main, les jambes croisées. De longues jambes bien fines. Avec ses cheveux bruns coupés court, presque à la garçonne, ses lèvres grenat et ses pommettes saillantes, elle était fidèle à sa photo de profil et exactement telle qu'il se l'était imaginée. Son visage lisse, sans doute retouché, semblait n'avoir jamais été exposé au moindre rayon de soleil.

Ça n'arrivait quasiment jamais. Dans la grande majorité des cas, la réalité s'avérait bien décevante. Peau flétrie, sourcils non épilés et autres bourrelets pointant sous des vêtements pourtant amples. Parfois, face à la triste réalité, il avait tourné les talons avant même de se présenter.

Mais ce soir-là, il s'était battu. Tandis qu'il remontait l'allée en pierres à l'éclairage automatique, il se dit qu'il avait bien mérité de s'amuser. S'amuser au point qu'elle ne pourrait plus marcher pendant au moins une semaine. Mais avant tout, il lui fallait une garantie, sans laquelle il ne pourrait pas grand-chose. Il s'arrêta là où la lumière était la plus forte et où la caméra de surveillance aurait un bon angle, puis se tourna vers elle.

Elle rencontra son regard, et il pressa ses lèvres contre les siennes. Elle n'avait pas besoin de lui rendre son baiser, il suffisait qu'elle le reçoive. Tant qu'elle ne le repoussait pas, qu'elle ne le giflait pas, il aurait toutes les preuves nécessaires pour montrer qu'elle était consentante, que les accusations à son encontre n'étaient que mensonges inventés après coup pour lui soutirer de l'argent. Autrement dit, il pourrait bientôt faire d'elle ce qu'il voulait.

Il l'aida à retirer son manteau et la fit entrer. Comme la plupart de celles qui s'étaient risquées aussi loin, elle eut du mal à cacher qu'elle était impressionnée par le bel agencement de son intérieur, le feu qui crépitait déjà dans la cheminée et les meubles design sur mesure.

Il lui proposa de descendre boire un verre dans son bar privé, se vantant de savoir préparer de succulents mojitos. Le visage de la jeune femme s'illumina et elle le suivit dans l'escalier. Dans le couloir aux lambris blancs, il la fit passer devant, lui indiquant de longer le spa et de tourner tout au fond, à gauche de la vitrine.

Elle obéit. Mais une fois dans la pièce aveugle, elle se retourna vers lui, l'air déconcerté comme toutes les autres avant elle. Où était donc le bar qu'il lui avait promis ? Elle se trouvait devant un grand lit entouré de quatre solides anneaux en métal dotés de sangles fixées à des câbles, tendus le long des murs et du sol grâce à des poulies. Le tout peint en blanc pour se fondre dans le décor.

Le coup fut un peu plus violent qu'il ne le pensait. Il ne voulait pas amocher son joli visage, en tout cas pas pour l'instant. Elle tomba à la renverse sur le lit : tandis qu'il lui attachait le premier câble au poignet, il vit du coin de l'œil qu'elle saignait du nez. Bien trop étourdie pour résister, elle se retrouva en quelques secondes pieds et poings liés. Il put tranquillement la mettre en position à l'aide du treuil.

Il s'attendait à ce que, comme toutes les autres, elle s'épuise en tentant de se libérer. Mais elle le fixait sans bouger, étendue là, bras tendus et jambes écartées. À croire qu'elle le priait d'y aller. Pourquoi risquer de la décevoir ?

Il ouvrit le placard qui contenait tous les jouets et accessoires accumulés au fil des années, se saisit d'une paire de ciseaux de couture et du bâillon-boule qu'il avait récemment acquis. Il le lui fourra dans la bouche et serra les sangles. Toujours aucune résistance. C'était presque trop beau pour être vrai ;

en même temps, l'opposition de sa partenaire était le petit plus nécessaire à son vrai plaisir.

Après lui avoir découpé ses vêtements, il se redressa à califourchon au-dessus d'elle pour l'observer dans toute sa nudité. Un corps svelte et tonique, un peu trop mince à son goût. Ses hanches, comme sa coupe de cheveux, lui donnaient un air de garçon. Ses abdominaux saillaient au rythme de sa respiration. Une accro au sport. Sans tout cet exercice qui lui abîmait les seins, elle aurait fait au moins deux bonnets de plus. En revanche, elle avait de beaux bras aux biceps et triceps parfaitement dessinés. Quant à son sexe… Il aimait qu'ils soient rasés et le sien était si lisse qu'aucun poil ne semblait jamais y avoir poussé.

Il la dévora des yeux, remontant le long de son buste jusqu'à croiser son regard qui le déconcerta. Elle était entre ses mains, livrée à l'inconnu et pourtant, ses yeux laissaient transparaître une quiétude absolue. Ça ne pouvait signifier qu'une seule chose : elle en avait envie. Il jeta un crachat qui atterrit sur sa joue et coula le long de son cou. Pas de réaction. Il s'assit sur elle, lui pinça le téton droit et serra violemment.

Là. Enfin il percevait dans ses yeux la douleur et la peur. Heureux de savoir qu'il parviendrait à lui faire du mal, il quitta la pièce et se rendit au spa, où il se déshabilla, alla aux toilettes puis à la douche. Il se savonna de la tête aux pieds et monta la température jusqu'à ce que l'eau le brûle.

Après s'être séché et brossé les dents, il plaça une éponge dans un bol d'eau chaude et de savon, avant de retourner dans la pièce aveugle. Une pression sur la télécommande et la porte dans son dos se referma sans bruit. Il regarda la jeune femme fixer l'éponge tandis qu'il grimpait sur le lit et commençait à lui faire sa toilette. Ce rituel l'excitait et il se branla en même temps jusqu'à ce que le sang pulse dans ses veines.

Il était temps de la goûter. Il jeta l'éponge et se pencha, mais soudain, il reçut un coup. Étourdi par la douleur et le son perçant qui hurlait dans son oreille droite, il manqua s'effondrer par terre.

Que se passait-il ? C'était elle ? Impossible, elle était ligotée. Il porta le poing à son oreille et se tâta les tempes. Il n'avait pas l'air de saigner, mais sentait poindre une grosse bosse.

Alors, il remarqua qu'un des câbles avait été coupé. Qu'est-ce que… ? La tenaille que la fille tenait d'une main n'avait rien à faire là. Ni le maillet en caoutchouc qu'elle serrait de l'autre. Où avait-elle trouvé ça ? Il se mit à fouiller de mémoire le contenu du placard – une collection de fouets, un… De nouveau, elle le frappa avec le maillet. Le coup était d'une telle violence que cette fois, il n'éprouva rien. Il perdit conscience et s'écroula sur elle.

PREMIÈRE PARTIE

9-15 mai 2012

Le navire de Thésée.
Dans la mythologie grecque, on trouve l'histoire d'un guerrier du nom de Thésée qui sauva quatorze jeunes gens destinés à être sacrifiés au Minotaure, un monstre à tête de taureau. Le navire avec lequel il rentra de Crète fut conservé à Athènes comme souvenir de son héroïsme et devint vite le symbole de tous les possibles.
Mais le bâtiment exposé aux intempéries s'abîma avec le temps, si bien que l'on décida de remplacer les planches les plus gâtées au fil des années. À la fin, toutes les pièces furent changées. Dès lors, pouvait-on considérer le navire comme original ? Était-ce toujours celui de Thésée ?

1

Suède

Astrid Tuvesson, chef de la police, regrettait d'être sortie à la hâte de chez elle, et d'avoir déjà verrouillé la porte. Dehors, la lumière était beaucoup plus forte que ce qu'elle avait cru derrière les stores qui filtraient le puissant soleil de printemps. Si elle ne trouvait pas vite ses lunettes noires, la migraine ferait voler son crâne en mille morceaux. Elle voyait d'ici Ingvar Molander et ses hommes boucler le périmètre pour ramasser ses restes. Là. Enfin elle attrapa ses lunettes rayées et barbouillées de traces de doigts.

Merde. Elle avait envie d'aller aux toilettes. Parfois, elle se fatiguait elle-même. C'était elle tout craché : ne pas penser à prendre ses précautions avant de claquer la porte et de jeter les clefs dans son sac, où elles étaient maintenant introuvables. Ce fichu sac à main était pire qu'un chapeau de magicien. Elle avait beau fouiller, le trousseau semblait s'être volatilisé. Elle s'accroupit derrière la haie.

Après tout, c'était son jardin, elle pouvait bien y faire ce qu'elle voulait. Si ça ne plaisait pas aux voisins, ils n'avaient qu'à appeler la police. Elle fut secouée d'un rire, le jet coula par à-coups entre ses jambes.

Pourquoi diable ne restait-elle pas à la maison comme prévu ? Elle n'était en arrêt que depuis lundi, seulement trois jours, ce qui n'était rien à côté de certains membres de l'équipe.

En un sens, c'était la faute de cet imbécile de Gunnar, pensa-t-elle en démarrant. Sans lui, rien de tout ça ne serait arrivé. Elle aurait été à son poste, au lieu de se retrouver clouée au lit et de… Un choc à l'arrière la fit piler. Quoi encore ? Elle ajusta le rétroviseur. Ce ne pouvait être que la boîte aux lettres que cet imbécile s'était obstiné à monter dans un bloc de béton assez imposant pour pouvoir résister à une troisième guerre mondiale. La goutte d'eau. Elle préférait ne pas songer aux dégâts sur sa carrosserie.

Elle fila au plus vite, avant qu'un voisin ait l'idée de venir voir ce qui se passait.

Elle prit à gauche sur l'entrée nord de l'E20, enfonça l'allume-cigare et sortit la dernière cigarette du paquet glissé dans la poignée de porte. Quand l'extrémité s'embrasa, elle tira aussi fort que ses poumons pouvaient le lui permettre tout en accélérant sur l'autoroute.

Quelques années plus tôt, c'était elle qui avait voulu quitter Gunnar, elle qui tenait les rênes. Il avait réussi à l'user tellement que rien que voir sa figure la mettait de mauvais poil. Mais il s'était accroché et l'amour contrarié qu'elle éprouvait à l'époque s'était progressivement transformé en profond mépris. Peu à peu, elle s'était métamorphosée en furie, et quand il avait fini par faire la seule chose raisonnable, la quitter, rien ne s'était passé comme elle l'avait imaginé. Rien.

Soudain, son rétroviseur extérieur se déboîta avec fracas et commença à battre la carrosserie comme un pic-vert, pendu à quelques câbles fragiles. Elle ne comprit ce qui arrivait qu'en apercevant la BMW rouge qui venait de la frôler. Elle klaxonna, mais le véhicule ne fit qu'accélérer pour s'enfuir au loin. Hors de question qu'il s'en tire aussi facilement, se dit-elle. Elle mit les gaz et ne tarda pas à le rattraper.

Il n'y avait rien de pire à ses yeux que ces sales types dans des bagnoles de nouveaux riches. Elle le dépassa par la droite, puis se rabattit sous son nez, feux de détresse allumés, et ralentit tout en brandissant sa plaque de police. Comme s'il pouvait la voir… Peu importe : il finirait bien par s'arrêter et elle lui donnerait une bonne leçon.

Mais la BMW braqua sur la droite et la dépassa le plus naturellement du monde. Nom de Dieu. La guerre était déclarée, une vraie putain de guerre. Elle sortit la main par la fenêtre pour décrocher une bonne fois pour toutes le rétroviseur, tout en prenant en chasse la voiture rouge, pied au plancher.

En une minute, elle avait largement dépassé la vitesse autorisée. Sa Corolla se mit à trembler, signalant par tous les moyens que le moteur n'en pouvait plus. La commissaire ne se laissa pas pour autant décourager, elle qui pouvait se vanter de conduire comme une déesse. Dès l'échangeur de Helsingborg Sud, elle avait rattrapé son adversaire et elle lui lança des appels de phares.

La BMW n'avait manifestement aucune intention de se rendre. Le conducteur accéléra encore, ne sachant visiblement pas à qui il avait affaire. Astrid fourra la main dans son sac laissé sur le siège passager. Son portable devait se trouver quelque part là-dedans, elle en était certaine. Du bout des doigts, elle sentit le contact des clefs. Évidemment que ce satané trousseau réapparaissait maintenant…

Elle piocha son téléphone, y jeta un rapide coup d'œil pour ouvrir l'appareil photo. Comment faire, déjà ? Samsung de merde. Elle détestait cet engin. Là ! Elle ignorait comment elle avait réussi cet exploit, mais l'appareil était lancé.

Alors qu'elle visait la BMW avec son objectif, elle se rendit compte qu'elle déviait dangereusement sur le bas-côté. Elle poussa un cri et freina de toutes ses forces. Sa voiture dérapa violemment, laissant place à une cacophonie de klaxons et de camions rugissants.

C'est la fin, se dit-elle. C'est la fin et tant mieux. Après tout, elle n'était qu'une ratée en pleine ménopause, la honte de toute sa profession…

Mais ses réflexes ne l'abandonnèrent pas : elle tenta désespérément de contrebraquer et de rétrograder, tandis que son pied droit appuyait à fond sur l'accélérateur. Comme dans un invraisemblable jeu vidéo, Astrid parvint à retrouver la maîtrise de son véhicule. Elle lâcha un bref hurlement de joie, puis s'efforça de retrouver son calme. Tout était sous contrôle.

La voiture rouge filait une cinquantaine de mètres devant elle. Le temps de ramasser son portable tombé à terre et de se remettre à filmer, Astrid vit la BMW freiner, s'apprêtant visiblement à sortir en direction d'Elineberg et de Råå. Ce connard ne perdait rien pour attendre.

Mais le véhicule se ravisa et continua de plus belle sur l'autoroute. Était-elle la cause de ce revirement ou l'embouteillage allant jusqu'au rond-point ? Difficile à dire. En tout cas, ils avaient beau approcher du centre-ville, le chauffard ne comptait pas ralentir.

Une fois sur Malmöleden, au niveau de l'ancien commissariat, il y fut tout de même obligé, mais grilla sans hésiter un feu rouge. Elle en fit autant et franchit le carrefour en klaxonnant quand soudain, des sirènes de police se mirent à hurler. Aaah ! Ses collègues en uniforme se réveillaient enfin. Pas trop tôt.

En jetant un œil dans le rétroviseur, Astrid Tuvesson aperçut la voiture de police qui lui collait déjà au train. Elle leur fit signe de se calmer. Qu'ils n'aillent pas s'imaginer qu'ils pouvaient entrer ainsi dans la danse et prendre les choses en main. C'était à elle de sermonner cet abruti.

Elle n'avait jamais aimé la fontaine ronde d'environ vingt centimètres de haut qui n'en était pas vraiment une et ressemblait à un gigantesque Frisbee bleu fabriqué à partir d'éclats de carrelage. Lorsque le virage serré vers la place apparut soudain sur sa gauche, elle lui fit d'autant plus horreur. Lâcher son téléphone et tenter de contrebraquer ne servit à rien.

Avec le rebord bas et arrondi de la fontaine, l'angle d'attaque et la vitesse de la Corolla, l'accident était inévitable : la voiture se retourna violemment et continua sur le toit. Quand elle s'immobilisa enfin quelques mètres plus loin, tel un scarabée gisant sur le dos au milieu de la piste cyclable, Astrid déboucla sa ceinture et s'extirpa du véhicule.

Putain… Elle sentait son pouls battre dans son crâne, et ses yeux… Voyait-elle double ? Mal, en tout cas. Il allait s'échapper. Dire que ce connard pourrait mener sa vie comme si de rien n'était, comme si tout ça n'était qu'un jeu.

Elle regarda la voiture rouge qui s'apprêtait à prendre à droite pour s'enfuir dans la direction opposée. Mais au lieu de tourner, la BMW poursuivit devant l'ancienne gare maritime qui abritait désormais une boîte de nuit, fonçant droit vers l'eau.

Qu'est-ce qu'il fout ? se demanda la commissaire en s'élançant sur les pavés. Elle avait autant le tournis qu'un soir de cuite. Elle devait s'être cognée plus sévèrement qu'elle ne le pensait, constata-t-elle en manquant plusieurs fois de trébucher. Mais tant pis, ça attendrait.

La BMW franchit le bord du quai et plana quelques mètres dans les airs avant de s'écraser. Astrid n'était pas la seule à accourir – des passants arrivaient de toutes parts et se rassemblèrent sur le quai. Elle s'arrêta un peu avant la foule pour reprendre son souffle.

– Police ! s'écria-t-elle d'un ton aussi autoritaire que possible. On va devoir boucler le périmètre, veuillez reculer !

La plupart des gens se retournèrent.

– Oui, c'est à vous que je cause ! Allez, circulez ! reprit-elle avec de grands gestes.

Dès que les curieux se dispersèrent, elle vit l'arrière de la voiture disparaître dans les eaux sombres.

– Ça vous concerne aussi, lança-t-elle à un homme qui restait planté là.

Elle s'approcha du bord. Le conducteur ne donnait pas signe de vie. Rien qu'une nuée de bulles qui jaillissaient à la surface. Elle aurait dû plonger, mais c'était peine perdue. Elle n'était pas bonne nageuse et puis…

– Madame la commissaire ?

Elle sursauta et manqua de perdre l'équilibre en se retournant vers le gardien de la paix qui s'adressait à elle.

– Puis-je vous demander de bien vouloir souffler dans cet appareil ? déclara-t-il en tendant un Alcotest.

2

Theodor Risk grimpa sur le banc, s'assit sur le dossier et observa la cour d'école pour l'instant déserte. Défiant le panneau interdiction de fumer, il sortit une cigarette, enfila les écouteurs Beats que son père lui avait offerts à Noël et chercha « Ace of Spades » dans son téléphone. D'ici quelques minutes, quand les gens de sa classe sortiraient du gymnase, le calme serait perturbé par une foule d'élèves bruyants.

Pour sa part, il avait passé l'heure chez la psychologue du lycée, qui lui avait encore expliqué à quel point il était important qu'il se fasse des amis. Il faisait partie d'une communauté, avait-elle assuré avec son horrible accent du Sud. Et comme toujours, il n'avait qu'une envie : lui vomir dessus. Dieu qu'il détestait cette manière de parler. Mais comme toutes les deux semaines, il avait gentiment écouté ses niaiseries en opinant, tel un robot écervelé.

Comme si le fait qu'*il s'ouvre, exprime ses sentiments, formule ce qu'il éprouvait au plus profond de lui* changerait quelque chose. C'était le refrain de la psy. *Viens, on y va ensemble*, ajoutait-elle parfois en lui tendant la main. S'attendait-elle sérieusement à ce qu'il la lui prenne ? Pour qu'elle puisse vraiment l'aider, il devait *la guider vers son intimité.* Il avala la fumée en secouant la tête. Personne ne pouvait l'aider.

Les premiers mois, il avait pourtant joué le jeu. Il lui avait tout raconté, dévoilé ses impressions et son ressenti. En particulier à propos de son père, qui croyait faire passer ses enfants avant tout alors qu'il n'était jamais là quand il fallait. Il l'avait laissé seul pendant des jours à la maison, ce que Theodor ressentait comme une trahison. Une blessure ouverte passée sous silence comme si rien n'était jamais arrivé. Il avait partagé avec elle l'angoisse d'avoir été enfermé dans un espace aussi exigu qu'un cercueil, avec la crainte de mourir à chaque bouffée d'oxygène. Il avait cru que tout était fini. *Game over.* Mais lorsqu'il avait compris qu'il survivrait, la déception l'avait envahi. Le supplice serait donc sans fin.

Lors d'une séance, il était allé jusqu'à prendre la main de la psy pour essayer, les yeux clos, de *la guider vers son intimité.* Elle n'avait pas changé de refrain pour autant. Il n'avait pas trouvé d'autre solution que de se mettre à mentir et à s'inventer des amis. Il commençait à être populaire, prétendait-il, et retrouvait peu à peu le goût de vivre. Même passer du temps chez lui avec sa famille ne lui déplaisait plus tant que ça. Le poids qui pesait sur sa poitrine l'oppressait de moins en moins, il pouvait enfin respirer.

Mais elle n'était pas dupe. En tout cas, elle avait repris son discours insupportable sur les bienfaits de l'amitié. Sans comprendre que le problème ne venait pas des autres, mais de lui. C'était lui qui voulait ne fréquenter aucun de ces imbéciles, non l'inverse. Il cracha la fumée de cigarette en les regardant commencer à remplir la cour.

Des losers. Une bande de débiles qui parlaient un dialecte affreux. Il se trouvait déjà bien sympa de ne pas s'en être pris à l'un d'entre eux. Le plus souvent, il aurait voulu leur casser la gueule, à tous.

À l'exception d'Alexandra, de l'autre classe de même niveau. Elle était différente, elle sortait du lot. Peut-être parce qu'elle n'avait pas d'accent et ne passait pas son temps à ricaner comme les autres filles. En y pensant, elle était la seule à ne jamais l'avoir agacé. Il n'avait fait part à personne de son sentiment, ignorant lui-même de quoi il s'agissait. Mais il y avait quelque chose et *au plus profond de lui*, il sentait que c'était réciproque. Alexandra détournait les yeux dès que leurs regards se croisaient, comme elle allait certainement le faire, là, d'une seconde à l'autre.

Elle se tenait près du mur d'escalade avec quelques greluches de sa classe. Theodor n'avait pas de chronomètre sous la main, mais c'était la première fois qu'elle soutenait son regard aussi longtemps. L'échange était tellement intense qu'il dut se forcer à ne pas lâcher. Que devait-il en conclure ? Était-ce une manière de l'inviter à venir lui parler ? Elle semblait joyeuse, mais que lui dirait-il ? Et que ferait-il de ses copines ?

Soudain, la magie fut brisée. La sonnerie de son téléphone vint interrompre la chanson de Lemmy dans ses écouteurs. Nul besoin de jeter un œil à l'écran pour savoir qui l'appelait. Évidemment que ce boulet téléphonait maintenant et détruisait l'instant magique.

– Salut, fit Theodor d'un ton qu'il espérait neutre, même s'il entendait lui-même l'irritation dans sa voix.

– Salut Theodor, c'est papa. Comment ça va ?

– Ça va.

– Bien. Et la thérapie, ça a été ?

– Comme d'hab.

– Vous avez parlé de quoi ?

– Papa... Ça doit rester entre la psy et moi, tu le sais bien.

– Oui, mais tu as le droit de raconter si tu veux.

– J'ai pas envie.

– D'accord, d'accord, entendu. Rien à voir : tu n'as pas oublié le vernissage de ta mère, demain soir au centre Dunker, j'espère ? Je voulais juste m'assurer que tu y serais à 18 heures au plus tard.

– Comment ça, je suis obligé ?

– Oui, pas le choix. Et ce week-end, j'avais pensé qu'on pourrait lui faire la surprise d'une petite virée à Copenhague.

– Avec moi, tu veux dire ?

– Oui, ce serait chouette. Tu sais, dormir à l'hôtel, aller à Tivoli, se gaver de saucisses…

Theodor ne retint pas son soupir d'exaspération.

– Mais je ne peux pas. J'ai trois interros la semaine prochaine, je dois réviser.

Ce n'était qu'à moitié vrai, mais il préférait mille fois rester seul à la maison avec des tonnes de devoirs que de passer le week-end entier en famille.

– Bon, on en reparle ce soir, je pourrais peut-être t'aider, reprit son père. Content que ça ait été avec la psy, en tout cas.

Theodor laissa le silence répondre pour lui. Trois minutes plus tard, après quelques phrases creuses et forcées, il put enfin raccrocher et la voix de Lemmy revint dans ses oreilles.

3

Einar Greide sirotait le rooibos qu'il avait laissé infuser depuis le matin, pour obtenir ce goût prononcé de vanille de Madagascar que Celestial Seasoning était la seule marque à proposer. La pause café touchait à sa fin au service de médecine légale installé dans les sous-sols de l'hôpital de Helsingborg et, même si Greide considérait ce moment comme le plus vain d'une journée de travail, il n'avait pas eu grand-chose d'autre à faire que de veiller à ce que l'infusion soit parfaite.

Mercredi, déjà. Cette semaine, ils n'avaient pour l'instant hérité que de trois décès à la cause évidente. Dans ces cas-là, une autopsie s'avérait un vrai gaspillage d'argent public, estimait le médecin, mais il avait réalisé son travail selon les règles de l'art. Il avait même eu le temps de vider sa boîte mail, de ranger son bureau et de remplacer les vieilles affiches de Woodstock par les tableaux représentant des combis à fleurs colorées qu'il avait achetés à Berlin avec Franz. Qu'allait-il bien pouvoir faire des deux heures et demie de garde qui lui restaient ? Sans parler du lendemain et de la journée de vendredi.

Il ne s'était rien passé susceptible d'éveiller son intérêt depuis l'été 2010, soit bientôt deux ans auparavant. Non pas qu'il souhaitât du mal aux gens. Bien au contraire. C'était juste qu'il s'ennuyait terriblement. Il se sentait comme un athlète privé d'activité physique depuis des mois. Son cerveau commençait à rouiller et ne tarderait pas à déclarer forfait. Deux ans plus tôt, presque toute une classe avait été éliminée, et Greide qui, dans ce genre d'affaires, avait coutume de se tresser une natte par victime, s'était retrouvé avec la coupe de Snoop Dogg. Aujourd'hui, ses cheveux étaient attachés en une triste queue de cheval grise qu'il envisageait sérieusement de couper.

Son collègue, Arne Gruvesson, avait évidemment quitté le navire et pris la fin de semaine. Il n'avait même pas daigné goûter à son rooibos, mais s'était dépêché de partir faire des courses. « Sympa de me couvrir », avait-il lancé dans le couloir, avant d'ajouter qu'il restait joignable sur son portable s'il arrivait quelque chose.

Comme si Greide allait l'appeler en cas d'urgence. Il s'était résolu à l'idée qu'il ne parviendrait jamais à comprendre comment cet incapable s'était débrouillé pour devenir légiste. Un mystère. Gruvesson était non seulement négligent, mais aussi paresseux et totalement incompétent.

Il n'était pas rare qu'il passe à côté de quelque chose. C'était même le cas presque chaque fois. En général, il s'agissait d'un petit détail qui n'influait guère sur la conclusion de l'autopsie.

Parfois, cependant, il commettait des erreurs bien plus graves. Comme deux ans auparavant, au milieu de l'enquête sur ces meurtres en série, quand il avait jugé que l'une des victimes était morte dans un banal accrochage, alors qu'elle avait les yeux dans un tel état que ce ne pouvait pas être la conséquence de l'accident, mais bel et bien la cause.

Aujourd'hui, le service avait accueilli une nouvelle victime de la route, après une spectaculaire course-poursuite à travers la ville qui s'était terminée dans les profondeurs du port. Par un ironique coup du sort, il avait fallu que le corps atterrisse sur la paillasse de Gruvesson pendant que Greide était occupé à l'examen passionnant de Gerda Nilsson, quatre-vingt-quatorze ans.

L'idée lui trottait dans la tête depuis le début d'après-midi, mais elle commençait seulement à mûrir maintenant. Après tout, pourquoi pas ? Il n'avait rien d'autre à faire. Il avala la fin de son rooibos froid et quitta la pièce.

Le contenu du rapport était tout ce qu'il y avait de plus prévisible. L'analyse toxicologique indiquait une alcoolémie de 2,75 g, ce qui confirmait la théorie d'une conduite en fort état d'ébriété. La victime s'était noyée après avoir perdu conscience quand la voiture avait heurté la surface de l'eau, ce que d'importantes lésions au visage venaient confirmer. Greide ne mettait pas ces conclusions en doute, mais il cherchait à s'occuper.

Il tapa son code, ouvrit la porte de la morgue et continua vers le mur de tiroirs réfrigérés, inhalant l'air frais et sec de la pièce. Il tira celui étiqueté au nom de « Peter Brise » et à la date du jour. La victime avait les jambes repliées en position fœtale, à croire que ses membres étaient encore sous l'effet du *rigor mortis*, bien que l'eau froide ait dû les assouplir.

De plus, le corps lui paraissait particulièrement intact pour avoir frappé la surface de l'eau à une vitesse relativement élevée. On ne devinait même pas la ceinture de sécurité sur l'épaule gauche, qui laissait pourtant presque toujours une marque dans ce genre d'accidents. Surtout si l'airbag ne s'ouvrait pas, ce qui arrivait plus souvent qu'on ne le croyait. Un détail que Gruvesson ne s'était évidemment pas donné la peine de vérifier.

Le visage, en revanche, était bien amoché et tuméfié. À tel point que la victime avait dû être identifiée par un autre moyen. Le choc était suffisant pour que cet homme, qui ne devait guère peser plus de 75 kg, perde connaissance. Et comme Gruvesson l'indiquait très justement dans son rapport par ailleurs sommaire, il semblait que le choc le plus violent ait été porté à la pommette gauche, marquée d'une plaie ouverte juste sous l'œil. Dans d'autres circonstances, confondre la droite et la gauche était une spécialité de Gruvesson.

Par contre... Non, peut-être que non. Retenant sa pensée, Einar se pencha pour examiner la blessure de plus près. Elle était relativement propre, à peine ensanglantée, ce qui n'avait rien d'étrange compte tenu du fait que le corps avait baigné une ou deux heures dans l'eau. Mais le peu de sang semblait sec, ce qui était plus étonnant.

Il se saisit d'un scalpel et gratta doucement le bord de la plaie. En effet, du sang séché. Comment était-ce possible ? Un frisson le parcourut. Une idée commençait à germer et avant de pouvoir l'affirmer, il devait réaliser quelques autres tests. La position des jambes de la victime n'avait peut-être finalement rien à voir avec le phénomène de *rigor mortis*.

Sentant son pouls s'accélérer, le médecin sortit la pince hémostatique de sa poche poitrine et porta son attention sur la partie inférieure du torse de la victime, doublée malgré sa minceur d'une couche naissante de gras. Le scalpel s'enfonça aisément dans la chair et après quelques incisions précises, il parvint à prélever du bout de la pince une biopsie de la taille d'un carré de sucre. Comme lancé dans une course contre la montre, Greide se précipita dans le couloir en direction du labo, où il coupa une tranche aussi fine qu'une feuille, plaça l'échantillon au milieu d'une lame, recouvrit le tout d'une lamelle, puis alluma le microscope.

Ses soupçons étaient fondés, constata-t-il en peu de temps. Le sang séché, le corps en grande partie indemne et la position fœtale trouvaient là une explication. Avant de lancer l'alerte, il devrait ouvrir la cage thoracique de la victime et réaliser un examen approfondi des poumons. Mais il n'y avait aucun doute à avoir. De toute évidence, Arne Gruvesson s'était de nouveau rendu coupable d'une erreur fatale.

Enfin… Le médecin se sentait plus léger. Il esquissa un sourire en coin. Pour la première fois depuis deux ans, il pourrait bientôt se tresser les cheveux.

4

La photographie noir et blanc d'un mètre quatre-vingts sur un mètre trente-cinq représentait une jungle de mangroves et ses méli-mélo de racines serpentant chaotiquement sur le sol. Avec son cadre en plomb, l'œuvre pesait nettement plus qu'on pouvait le croire. Fabian Risk pria en silence de pouvoir en finir au plus vite, tandis qu'il portait la dernière pièce de la série et l'accrochait à sa place.

Depuis une heure, ses lombaires protestaient de plus en plus. S'il ne se reposait pas bientôt, les crampes finiraient à coup sûr en lumbago, mais il ne voulait pas risquer de gâcher l'ambiance en le disant à Sonja. Il était là pour elle. Il lui avait fait la surprise de poser sa journée pour l'aider à installer sa première grande exposition. Dans la salle certes la plus petite du centre Dunker, à Helsingborg, mais c'était tout de même énorme. Après toutes ces années de doute et d'épuisement, elle avait enfin la chance de percer et, si tout allait bien, de se faire un nom. Fabian comprenait parfaitement qu'elle veuille que tout soit parfait dans les moindres détails.

Mais l'écho des sirènes de police qui avaient retenti depuis le port, tandis qu'il transportait les œuvres d'art, le tarabustait. Heureusement qu'il avait pu suivre l'actualité locale sur son téléphone : Radio P4 Malmö avait expliqué qu'une course-poursuite effrénée dans le centre de Helsingborg avait fini dans l'eau, l'un des deux véhicules s'étant précipité du quai de Norra hamnen.

Lorsque, quelques heures plus tard, l'identité du défunt avait été révélée, la nouvelle avait gagné tous les médias du pays. Peter Brise était apparemment une star nationale dans le domaine des technologies de l'information. En un an, son entreprise baptisée Ka-Ching avait vu plus que doubler son chiffre d'affaires et s'était assuré un avenir florissant.

– Ça penche un peu à droite.

La voix de Sonja le sortit de ses pensées. Il ajusta le cadre de quelques millimètres.

– Non, là c'est trop.

À peine effleura-t-il l'installation du bout du doigt que Sonja s'exclama que c'était parfait et recula. Une fois au centre de la salle d'exposition, elle prit une profonde inspiration et se mit à tourner lentement sur elle-même. Fabian espérait de tout son être qu'elle soit enfin satisfaite. Ce n'était pas la première fois, loin de là, qu'elle revoyait toute la disposition. Question de flux d'énergie, expliquait-elle.

– Je suis désolée, mais ça ne va pas, déclara-t-elle avec un geste de désespoir. La série des mangroves ne contraste pas assez avec les photos du détroit d'Øresund. Je pense qu'il vaut mieux les mettre plus bas, dans le coin, avec les sculptures.

– Ça veut dire tout recommencer ?

Remarque déplacée, Fabian s'en rendit compte. Il aurait voulu pouvoir la retirer, la remplacer par un simple « OK », éventuellement suivi d'un : « Bien sûr, je m'en occupe. »

– Oui. Et ? rétorqua Sonja d'un ton qui manifestait clairement qu'il avait plombé l'ambiance. Tu as une meilleure suggestion ?

Oui, il en avait une. Comme ces trois dernières fois où elle l'avait forcé à tout recommencer. Mais il n'osait pas l'exprimer, même s'il aurait sans doute dû.

Il décida de se taire quand son portable se mit à vibrer dans sa poche. Il le sortit et vit sur l'écran le nom d'Einar Greide. Que le médecin légiste l'appelle lui, et personne d'autre de l'équipe était un signe.

– Salut, Mister Tresses.

Le signe qu'il était arrivé quelque chose d'anormal.

– C'est à propos de l'accidenté de la route, là.

– Le type qui a coulé dans le port ?

– Oui, qui veux-tu d'autre ?

– Désolé, Einar, mais j'ai pris ma journée et je ne suis au courant de rien, sauf de ce que j'ai pu lire dans la presse. Je sais à peine qui est ce Brise, si c'est bien son nom.

– Tu n'as jamais entendu parler de *Murder Snails* ?

– Non, j'aurais dû ?

– Des escargots mutants capables de dévorer ton animal domestique. Tu débarques de quelle planète, en fait ?

Greide soupira si fort que Sonja l'entendit certainement à l'autre bout de la salle. Elle avait pris les choses en main et commencé à décrocher les œuvres les moins imposantes.

– C'est l'app la plus téléchargée de l'année. Un jeu incroyablement génial, si tu veux mon avis. Mais ce n'est pas la question. Le corps de Brise est arrivé il y a quelques heures dans notre service et a été confié aux soins de mon collègue Arne Gruvesson. D'après lui, la victime est morte de l'accident, tout simplement.

– Très bien, mais tu peux aller droit au but ? Il faut que je...

– Du grand Gruvesson.

– Quoi ? s'enquit Fabian avant de comprendre la seconde suivante ce que le médecin sous-entendait.

– Bâcler ainsi son travail, cracha Einar avec un tel mépris que Fabian crut sentir des postillons fuser dans le combiné. J'ai examiné le corps et il s'avère que Peter Brise n'est pas mort aujourd'hui, mais il y a environ deux mois.

– Hein ? Comment ça, il y a deux mois ? Il n'était pas au volant de la voiture ?

– Si, bien sûr que si, mais il était déjà tout congelé quand le véhicule a plongé dans l'eau.

– Congelé..., répéta Fabian comme un perroquet. Qu'est-ce que ça veut dire ?

– Qu'il était aussi froid et dur que des côtelettes d'agneau dans mon congélo.

5

Danemark

À première vue, c'était une journée tranquille de printemps dans la paisible rue piétonne de Helsingør, du côté danois du détroit. Le soleil matinal brillait comme si l'été était déjà bien installé et que les grandes vacances pouvaient commencer. Les passants allaient et venaient entre les boutiques, sans se douter de rien.

Pourtant, il y avait quelque chose d'étrange et même si la majorité des flâneurs ne comprirent pas ce qui se passait, une angoisse inconsciente se leva dans la rue comme un vent froid. Un enfant fit tomber sa glace et se mit à hurler. Une vieille femme, persuadée que l'homme qui venait de passer lui avait volé son porte-monnaie, se pressa derrière lui en criant. Une mère inquiète chercha sa fille du regard. Sans que personne sache pourquoi, l'atmosphère s'était soudain transformée.

Mais devant la boutique de téléphonie, à l'opposé de la maison à colombages rouges, certains furent témoins des faits. Ils détournèrent les yeux d'instinct et se pressèrent contre les bâtiments. Comme une mer qui s'ouvrait, la foule se fendit en deux sur son passage.

Son T-shirt blanc était maculé de sang, de même que son visage, ses mains et ses avant-bras couturés de blessures. Elle ne cessait de regarder sur les côtés, l'air de vouloir s'assurer que les gens n'approchaient pas et la laissaient passer.

Personne ne comptait l'en empêcher. Les uns se réfugièrent dans les rues latérales, les autres se plaquèrent contre les façades. Un petit groupe qui croyait à une plaisanterie se mit à rire et à chercher la caméra cachée. Mais ils se trompaient. Quoi que ce fût, c'était bien réel.

6

Suède

– Congelé depuis deux mois ?

Klippan esquissa une grimace comme si le croissant qu'il venait de fourrer dans sa bouche était rance.

– Tu plaisantes ?

– Pas à en croire Greide, répondit Fabian en se levant, hanches en avant, pour tenter de soulager le bas de son dos.

Si la veille, la douleur lui avait semblé le juste prix à payer pour prouver sa bonne volonté à Sonja, il n'en était plus si sûr. Elle avait tout de même fini par se montrer satisfaite et l'avait invité à manger une pizza pour le remercier, mais rien de plus.

– Quelqu'un veut bien m'expliquer ce que ça veut dire parce que je n'y comprends rien, reprit Klippan en tendant la main vers la corbeille qui contenait les viennoiseries.

Hugo Elvin, qui était au moins aussi rondouillard, mais nettement plus petit, s'en empara avant lui.

– Tu n'es peut-être pas le seul à en vouloir, commenta-t-il.

– Pardon, je croyais que tout le monde s'était servi, répondit Klippan avec un geste d'excuse.

– C'est le cas, mais personne n'en a eu autant que toi, fit remarquer Elvin.

Il se saisit démonstrativement d'un croissant avant de reposer la corbeille.

– Ah, fit Klippan, qui s'efforçait de ne pas réagir à cette attaque. J'en étais où ?

– Tu disais que tu ne comprenais rien, rappela Elvin entre deux bouchées.

– Exact. Je ne vois pas comment Peter Brise pouvait être mort s'il était au volant de la voiture. À moins que je ne sois complètement à côté de la plaque ?

– Je ne sais pas non plus, déclara Ingvar Molander, le technicien de l'équipe, en secouant la tête. J'avoue que tout ça est très étrange.

– Ça ne te ressemble pas, intervint Irene Lilja en prenant place autour de la table ovale et en sortant son carnet de notes de son sac. Toi qui as toujours une explication sous le coude.

– Qui dit que quelqu'un d'autre que la victime n'était pas au volant ? demanda Fabian en regardant à travers la baie vitrée qui donnait sur la zone industrielle de la ville.

Avec ses bâtiments bas, elle constituait l'entrée nord de Helsingborg. Une entrée bien laide pour une si jolie ville.

– J'ai contacté les plongeurs et d'après eux, le type était bien au volant quand ils l'ont retrouvé, indiqua Molander.

– Des tas de témoins sur le quai ont vu la voiture couler, ajouta Klippan. Si on doit se fier à ces gens et aux agents présents sur place, personne n'est remonté à la surface. Autrement dit : Peter Brise était seul dans le véhicule.

– Tu penses que tout ça n'est qu'un accident et qu'il était encore en vie ce matin ? reprit Fabian.

– Oui, affirma Klippan. Et si je ne m'abuse, il avait une sacrée dose d'alcool dans le sang. Je ne sais pas ce que vous en pensez, mais d'après mon expérience, c'est une bonne explication.

Il reprit un croissant en adressant un sourire narquois à Elvin.

– Si Mister Tresses m'entendait, il me ligoterait sur son totem pour m'écorcher vif, poursuivit-il, mais je crois que pour une fois, notre médecin légiste se trompe.

Un drôle de silence s'imposa dans la salle de réunion. Personne ne prononça un mot, alors qu'ils avaient tous l'habitude d'objecter et de contre-argumenter. Non pas qu'ils soient d'accord avec Klippan. Bien au contraire. Personne ne pensait que Greide se trompait sur le sort de Peter Brise, de toute évidence congelé deux mois plus tôt. Pourtant, aucun d'entre eux ne proposa de nouvelle piste ou une autre perspective.

Tout le monde partageait le même sentiment, constata Fabian. L'impression que la mystérieuse course de Brise vers la mort les avait tirés du lit et qu'ils étaient encore somnolents. Après des semaines de calme, ils allaient devoir se remettre au boulot. Réfléchir, questionner les faits, explorer toutes les pistes et analyser le moindre petit détail.

Cette affaire laissait présager bien autre chose qu'une simple enquête de routine menée distraitement entre 9 et 17 heures. Tous sentaient venir les longues soirées de travail, rythmées par de courtes siestes et des tasses de café infâme. Aucun d'entre eux n'était prêt à le reconnaître, mais ce sentiment à la fois éprouvant et excitant leur avait manqué.

Cependant il y avait un hic, ce spectre qui avait pris la place d'Astrid Tuvesson. Son absence n'avait échappé à personne et pourtant, personne ne s'était permis une remarque. Comme s'ils ne savaient pas… Ils étaient tous au courant qu'elle buvait et que la situation s'était aggravée depuis qu'elle s'était séparée de Gunnar à l'automne. Elle s'était mise à mâcher constamment du chewing-gum, à claquer la porte de son bureau dès qu'elle le pouvait et plus récemment, à se faire porter pâle en toute occasion.

Au lieu d'en discuter, peut-être même de l'y confronter, ils éludaient le problème dans l'espoir que les choses s'arrangent d'elles-mêmes. Ils avaient fini par compter de moins en moins sur sa présence. Si elle était là, elle dirigeait comme d'habitude l'équipe, et sinon, ils se débrouillaient entre eux.

Aucun membre du groupe n'avait l'âme d'un chef. Klippan s'occupait de la paperasse et par moments, il tentait sans conviction de tenir la barre, mais personne ne le prenait au sérieux, pas même lui.

Jusqu'à présent, la situation n'avait pas véritablement posé problème – ils n'avaient été confrontés qu'à des affaires plus ou moins élémentaires. Mais si le pressentiment de Fabian s'avérait juste, le rythme serait bientôt infernal.

Lilja finit par briser le silence :

– Bon, avant de me plonger dans le dossier Brise, j'ai quelque chose à faire aujourd'hui. Ça ne peut pas attendre. Rien d'extraordinaire, mais comme on n'a pas vraiment croulé sous le travail ces derniers temps, j'ai promis de voir une femme dont le mari a disparu depuis lundi.

– On soupçonne un meurtre ? demanda Elvin.

– C'est ce que je vais essayer de déterminer. Mais il y a sans doute une autre explication. Elle s'appelle Ylva Fridén et lui Per Krans. Ça ne vous dit rien, par hasard ?

Elvin et les autres firent signe que non.

– OK, reste à savoir comment on procède, dit Fabian, s'essayant soudain à diriger la troupe. Il est déjà et quart. Quelqu'un sait si Tuvesson est en route ?

Ils secouèrent la tête en échangeant des regards entendus.

– Je propose qu'on commence sans elle.

Fabian s'approcha du tableau blanc qui s'étendait sur tout un mur et commença à le nettoyer de toutes sortes de gribouillis : des bonshommes dessinés par Klippan au planning rappelant qui était de corvée de viennoiseries cette semaine, en passant par le résultat du quiz de Noël datant déjà de cinq mois.

– Peter Brise. Que savons-nous de lui, si ce n'est qu'il roule sur l'or grâce à son jeu, là, *Murder Snails* ?

– Il habitait rue Trädgårdsgatan, dit Klippan en tendant à Fabian un portrait de la victime. Son entreprise s'appelle comment, déjà ?

– Ka-Ching, précisa Molander. Il n'aurait pas pu mieux trouver.

– C'est vrai. Et à ce que je sais, le siège est à Lund.

– J'ai lu quelque part que ces six derniers mois, ils ont multiplié leur effectif par quatre et atteint leur objectif annuel dès février, indiqua Lilja. Grâce à un petit jeu pour téléphone qui coûte à peine sept couronnes.

– Et qui est ennuyeux à mourir, ajouta Molander.

– Peut-être, mais c'est le genre de truc qui rend accro. Quand on a commencé, impossible d'arrêter.

– Voilà pourquoi je n'ose même pas essayer, dit Klippan. Berit a beau vouloir arrêter, je la retrouve toujours après quelques heures à tapoter sur son écran. Elle va finir par avoir des ampoules au bout des doigts.

– Je ne vois même pas ce qu'il y a de si amusant, insista Molander.

– On est sûrs d'une chose en tout cas : il était riche comme Crésus, conclut Elvin en levant les yeux au ciel.

Fabian le remercia intérieurement tout en traçant un petit dollar à côté du portrait de Brise. Avec sa chemise blanche, son crâne rasé et ses lunettes en écaille, il ressemblait plus à un expert en capital-risque qu'à un geek informatique.

– Autre chose ? Il avait de la famille ? Une femme ? Des frères et sœurs ?

– Célibataire et fils unique, déclara Lilja. À mon avis, il était homo.

– Comment tu le sais ? Il le revendiquait ?

– Non, mais il suffit de jouer à son jeu. Les allusions ne manquent pas. Vous devriez voir les escargots roses au niveau 33…

– Exact, commenta Klippan.

– J'en étais sûre ! Toi aussi, tu joues en fait, ironisa Lilja avec le sourire.

– Mais attendez…

Elvin s'appuya au dossier de sa chaise – l'un des deux sièges ergonomiques qui, à ce qu'on disait, avaient coûté quelques milliers aux contribuables.

– Ça ne vous rappelle pas l'histoire de Johan Halén ? Vous savez, le type qui s'est gazé dans son garage l'an dernier.

– Le fils d'armateur ? demanda Klippan. Il habitait dans le port de Viken, pas loin de chez moi. Une baraque de rêve.

Elvin hocha la tête.

– Qu'est-ce que tu en penses, Ingvar ? Tu étais avec moi sur cette affaire.

– Bof, fit Molander en haussant les épaules. Tout ce dont je me souviens, c'est qu'on n'a jamais trouvé la chambre cachée qui était censée se trouver au sous-sol.

– Comment ça, une chambre cachée ? s'enquit Fabian.

– Ce n'était sans doute qu'une rumeur, répondit Elvin. À en croire les techniciens qui ne l'ont pas trouvée, du moins.

– Qu'est-ce que tu sous-entends ? lança Molander en se retournant vers Elvin d'un air offensé.

– Rien, si ce n'est que personne n'est infaillible, répliqua Elvin en gratifiant son collègue d'un sourire. Là où je veux en venir, c'est que lui et Brise étaient riches, célibataires et fils uniques.

– D'accord, mais d'après Greide, Brise ne s'est pas suicidé, objecta Fabian.

– Tu ne sais pas, reprit Klippan. Il s'est peut-être congelé lui-même il y a deux mois et hier, son fantôme a pris le volant.

Il éclata de rire.

– Tu penses vraiment que Greide fait erreur ? demanda Lilja.

– Non, je ne pense rien du tout, mais…

Klippan poussa un soupir.

– Sans vouloir être sceptique… Partons du principe que Greide ait raison et que Brise ait été assassiné il y a plus de deux mois. Il existe certainement autant de motifs du meurtre que de millions sur son compte en banque. Mais pourquoi diable le garder congelé pendant des semaines pour le jeter ensuite au fond du port sous les yeux d'une foule de témoins ?

Cette question demeura sans réponse. Dans le profond silence qui s'imposa, le bruissement de la ventilation résonnait aussi fort qu'un camion ronronnant au loin.

Comme les autres autour de la table, Fabian cherchait la logique de cette suite d'événements. Mais l'énigme lui paraissait aussi impossible à résoudre qu'un Rubik's Cube entre les mains d'un novice.

7

Danemark

L'appel à toutes les unités signalant la présence d'une femme en sang rue Stengade, à Helsingør, était tombé en début de matinée alors que Dunja Hougaard et son collègue Magnus Rawn finissaient leur service. Ils étaient en voiture et rentraient au commissariat, après une nuit sans histoire.

Dunja avait laissé le volant à Magnus. Il n'était pas meilleur conducteur, bien au contraire, mais dès qu'elle demandait à conduire, il stressait au moindre dépassement. Même s'ils devaient couvrir tout le nord du Seeland et parcourir au moins deux cents kilomètres par ronde, ils n'alternaient quasiment jamais.

Et comme toujours à l'approche du week-end, Magnus était parti lourdement à la pêche aux informations : qu'avait-elle prévu ? Se reposer à la maison devant la télé, ou bien retrouver des amis, voire sortir et aller danser ? Pour ne pas le froisser, elle avait répondu de manière aussi évasive que possible et changé de sujet. Ce qu'au cours de ces six derniers mois, elle avait appris à faire avec brio.

Cette fois, pourtant, il s'était montré plus insistant. Au feu rouge, il s'était retourné vers elle et lui avait demandé de but en blanc s'il pouvait l'inviter à dîner au Baron von Dy, un restaurant à fondue du centre de Copenhague qui proposait un menu avec viande illimitée. Tout était compris, sauf les boissons.

Après quelques secondes de réflexion, elle s'était résolue à lui parler franchement : elle l'appréciait en tant que collègue, mais pas au point de le voir en tête à tête. Elle n'en avait pas dit beaucoup plus, car la CB s'était mise à cracher, appelant tous les véhicules à proximité à se diriger vers la rue piétonne.

– Ce sera tout pour aujourd'hui, déclara Magnus en regardant l'heure.

Il se mit à pianoter du bout des doigts sur le volant, en attendant que le feu passe au vert.

– Comment ça ? On ne va pas ignorer les ordres, dit Dunja.

L'envie de conduire la démangeait de plus en plus.

– On n'ignore rien du tout. Notre service touche à sa fin, on doit laver la voiture et écrire le rapport.

– N'importe quoi.

Dunja attrapa le combiné de la radio et déclara :

– Allô, Anna ? Dunja Hougaard à l'appareil. On s'en occupe avec Magnus.

– Parfait, répondit la voix.

Dunja se pencha sur le tableau de bord pour déclencher les sirènes.

– Tu ne t'attends tout de même pas à ce que je grille le feu ? fit Magnus.

– Bien sûr que si. Allez, fonce.

Elle ouvrit son dernier sachet de réglisse extra-salée, prit deux bonbons et sentit aussitôt son pouls s'accélérer.

– Anna, tu sais à quel niveau de la rue se trouve la victime ?

– Non, mais l'alerte a été lancée depuis la boutique de fringues, juste à côté de Slots Vin. Tu sais, l'ancien caviste, répondit la voix.

– OK. Merci.

Dunja voyait précisément de quoi il s'agissait. Elle avait lu dans le journal local l'histoire de ce caviste qui avait fermé des années plus tôt, lorsque le gérant avait repris un autre commerce plus bas dans la rue. L'avenir du local qui se délabrait au fil des mois suscitait de vives discussions. Le problème, c'était que pour une raison obscure, le propriétaire des lieux, un octogénaire qui possédait tout l'immeuble, refusait de louer ou de vendre son bien à présent occupé par des SDF.

– Bon, et ça te tente ?

– De quoi ?

– Le resto à fondue. Il paraît que c'est excellent et que...

– S'il te plaît, on ne peut pas se concentrer sur notre boulot ? Tourne maintenant sur Bramsestræde.

– C'est une rue piétonne, on ne devrait pas faire le tour ?

– Non, j'aimerais arriver avant qu'il fasse nuit.

La voiture de police s'engagea dans la ruelle étroite. À peine Magnus s'était-il garé que Dunja sortit du véhicule et s'élança vers Stengade, dans la foule de touristes.

Avec sa façade grise décrépite, le bâtiment jurait dans le décor soigné fait de boutiques plus accueillantes les unes que les autres. L'enseigne semblait pouvoir tomber à tout instant et les vitrines crasseuses, protégées par un rideau de fer, étaient tapissées d'affiches de concerts. En levant la tête, Dunja constata que tout l'immeuble était en piteux état. Si une décision n'était pas prise rapidement, il devrait certainement être rasé. Mais où était la femme en sang ? Elle ne voyait rien, pas même en jetant un œil à l'intérieur, entre deux affiches déchirées. Rien qu'une sordide obscurité.

– C'est paisible comme tout par ici, observa Magnus en regardant autour de lui.

– Un peu trop, si tu veux mon avis.

Dunja approcha de la porte logée entre les deux vitrines et saisit la poignée. Fermée. Elle continua vers la porte latérale, un peu plus loin sur la gauche. L'ouverture était condamnée par un store gris, mais en le manipulant, elle parvint à l'ouvrir de l'extérieur.

– Dunja, attends une seconde, dit Magnus en s'approchant. S'il y avait quelqu'un, le volet ne serait pas fermé, si ? Et puis, je suis très mal garé.

– Je veux juste jeter un coup d'œil. Attends-moi dans la voiture.

Elle disparut à l'intérieur, laissant derrière elle Magnus qui finit par la suivre en poussant un soupir.

À la lumière de la lampe de poche apparut un couloir encombré de caisses à vin vides, de matelas et de caddies débordant de couvertures et d'objets en tout genre.

– Sympa…, commenta Magnus tout en ajustant sa ceinture pour s'assurer que sa matraque, ses menottes et son pistolet étaient à leur place.

Dunja dirigea le faisceau vers une porte blindée juste à droite, dont le chambranle était marqué de traces nettes de tentative d'effraction.

– Alors, qu'est-ce que tu en dis ?

– Quoi ?

Dunja tâta prudemment du bout du pied si les marches en bois pourris résistaient, avant de s'engager dans l'escalier.

– Pour demain soir, répondit Magnus en la suivant à l'étage. Si ça ne te va pas, je suis libre aussi samedi. J'ai juste entendu dire que c'était plus difficile d'avoir une table.

– Magnus, laisse tomber, d'accord ?

Arrivée en haut, elle continua dans un étroit couloir jonché de fientes de pigeon. Les murs gorgés d'humidité avaient depuis longtemps été dépouillés de leur tapisserie.

– Un : je ne mettrai jamais un pied dans ce resto.

Elle ouvrit la première porte et jeta un coup d'œil dans la pièce envahie de meubles délabrés.

– Deux : ça a fermé il y a des années.

La chambre suivante ne contenait qu'un lit, quelques matelas et un vieux vélo d'appartement.

– Trois..., poursuivit-elle en ouvrant la dernière porte, mais elle laissa sa phrase en suspens.

La pièce sombre était habitée par un groupe de sans-abri, assis le long des murs ou couchés dans un méli-mélo de sacs de couchage et de couvertures. Au milieu, un homme à la bouche édentée s'amusait avec un vieux Zippo qu'il ne cessait d'allumer et de refermer. À côté, une femme se tenait blottie par terre, couverte de sang. Telle une possédée, elle avait les yeux mi-clos et brillants, visiblement sous l'effet de la seringue vide encore plantée dans son bras.

– La voilà.

Dunja s'approcha, s'accroupit près d'elle et lui retira l'aiguille.

– Bonjour, ça va ?

Elle lui prit le visage dans l'espoir de créer le contact.

– Vous la connaissez ? demanda-t-elle à l'homme au briquet.

– Toi, je veux bien te connaître. Tu me fais sentir ta chatte ? rétorqua-t-il en s'esclaffant.

Puis il se remit à manipuler son Zippo.

– Fais attention, Dunja, dit Magnus en tenant son arme de service des deux mains. On ne sait jamais avec ces toxicos.

– Range-moi ça et préviens le poste qu'on a trouvé la victime.

Elle donna à la femme quelques petites tapes sur la joue.

– Ohé ! Il est l'heure de se réveiller !

Celle-ci semblait tenter d'émerger du brouillard et concentrer son regard sur Dunja.

– Ce n'est pas moi... Pas moi...

– De quoi ? Racontez-moi. Que s'est-il passé ?

– Ce n'est pas moi… Je n'ai rien fait…, répéta-t-elle avant de perdre de nouveau ses esprits.

– Pas fait quoi ?

– Allô ? Ici Rawn. On l'a retrouvée, déclara Magnus dans son talkie-walkie tout en sortant de la pièce.

Dunja redonna à la femme quelques petites claques.

– Allez, réfléchissez et parlez. D'où vient le sang sur votre T-shirt ?

Elle baissa les yeux et eut l'air de remarquer seulement maintenant les taches rouges.

– Il était tellement gentil… jamais rien fait de mal…, bredouilla-t-elle, des sanglots plein la voix. Il ne leur avait rien fait, je le jure !

– Mais qui ça ? Quelqu'un a agressé quelqu'un ?

– J'ai essayé de le réveiller dès qu'ils sont partis, mais il y avait du sang partout. Partout…

– De qui parlez-vous ? poursuivit Dunja en lui passant la main dans les cheveux. Combien étaient-ils ? Vous avez vu leur visage ?

La femme semblait sombrer de plus en plus.

– Restez avec moi, vous devez me parler, dit Dunja en tentant d'intercepter son regard. Essayez de vous rappeler.

–… des rires…

– Comment ça ? Qu'est-ce que…

– Ils ricanaient… Tout le temps… Comme si ce n'était qu'un jeu. Ils étaient… Jaunes… Jaunes et joyeux.

– Je ne comprends pas. Expliquez-moi.

– Je voulais les arrêter, mais je n'osais pas. Ils étaient trop nombreux…

– On ne ferait pas mieux de l'embarquer et de l'interroger au poste ? demanda Magnus en rentrant dans la pièce, pistolet au poing.

Aussitôt, la femme se leva et s'empara de l'arme de Dunja.

– Magnus, qu'est-ce que tu fous ? Baisse ton arme !

Il était comme pétrifié, les deux mains nerveusement serrées sur la crosse.

– Magnus !

– Dégagez…, balbutia la femme. Tous les deux ! Dégagez ou…

Elle faisait osciller le pistolet entre Dunja et Magnus.

– Pas de panique. C'est mon collègue, vous n'avez rien à craindre, expliqua Dunja en se levant, les bras en l'air. On ne vous veut aucun mal.

– C'est exactement ce qu'ils ont fait croire à Jens. Dégagez, j'ai dit !

– Tire ! lança l'homme édenté. Tire-lui dessus !

– Attendez, reprit Dunja. Jens ? Qui est…

– En pleine gueule ! s'exclama l'homme. Ou dans la chatte ! Tire-lui dans la chatte !

– Je vous demande de vous calmer.

– Pan ! En plein dans le mille !

– Du calme !

Dunja fusilla l'homme du regard, qui finit par se taire.

– Et Magnus, baisse ton arme, putain !

Le coup qui retentit soudain effleura Magnus puis rencontra le mur dans son dos. Sous le choc, il lâcha son pistolet qui tomba lourdement par terre.

– Allez vous faire foutre, bande de cons ! s'écria la femme en s'emparant de l'arme de Magnus, et elle s'échappa de la pièce.

Dunja se précipita dans le couloir, vit l'ombre dévaler l'escalier. Mais une fois en bas, elle perdit sa trace dans la rue piétonne. La femme avait été engloutie par la foule de passants insouciants qui dégustaient des glaces et flânaient joyeusement sous le soleil de printemps.

8

Suède

Astrid Tuvesson fit un terrible effort sur elle-même pour ne pas laisser transparaître son sentiment lorsque Gert-Ove Bokander, chef de la police du nord-ouest de la Scanie, posa son corps débordant de testostérone en face d'elle. Sans doute avait-il raison. Elle avait commis un impair, c'était certain. Se mettre au volant dans son état était non seulement grave et immoral, mais affreusement dangereux.

Les faits ne changeaient cependant rien à l'aversion qu'elle éprouvait pour cet homme. Avec son sourire suffisant, il ne cachait pas à quel point il jouissait de la situation. Il avait enfin l'occasion de lui passer un savon. Se venger des critiques qu'elle avait formulées contre lui toutes ces années, depuis qu'elle était à la tête de la brigade criminelle de Helsingborg.

Essayant de chasser l'envie de lui enfoncer son sourire dans son double menton, elle prit une profonde inspiration et s'efforça de lui rendre son air aimable.

Elle était arrivée au bureau bien avant les autres et avait passé ces dernières heures à se préparer mentalement à la visite de Bokander et à l'interrogatoire qu'il allait lui infliger. Elle qui ne jurait que par la vérité, seule alternative défendable à ses yeux, si douloureuses que soient les conséquences, s'apprêtait à joliment retourner sa veste. Cette fois, c'était différent. Cette fois, elle était prise dans des sables mouvants. Au moindre faux pas, elle était perdue.

– Bon, tout ça n'est pas bien agréable, déclara Bokander en s'adossant au siège qui protesta sous son poids.

– Non, en effet, répondit Tuvesson, adoptant d'ores et déjà l'attitude qu'elle voyait comme la seule envisageable. Je ne comprends pas pourquoi on doit en faire tout un foin, si tu veux mon avis. Et je parie que je ne suis pas la seule à avoir d'autres chats à fouetter.

Contre-attaquer et nier en bloc.

– Tout un foin ? Pour l'instant, on ne fait que discuter tous les deux. Rien d'étrange, compte tenu des événements.

– Les événements, c'est que j'ai tenté d'arrêter un chauffard. Voilà tout.

– Il ne t'a pas effleuré que ta conduite imprudente ait pu provoquer les choses ?

– Excuse-moi, mais en quoi ma conduite était-elle imprudente ? C'est lui qui m'a percutée, pas l'inverse. Il se trouve que c'est tombé sur moi et que j'ai réagi. Si je n'avais pas été là, va savoir comment ça aurait fini.

– Il se trouve justement que ça a fini avec un mort.

– Si tu fais allusion à Peter Brise, je peux te dire que son cas est loin d'être clair. C'est pourquoi je ne peux pas passer la journée en tête à tête avec toi, aussi sympa que ce soit.

Bokander soupira si fort que le rapport d'autopsie de Greide glissa de quelques centimètres sur le bureau.

– Astrid, ce que l'on pense l'un de l'autre n'est un secret pour personne. On a des différends, ce sera sans doute toujours le cas. Il n'est pas question de ça aujourd'hui, mais du fait qu'on m'ait rapporté que tu semblais en état d'ivresse.

– Je sortais d'une furieuse course-poursuite qui s'est terminée en tonneau.

– Je sais, merci. Réparer cette fontaine risque de coûter un bras à la municipalité.

– Tu appelles cette horreur une fontaine ? Oui, j'avais des vertiges et j'étais agitée, c'est si difficile à comprendre ?

Elle secoua la tête en grognant, comme elle s'y était entraînée.

– Tu crois vraiment que si j'avais bu, j'aurais pris la route ?

– Tu as refusé de souffler dans le ballon. Si ça, ce n'est pas louche.

– Certes, c'était sans doute idiot de ma part. Mais j'étais indignée et ne voyais honnêtement pas pourquoi je devais obéir à un gamin zélé en uniforme.

Bokander croisa ses petits doigts boudinés et pencha légèrement la tête.

– Dis-moi Astrid, comment vas-tu ?

– Tu me demandes comment je vais ?

– Oui.

– Bien. Pourquoi ça n'irait pas ?

– Peut-être parce que tu viens de traverser un divorce difficile, à ce que j'ai compris. Le genre de circonstances qui peut amener n'importe qui à abuser de la boisson.

– Tu as raison, et c'est tragique.

Elle rencontra son regard sans sourciller.

Tandis que Bokander l'observait, elle croyait voir les rouages de son cerveau s'activer pour savoir comment continuer. Il était évident qu'il n'était pas dupe. Mais ça ne changeait rien au fait que cet entretien n'était qu'une comédie. Une danse qu'ils étaient tous les deux forcés d'exécuter. Sans le verdict de l'Alcotest et de la prise de sang qui aurait suivi, le chef de la police départementale ne pouvait rien retenir contre elle. *Nada.*

– Bon, fit-il avant de marquer une pause.

Son sourire s'était noyé dans son double menton.

– Je vais être indulgent et passer l'éponge pour cette fois.

9

Fabian avait longuement hésité. C'était tabou, mais il ne voyait pas d'autre solution que de formuler sa question : que pensaient-ils tous de la consommation d'alcool de leur chef ?

Comme il pouvait s'y attendre, les réactions avaient été timorées. Klippan et Molander s'étaient tous les deux contentés de hausser les épaules, de se mordre les lèvres et de fuir son regard. Mais il avait continué sur ce terrain de plus en plus glissant, expliquant qu'il considérait pour sa part que les absences imprévisibles de Tuvesson commençaient à poser problème. Cette affaire n'était pas de celles qu'on résout sans quelqu'un pour diriger clairement les opérations. En outre, ils étaient tous responsables de la santé de leur patronne. Qui d'autre pourrait la remettre sur le droit chemin ?

Les langues avaient fini par se délier. Lilja avait remarqué l'odeur d'eau-de-vie dès le lundi matin, quand elle s'était retrouvée dans l'ascenseur avec Tuvesson. En réalité, tout le monde avait noté les effluves d'alcool en sa présence. Klippan avait même aperçu une flasque dans son sac à main. Molander, quant à lui, avait reçu un coup de fil de sa part en pleine nuit, mais il avait été contraint de raccrocher devant ses propos incohérents.

Seul Hugo Elvin se taisait. Comme toujours, à vrai dire, quand il était question d'autre chose que de l'enquête en cours. Les médisances, ça méritait bien deux ans de taule, disait-il souvent.

C'était précisément ce que Fabian cherchait à éviter. Il tenta d'amener la conversation sur ce qu'ils pouvaient faire concrètement pour l'aider, sans nuire à leur travail. Mais lorsque Klippan rapporta la rumeur de la conduite en état d'ivresse de la veille, qui s'était répandue au poste comme une traînée de poudre, il ne put ajouter un mot.

Il fallut que la porte s'ouvre et que Tuvesson apparaisse en personne pour couper court aux commérages. Elle répondit à leurs regards étonnés par un sourire et esquissa un geste d'excuse.

– Désolée pour mon retard, mais j'étais coincée en réunion avec Bokander. À ce que je vois, vous avez commencé sans moi.

– Tu étais au bureau tout ce temps ? dit Klippan d'un ton presque déçu.

– Oui, depuis 5 heures ce matin. J'avais du tri à faire dans mes papiers.

– En quel honneur, cette réunion ? demanda Molander.

Tuvesson soupira et ferma la porte.

– J'aurais bien aimé ne pas avoir à m'expliquer, mais qu'est-ce qu'on ne ferait pas pour tuer les médisances...

Elle observa l'assistance, avant de prendre la Thermos et de se servir une tasse de café.

– Comme vous savez, j'ai été en arrêt quelques jours et... Bon, je ne vais pas nier le fait que j'ai un peu trop levé le coude depuis que je me suis séparée de Gunnar. Mais hier après-midi, je me sentais assez en forme pour aller au travail. Et si vous vous posez la question : non, je n'avais pas bu une goutte. C'est pour moi, ça ? demanda-t-elle en montrant le dernier croissant.

Elvin hocha la tête et lui tendit la corbeille.

– Donc je me suis mise en route, et après quelques centaines de mètres sur la voie rapide, BAM ! Mon rétro a fusé dans les airs.

– Peter Brise ? demanda Klippan.

Tuvesson acquiesça.

– Mais je l'ignorais, reprit-elle. Je ne sais pas comment vous auriez réagi, mais moi, j'ai pris le type en chasse et tenté de l'arrêter. Malheureusement, ma Corolla ne faisait pas le poids contre sa BM et quand il a soudain bifurqué sur Hamntorget, je me suis pris cette fontaine de plein fouet et j'ai fait un tonneau.

– Je n'appellerais pas ce truc une fontaine, commenta Elvin en secouant la tête.

– Non, moi non plus. En m'extirpant de la voiture, j'ai vu la BM continuer droit vers le quai et plonger dans l'eau. C'était complètement surréaliste. Je me suis précipitée et j'ai commencé à disperser les gens quand un agent a débarqué et m'a demandé de souffler dans le ballon. J'étais révulsée, je ne comprenais pas. Ce n'est pas que j'avais quelque chose à cacher, bien au contraire, mais j'ai refusé. Ne me demandez pas pourquoi, je n'en ai aucune idée.

Elle ouvrit les bras puis ajouta :

– Bref, j'ai reçu un avertissement, mais Bokander a promis de voir ce qu'il pouvait faire. Allez, changeons de sujet.

Elle joignit les mains.

– Qu'est-ce que j'ai loupé ?

Le silence s'abattit lourdement sur la table. Tout le monde faisait son possible pour éviter le regard de Tuvesson.

– OK. Quelqu'un veut bien m'expliquer comment je dois interpréter ce blanc ? reprit-elle, les yeux braqués sur chacun d'entre eux. Quelque chose m'échappe peut-être, mais vous n'avez pas l'air de croire que je...

– Ils se font du souci pour toi, déclara Elvin en levant la tête.

– Et pas toi ?

– Je devrais ?

– Comme je viens de vous l'expliquer, je suis un peu stressée en ce moment, mais je garde le contrôle. Parlons plutôt de ce qui nous amène ici...

– On ne dirait pas.

Cette fois, ce fut Klippan qui la défia du regard.

– Ah bon ? Et que voulez-vous que j'y fasse ? répondit Tuvesson avec un geste d'embarras. Croyez-moi, je suis consciente des bruits qui courent, mais...

– Astrid, intervint Fabian en se redressant pour être à sa hauteur. Cette enquête pourrait s'avérer la pire depuis...

– Mais c'est quoi, le problème ? Je suis à mon poste depuis 5 heures du mat'. J'arrive peut-être un peu en retard, mais je vous ai dit que j'étais coincée avec...

– Le problème, c'est qu'on ne sait pas si tu seras bien là demain ou si tu disparaîtras pour le reste de la semaine ! Sans parler du fait que tu te mettes en arrêt, mais que tu décides sur un coup de tête de venir au boulot et qu'en route, tu te retrouves impliquée dans une course-poursuite insensée qui finit avec un mort.

Fabian haussait le ton sur Tuvesson pour la première fois, ce dont tous les deux semblaient aussi surpris l'un que l'autre.

– Bon, une chose à la fois, dit-elle avec un calme forcé. D'une, il n'est pas certain que cette course-poursuite « insensée » ait causé la mort d'un homme. J'ai parlé avec Greide.

Elle leva le rapport d'autopsie puis le posa sur la table.

– Apparemment, certains éléments laissent penser que la victime serait morte depuis bien plus longtemps. De l'autre, s'il s'avère que notre médecin légiste se trompe et que Brise était bien au volant, le test toxicologique montre qu'il avait une sacrée dose d'alcool dans le sang. Autrement dit : c'est lui qui était saoul, pas moi.

Elle regarda ses collègues les uns après les autres avant de reprendre :

– Donc, si tout le monde est d'accord, on peut arrêter cette conversation et se mettre au travail ?

– D'accord, fit Fabian en hochant la tête, même s'il était convaincu qu'elle mentait.

Pourtant, elle marquait un point : ils étaient là pour bosser, pas pour se mêler de sa vie privée.

– Tu sais donc que Greide m'a appelé hier pour me dire que Brise…

–… était congelé depuis deux mois ? Oui. On en a rapidement parlé ce matin.

– Parfait, mais tu as une explication ? demanda Klippan en s'adossant à sa chaise. Parce que nous, on ne voit pas pourquoi quelqu'un se donnerait la peine de congeler le type pour ensuite le balancer dans le port sous le nez des flics. Quelqu'un qui aurait le pouvoir de se rendre invisible, en plus.

– Tu pars du principe qu'il était prévu qu'il y ait autant de témoins, objecta Tuvesson.

– Pourquoi faire valser la bagnole du quai de Norra hamnen autrement ?

– Et qu'est-ce qui te fait dire que c'était un choix ? Personne ne pouvait prévoir que j'allais prendre la voiture en chasse. Elle aurait pu percuter n'importe qui. À propos, des nouvelles du véhicule ?

Tuvesson se tourna vers Molander.

– Ils sont en train de le repêcher et ne devraient pas tarder à nous l'apporter.

– Quand penses-tu pouvoir commencer tes examens ?

– Dès que les radiateurs soufflants auront fait effet, ce qui risque de prendre toute la journée de demain et une bonne partie du week-end.

– OK, espérons que ça réponde à quelques-unes de nos questions.

Tuvesson posa son regard sur Lilja.

– J'ai vu que tu avais rendez-vous avec une certaine Ylva Fridén, dont le mari a disparu.

– Oui, mais je peux la caler pendant le déjeuner pour que ça n'empiète pas sur…

– Parfait. Dès que tu as fini, aide Klippan et Hugo à récolter un maximum d'infos sur Peter Brise.

Elle se tourna vers eux et poursuivit :

– Vie professionnelle, vie privée, relations familiales et amicales, centres d'intérêt, tout, jusqu'au nom de son banquier. S'il a disparu il y a deux mois, quelqu'un de son entourage a bien dû le remarquer. Mais dites-moi, c'est bien lui qui a inventé *Murder Snails* ?

Klippan et les autres acquiescèrent.

– Fabian, je te charge de ça.

Elle montra un trousseau de clefs qu'elle jeta vers lui, de l'autre côté de la pièce.

– Ce sont les clefs de quoi ?

– Aucune idée, mais si j'étais toi, je commencerais par son appart. Greide les a trouvées dans sa veste.

Fabian ne pouvait que saluer l'autorité de sa chef. Elle avait certes franchi la ligne d'arrivée en trébuchant, mais avec plusieurs longueurs d'avance sur eux. En réalité, il ne l'avait pas vue aussi vive depuis longtemps. Finalement, peut-être qu'elle avait besoin d'une bonne enquête pour se tenir loin de la bouteille.

– Bien, donc tout le monde sait ce qu'il lui reste à faire.

Elle avala son café et commença à se diriger vers la porte.

– Désolé, mais c'est vraiment tout ? demanda Klippan. Sans vouloir rabâcher, si Brise était déjà mort comme le soutient Greide et que quelqu'un d'autre conduisait la voiture, toi ou un autre témoin aurait bien dû voir…

– Exact, dit Tuvesson en se retournant vers l'équipe. J'avais complètement oublié.

– Quoi ?

Elle brandit son téléphone portable.

– Croyez-le ou non, mais hier, j'ai réussi à filmer un petit clip que j'ai mis sur le serveur.

– C'est maintenant que tu nous le dis, répliqua Molander en allumant le projecteur au plafond à l'aide de la télécommande.

En cliquant sur la souris, il chercha le fichier.

– Le voilà.

Le plan, pris de l'intérieur de la voiture, laissait voir le tableau de bord, les jambes de Tuvesson, le siège passager encombré d'un tas d'affaires et le rétro cassé qui gisait à ses pieds. Le paysage défilait à toute allure et l'image tremblait, comme tout le véhicule qui semblait poussé à ses limites.

– Il n'y a pas de son ?

– Non, je dois avoir appuyé sur « mute » ou je ne sais quel bouton, répondit Tuvesson alors qu'apparut enfin à l'écran la BMW rouge, dangereusement proche de la Corolla.

Tous les regards se rivèrent sur l'avant du véhicule et le crâne rasé qui dépassait de l'appui-tête. Au bout de quelques secondes, l'image se figea. Le clip était terminé.

Fabian ignorait ce qu'en pensaient les autres, mais il ne retint pas son soupir de soulagement en constatant l'évidence : un homme en vie se tenait bien au volant de cette voiture. Jusqu'alors, il n'avait plus été sûr de rien et il avait ressenti un besoin de plus en plus pressant de vérifier les évidences.

– Ça m'a l'air de ressembler à Brise, déclara Klippan en adressant un geste du menton à l'image figée que Molander était déjà en train de traiter.

– Disons qu'il est rasé comme lui et qu'il porte le même genre de lunettes en écaille, ajouta Fabian avant de vider sa tasse de café.

– Tu sous-entends que quelqu'un se serait déguisé ?

– Je dis juste que tout ce qu'on sait pour le moment, c'est que quelqu'un qui lui ressemblait était au volant.

– Oyez, braves gens, j'ai peut-être trouvé l'explication.

Molander revint plan par plan en arrière.

– Regardez.

Il zooma sur l'image granuleuse pour agrandir le cliché du conducteur apparaissant de trois quarts dos.

– Vous voyez la bande noire qui remonte un peu sur la nuque ?

Il alluma son pointeur et dirigea le laser sur la silhouette.

– Ce n'est pas la ceinture de sécurité ?

Tuvesson s'approcha d'un pas pour mieux voir.

– Non, la ceinture est là, précisa Molander en faisant glisser plus bas son laser.

– On dirait une écharpe, observa Lilja.

– Possible, reprit Molander, mais à mon avis, c'est une combinaison de plongée.

– Hein ?

– Les palmes, le masque et les bouteilles attendent sans doute sur la banquette arrière. Dans ce cas, notre homme a pu quitter le véhicule une fois dans l'eau et s'échapper à travers les fonds marins.

– Tu es sérieux ?

Molander opina du chef.

– Et Peter Brise ? demanda Klippan. Il est où ?

– Dans le coffre, j'imagine. Moi, c'est là que je l'aurais mis en tout cas. Une fois dans l'eau, il suffisait d'installer le corps sur le siège avant.

Le silence s'abattit de nouveau dans la pièce. Certaines des questions trouvaient peut-être ainsi leur réponse. Si la théorie de Molander s'avérait exacte, Brise avait été assassiné. Mais par qui ? Pourquoi procéder à des préparatifs aussi minutieux quand l'homme était déjà mort ? Et surtout : comment se faisait-il qu'en deux mois, personne n'ait signalé sa disparition ?

Fabian sentit son téléphone vibrer dans sa poche. L'alarme quotidienne qu'il avait établie pour ne pas oublier d'appeler Theodor à l'heure de la récréation. Juste pour échanger quelques mots, aussi creux soient-ils, ainsi qu'il se l'était promis après les événements de l'été 2010.

S'il ne le faisait pas, ce serait la première fois qu'il trahirait sa promesse.

10

DANEMARK

Ib Sveistrup se radossa à sa vieille chaise de bureau tout en examinant, à travers les verres sales de ses lunettes de lecture, un cliché imprimé de la femme en sang dans la rue piétonne.

– C'est sûr qu'avec tout ce rouge, elle fait froid dans le dos. Où as-tu trouvé cette photo ?

– Sur YouTube, répondit Dunja, assise en face.

Son chef n'avait pas l'air de savoir vraiment à quoi elle faisait référence.

– Ah d'accord. Je vois. C'est incroyable, ces nouvelles technologies. Pour ma part, je ne me débarrasserai jamais de mon bon vieux Nokia.

– Qu'est-ce qu'on fait ?

Elle le regarda droit dans les yeux, consciente qu'il n'aimait pas ça.

– Qu'est-ce qu'on fait ? Toi et Magnus étiez de service ce matin et dès que vous aurez rédigé le rapport, vous pourrez rentrer...

– Je veux dire avec l'enquête. Comment procède-t-on ?

– Tu penses aux armes dont la fille s'est emparée. Oui, c'est fâcheux. Tu comprends bien que je suis obligé de le signaler et il est évident que dans votre rapport...

– Bien sûr qu'on va rendre compte de tout. Je pensais à ce que cette fille a dû traverser. D'où venait tout ce sang ?

Dunja posa le doigt sur le T-shirt maculé de rouge.

– Ce n'était pas le sien, elle n'avait pas une égratignure. Mais de toute évidence, il s'est passé quelque chose.

– Oui, c'est assez certain, hélas. Cette affaire relève maintenant des enquêteurs et je veillerai à ce qu'ils prennent connaissance de cette pièce, indiqua Sveistrup en montrant la photo.

– … Tu ne veux tout de même pas parler de Søren Ussing et Bettina Jensen ?

– Si, qui veux-tu d'autre ?

– Ib…

Dunja ne put s'empêcher de pousser un soupir.

– Je sais que c'est à toi de décider, mais si tu permets, je voudrais ajouter que…

– Dunja…

Sveistrup retira ses lunettes, pencha légèrement la tête sur le côté et afficha son sourire le plus aimable. Un sourire que Dunja appréciait d'ordinaire. Contrairement à bien des hommes dans le métier, Ib Sveistrup était amical et chaleureux. Mais à l'instant, cette expression l'irritait à tel point qu'elle en avait des démangeaisons plein le cuir chevelu. Tout ce que cet air traduisait, c'était de l'indulgence. Comme un père patient face à sa fillette assommante qui lui réclame des bonbons.

– Je comprends que tu te sentes personnellement engagée dans cette affaire, reprit-il. C'est ton arme qui est dans la nature, maintenant.

– S'il n'y avait que ça… Tu sais aussi bien que moi que ces deux-là n'ont pas l'expérience nécessaire pour ce genre d'enquêtes. Je crains que quelque chose de grave ne soit arrivé et que…

– Tu n'exagères pas un peu ?

– Non, au contraire. Il n'est pas question d'un simple casse chez le glacier du coin. Je suis désolée, mais…

– Dunja, ça suffit.

Sveistrup poussa à son tour un soupir.

– Vu les circonstances, toi et Magnus pourriez être suspendus. Donc non, tu ne feras pas partie de l'enquête sous prétexte que…

– Je ne veux pas en faire partie, je veux la diriger.

Le sourire de Sveistrup s'était effacé. Il avait maintenant la mine d'un père fatigué par sa gamine en pleurs qui se roule par terre au rayon confiserie.

– Je savais à quoi m'attendre. Je le savais. Je te l'ai même dit quand je t'ai embauchée, tu t'en souviens ? À l'époque où tu étais grillée dans tout Copenhague et où personne ne voulait de toi.

Dunja aurait dû comprendre que la conversation prendrait ce tour-là. Depuis que, deux ans plus tôt, elle avait imité la signature de son patron de l'époque, Kim Sleizner, sa mauvaise réputation lui collait à la peau comme une douleur chronique qu'elle devrait supporter toute sa vie. Le temps ne faisait rien à l'affaire : l'histoire ressurgissait à toutes les occasions.

Pourtant, elle ne regrettait pas son geste le moins du monde. Elle savait bien que Sleizner la flanquerait à la porte dès qu'il en aurait l'occasion. Peu importent ses efforts pour aider la police suédoise à résoudre l'une des pires affaires criminelles de son histoire. Pour lui, il n'était question que de se venger.

Mais au fond, elle avait cru qu'elle serait tranquille une fois qu'il l'aurait renvoyée. Que cette humiliation suffirait et que leurs chemins ne se croiseraient plus jamais. Maintenant, elle se rendait compte de son immense naïveté. Comme si ce connard de Sleizner aurait pu se contenter de la virer. Ce n'était que le début.

Il l'avait même impressionnée par sa capacité à semer la terreur. Avec ses longs tentacules, il était parvenu à infiltrer et corrompre tout le corps de police, qui le laissait asseoir son autorité sans broncher.

Pendant dix-huit mois, elle avait cherché du travail dans tous les commissariats de Copenhague et des environs. Des postes taillés sur mesure pour elle. Mais on lui répondait d'un revers de main qu'ils étaient déjà pourvus.

Il avait fallu qu'elle aille jusqu'à Helsingør pour trouver enfin. Non pas un poste d'inspecteur, mais de gardien de la paix. Elle avait dû passer de nouveau l'uniforme, mais tout valait mieux que les indemnités chômage, aussi basses que dégradantes, qui tombaient chaque mois.

– C'est Sleizner, n'est-ce pas ? déclara-t-elle au bout d'un moment, consciente de s'aventurer sur un chemin périlleux.

– Pardon ?

– Kim *fucking* Sleizner. C'est lui qui se cache derrière tout ça ?

Sveistrup poussa un grognement.

– Tu sais ce que je pense de ce chien. Il aboie peut-être sur tous les cabots de Copenhague, mais sa laisse l'empêche de venir fouiner par ici.

– Alors c'est quoi, le problème ? Si ce n'est que tu as hâte de rentrer chez toi auprès de ta femme et ton petit whisky du soir.

En s'abattant sur la table, les poings de Sveistrup renversèrent la tasse de café sur la photo de la femme en sang.

– Ne viens pas me dire ce que je dois faire ou pas ! Tu sais très bien quel est le problème !

Elle avait dépassé les bornes et il avait toutes les raisons de se fâcher.

– Ib, je sais que j'ai été embauchée ici comme gardienne de la paix et que je suis censée me montrer dans mon bel uniforme.

Mais ce qui était dit était dit, et tout ce qu'elle pouvait faire à présent, c'était garder le cap.

– Bien ! Alors fais-le. Tu es de nouveau de service demain après-midi. Si tu veux qu'on te prête une autre arme, je te conseille de rédiger ce rapport au plus vite.

11

Suède

La réaction d'Irene Lilja lorsque Hampus, son conjoint, lui avait demandé si elle pouvait envisager une opération des seins, avait été de rire aux éclats. Mais la surprise avait vite laissé place à la fureur. Comment pouvait-il être aussi beauf, aussi vulgaire ? Encore une preuve que l'inégalité des sexes forçait les femmes à se soumettre aux goûts des hommes.

La conversation avait fini en violente dispute, suivie d'une semaine de silence.

Cependant, maintenant qu'elle était assise en face d'Ylva Fridén au bistro Olson, place Mariatorget, elle ne pouvait s'empêcher de loucher sur le décolleté de cette femme et de se demander si elle s'était fait ou non opérer. Elle n'avait jamais vu une poitrine aussi belle.

– Vous avez choisi ? s'enquit-elle en se décidant pour la saucisse d'agneau grillée et ses pommes de terre à la moutarde.

– Oui, je vais prendre la salade du jour, répondit Ylva Fridén.

Lilja aurait dû en faire autant, mais elle adorait l'agneau. Tant pis pour sa ligne, elle n'allait pas se laisser impressionner par une paire de seins.

– Je vous écoute. Que s'est-il passé ? demanda-t-elle en prenant la carafe remplie d'eau infusée au concombre, qu'elle versa dans les verres.

– Pour être parfaitement honnête, je ne suis pas sûre qu'il se soit passé quelque chose.

– Comment ça ?

Lilja reposa la carafe.

– À votre place, je ne prendrais pas de mesures trop extrêmes. Ce sont mes collègues au salon qui ont insisté pour que je fasse une déposition.

– Mais votre mari a bien disparu depuis lundi ?

– Mon conjoint. Nous ne sommes pas mariés.

– OK, votre conjoint. Vous ne savez pas où il est ?

– Non, mais…

Ylva Fridén soupira et porta son regard à travers la fenêtre.

– Dimanche… Ne me demandez pas pourquoi, mais on s'est chamaillés. On avait bu quelques verres, c'était sans doute ma faute. Je perds les pédales dès que je…

Elle avala une gorgée d'eau.

– Je ne sais pas ce qui m'a pris, mais tout à coup, j'ai vu rouge et je me suis mise à jeter tout ce que j'avais sous la main.

– Quel était le sujet de votre dispute ?

– Probablement le sexe, pour changer. Ces derniers temps, il est devenu tellement rasant. Ou peut-être une histoire d'argent… Je ne sais plus. En tout cas, il n'est pas rentré lundi après le travail, mais je n'ai pas tout de suite réagi.

– Pourquoi ?

– Je me disais qu'il passait la nuit chez Stefan, comme souvent quand on se dispute. C'est son meilleur ami.

De nouveau, elle poussa un soupir et secoua la tête, tandis qu'on les servait.

– Et vous l'avez appelé ?

– Oui, hier. Et il s'est avéré que je me trompais.

Ylva Fridén haussa les épaules et commença à tâter son plat du bout de la fourchette.

– Je parie qu'il est chez Christina.
– Qui est-ce ?
Lilja sentait qu'elle commençait à perdre patience.
– Son ex. En général, s'il n'est pas chez Stefan, c'est qu'il s'est réfugié chez elle. Pathétique.
Fridén croqua un morceau de salade.
– Et qu'a-t-elle dit quand vous l'avez contactée ?
– Pourquoi est-ce que je le ferais ? C'est exactement ce qu'il attend de moi : que je me mette à genoux et lui demande pardon.
Elle poussa un grognement.
– Cette fois, c'est son tour.
– OK, donc il n'y a rien d'anormal en fin de compte.
Lilja entendait elle-même l'irritation dans sa voix. Quelque chose la dérangeait terriblement chez cette femme. Elle ignorait si c'était son attitude, cette manière sans gêne de lui prendre son temps, ou son décolleté – des faux seins, c'était évident –, mais elle en avait assez.
– Vous avez trop bu, perdu les pédales, dit des choses que vous n'auriez pas dû, et il a claqué la porte.
Elle s'attendait à des protestations, mais Fridén se contenta d'un hochement de tête circonspect.
– Vous avez sans doute raison. Je ne devrais pas m'inquiéter.
La femme lâcha ses couverts et plongea son regard dans celui d'Irene.
– Mais ce matin, quand quelqu'un de son travail m'a appelée pour savoir où il était passé, je me suis dit qu'il était peut-être parti pour de bon.
– Il n'était pas à son poste ?
– Pas depuis lundi dans la matinée.
Elle haussa les épaules.
– Je ne serais pas étonnée qu'il se soit sauvé quelque part avec Christina, grommela-t-elle. C'est tellement puéril. Surtout

quand on pense que son chef s'est tué hier dans un accident de voiture. Qu'il fasse le mort avec moi, c'est une chose, mais il pourrait au moins…

– Comment ?

Lilja sentit le sol se dérober sous ses pieds.

– Ne me dites pas que votre conjoint travaille chez Ka-Ching ?

Ylva opina comme si c'était une évidence des plus criantes.

12

L'appartement de Peter Brise était situé au 5 rue Trädgårdsgatan, juste en face du parc, dans l'un de ces somptueux immeubles anciens du centre de Helsingborg auxquels Fabian n'avait jamais fait particulièrement attention. Mais en pénétrant dans le hall d'entrée, il ne put que remarquer l'élégance du lieu.

Sur le sol en carreaux de marbre noirs et blancs s'étirait un tapis bordeaux qui remontait dans l'escalier en voûte sarrasine, maintenu par des baguettes en laiton. En face d'un buste éclairé et placé dans une niche murale, un tableau d'affichage aux lettres dorées sur feutre rouge indiquait que Brise résidait au troisième étage. Si l'immeuble n'en comptait pas davantage, c'était que chaque niveau devait avoir entre quatre et cinq mètres de hauteur sous plafond.

L'odeur qui flottait là n'était pas moins caractéristique : un étrange mélange de propre et de vieux que l'on ne trouvait que dans les musées.

Tandis que l'ascenseur commençait sa montée silencieuse vers les étages supérieurs, il nota que le doux éclairage au plafond n'avait pas été troqué contre l'une de ces désagréables ampoules basse consommation.

L'appartement de Brise était derrière une double porte à vitrail et détails en laiton surmontée d'une grille. Fabian enfonça la clef dans la serrure et ouvrit.

L'appartement était immense. Si Fabian n'en attendait pas moins de Peter Brise, il s'étonna de constater à quel point l'intérieur était vide. La décoration sobre et minimaliste n'avait rien de surprenant, mais il y avait autre chose...

Il entra dans l'une des premières pièces, une grande salle qui donnait sur la rue Bruksgatan et sur le parc, tellement verdoyant en cette saison que la bibliothèque municipale disparaissait dans la végétation. Les murs étaient couverts de lambris blancs et le parquet au point de Hongrie craquait sous ses pieds. Pas un meuble, ni dans la pièce voisine, ni dans celle d'après, à l'exception de quelques chaises blanches laissées dans un coin.

Fabian continua dans la cuisine, où le réfrigérateur comme le congélateur étaient éteints, portes entrouvertes. Tout semblait tellement abandonné qu'il avait du mal à imaginer que quelqu'un ait jamais cuisiné entre ces murs. Il contourna l'îlot central et examina l'intérieur du congélateur – impossible d'y mettre un corps. Brise avait-il seulement été assassiné chez lui ? Dans cette affaire, il ne fallait rien prendre pour acquis, même si les statistiques parlaient d'elles-mêmes : paradoxalement, l'endroit où l'on courait le plus de risques était celui où l'on se sentait le plus en sécurité. Chez soi.

Nulle part ailleurs on n'était aussi seul, aussi exposé. Tout pouvait plus ou moins arriver à l'abri des regards, et contrairement à ce que les gens pensaient, les voisins n'étaient pas d'un grand secours. Si des cris étouffés retentissaient à travers les murs, la plupart préféraient s'enfermer à double tour et se calfeutrer derrière leurs rideaux, plutôt que d'aller voir ce qui se passait. En revanche, quand la musique résonnait trop fort, personne n'hésitait une seconde.

Fabian retourna dans l'entrée. Malgré la grille et les nombreux verrous, cette antichambre était le point faible de tout appartement. Bien des gens ouvraient dès qu'ils entendaient la sonnette, sans se soucier de savoir qui se tenait de l'autre côté. Et si la porte disposait d'un judas, seuls les retraités y jetaient un coup d'œil. Il suffisait donc de frapper et d'entrer.

La force de l'inattendu était sans égale, et il suffisait le plus souvent d'un coup bien porté pour mettre K-O sa victime. D'après Greide, Peter Brise présentait de sérieuses blessures au visage imbibées de sang séché, ce qui indiquait qu'elles ne venaient pas de l'accident, mais qu'on les lui avait infligées quand il était toujours en vie.

Il alluma sa lampe de poche, s'accroupit près de la porte et fit glisser le trait de lumière le long du parquet blanc immaculé. Il sortit un coton-tige, puis le passa scrupuleusement entre deux lames.

Le bout de coton en sortit bruni. Il se doutait d'où pouvait venir ce dépôt couleur rouille, mais avant d'affirmer quoi que ce soit, il devait le faire analyser. Il le rangea dans un petit sachet en plastique, se releva et s'engagea dans un couloir avec une enfilade de portes sur la gauche. Les pièces vides se succédèrent, toutes plus impeccables les unes que les autres. Que pouvait faire un seul homme de tout cet espace ? se demanda Fabian. Deux ou trois chambres d'amis, un bureau, peut-être une salle de gym, et puis ? Les pièces inhabitées attendaient-elles que… Il arrêta là ses pensées, s'immobilisant devant l'une des portes ouvertes.

Son attention fut non seulement attirée par la moquette au sol, mais par la minuscule tache rouge, juste au niveau du chambranle. Il entra dans la pièce. Sur le mur, à mi-hauteur, de nettes éraflures apparaissaient dans la peinture blanche et par terre, quatre renfoncements formant un rectangle d'environ un mètre sur deux. De toute évidence, un meuble lourd avait reposé là.

Soudain, le bruit de la porte d'entrée se fit entendre, suivi de pas pénétrant dans l'appartement. D'instinct, Fabian porta la main à son pistolet rangé dans le holster d'épaule, bien que, depuis toutes ses années de service, il ne s'en soit jamais servi.

Il n'en était pas fier, bien au contraire. Il ne s'était toujours pas remis des événements de l'hiver 2009 à Stockholm et, parfois, les cris de ses anciens collègues qui l'appelaient désespérément à l'aide le tourmentaient encore.

Il avait décidé de prendre les choses en main : l'automne dernier, il s'était inscrit à une association de tir, où il se rendait régulièrement pour s'exercer. Au bout de quelques séances, déjà, il s'était senti plus à l'aise et son appréhension avait quasiment disparu, même s'il était conscient que le centre de tir demeurait un environnement bien plus sécurisant que le terrain.

Les pas continuaient sur le parquet grinçant – l'intrus traversait la vaste pièce de l'autre côté de l'appartement. Fabian fila à l'autre bout du couloir qui débouchait sur une antichambre avec plusieurs portes. Il en ouvrit prudemment une au hasard et se retrouva dans la cuisine, où l'homme était sur le point d'entrer de l'autre côté. Si son téléphone ne s'était pas subitement mis à sonner, produisant une mélodie nostalgique, il serait tombé droit sur Fabian. Il s'arrêta et répondit, dos tourné à la pièce.

– C'est moi, dit l'homme aux cheveux gominés en arrière, vêtu d'un costume. Oui, à ce que je vois, tout est en ordre. Je viens juste d'arriver.

Il parlait d'un ton sec et poussa un soupir en se dirigeant vers l'îlot central, sur lequel il posa sa serviette avant de passer l'index sur la plaque vitrocéramique.

– Mais écoute : le compromis a été signé et l'argent versé mardi. Donc c'est bon, tout est sous contrôle.

Il prit une profonde inspiration comme pour contenir un accès de colère, tout en allant vers le congélateur et le réfrigérateur qu'il referma d'un coup de coude.

– Oui, je sais qu'il fait toutes les unes, putain. Mais qu'est-ce que j'y peux, hein ? La vie continue !

De nouveau, il soupira et ouvrit le robinet de l'évier.

Fabian s'approcha discrètement dans son dos, lui saisit le bras et le pressa entre ses omoplates. L'individu n'avait aucune chance de réagir. Son téléphone s'écrasa contre le carrelage, et tandis que Fabian plaquait son adversaire au sol, de vilaines fissures en toile d'araignée apparurent sur l'écran.

– Qu'est-ce que… ?

L'homme, couché par terre, se débattait pour tenter de se libérer. Mais il était coincé et se mit à appeler à l'aide.

– Police ! s'écria Fabian en lui saisissant l'autre bras. Restez tranquille, c'est ce que vous avez de mieux à faire.

– OK, OK, OK…

Dès qu'il fut calmé, Fabian relâcha sa prise d'une main pour sortir sa plaque de police et la lui mettre sous le nez. Il se redressa, puis aida l'homme à se lever.

– Qui êtes-vous et que faites-vous ici ? demanda-t-il en se séchant le front dans la manche de sa veste.

– Excusez-moi, mais qui vient d'agresser qui, là ?

– Soit vous répondez tout de suite à mes questions, soit je vous embarque au poste pour un vrai interrogatoire avec magnéto, salle d'attente et mauvais café.

Fabian prit son air le plus sévère, tout en sachant qu'il n'avait rien pour arrêter l'homme.

– Et si je refuse ? Vous me mettez au cachot, hein ?

Le type, qui n'était visiblement pas dupe, afficha un sourire satisfait.

– Je vous verbalise pour entrave à l'exercice de la justice selon l'article 8, chapitre 13 du code pénal. Et oui, ça peut valoir un bon mois au trou.

L'homme avala sa salive – manifestement, il ignorait qu'un tel article n'existait pas.

– Je ne sais pas ce que vous vous imaginez, mais je suis innocent.

– Alors répondez : qui êtes-vous et que faites-vous ici ?

– Johan Holmgren. Je passais voir si tout était en ordre avant l'arrivée des nouveaux propriétaires…

– Vous êtes agent immobilier, l'interrompit Fabian pour bien signifier qui menait la conversation.

– En effet, chez Résidence Immobilier.

L'homme s'empressa de sortir une carte de visite de la poche poitrine de sa veste.

– Quand on aura fini, vous pourrez me dire ce que vous voulez et qui compte payer la réparation de mon portable ? ajouta-t-il en se baissant pour ramasser son téléphone.

– Au nom de qui vendez-vous cet appartement ?

– Du propriétaire, évidemment.

– Vous voulez dire Peter Brise ? Il est mort.

– Oui, ça n'a échappé à personne. Je commence à comprendre ce qui vous amène. L'héritage, n'est-ce pas ?

Il tendit l'index pour souligner ses propos.

– C'est vrai qu'en principe, l'appartement devrait faire partie de la succession. Mais il se trouve que mardi, il a signé le compromis de vente. Une belle somme, croyez-moi.

– Attendez, quoi ? fit Fabian qui n'en croyait pas ses oreilles. Vous dites que vous avez vu Peter Brise avant-hier ?

– Oui, vous n'imaginez tout de même pas que je laisse les vendeurs et les acquéreurs se rencontrer sans moi.

Il se retourna vers l'îlot central, ouvrit sa serviette et en sortit une liasse de papiers.

– Voici le compromis signé par les deux parties. Si vous voulez mon avis, il aurait quand même pu en tirer davantage. Avec un peu plus de sang-froid, il aurait gagné au moins un bon million de plus…

Fabian se perdit dans ses pensées tout en regardant l'agent remuer les lèvres. Fallait-il en conclure, tel que Klippan l'affirmait depuis le début, que Greide se trompait et que la victime n'était morte que la veille ? Et si le médecin légiste avait examiné le corps d'un autre ? Dans ce cas, Peter Brise était-il toujours en vie ? Était-ce finalement lui au volant de la voiture, en combinaison de plongée ? Le tout pour mettre en scène sa mort ?

Mais pourquoi ?

Et qui était l'homme qui reposait maintenant à la morgue ?

13

Fabian ferma les yeux, se passa de l'eau froide sur le visage et prit quelques profondes inspirations pour tenter de se détendre, alors qu'il entendait les premiers invités arriver.

En déclarant qu'il avait vu Peter Brise pas plus tard que l'avant-veille, l'agent immobilier était venu tout chambouler. Au lieu de rentrer chez lui comme prévu dans l'après-midi pour se préparer tranquillement avant le vernissage, Fabian était passé au commissariat et avait convoqué une réunion d'urgence pour en informer les autres membres de l'équipe.

Ils étaient tous là, à l'exception de Lilja, et les réactions avaient fusé de toutes parts. Ce nouvel élément allait dans le sens de Klippan : Greide faisait erreur. Après près de deux heures de discussion, ils avaient conclu que Fabian était le mieux placé pour l'appeler. Après tout, c'était lui que le médecin légiste avait contacté en premier.

Malheureusement, Greide avait déjà quitté le service et comme il ne répondait jamais au téléphone en dehors des heures de travail, Fabian n'avait eu d'autre choix que de prendre sa voiture pour aller le trouver en personne.

Mais il n'était ni chez lui, ni dans les supérettes des environs, ni chez Yogiana, le club de yoga où il se rendait régulièrement. Fabian avait fini par abandonner pour se rendre au vernissage.

Maintenant, il se maudissait de ne pas avoir enfilé une simple cravate, mais le nœud papillon que Sonja lui avait offert à Noël. L'idée avait été de la surprendre, de lui faire plaisir. Le problème, c'était qu'il ne savait pas comment le nouer.

– Voilà donc où tu te caches.

Molander, qui pour l'occasion avait troqué sa blouse de travail contre un blazer gris à carreaux, une chemise et une cravate, se posta devant l'un des urinoirs.

– Pour info, la plupart des invités sont là, ta femme commence à stresser et se demande où tu es passé.

– C'est exactement ce que j'avais besoin d'entendre.

– Je blague. Ne t'inquiète pas, elle t'a oublié, elle est bien trop occupée avec tous ses admirateurs.

– Merci, c'est beaucoup mieux, déclara Fabian, qui ne parvenait toujours pas à attacher son nœud papillon.

– Tu as besoin d'aide ?

– Tu sais faire ?

– « Un nœud bien fait est le premier pas sérieux dans la vie d'un gentleman », comme disait Oscar Wilde.

Molander s'approcha d'un des lavabos pour se laver les mains.

– Sinon, je viens de commencer l'examen de la voiture.

– Ah bon ? Il ne fallait pas attendre le week-end que ça sèche ?

– Si, mais tu me connais. Je bouillais d'impatience.

Le technicien afficha un grand sourire.

– Ne me demande pas comment, reprit-il en commençant à démêler le nœud de Fabian. Mais il n'a fallu qu'un petit souffle d'air chaud pour que le GPS reprenne vie.

– Tu veux dire qu'il y avait une destination programmée ?

Molander acquiesça.

– Et ce n'était pas Hamntorget ?

Il secoua la tête.

– Ça commence à être intéressant, déclara-t-il avant de marquer une pause, concentré sur le nœud qu'il prit en main.

– D’après l’appareil, il allait au 11 rue Stormgatan, dans le sud du port. Devine ce qu’il y a là-bas.

– Le sud du port… Ce n’est pas là où se trouvent les dépôts pour camions qui attendent les conteneurs ?

– Autrefois, si. Mais de plus en plus de routiers préfèrent descendre à Malmö pour emprunter le pont vers le Danemark, et la plupart des entrepôts sont aujourd’hui à louer.

– Brise aurait cherché de nouveaux locaux pour son entreprise ?

Molander fit signe que non, tout en continuant à nouer.

– Tu vois où je veux en venir, non ? L’individu qui était au volant voulait faire croire que Brise était en route pour visiter un local. Pense à la combinaison de plongée. Je parie que le plan était de faire tomber la bagnole du quai, mais dans le sud du port, pas en plein centre-ville.

– Je ne comprends rien. Si le but était bien de mettre la voiture à l’eau, pourquoi toute cette…

Molander coupa Fabian avec un soupir.

– Dieu que tu es lent aujourd’hui. L’idée était qu’il n’y ait aucun témoin. Compte tenu de l’alcoolémie de la victime, les indices auraient laissé croire à un accident, aussi tragique soit-il. Mais il a fallu que Tuvesson vienne tout compliquer.

Molander laissa échapper un rire.

– C’est presque trop beau pour être vrai.

Le raisonnement de Molander tenait la route et expliquait certaines zones d’ombre. Pour élaborer un plan aussi complexe, le criminel avait dû tout préparer dans les moindres détails. Mais il n’avait pas pu prévoir d’être pourchassé sur l’autoroute et de manquer la sortie vers le port sud.

– Là. Ça commence à ressembler à quelque chose.

Molander peaufina le nœud avant d’ajouter :

– Allez, viens, avant que Sonja t’ait complètement oublié.

14

DANEMARK

La journée de Kim Sleizner n'aurait pas pu mieux commencer. À 6 heures moins le quart, de joyeuses notes d'orgue s'échappant de son téléphone l'avaient tiré du lit. Autrefois, il se réveillait d'une humeur de chien au son des « Cloches » préenregistrées sur l'appareil. Mais six mois plus tôt, il avait eu l'idée de changer la mélodie par défaut pour le prometteur « Chant marin », et depuis, il émergeait avec le sourire.

Ce jeudi, un soleil radieux brillait sur Copenhague et il avait fait son jogging habituel de près de dix kilomètres le long d'Islands Brygge. Le tout en cinquante-cinq minutes, ce qui était remarquable pour un vieux bougre de son espèce.

Jamais il n'avait été aussi en forme. S'il ne courait pas dans le quartier, il passait la matinée à la salle de gym de la copropriété. Il ne s'accordait de repos que le week-end, malgré au moins une séance de yoga. En réalité, il se sentait beaucoup plus jeune que quelques années plus tôt et il était certain que Viveca regrettait amèrement de l'avoir quitté. Surtout quand on voyait la brioche de son nouveau partenaire.

Il avait gardé un œil sur son ex-femme et savait précisément à quoi ressemblait son quotidien. Il connaissait son salaire, son bistro fétiche pour le déjeuner et même la boutique où elle achetait ses sous-vêtements. Le genre d'informations que, dans sa position, il obtenait en quelques clics. Ce n'étaient pas tant les renseignements qui l'intéressaient que le fait d'y avoir accès.

En ce qui concernait Dunja Hougaard, c'était différent. Jusqu'à six mois plus tôt, il l'avait constamment surveillée, cherchant à savoir qui elle fréquentait, à quels jobs elle postulait et où elle se rendait pour dénicher son pathétique plan cul du mardi soir. Il notait le moindre de ses pas, comme si elle était sa souris de laboratoire.

D'une certaine manière, il la considérait comme telle. Son petit animal domestique qui remuait dans sa cage sans se douter de l'emprise qu'il avait sur elle. Il décidait de tout : quand elle méritait de manger et de s'hydrater, quand elle aurait droit à une nouvelle roue et quand il était l'heure d'éteindre la lumière et de se coucher.

La haine qu'il éprouvait pour cette femme était sans limites, même s'il commençait peu à peu à s'en détacher. Il partait de très haut, mais le plaisir face à sa chute n'était plus si enivrant. Comme un enfant qui aurait juré de promener, nourrir et soigner sa boule de poils, il avait fini par se lasser. Le poste de gardien de la paix qu'elle avait décroché à Helsingør avait été un véritable calmant : ce dernier mois, elle n'avait pas occupé son esprit une seule fois.

Mais dans la matinée, son intérêt avait été piqué au vif lorsqu'il avait appris qu'elle s'était débrouillée pour se faire voler son arme de service par une toxico. Ce n'était sans doute qu'une bavure, même s'il ignorait tout des circonstances et des conséquences. Peu importe : il veillerait à ce que cette erreur lui soit fatale. À partir de maintenant, il ne la quitterait plus des yeux et, cette fois, il ne la laisserait pas s'en sortir aussi facilement. Il l'écraserait jusqu'à ce qu'elle ne puisse plus jamais se relever.

Alors seulement, il serait satisfait. Il éteindrait la lumière, l'heure serait venue de se coucher.

15

SUÈDE

La salle d'exposition de 81 m^2, qui paraissait immensément vide quelques jours plus tôt, grouillait maintenant de tellement d'invités que Fabian se sentait étouffer. Il renonça vite à l'idée de trouver Sonja et chercha du regard des visages connus dans la foule.

Dans le couloir à l'extérieur de la salle, il aperçut ses enfants. Theodor était assis sur une chaise, le regard rivé sur son téléphone et vêtu de sa tenue habituelle de ces six derniers mois : de vieux godillots, un jean noir et une veste en cuir que Fabian avait lui-même achetée dans une friperie à Copenhague quand il était jeune. Il y avait de quoi se demander si son fils se déshabillait au moins pour aller au lit.

Matilda, avec sa jolie robe et ses nœuds dans les cheveux, distribuait les programmes aux invités et tentait de leur expliquer le thème et le titre de l'exposition, « L'éternité mortelle ». C'était comme au Monopoly, le jeu de société préféré de Matilda : on avait beau jouer un milliard de fois, chaque nouvelle partie était différente. Fabian, qui avait toujours recours à la même stratégie, n'était pas vraiment d'accord avec cette analyse.

– Papa, tu étais passé où ? On doit offrir son cadeau à maman. Tout le monde l'a déjà fait, dit la jeune fille en tendant un programme à un couple entre deux âges. Bienvenue !

– Ne t'inquiète pas, ma puce.

Fabian adressa un sourire aux nouveaux venus.

– Notre présence est le meilleur des cadeaux. Et puis, vous devez signer la carte, toi et Theodor.

Il sortit une image de la statue de la Petite Sirène avec, au dos, un paragraphe expliquant qu'ils partaient à Copenhague pour le week-end. Matilda écrivit son nom, puis la tendit à son frère.

– Pourquoi je devrais signer si je ne viens pas ? fit-il en lâchant enfin son téléphone du regard.

– Quoi ? Tu ne viens pas ? s'étonna Matilda. Papa a dit que toute la famille…

– J'ai d'autres choses à faire, répondit Theodor en griffonnant son nom.

– Comme quoi ? Hein ?

– Laisse tomber.

– Laisse tomber toi-même !

– Tu n'as pas le choix, Theodor, déclara Fabian. L'idée est qu'on passe du temps tous ensemble. Je te promets que ce sera…

– Vous voilà !

Fabian se dépêcha de ranger la carte dans sa veste avant de se retourner vers Sonja.

Elle était accompagnée d'un homme aux yeux bleus, son cadet de dix ans. Il était tout de noir vêtu et affublé d'une petite frange coupé si droit qu'on aurait presque dit un postiche.

– Je te présente Fabian, mon mari. Voici Alex White, tu sais, le collectionneur d'art installé à Arild dont je t'ai tant parlé.

Même s'il n'avait aucun souvenir d'avoir entendu ce nom, Fabian opina du chef et lui donna une poignée de main.

– Voilà donc l'homme de l'ombre, déclara White avec un accent américain qui agaçait déjà Fabian.

– Oui, sans lui, je n'y serais jamais arrivée, ajouta Sonja. Hier, il a passé la journée à m'aider à tout installer et je vois qu'il a sorti pour l'occasion mon dernier cadeau de Noël.

Elle lui flatta la joue.

– Je ne savais pas que tu savais faire un nœud papillon.

– Que pensez-vous de l'exposition ? lança Fabian pour changer de sujet.

– *Absolutely amazing*. En toute franchise, il est rare que je voie des œuvres aussi directes, aussi intransigeantes.

Il se retourna vers Sonja en tendant l'index.

– Tu as toutes les qualités du moment. *Just so you know*.

– Lesquelles, si je puis me permettre ? s'enquit Sonja avec cette étincelle dans le regard que Fabian n'avait pas vue depuis bien longtemps.

– Tu devrais le savoir mieux que moi !

White éclata de rire.

– *Sorry, just kidding*. En fait, presque toutes tes œuvres s'inscrivent dans une tendance qu'on ne trouve quasiment pas par ici – la fameuse *vibe LA*, souligna-t-il en mimant des guillemets.

– Ça va, Fabian ? dit Sonja.

Fabian hocha la tête, mais ne pensait qu'à une chose : comment s'y prendre pour assassiner le type sans voler la vedette à son épouse ?

Quelques mètres plus loin, il aperçut Lilja qui venait juste d'arriver. Sauvé. Elle portait du rouge à lèvres et une robe estivale assortie à ses inusables Converse.

– Je vais saluer ma collègue, fit-il en embrassant Sonja sur la joue et en tournant les talons.

Sonja le regarda s'éloigner, l'air interloqué.

– *Are you okay* ? demanda White en lui prenant délicatement l'épaule.

– *Yes, no problem*, répondit-elle avec un sourire forcé. Je te présente mes enfants, reprit-elle en se tournant vers Matilda et Theodor.

– *Hello, there !*

White se pencha vers Matilda et lui tendit la main, mais la petite resta figée et muette.

– Matilda, dis bonjour à Alex.

– Matilda, dis bonjour à Alex, répéta celle-ci en allant s'asseoir près de son frère.

– Attends, que je comprenne…, marmonna Klippan en piochant une provision de petits-fours sur un plateau. Tout à l'heure, tu as rencontré la femme d'un certain Per Krans. Non seulement il a disparu depuis lundi, mais il travaille chez Ka-Ching.

Lilja hocha la tête.

– J'ai du mal à croire que ce soit une coïncidence.

Elle attrapa une flûte de champagne et y trempa les lèvres.

– Ouh là… Trop sucré, dit-elle en reposant le verre.

– Tiens, prends plutôt une bière.

Fabian lui tendit une bouteille et leva la sienne pour trinquer. Personne ne s'était passé le mot, mais ils se retrouvaient entre collègues, comme s'ils avaient été aimantés les uns par les autres.

– Que fait-il chez Ka-Ching ? demanda Tuvesson.

Avec son verre d'eau dans la main, elle reprenait le fil de la conversation.

– Il était directeur financier.

– Il *était* ? Qu'est-ce qui te fait croire qu'il est mort ? répliqua Elvin en vidant son verre de vin rouge et en prenant sans hésitation un des petits-fours dans la paume de Klippan.

– Je ne sais pas si c'est le lieu pour discuter de tout ça, mais…

Lilja jeta quelques regards autour d'elle avant de reprendre :

– Ylva Fridén, sa conjointe, ne l'a pas vu depuis lundi dans la matinée. Apparemment, ils se sont disputés dimanche et elle pensait qu'il logeait chez son meilleur ami. Mais ce matin, quelqu'un de chez Ka-Ching l'a appelée pour savoir pourquoi il n'était pas à son poste et ne répondait pas au téléphone. Il ne s'est pas montré au boulot depuis lundi.

– Ça ne fait pas de lui un homme mort, observa Molander avec ce sourire moqueur qui horripilait Lilja.

– Certes, mais je n'ai jamais rien affirmé de tel. Et ce n'est pas tout, si tu veux bien me laisser finir…

Elle prit une gorgée de bière.

– Si j'ai bien compris, tout est parti du fait que Peter Brise ait soudain voulu vendre sa part de la société, ce à quoi Krans se serait opposé.

– Il est aussi actionnaire ? demanda Tuvesson.

– Aucune idée, mais Brise l'aurait annoncé aux autres comme ça, sans prévenir. Apparemment, il aurait conclu une affaire à un prix tellement ridicule que Krans aurait tout fait pour l'en empêcher.

– Mais pourquoi ? dit Klippan. Brise avait aussi tout intérêt à en tirer un maximum.

– Probablement pour aller vite, suggéra Elvin.

– Ces dernières semaines, un conflit de plus en plus violent a opposé les deux hommes, reprit Lilja. Quand Krans s'est aperçu que Brise s'apprêtait à vider les comptes de la société, il a essayé de tout bloquer.

– Mais c'est absurde, commenta Tuvesson. Il avait perdu la tête ou quoi ?

– C'est exactement ce que se disait Krans. Lundi, il est allé voir Brise pour le ramener à la raison et depuis, il a disparu. Si vous voulez mon avis, c'est lui qu'on a repêché au fond du port.

– OK, donc, si je te suis, tu penses que Brise a assassiné Krans ?

Lilja opina et reprit une gorgée.

– Mais dans ce cas, à quoi bon la voiture folle, la combinaison et tout le tralala ? demanda Tuvesson. Pourquoi ne pas se contenter de le tuer et d'enterrer le cadavre quelque part ?

– Il voulait peut-être maquiller le crime en accident avec lui-même comme victime, répondit Elvin, avant de tendre son verre au serveur qui passait par là.

– C'est super malin, continua Lilja. Ça lui permettait de disparaître avec tout le pognon et de recommencer sa vie à peu près n'importe où.

– Mais pourquoi congeler le corps ? demanda Klippan.

Elvin en profita pour lui prendre un autre petit-four.

– Moi, j'imagine ce scénario.

Lilja avala une lampée de bière avant de se lancer :

– Krans va voir Brise lundi dans la matinée. La discussion dégénère et Krans est tué. Brise, désemparé, met le corps au congélo pour se donner le temps de réfléchir. Rappelez-vous qu'il avait déjà commencé à écouler ses actions. Peut-être qu'il avait prévu de disparaître et de changer de vie, qui sait ? Mardi, il met au point son plan et se prépare pour agir le lendemain. Ah oui, détail important : les deux hommes se ressemblent pas mal physiquement.

Elle fit passer une photo de Per Krans, qui était chauve et portait lui aussi des lunettes en écaille.

– Et comme le corps était tout défiguré, pas étonnant que nos deux médecins légistes soient partis du principe que c'était Brise et personne d'autre.

Bien vu, reconnaissait Fabian, mais il doutait que le raisonnement tienne parfaitement la route. En tout cas, il devait mettre la main sur Greide et le confronter. S'il s'avérait que le médecin légiste s'était trompé, à la fois sur la date de congélation du corps et son identité, il s'en remettrait à Lilja.

– Elle en a, du talent ! s'exclama Berit, l'épouse de Klippan, qui apparut avec son cairn terrier en laisse. Une femme magnifique, en plus.

– Merci, répondit Fabian. Je lui transmettrai tes félicitations dès que je la vois, c'est promis.

En regardant autour de lui les visiteurs qui grouillaient dans la salle d'exposition de plus en plus étouffante, il songea à ce que Molander lui avait dit aux toilettes : Sonja, occupée avec ses admirateurs, n'avait guère de temps à lui accorder.

– Quelle ambiance…

Berit prit le verre de son mari et but une gorgée.

– À croire que je vous interromps en pleine réunion de travail sur la mort de ce type, là, qui a valdingué dans le port et qui s'est noyé.

– Berit…

Klippan récupéra son verre.

– Tu ne veux pas sortir promener Einstein ?

– Non, il vient juste de faire ses besoins dans l'entrée, si tu veux tout savoir. Mais rassurez-vous, je m'en suis occupée et le sol est impeccable, dit Berit avant de se hâter vers un plateau plein de flûtes de champagne.

– Désolé. On en était où ? reprit Klippan.

– Au vernissage de Sonja.

Elvin leva son verre et quitta le groupe pour regarder les œuvres d'art.

– J'ai fini ma bière, constata Lilja en tendant sa bouteille vide.

– Je vais t'en chercher une autre.

Fabian retourna auprès de Matilda, qui n'était plus avec son frère, mais seule dans son coin.

– Tu aurais vu maman ?

Elle secoua la tête, les larmes aux yeux.

– Qu'est-ce qu'il y a, ma puce ? Il s'est passé quelque chose ?

– Theo m'a traitée de débile mentale.

– Quoi ? Mais pourquoi ?

Matilda haussa les épaules.

– Je ne sais pas, mais c'est ce qu'il a dit. Et aussi qu'il me détestait. Et puis il est parti.

– C'est vraiment bête de sa part, je suis sûr qu'il ne le pensait pas.

– C'est sûr que si. Il me déteste depuis toujours.

– Mais non.

Fabian s'accroupit pour prendre sa fille dans ses bras.

– Tu le connais. Mais dis-moi, tu ne l'aurais pas un peu cherché par hasard ?

– Non. Il ne voulait pas me laisser la chaise alors qu'il y était depuis trop longtemps, alors je l'ai poussé, mais juste un petit peu.

Fabian, qui imaginait parfaitement la scène, émit un soupir.

– Bon, je promets de lui parler.

– À ta place, je le priverais d'argent de poche.

– Heureusement qu'il n'a pas affaire à toi !

Il lâcha son étreinte et se releva.

– Theodor a dit ça en l'air, j'en suis sûr. D'accord ?

De nouveau, Matilda haussa les épaules.

– Si tu vois maman, tu peux lui dire que je la cherche ? reprit Fabian tout en piochant deux bouteilles de bière sur le buffet.

– On va lui donner son cadeau ?

Fabian opina puis rejoignit ses collègues. Berit arriva à son tour avec une bouteille de champagne et commença à servir les autres.

– Je ne doute pas que le corps ait été congelé, déclara Lilja en prenant la bière. Mais comment peut-il savoir si c'était il y a des mois ou quelques jours ?

– Sans blague ! Ne me dites pas que Brise était congelé ? s'exclama Berit en buvant une gorgée.

Klippan soupira.

– Berit, combien de fois devrai-je te...

– En effet, l'interrompit Lilja. Mais nous n'avons pas encore diffusé l'information.

– Vous pouvez me faire confiance. Motus et bouche cousue. Je suis juste terriblement curieuse, surtout que mon cher et tendre garde toujours tout pour lui.

– Tu ne t'es jamais demandé pourquoi ? fit Klippan en levant les yeux au ciel.

– Donc toi aussi, tu penses que Greide fait erreur, conclut Tuvesson en regardant Lilja.

Puis elle tendit son verre vide à Berit et ajouta :

– Une petite goutte ?

Celle-ci se tourna l'air troublé vers Klippan, qui hocha la tête, et elle la servit.

– L'erreur est humaine, observa Lilja.

– Pas en ce qui concerne Greide, dit Molander. Du moins d'après lui.

– En entendant l'histoire de Brise à la radio, j'ai pensé à une chose, intervint Berit. Ça ressemble drôlement à l'affaire du fils d'armateur de Viken, là, près de chez nous. Tu ne trouves pas, chéri ? Tu sais, Johan Halén. Celui qui s'est suicidé l'an dernier.

– On y a songé, mais ça n'a rien à voir, rétorqua Klippan d'un ton irrité.

– Lui aussi était plein aux as. En tout cas, il avait la plus belle maison du coin. Un homme seul qui avait hérité de tout...

– Berit, bon sang !

Klippan se retourna vers sa femme :

– Qu'est-ce que tu dirais si je débarquais dans ton salon et que je commençais à coiffer tes clientes ? Hein ? Ça plairait à ces bonnes femmes, tu crois ? Soit tu sors promener Einstein, soit c'est lui qui t'emmène faire un tour !

– Je croyais qu'on était là pour l'exposition de Sonja. Et ne me parle pas sur ce ton, tu veux, même si c'est pour impressionner tes collègues !

Berit tourna les talons. Klippan la regarda s'éloigner en poussant un profond soupir.

– Merde…

Il s'empressa derrière elle.

– Berit, attends !

« J'en connais un qui va passer la fin du mois dans la chambre d'amis… » La mauvaise blague flottait sur toutes les lèvres, mais personne n'était d'humeur à plaisanter, pas même Molander.

– Papa ! J'ai trouvé maman ! s'écria Matilda en arrivant en courant. Elle est là-bas ! Viens ! fit-elle en lui attrapant la main.

Fabian se laissa guider à travers la foule jusqu'à Sonja, occupée à expliquer à Elvin qu'avec ses centaines d'arcs de toutes tailles, la sculpture grise installée par terre représentait des racines de mangrove.

– Tu es demandée, je crois, dit Elvin en faisant un geste vers Matilda et Fabian qui arrivaient dans son dos.

– Tiens, coucou ! s'exclama Sonja.

Fabian adressa un hochement de tête à Elvin, lequel lui répondit par un pouce levé, avant de continuer vers la série de photographies sur le détroit d'Øresund.

– Tu n'es pas fatiguée ? demanda Sonja à sa fille.

Celle-ci ne répondit rien, mais se tourna vers son père.

– Qu'est-ce que tu attends ? Allez, dis !

Fabian donna la carte à Matilda.

– Pour te féliciter pour cette exposition magnifique et te récompenser pour tout ton travail, on pensait avec les enfants…

– Sonja !

Alex White, entouré de quelques personnes, faisait signe un peu plus loin.

– Je dois te présenter. *Come !*

– Attends maman, juste une minute.

Matilda lui tendit la carte.

– Plus tard, ma chérie. Là, maman doit…

Elle embrassa Matilda sur le front et se dépêcha de rejoindre le collectionneur.

Fabian reprit la carte et la glissa dans sa poche.

– Ce n'est pas contre toi, ma puce. Maman a travaillé très dur pour que tout ça soit réussi, tu sais, et elle doit prendre le temps de discuter avec tous ses invités. Il vaut mieux qu'on lui offre son cadeau à la maison, quand on sera au calme. Qu'est-ce que tu en penses ?

– D'accord, alors rentrons, répondit Matilda en lui prenant la main.

16

Chris Dawn diminua la réverbération sur le saxophone et brancha le compresseur sur la sortie master. Il adorait sa nouvelle table de mixage. Quarante-huit canaux et une multitude de boutons, de molettes et de diodes. Sans parler du rack d'effets, de tous les vieux synthétiseurs analogiques restaurés et connectés en MIDI, et de l'ordinateur flambant neuf avec son grand écran Retina, à travers lequel les instruments virtuels et les sons préenregistrés exécutaient ses commandes sans planter, quel que soit le nombre de pistes.

Ce nouveau studio, qui lui donnait le sentiment d'être un virtuose, le comblait. L'éclairage tamisé, les lambris en chêne aux murs, la moquette avec des têtes de mort… Tout était tel qu'il l'avait voulu, il n'avait lésiné sur rien. Après cinq mois de travaux, c'était la première fois qu'il pouvait s'asseoir ici tranquillement et se mettre au travail.

Il augmenta le volume, appuya sur « play » et s'adossa au confortable fauteuil en cuir souple qui lui avait coûté une petite fortune. Comme toujours quand il écoutait, il ferma les yeux et relâcha ses cheveux sur ses épaules. Pour l'instant, il n'avait pas grand-chose de plus que le rythme, la ligne de basse et le *hook*, mais c'était un bon début. S'il pouvait en juger par lui-même, l'idée de sampler et de couper le riff de guitare, puis de le doubler au saxophone était géniale.

Plus que quelques accords, l'ébauche de la mélodie et la démo, qu'il avait commencée dans la matinée, serait prête. À ce rythme, si son inspiration ne s'essoufflait pas, il aurait le temps de composer au moins quatre morceaux avant le retour de Jeanette et des enfants dans la journée de dimanche.

Le studio était tellement bien isolé qu'il n'entendrait même pas si Sune et Viktor invitaient leurs copains de maternelle à un goûter d'anniversaire. Son portable était éteint, et il n'avait consulté ni ses mails ni Facebook depuis des heures. Il était seul, coupé du monde. Le bonheur.

Il écouta la piste jusqu'au bout, puis se leva de son fauteuil. En chemin vers la cabine de chant, il s'arrêta devant le moniteur intégré au mur pour consulter les différentes caméras de surveillance avec vision nocturne disposées à l'intérieur et à l'extérieur de la maison. Tout fonctionnait à merveille. Il n'avait pas opté pour les appareils les moins chers. Non seulement il pouvait zoomer sur les images HD, mais aussi les afficher en panoramique.

Il contrôla la cuisine, puis la salle à manger et le couloir ouest du rez-de-chaussée. Tous les recoins du vaste manoir étaient surveillés, à l'exception du studio, des salles de bains et de leur chambre à coucher. Jeanette avait insisté pour ne pas installer de caméra dans cette pièce, de peur que leurs ébats se retrouvent sur Internet. Si la décision avait été de son ressort, il en aurait installé partout.

Ce n'était pas qu'il vivait dans l'angoisse, mais il voulait avoir le contrôle. Comme toujours. Dans son enfance, déjà, il avait horreur du désordre. À l'époque, ses parents inquiets avaient essayé de le forcer à mettre ses Lego en vrac dans une seule et même boîte, mais il s'était senti tellement mal qu'ils n'avaient eu d'autre choix que de le laisser les trier.

Rien à signaler, y compris dans le garage avec toutes ses voitures soigneusement garées et… Une ombre traversa l'écran.

Chris haleta et sentit son pouls s'accélérer. Qu'est-ce que… ? Il avala sa salive, passa une main dans ses cheveux et fixa le moniteur dans l'espoir de faire réapparaître cette vision par la force de la pensée.

Mais l'image bascula sur la buanderie – la porte de service était entrouverte. Nom de Dieu ! Il saisit la télécommande et appuya sur tous les boutons afin de retourner au garage. Malheureusement, il n'avait eu le temps que de parcourir l'épais mode d'emploi du système de vidéosurveillance qui ne tarda pas à s'enrayer.

Il se précipita hors du studio vers la buanderie, pour constater de ses propres yeux que la porte était entrouverte. L'avait-il mal fermée tout à l'heure en revenant de son jogging matinal ? Il la poussa et la verrouilla, avant de continuer son tour d'inspection dans la pièce d'à côté, le garage. La Ferrari, la Jaguar et ses autres petits bijoux étaient garés à leur place. Il leva le regard vers la caméra au plafond. Rien d'anormal. Pourtant, il avait vu quelque chose à l'écran, il en était certain.

La portière avant de sa Camaro noire n'était pas non plus parfaitement fermée. Comment était-ce possible ? Quelqu'un était passé par ici, il n'y avait aucun doute. Il se dépêcha d'aller voir : tout était en ordre, sauf peut-être… La télécommande de la porte du garage et du portail, laissée sur le siège passager. D'habitude, il la rangeait dans le casier central devant le levier de vitesse. Mais il n'avait pas sorti sa décapotable depuis bien longtemps. Pouvait-il ne pas avoir remis l'objet à sa place ? Peut-être, mais il n'était pas assez distrait pour ne pas avoir claqué la portière.

Soudain, alors qu'il se penchait pour attraper la télécommande, un bruit retentit dans son dos. Il devina une ombre à travers le pare-brise et se cogna violemment contre le ciel de toit du véhicule. Pris d'un vertige, il s'accrocha à la portière pour ne pas vaciller. Quand la douleur s'estompa au bout de quelques secondes, il rouvrit les yeux et regarda autour de lui.

– Il y a quelqu'un ? s'écria-t-il.

Pas de réponse.

Dans le silence, il n'entendait que sa respiration et un léger bourdonnement au loin. Et s'ils étaient plusieurs ? se demanda-t-il. Qu'importe, il n'abandonnerait pas tant qu'il n'aurait pas mis la main sur chacun des intrus. Devait-il s'inquiéter ? Il ignorait ce qui l'attendait et n'avait aucune arme de défense, ni même son téléphone qu'il avait laissé au studio. La dernière fois qu'il s'était bagarré remontait à son enfance.

Mais il était furieux. Enragé. Les muscles bandés, il avançait prudemment en balayant la pièce du regard. Pourtant, il se laissa surprendre lorsque l'ombre ressurgit de nulle part et vola droit sur son visage. Dans un sursaut, il se jeta sur le côté et atterrit sur le capot de la Camaro, tout en agitant les bras pour chasser l'oiseau noir. L'animal s'était glissé par la porte de la buanderie, comprit-il soudain. Tout simplement.

Chris poussa un soupir de soulagement. La sueur imprégnait son vieux T-shirt Black Sabbath et son jean, qui lui collait aux jambes. Encore sous le choc, il attendit que son pouls se calme avant de rouvrir la décapotable, de prendre la télécommande et d'ouvrir la porte du garage, qui glissa le long du plafond. Le merle s'enfuit en battant des ailes dans le ciel nocturne.

17

– Papa, ça veut dire quoi avoir une aventure ?

La question de Matilda heurta Fabian comme un violent crochet du gauche. Il reprit ses esprits quelques secondes, avant de répondre :

– Où est-ce que tu as entendu ça ?

– Esmaralda dit que son père a une aventure, précisa-t-elle en enfilant sa chemise de nuit puis en se glissant sous la couette.

– Elle en dit des choses, Esmaralda. Ce n'est pas elle qui racontait que notre cave était hantée ?

– Si, mais ça, c'est vrai. Même maman l'a dit.

– Tu sais quoi ?

Fabian s'assit au bord du lit.

– Je crois qu'Esmaralda déborde d'imagination. Je t'assure qu'il n'y a pas un fantôme dans cette maison. Tu n'as qu'à regarder.

Il tendit le bras vers son bureau soigneusement rangé et la porte ouverte sur le couloir.

– De quoi ?

Elle observait autour d'elle.

– C'est ce que je dis : pas un fantôme en vue.

Matilda leva les yeux au ciel.

– N'importe quoi. Les fantômes sont invisibles, seuls les gens qui en ont le pouvoir peuvent les voir.

– Comme Esmaralda, par exemple…

Elle hocha résolument la tête.
– Mais ça veut dire quoi ?
– Quoi donc ?
– Avoir une aventure.
– Matilda… Je crois que tu es un peu trop jeune pour comprendre. Et puis, je suis épuisé.
– Essaie, peut-être que je suis assez grande.
Fabian n'avait aucune échappatoire. Il plongea le regard dans les yeux de sa fille et déclara :
– Quand on est ensemble, comme ta mère et moi, mais que l'un des deux se met en secret avec quelqu'un d'autre.
Matilda battit des cils un instant, l'air de réfléchir, puis elle fixa son père :
– Papa, toi, t'as déjà eu une aventure ?
– Non, jamais.
Il eut un petit rire, lui-même étonné de la rapidité de sa réponse. Pour être parfaitement honnête, il ne savait pas trop ce qui s'était passé avec sa collègue Niva, une nuit à Stockholm quelques années plus tôt.
– Tu ferais mieux de dormir. Demain, il y a école.
Fabian embrassa Matilda sur le front, éteignit sa lampe de chevet et sortit.
Même s'il n'était que 10 heures et demie, il avait hâte de se coucher. En chemin vers la salle de bains, il s'arrêta un instant devant la chambre de Theodor, d'où résonnait comme toujours une musique tonitruante. Mais il y avait du mieux : l'adolescent avait enfin délaissé Marilyn Manson pour Nirvana et d'autres groupes parfaitement audibles.
Il était toujours aussi facile, pensa Fabian, de passer devant cette porte en feignant que personne ne logeait là. Comme si ce n'était qu'une pièce abandonnée, pleine de vieux meubles et d'affaires à mettre à la décharge. Deux ans plus tôt, il n'y aurait même pas songé. Il lui était devenu naturel de

communiquer avec son fils par SMS pour ne pas avoir à affronter son propre échec.

Son échec. Le mot lui résonnait dans la tête.

C'était ainsi que la psychologue avait formulé les choses, mais il lui avait fallu une année entière pour le reconnaître. Il considérait son propre fils comme un grave accident. Un monstre qu'il valait mieux garder entre quatre murs et adoucir à coups de jeux vidéo pour éviter les dégâts. La violence avec laquelle il avait compris à quel point il avait failli à son devoir de père lui avait valu une dépression.

Il avait avalé des cachets, écouté les conseils de la thérapeute et repris la course à pied. Peu à peu, le poids qui lui oppressait la poitrine s'était allégé et il avait fini par trouver le courage de frapper à la porte, passer le seuil de la chambre et regarder son fils dans les yeux. Lui expliquer ce qu'il ressentait, tenter de trouver les mots justes. Et lui promettre qu'à l'avenir, quoi qu'il arrive, il serait là.

Theodor avait hoché la tête, accepté son étreinte, mais une lueur dans son regard révélait qu'il n'y croyait pas. Pour lui prouver le contraire, il s'était mis à l'appeler tous les jours, à l'heure de la récréation, et lui demander de ses nouvelles. Sauf le matin même, car la réunion s'était prolongée d'une bonne demi-heure. En revanche, il ne frappait quasiment jamais à sa porte. En vérité, il était toujours tenté de passer son chemin et de faire comme si de rien n'était.

Trois coups suffirent à ce que le volume sonore diminue, ce que Fabian interpréta comme le signe qu'il pouvait entrer.

– Salut, dit Theodor, qui feuilletait son manuel de maths, à moitié couché sur son lit.

– Coucou.

Fabian balaya du regard la chambre d'adolescent en fouillis.

– Je voulais juste savoir si tout allait bien.

– Pourquoi ça n'irait pas ?

– Tu as disparu sans rien dire et d'après Matilda, vous vous êtes disputés.

Theodor poussa un soupir.

– Tu sais que dès que vous avez le dos tourné, elle peut être super pénible ?

– Oui, je m'en doute.

Fabian retira quelques vêtements laissés en boule sur la chaise du bureau et s'assit.

– Je ne suis pas fâché, je veux juste savoir comment ça va.

Le silence qui s'installa ne lui donnait qu'une envie : se lever, laisser son fils tranquille et faire mine de rien.

Quand les premiers accords de « Drain You » retentirent, il se rappela que c'était sa chanson préférée de *Nevermind*. Il n'avait pas écouté Nirvana depuis que Theodor s'y était mis. Comme si, pour une étrange raison, il ne pouvait apprécier la même musique que son fils. Mais pourquoi ? Dès qu'il en aurait l'occasion, il réécouterait le groupe en boucle.

– Super chanson, non ? dit-il.

Theodor hocha la tête.

– Tu sais, je n'ai rien compris quand l'album est sorti.

Fabian soupira à ce souvenir.

– Je trouvais que ce n'était qu'un brouhaha de cris et de guitares électriques.

– Tu plaisantes ?

Theodor décrocha enfin le regard de son livre.

– Non, je t'assure. Je me rappelle un nouvel an au début des années 90. Moi et ta mère étions ensemble depuis un an peut-être, et le DJ ne passait que du Nirvana. « Smells Like Teen Spirit », si je ne me trompe. Ils venaient juste de percer.

– C'est trop bien.

– Je sais, mais je ne saisissais rien à l'époque. Après quelques verres de trop, je suis allé voir le DJ pour lui demander de mettre des chansons de Michael Jackson ou d'autres tubes de ce genre. J'ai tellement insisté qu'il a fini par me donner les manettes. La cata.

– Pourquoi ?

Theodor se redressa, l'air intéressé.

– La piste de danse s'est vidée à la première chanson. La honte. J'ai paniqué et tout fait pour sauver la situation, mais c'était trop tard.

– Tu avais mis quoi ?

– Je ne sais plus, mais je peux t'assurer que ce n'était pas un bon choix.

– Allez, je suis sûr que tu te rappelles. Dis !

– OK, mais ne te moque pas. « Papa Don't Preach » de Madonna.

Theodor fixa son père. Dans le court silence qui précéda les premières notes de basse de « Lounge Act », ils éclatèrent de rire.

– Elle n'est pas si nulle.

– Papa, c'est pourri. Surtout comparé à Nirvana.

Fabian ne pouvait qu'être d'accord. Le morceau était peut-être bien en lui-même, mais la production au moins aussi datée qu'un titre de Roxette.

– En tout cas, cette soirée m'a appris quelque chose et je me suis mis à écouter les Pixies, Sonic Youth et compagnie.

– Je connais pas.

– Quoi ? Tu n'as jamais entendu parler d'eux ?

Theodor secoua la tête avec cet air naturellement curieux qu'il avait quand il était petit. Malgré la fatigue qui l'accablait de plus en plus, Fabian sortit son portable et chercha sa chanson préférée des Pixies. Il se connecta aux enceintes et monta le volume afin que « Where Is My Mind ? » retentisse comme il se devait dans la chambre.

Theodor, porté par la musique, ne put retenir un sourire.

– Tu écoutais vraiment ça, papa ?
– Oui, pourquoi ?
– C'est cool.

Il était 1 heure et demie quand Fabian se coucha. Lui et Theodor avaient écouté de la musique jusqu'à ce que la voisine appelle et les menace de faire venir la police. Ça valait la peine, se dit Fabian en éteignant sa lampe de chevet. La dernière fois qu'il s'était autant amusé avec son fils remontait aux dix ans de ce dernier, quand ils avaient passé le week-end en pyjama à construire un chasseur stellaire X-Wing en Lego.

Il jeta un œil à son portable – aucun message de Sonja. Elle rentrerait sans doute tard dans la nuit. Tous deux avaient conclu un accord : Fabian s'occuperait des enfants pour qu'elle puisse profiter au maximum de sa soirée, ce qui lui convenait bien. Il venait de passer un bon moment avec Theodor et n'avait de toute façon pas la force de veiller. Si quelqu'un méritait de s'amuser, c'était Sonja. Il ne l'avait jamais vue travailler aussi dur que cette année.

Aucun d'eux ne l'avait clairement formulé, mais depuis les événements de 2010, leur relation était en suspens. Ce n'était pas grand-chose de plus qu'une façade fragile pour le bien-être des enfants. D'après la psychologue de Theodor, il n'y avait rien de plus important qu'un environnement familial stable et sécurisant.

Même s'ils faisaient toujours chambre commune, leur vie sexuelle était réduite à néant. Fabian avait bien tenté quelques approches, mais Sonja l'avait repoussé si catégoriquement qu'il avait décidé d'attendre que l'initiative vienne d'elle.

Ce qui semblait s'éterniser.

L'idée d'aller voir ailleurs lui avait traversé l'esprit, mais se retrouver dans la même situation qu'avec Niva était la dernière chose qu'il souhaitait. Le jeu n'en valait pas la chandelle.

Malgré le manque de passion, Fabian savait qu'il aimait toujours éperdument Sonja. Et d'une certaine manière, ils n'avaient pas été aussi bien depuis longtemps. Ils ne se disputaient jamais et partageaient équitablement les responsabilités. Sans rien attendre ni exiger l'un de l'autre.

Il se retourna dans l'espoir de s'endormir enfin. Il ignorait depuis combien de temps il était couché là, à regarder le plafond dans la faible lumière que filtraient les rideaux. Lui qui d'ordinaire trouvait facilement le sommeil. D'habitude, il avait à peine éteint qu'il sombrait jusqu'au petit matin. Lire dans son lit était peine perdue.

Mais cette nuit était différente. Bien qu'il soit rompu de fatigue, son corps ne trouvait pas le repos. Ce n'était pas l'idée que Sonja s'amuse sans lui, il en était certain. Il savait ce qui le maintenait éveillé.

Peter Brise. Sa mort étrange, qui n'en était peut-être pas une, ne le laissait pas tranquille. Dans toute cette affaire, il n'y avait rien de banal et Fabian avait le pressentiment que ce n'était que le début. Le début de quelque chose qui émergeait à peine.

Le week-end leur réserverait sans doute des surprises.

Copenhague devrait attendre.

18

Fabian prit avec résignation une autre gorgée du café amer de l'hôpital et leva les yeux du rapport de Hugo Elvin vers la grande horloge du hall d'entrée. Il n'était pas encore 10 heures et Irene Lilja n'arriverait pas avant un moment. Ils ne pouvaient pas décemment débarquer plus tôt sans prévenir, surtout si c'était pour déranger Einar Greide en plein travail. Personne n'était plus irritable que le médecin légiste.

Le fait qu'ils viennent mettre en doute ses conclusions n'arrangerait rien. Mais tant pis. Bien des éléments indiquaient qu'il faisait erreur, et il était de leur devoir de déterminer en quoi. Car l'enquête piétinait, ce n'était pour l'instant qu'un enchevêtrement d'absurdités.

Il tenta de retenir un bâillement, en vain, contraint de constater que la fatigue l'emportait sur la caféine. Sonja l'avait réveillé aux aurores quand elle était entrée à pas feutrés dans la chambre, ses chaussures à talons dans la main, puis s'était littéralement écroulée sur le lit. Il avait essayé de se rendormir, mais les effluves d'alcool et de cigarette venus se mêler à ses méditations sur l'affaire Brise l'en avaient empêché.

Lorsque Sonja s'était mise à ronfler, il avait abandonné tout espoir de retrouver le sommeil et était allé courir dans le bois de Pålsjö. Un tour plus ambitieux que d'habitude. Quelque part au milieu de la promenade Landborg, sentier accidenté qui dominait le détroit, il avait pensé au commentaire de

Berit sur Johan Halén, le fils d'armateur qui s'était suicidé. Après une bonne douche, il avait sorti des archives le rapport qu'Elvin avait rédigé dix-huit mois plus tôt à ce propos, pour ensuite se rendre à l'hôpital où il attendait Lilja, avec une tasse de café infâme et une brioche à la cannelle trop sèche.

Le dossier expliquait que Halén avait été retrouvé mort dans son garage le 13 décembre 2010. C'était un artisan venu réparer le lave-vaisselle qui avait trouvé son corps gisant en position fœtale sur la banquette arrière de l'une des voitures de la victime, une Mercedes C220. À travers un tuyau d'aspirateur scotché au pot d'échappement et glissé par la fenêtre, le gaz filait droit dans le véhicule.

À l'époque, Fabian était en vacances en Thaïlande avec Sonja et les enfants, mais il se souvenait qu'une enquête préliminaire avait été ouverte et que Molander avait été chargé d'inspecter les lieux. Pas une empreinte n'avait été découverte, sauf celles de Halén lui-même et de la femme de ménage sur le tuyau d'aspirateur. Dès que Greide avait confirmé qu'il s'agissait d'un suicide, l'enquête avait été bouclée et ils n'étaient pas allés plus loin.

Elvin avait eu la même impression que Berit, mais l'idée avait été écartée. Suicide ou pas, les deux affaires présentaient pourtant plus d'un trait commun. Johan Halén et Peter Brise étaient tous deux riches et célibataires. L'examen toxicologique avait montré une forte alcoolémie chez l'un comme chez l'autre. Enfin, le corps de Halén avait été retrouvé gelé, ce que l'on avait expliqué par le manque d'isolation du garage et la rudesse de cet hiver-là.

Le rapport n'en disait guère plus. En revanche, une simple recherche sur Internet révéla des éléments intéressants, notamment le fait que Halén était ruiné quand il s'était tué. Le dernier mois de sa vie, il avait vendu sa part majoritaire de sa compagnie de navigation, de même que son portefeuille d'actions privées et sa collection d'œuvres d'art – dont la célèbre huile sur toile *A B, Brick Tower* de Gerhard Richter.

Où l'argent était-il passé ? Le flou à ce propos avait suscité bien des spéculations. Certains affirmaient qu'il avait tout perdu au jeu dans un casino de Malmö. D'autres que, lors d'un accès de folie, il avait mis le feu à sa fortune et s'était suicidé.

L'une des rumeurs les plus calomnieuses voulait que la victime eût profité allègrement des sites de rencontre pour humilier et violenter des femmes dans une pièce cachée de son sous-sol. Quelques-unes auraient même fini à l'hôpital. Rien de tel concernant Peter Brise. Le dénominateur commun n'était donc pas à chercher par là.

– La nuit a été courte, on dirait, déclara Lilja en arrivant.

Fabian avait tout sauf envie de se lancer dans des explications à propos de son couple. Il but d'un trait la fin de son café, ferma le dossier et se leva.

– On y va ?

Lilja hocha la tête.

– Au fait, tu as réussi à le joindre pour le prévenir qu'on venait ?

– Si tu parles de Greide, je n'ai même pas essayé, répondit Fabian tandis qu'ils traversaient le hall d'entrée. Pourquoi lui donner une chance de refuser de nous voir ?

Il se tourna vers la jeune femme assise à la réception avec son micro-casque.

– Bonjour, Fabian Risk et Irene Lilja. Nous venons voir le docteur Greide du service de médecine légale.

Elle opina et appuya sur le standard téléphonique.

– Tiens, regarde ce qu'Ylva Fridén m'a envoyé.

Lilja sortit quelques photos d'une enveloppe. Des clichés de Per Krans au lit, nu comme un ver : sur le premier, l'homme était couché sur le ventre et souriait à l'objectif ; sur le deuxième, il se tenait sur le dos et cachait son sexe derrière un ours en peluche ; sur le dernier, plus aucune pudeur.

– Qu'est-ce que tu penses de ça ? reprit Lilja en posant le doigt sur le tatouage que Krans arborait à l'épaule gauche. Ça devrait nous aider à identifier la victime, non ?

Fabian regarda de plus près le motif qui couvrait une bonne partie de l'épaule. Les traits étaient si grossiers qu'on aurait dit que quelqu'un avait renversé un pot d'encre grise sur sa peau.

– Ils sont là devant moi, déclara la réceptionniste. Non, je n'ai pas dit que vous étiez disponible, mais d'après le planning que j'ai sous les yeux, vous devriez pouvoir...

– Au diable le planning ! clama la voix orageuse de Greide à travers le casque.

– Que me vaut le plaisir de votre visite ? lança le médecin en accueillant Fabian et Lilja dans le couloir souterrain sans leur serrer la main.

– Qui est-ce qui m'envoie, tu crois ? rétorqua Fabian en remarquant la tresse grise qui tombait dans son dos comme un fouet.

Le signe que, d'après le médecin, Peter Brise n'était que le premier d'une longue série de victimes.

– Vous savez que j'ai raison, reprit Greide qui continuait d'un pas pressé. Les données que je vous transmets sont toujours exactes. Alors à quoi bon me déranger et remettre en question mon travail, si ce n'est pour conforter vos théories extravagantes ?

– Extravagantes, je ne sais pas..., se défendit Fabian tout en sentant son portable vibrer dans sa poche. Mais bien des éléments ne...

– Crois-moi, le coupa Greide. Autrement, Tuvesson ne t'enverrait pas. Excuse-moi Irene, mais personne d'autre que Risk n'oserait me contredire. Mais ne perdons pas davantage de temps, maintenant que ma matinée est gâchée.

Fabian sortit son téléphone. En voyant le nom de Klippan sur l'écran, il ignora l'appel.

– Au moins, ça veut dire qu'elle prend les choses au sérieux, poursuivit Greide. Qui sait, peut-être qu'elle en profite pour se calmer un peu sur la bouteille, hein ?

Il composa le code, ouvrit la porte de la morgue et se tourna vers les deux policiers :

– Venons-en au fait. Qu'est-ce que vous voulez ?

– Nous ne sommes pas parfaitement sûrs que Peter Brise soit mort. Pas mal de choses suggèrent le contraire, dit Fabian en entrant dans la chambre froide.

Greide éclata de rire comme si c'était la pire idiotie qu'il ait jamais entendue.

– Et qui est-ce qu'on a là ? Le père Noël ?

– Per Krans, précisa Lilja qui se permettait enfin de prendre la parole. Le directeur financier de Ka-Ching. Il a disparu depuis lundi, le jour même où il serait allé chez Brise pour résoudre un conflit qui les opposait.

– Ça collerait drôlement bien, presque comme dans un film.

Le médecin referma la porte derrière eux.

– Malheureusement, je peux vous assurer que Brise est aussi mort que le vieux teckel boiteux de ma grand-mère.

– Tu en es certain ? insista Lilja pour prouver que Fabian n'était pas le seul à oser l'affronter.

– Si l'examen avait été exécuté par Gruvesson, il y aurait de quoi douter. Mais je m'en suis chargé moi-même. Quand je vous dis que Brise est mort, c'est qu'il est mort.

– Désolé, mais ça ne suffit pas, déclara Fabian.

De nouveau, son téléphone se mit à vibrer, affichant une photo de Klippan tout sourire.

– Vous savez depuis combien de temps j'exerce ce métier ? Hein ? Vous avez une petite idée ?

– Des lustres, j'imagine, répondit Fabian.

De nouveau, il ignora l'appel de son collègue.

– Mais ça ne change rien au fait qu'on ait besoin de preuves. Or, à ma connaissance, tu n'as pas eu de résultat ADN.

Greide ouvrit le tiroir et tira si violemment la civière que le corps de l'homme qui gisait là trembla comme animé d'un dernier souffle de vie.

– D'abord, commença-t-il, pas de tatouage. C'est de plus en plus exceptionnel.

Lilja échangea un regard avec Fabian.

– Ensuite, d'après son dossier médical, il s'est fait opérer pour une hernie inguinale au côté droit et du ménisque aux deux genoux. C'est le cas.

Le médecin martelait chacun de ses mots.

– Enfin, si ces messieurs-dames ont encore des doutes, il était homo.

– C'est écrit sur son front ?

– Non. En revanche, j'ai observé un sévère prolapsus anal au niveau du sphincter externe, ce qui peut s'expliquer par une pratique violente de la sodomie.

– Mais ça n'a rien…

– Qui plus est, coupa Greide, je viens de recevoir les résultats de l'analyse dentaire.

Fabian hocha la tête. Le médecin avait raison, ce ne pouvait être personne d'autre que Brise. Le fragile château de cartes s'effondrait déjà.

– Et comment sais-tu qu'il était congelé depuis deux mois ?

Greide poussa un soupir.

– Sérieusement… Pour qui tu me prends ? Tu crois vraiment que je donnerais un chiffre au hasard ? L'éclatement cellulaire qui survient lorsque le volume d'eau augmente dans l'organisme dépend de deux facteurs : le temps et la température. Plus celle-ci est élevée, plus le corps se décompose rapidement. Il est probable que le meurtrier se soit servi d'un simple congélateur, réglé à une température moyenne de – 18 °C. Résultat du calcul : deux mois avec une marge d'erreur de plus ou moins une semaine.

– Dans ce cas, comment expliquer les témoignages affirmant qu'il était en vie il y a quelques jours ? demanda Lilja.

Greide esquissa un geste d'embarras, tandis que Fabian baissait les yeux sur son portable en sentant qu'il avait reçu un message.

– Corrigez-moi si je me trompe, mais c'est votre boulot, non ?

Le médecin afficha un sourire.

– On est bon ?

J'ai peut-être une explication. Rendez-vous au plus vite au poste. Klippan.

19

DANEMARK

L'air n'était pas aussi irrespirable et chargé d'urine que Dunja s'y était attendue. La forte odeur d'humidité lui évoquait plutôt l'une des nombreuses friperies mal ventilées de Copenhague. Ces derniers mois, en tant que gardienne de la paix, elle s'était rendue dans bien des centres d'hébergement aux quatre coins de la région. Mais c'était la première fois qu'elle entrait au Stubben, 10 rue Stubbedamsvej à Helsingør.

Un écriteau dans le couloir annonçait onze chambres à deux mille cinq cents couronnes par mois. Chaque jour, le petit déjeuner et un repas chaud étaient servis pour quinze couronnes, et le vendredi, on pouvait se doucher et se faire couper les cheveux pour vingt.

La salle d'attente sans porte était remplie de SDF. Certains discutaient entre eux, d'autres parlaient tout seuls et d'autres encore en profitaient pour dormir, bravant l'affichette qui rappelait que cette pièce n'était pas un dortoir. Dunja ne voyait ni la femme qui lui avait volé son arme, ni aucun des visages qu'elle avait aperçus dans le bâtiment abandonné de Stengade.

Elle regarda l'heure : 12 h 40. Elle avait quitté Magnus cinq minutes plus tôt, ce qui lui laissait encore vingt minutes avant qu'il commence à se poser des questions. Sachant qu'il protesterait, elle ne l'avait pas informé de son programme et ne comptait pas le faire avant d'avoir tiré certaines choses au clair.

Elle l'avait laissé dans la pizzeria un peu plus haut dans la rue, au croisement de Kongevejen, avec son répugnant déjeuner sur mesure qu'il qualifiait fièrement de « Quattro Magnus », à base de poulet, de viande façon kebab, de bœuf sauce béarnaise, de moules et de crevettes. Dunja s'était contentée d'une simple salade tomates mozzarella.

Son collègue n'avait pas caché sa déception quand elle avait prétendu avoir besoin de se dégourdir les jambes et d'être un peu seule. Pour qu'il la laisse partir, elle avait dû jurer ses grands dieux qu'elle n'était pas fâchée et que ça n'avait rien à voir avec lui. Et même vaguement lui promettre qu'elle le laisserait enfin l'inviter à dîner.

Elle prit une réglisse et laissa la fine couche de sel fondre sur sa langue avant de passer le seuil de la salle d'attente. Tous les yeux se braquèrent sur son uniforme et aussitôt, l'atmosphère devint tendue. Dans ces conditions, mieux valait aller droit au but.

– Je m'appelle Dunja Hougaard et comme vous le voyez, je suis de la police municipale, déclara-t-elle en se tournant lentement pour tenter d'intercepter chacun des regards. Je ne suis pas là pour parler de moi, mais de votre collègue qui a épouvanté la population en se montrant hier, rue Stengade.

Elle les observait tous, à l'affût de la moindre réaction.

– Quelqu'un sait peut-être d'où venait tout ce sang ?

Mais elle n'obtint qu'un lourd silence et des regards fuyants. Ce n'était pas gagné, constata-t-elle. Surtout avec ce satané uniforme qui, pour ces SDF, n'était que source d'ennuis et de tracas.

– Je ne veux incriminer personne, reprit-elle. Tout ce que je souhaite savoir, c'est si l'un d'entre vous détient des informations susceptibles de nous aider pour l'enquête. Le nom de cette femme, par exemple, et où on pourrait la trouver.

Elle sortit la photo capturée sur la vidéo et la leur montra tour à tour.

Rien. Toujours ces visages fermés, ces regards rivés au sol et ces bouches cousues. Mais au-delà des apparences...

Dunja guettait ces gestes inconscients que l'on esquisse tous quand on s'efforce de ne rien montrer. Des signes quasiment imperceptibles que l'œil non averti ne remarque pas, mais qu'elle, elle savait repérer. Le simple fait de bouger ses pieds, par exemple, trahissait souvent l'envie de s'enfuir. Cacher la vérité déclenchait toujours un pic de stress, ce qui se traduisait par une accélération du pouls, elle-même cause d'un essoufflement.

Dunja remarqua ces symptômes chez l'homme aux cheveux décolorés, à sa gauche. Maintenant, il s'agissait de le faire parler.

20

SUÈDE

Theodor, assis sur le dossier de son banc fétiche et une cigarette pincée entre les lèvres, cherchait dans son téléphone l'album *Doolittle* des Pixies. Il y avait là quelque chose d'ironique, quand il repensait à quel point son père l'avait saoulé à propos de Marilyn Manson, lui serinant qu'il existait des groupes bien meilleurs. Force était de constater que le daron avait raison.

Il prit une bouffée de tabac et balaya du regard la cour d'école qui grouillait d'élèves. Bande de losers. Visiblement, son père avait de nouveau oublié son appel quotidien. Il devait avoir compris que c'était vain. Une vaste comédie consistant à faire genre que tout allait bien dans le meilleur des mondes. Des conneries. Pourtant, maintenant qu'il en était privé, ces conversations commençaient à lui manquer.

Heureusement qu'il pouvait se concentrer sur Alexandra. Elle se tenait un peu plus loin sur le terrain de basket et enchaînait les paniers, avec sa casquette des Boston Celtics. D'habitude, il n'aimait pas les casquettes, c'était bon pour les gamins. Mais sur Alexandra, ça faisait bien. De toute façon, elle pouvait se fringuer n'importe comment, tout était toujours ravissant sur elle.

Soudain, comme si ses pensées lui parvenaient, elle se retourna et le fixa avec un grand sourire, l'air de vouloir s'assurer qu'il l'avait vue à l'instant mettre un panier à trois points. Theodor n'avait qu'une envie : la rejoindre et essayer à son tour, mais il savait qu'il se ridiculiserait. Sans compter que son père risquait peut-être malgré tout d'appeler.

Et puis, il y avait ces abrutis. Rille, Kalle et Jonte, ou quels que soient leurs noms. Évidemment qu'ils traînaient par là. Theodor était sûr qu'Alexandra les maudissait autant que lui, c'était criant. Mais sympa comme elle était, elle les laissait disputer la partie. Alexandra s'élança en driblant, les feinta successivement et fit un magnifique ***dunk*** comme si elle échappait à la gravité. Elle était tellement douée, quel plaisir de la regarder jouer.

Mais tout à coup, l'un des types s'empara de la casquette d'Alexandra, la lança à un autre et ils commencèrent à se faire des passes. D'instinct, Theodor bondit du banc et traversa la cour. Il ne pensait à rien, ne se laissait mener que par ses jambes. En quelques secondes rythmées par les battements précipités de son cœur, il atteignit le terrain de basket, sans laisser à personne le temps de réagir.

Ces deux dernières années, il était resté calme.

Attraper le blondinet par la capuche.

Chaque fois, il avait résisté.

Le secouer violemment.

Il n'avait jamais rien fait que lancer des menaces.

Lui flanquer un coup de pied au mollet.

Pas même lever le poing.

Le blondinet s'effondrerait par terre.

Lui planter un crochet au visage.

Theodor s'imaginait parfaitement la scène. Il sentait presque les jointures de ses doigts s'écraser contre la mâchoire de son adversaire qui, au troisième coup, se déboîterait enfin.

Le sang qui s'écoulerait de ses narines ne ferait qu'exciter son organisme, appelant toujours plus d'adrénaline.

Il revint subitement à lui au son de la sonnerie qui annonçait la fin de la récréation. Il se figea, le poing levé, puis se baissa pour ramasser la casquette jetée par terre et se tourna vers Alexandra.

Elle la prit, s'en coiffa et le remercia d'un sourire qui valait tout l'or du monde.

21

Danemark

Toute sa monnaie et son sachet de bonbons. Voilà ce qu'avait coûté à Dunja l'information que détenait l'homme aux cheveux décolorés : la suspecte se réfugiait souvent dans une cour abandonnée, à l'arrière du magasin de vélos, un peu plus haut dans la rue du centre d'hébergement. Par chance, Dunja n'avait que quatre-vingt-six couronnes sur elle. Elle était plus embêtée d'avoir dû se séparer de son dernier sachet de réglisse salée, à laquelle elle était accro depuis son premier séjour en Suède. La seule manière de s'en procurer était de traverser l'Øresund.

Par un drôle de hasard, il se trouvait que la cour en question faisait face à la pizzeria où Magnus était encore en train de se goinfrer. S'il s'était seulement donné la peine de lever les yeux de son déjeuner grotesque, il aurait vu Dunja se glisser dans l'étroit passage sombre séparant le bâtiment d'un garage, surmonté d'un panneau « Stationnement interdit » dessiné à la main, auquel les automobilistes ne prêtaient manifestement pas attention.

Il n'était pas exclu que la suspecte, qui avait remonté la rue piétonne vers le nord, soit venue de cette cour située au sud du centre-ville. Dunja n'était qu'à mi-chemin, mais elle respirait déjà une odeur infecte de chien mouillé et de toilettes publiques. Elle s'arrêta un instant pour sortir son pistolet, ôta la sécurité et le braqua droit devant elle des deux mains, avant de continuer.

L'endroit était lugubre. Çà et là, il y avait des caddies dont certains renversés par terre, débordant de vêtements, de restes de nourriture et de tout un bric-à-brac. Sous l'abri en plastique ondulé, destiné à protéger les vélos de la pluie, gisait une pile de vieux matelas crasseux, de sacs de couchage, de couettes et de couvertures. Un fatras de tissus empestant l'urine.

En revanche, pas une âme à l'horizon. On aurait dit que les gens qui vivaient là avaient abandonné leurs affaires. Y compris les sacs-poubelle remplis de bouteilles consignées qu'ils avaient dû mettre des semaines à récolter. Peut-être n'avaient-ils eu d'autre choix que de fuir. Mais quoi ?

Tout à coup, Dunja remarqua un godillot.

Elle avait d'abord cru à un objet oublié parmi les autres, mais en regardant de plus près, elle vit qu'il chaussait un pied dépassant du tas d'étoffes. Voilà donc de quoi parlait la femme : un garçon qui n'avait jamais fait de mal à personne, tant de ricanements qu'elle n'avait pas osé s'interposer.

Dunja s'approcha du godillot – une grande pointure, du 45 au moins. Elle commença par soulever prudemment les couvertures, découvrant le pied droit et le bas des jambes qui disparaissaient dans l'amas de chiffons. Elle donna en vain quelques coups sur les semelles, avant de continuer. Son regard remonta le long du pantalon de plus en plus maculé vers la taille. Elle crut d'abord à des taches d'urine, mais ce n'était pas ça.

À quoi s'était-elle attendue ? Il n'y avait rien d'étrange à ce qu'un sans-abri rende son dernier souffle sur un vieux matelas, en particulier en hiver. Mais c'était le printemps, et l'homme n'avait pas simplement trouvé la mort. Il s'était vidé de son sang.

Dunja se doutait depuis un moment qu'elle avait affaire à un meurtre. Il n'y avait pas de quoi suffoquer. Ni se laisser impressionner par les yeux écarquillés de la victime et la tache rouge d'un mètre de large dans son dos.

Mais quand son regard effleura la cage thoracique violemment enfoncée, elle détourna les yeux. Le pauvre homme devait avoir eu toutes les côtes brisées. Bientôt, elle n'eut plus qu'une seule vision : l'image d'un rouleau compresseur allant et venant sur le corps sans défense.

22

Suède

Il est temps de se réveiller, se dit Fabian alors qu'il s'engageait dans le parking du commissariat à la recherche d'une place. Lui et Lilja auraient dû être en route pour Lund, où ils devaient rencontrer le DG de Ka-Ching. Mais à la suite du message énigmatique de Klippan suggérant qu'il avait peut-être trouvé une explication, ils se rendaient au poste pour une réunion d'urgence.

La sonnerie de son téléphone retentit soudain : c'était Sonja. Par la force de la volonté, il parvint à résister à l'instinct de son cerveau reptilien qui lui dictait de l'ignorer.

– Oui ? Ici Fabian Risk.

– Tu vois bien que c'est moi, non ? lança Sonja dans un rire.

– Euh… Je suis en voiture.

Il regrettait déjà de ne pas avoir écouté le reptile qui se cachait en lui.

– Ça y est, tu es réveillée ?

– Oui, la soirée s'est un peu prolongée hier.

Il voulait lui demander ce qu'elle avait fait et avec qui, mais quelque chose lui disait qu'il ne valait mieux pas.

– J'espère que tu t'es amusée, reprit-il.

– Comme une folle ! Je n'avais pas autant ri depuis longtemps.

– Super. Mais j'ai une réunion importante qui m'attend, là. Tu me raconteras ce soir.

– C'est pour ça que je t'appelle, en fait. Tu te souviens d'Alex White, le collectionneur d'art ?

Fabian ne savait que trop bien de qui il s'agissait, mais ne répondit pas. *Alex White.* Rien que son nom l'irritait.

– Mais si, tu vois qui c'est. Je vous ai présentés hier. Il me donne carte blanche pour faire quelque chose pour chez lui.

– Comment ça ?

Fabian regretta aussitôt son ton brusque, mais c'était trop tard.

– Ce que je veux. Il m'a promis de m'acheter une œuvre. C'est génial, non ?

– Oui, félicitations, dit Fabian en entrant dans le commissariat.

Florian Kruse, assis à la réception avec sa parfaite raie sur le côté, était captivé par son écran d'ordinateur.

– Tu sais ce que tu vas faire ?

– Non, aucune idée. Mais je pensais passer chez lui pour voir. Il voudrait que je lui présente un projet dès ce soir, donc prie pour que j'aie de l'inspiration.

– Ça veut dire que tu ne rentres pas dîner ?

Fabian savait qu'il laissait beaucoup trop entendre son irritation, mais il n'avait pas la force de jouer la comédie.

– Si, mais je n'aurai pas le temps de préparer à manger. Je te laisse faire. Je dois y aller, on se parle plus tard. À toute !

Il entra dans l'ascenseur. Les derniers mots de Sonja résonnaient dans sa tête comme à l'intérieur d'une pièce vide.

– Allez, on commence, déclara Klippan qui se tenait à un bout de la table, à côté d'Elvin assis sur sa chaise sur mesure.

Ni l'un ni l'autre n'avait voulu révéler ce qu'ils avaient découvert avant que tout le monde ne soit réuni.

– Tout le monde a son café et sa viennoiserie ? reprit Klippan en faisant signe vers le plateau débordant de brioches encore fumantes à la pistache et à la cannelle.

Fabian parcourut rapidement du regard les murs transformés en tableau blanc, mais il ne vit ni note ni photo qui aurait pu le mettre sur la piste. Leur trouvaille, quelle qu'elle fût, était certainement glissée dans la vieille chemise qu'Elvin gardait devant lui sur la table.

– Comme vous le savez, Hugo et moi avons été chargés de récolter toutes les informations sur Mister Brise. On est loin d'en avoir fini, mais on tient peut-être quelque chose.

– Vas-y, crache le morceau, dit Molander.

– La fortune de Brise n'a échappé à personne et quand Irene nous a signalé le fait qu'il était en conflit avec son directeur financier, on s'est dit que c'était peut-être le noyau de l'affaire. L'argent. Voilà le motif du crime, tout simplement.

Il s'approcha du tableau et entoura le dollar que Fabian avait dessiné à côté du portrait de Brise.

– On a commencé par contacter sa banque, Handelsbanken rue Gasverksgatan, pour en savoir plus sur ses finances en général et demander s'il y avait eu des activités étranges ces derniers temps. Ce matin, Hugo a rencontré son banquier personnel, un certain Rickard Jansson, qui ne l'est en fait que depuis sept semaines. Je ne sais pas ce que vous en pensez, mais ça me paraît louche qu'une semaine après sa mort, si on se base sur les conclusions de Greide, le type transfère ses comptes et toute sa trésorerie du bureau central de Stortorget qui, en plus, se situe tout près de chez lui, à l'agence de Söder.

– Rickard Jansson ne vous a pas expliqué pourquoi ? demanda Tuvesson.

– Il a juste dit qu'il s'occupait de gros clients comme Scandlines et Zoégas et avait donc plus d'expérience dans le domaine, précisa Elvin.

– Mais est-ce qu'il a seulement pu le rencontrer ? intervint Lilja. Parce que s'il est mort depuis deux mois…

Elvin opina.

– Plusieurs fois à l'en croire. Et pas plus tard que mercredi dernier, soit le 2 mai à 14 h 30.

D'abord l'agent immobilier et maintenant le banquier. Tous deux affirmaient avoir vu Brise alors qu'il était mort. C'était à n'y rien comprendre.

– Si certains d'entre vous croient toujours à une erreur de Greide, je peux vous assurer que la victime n'est autre que Peter Brise, ça ne fait plus aucun doute, déclara Lilja en jetant un coup d'œil à Fabian qui approuva d'un hochement de tête.

– Est-ce qu'il a apporté des précisions concernant le temps de congélation ? demanda Tuvesson.

– Rien, si ce n'est qu'il était sûr de lui.

– Greide peut se tromper sur toute la ligne, il préférerait mourir plutôt que de l'admettre, commenta Molander.

– On n'est pas là pour parler du caractère de Greide, rappela Elvin en interceptant le regard de ses collègues. Je crois même que ce vieux hippie a raison. Regardez-moi ça.

Il alluma le projecteur, qui diffusa l'enregistrement d'une caméra de vidéosurveillance.

– Ces images ont été tournées dans les bureaux de l'agence de Söder de Handelsbanken juste avant leur entretien du 2 mai. Tenez, le voilà.

Un homme au crâne rasé avec des lunettes en écaille, vêtu d'un T-shirt et d'une veste décontractée, entra dans les locaux et regarda autour de lui.

– Mais c'est lui ! s'exclama Tuvesson. Je suis perdue. Quelqu'un veut bien m'expliquer ? On est sûr que cette vidéo date de la semaine dernière ?

– Il suffit de vérifier le code temporel, indiqua Molander en visant les petits chiffres à l'angle avec son pointeur.

Fabian était du même avis. Sans doute y avait-il une explication, mais si Greide n'avait pas été aussi convaincant, il aurait mis sa main à couper qu'il voyait là Peter Brise et personne d'autre.

– Voici Rickard Jansson, continua Elvin quand un homme engoncé dans une chemise trop petite apparut à l'écran et tendit la main à son visiteur.

La vidéo changea d'angle pour une caméra installée un peu plus bas, montrant les deux individus de face, légèrement de biais. À l'instant où Elvin mit pause sur le visage de Brise, Fabian et les autres comprirent pourquoi leurs collègues les avaient tous convoqués.

L'homme qui serrait la main à son nouveau banquier avait beau ressembler à Peter Brise, ce n'était pas lui. Il s'agissait de quelqu'un qui l'avait non seulement assassiné, mais remplacé.

23

Chris Dawn était accablé d'une violente migraine, le prix à payer pour ne pas avoir fermé l'œil de la nuit. Au départ, il n'avait même pas eu l'intention de se coucher. Quand il avait toute la maison pour lui comme ce week-end, il en profitait pour reprendre son rythme favori : dormir le jour et travailler au studio la nuit. Il adorait le sentiment que le reste du monde repose dans les bras de Morphée et qu'il soit le seul être éveillé sur cette planète. Rien de mieux pour stimuler sa créativité. En vérité, c'était dans les heures sombres qu'il avait composé chacun de ses morceaux arrivés au top du classement.

La nuit précédente, pourtant, avait été un véritable fiasco. Il avait tout essayé, tripoté en vain tous les boutons. Les accords et la mélodie ne semblaient qu'une redite de sa dernière composition. À croire que ce satané merle s'était envolé avec toute son inspiration.

À 2 heures du matin, il avait abandonné et était allé au lit. Mais impossible de trouver le sommeil, tourmenté comme il l'était par la scène du garage. Si une part de lui-même se disait que ce n'était qu'un oiseau venu se glisser là, une autre lui rappelait qu'il n'aurait jamais oublié de fermer la porte de la buanderie.

Il avait envisagé d'appeler la police, mais conclu qu'il se faisait probablement du mauvais sang pour rien. Néanmoins, il avait inspecté la maison de fond en comble. Rien d'anormal, tout était à sa place. Avec un certain calme retrouvé, il avait pris un bon petit déjeuner avant de retourner au studio.

Mais il n'avait pas pu s'empêcher de contrôler régulièrement le moniteur et d'examiner scrupuleusement les images des différentes caméras de vidéosurveillance. Les premières heures, comme sous l'effet d'une drogue, il avait ressenti le besoin incessant de s'assurer qu'il était bien seul. Après le déjeuner et une longue promenade le long des champs, il avait résolu de se limiter à un coup d'œil au moniteur toutes les trois heures. Résolution qui lui avait permis de se concentrer sur sa musique et de parvenir enfin à quelque chose de prometteur.

Le prochain contrôle était maintenant dans deux minutes, deux minutes où il ne ferait rien d'autre que se tourner les pouces. Il se leva sans attendre, se posta devant le moniteur et réveilla l'appareil qui afficha la succession de plans programmés d'avance : d'abord le bureau avec le coffre-fort encastrable dissimulé derrière une affiche de son ancien groupe de metal, Crazy Motherfuckers ; puis la buanderie, le garage, et enfin l'extérieur de la maison.

La grille qui s'élevait au bout de la longue allée était ouverte.

Étrange. Son cœur bondit violemment dans sa poitrine. En sueur, les mains tremblantes, il saisit la télécommande pour interrompre la séquence et revenir sur la caméra de l'entrée. Mais l'écran afficha alors le plan suivant qui montrait une camionnette en train de reculer sur l'allée gravillonnée. Le véhicule s'arrêta à mi-chemin de la maison et la rampe de chargement commença à s'ouvrir.

Qu'est-ce que c'est que ce bordel ? gronda-t-il au fond de lui tout en mettant pause et en zoomant sur la camionnette. Il grommela : « Putain… » et quitta le studio.

Ces connards, quels qu'ils soient, allaient avoir affaire à lui. Chris avait son permis de chasse et s'il le fallait, il n'hésiterait pas à tirer pour les avertir. Il devait juste commencer par appeler la police.

Il sortit son téléphone de sa poche et composa le 112, mais l'appel n'aboutit pas. Il essaya de nouveau, avant de se rendre compte qu'il n'avait pas de réseau. Dire qu'il avait changé d'opérateur pour éviter ce genre de désagrément… Il dressa vainement l'appareil en l'air, puis se dirigea vers la baie vitrée du salon où les communications passaient toujours mieux.

La sonnette retentit. Il l'avait choisie avec autant de soin que tous les détails de son studio. Jeanette trouvait que c'était excessif, que son obsession pour les harmonies tournait à la folie. Elle ne comprenait pas qu'il dépense autant d'énergie pour un petit carillon. C'était pourtant bien le problème : ce genre de sons lui tapaient sur les nerfs, et il était de mauvaise humeur dès que quelqu'un leur rendait visite.

Il avait fini par créer sa propre mélodie à partir du chant des vagues enregistré un jour sur la plage au nord de Råå. À la sonnette était relié un sampler, lui-même connecté au système hi-fi de la maison avec ses enceintes intégrées à tous les murs. Mais cette fois, l'air qu'elles diffusaient n'avait rien d'apaisant.

On sonnait à sa porte. Qui pouvait avoir le culot non seulement de pénétrer sur ses terres, mais de sonner à sa porte ? La colère prit le pas sur la peur. Il ne comptait pas se laisser déranger plus longtemps, certainement pas ce week-end.

En allant vers le vestibule, il ressentit une rage digne de ces fois où il avait poireauté au téléphone pour tomber sur un imbécile totalement incompétent qui ne comprenait rien au principe du service clientèle. Il déverrouilla la porte, s'apprêtant à passer le savon du siècle à son visiteur. Mais il resta sans voix face à l'homme en casquette et bleu de travail qui apparut devant lui.

– Tout est là, déclara ce dernier en tapotant d'une main un grand chargement posé sur un diable.

– Désolé, mais de quoi parlez-vous ?

Le regard de Chris allait et venait entre le carton et le livreur qui, remarqua-t-il, n'avait pas de sourcils.

– Le congélateur que vous avez commandé. Je m'excuse d'arriver si tard, mais…

– Je n'ai jamais rien commandé, protesta Chris en secouant la tête. Vous pouvez reprendre votre congélo et…

– Vous êtes bien Chris Dawn ? l'interrompit l'homme en se tournant vers le bon de commande scotché sur le colis. Ou pour les intimes : Hans Christian Svensson ?

– Euh… Oui, mais…

– Parfait ! Il n'y a donc pas d'erreur.

Son visage s'illumina. Il saisit le diable par les deux poignées et passa le seuil de l'entrée à reculons.

– Eh ! Stop ! Je n'ai rien commandé du tout, s'écria Chris alors qu'il était déjà bien engagé dans la maison. J'ai dit stop !

Le livreur ne s'arrêta qu'une fois dans la cuisine américaine, où il lâcha le diable pour basculer prudemment le lourd colis sur le parquet huilé.

– Vous êtes bouché ou quoi ? reprit Chris en se hâtant derrière lui. Je ne veux pas de ce foutu congélo !

Enfin, il trouvait ses mots.

– Alors remballez-moi ce truc et dégagez d'ici avant que je m'énerve pour de bon.

L'homme sans sourcils l'ignora et sortit un cutter pour trancher l'emballage.

– Vous allez foutre le camp, oui ?

Une fois le congélateur coffre déballé, l'homme l'ouvrit.

– Bon, vous l'aurez cherché !

Chris s'apprêtait à descendre à la cave s'armer d'un fusil. Il avait hâte de voir la mine de cet abruti quand il lui tirerait dessus.

– Mettez-vous là-dedans, déclara le livreur avec un geste de la tête vers l'appareil.

– Hein ? Quoi ?

Fallait-il rire ou pleurer ?

– C'est une blague ?

– Hélas non, je ne suis pas là pour plaisanter. Allez, je n'ai pas de temps à perdre, répondit-il d'un ton sec en jetant un coup d'œil à sa montre.

– Et puis quoi encore ? Allez-y vous-même si vous trouvez ça si amusant !

Chris tournait les talons vers l'escalier de la cave quand il entendit un bruit métallique dans son dos. L'homme pointait sur lui un pistolet avec silencieux.

– OK, OK... du calme.

– J'attends, reprit l'homme en faisant signe du bout de son arme vers le congélateur.

Visiblement, il n'avait pas le choix. Chris marcha les mains en l'air vers l'appareil et grimpa à l'intérieur. Son agresseur s'approcha, lui fouilla les poches dont il sortit son téléphone portable et sa boîte de *snus*[1].

– Assis.

– Du calme, bredouilla Chris en s'exécutant. Là, c'est bon ? Vous n'allez tout de même pas...

La porte s'abattit sur son crâne avec une telle violence qu'il crut sentir ses vertèbres se briser dans sa nuque. Puis il entendit une clef tourner dans le verrou extérieur. Bravant la douleur, il essaya d'ouvrir. Impossible.

Le ronronnement du compresseur, suivi du bruit mécanique du condenseur, chassa toutes ses pensées. Il prit quelques profondes inspirations. Surtout, ne pas céder à la panique. Si la peur s'emparait de lui, il était perdu.

---

1. Tabac en sachet à placer sous la lèvre, très populaire en Scandinavie.

Non, il n'abandonnerait pas aussi facilement. Il devait garder l'esprit clair, trouver une solution. La première chose à faire : sortir de cette boîte. Il ignorait comment, mais il finirait bien par y arriver. Ensuite : descendre à la cave se munir d'une arme.

Il retint son souffle quelques secondes pour tenter de déterminer si l'homme était toujours dans les parages, mais il n'entendit rien d'autre que le ronflement de l'appareil. Il n'y avait donc pas de raison d'attendre.

Il se pressa autant que possible dans le fond tout en plaquant les pieds contre l'intérieur de la porte. Il rassembla ses forces et poussa furieusement. Mais le verrou ne lâcha pas. À la deuxième tentative, il sentit la sueur perler à son front sans parvenir à faire apparaître le moindre rai de lumière. Même quand il se mit à donner de violents coups de pied. La porte était comme cimentée. Merde, merde, merde…

Au bout d'un quart d'heure à peine, une part de lui savait déjà que c'était fini.

24

Suède

À toute.

Après un tour pour se dégourdir les jambes, Fabian retourna en réunion. Non seulement ils devaient discuter de la théorie selon laquelle un sosie aurait assassiné sa victime, mais de la suite des opérations. Fabian ne pensait qu'aux deux derniers mots de sa conversation avec Sonja.

C'était ainsi que leurs échanges se ponctuaient depuis peu : *À toute.* Qu'ils ne fassent plus l'amour était une chose – il pouvait le comprendre et l'accepter, bien qu'à regret. De même, il pouvait concevoir que leur couple reste au point mort quelque temps et qu'ils sauvent les apparences pour les enfants. Mais ce « à toute » était une étape supplémentaire vers le naufrage, la preuve que Sonja avait déjà quitté le navire.

Elle ne le voyait plus comme un homme, un partenaire, quelqu'un à prendre en compte. Il n'était qu'un boulet qu'elle traînait lourdement au pied. Au mieux un chien qui méritait une petite tape avant qu'on le renvoie dans son panier. Sonja avait abandonné, baissé les bras, et il était trop tard.

– … et le détournement d'identité est un délit de plus en plus courant.

Elvin avait repris la parole. Depuis quand ? Qu'avait manqué Fabian ?

– On dit que d'ici quelques années, ce sera même plus banal que les vols de vélo. Le problème, c'est que si plus personne ne laisse son vélo sans cadenas, on est quasiment tous franchement négligents vis-à-vis de nos données personnelles.

– C'est vraiment aussi fréquent ? s'étonna Lilja.

Elvin hocha la tête.

– Rien qu'en Suède, on compte un cas toutes les cinq minutes. La plupart du temps, il s'agit d'utilisation frauduleuse de moyen de paiement : le criminel met la main sur un numéro de carte et dépense autant que possible avant qu'elle ne soit bloquée. Malheureusement, il n'est pas beaucoup plus difficile d'usurper réellement l'identité de quelqu'un pour vider tout son compte et contracter un tas de prêts, souligna Elvin.

Fabian commençait à retrouver le fil de la conversation.

– Je vous explique, déclara Klippan en s'approchant du tableau blanc et en attrapant un feutre. Je commence par signaler un changement d'adresse sans que ma victime soit au courant.

Il illustra son propos par un schéma qui pouvait représenter une maison ou une boîte aux lettres, avec un tas de flèches allant dans toutes les directions.

– Ensuite, je déclare la perte du permis de conduire au nom de la personne concernée. Les papiers sont envoyés à la nouvelle adresse, ce qui fait que ma victime ne se doute toujours de rien.

Tout en poursuivant, Klippan dessina d'autres flèches et symboles qu'il entourait ou raturait.

– Il me suffit de remplir les documents, joindre une photo et signer. Cinq jours plus tard, je trouve dans ma boîte aux lettres un avis grâce auquel je peux aller chercher le permis de conduire flambant neuf avec ma photo, mais l'identité d'un autre. Vous avez suivi ?

Il reboucha et reposa le feutre d'un air satisfait.

– Tout à fait, répondit Molander. Sauf tous ces gribouillis incompréhensibles.

– Personne n'y comprend rien, ajouta Lilja. Mais j'ai du mal à croire que ce soit vraiment aussi simple.

– Hélas si, dit Elvin. Pour peu que le criminel veille à ce que sa victime reçoive le reste de son courrier, il ou elle n'a aucune chance de savoir ce qui se trame.

– Donc vous pensez que c'est ce qui est arrivé ? demanda Tuvesson.

Elvin opina.

– Regardez.

Il appuya sur la télécommande et l'agrandissement d'un permis de conduire fut projeté sur le mur du fond de la salle de réunion.

– Voici Peter Brise. Et voilà notre criminel.

Une autre image apparut à l'écran. Fabian examina les pièces d'identité qui portaient le même nom sous deux visages différents. Sans le savoir, on pouvait aisément croire qu'il s'agissait d'une seule et même personne. Un début de calvitie dissimulé en se rasant le crâne, l'apparition de poches sous les yeux et un léger empâtement des traits étaient de ces transformations normales à quelques années d'intervalle. Pour discerner la différence, il fallait véritablement confronter les deux portraits.

– Le premier permis a été délivré le 17 janvier 2008 et déclaré perdu le 24 février de cette année, indiqua Elvin. Un peu plus d'une semaine plus tard, le nouveau était prêt juste à temps pour le meurtre.

– Non, mais sérieusement…, déclara Tuvesson. Ça ne peut pas être aussi courant.

– Si, mais notre homme a poussé le vice un peu plus loin. En congelant sa victime, il a eu le temps de faire bien pire que vider son compte et contracter des prêts à son nom, comme vendre sa collection d'art, ses biens immobiliers et tous ses actifs par exemple, avant d'empocher l'argent.

– On a une idée de combien il est question ?

– D'après Rickard Jansson, le banquier, il a réalisé des transferts d'une soixantaine de millions de couronnes.

– On peut voir où est passée cette petite fortune ? interrogea Lilja.

– C'est ce qu'on espérait, répondit Klippan.

Il prit une gorgée de café avant de poursuivre :

– Mais d'après Jansson, l'argent a d'abord été transféré au Panama puis réparti sur différents comptes dans des zones avec lesquelles la Suède n'a pas d'accords d'échange de renseignements fiscaux, ce qui le rend impossible à tracer.

– Avant de renoncer, adressons-nous à des instances plus haut placées que ce banquier, suggéra Tuvesson. Non ? Qu'en pensez-vous ? Fabian, tu es drôlement silencieux aujourd'hui.

– Bien sûr qu'il faut continuer, répondit Fabian qui tentait de chasser la douloureuse image d'un divorce. Mais j'ai bien peur que ce soit une perte de temps.

– Pourquoi ?

– On a affaire à un criminel qui a congelé sa victime, puis s'est accroché à elle comme un parasite pour la dépouiller, avant de mettre en scène un accident de voiture au cours duquel il est parvenu à s'échapper sous les yeux d'une foule de témoins. Il m'a l'air extrêmement bien préparé et ça m'étonnerait que ce genre de détails lui aient échappé.

– Mais on n'a rien à perdre.

Tuvesson se leva.

– Vous avez fini ?

Klippan et Elvin hochèrent la tête.

– Bien. Bravo pour cet excellent travail. Maintenant que les pièces du puzzle commencent à se mettre en place, on devrait pouvoir examiner les choses sous un nouvel angle. Fabian et

Irene, si j'ai bien compris, vous vous apprêtiez à vous rendre au siège de Ka-Ching à Lund pour en apprendre plus sur le directeur financier qui a disparu. Comment s'appelle-t-il déjà ?

– Per Krans.

– Ah oui. Si notre théorie s'avère exacte, j'ai du mal à croire que Krans ait été le seul à réagir.

– D'ailleurs, on ne devrait pas lancer un avis de recherche ? dit Klippan. Comme on a une photo de notre homme.

– Tu crois vraiment qu'il se balade en ville déguisé en Peter Brise ? ironisa Elvin.

– Ce serait perdre un précieux avantage, objecta Tuvesson. Le fait qu'il se croie en sécurité, qu'il pense que son plan a parfaitement fonctionné. Il ne peut pas se douter qu'une enquête criminelle a été ouverte, encore moins que nous sommes déjà sur ses traces. Pourvu que ça dure jusqu'à ce que nous l'attrapions. Autrement dit : pas un mot de l'affaire à la presse, ni à quiconque en dehors de l'équipe.

– On doit pourtant bien pouvoir en discuter avec les témoins, observa Lilja. Qu'est-ce qu'on dit aux employés de Ka-Ching, par exemple ?

– Le moins possible.

– Désolé, mais je peux ajouter quelque chose ?

Tout le monde se tourna vers Molander qui venait de lever les yeux de son ordinateur portable.

– Vous partez tous du principe qu'il a fini, mais je n'en suis pas sûr.

Ses lunettes de lecture tenaient en équilibre tout au bout de son nez.

– Qu'est-ce qui vous le prouve ?

– Tu veux dire qu'il aurait l'intention de recommencer ? demanda Tuvesson. Mon Dieu, comment avons-nous pu ne pas y penser ?

Molander haussa les épaules.

– De toute évidence, c'est un plan qui fonctionne.

– Avec soixante millions, on vit bien pourtant, fit remarquer Klippan.

– Pas si on en veut cent ou deux cents.

Molander avait raison, songea Fabian. Rien ne disait que le criminel, tel un braqueur de banque, n'était pas en train de préparer son prochain coup.

– On devrait dresser une liste des victimes potentielles. Des gens qui ont plus ou moins le même profil, proposa-t-il en sentant un regain d'énergie.

– C'est ce que je viens de faire.

Molander brancha son ordinateur au projecteur et une liste de noms apparut au mur.

– Tous ces hommes installés dans la région détiennent une petite fortune d'au moins trente millions.

– Ils sont si nombreux que ça ? s'exclama Lilja.

– Vingt-huit en tout. Mais on en enlèvera certainement dès qu'on aura vérifié qui a fait renouveler son permis ces six derniers mois.

– Lui là, indiqua Klippan en empruntant à Molander son pointeur. Henning Kämpe. Ce n'est pas le fondateur de City Gross[1] ?

– Si, et il en a tiré cent quarante-huit millions, précisa Tuvesson.

– Mais il a largement plus de soixante ans, non ? Et il n'a pas perdu une oreille dans un incendie ?

Molander effectua une rapide recherche sur Internet. Des quantités de photos apparurent à l'écran, révélant qu'en effet, l'homme avait une cicatrice au niveau de l'oreille droite.

– OK, on le retire de la liste, conclut le technicien en barrant son nom.

1. Chaîne de supermarchés suédois.

– Lui aussi, continua Lilja en empruntant à son tour le pointeur.

– Hans Christian Svensson. Qui est-ce ? demanda Tuvesson.

– Un compositeur plus connu sous le nom de Chris Dawn. Il a plus d'un tube à son actif. Il suffit d'allumer la radio pour tomber sur une de ses chansons.

– Pourquoi devrait-on le retirer ?

– Il est marié et a des enfants. Deux, si je ne me trompe.

Molander attendit un geste approbateur de la part de Tuvesson pour rayer le nom du musicien.

– Je ne savais pas que tu lisais la presse people, dit Klippan en riant.

– Comme tout le monde, je vais chez le coiffeur de temps en temps.

– Bon, on n'a pas toute la journée, reprit Molander. D'autres personnalités à barrer ?

Lilja et les autres secouèrent la tête. Tous sauf Fabian qui s'était perdu dans ses pensées en voyant un nom tout en bas de la liste. Un nom qu'il avait entendu pour la première fois la veille, mais qui était resté gravé dans sa mémoire.

Alex White. Le fait qu'il figure parmi tous ces millionnaires n'avait rien de surprenant, comprenait Fabian. Il était possible et même logique que le collectionneur d'art soit la prochaine victime. Il était non seulement plein aux as, mais célibataire. Il avait le même âge que Peter Brise et était aussi maigrichon que lui.

Si Fabian s'était déconnecté de son entourage au point que les voix de ses collègues ne forment plus qu'une opaque nappe sonore, ce n'était pas parce qu'il s'inquiétait pour cet homme. Non, il pensait à Sonja. À Sonja et à ses deux derniers mots.

À toute.

25

Danemark

– Pourquoi tu ne m'as pas appelé ?

Magnus était en train de fixer le ruban de signalisation à l'un des poteaux de l'abri pour boucler la zone, mais il tira si fort que le plastique se déchira.

– Au lieu d'y aller toute seule.

Il secoua la tête et recommença.

– Imagine que... Ça aurait pu très mal finir.

Dunja, qui se dirigeait à l'opposé de la cour avec le rouleau de ruban, s'immobilisa et se retourna vers son collègue.

– Magnus, je sais que ça part d'une bonne intention, mais honnêtement, qu'est-ce que tu aurais fait si je t'avais prévenu ? Tu aurais laissé tomber ta pizza pour transgresser les ordres et te mêler de l'enquête ?

Magnus s'apprêtait à la contredire, mais il se ravisa.

– Et si la suspecte avait été là ? Tu espérais quoi, hein ? Qu'elle vise aussi mal que la dernière fois ?

– Pourquoi aurait-elle tiré ? Tu n'étais pas là pour dégainer ton joujou !

Dunja tourna les talons et continua de dérouler le ruban.

– Dunja...

Magnus lui attrapa l'épaule.

– Je sais que c'était une erreur, mais la situation me paraissait dangereuse et je voulais bien faire.

Dunja hocha la tête, attendant qu'il retire sa main. Mais il plongea son regard dans le sien.

– C'est pour ça que tu n'es pas seule, qu'on est deux. Et quoi que tu penses de moi, je ferais tout pour te protéger. Sache-le.

De nouveau, Dunja opina et lui accorda même un sourire.

– Tu as beau en rêver, ni toi ni moi ne sommes inspecteurs, reprit-il. En tant que gardiens de la paix, notre rôle est de patrouiller et de veiller au maintien de l'ordre public. C'est l'un des piliers les plus importants de…

– Non, mais tu crois à ce que tu racontes ou tu ne fais que réciter ta leçon ? l'interrompit Dunja en poussant un soupir.

Même si elle préférait le Magnus bon élève au Magnus pot de colle, elle lui tourna le dos sans scrupule et continua à dérouler le ruban vers l'un des caddies renversés.

– Tu sais bien que si je n'avais pas été voir, le type aurait moisi là encore une semaine, ajouta-t-elle en faisant un signe vers le corps.

– Ça bosse dur, par ici !

Deux inspecteurs en civil, Søren Ussing et Bettina Jensen, débouchèrent de l'étroit passage entre les façades.

– Bonjour, je suis Dunja Hougaard.

Elle s'approcha pour leur serrer la main.

Ussing releva ses lunettes de soleil Aviator et observa la main de Dunja, avant de se retourner vers sa collègue.

– Ce n'est pas elle qui s'est fait virer de Copenhague ?

– Qui a contrefait la signature du patron, tu veux dire.

Jensen la toisa de la tête aux pieds. Elle avait encore pris du poids depuis la dernière fois, constata Dunja.

– Si si, c'est bien elle.

L'inspectrice esquissa un sourire dévoilant ses dents jaunies par la nicotine, puis passa sous le ruban suivie d'Ussing.

– Le corps est là-bas, indiqua Dunja en les rattrapant.

Elle essayait de se persuader que l'important était l'enquête, non pas son opinion sur les personnes qui en étaient chargées.

– Je crois qu'on peut se débrouiller sans toi, déclara Ussing.

– Bien sûr, je voulais juste vous montrer ce que j'ai...

– Tu pourrais sortir du périmètre ? Merci, ajouta Jensen en montrant de nouveau ses dents jaunes.

– Excusez-moi, répliqua Dunja, mais vous suggérez que je n'ai rien à faire ici ?

Jensen soupira et échangea un regard avec son collègue.

– Comment elle s'appelle déjà, la demoiselle en uniforme ?

– Dunja Hougaard, ça n'a pas changé depuis tout à l'heure. D-U-N-J-A. Cinq lettres, c'est peut-être trop pour votre cerveau ?

Du coin de l'œil, elle voyait Magnus se tenir à distance, faisant mine de continuer à fixer le ruban.

– Et il n'y a pas d'uniforme qui tienne. C'est moi qui ai trouvé le corps et j'ai aussi interrogé cette femme qui...

– Exact, l'interrompit Jensen. C'est toi qui t'es fait voler ton arme.

– Que les choses soient claires, intervint Ussing en avançant d'un pas pour marquer son territoire. Moins les gens de Copenhague viennent traîner leurs basques par ici et souiller nos indices, mieux on se porte.

Dunja regarda tour à tour les deux inspecteurs en se demandant par où commencer.

– Dunja ! s'écria Magnus, bien en dehors du périmètre bouclé. Fais ce qu'ils te disent. Viens !

– Il est futé, ton collègue. Tu devrais suivre ses conseils, déclara Jensen avant de continuer en compagnie d'Ussing vers le corps ensanglanté.

Dunja resta immobile et tendit l'oreille : le corps du clodo, observaient-ils, ne gisait certainement pas là depuis plus de deux jours, ce qui coïncidait avec l'apparition de la toxico rue Stengade. Quant à savoir pourquoi elle l'avait assassiné, il était à peu près évident qu'elle avait pété les plombs quand le type lui avait chipé sa dernière dose.

Dunja brûlait d'envie de les rejoindre et de leur expliquer calmement qu'ils devaient se concentrer sur la poitrine enfoncée de la victime. Pour en arriver là, on avait dû lui sauter dessus à pieds joints. Elle voulait leur expliquer que les chaussures de la suspecte n'étaient pas tachées, ce qui prouvait vraisemblablement son innocence – le sang qu'elle avait sur les mains, les bras et plein son T-shirt indiquait qu'elle avait été proche de la victime. Et enfin, leur signaler que la fille avait parlé de plusieurs agresseurs.

Mais à quoi bon, puisqu'ils ne l'écouteraient pas.

26

Suède

Fabian quitta Norra Kustvägen et s'engagea sur Stora vägen, cap sur Arild. À la fin de la réunion, quand il avait vu le nom d'Alex White parmi les victimes potentielles, il avait demandé à Lilja de se rendre à Lund seule, tandis qu'il prendrait la direction opposée. À l'idée que Sonja se trouve chez cet homme possiblement en danger, chaque cellule de son corps lui criait qu'il fallait aller la chercher.

Il avait essayé de l'appeler, mais il était tombé directement sur son répondeur. Comme toujours quand elle travaillait à son art. « Ça me déconcentre », expliquait-elle pour se justifier. Fabian ne voyait donc pas d'autre solution que de venir la déconcentrer en personne.

White habitait sur la côte, rue Tordönsvägen. En route, Fabian avait écouté en boucle *Neon Golden* de The Notwist, et il se gara sur les dernières notes de « Pilot », une vingtaine de mètres avant un virage serré sur la droite.

Pendant le trajet, il avait essayé de s'imaginer la scène : il sonnerait à la porte et Alex White ouvrirait, l'air surpris. Mais la suite restait confuse. Que dirait-il ? Devait-il lui dévoiler ses soupçons ou l'interroger sans rien révéler ? Et Sonja, comment prendrait-elle son apparition ? C'était difficile à prévoir, aussi décida-t-il de tâter le terrain avant de se montrer.

La Mini Cooper rouge de Sonja était garée devant le garage, à côté d'une Ford Mustang jaune qui semblait tout droit sortie de l'usine. Dans l'angle supérieur de la porte était installée une caméra. Fabian continua le long de la rue jusqu'à pouvoir pénétrer, à l'ombre de quelques arbres, sur la propriété qui jouxtait le sentier côtier.

Le bruit des vagues s'abattant sur les rochers se faisait distinctement entendre, mais pour apercevoir la plage désertée, il dut se glisser sur la pelouse parfaitement tondue.

La maison construite dans le prolongement du terrain en pente conjuguait architecture classique et moderne. La façade latérale, faite de pierres de différentes formes et tailles avec quelques rares fenêtres, contrastait fortement avec l'arrière de la maison, constitué d'une grande baie vitrée.

Pas d'autres caméras en vue, mais Fabian se doutait qu'elles étaient dissimulées quelque part. Il s'approcha malgré tout, à l'abri du mur latéral qui dépassait la baie vitrée d'un bon mètre dans la longueur. Il resta là quelques secondes, avant de risquer un coup d'œil à l'angle. Mais le verre reflétait surtout le paysage extérieur.

Pour voir quoi que ce soit, il devait approcher. Il contourna le pan de mur puis monta un petit escalier qui donnait sur une terrasse en bois. Tant pis s'il était découvert. Il passa devant les meubles d'un salon de jardin en direction de la façade vitrée. Par chance, il se trouvait protégé par une colonne à l'intérieur de la maison. Il colla son front au verre et mit ses mains en œillères.

La pièce d'une superficie d'au moins cent mètres carrés, avec une dizaine de mètres de hauteur sous plafond, ressemblait à une grande salle d'exposition dans un musée d'art moderne. Un escalier qui semblait flotter dans les airs tombait en zigzag d'une mezzanine s'étirant d'un mur à l'autre. Le local regorgeait d'œuvres d'art, d'énormes tableaux accrochés aux murs, d'étranges installations vidéo et de mobiles abstraits de toutes les couleurs.

Pas l'ombre ni de Sonja ni de White. Le seul signe de vie se situait dans la cuisine, au bout à droite : sur l'îlot central étaient posés du pain et toutes sortes de pâtes à tartiner, et une casserole fumait sur le feu. Fabian sortit son téléphone, démarra l'appareil photo et zooma. La casserole était remplie d'eau bouillante où cuisaient très probablement des œufs, vu les deux coquetiers disposés à côté de verres de jus de fruits.

Un petit déjeuner en tête à tête. Le jus fraise-citron vert de chez Brämhults ne trompait pas, ni le pot de Nutella et le tube de mousse de crevette assaisonnée à l'aneth. Sonja raffolait de ces aliments. On était pourtant en plein après-midi, loin de l'heure du petit déjeuner. Qu'est-ce que ça signifiait ?

Fabian se surprit à ressentir une rage violente. Au quotidien, il ne songeait guère au climat glacial qui s'était installé entre lui et sa femme depuis si longtemps, bien qu'au fond, il savait que ce n'était qu'une question de temps avant qu'elle ne prenne un amant. En soi, il pourrait le comprendre. Il parviendrait même à y voir quelque chose de positif : cette aventure permettrait peut-être de rééquilibrer les choses et de les aider à aller de l'avant.

À l'instant, pourtant, il était furieux. Tout en lui protestait à cette idée. Ça ne se passerait pas comme ça. Il s'apprêtait à sonner à la porte pour demander à parler à son épouse, mais se ravisa en les voyant descendre l'escalier. Sonja portait sa salopette et les boucles d'oreilles vertes qu'il lui avait offertes pour leur anniversaire de mariage. White était pieds nus, vêtu d'un jean noir, d'un T-shirt et d'une chemise bleue, assortie à ses lunettes de soleil.

Fabian essaya de déterminer s'ils sortaient de la douche. Mais la frange taillée au laser de White, qui lui donnait l'air de venir de *Star Trek*, ne laissait rien transparaître et Sonja ne mouillait de toute façon ses cheveux que lorsqu'elle faisait un shampoing.

Soudain, il reçut un message de Molander : *Alex White retiré de la liste.* Il ne lui restait plus qu'à faire demi-tour et les laisser en paix, mais il n'arrivait pas à les quitter des yeux.

Une fois en bas, White posa les mains sur les épaules de Sonja et lui murmura quelque chose à l'oreille. En la voyant rire aux éclats, Fabian eut envie de pleurer. Ce n'était pas possible. Pas ici, pas maintenant. Elle continua et s'arrêta devant une grande feuille de papier posée sur le parquet clair. Après une minute de réflexion, elle s'accroupit, se saisit d'un des pastels posés par terre et commença à dessiner avec d'intenses mouvements.

Il s'imagina briser la baie vitrée et s'élancer vers elle dans une pluie d'éclats de verre. Sonja se retournerait, étonnée, mais ne protesterait pas quand il la prendrait dans ses bras et s'en irait, les débris crissant sous ses pieds.

Trois coups l'extirpèrent de ses pensées. Un bruit si proche de son visage qu'il sursauta et manqua de trébucher sur un tabouret en reculant. White se tenait de l'autre côté de la vitre, tout sourire, le saluant de la main. Fabian lui rendit son geste et le collectionneur d'art ouvrit la porte de la terrasse.

– Mais voilà l'inspecteur Risk ! s'exclama-t-il avec son accent américain.

– J'ai sonné, ça n'avait pas l'air de marcher.

– Sonja ! *Look !* Ton mari est là.

Fabian essaya de discerner la réaction de Sonja, mais dans la baie vitrée, il ne voyait que son propre reflet et celui de la mer. Il aurait voulu pouvoir disparaître, se dissoudre en atomes et s'évaporer avec le vent comme s'il n'avait jamais existé. Pourtant, il était bien là, en chair et en os, et n'avait d'autre choix que de serrer la main de White qui n'eut pas la politesse de retirer ses lunettes de soleil. Pour qui se prenait-il ? Une rock star ?

– On peut discuter ? finit par articuler Fabian.

– Qu'est-ce que tu fais ici ?

Sonja se tenait dans le cadre de la porte et le regardait d'un air interloqué.

– Chérie, je t'expliquerai tout à l'heure, répondit-il d'un ton qu'il espérait neutre. Là, j'ai besoin de discuter avec Alex.

Elle échangea un regard avec White et secoua la tête.

– Je ne sais pas ce que tu t'imagines pour venir fouiner ici, mais…

– En privé, l'interrompit Fabian en regardant White avec un sourire forcé.

– *Of course, no problem,* dit l'intéressé en esquissant un geste d'apaisement.

– J'espère que tu te rends compte comme c'est pathétique, ajouta Sonja avant de tourner les talons.

White le fit entrer. Alors qu'ils marchaient à travers le salon, Fabian s'aperçut que ses chaussures laissaient des traces de terre sur le parquet. Tant pis.

– *Never mind,* déclara le collectionneur avant d'ouvrir la porte d'une pièce dont les murs étaient couverts de livres. Mais sachez que je suis pressé, je dois bientôt m'en aller. *Coffee* ?

– Non merci.

Fabian s'assit dans un fauteuil et attendit que White referme la porte et s'installe en face.

– *Okay*, que puis-je pour vous ?

Il croisa les jambes et joignit les doigts.

– Sonja m'a dit que vous étiez de la brigade criminelle. J'espère que je ne suis soupçonné d'aucun meurtre.

– Je veux que vous laissiez ma femme tranquille et que vous retiriez votre offre.

Elle avait parlé de lui, elle lui avait raconté qu'il était policier.

White éclata de rire.

– *And why on earth would I do that ?*

– Parce que ce n'est pas son art qui vous intéresse. Je sais très bien ce que vous recherchez avec vos millions que vous lui agitez sous le nez. C'est trop facile.

– *Here's the deal, Fabian.* J'exerce ce métier depuis mes quinze ans. J'ai travaillé avec les plus grands artistes d'aujourd'hui, j'ai des galeries à New York, Los Angeles, Berlin, Londres, bref aux quatre coins du monde. Je sais de quoi je parle, *okay ?*

– Dans ce cas, qu'est-ce que vous faites dans la région ?

– Parce que c'est ici que ça se passe. Ou plutôt, c'est ici que les choses vont se passer. Sonja en est la preuve. Il est donc hors de question que je retire mon offre et que je vous laisse l'empêcher de percer. *Sorry.*

White claqua des mains et se leva.

– Si vous n'avez rien d'autre à me dire, je dois vous laisser.

Fabian voulait rétorquer, lancer un argument percutant, mais il resta sans voix. Il n'eut d'autre choix que de le suivre dans le salon. Il se félicita de ne pas y retrouver Sonja. Elle avait disparu avec son esquisse. Avant de s'en aller, elle avait bu son jus de fruits et mangé son œuf, comme le montraient le verre vide et la coquille laissée dans un coquetier.

Fabian et son hôte montèrent vers la mezzanine et continuèrent jusqu'au vestibule.

– On va organiser une petite fête ici pour inaugurer son œuvre dès qu'elle sera prête, dit White en ouvrant la porte. J'espère vous y voir. Peut-être que vous rouvrirez les yeux sur Sonja.

– Si je comprends bien, reprit Fabian en sortant, vous prétendez que votre relation avec elle est purement professionnelle ?

Il regarda White allumer l'alarme et verrouiller la maison, avant de se retourner :

– *No, no, no.* Je dis que dans cette histoire, ce n'est pas moi le problème, mais vous, et le fait que vous n'ayez eu aucune considération pour votre femme depuis plus de sept ans, à l'en croire elle-même. Allez, *see you.*

Fabian resta planté sur le seuil de la porte à ressasser ces mots, tandis que la Mustang se mettait en marche et reculait en ronronnant sur l'allée.

27

Matilda avait suivi à la lettre les instructions d'Esmaralda. Elle s'était dépêchée de rentrer à la maison après l'école et était descendue à la cave, où elle avait bougé tous les cartons et les vieux meubles pour faire de la place aux esprits. Le canapé ne lui avait pas posé trop de problèmes, mais l'ancien ordinateur dont elle n'avait jamais vu son père se servir avait failli tomber par terre.

Ensuite, elle avait étendu des couvertures sur le sol et accroché des nappes aux cordes à linge pour créer un « espace accueillant », comme l'avait formulé son amie. Enfin, elle avait rassemblé toutes les bougies qu'elle avait pu trouver et les avait disposées en cercle pour se protéger des forces maléfiques.

Matilda était seule à la maison et ne risquait donc pas d'être dérangée, ce qu'Esmaralda avait souligné comme le point le plus important. Si la séance ne se terminait pas correctement, les esprits risquaient de rester pour de bon.

Elle avait beaucoup entendu parler de la technique du verre. Quelqu'un de la classe connaissait quelqu'un qui avait su de cette manière la combinaison gagnante du Loto, mais n'y avait pas cru alors que c'était vrai. Un autre avait fait pipi dans sa culotte en pleine séance et Matilda avait vu sur Internet la vidéo d'un garçon possédé qui tremblait de tous ses membres.

D'après son amie, il n'y avait rien à craindre du moment que l'on savait ce qu'on faisait et que l'on montrait du respect pour l'autre monde. Par exemple, il ne fallait surtout pas invoquer les esprits sans Ouija. Ce n'était pas un jeu, mais une méthode pour entrer en contact avec l'au-delà.

À 17 heures précises, on sonna à la porte. Matilda s'empressa d'aller ouvrir.

– Salut, j'ai fait tout comme tu m'as dit, annonça-t-elle en refermant la porte derrière Esmaralda qui hocha la tête et regarda autour d'elle sans rien répondre.

Même si elle avait treize ans comme Matilda, elle se conduisait comme une adulte.

– C'est bien qu'on soit seules, déclara-t-elle en descendant l'escalier de la cave.

Matilda la suivit derrière les nappes, tout en se demandant comment son amie pouvait savoir que personne n'était à la maison.

– C'est parfait, dit Esmaralda avec un sourire. Allume les bougies et je prépare le Ouija.

Matilda prit le briquet qu'elle avait trouvé dans l'atelier de sa mère, au fond d'une boîte pleine de cigarettes, et elle alluma les bougies disposées en cercle. Pendant ce temps, Esmaralda posa sa besace en cuir, s'assit par terre et sortit un coffret ébréché en bois sculpté, avec des inscriptions par endroits entièrement effacées.

– C'est mon père qui l'a trouvé dans le grenier d'une vieille maison il y a presque quarante ans, expliqua-t-elle tout en défaisant prudemment le crochet, ouvrant et sortant le viseur en forme de cœur avec un trou au niveau de la pointe qu'on appelait « goutte ».

Quand elle déplia entièrement le coffret et le retourna, Matilda remarqua que les inscriptions représentaient les lettres de l'alphabet disposées en deux arcs de cercle. En dessous étaient gravés des chiffres allant de 1 à 10. Dans l'angle supérieur gauche, elle lisait « YES » à côté d'un soleil et à l'opposé « NO » près d'un croissant de lune, et en bas, « GOOD BYE ».

– Mets ton doigt là, dit Esmaralda en posant son index sur la goutte.

Matilda s'assit et l'imita.

– Esprit, es-tu là ? articula Esmaralda.

Elles patientèrent quelques minutes en silence.

– Esprit, es-tu là ? répéta Esmaralda sans lâcher la goutte du doigt.

N'obtenant toujours pas de réponse, elle appela encore. Combien de temps ce silence allait-il durer ? Matilda ne savait pas trop quoi penser. Elle qui avait attendu avec une telle impatience ce moment, qui n'avait cessé d'y penser, qui en espérait tant. Mais à l'instant, tous ses espoirs semblaient s'envoler et elle ne pensait plus qu'au sol dur et froid, et au fait qu'elle commençait à avoir mal au bras.

Quand la goutte se mit à bouger, elle crut d'abord que c'était elle qui l'avait fait glisser par mégarde. Pourtant non, l'objet semblait bouger de lui-même, esquissant un mouvement lent qui s'accéléra d'un coup pour aller et venir sur les inscriptions.

– C'est toi ou quelqu'un d'autre ? demanda-t-elle à Esmaralda.

Elle-même entendait la peur dans sa voix. Dans quoi s'était-elle aventurée ?

Son amie ne dit rien. Elle était assise, les yeux clos, et suivait tout naturellement les vives impulsions de la goutte. Une fois que l'objet ralentit et s'arrêta enfin, elle ouvrit les paupières et fixa Matilda.

– C'était juste pour prendre le contrôle. Ils font toujours ça au début.

Matilda s'apprêtait à répondre, mais Esmaralda lui fit signe de se taire en posant le doigt sur sa bouche.

– Esprit, es-tu là ?

Au bout de quelques secondes, le viseur se déplaça vers le soleil et indiqua : « YES ».

C'était forcément Esmaralda.

– Comment t'appelles-tu ? reprit Esmaralda, l'air toujours aussi sereine.

La goutte glissa presque aussitôt et s'arrêta au milieu de la première rangée de lettres. À travers le trou, Matilda aperçut un G, avant que l'objet continue à gauche et s'arrête sur le R. Il fila ensuite vers la lettre E, puis descendit vers T et remonta enfin vers A.

– Greta. Elle s'appelle Greta, murmura Esmaralda. Maintenant, tu peux lui demander.

– Quoi ?

– Ce que tu veux.

Matilda secoua la tête. Elle n'avait aucune idée et se sentait vide, alors qu'elle n'avait cessé d'y penser depuis que son amie lui avait confié qu'elle communiquait avec l'autre monde. Connaître la combinaison gagnante du Loto ou savoir de quel garçon elle tomberait amoureuse lui semblait soudain insignifiant.

En réalité, elle avait envie de diriger le viseur sur « GOOD BYE », de tout arrêter et de monter dans sa chambre. Mais c'était impossible. Elles s'étaient mises d'accord et Esmaralda s'était déplacée jusqu'ici avec son Ouija, désobéissant ainsi à son père qui serait furieux s'il l'apprenait. Et puis cette Greta, si elle existait, attendait certainement qu'on l'interroge. En y réfléchissant, il y avait bien quelque chose qu'elle se demandait depuis longtemps, depuis l'époque où ils vivaient à Stockholm.

– OK, j'ai une question.

– Pose-la aussi distinctement que possible.

– Mon père… Est-ce qu'il a déjà eu une aventure ?

Le viseur commença par ne pas bouger, comme subitement collé à la planche. Au fond d'elle, Matilda n'en espérait pas moins. Tel que son père l'avait affirmé, les fantômes n'existaient pas. Mais l'objet finit par se déplacer droit vers le coin gauche.

NON.

Elle poussa un léger soupir de soulagement. Mais la goutte se remit à glisser sur la planche. L'esprit ne semblait pas avoir tout dit.

– C'est toi ? demanda-t-elle à Esmaralda qui se contenta de faire non de la tête.

Une impulsion vers le M, puis à l'opposé vers le A, avant de revenir sur le I suivi du S. Le mouvement était rapide, presque trop pour pouvoir suivre. Le message se poursuivit par T et A. Matilda n'était plus sûre de rien. Elle aurait voulu disparaître, elle refusait de voir ça. Elle eut beau fermer les yeux, elle sut précisément quelles furent les dernières lettres : M-È-R-E.

Mais ta mère.

– Stop, on arrête, dit-elle en lâchant le viseur.

– Impossible.

Esmaralda lui attrapa la main.

– Si on ne la remercie pas et qu'on ne lui demande pas de retourner dans l'au-delà, elle risque de…

– Stop, j'ai dit !

Matilda renversa la planche et se leva.

– Va-t'en ! Tu m'entends ? Va-t'en de chez moi !

28

Chris Dawn n'était peut-être enfermé là que depuis quelques heures, il grelottait déjà de tout son corps. Et d'après le ronronnement du compresseur et le bruit mécanique du condenseur, la température, déjà largement en dessous de zéro, ne cessait de baisser.

Depuis un bon moment, il avait arrêté d'essayer en vain de forcer la porte du congélateur et cherchait à conserver au maximum la chaleur de son organisme. On disait que la majeure partie s'échappait par la tête, aussi avait-il retiré l'une de ses chaussettes pour l'enfiler tel un bonnet sur son crâne, avant de glisser ses deux pieds dans l'autre. Maintenant qu'il avait rentré son pull dans son pantalon et s'était mis en boule, il se trouvait à court d'idées.

Dans un coin reposait une bouteille entière de vodka. Il devait reconnaître qu'il était tenté, mais il s'empêchait d'y toucher, bien conscient que la chaleur de l'alcool n'était qu'une illusion. En croyant que le corps se réchauffait, ses veines se dilateraient, ce qui ne ferait qu'accélérer sa chute.

Non, il n'était pas prêt à mourir. En tout cas pas avant d'avoir compris à quoi tout cela rimait, qui était l'homme en bleu de travail et quelles étaient ses intentions. S'il cherchait à lui dérober sa fortune, il y avait des moyens plus simples d'y parvenir. Chris n'avait quasiment pas d'argent liquide chez lui – tout était à la banque, placé sur différents fonds – et mis à part les bijoux de Jeanette et sa précieuse cave de vins millésimés, seuls ses voitures et son matériel de musique représentaient de la valeur. Il y avait bien quelques œuvres d'art accrochées aux murs, mais dès que le vol serait signalé, elles ne pourraient être vendues qu'au marché noir.

Les événements de la veille le tourmentaient encore. L'ombre qui était passée devant la caméra, la porte de la buanderie entrouverte, la télécommande laissée sur le siège… L'homme était venu pour copier le signal, c'était évident. Autrement, comment aurait-il pu ouvrir la grille et s'introduire avec sa camionnette ?

Ça n'expliquait cependant pas le motif de toute cette histoire. Mais plus il y réfléchissait, plus il avait mal. Les gens qui affirmaient que l'on ne souffrait pas quand on mourait de froid ne savaient pas de quoi ils parlaient. Il souffrait le martyre. Le froid était littéralement mordant, comme si des millions de crocs acérés s'enfonçaient dans sa chair.

Il arrêta de penser et écouta. L'homme se dirigeait vers l'entrée avec ses lourds godillots qui résonnaient sur le sol. Le sol de sa propre maison. L'idée qu'un étranger se balade tranquillement chez lui le rendait furieux. Au début, il avait cogné comme un forcené sur les parois du congélateur pour attirer l'attention de son agresseur, il avait crié de le relâcher, de lui expliquer ce qui se passait. Il lui avait même promis des millions, lui jurant d'aller à la banque le lendemain dès l'ouverture. Mais l'homme l'avait ignoré.

Cette fois, il ne crierait pas. Il comptait au contraire se taire, faire le mort et guetter. C'était la meilleure solution. Et sa dernière chance. Il espérait que l'homme viendrait voir et alors, nom de Dieu, il bondirait comme un diable de sa boîte et se jetterait sur lui.

Le ronronnement du compresseur s'arrêta soudain. Soit l'appareil avait été débranché, soit il avait atteint la température programmée – cette deuxième option étant la plus probable. L'avantage, c'était que maintenant, il entendait mieux les bruits environnants.

L'homme s'était immobilisé au son d'une mélodie. Chris connaissait cet air… Bien sûr, c'était « Ordinary World » de Duran Duran, la chanson préférée de Jeanette. La sonnerie venait de son portable, il la lui avait attribuée à elle et à personne d'autre. Sa femme cherchait à le joindre.

Quand la musique s'arrêta, il crut entendre l'homme glisser le téléphone dans sa poche. Réagissant probablement au silence, ce dernier resta immobile au lieu de passer son chemin. « Ne tremble pas, surtout ne tremble pas », se dit Chris. Il devait se préparer à bondir. Il n'aurait qu'une seule chance. L'homme approcha. Chris entendit ses pas, sa main se poser sur la porte, tapoter le plastique comme on flatte un animal de compagnie. Puis des clefs. C'était maintenant. L'une d'entre elles ne tarderait pas à s'enfoncer dans la serrure. « Ne tremble pas. Pour l'amour de Dieu, ne tremble pas. Ne bouge pas et retiens ton souffle. »

Mais au bruit du compresseur se remettant en marche, il sursauta et se cogna violemment le coude contre l'une des parois. « Merde. Merde, merde, merde… » Il ne percevait plus rien d'autre que le bourdonnement. L'homme avait forcément entendu et sans doute déjà rangé les clefs dans sa poche. Chris était sur le point de craquer. Mais à quoi bon ? C'était fichu, il avait échoué et n'aurait pas d'autre occasion.

Il savait une chose à présent : il ne tiendrait plus longtemps.

Sa main était tellement raide qu'il lui fallut toute sa volonté pour parvenir à attraper la bouteille de vodka. Et pour ne pas risquer de la perdre en la portant à sa bouche, il la saisit des deux poings. L'alcool lui brûla les lèvres et dès qu'il avala, il sentit une vague chaude lui caresser le gosier.

Il but à grandes lampées, se délectant de la chaleur qui se répandait dans tout son organisme. Pourquoi ne s'y était-il pas résigné plus tôt ? Maintenant, il pouvait retirer la chaussette ridicule qu'il avait sur la tête et se détendre. Après quelques gorgées supplémentaires, son corps s'arrêta même de trembler.

29

Danemark

Le service de Dunja était terminé depuis longtemps, mais elle était restée à Helsingør en attendant d'être sûre que Søren Ussing et Bettina Jensen soient rentrés chez eux. Elle avait beau savoir qu'elle aurait dû laisser tomber, elle n'y arrivait pas. Encore moins depuis qu'elle avait entendu le raisonnement erroné des deux inspecteurs. Ib Sveistrup pouvait dire ce qu'il voulait, elle ne se contenterait pas de se montrer dans son bel uniforme. Elle était faite pour enquêter et cette affaire était la sienne.

Elle avait réussi à tuer deux heures à la piscine municipale située à quelques minutes de marche du commissariat. Elle avait exécuté une cinquantaine de longueurs et aurait pu continuer sans ce vieux bonhomme qui s'obstinait à nager la brasse en plein milieu de son couloir. Alors qu'elle le dépassait pour la nième fois, elle avait senti sa main en profiter pour la caresser une fois puis deux. C'en était trop : elle avait quitté le bassin et passé une bonne demi-heure au sauna. Elle s'était ensuite rendue dans le centre commercial d'en face pour errer de boutique en boutique, allant du supermarché à l'animalerie, en passant par le magasin de literie où elle avait testé un matelas gonflable jusqu'à ce qu'un vendeur vienne la réveiller.

Maintenant qu'elle était de retour au commissariat, Dunja constatait que la réception était abandonnée. L'établissement resterait ouvert au personnel pendant une heure vingt, mais elle ne voulait pas passer sa carte d'accès de peur que son nom soit enregistré dans l'historique. Elle attendit qu'une voiture rentre au poste et en profita pour passer par le garage.

Il lui suffit de traverser l'open space avec ses bureaux désertés pour le week-end, saluer la femme de ménage et continuer le plus naturellement du monde vers le bureau d'Ussing et de Jensen situé tout au fond, entre la salle de réunion et le bureau de Sveistrup.

Elle ferma la porte derrière elle et tira les rideaux, avant de commencer à explorer les lieux. Sur le tableau blanc était accrochée la photo de la femme en sang que Dunja avait confiée à Sveistrup. Son nom était inscrit à côté au feutre rouge : Sannie Lemke. À en croire ces notes, elle était la sœur de Jens Lemke, la victime. Tous deux avaient donc été identifiés, ce qui était déjà un exploit. Des traces de sang retrouvées dans l'immeuble abandonné de Stengade avaient par ailleurs été envoyées au laboratoire.

Mais rien de plus. Comme Dunja le craignait, tous les soupçons pesaient sur Sannie. Il n'y avait pas trace d'une autre hypothèse, d'un autre scénario possible. Les deux inspecteurs avaient déjà décidé du résultat de l'enquête.

Sur l'un des deux bureaux, elle trouva le rapport d'autopsie signé de la main d'Oscar Pedersen du service de médecine légale de Copenhague. Même si cet homme était odieux à tous les points de vue, elle devait reconnaître qu'il était l'un des médecins légistes les plus compétents du pays.

Jens Lemke ne présentait pas moins de vingt-quatre côtes cassées, dont certaines à différents endroits. En tout, il était question de cinquante-neuf fractures. Comme elle, Pedersen en avait conclu que le criminel avait sauté à pieds joints, de toutes ses forces et à plusieurs reprises, sur la poitrine de sa victime. Les côtes s'étaient brisées les unes après les autres, jusqu'à ce que le cœur et les poumons se trouvent à découvert et cèdent à leur tour. Les organes étaient dans un tel état qu'il n'avait pas pu déterminer si une paralysie pulmonaire ou un arrêt cardiaque se trouvait à l'origine du décès.

L'examen toxicologique montrait des traces d'opiacé et d'alcool – une analyse du contenu de l'estomac avait révélé qu'il s'agissait plus précisément de whisky. Pedersen avait ponctué ce constat de deux points d'interrogation suivis d'un point d'exclamation entre parenthèses.

Ce rapport ne semblait en rien critiquable, mais il laissa Dunja pensive. Les résultats d'analyse en particulier. Les traces d'alcool et de stupéfiants n'avaient certes rien de surprenant – les sans-abri étaient souvent toxicomanes et prenaient tout ce qu'ils pouvaient. En revanche, ils n'avaient guère les moyens de s'offrir du whisky. Autrement dit, soit la victime en avait volé, soit on lui en avait fourni.

Et puis le mode opératoire en lui-même, qui en disait long sur le criminel – ou les criminels, à en croire la femme en sang. Si cruel que son geste puisse paraître, celui qui avait sauté à pieds joints sur la victime n'avait pas prémédité sa mort. Il y avait des moyens beaucoup plus simples de tuer quelqu'un. La mort n'était sans doute ici qu'un dommage collatéral.

D'après la femme, il y avait eu des rires et c'était peut-être là la clef de l'énigme. Ils s'amusaient, ce n'était qu'un jeu, une comédie où la victime ne tenait pas le rôle principal, mais celui du nécessaire figurant.

Dunja vint à songer au « chat tonneau[1] », tradition que l'on s'obstinait à perpétuer au début du carême. Autrefois, le

1. Jeu traditionnel au Danemark et dans le sud de la Suède.

jeu consistait à ce que des hommes s'affrontent pour abattre le pauvre animal enfermé dans un tonneau et qui, au fil du temps, avait été remplacé par des bonbons. Aujourd'hui, les enfants déguisés et armés de leurs bâtons s'en donnaient à cœur joie sous les encouragements de leurs parents.

Dunja n'avait jamais aimé cette coutume. Petite, elle ne comprenait pas ce que ce chat avait fait pour mériter un tel sort. Arrivée à l'âge adulte, elle trouvait que c'était immoral. Elle avait décidé d'avance que si elle avait un jour des enfants, ils n'y joueraient pas.

Elle s'assit au bureau de Jensen. Sans s'attendre réellement à grand-chose, elle avait espéré trouver d'autres indices, d'autres hypothèses, aussi fausses soient-elles. Au moins quelques réflexions concernant le ou les responsables, et la façon dont les inspecteurs comptaient poursuivre l'enquête. Mais rien. C'était à se demander s'ils avaient l'intention d'arrêter le coupable. Après tout, ce n'était qu'un SDF. Pourquoi ne pas se contenter du strict minimum et laisser le dossier refroidir parmi toutes les autres affaires non résolues ?

Elle se redressa et regarda autour d'elle. *Les affaires non résolues...* Dire qu'elle n'y avait pas pensé plus tôt. Qu'est-ce qui laissait entendre que c'était la première fois ? Elle n'avait pas connaissance de cas similaires, mais si Ussing et Jensen travaillaient toujours aussi scrupuleusement, ça n'avait rien d'étonnant.

Elle s'approcha du placard à archives et commença par la caisse contenant les enquêtes en cours. On y trouvait des cambriolages et de banals vols de voitures, pour lesquels la plainte ne représentait qu'une pièce administrative nécessaire pour l'assurance. Des actes de vandalisme, des infractions liées aux stupéfiants, des délits de fuite... Autant d'affaires où personne n'attendait rien de la police.

Un dossier appelé *Agressions (?)* retint cependant son attention. Ce n'était pas l'intitulé, mais la ponctuation que Dunja trouvait étrange. Dès qu'elle commença à feuilleter et à lire les documents, elle comprit le sens de ce point d'interrogation.

Lars Brøhm. 28/08/2011 dans l'après-midi
La victime lit un livre dans le bus 338 en direction de Humlebæk. À l'arrêt Snekkersten Stationsvej, le passager assis à côté se retourne et lui donne trois coups de poing au visage, avant de descendre du bus en ricanant.
Dégâts physiques : fracture du nez avec hémorragie importante et léger traumatisme crânien.
Selon les témoins de la scène, l'agresseur était accompagné d'un jeune homme. Tous deux dans la vingtaine, vêtus de jeans noirs, de sweats à capuches et de baskets.

Trine Seeback. 20/11/2011 dans la matinée
La victime remonte l'avenue Blichersveij en écoutant de la musique dans son casque. Au niveau du bloc d'immeubles, un homme surgit par-derrière, lui tire les cheveux, la flanque par terre et lui donne plusieurs coups de pied au visage. Avant de perdre connaissance, elle voit quelqu'un d'autre dans l'herbe braquer sur elle son téléphone en riant.
Dégâts physiques : fractures du nez, de la mâchoire et des os malaires. Sérieux traumatisme crânien avec hémorragie péridurale.
Aucun témoin connu à ce jour.

Michael Langby. 11/03/2012 dans la soirée
La victime remonte Gamle Hellebækvej à vélo, au nord du club de golf de Helsingør, quand un premier agresseur se jette sur lui et le fait tomber par terre, avant qu'un deuxième agresseur surgisse. Ensemble, ils le rouent de violents coups de poing et pied.

Dégâts physiques : fracture de l'os malaire droit, grave hémorragie à l'oreille droite et lésion de la rate.
D'après un témoin qui promenait son chien dans les environs, un troisième agresseur filmait la scène avec son téléphone. Trois adolescents vêtus de joggings Adidas, de sweats à capuches bordeaux et de baskets.

La violence gratuite. Voilà qui effrayait Dunja plus que tout. Des agressions venues de nulle part, dont personne ne pouvait se protéger. Vous vous faisiez attaquer alors que vous rentriez tranquillement chez vous en réfléchissant à quoi préparer pour le dîner. Que ça tombe sur vous ou sur un autre n'était que le pur fruit du hasard.

Dunja avait entendu parler du vidéolynchage. Elle avait lu des articles à ce propos dans le journal et même vu certaines vidéos sur YouTube. Elle était au courant. Cette pratique avait commencé en Angleterre avec l'arrivée des smartphones, dont des bandes de jeunes des quartiers défavorisés qui avaient perdu tout espoir en l'avenir avaient eu l'idée de s'armer pour harceler la population.

Le but du jeu : une bonne rigolade et de nombreux likes.

Il s'agissait de filmer l'agression portée sur la victime choisie, avant de mettre le clip en ligne pour plus d'humiliation. Mais Dunja ignorait que le phénomène avait gagné le Danemark. C'était pourtant écrit noir sur blanc sur les rapports de ces affaires oubliées. Et le rituel ne s'arrêtait pas là : il venait de causer son premier mort.

30

Suède

La tempête faisait rage et Fabian se sentait comme un adolescent pris dans les remous de sentiments contradictoires. À quoi jouait Sonja et que voulait White, en réalité ? Il était blessé, inquiet et bouillait de jalousie. Il avait tenté de maintenir la tête hors de l'eau et il s'était fourvoyé au point de se précipiter finalement telle une pierre dans les fonds marins.

La critique de White était-elle fondée ? Avait-il tourné le dos à Sonja toutes ces années ou avaient-ils joué ensemble à ce jeu ?

Fabian était bien conscient du chaos qui régnait entre eux. À force de crier, de lancer des accusations et de tout exagérer, ils étaient incapables de s'écouter. La promesse qu'ils s'étaient faite de ne jamais se disputer devant les enfants était depuis longtemps oubliée. Tous deux s'enfonçaient dans un silence étouffant et profond comme des tranchées.

Même s'il n'y avait sans doute plus rien à faire, Fabian refusait de capituler. En rentrant, il avait fait un crochet par les halles et acheté un kilo de palourdes. Sonja raffolait des *spaghetti alle vongole* et il devait reconnaître qu'il ne lui avait guère accordé ce plaisir bien souvent. Une fois par an au maximum, alors qu'elle assurait que personne ne cuisinait ce plat aussi bien que lui. Le secret, c'était de veiller à ce que les palourdes soient parfaitement fraîches et laisser mijoter les tomates dans un bon vin blanc.

Mais ce soir, elle garderait certainement ses compliments pour elle. Il doutait même de la voir à la maison. En chemin, il avait essayé plusieurs fois de l'appeler et fini par lui envoyer un message pour lui demander quand elle comptait rentrer, tentant de l'attirer en lui révélant ce qu'il l'attendrait pour dîner.

Elle n'avait pas répondu, mais lu le SMS. Il en était sûr puisqu'elle ne savait toujours pas comment désactiver l'accusé de lecture sur son téléphone. Il espérait qu'elle apparaisse malgré tout et, dans le meilleur des scénarios, que ses efforts culinaires la calment suffisamment pour qu'il ait une chance de s'expliquer.

Il était allé jusqu'à dresser joliment la table, allumer des bougies et mettre l'un des morceaux de jazz préférés de Sonja, « Closing Time » de Tom Waits.

– Vous vous êtes disputés ?

Fabian se retourna, la marmite en main. Matilda voyait clair en lui, ce qui semblait de plus en plus récurrent. Face à la perspicacité grandissante de sa fille, il s'empêcha de prendre un air incrédule.

– Non, mais on doit discuter. Si tu veux tout savoir, je crois que ta mère est fâchée contre moi.

– C'est toi qui devrais l'être, déclara-t-elle en tournant les talons et en quittant la cuisine.

Fabian posa la marmite sur la table et la suivit vers le canapé du salon pour lui demander ce qu'elle voulait dire par là. Il s'en doutait, mais ignorait comment elle pouvait être au courant. Soudain, la porte s'ouvrit et Sonja entra.

– Tiens, salut, bredouilla-t-il. Le dîner est prêt.

– OK, dit Sonja d'un ton sec en accrochant sa veste au portemanteau.

– Matilda, tu peux monter chercher ton frère ?
– Et on vous laisse ou… ?
– Non, on mange.
Comme Fabian le craignait, le dîner se déroula en silence. En tout cas du côté de Sonja. Matilda, elle, jacassait comme une pie.
– Theo, quelqu'un de ma classe m'a dit que tu sortais avec la grande sœur d'un de ses copains. C'est vrai ?
– Matilda…, dit Sonja.
Elle prenait la parole pour la première fois du repas.
– Quoi ? J'ai le droit de demander, non ?
– Oui, mais Theodor n'a peut-être pas envie de répondre.
– Je ne sors avec personne.
– T'es amoureux d'elle alors ?
Il poussa un soupir et leva les yeux au ciel.
– Arrête, Matilda, reprit Sonja.
– Mais pourquoi ?
– Il y a certaines choses qu'on préfère garder pour soi.
– Tu sais de quoi tu parles, hein ?
– Mais… Fabian, tu comprends ce qui lui prend ?
Il secoua la tête.
– De toute façon, je n'ai qu'à demander à Greta. Elle sait tout.
– Alors fais-le, marmonna Theodor.
– Et on peut savoir qui est Greta ? intervint Fabian dans l'espoir de changer de sujet.
– Personne. Enfin, toi tu n'y crois pas.
– Ne me dis pas que c'est un de tes fantômes, là, soupira Theodor en se resservant.
– Ce ne sont pas des fantômes, mais des esprits, et pour l'instant, on a communiqué avec un seul.
– Qui ça, « on » ?

Fabian chercha à capter le regard de Sonja. C'était elle qui avait commencé et tel un serveur dans un mauvais restaurant, elle refusait de jeter un coup œil dans sa direction.

– Matilda, reprit Fabian. Ta mère t'a peut-être dit que la cave était hantée, mais…

– Tu peux raconter tout ce que tu veux, le coupa Matilda. Ce ne sont pas des conneries.

– On ne parle pas comme ça à table. Ni ailleurs, du reste.

– Comme si ça ne t'arrivait jamais de dire des gros mots.

– Ce n'est pas la question, répliqua Fabian.

Il se demandait quand sa mignonne petite fille aux cheveux tressés qui adorait faire le cheval sur ses genoux était devenue une adolescente insupportable avec des sautes d'humeur.

– Ah oui, et c'est quoi la question ?

– Le respect des autres. Sonja, tu peux m'aider ?

Elle l'observa comme s'il lui parlait une langue étrangère.

– C'est toi qui me manques de respect, là, répliqua Matilda. Je crois aux esprits, d'accord ? La liberté religieuse, ça existe dans ce pays, non ?

– Ce n'est pas une religion, mais…

– En tout cas, on a communiqué avec Greta qui est vachement plus clairvoyante que toi !

Matilda se leva alors qu'elle n'avait pas mangé la moitié de son assiette.

– Ah oui ? Très intéressant. Et que sait-elle par exemple ?

– Que maman a une aventure !

Les mots le cinglèrent comme un violent coup de fouet. Matilda disparut dans la seconde, laissant un lourd silence derrière elle.

– Je crois que j'ai fini. Merci, c'était très bon, bredouilla Theodor avant de sortir de table à son tour.

Comment pouvait-elle savoir ? s'interrogea Fabian. L'avait-elle senti comme lui ? Cette scène expliquait toutes les questions qu'elle lui avait posées la veille. Mais avoir des soupçons était une chose, les affirmer haut et fort en était une autre.

– Bon..., dit-il en soupirant. Très réussi, ce dîner.

– Tu penses à quoi, au juste ?

Sonja le fixait avec une telle rage qu'il avait du mal à soutenir son regard.

– Comment ça ?

– Comment peux-tu être assez bête pour leur raconter ? Tu cherches quoi, nom de Dieu ?

– Donc c'est vrai, répondit-il d'instinct même si ce n'était pas ce qu'il avait voulu dire.

– Non, mais ce n'est pas ça qui compte. L'important, c'est que tu aies cru bon de mêler ta fille à tout ça. Tu comprends à quel point c'est grave ?

– Sonja, je n'ai rien raconté du tout à Matilda.

Il s'efforçait de garder son calme.

– Je n'étais même pas sûr qu'il se passe quelque chose.

– Donc maintenant tu crois à ses histoires de fantômes ?

– J'avais des soupçons. Ton absence ces dernières nuits et la lingerie fine que tu n'utilises jamais d'habitude... C'est aussi simple que ça.

– Fabian, on travaille ensemble. Alex m'a passé commande, il n'y a rien d'autre entre nous. Mais si tu veux tout savoir, je le trouve mille fois plus séduisant que toi en ce moment.

Il voulait riposter, dégainer des tas de contre-arguments pour lui prouver son erreur. Seulement, rien ne lui venait.

– Si c'est ce que tu ressens, il n'y a pas grand-chose à dire, conclut-il en espérant qu'elle ajoute quelque chose qui les mène hors de cette impasse.

Mais elle resta muette.

– Quoi qu'il en soit, reprit-il, j'aimerais que tu arrêtes de travailler avec lui.

– Hein ? Pourquoi est-ce que...

– Sonja, écoute-moi.

Il se pencha sur la table pour lui prendre la main, mais elle se dégagea et croisa les bras.

– Je ne devrais pas t'en parler, ça doit rester entre nous. Mais tu te souviens de Peter Brise ?

– Le type qui a coulé dans le port avec sa voiture ? répondit-elle d'un ton renfrogné.

– Oui. Sauf qu'apparemment, il est mort depuis plus de deux mois. Son corps a été congelé.

Elle avait beau s'efforcer de ne pas le montrer, Fabian voyait bien que son intérêt était piqué au vif.

– Le criminel se serait accaparé sa fortune, avant de maquiller sa mort en suicide.

– Et Alex serait la prochaine victime, c'est ça ?

– En tout cas, son nom figurait sur la liste des victimes potentielles et l'idée que tu te trouves dans les environs m'a poussé à venir voir sur place. J'espère que dans une telle situation, tu en aurais fait autant pour moi.

– Ne raconte pas n'importe quoi. Tu es venu fouiner et maintenant, tu cherches un prétexte. Est-ce qu'il est seulement toujours sur cette liste ?

– On ne sait pas trop pour l'instant. En rentrant, j'ai discuté avec Molander qui est en train de vérifier qui d'entre eux a récemment fait renouveler son permis de conduire. C'était le cas de Brise, mais il est apparu que l'homme sur...

– Quel rapport avec Alex ? l'interrompit Sonja.

– Le problème, c'est qu'il n'est pas suédois et possède un permis américain. On a demandé les renseignements nécessaires, mais ça risque de prendre du temps. Des semaines, apparemment.

– Je répète : est-ce qu'il est encore sur la liste ?

Elle le regardait droit dans les yeux.

– Non, rien n'indique qu'il soit en danger. Mais je ne le savais pas quand je…

– Maintenant, si. Donc rends-nous service à tous et arrête ton char.

Elle se leva.

– Sérieusement, tu t'en vas, là ?

– Je monte à l'atelier. J'ai du travail. S'il y a quelqu'un qui peut le comprendre, c'est bien toi.

Elle sortit une enveloppe noire de son sac à main et la tendit à Fabian.

– Tout le monde de l'art est déjà invité.

Il ouvrit l'enveloppe et en sortit une carte noire pliée en deux. Sur le recto était écrit en grandes lettres dorées : *The Hanging Box by Sonja Risk.*

– Si tu crois que je vais renoncer à tout ça pour tes beaux yeux, tu te trompes. C'est la chance de ma vie et, aussi jaloux que tu sois, je ne compte pas la laisser passer.

31

La journée s'annonçait belle. Les rayons du soleil avaient déjà commencé à repousser le brouillard matinal, qui reposait tel un linceul sur la fosse de deux mètres sur trois creusée dans le sol, où s'enfonçaient les dents de la pelleteuse.

Un peu plus loin dans le voile de brume gisait un homme chauve de trente-cinq ans, vêtu d'un chino beige et d'une chemise blanche. Elle était étonnament impeccable compte tenu de ce qu'il avait traversé ces derniers jours. Son œil droit d'un bleu clair limpide regardait droit vers le ciel dépourvu de nuages, mais le gauche n'était plus qu'un magma rougeâtre.

La pelleteuse poussa de son bras le cadavre sur le sol caillouteux, puis le fit rouler dans la fosse, où gisait déjà un sac mortuaire noir. Dans sa chute, la tête du défunt percuta violemment une pierre, avant que l'engin qui le déplaçait au milieu écharpe d'un coup sa chemise et son abdomen. Mais quelques pelletées de terre suffirent pour ce que le tout soit parfaitement recouvert. L'homme en bleu de travail, muni de gants et d'une casquette, arrêta le moteur et se dirigea vers un camping-car gris métallisé garé près de la camionnette.

Une fois à l'intérieur, il retira ses vêtements, les plia soigneusement et alla sous la douche. Avec son corps mince et glabre, il avait quelque chose d'un jeune garçon. Il se savonna de gel antiseptique, se rinça, puis coupa l'eau, avant de remplir sa paume de mousse à raser qu'il s'étala sur le crâne.

Comme il l'avait déjà fait de nombreuses fois, il passa lentement le rasoir sur sa peau, puis continua sur les sourcils, le menton et le cou. Pas un poil n'échappait à la lame. Tout devait être rasé. La poitrine, les bras, les jambes, et même les mains et les pieds.

Après s'être séché, il s'enduisit soigneusement le corps d'un baume après-rasage, enfila une nouvelle paire de gants en plastique, se chaussa et passa un peignoir sur ses épaules, avant de quitter le camping-car et de s'orienter tranquillement vers la maison aux allures de manoir avec un vieux sac de voyage.

Il pénétra dans la buanderie, où il ouvrit le bagage et échangea ses chaussures contre des chaussons jetables, puis s'engagea dans le couloir en direction de la cuisine. Il sortit une bière du frigo, la décapsula et but quelques gorgées tout en parcourant les chansons que Chris Dawn avait dans son téléphone.

« Livin' On a Prayer » de Bon Jovi ne tarda pas à résonner dans les enceintes intégrées au plafond. Il monta le volume et se mit à chanter en chœur avec la *talkbox* de l'introduction, avant d'aller en esquissant quelques pas de danse vers le congélateur, qui trônait toujours au milieu de la pièce, branché à la prise. Il s'y assit d'un bond, prit encore quelques lampées, puis posa la bouteille et tambourina en rythme avec la musique sur les parois de l'appareil.

– *Whoa, we're half way there ! Whao, livin' on a prayer !* s'écria-t-il avant de vider sa bière d'un trait et d'éructer.

Puis il descendit du congélateur et sortit de sa poche un sachet en plastique où il fourra la bouteille vide. Sur le solo de guitare de Richie Sambora, il s'enfonça dans la maison, traversant pièce après pièce en ajustant ses gants. Il avait enfin le temps d'explorer la somptueuse demeure, de découvrir les trésors accrochés aux murs et enfermés dans les tiroirs. De temps en temps, il s'arrêtait un instant devant un tableau, il l'examinait et le prenait en photo avec son portable, puis continuait.

À l'étage, dans l'aile ouest de la maison, il trouva la chambre à coucher qui s'avéra aussi vaste qu'un appartement. Tandis que la batterie amorçait doucement « In the Air Tonight » de Phil Collins, il posa son sac sur la moquette noire et balaya la pièce du regard. Les murs étaient couverts d'un papier peint rouge, noir et doré, style baroque. Au milieu trônait un grand lit à baldaquin couvert de draps rouge vif, et contre la rangée de fenêtres un canapé assorti, sur lequel quelques vêtements avaient été laissés nonchalamment. De l'autre côté du lit était installée une coiffeuse avec son grand miroir éclairé et son porte-bijoux croulant sous les colliers.

Il poursuivit vers le dressing où une centaine de spots s'allumèrent aussitôt et, alors que Phil Collins se mettait à chanter, il commença à inspecter les lieux. Des étagères, des tiroirs et des placards débordant de vêtements, de chaussures et de sacs à main. Un peu moins de la moitié de ces affaires semblaient appartenir à Chris Dawn. On y trouvait de tout, des joggings du dimanche aux costumes de scène, avec bottines à paillettes et pantalons en cuir clouté.

Well if you told me you were drowning, I would not lend a hand.

Il enfila un boxer rouge décoré de têtes de mort, des chaussettes sombres et un jean usé noir, avant de se poster devant le miroir en pied et de s'observer sous différents angles.

I've seen your face before my friend, but I don't know if you know who I am.

Le jean était trop grand d'une taille au moins, ce qu'il rectifia à l'aide d'une ceinture cloutée et d'une paire de bottines pointues à talons. Là, c'était parfait.

Well I was there and I saw what you did, I saw it with my own two eyes.

Il choisit un vieux T-shirt estampillé du logo d'Aerosmith et d'un juke box, l'enfila et l'ajusta aux épaules en regardant son reflet avec satisfaction.

So you can wipe off that grin, I know where you've been. It's all been a pack of lies.

De retour dans la chambre, il s'assit à la coiffeuse et alluma les ampoules qui entouraient le miroir. Il sortit de son sac un portrait de Chris Dawn, le coinça dans le cadre, puis piocha des faux sourcils de la bonne teinte et les fixa à son visage. Une fois affublé du faux nez à peine plus grand que le sien qu'il camoufla avec un peu de poudre, il commençait à ressembler à sa victime. Il ne manquait plus que la perruque à longs cheveux lisses pour être parfaitement identique.

« *I can feel it coming in the air tonight, oh Lord* », fredonna-t-il tandis qu'il passait à ses doigts quelques bagues en argent trouvées dans un tiroir.

Puis il se leva et se mit à faire les cent pas dans la chambre pour entrer dans son rôle. Au bout de quelques tours, sa gestuelle s'était déjà transformée et lorsqu'il entendit la batterie s'emporter, il ne put s'empêcher de se déhancher et de tambouriner dans le vide.

Un téléphone se mit soudain à sonner. Il se précipita vers le panneau de contrôle monté près du lit pour couper la musique et localiser d'où venait la sonnerie. Dans la pièce voisine qui servait de bureau, un téléphone fixe beige avec répondeur à l'ancienne hurlait sur la table soigneusement rangée. Il s'approcha et regarda l'appareil jusqu'à ce qu'il se taise.

Bonjour, vous êtes bien sur le répondeur de Chris Dawn. Dites-moi des mots doux et peut-être que je vous rappellerai. This will not be repeated in English, annonça la voix du musicien.

Coucou, chéri, c'est moi. J'ai essayé de t'appeler sur ton portable, mais tu ne réponds pas. Rappelle-moi quand tu as mon message, les enfants aimeraient te parler. On se voit demain. Je t'aime.

L'homme attendit quelques secondes avant d'appuyer sur le bouton pour lire les derniers messages reçus.

Salut, c'est Sture. Je viens de revoir le contrat, rappelle-moi !

Un bip retentit.

Bonjour, bonjour ! C'est Guggen, de Soundscape. Je voulais juste vous dire que l'Harmonizer est arrivé. Vous connaissant, vous devez être pressé, donc je pensais passer aujourd'hui après la fermeture. À tout à l'heure.

Un autre bip.

Hey, Chris, miss G here. You know I don't speak swedish. Anyway, just listened to your new song. Loved it, want it. Beep me back.

No more messages, articula une voix raide d'ordinateur.

L'homme appuya sur un autre bouton et écouta :

Bonjour, vous êtes bien sur le répondeur de Chris Dawn. Dites-moi des mots doux et peut-être que je vous rappellerai. This will not be repeated in English.

– Vous êtes bien sur le répondeur de Chris Dawn, répéta-t-il avec l'accent du Sud. Dites-moi des mots doux et peut-être que je vous rappellerai. *This will not be repeated in English.*

De nouveau, il appuya sur le bouton pour réécouter le message d'accueil et le répéter.

32

Je m'ennuie.

Voilà tout ce qui était apparu sur l'écran de son téléphone : deux petits mots venus d'un numéro inconnu. Mais Theodor savait de qui le message venait et ce que cela signifiait.

Non seulement Alexandra pensait à lui, mais elle s'était débrouillée pour obtenir son numéro. Sentant quelque chose bondir au fond de lui, il était resté affalé le cœur battant sur son lit en cherchant quoi répondre. Il lui avait fallu dix bonnes minutes pour taper un mot du bout de ses doigts moites et envoyer le message :

Pareil.

Mais c'était un mensonge. En réalité, il était si excité qu'il avait tourné en rond dans sa chambre comme un lion en cage en attendant la réponse.

Tu viens ?

De nouveau, deux petits mots qui en disaient long.

OK.

Theodor savait où habitait Alexandra. Sa maison, l'une des plus belles du quartier de Tågaborg, se situait au croisement des rues Johan Banér et Karl X Gustav. Il était passé devant un milliard de fois à vélo, risquant parfois un œil à travers la haie épaisse dans l'espoir d'apercevoir sa chambre.

Mais il n'avait encore jamais ouvert la grille pour s'engager sur l'allée aux dalles colorées, monter les cinq marches blanches du perron et sonner à la porte. Il était nerveux et ne cessait d'avaler sa salive. Pourquoi n'ouvrait-elle pas ? Il rappuya sur la sonnette. Dans le silence, il entendit le carillon d'une horloge résonner à l'intérieur. Se moquait-elle de lui ? Avait-elle compris ce qu'il éprouvait et jouait-elle avec ses sentiments ? Cette invitation, c'était trop beau pour être vrai, se dit Theodor. Il hésitait à faire demi-tour, mais saisit la poignée pour vérifier si la porte était verrouillée.

Jamais il n'avait vu un tel vestibule – une pièce aussi grande qu'un salon, avec une immense hauteur sous plafond, des portes à double battant allant dans toutes les directions et en face, un large escalier montant à l'étage. Les murs peints dans les tons vert foncé étaient décorés de trophées de chasse, de vieilles armes à feu et de sabres.

– Il y a quelqu'un ? dit-il. C'est Theo.

Le silence persista. Peut-être que la maison était trop grande pour qu'Alexandra l'entende. Il se déchaussa et se dirigea vers la cuisine, pas moins luxueuse que l'entrée.

– Pourquoi tu as retiré tes pompes ?

Theodor se retourna en sursaut. Alexandra se tenait adossée au mur, une bière à la main.

– Euh... Je ne savais pas si...

– T'en veux une ? demanda-t-elle en levant sa bouteille. Il suffit de se servir.

– D'accord.

Il passa devant l'îlot central, ouvrit la porte du frigo et piocha une bière. Il en avait déjà bu et même abusé. Pourtant, lorsqu'ils trinquèrent et prirent une gorgée sans se quitter des yeux, Theodor eut le sentiment qu'il y goûtait pour la toute première fois. À vrai dire, il n'aimait pas vraiment cette saveur forte et amère, mais qu'importe. Il était amoureux. Mais oui, putain. Jusque-là, il n'avait jamais osé y penser : il était fou amoureux.

– Viens, fit-elle, et elle disparut dans le vestibule.

Il la suivit dans l'escalier, puis dans un large couloir qui menait à sa chambre. En réalité, c'était un petit appartement avec cuisine et salle de bains. Un grand lit croulant sous les coussins occupait la majeure partie de la chambre à coucher. Dans un coin, sous la fenêtre, étaient installés un bureau et un meuble sur lequel reposait une chaîne hi-fi telle que Theodor aurait rêvé d'en avoir. Les portes entrouvertes du placard laissaient voir l'impressionnante garde-robe d'Alexandra.

– Tu connais Lykke Li ? demanda-t-elle en prenant place sur le lit.

Il opina même s'il n'en avait jamais entendu parler, tout en s'approchant d'un mur tapissé d'affiches de Bruce Lee et de Jackie Chan.

– Tu fais des arts martiaux ?

– Peut-être.

Elle haussa les épaules et tendit le bras pour attraper la télécommande.

– Je croyais que tu n'écoutais que du death metal et du thrash punk.

– Non, j'écoute de tout. Et Lykke Li, c'est cool.

Il s'assit au bord du lit.

– Oui, surtout le dernier album. Je n'écoute que ça en ce moment.

Alexandra pointa la télécommande pour allumer la stéréo et *Wounded Rhymes* se mit à résonner à plein tube. Elle vida sa bière, puis ferma les yeux. Elle était plongée dans la musique, semblait connaître toutes les paroles par cœur. Theodor l'observa, ne sachant trop quoi penser de ces sonorités différentes de tout ce qu'il avait jamais écouté. Une étrange mélodie à l'orgue sur un rythme fracassant de batterie. Quelque part, pourtant, il sentait qu'il aimait bien.

Il reprit quelques gorgées de bière. D'aussi près, Alexandra était encore plus belle. Jamais il ne l'avait trouvée aussi magnifique qu'à cet instant. Il voulait s'approcher plus encore et l'embrasser, mais il n'osait pas, de peur qu'elle se fâche. Et si c'était tout ce qu'elle attendait ?

– C'est vrai que tu t'es retrouvé enfermé dans un vieux four à pain ?

Il n'était pas surpris qu'elle soit au courant comme tout le monde. Mais personne ne lui posait de questions. Sans doute parce qu'ils savaient qu'il ne répondrait pas. Ces événements étaient bien la dernière chose dont il voulait discuter. Néanmoins, il hocha la tête.

– Tu as failli mourir ?

De nouveau, il fit oui de la tête.

– Waouh… Ça faisait quoi ? Il paraît que tu es resté coincé là-dedans pendant des heures.

– Au début, je croyais que ce n'était qu'un mauvais rêve. Mais quand j'ai compris que j'étais réveillé, j'ai eu peur. Genre pour de vrai.

En croisant son regard, il se rendit compte qu'il parlait de son angoisse pour la première fois avec quelqu'un d'autre que la psychologue.

– Je n'avais jamais eu aussi peur de ma vie.

– Tu as essayé de t'échapper ?

– Oui, mais c'était impossible. C'était super étroit et j'étais ligoté. Le mieux à faire, c'était d'essayer de garder mon calme pour ne pas gaspiller d'oxygène. Sauf que je n'y suis pas arrivé. À un moment, j'ai entendu quelqu'un, je crois que c'était mon père qui rentrait de l'hôpital, et je l'ai appelé. Mais il ne m'a pas entendu et est reparti, et là, j'ai paniqué et me suis mis à hurler.

Theodor se tut et avala les dernières gouttes de sa bière.

– Tu sais, à ta place, presque tout le monde aurait paniqué.

– Mais pas toi ?
Alexandra haussa les épaules.
– Qui sait ? C'est facile à dire de loin, j'imagine que tout est différent quand on le vit. Ça paraît sans doute dingue, mais…
Elle hésita un instant et plongea son regard dans le sien.
– Quelque part, je crois que j'y aurais trouvé un peu de plaisir. Se laisser partir, lâcher prise et se foutre de tout…
Theodor avait les larmes aux yeux. Enfin quelqu'un qui le comprenait. Pour la première fois, il éprouvait réellement l'envie d'en parler.
– C'est ce que j'ai ressenti dès que j'ai su qu'il n'y avait plus d'espoir.
Les mots ne demandaient plus qu'à sortir.
– La peur s'évaporait de moi comme si je me vidais de mon mal-être et franchement, c'était agréable.
Il marqua une pause et soupira.
– Je sais que c'est mal, mais je vois la vie comme un putain de sac à dos qu'on est obligé de traîner derrière soi, alors qu'il est chaque jour un peu plus lourd. Je ne peux pas m'en empêcher. Quand mon père est parti et que j'ai compris que c'était foutu, j'ai eu l'impression qu'on m'enlevait enfin ce poids des épaules.
Il se tut, se livrant au regard d'Alexandra. Ils se turent tandis que Lykke Li chantait qu'elle préférait mourir dans les bras de quelqu'un que seule et abandonnée.
Alexandra lui prit la main. Le contact de sa peau l'emplit d'une chaleur qui se diffusa dans tout son corps. Il sentait son pouls s'accélérer et ses veines se gorger de sang vers le bas. Le moment était-il venu ? Theodor n'avait jamais fait l'amour, mais il y pensait presque tous les jours.
– Viens, je vais te montrer un truc.
Elle lui lâcha la main et sortit de la pièce.

– Allez, viens !

Theodor descendit du lit et appuya sur son entrejambe avant d'aller dans le couloir. Il ne la voyait nulle part, mais l'entendait descendre l'escalier. Il se hâta derrière elle et la retrouva au sous-sol, à l'entrée d'une grande salle avec des tapis sur le parquet et des miroirs accrochés aux murs.

– Trop bien ! s'exclama-t-il en regardant autour de lui.

– Ma mère donne des cours de yoga et de méditation. À mon avis, on devrait appeler ça « médita-cons ». Parfois, les gens se mettent à poil pour imiter le guerrier, le chien et tout le reste… Bref, on s'en fout, viens par là.

Elle se posta au milieu de la pièce en position de garde, prête à se battre.

– Qu'est-ce que je dois faire ?

– Essaie de me flanquer par terre.

Theodor poussa un rire et secoua la tête.

– Pourquoi je ferais ça ?

– Si tu me veux, va falloir me vaincre. Enfin, si tu oses, répondit-elle avec le sourire.

Il avait envie d'elle, mais se battre avec une fille, ça jamais.

– Et si je refuse ? rétorqua-t-il en la contournant et en se plaçant dans son dos.

– Tu peux rentrer chez toi. Les mauviettes, ça ne m'intéresse pas, rétorqua-t-elle sans se retourner.

L'idée de lui donner un coup de pied dans le creux du genou et de la rattraper en pleine chute l'avait à peine effleuré qu'Alexandra fit volte-face et lui prit violemment la jambe, si bien qu'il s'écroula sur le tapis. En un éclair, elle se mit à califourchon sur lui et plaqua ses deux bras contre le sol avec les genoux.

Constatant qu'il avait toujours les jambes libres, il se dépêcha de les lever pour les croiser autour de sa nuque, les baisser d'un coup et rouler sur le côté. Il ne lui restait plus qu'à lui bloquer les bras et relâcher la prise en ciseau autour de sa tête. Mais Alexandra était plus forte qu'il ne le pensait et il se retrouva vite la gorge coincée entre ses avant-bras, près d'étouffer.

Alors qu'il essayait en vain de reprendre son souffle, il reçut les premiers coups de poing. Des coups durs et sans merci venus de toute part, comme s'ils étaient plusieurs à s'acharner sur lui. Soudain, des visages apparurent. Ils étaient là, sous ses yeux. Tous ces gens qu'il haïssait et qu'il voulait réduire en miettes.

Le sang gouttant du nez d'Alexandra le ramena à la réalité. Merde, il l'avait frappée. Et bien trop fort. Mais elle éclata de rire et se sécha les narines.

– Bien joué ! Comme quoi, tu peux quand tu veux.

33

Danemark

Le clip avait été tourné avec un portable qui ne datait pas d'hier. L'image vacillante était non seulement floue et granuleuse, mais rendait la réalité dans des nuances de beige. Le contenu était pourtant aussi affreux que si la scène avait été filmée à l'aide d'un Steadicam.

Une rame de métro à moitié vide, à Londres ou à New York. La plupart des passagers somnolent sur leur siège, épuisés après une longue journée de travail. Un homme d'âge moyen feuillette un journal. À côté, une femme noire à coupe afro écoute de la musique dans son casque en remuant la tête. Derrière elle, deux fillettes en uniforme scolaire serrant leurs cartables entre les jambes, en face d'un homme avec sa fille endormie sur les genoux et son fils installé sur le siège voisin.

Aucun ne semble remarquer qu'il est filmé. Quand le métro ralentit et freine en poussant des cris stridents, le petit garçon se bouche les oreilles. Les portes s'ouvrent, laissant descendre certains passagers et d'autres monter, dont une vieille femme qui peine à garder son équilibre lorsque le train redémarre. Elle regarde autour d'elle, à la recherche d'une place que personne ne veut bien lui céder.

Soudain, une silhouette vêtue de noir surgit sur la droite, se précipite vers le père de famille et le frappe de toutes ses forces au visage. Sous le choc, ce dernier lâche sa fille qui sort du plan. Son frère éclate en sanglots et appelle à l'aide. Mais personne ne vient à leur secours. La plupart s'écartent même de la scène, laissant à l'homme en noir le loisir de continuer à cogner sur sa victime désormais inconsciente jusqu'à ce que le wagon freine et que les portes s'ouvrent de nouveau.

Une fois sur le quai, la personne qui se tient derrière l'appareil se manifeste enfin. Elle ne montre pas son visage, mais pousse un rire. Un gloussement de jeune fille suivi d'une phrase : « *You should have taken the fuckin' screamer too !* »

La vidéo s'arrêtait là.

Dunja leva les yeux de son ordinateur portable et porta le regard à travers la fenêtre. Elle ne savait pas ce qu'il y avait de pire : être l'agresseur ou celui qui filme. Le cruel éclat de rire plein de mépris pour toutes les valeurs qu'elle défendait résonnait encore dans sa tête. Ces pauvres enfants étaient sans doute traumatisés pour des années. Et dire que personne n'avait levé le petit doigt pour défendre la victime parmi tous ces gens sans doute aussi choqués que soulagés de ne pas avoir été visés.

Putain…

Elle ignorait combien de vidéos de ce genre elle venait de visionner. Des films de mauvaise qualité mettant en scène un assaillant se jetant sans raison sur quelqu'un. Dans la plupart des cas, il s'agissait d'un simple coup de poing au visage, parfois de plusieurs ou comme dans ce dernier clip, de lynchage jusqu'à ce que la victime perde connaissance. Mais jusqu'à présent, elle n'avait rien trouvé qui puisse faire avancer l'enquête qui, en réalité, ne lui était pas confiée.

« Jaunes et joyeux », avait répété Sannie Lemke. Les rires ne manquaient pas dans ces clips, mais qu'entendait-elle par « jaunes » ? Faisait-elle référence à la couleur de peau ? À des vêtements ?

Comme toujours lorsqu'elle se trouvait dans une impasse, Dunja songea à Carsten. Sans doute parce que la situation lui rappelait le sentiment qu'elle avait éprouvé au fil de leurs années de couple. L'impression de faire face à un problème insoluble, d'être perdue dans un labyrinthe sans issue.

Par moments, elle se demandait s'il lui manquait. Mais elle arrivait toujours à la même conclusion : heureusement qu'il n'était plus dans sa vie. Aujourd'hui, elle ne comprenait pas comment elle avait pu tenir aussi longtemps. Sa mauvaise haleine, son machisme qui ressortait sans cesse malgré tous ses efforts pour le contenir... En réalité, l'aventure qu'il avait entretenue à Stockholm n'avait été que le cadet de leurs soucis. Elle éprouvait même une certaine gratitude pour ces événements a posteriori, coup de pouce nécessaire pour qu'elle se décide à le quitter.

Depuis leur séparation, elle ne l'avait vu qu'une seule fois, en sortant de l'un de ces entretiens d'embauche sabotés d'avance par Kim Sleizner. Elle était allée se consoler au Café Diamanten à Gammel Strand. Dès qu'elle l'avait aperçu assis au soleil, à la meilleure table de la terrasse, en compagnie d'une femme qui semblait prête à se soumettre à son machisme, elle avait regretté d'avoir eu cette idée. Lui aussi l'avait vue, mais il l'avait ignorée et elle en avait fait autant.

Jaune et joyeux... Elle ne comprenait pas. Avait-elle mal entendu, la piste du vidéolynchage n'était-elle pas la bonne ? Tout ce qu'elle pouvait imaginer de jaune et de joyeux, c'était un smiley. Mais... Comment avait-elle pu ne pas y penser plus tôt ?

Retrouvant son énergie, elle se redressa, réveilla son ordinateur et tapa « *smiley slapping* » dans la barre de recherche. Une avalanche de résultats apparut à l'écran – pour la plupart des petits films d'animation mettant en scène des combats entre smileys, mais plus bas, des clips nettement plus intéressants. Elle cliqua sur l'un d'eux. Un morceau de musique classique retentit et, au bout de quelques secondes, elle sut qu'elle avait trouvé ce qu'elle cherchait.

34

Suède

Après la dispute de vendredi, Sonja s'était enfermée dans son atelier aménagé dans l'ancien grenier. Fabian, lui, s'était couché et endormi presque aussitôt et, le lendemain matin, il avait frappé à la porte avec une tasse de café et un croissant, dans l'espoir d'apaiser les choses. Mais elle n'était pas là. Sous le choc, il avait fait tomber la tasse qui s'était brisée par terre, projetant des éclaboussures sur quelques-unes des toiles à l'état d'esquisses.

Depuis, Sonja ne s'était pas montrée. Fabian se doutait où elle avait pu trouver refuge et, bien des fois, il avait eu envie de l'appeler pour lui passer un savon voire demander le divorce. Il avait tant bien que mal réussi à ne pas toucher à son téléphone, essayant de se convaincre qu'elle était au travail, voilà tout.

Après une bonne douche, il avait voulu sortir les enfants, mais ni Theodor ni Matilda n'étaient d'humeur à mettre le nez dehors. Il s'était donc rendu au commissariat pour chasser Sonja de son esprit, stratégie qui s'était avérée plus efficace que prévu.

Tuvesson, Klippan et Lilja étaient à leur poste. Il n'y avait plus à s'inquiéter qu'Alex White soit la prochaine cible, la liste des victimes potentielles ayant été réduite à deux noms :

Jarl Wreese et Emil Milles. Un riche entrepreneur qui, grâce à quelques investissements fructueux, s'était bâti une petite fortune de cent soixante-quinze millions de couronnes, et un magnat de l'immobilier spécialisé dans les locaux professionnels situés dans les zones les plus chères du monde, possédant un portefeuille privé de trois cents millions. L'un était divorcé et sans enfant, l'autre, un peu plus jeune, célibataire.

Au cours de ces six derniers mois, tous deux avaient déclaré avoir égaré leur permis de conduire. Malheureusement, l'examen de Molander consistant à comparer minutieusement les photos des anciennes et des nouvelles pièces d'identité n'avait rien donné. On observait certes quelques différences au niveau de l'implantation des cheveux, des nuances de la peau et de la forme du visage, mais rien d'assez marquant pour pouvoir affirmer qu'il s'agissait d'un autre individu.

Ils avaient donc dû convoquer les deux hommes pour établir s'ils étaient bien ceux qu'ils prétendaient. Les interroger avait pris une bonne partie de l'après-midi de ce samedi, ensuite de quoi ils avaient été renvoyés chez eux – manifestement, ces individus disaient vrai.

Le fait qu'il n'y ait peut-être pas d'autres victimes potentielles était une bonne nouvelle en soi. Pourtant, c'est avec une certaine déception qu'ils s'étaient réunis pour discuter de la suite des opérations. Se retrouver au point de départ les vidait de toute énergie et personne de l'équipe n'avait plus aucune idée.

Même le passage de Lilja chez Ka-Ching n'avait mené à rien, si ce n'est conforter les soupçons qu'ils avaient déjà : le criminel avait communiqué avec l'entreprise exclusivement par mail, SMS et quelques rares fois par téléphone. Autrement dit, il ne s'était jamais rendu physiquement au bureau, mais il avait fait croire aux collègues de sa victime qu'il était malade, en déplacement ou qu'il travaillait de chez lui.

La discussion avait continué sur l'agent immobilier et le banquier qui assuraient avoir rencontré l'assassin à plusieurs reprises. Sans doute était-ce la raison pour laquelle l'homme avait transféré ses comptes dans une agence où personne n'avait rencontré le vrai Peter Brise – nul ne viendrait s'imaginer que ce n'était pas lui. Voilà à peu près la seule conclusion à laquelle ils étaient parvenus. En début de soirée, Tuvesson avait suggéré qu'ils prennent tous leur dimanche et qu'ils reviennent lundi en meilleure forme.

De retour chez lui, Fabian avait trouvé Matilda seule, devant la télé. Il avait proposé qu'ils préparent ensemble un bon dîner, qu'ils fassent un jeu de société, bref qu'ils passent une bonne soirée. Mais sa fille n'avait envie de rien et lui adressait à peine la parole. En la voyant prendre son assiette pour manger dans sa chambre, il avait abandonné. Pour une fois, il ne penserait qu'à lui.

Il avait débouché l'une de ces bonnes bouteilles dont il ne parvenait pas à se rappeler le nom et que Sonja s'entêtait à vouloir garder pour de grandes occasions. Puis il s'était installé dans le canapé et avait allumé sa stéréo pour voir ce qu'elle avait dans le ventre. Il avait enchaîné quelques-uns de ses albums préférés, mais qu'il ne prenait jamais le temps d'écouter. *Transatlanticism* de Death Cab For Cutie et *I'm Wide Awake, It's Morning* de Bright Eyes, aussi merveilleux l'un que l'autre. Sans parler de *Chutes Too Narrow* de The Shins qu'il avait acheté en deux exemplaires pour en avoir un dans la voiture. Au milieu de *Good News for People Who Love Bad News* de Modest Mouse, il s'était endormi sans songer à Sonja.

Mais la journée du dimanche avait été d'autant plus pénible. Une traversée du désert avec la matinée de lundi pour seule perspective, mirage qui lui semblait hors de portée. À chaque instant, ses pensées se trouvaient hantées par Sonja. Ou le vide qu'elle avait laissé. L'alcool et la musique mis à part, la seule manière de la maintenir à l'écart était de travailler. Le problème, c'était que, comme le reste de l'équipe, il était à court d'idées.

Certes, il avait téléphoné à Rickard Jansson, le banquier de Brise, n'hésitant pas à le déranger en plein petit déjeuner dominical pour lui demander de chercher à savoir si d'autres gros clients avaient changé d'agence récemment. Jansson avait promis, d'un ton raide et la bouche pleine, de voir auprès de ses collègues et de le rappeler. Rien d'autre.

Fabian avait ensuite composé le numéro de Molander pour essayer de le convaincre d'exécuter d'autres examens, dans l'espoir de trouver un cheveu, une empreinte ou un indice dans la voiture ou l'appartement de Brise. Seulement, le technicien n'avait pas décroché. Pour la première fois depuis qu'il s'était installé à Helsingborg deux ans plus tôt, il s'était même résolu à appeler Hugo Elvin le week-end. Lui et Klippan étaient les seuls à avoir découvert quelque chose dans cette enquête, et peut-être voyait-il cette affaire autrement que comme une impasse, un nœud de pistes ne menant à rien. Mais Fabian était tombé sur son répondeur.

Elvin à l'appareil. Je ne peux pas parler pour le moment, mais vous, oui. Alors allez-y.

En désespoir de cause, il avait décidé au cours de l'après-midi de se rendre à Mariastaden pour frapper à la porte de Rickard Jansson. Ce dernier lui avait promis de le recontacter quand il aurait vu auprès de ses collègues, mais il n'avait pas précisé quand. S'il y avait une chose que Fabian ne pouvait pas supporter à cet instant, c'était d'attendre en se tournant les pouces.

Même s'il connaissait l'adresse, il lui avait fallu vingt bonnes minutes pour se repérer dans ce quartier labyrinthique fait de demeures qui se ressemblaient tellement que les habitants devaient eux-mêmes se tromper de temps en temps et faire irruption chez leurs voisins.

Rickard Jansson se tenait près d'un imposant barbecue à gaz qui occupait une bonne partie de sa terrasse, à l'arrière de la maison. Il avait troqué sa cravate et sa chemise trop moulante contre une casquette, un T-shirt ample et un bermuda au genou, à quelques centimètres seulement de ses chaussettes de sport tirées le long de ses mollets. Il tenait une bière d'une main et, de l'autre, une pince dont il se servait avec le sérieux d'un chef d'orchestre. À ses côtés, un homme vêtu du même uniforme le regardait faire en sirotant une bière.

– Bonjour, salua Fabian de l'autre côté de la haie basse en leur adressant un signe.

Jansson interrompit sa symphonie de saucisses et se retourna, affichant un air froid.

– Fabian Risk, reprit l'inspecteur. On s'est parlé tout à l'heure au téléphone.

Il enjamba la haie et leur tendit la main.

– Je croyais que je devais vous rappeler…

– Je voulais juste savoir si vous aviez pu parler avec vos collègues.

– Je ne sais pas comment c'est chez vous, mais chez Handelsbank, le dimanche, on est fermés. Donc non, je n'ai discuté avec personne aujourd'hui.

– Je pensais que vous auriez peut-être passé quelques coups de fil.

– J'ai autre chose à faire comme vous pouvez le voir.

Le banquier commença à retourner minutieusement la viande, comme s'il menait une expérience scientifique.

– En revanche, je vous promets de m'en occuper cette semaine.

– De quoi s'agit-il ? s'enquit l'autre homme en prenant une gorgée de bière.

– Tu sais, ce type qui a coulé dans le port, là. Peter Brise. Il venait juste de passer chez nous et maintenant, la police veut savoir si d'autres de nos bons clients ont aussi changé d'agence.

– Oui, j'en ai perdu un vendredi, figure-toi.

– Ah oui ? Qui ça ?

L'homme qui était de toute évidence un collègue de Jansson hocha la tête.

– Qui ça ? répéta Fabian en sentant qu'il tenait enfin quelque chose.

– Hans Christian Svensson. Alias Chris Dawn.

35

DANEMARK

En temps normal, Ib Sveistrup adorait les dimanches. Son corps éprouvait alors le repos du week-end commencé secrètement dès le vendredi après-midi, le plus souvent. Enfin il se sentait vraiment libre. Le samedi était en général consacré à faire des courses et toutes sortes de corvées inventées par Dorte et, le soir, s'ils ne recevaient pas eux-mêmes, ils étaient invités quelque part à dîner. Le dimanche, en revanche, était un océan de liberté dont il pouvait pleinement profiter. Lire dans la véranda récemment construite à l'étage ou piquer un somme dans le hamac installé à l'arrière de la maison... Il faisait comme bon lui semblait.

Sauf ce jour-là.

Il n'avait pas pu lire une ligne ni se reposer. Encore moins regarder *Sur la route de Madison* avec le projecteur qu'il venait juste d'acquérir. À la place, il venait de couper la haie qui s'obstinait à pousser dans tous les sens, bien qu'il l'ait traitée et taillée selon les règles de l'art. Et maintenant, il était occupé à nettoyer sa voiture pourtant impeccable. Le tout pour ne pas songer aux événements des derniers jours.

Tout avait commencé avec cette femme qui avait disparu avec les armes de deux agents, Magnus et Dunja. Heureusement, cette bavure n'avait pas causé trop d'esclandre. Puis, il y avait eu ce SDF dont le corps avait été retrouvé et qui avait manifestement été assassiné. Dunja, encore elle.

Pour couronner le tout, elle avait eu le culot de l'appeler à son domicile dans l'après-midi pour lui parler de clips qu'elle avait dénichés sur Internet et qui, d'après elle, désignaient les coupables. Le vidéolynchage, avait-elle expliqué. Mais il n'y comprenait rien. Pourquoi les criminels d'aujourd'hui ne pouvaient-ils pas se comporter comme avant ?

Il avait beau savoir que Dunja n'y était pour rien, il ne pouvait s'empêcher de se dire que tout était sa faute. Que d'une manière ou d'une autre, elle avait attiré ces incidents jusqu'ici. Bien sûr que ce n'était pas vrai. Elle ne faisait que son boulot, même si elle dépassait souvent les limites des tâches qui lui étaient confiées.

C'était exactement ce qu'il avait craint en l'embauchant. Non seulement elle était beaucoup trop qualifiée pour le poste, mais elle avait la réputation sulfureuse de la jouer solo et de se moquer des ordres de ses supérieurs. En même temps, elle était la meilleure du métier. Ib n'avait pas pu se contenter de fermer les yeux quand ce dictateur de Sleizner avait tout fait pour lui fermer les portes de la police.

Il s'était lui-même surpris à se laisser convaincre de lui céder la direction de l'enquête. En soi, c'était une bonne décision, il n'y avait pas l'ombre d'un doute. Si les soupçons de Dunja s'avéraient fondés, elle était la seule à pouvoir élucider l'affaire. Le problème ne résidait pas là, mais dans sa manière de procéder. Jusqu'où irait-elle et surtout, quelle serait l'ampleur du scandale ?

Voilà pourquoi il avait débranché son téléphone dès la fin de leur conversation. Irresponsable, peut-être, mais tant pis. Depuis qu'il avait foncé dans le mur quelques années plus tôt, il s'était promis de prendre au sérieux le moindre signal d'alerte.

Au moins, il se sentait un peu mieux. Les mouvements monotones de son éponge sur le capot de la voiture avaient l'effet soporifique escompté. Plus rien ne viendrait entraver cette sieste bien méritée qu'il allait faire sur le canapé, bercé par une musique de Satie. Le reste attendrait le lendemain.

Naturellement, Ussing et Jensen seraient furieux. Il les voyait déjà débarquer dans son bureau, rouges de colère. Rien d'insurmontable. Dunja convenait mieux, un point c'est tout. Plus il y réfléchissait, plus il en était convaincu.

Le bruit d'une portière qui claque le fit se retourner. Il remarqua alors seulement la voiture hybride qui s'était approchée en silence et s'était garée devant l'allée.

– C'est donc ici que tu te caches, déclara Kim Sleizner avec ce sourire complaisant qu'il affichait souvent lors des conférences de presse. J'ai essayé de t'appeler, mais comme j'étais dans le coin…

Dans le coin ? Mais bien sûr…, se dit Sveistrup, se gardant bien de tendre la main à son collègue.

– Personne ne passe par ici à moins d'aller au golf, répliqua-t-il. Sauf que je ne vois ni clubs ni pantalon écossais. Qu'est-ce que tu veux ?

Sleizner élargit son sourire et jeta un regard aux alentours.

– Chouette quartier, commenta-t-il. Paisible, avec ça. Tu dois t'y plaire.

– Oui, je n'ai pas à me plaindre.

– J'imagine. Malgré tout ce qui se passe, tu prends le temps de bichonner ta voiture sans te soucier du téléphone.

– Au moins, je ne suis pas à l'arrière de ma bagnole dans je ne sais quelle sombre ruelle.

Sveistrup voulut ravaler ses mots, mais trop tard. Ils lui avaient échappé. Deux ans plus tôt, Sleizner avait lui-même ignoré un appel urgent et quelques jours après, il s'était avéré qu'il n'était pas à son poste, mais dans sa voiture en compagnie de Jenny Nielsen, dite « Wet Pussy ».

Une bévue qui avait coûté la vie non seulement à une jeune employée de la station-service de Lellinge, mais également à un policier. Ces événements auraient dû amener à des poursuites judiciaires, au moins à sa démission. Pourtant, il n'y avait eu aucune représaille. Tout compte fait, Sveistrup ne regrettait pas ses paroles. L'homme concerné se tenait maintenant devant la porte de son garage, plus radieux et plus puissant que jamais.

– Touché coulé ! lança Sleizner avec un ricanement.

Il ouvrit nonchalamment les bras comme pour souligner qu'il n'était pas vexé et qu'il s'était remis depuis longtemps de cette histoire.

– Mais on n'est pas là pour se battre en duel, si ? Entre chefs des flics… On a la sécurité d'un pays à assurer.

– Je te repose la question, reprit Sveistrup. Qu'est-ce que tu veux ?

– Je voulais discuter de l'une de tes employées.

– Dunja Hougaard, je parie.

– Tu vois ? rétorqua Sleizner en affichant de nouveau son sourire mielleux. Je savais qu'on s'entendrait.

– Dunja est l'une de mes meilleures recrues.

– Vraiment ? Intéressant… Pourtant, tu es tellement stressé que tu dois débrancher ton téléphone pour réussir à te détendre. Crois-moi, je ne te blâme pas. D'après mon expérience, ce n'est que le début.

Sleizner avait sans doute raison, mais il ne voulait surtout pas lui faire plaisir. D'autant qu'il était certain d'avoir pris la bonne décision : cette affaire revenait à Dunja et à personne d'autre.

– Ib, écoute-moi.

Le chef de la police de Copenhague fit un pas en avant.

– J'ai bossé avec cette fille, je la connais par cœur. Tu lui donnes le petit doigt et en moins de deux, elle te bouffe non seulement le bras, mais aussi les couilles.

– Ce n'est pas du tout l'image que je me fais d'elle.

– Non, mais depuis combien de temps tu la connais, hein ? Six mois ? J'ai collaboré avec elle pendant des années et comme toi, au début, je me suis laissé aveugler par son dynamisme. Je lui ai même confié l'une des enquêtes les plus complexes que notre pays ait connues. Tu n'as certainement pas oublié le meurtre de Karen et Aksel Neuman à Tibberup.

Ib hocha la tête. Il avait suivi de près cette affaire et se souvenait des photos atroces des lieux du crime comme si c'était hier. À l'époque, déjà, il avait été impressionné par la vitesse à laquelle Dunja était parvenue à démasquer l'assassin.

– Quelques mois plus tard, elle imitait ma signature et me poignardait dans le dos. Tu parles d'une manière de me remercier. Certes, j'aurais dû prendre cet appel dans la voiture, c'était une erreur, je le reconnais. Mais de là à tout balancer à la presse après ce que j'avais fait pour elle ?

Sleizner poussa un grognement et tourna les paumes vers le ciel.

– Elle a de la chance que je me sois contenté de la mettre à la porte. Je te jure que j'aurais pu aller beaucoup plus loin si j'en avais eu envie.

Il approcha de la voiture et essuya une petite tache sur la manche de son pardessus.

– Je comprends parfaitement que tu l'aies embauchée, tu sais. J'en aurais sans doute fait autant à ta place. Elle est jolie et terriblement sexy, si tu veux mon avis. Et puis, quelle actrice ! Elle joue aux pauvres petites victimes du patriarcat. La gentille fille qui choisit le bon camp, qui se bat pour la vérité et pour arrêter les méchants… Mais tout ça, ce n'est qu'une comédie, un rôle pour parvenir à ses fins. Et tu veux que je te dise ce qu'elle cherche en réalité ?

Sleizner se posta juste devant Sveistrup et le regarda droit dans les yeux.

– Ta place, poursuivit-il en lui plantant le doigt sur la poitrine. Eh oui. Ton fauteuil est forcément un peu plus coûteux que tous les sièges du commissariat. Quand elle t'aura piqué ton bureau, tu pourras toujours astiquer ta bagnole en réfléchissant à ce qui s'est passé.

Il se tut un moment, l'air d'attendre une réaction de son interlocuteur. Mais Sveistrup ne voulait rien laisser transparaître et pour être honnête, il ne savait pas comment réagir.

– Tu te demandes peut-être ce qui m'amène jusqu'ici en plein week-end, reprit Sleizner. Le truc, c'est que quand elle aura eu ta peau, elle s'intéressera de nouveau à moi. À moi et à mon fauteuil.

Son index se tourna vers sa poitrine.

– Voilà ce qu'elle veut. Mettre les types comme nous dans la merde pour gravir les échelons et reprendre les choses en main, petite fille modèle qu'elle est.

Sveistrup n'avait jamais aimé son homologue de Copenhague et il ne risquait pas de commencer aujourd'hui. Mais force était de constater qu'il y avait du vrai dans ses propos. Dunja dégageait quelque chose d'imprévisible. En sa présence, il se tenait toujours sur ses gardes, il se sentait moins confiant, moins digne. Elle lui donnait le sentiment qu'il faisait mal son travail, qu'il ne méritait pas sa place.

– Bon, déclara-t-il après réflexion. Qu'est-ce que tu attends de moi ?

36

SUÈDE

Le chauffeur de taxi ne méritait pas de pourboire, mais Jeanette Dawn n'avait pas le choix. Elle voulait tout sauf qu'on aille raconter qu'elle était près de ses sous. Même si l'homme était danois et les risques qu'il la reconnaisse assez limités, les succès de Chris les avaient rendus vaguement célèbres tous les deux.

Elle glissa quelques généreux billets à l'homme assis au volant à côté, alors qu'il sentait la sueur et le renfermé. Pire : il avait mauvaise haleine, et il n'y avait rien dont elle ait plus horreur. Dans cet air étouffant, elle avait eu le sentiment que sa vie s'écourtait un peu plus à chaque inspiration. Elle avait essayé de retenir son souffle autant que possible, mais le trajet depuis l'aéroport de Kastrup à travers le pont de l'Øresund en direction de la Suède était long. Elle avait fini par entrouvrir la fenêtre. Malheureusement, le vent qui s'infiltrait venait la décoiffer, et elle avait dû renoncer et refermer la vitre. S'il y avait bien quelque chose d'important, c'était d'être parfaite en retrouvant son mari.

Elle s'empressa de descendre du taxi, d'ouvrir la porte arrière et de détacher les garçons tous les deux assoupis, tête ballante.

– Sune et Viktor, réveillez-vous. On est arrivés.

Sune ouvrit les yeux et regarda autour de lui, l'air complètement perdu. Quand il se rendit compte quelques secondes plus tard qu'il avait égaré sa tétine, il grimaça, prêt à fondre en larmes, mais sa mère en avait déjà tiré une de sa poche et la lui planta dans le bec.

Elle sortit l'enfant de son siège et le posa sur le gravier.

– Reste là, ordonna-t-elle en contournant la voiture.

Dire que ce satané chauffeur ne levait pas le petit doigt pour l'aider avec ses bagages… Ça, c'est bien les Danois, pensa-t-elle en aidant Viktor à descendre de la voiture. Elle ne connaissait aucun pays où le service était d'aussi piètre qualité qu'au Danemark. Encore un de ces chauvins qui croyaient « préserver l'âme du Danemark » en reconduisant les Suédois de l'autre côté du détroit.

– Viktor, prends ton frère par la main, et rentrez pendant que je m'occupe des valises.

Le petit obéit sans protester, alors qu'il semblait encore étourdi par le sommeil. Quel gentil garçon, le plus adorable qui soit. Mais comme chaque fois que cette pensée traversait son esprit, Jeanette frémit à l'idée qu'il commence l'école à la rentrée prochaine. L'idée de ce que cet environnement impitoyable ferait de son angelot l'incitait à envisager sérieusement d'embaucher un professeur particulier.

Malheureusement, Chris ne voulait pas en entendre parler. Il assurait que couver leurs enfants, c'était tout sauf leur rendre service. Quelque part, elle devait admettre qu'il avait raison.

Durant ces cinq jours, son mari lui avait en fait manqué plus qu'elle ne l'avait imaginé. Dès que les garçons seraient au lit, elle sortirait deux assiettes de charcuterie du frigo et ouvrirait l'une des bouteilles de vin qu'elle rapportait dans ses valises. Elle avait hâte. Il lui ferait écouter ses dernières compositions et elle tenterait de formuler ses impressions.

Depuis toujours, elle était sa première auditrice et il prêtait une grande attention à ses critiques.

– Maman, regarde ! s'écria Viktor, le doigt pointé vers un camping-car garé un peu plus loin. Qu'est-ce que ça fait là ?

Jeanette avait déjà remarqué le véhicule pendant que le taxi remontait l'allée, mais elle avait dû rester concentrée sur son souffle pour survivre aux mauvaises odeurs. Maintenant qu'elle respirait enfin au grand air, elle pouvait s'étonner de trouver un camping-car dans l'enceinte de leur propriété.

– On dirait que papa prépare quelque chose, répondit-elle tout en sachant que son mari n'était pas du genre à faire ce genre de dépenses sans lui en parler.

Il devait y avoir une explication. Tandis qu'elle continuait vers l'entrée où l'attendaient les garçons, elle entendit le chauffeur descendre de son taxi et pester en danois en claquant le coffre.

– Pourquoi vous restez plantés là ? leur demanda-t-elle.

– C'est fermé, répondit Viktor. J'ai sonné, mais papa n'ouvre pas.

– Il doit être dans son studio.

Sentant l'irritation commencer à bouillir en elle, Jeanette se mit à fouiller dans son sac à main à la recherche des clefs. Chris savait pertinemment qu'ils arriveraient aujourd'hui à cette heure, après avoir passé toute une semaine en paix.

Elle déverrouilla et laissa les garçons se précipiter à l'intérieur de la maison, avant de porter les valises dans l'entrée, où elle accrocha son manteau et retira ses souliers. Puis elle fila aux toilettes de la chambre d'amis, s'assit et sortit son téléphone. Voilà ce qui lui avait le plus manqué ces derniers jours : se couper du monde, être tranquille ne serait-ce que dix minutes, sans avoir à penser aux enfants. Maintenant, c'était à Chris de prendre le relais.

– Maman, t'es où ? appela la voix de Viktor presque aussitôt. Maman !

Elle aurait voulu pouvoir l'ignorer, mais elle répondit :

– Je suis aux toilettes, laisse-moi un peu tranquille. Va plutôt voir papa.

– Je le trouve pas.

– Tu es allé voir au studio ?

– Non, on n'a pas le droit d'y aller quand la porte est fermée et que la lumière rouge brille.

Quoi ? Pour qui Chris se prenait-il ? Qu'il attende le retour de sa famille pour finir un morceau, c'était déjà limite, mais qu'il ait le toupet d'allumer cette foutue lumière, c'en était trop.

– Ah… Alors attends gentiment que j'aie fini. Tu n'as qu'à t'amuser dans ta chambre.

Elle entendit le petit soupirer de l'autre côté de la porte. Au moins, il ne se mit pas à geindre, et c'est en toute bonne conscience que Jeanette lança *Murder Snails* sur son téléphone.

Ce jeu était sa dernière drogue. Même si elle ne l'avait téléchargé que quelques mois plus tôt, elle en était déjà au niveau 73. La promesse qu'elle s'était faite de ne pas dépenser un centime pour se procurer des vies ou des raccourcis avait tenu bon jusqu'à ce qu'elle soit forcée de trouver un moyen de s'échapper au niveau 18. Depuis, c'était la débandade et elle n'osait pas penser aux sommes jetées par la fenêtre.

En même temps, l'argent n'était pas vraiment un problème. Leur fortune était telle qu'ils n'auraient pas assez de toute une vie pour la dépenser, alors pourquoi ne pas en profiter maintenant ? Tout pouvait s'effondrer à tout moment. Un tsunami, une bombe dans un hôtel… Il suffisait de penser à Peter Brise, le créateur de *Murder Snails*, qui s'était tué en voiture la semaine passée. À quoi lui servaient tous ses millions, à présent ? Non, elle ne laisserait pas les remords la gagner pour avoir acheté un lance-flammes à deux cent quatre-vingt-neuf couronnes, résolut-elle, et en quelques minutes, elle atteignit le niveau supérieur.

Puis elle démarra Facebook pour jeter un œil à son fil d'actualité. Toujours le même refrain : des photos médiocres de nourriture et de goûters d'anniversaire, des statuts se vantant du temps passé à la salle de sport ou du nombre de kilomètres parcourus lors du dernier jogging. Chris n'avait en revanche rien posté, ce qui était bon signe. Le signe qu'il n'était pas sorti de son studio et qu'il était peut-être parvenu à quelque chose de brillant.

Elle rangea son portable, s'essuya et se lava les mains. Avant de sortir, elle se renifla rapidement les aisselles – un léger effluve de sueur se devinait derrière le frais parfum de citron de son déodorant. Peu importe, ils se doucheraient de toute façon avant d'aller au lit.

Elle traversa le couloir en direction de la cuisine. La maison semblait plus ou moins dans le même état que mercredi, quand elle était partie. Chris n'avait certainement pas préparé de somptueux dîners et le connaissant, il...

Ses pensées s'interrompirent lorsqu'elle découvrit un congélateur qui trônait dans la pièce. Pourquoi diable cet achat, alors qu'ils en avaient déjà deux dans la buanderie ? Et puis, quelle idée d'installer ce mastodonte en plein milieu de la cuisine ? Voilà qui ruinait tout l'agencement épuré qu'elle avait mis un temps fou à parfaire avec leur décoratrice d'intérieur.

Au même instant, elle remarqua que certaines œuvres d'art avaient disparu des murs. Même si c'était le domaine de Chris, elle comprit vite qu'il s'agissait des pièces les plus coûteuses.

L'inquiétude se répandit tel un poison dans ses veines. Pour ne pas céder au vertige, elle s'agrippa au congélateur et prit quelques profondes inspirations, les yeux clos, comme son psy le lui avait conseillé.

Plus d'une fois, Chris avait menacé de la quitter. Si souvent qu'elle avait cessé d'écouter cette rengaine. C'était la seule explication possible. Il avait profité de son absence pour déguerpir la queue entre les jambes comme un vulgaire chien, en emportant leurs biens les plus précieux. D'où le camping-car ? Ça n'expliquait pas cet horrible appareil ménager, mais bon… Elle était persuadée qu'il avait mis sa menace à exécution.

À moins que… Pourquoi la lumière rouge était-elle allumée s'il n'était pas là ? Après tout, peut-être se laissait-elle aller à la paranoïa. Retrouvant soudain son énergie, elle se hâta à travers la maison pour rejoindre le studio. Avant d'ouvrir la porte capitonnée, elle s'épongea le front dans le tissu de sa robe et s'arrangea rapidement les cheveux.

Dès l'instant où elle l'aperçut, tout fut pardonné. Qu'importe ce qu'il avait fabriqué pendant son absence et qu'il ait visiblement oublié son retour aujourd'hui. Il était bien là, le dos tourné, à tripoter les boutons de sa table de mixage. Il ne semblait pas l'avoir remarquée, tellement il était plongé dans la musique qui s'échappait doucement de son casque. Mais pourquoi portait-il des gants en plastique ?

Elle s'approcha et au moment précis où elle allait lui prendre l'épaule, il se retourna, tout sourire.

– Bonjour chérie, dit-il en retirant son casque.

– Bonjour, s'entendit-elle répondre pour combler le lourd silence qui s'imposa à elle.

– Qu'est-ce qu'il y a ? reprit-il, le sourire toujours vissé aux lèvres. Chérie, tu as l'air déboussolée. Il est arrivé quelque chose ?

L'homme s'exprimait comme son mari et portait la chevalière en argent avec une tête de mort qu'elle lui avait offerte pour son anniversaire. On aurait quasiment dit Chris – mais quasiment seulement.

– Vous êtes qui, nom de Dieu ? demanda-t-elle d'une voix à peine perceptible.

– Voyons, chérie, je croyais qu'on s'était promis de ne pas jurer devant les enfants.

– Qu'est-ce que vous foutez chez moi ?

Elle était sur le point de s'effondrer, sentait ses jambes flageolantes. Tout ce qu'elle voulait, c'était se réveiller de ce sinistre cauchemar.

L'homme assis devant elle émit ce rire insouciant typique de Chris à ses moments les plus agaçants.

– Sans vouloir être tatillon, maintenant, c'est chez moi, rétorqua-t-il en s'adossant à la chaise. Je suis en train de mixer mon dernier morceau et je n'en suis pas peu fier. Tu veux écouter ?

– Mais qui êtes-vous et qu'avez-vous fait de mon mari ?

– Maman, c'est qui ?

Viktor s'était faufilé dans la pièce en tenant Sune par la main.

– Papa ! s'exclama ce dernier.

Avant que Jeanette ait le temps de réagir, l'enfant courut vers l'homme qui le porta sur ses genoux.

– Sune, viens voir maman, balbutia-t-elle.

– Non. Papa.

Le petit croisa les bras, attendant manifestement les accès de tendresse qu'il déclenchait d'ordinaire.

Mais cette fois, sa mère était loin de se laisser attendrir. Elle n'avait qu'une envie : sortir ses griffes et hurler à son fils de descendre de là. Il y avait un problème, un problème tellement grave qu'elle n'arrivait pas à l'expliquer. Seulement, elle était obligée de garder son calme pour ne pas effrayer les enfants.

– En voilà au moins un qui me reconnaît, déclara l’homme en tapotant le crâne de Sune. Comment ç’a été, mon garçon ? Papa ne t’a pas trop manqué ?

– Papa, répéta le petit en le dévisageant, l’air de sentir au fond de lui que quelque chose n’allait pas.

– Oui, c’est moi. Et tu sais quoi ? Toi, ton frère et maman allez gentiment m’obéir.

L’homme plongea son regard dans les yeux de Jeanette.

– Sinon, papa risque de se fâcher tout rouge.

37

DANEMARK

Dunja avait programmé son réveil à 5 heures du matin et opté pour la sonnerie « Flipper », la plus irritante de toutes, afin de ne pas risquer de se rendormir. D'habitude, elle devait attendre quelques bonnes heures pour que son sang atteigne son cerveau, mais cette fois, elle se sentait reposée et concentrée comme jamais. La moindre cellule de son corps était tellement excitée qu'elle avait du mal à rester tranquille sous la douche, le temps de se rincer les cheveux.

Le moment était enfin venu. Ce qu'elle attendait depuis que Sleizner l'avait renvoyée deux ans plus tôt arrivait finalement. D'ici peu, elle reprendrait les rênes. Ussing et Jensen s'y opposeraient et se mettraient évidemment en travers de son chemin, mais ils finiraient par comprendre qu'ils n'avaient pas d'autre choix que de céder et de lui obéir.

Dimanche, Sveistrup lui avait donné son accord au téléphone. Enfin il se montrait raisonnable. Lui qui avait tout fait pour l'éviter et repousser la décision. Mais elle lui avait tenu tête et avait réussi à le convaincre que toutes les autres solutions pourraient lui retomber dessus. En même temps, rien n'était signé. Elle n'avait donc pas une seconde à perdre pour veiller à ce que ce ne soit pas une promesse en l'air.

Après le petit déjeuner, elle sauta sur son vélo pour Nørreport, où elle monta à bord de l'Øresundtåget de 6 h 55 en direction de Helsingør. Trente-sept minutes plus tard, elle descendait à Snekkersten – il ne lui restait plus qu'à pédaler un peu pour arriver au commissariat une bonne heure à l'avance, juste ce qu'il lui fallait pour préparer la réunion.

Dunja savait parfaitement quoi dire. Elle avait passé une bonne partie de la soirée de la veille à s'entraîner devant l'objectif de son téléphone et à revoir son discours jusqu'à ce qu'il soit impeccable. Mais il lui fallait du temps pour le reste : faire couler le café, disposer les viennoiseries, déplacer certaines plantes afin que les stores puissent se fermer sans problème dès qu'elle appuierait sur la télécommande. Elle avait également de quoi faire avec le projecteur, exemple même de la loi de Murphy quand on le branchait à un nouvel ordinateur. Après avoir téléchargé et installé quelques drivers, elle parvint à le faire fonctionner avec le son. Enfin, elle se sentait fin prête.

Sveistrup arriverait sans doute en premier accompagné de Julie Hvitfeldt, la procureure, qui aurait déjà été informée du changement de direction. Suivraient Ussing et Jensen, juste assez en retard pour bien signaler qu'ils ne comptaient pas recevoir d'ordres de n'importe qui.

Mais ce fut Magnus Rawn qui apparut dans la pièce avec son uniforme et ses yeux de chien battu. En le voyant là, un profond sentiment de honte envahit Dunja. Elle avait complètement oublié de le prévenir.

– Salut Magnus. Comment ça va ? lança-t-elle pour essayer d'alléger l'ambiance.

– Où est passé ton uniforme ?

Il l'observait comme si elle était en tenue d'Ève.

– Finalement, Ib a décidé de me confier l'enquête.

– C'est vrai ? Génial. Bravo !

Son visage s'illumina.

– Ça veut dire que moi aussi, je… ?

– Non, malheureusement. J'ai pourtant tout essayé, répondit Dunja. Mais c'était peine perdue. Tu connais Ib quand il est de mauvais poil… Il panique au moindre changement. Comme quand les vestiaires ont été repeints et qu'on a suggéré de mettre quelques touches de couleur, au lieu de tout refaire en blanc. Tu te souviens ?

Magnus opina et afficha un sourire forcé. Son regard montrait pourtant bien qu'il n'était pas dupe. Elle en avait trop dit, noyant son mensonge dans un tel flot de paroles qu'il était évident qu'elle mentait. Pourquoi n'avouait-elle pas simplement qu'elle n'avait ni le temps ni l'envie de traîner ce boulet ? Que Magnus était un gentil garçon, mais qu'il devait arrêter de se faire des illusions.

– Tu sais, on peut se voir dès que j'ai fini. Pour déjeuner ou faire ce fameux dîner, murmura-t-elle tandis que Søren Ussing et Bettina Jensen arrivaient paresseusement, chacun une tasse de café fumant à la main.

– OK, répondit Magnus en leur adressant un signe de tête qui resta sans réponse.

– Parfait, je t'appelle plus tard, conclut Dunja.

Mais au lieu de sortir de la pièce, Magnus prit place sur l'une des chaises. Elle s'efforça de ne pas y prêter attention, comme au fait que Sveistrup et la procureure n'étaient toujours pas arrivés, alors qu'il était l'heure passée de cinq minutes.

– Bonjour tout le monde, reprit-elle après un long silence oppressant. Asseyez-vous et servez-vous. Les viennoiseries sont fraîches et le café aussi, si ça vous dit.

Pourquoi diable était-elle aussi stressée ? Elle n'avait aucun scrupule à avoir.

– On n'a pas toute la journée, grommela Ussing en regardant sa montre.

– Ce ne sera pas long.

Dunja appuya sur la télécommande et les stores glissèrent sans bruit. Bizarrement, elle se sentait beaucoup mieux maintenant qu'Ussing lui avait témoigné son mépris. Quoi qu'il s'imagine en se regardant dans le miroir, ce connard n'était qu'un gros incompétent qui méritait d'être traité comme tel.

– Comme vous l'aurez sans doute remarqué, je n'ai pas lâché l'affaire depuis les événements de Stengade.

– Ce n'est pas donné à tout le monde de réussir l'exploit de se faire piquer son arme et, en plus, de laisser s'échapper une pute défoncée, rétorqua Jensen en ricanant.

– J'ignore quelle est votre théorie, si vous en avez seulement une, poursuivit Dunja tout en constatant du coin de l'œil qu'il était tard et qu'elle devait commencer sans attendre. Mais je suis persuadée qu'on a là un cas de vidéolynchage.

– Ne t'inquiète pas pour nous, rétorqua Jensen en s'adossant à sa chaise, les mains relevées derrière la nuque. On ne manque pas de théories. La différence, c'est qu'on préfère être sûrs avant d'en parler à tout le monde.

– Je n'en parle pas à tout le monde, mais à vous. Même si je suis sûre de moi, je préfère ne pas divulguer l'information avant que les coupables aient été arrêtés.

– Pardon, mais c'est quoi le vidéolynchage, en fait ? demanda Magnus, le doigt levé comme s'il était en classe.

– Des gamins qui agressent au hasard des innocents, tout en filmant la scène sur leur téléphone dans le but de poster la vidéo sur Internet. À croire qu'ils en sont fiers et n'ont rien de mieux à faire.

– Tout a commencé en Angleterre chez des jeunes touchés par le chômage, précisa Ussing. Mais jusqu'à présent, rien ne prouve que le phénomène soit arrivé ici.

– Si, au contraire. Vous allez tout de suite voir.

Dunja appuya sur la touche « espace » de son ordinateur pour réveiller le projecteur dirigé sur une grande toile, avant d'éteindre la lumière.

– J'ai trouvé cette vidéo sur YouTube. Ça date d'il y a un peu plus d'un an et comme vous allez le voir, la scène a été filmée en pleine journée dans le centre de Helsingør.

Elle lança la séquence d'images vacillantes. Au son d'un morceau de musique classique apparut une silhouette vêtue d'un sweat-shirt vert kaki, la figure dissimulée dans un bas estampillé d'un grand smiley jaune avec un sourire en banane. L'homme esquissa une petite révérence, puis il enfila sa capuche et commença à remonter la rue.

– C'est quoi, cette musique ? demanda Jensen.

– Beethov', j'imagine, comme dans *Orange mécanique*, dit Ussing.

– Faux, même s'ils se sont sans doute inspirés du film, rectifia Dunja. C'est du Mozart. Le troisième mouvement de la *Symphonie n° 39 en* mi *majeur*.

Maintenant, ils devaient commencer à comprendre qu'elle avait bien fait ses devoirs et qu'ils n'arriveraient pas à lui taper sur les doigts.

– La légèreté du thème souligne bien les choses, continua-t-elle, juste pour montrer qu'elle connaissait son sujet. C'est l'une des compositions de Mozart les plus joyeuses, avec *Le Mariage de Figaro*.

La caméra branlante suivit la silhouette qui avançait à pas de loup en direction d'une femme occupée à parler au téléphone. De derrière, il lui porta un coup de poing à l'oreille droite et elle s'effondra sur le trottoir. L'objectif se dépêcha de se braquer sur la victime gisant par terre pour filmer une paire de vieilles Reebok lui assénant cinq violents coups de pied au visage, presque en rythme avec la musique.

Quelques secondes plus tard, l'homme masqué réapparut à l'écran et reprit sa démarche légère, presque dansante. Sans s'arrêter, il se tourna vers le caméraman et lui fit signe de le suivre avant de renverser, vingt mètres plus loin, un cycliste qui passait par là. Une voiture pila devant eux, mais l'agresseur n'y prêta pas la moindre attention, continuant à se défouler sur sa victime jusqu'à ce que celle-ci cesse de se défendre et reste inerte, en plein milieu de la rue. Puis l'homme passa son chemin en trottinant.

– J'en ai trouvé trois autres du même genre.

Quand elle ralluma la lumière, Dunja constata que Sveistrup était enfin arrivé, sans la procureure.

– Toutes les vidéos ont la même bande-son, et ont été tournées à Helsingør il y a plus ou moins un an. La plus récente montre trois individus masqués des mêmes bas avec un gros smiley qui cache leurs visages.

– Mais qu'est-ce qui te fait supposer que tout ça ait quelque chose à voir avec notre enquête ? demanda Ussing en s'emparant d'une viennoiserie.

Voilà exactement la question que Dunja espérait qu'on lui pose. Elle s'efforça de ne pas répondre trop vite.

– D'abord, fit-elle au bout d'un moment, qui te dit que je ne fais que le supposer ? On a un témoin. Sannie Lemke.

– Celle qui s'est barrée avec ton arme ? répliqua Jensen.

– Exactement.

– Comment peux-tu être aussi certaine que ce ne soit pas elle qui ait tué son frère ? On vient d'avoir le résultat des analyses du sang prélevé dans le squat de Stengade : c'était son sang à lui, ce qui relie la fille au lieu du crime.

– Oui, mais si vous vous étiez donné la peine de lire en entier le rapport d'autopsie, vous auriez vu qu'Oscar Pedersen affirme que le ou les criminels ont dû sauter sur la victime jusqu'à ce que mort s'ensuive, ce que viennent d'ailleurs confirmer les empreintes de pas ensanglantées observées dans la cour.

– Mais ça ne…

– Là où je veux en venir, enchaîna Dunja, c'est que les chaussures de Sannie ne présentaient pas la moindre trace de sang.

– Suffisait de les rincer ou d'enfiler une autre paire, objecta Jensen en haussant les épaules.

– On parle là d'une toxico à la rue qui…

– Et comment expliques-tu son T-shirt et ses mains barbouillés de rouge ? l'interrompit Ussing.

– Je ne sais pas, mais j'imagine qu'elle a essayé de ranimer son frère dès que les agresseurs étaient partis.

– On n'est pas payés pour imaginer des choses, commenta Jensen.

– Elle a parlé plusieurs fois de visages « jaunes et joyeux », et du fait que tout ne semblait qu'un jeu…

– Jaunes et joyeux ?

Ussing éclata de rire.

– Ne me dis pas que c'est le seul indice auquel tu t'accroches ! Et que tu nous fais perdre notre temps pour ça !

– Søren, elle était là et elle a tout vu.

– Elle aura beau le prétendre, cette fille n'est qu'une putain en manque prête à tuer son frère pour quelques grammes.

– Là, je pense que tu te trompes.

– Tu penses ? Je croyais que tu ne te laissais pas aller à la supposition.

– Oui, mais…

Dunja en perdait ses mots. La discussion n'était pas du tout censée prendre cette tournure. Quelques objections ne faisaient jamais de mal, c'était même important pour dynamiser l'enquête. Mais il ne s'agissait pas de ça. Ussing et Jensen cherchaient à la faire tomber et tant mieux si, au passage, ils pouvaient l'humilier. Peu importe qu'elle ait ou non raison.

– Le fait est que c'est à moi qu'elle s'est confiée. J'ai vraiment le sentiment qu'elle disait la vérité et que...

– Une minute, je peux poser une question ? reprit Jensen.

Dunja opina.

– Tu disais que les vidéos dataient de l'année dernière. Ça ne signifie pas que ces types ont arrêté ?

– Pas forcément. Je crois même qu'ils...

Jensen la coupa en pleine phrase pour ajouter :

– À moins que tu aies trouvé une vidéo du crime et que tu l'aies gardée pour la fin... Parce que si ta théorie est vraie, cette fois-ci aussi, ils ont dû se filmer.

– Excellente question, très juste. Mais non, hélas, je n'en ai pas trouvé. Par contre, je suis certaine que toute la scène a été filmée. Peut-être qu'ils ne l'ont pas encore postée ou qu'ils sont devenus plus prudents et ne partagent leurs exploits qu'avec les gens de leur milieu, comme les pédophiles.

Elle ouvrit les bras en un geste de rassemblement. Malgré leurs différends, ils devaient travailler en équipe.

– En tout cas, il faut absolument mettre la main sur cette vidéo. Voilà ce sur quoi nous devons nous concentrer à partir de maintenant.

– Désolé, mais ça ne tient pas la route, déclara Ussing en secouant la tête. On a affaire à un meurtrier sans pitié, pas à une bande de jeunes délinquants masqués un peu paumés.

Il se leva et conclut :

– Merci pour ces infos. C'était intéressant, mais on maintient notre ligne.

– Et quelle ligne, hein ? Accuser Sannie Lemke ?

Dunja avait haussé le ton. Elle qui s'était juré de garder son calme quoi qu'il arrive. Le désespoir qui résonnait dans sa voix venait saboter toutes ses répliques pourtant si bien préparées. Tant pis, elle ne pouvait pas laisser ce type cracher son venin et sortir tranquillement de la pièce. Si elle n'arrivait pas à le faire rasseoir maintenant, jamais elle n'y parviendrait.

– Les deux victimes de la vidéo ont porté plainte, mais leurs dossiers n'ont fait que rejoindre la pile qui prend la poussière dans votre bureau. Et figure-toi qu'il est grand temps que ça cesse.

Ussing la regardait comme si elle était un drôle d'animal dans un zoo. Puis il poussa un grognement et se tourna vers Jensen.

– Tu viens, on a du boulot.

Jensen se leva à son tour, attrapa deux viennoiseries et se dirigea vers la porte.

– Attendez un peu.

Dunja braqua son regard sur Sveistrup qui n'avait pas prononcé un mot de la réunion.

– Ib, tu ne leur as pas expliqué que je prenais la direction de l'enquête à partir d'aujourd'hui ?

Un tel silence s'abattit dans la pièce que les gargouillis nerveux de Sveistrup se firent entendre.

– Bon, c'est vrai qu'on en a parlé hier et que tu as proposé tes services. Je m'en souviens parfaitement. De même que je me souviens de t'avoir promis d'y réfléchir.

– Comment ça, y réfléchir ? Qu'est-ce que tu racontes ?

– Je pense finalement que ce n'est pas une bonne idée. Ça va faire du cafouillage dans l'emploi du temps, et comme Søren et Bettina l'ont rappelé, ils ont de quoi faire avec leurs propres théories. Au moins, tu as pu partager tes impressions, et je vais voir si un petit groupe peut poursuivre ton travail.

Sveistrup ponctua ces quelques phrases d'un sourire et d'un hochement de tête démonstratif pour bien signaler que sa décision était définitive.

Ce n'est pas vrai, se dit Dunja. Je rêve.

Elle savait que son chef était le roi des indécis et qu'il pouvait retourner sa veste, mais là, c'était le comble.

Que pouvait-elle y faire ? Maintenant qu'elle était désarmée, déculottée devant toute l'assistance. Quelques années plus tôt, elle aurait fondu en larmes, mais cette fois, elle était loin de se mettre à pleurnicher. Tout ce qu'elle ressentait, c'était de la rage qui germait en elle, une colère plus violente à chaque seconde. Petit à petit, l'explication s'imposait. Une explication qui ne pouvait porter qu'un seul nom :

Kim *fucking* Sleizner.

38

Suède

Dès qu'il avait quitté Rickard Jansson, le banquier personnel de Brise, Fabian avait appelé Tuvesson pour organiser une réunion d'urgence. Mais elle était toujours injoignable et il s'était donc rendu chez elle. En arrivant, il avait tout de suite remarqué la boîte aux lettres enfoncée, puis il avait sonné. Il avait fallu qu'il insiste en maintenant la sonnette appuyée une bonne minute avant de se rendre à l'évidence : il devait renoncer.

Sur la route du retour, il avait tout de même réussi à contacter Klippan et Lilja, avec qui il avait soulevé l'idée d'appeler en renfort les forces spéciales de Malmö pour les envoyer chez Chris Dawn le soir même. Après un long échange, face au risque conséquent d'effrayer le criminel plutôt que de l'arrêter, ils avaient conclu qu'ils pouvaient difficilement prendre une telle décision sans l'approbation de Tuvesson. Mieux valait attendre la réunion de lundi pour laquelle leur chef, espéraient-ils, referait surface.

Lorsqu'il s'était réveillé un peu avant 5 heures le lendemain matin, Fabian avait constaté que Sonja n'était toujours pas rentrée. Après avoir essayé de se rendormir en vain, il était descendu prendre son petit déjeuner, seul, en écoutant la radio et feuilletant le journal. Puis il avait griffonné un mot pour les enfants, leur expliquant que lui et leur mère étaient partis travailler et qu'ils trouveraient du porridge dans le frigo qu'il leur suffisait de réchauffer.

Il était à peine 7 heures quand il sortit de l'ascenseur au dernier étage du commissariat, où il s'étonna de trouver Lilja, déjà à son poste. En discutant autour d'une tasse de café, ils se rendirent compte qu'ils étaient aussi impatients l'un que l'autre et décidèrent de prendre la voiture de Fabian pour se rendre eux-mêmes chez Chris Dawn.

Dawn habitait au 925 route Norra Vallåkravägen, en pleine campagne à une vingtaine de kilomètres à l'est de Helsingborg. En sortant de la ville, les tracteurs vinrent vite remplacer les voitures sur la voie. Des champs s'étendaient à perte de vue, parsemés de fermes çà et là. Qu'est-ce qui les attendait ?

– Tu as eu des nouvelles d'Elvin ce week-end ? demanda Fabian. J'ai essayé de l'appeler plusieurs fois hier, mais je suis tombé directement sur son répondeur.

– C'est sans doute une façon de se protéger, répondit Lilja en observant le paysage. Tu sais à quel point il est psychorigide sur ce genre de choses. Regarde sa chaise de bureau… Gare à celui qui ose s'y asseoir.

Fabian était on ne peut plus d'accord. Il se souvenait encore du jour où, deux ans plus tôt, il avait emprunté ce trône et modifié le réglage, crime passible de la peine de mort. En rentrant de vacances, son collègue lui avait témoigné une colère noire. Au point que Tuvesson avait dû intervenir et les convoquer tous les deux pour discuter de la crise. Il avait fallu six mois avant qu'Elvin daigne lui adresser la parole.

– Pourtant, il doit vouloir autant que nous que l'enquête avance. C'est lui qui a trouvé les éléments décisifs.

– Oui, mais il n'est pas aussi nerveux que toi, rappela Lilja en poussant un rire. Molander n'a pas non plus donné signe de vie du week-end. En fait, je ne connais pas bien Elvin.

Son regard se perdit dans le paysage.

– Bizarre, vu qu'on bosse ensemble depuis des années. Tout ce que je sais de lui, c'est ce qu'il laisse transparaître au travail, et c'est sûr qu'il est l'un des meilleurs du métier. Par contre, je n'ai aucune idée de ce qu'il fabrique en rentrant chez lui. Pour moi, il peut aussi bien passer son temps à construire des bateaux en bouteille qu'à mater des films pornos. Peut-être même qu'il collectionne les œufs Kinder, qui sait ?

Elle haussa les épaules.

– Mais lui et Molander se connaissent plutôt bien, non ? dit Fabian.

Lilja hocha la tête.

– Oui, sauf que ces derniers temps, ils ne se causent presque plus.

– Comment ça ?

– Tu n'as pas remarqué ?

Lilja se tourna vers Fabian.

– Dès qu'ils se retrouvent dans la même pièce, ils sont irritables comme tout.

Dans cent mètres, tournez à droite et vous serez arrivé à destination, déclara la voix métallique du GPS, sur quoi Fabian ralentit et gara la voiture près d'un petit poste électrique.

Il avait peut-être relevé que ses collègues se lançaient des piques depuis peu, mais il n'y avait guère réfléchi. De toute façon, Molander avait le don d'agacer les autres de l'équipe.

Fabian laissa la clef dans le contact, sortit de voiture et observa l'allée qui s'étirait de l'autre côté de la route. Pour éviter d'éventuelles caméras de surveillance cachées dans les arbres, lui et Lilja marchèrent dans les hautes herbes du bas-côté droit, jusqu'à un mur blanchi à la chaux qui s'élevait un peu plus loin.

– En voilà une, indiqua Lilja en montrant du doigt une caméra installée à gauche d'une somptueuse grille en fer forgé.

Fabian opina et commença à longer l'enceinte dans la direction opposée. Le mur, d'un blanc éblouissant, jurait presque au milieu du décor rural. Un contraste qui lui fit remarquer des traces qui disparaissaient de l'autre côté.

– Qu'est-ce que c'est que ça ? fit Lilja en montrant des prises d'escalade blanches accrochées au mur, quelques mètres plus loin. Quelqu'un s'est donné la peine d'installer ces machins au lieu de prendre une échelle.

– Quelqu'un qui est manifestement venu ici plus d'une fois, commenta Fabian. Sans doute pour surveiller et noter les faits et gestes de Dawn, avant de frapper.

Bien que les prises ne dépassent que de quelques centimètres, il lui suffit de poser le pied sur la plus basse et d'empoigner l'une des plus hautes pour se hisser. En jetant un coup d'œil par-dessus bord, il fut frappé de voir combien la propriété était soignée. La demeure en L s'élevait à une cinquantaine de mètres derrière un bosquet de bouleaux feuillus. Fabian se glissa tranquillement de l'autre côté de l'enceinte, à l'abri des regards, suivi de Lilja. Elle alluma l'appareil photo de son téléphone puis zooma sur la maison pour constater que, de l'extérieur, tout semblait calme et que la façade était protégée par une caméra pivotante.

Fabian lui emprunta son portable pour braquer l'objectif sur le système installé en haut du pignon qui balayait l'étendue de pelouse fraîchement tondue. Les mouvements réguliers de la caméra indiquaient qu'elle était automatique – ce qui ne voulait pas dire qu'elle ne risquait pas de réagir aux mouvements et de déclencher une alarme.

Il n'y avait qu'un moyen de le savoir : essayer, pensa Fabian. Il fit signe à Lilja de le suivre avant que la caméra ne se dirige à l'opposé. Mais la sonnerie du téléphone les coupa dans leur élan. C'était Tuvesson.

– Vous êtes passés où ? La réunion a commencé il y a un quart d'heure.

Fabian baissa les yeux sur sa montre : il était 9 heures passées.

– Devant chez Chris Dawn, répondit-il.

Dans le silence qui s'installa, Fabian crut entendre Tuvesson se mordre la langue pour garder son sang-froid.

– Bon, je ne sais pas ce que vous fabriquez, mais…

– J'ai essayé de t'appeler hier, l'interrompit-il. J'ai discuté avec le banquier qui…

– Je sais, Klippan m'a expliqué. Les agents des renseignements sont en route, alors dégagez de là au plus vite et veillez à ce que personne ne vous voie.

– Attends, je ne comprends pas…

– Tu ne peux pas te contenter d'obéir pour une fois ? On a eu un contact avec Mattias Ryborn, le nouveau conseiller de Dawn chez Handelsbanken, et apparemment, ils doivent se rencontrer cet après-midi. C'est notre chance d'arrêter notre homme. À condition qu'il n'ait pas compris qu'on était à ses trousses…

39

DANEMARK

Salut Michael,
J'espère que tu vas bien. Regarde donc le lien ci-joint. Je suis sûre que ces gens sont responsables du crime, mais je ne trouve pas la vidéo.
Tu sais maintenant quoi chercher.
Bisous bisous,
Dunja.

Michael Rønning, assis à son bureau de la pièce aveugle enfouie dans le service informatique du commissariat, fixait l'e-mail qu'il venait de recevoir comme s'il surgissait d'une autre planète. Il avait beau l'avoir déjà lu trois fois, il recommença une quatrième. Non pas qu'il ne comprenne pas, bien au contraire. Il saisissait le message mot pour mot et c'était bien ce qui le perturbait. Dunja le considérait comme tellement gentil – autrement dit tellement chiant – qu'elle s'imaginait qu'il se souciait du moindre de ses gestes. Tel un toutou toujours prêt à remuer la queue dès que sa maîtresse réapparaissait.

Certes, il s'était renseigné et il savait qu'elle bossait comme gardienne de la paix à Helsingør, où elle s'était retrouvée impliquée dans l'affaire du meurtre d'un SDF. Mais elle n'avait pas le droit de partir de ce principe, surtout quand ils ne s'étaient pas vus depuis plus d'un an. Il n'y avait rien de pire que de sentir pris pour acquis.

Lors de leur dernière rencontre, il l'avait invitée à dîner et la soirée s'était transformée en une interminable tournée des bars dont son portefeuille se souvenait encore. Mais qu'est-ce qu'on ne ferait pas pour ses amis ? avait-il pensé à l'époque. Car telle était la nature de leur relation à ses yeux : ils étaient amis, sans doute pour la vie.

La première fois qu'elle avait mis les pieds dans le service informatique pour lui demander de l'aide, tous les autres de son équipe l'avaient rejetée sous prétexte que Sleizner lui avait confié l'enquête sur le meurtre d'Aksel Neuman, star de télé, et de sa femme. Sans compétences policières à proprement parler, il l'avait assistée dans ses recherches et son épluchage des archives. Il avait prêté une oreille attentive à ses réflexions et parfois, Dunja pouvait l'appeler au beau milieu de la nuit juste pour qu'il lui donne son avis. Ils plaisantaient sur le fait qu'un beau jour, elle deviendrait chef et qu'elle le muterait à la Crim'.

Michael avait adoré travailler avec elle, au moins autant qu'elle lui manquait depuis qu'elle s'était fait renvoyer. Ils s'étaient téléphoné et promis de refaire la tournée des bars dès qu'elle aurait de nouveau un salaire et pourrait l'inviter à son tour. Sauf que ce n'étaient que de belles paroles. Avec le temps, il avait fini par perdre tout espoir de la revoir un jour.

Mais là, elle venait de lui écrire comme si de rien n'était. Pour lui demander de l'aide, par-dessus le marché. Bisous bisous, mon cul, se dit Michael. Peut-être devait-il lui témoigner sa rancœur, lui répondre d'aller se faire foutre en lettres majuscules. L'amitié, si c'était ce à quoi elle se référait, ne consistait pas simplement à frapper à la porte de l'autre quand on en avait besoin.

Le problème, c'est qu'il ne se sentait pas le moins du monde en colère. Il éprouvait même de la joie. Le ton de Dunja laissait entendre qu'ils étaient de ces amis qui n'avaient rien à se prouver. Sans y avoir particulièrement réfléchi, il prit conscience qu'au fond, il lui avait pardonné.

Michael cliqua sur le lien joint à l'e-mail. Dès les premiers plans qui montraient un individu masqué d'un bas avec un smiley en train d'agresser des inconnus, il comprit que c'était un exemple de vidéolynchage. En revanche, il ne voyait pas le rapport avec le meurtre du SDF. Le phénomène avait sans doute fait quelques morts en Angleterre, mais c'était anecdotique et, à ce qu'il savait, le Danemark était pour l'instant épargné.

Connaissant Dunja, elle avait ses sources. Il n'y avait donc pas de raison de mettre ses idées en doute. Sans compter que Michael pouvait se réjouir de savoir exactement où chercher, si les coupables avaient été assez idiots pour poster la vidéo de leur crime.

40

Suède

Quand Theodor s'était réveillé ce dimanche, il s'était demandé s'il n'avait pas rêvé. S'il n'avait pas tellement souhaité ce moment que son esprit en avait fait une réalité. En une minute, il avait pourtant su que tout était vrai. Il était bien allé chez Alexandra, ils avaient passé des heures ensemble, écouté de la musique et discuté à n'en plus finir. Pas une seule fois il n'avait eu besoin de réfléchir à ce qu'il pourrait dire. Les paroles étaient venues d'elles-mêmes, avaient traduit naturellement ses impressions.

Alexandra l'avait écouté comme personne n'en avait jamais été capable et elle lui avait répondu des choses qu'il croyait être le seul à penser. Maintenant, ils étaient deux. Enfin, il ne se sentait plus seul et abandonné. Même s'il avait conscience que cette première histoire d'amour ne durerait certainement pas toute la vie, elle avait déjà un goût particulier. Il en était convaincu.

Dire qu'ils avaient failli aller jusqu'au bout. Si Alexandra n'avait pas attendu le retour de ses parents d'une minute à l'autre, il se serait passé quelque chose dans la salle de yoga. Au lieu de quoi, Theodor avait gentiment hoché la tête et accepté de rentrer chez lui. En allant vers sa rue, il flottait sur un petit nuage.

Mais dès le dimanche après-midi, ce sentiment de légèreté avait laissé place au doute. Pourquoi ne répondait-elle pas au téléphone ? Même si elle était très occupée, elle pouvait au moins trouver une minute pour le rappeler, non ? Rien qu'un SMS lui aurait suffi. Un smiley avec un cœur ou n'importe quoi. Le moindre petit signe de vie.

L'instinct l'avait poussé à faire ce qu'il savait pourtant devoir surtout éviter : l'appeler et lui écrire tellement de fois que dès qu'ils recevraient la facture, ses parents lui demanderaient qui il harcelait comme ça. Il n'arrêtait pas d'écouter Lykke Li, avait-il confié à Alexandra, avant de lui conseiller Feist, une chanteuse que sa mère aimait bien. Autrement dit, il s'était montré pathétique devant cette fille qui, de toute évidence, n'était pas du tout intéressée par lui.

Mais malgré son silence, il refusait de perdre espoir. Comme ces chiens errants en Thaïlande qui suivent inlassablement les gens à la trace. Voilà ce qu'il était : un sale chien galeux. Et pourtant, il voulait tenter une dernière fois sa chance. Si elle ne saisissait pas l'occasion, il la laisserait tranquille, il retirerait sa demande de contact sur Facebook et ferait tout pour l'oublier. Il irait jusqu'à changer de lycée s'il le fallait.

Tout était prêt pour le lendemain soir. Il avait réservé une table au restaurant du ferry de Helsingør de 17 heures et cassé sa tirelire pour se rendre à la bijouterie, où il avait acheté un pendentif en forme de cœur à séparer, gravé de leurs noms. Il avait même écrit un poème qu'il comptait lui lire pendant qu'elle ouvrirait le paquet. Si tout se déroulait comme prévu, ils pourraient passer la nuit entière ensemble, car le mercredi était journée d'étude et il dirait à ses parents qu'il allait dormir chez Jonte pour travailler sur leur exposé.

Il n'avait plus qu'à inviter Alexandra. Il avait espéré la croiser à la récréation de 10 heures, mais elle était restée introuvable ce qui, au fond, l'apaisait un peu. Finalement, son silence devait se justifier par une bonne explication. Peut-être qu'elle était tombée malade et que son téléphone ne marchait plus. Ou qu'elle s'était coupée du monde pour réviser.

À l'heure du déjeuner, en attendant le coup de fil quotidien de son père, Theodor s'était rappelé qu'elle avait mentionné suivre un entraînement intensif ces temps-ci. Il avait donc décidé de sécher les cours de l'après-midi pour se rendre au club de sport d'Alexandra. Il se rappelait avoir lu le nom d'Art Martial Fenix inscrit sur son sac ; une simple recherche Google lui avait indiqué que le local se situait dans le quartier de Västra Berga, rue Kadettgatan.

Là-bas, il l'avait enfin trouvée. Au milieu du ring, essoufflée et ruisselante de sueur, affublée d'un protège-dents et d'un jogging jaune un peu trop grand. Elle ne l'avait d'abord pas remarqué, concentrée sur son adversaire, un type que Theodor ne sentait pas. Non seulement il était beaucoup plus grand et baraqué qu'Alexandra, mais il se prenait terriblement au sérieux.

Quand elle avait fini par le voir, son regard s'était éclairé. Aussitôt, toutes les inquiétudes de Theodor s'étaient volatilisées. Elle était très prise par son entraînement, voilà tout. Ça n'avait rien d'étrange.

Ces quelques secondes d'inattention avaient suffi pour que le débile d'en face lui flanque un coup si violent qu'elle était restée K-O par terre un instant. Theodor avait failli monter sur le ring pour la défendre. À la dernière minute, il s'était retenu lorsque Alexandra avait rigolé et tendu la main pour que l'autre imbécile l'aide à se relever.

Ils se trouvaient maintenant à la pizzeria de Ringstorp. Hélas non pas en tête à tête, mais avec le type qui s'appelait Henrik Maar et deux autres dont il ignorait le nom. Theodor se fichait éperdument d'eux, ce qui était de toute évidence réciproque. Seule Alexandra, qui riait à tout ce qu'ils pouvaient dire, semblait passer un bon moment.

– Mais t'es qui au fait ? demanda brusquement Henrik, alors qu'on venait de les servir et que Theodor avait pris sa première bouchée. Tu te l'es tapée ou pas encore ?

– C'est quoi, cette question ? s'indigna Alexandra.

– Quoi ? Il te colle comme un vieux putois en rut. T'es ma meilleure pote, j'ai bien le droit de me renseigner avant que ça déconne.

– En quoi ça déconnerait ?

Maintenant qu'il avait avalé, Theodor préparait chacun des muscles de son corps à la bagarre qui menaçait d'éclater. Les deux types qui ricanaient bêtement lui faisaient penser à *Beavis et Butt-Head*, la série que son père lui avait offerte en version intégrale pour son anniversaire au printemps dernier.

– Ne fais pas attention à eux, lui dit Alexandra en posant sa main sur la sienne.

– Oui, t'inquiète, répondit Theodor.

Rien qu'au contact de sa peau, il se sentait plus fort.

– Beavis et Butt-Head ne m'impressionnent pas, ajouta-t-il.

Henrik et les deux autres échangèrent des regards, l'air de ne pas comprendre la référence. Theodor n'en avait pas espéré moins.

– Mais celui qui se prétend ton meilleur pote devrait en effet se renseigner un peu, et je veux bien l'y aider, continua-t-il en fixant Henrik dans les yeux. Je m'appelle Theodor Risk et je me suis battu bien plus souvent que tu ne peux l'imaginer. Sans protège-dents et en dehors de ce club aux murs rembourrés, par contre.

– Je suis censé avoir peur, là ? rétorqua Henrik.

Theodor secoua la tête.

– Je ne m'en prends jamais aux fillettes. C'était juste pour te prévenir. Après tout, c'est ce que tu voulais, non ?

Il ne flancha pas du regard, lui-même surpris du calme qu'il éprouvait.

– Eh, on peut se calmer et bouffer tranquillement ? intervint Alexandra en entamant sa pizza.

– Comment ça, se calmer ? répliqua Henrik. On ne fait que discuter. Pas vrai ?

Theodor opina brièvement et reprit une bouchée. Le combat de coqs était terminé. Sur les conseils d'Alexandra, tout le monde se mit à manger sans mot dire, mais dès que Henrik et ses copains sortirent pour fumer une cigarette, Theodor en profita pour reprendre la parole :

– Je voulais te demander un truc, fit-il en se raclant la gorge pour cacher sa nervosité. Ça te dirait de sortir demain soir ?

– Pour quoi faire ?

Malgré son ton sec, il lisait la curiosité sur son visage. Elle avait envie de savoir.

– C'est une surprise.

Un silence s'installa. Le genre de silence long et pesant que Theodor détestait. Et voilà que les trois imbéciles rappliquaient.

Alexandra bredouilla rapidement un mot qu'il ne parvint pas à entendre. Était-ce oui ou non ? La panique l'envahit. Que faire ? Que dire ? Devait-il lui redemander ? Au bout de quelques secondes, il vit cependant dans ses yeux qu'elle lui avait donné la réponse qu'il espérait.

Mais à peine avait-il commencé à savourer son bonheur que Henrik s'écria :

– Cours, Forrest, cours !

Alexandra se leva d'un bond et disparut avec les autres par la porte du restaurant. Theodor, lui, resta planté là, à ne rien comprendre, jusqu'à ce qu'un instant plus tard, on lui apporte l'addition.

41

Danemark

Les rumeurs à propos de la réunion du matin s'étaient répandues comme une traînée de poudre parmi les employés du commissariat de Helsingør. En quelques heures, les commérages avaient donné lieu aux pires exagérations.

Certains assuraient que Sveistrup avait flanqué Dunja à la porte parce qu'elle l'avait traité de « mollusque sans bite ni cervelle qui pouvait aller se faire foutre ». D'autres prétendaient que ses tentatives désespérées pour prendre la direction de l'enquête sur le meurtre de Jens Lemke avaient fini par une bagarre avec Bettina Jensen.

Mais ceux qui la virent quitter le poste en compagnie de Magnus pour leur service de l'après-midi comprirent que ces rumeurs étaient fausses. Dunja portait son uniforme comme tous les jours et son visage ne laissait pas voir la moindre trace de la controverse du matin.

En réalité, elle bouillait de l'intérieur. Elle ne s'était pas sentie aussi anéantie, aussi humiliée depuis longtemps, même si elle ne connaissait que trop bien cette impression.

Dunja n'avait pas la moindre preuve. Ce salaud se trouvait à quarante-cinq kilomètres de là et, à ce qu'elle savait, il n'avait rien à voir avec la police du coin. Pourtant, elle était certaine que c'était Sleizner qui lui avait fait un croche-patte.

Elle percevait l'odeur fétide qu'il laissait derrière lui et elle en était folle de rage.

Mais elle ne comptait pas le montrer. Mieux valait enfouir sa colère sous une bonne couche d'indifférence. Quoi qu'il arrive, elle garderait la tête haute et ne ferait à personne le plaisir d'assister à sa détresse.

Malheureusement, son plan ne tint pas plus de dix minutes. Quand retentit à la radio un appel à toutes les unités concernant une vieille femme prise en flagrant délit de vol, avec deux filets de porc sous son manteau au supermarché Netto de Blichersvej, Magnus s'empara du combiné et déclara qu'ils étaient en route sans adresser un regard à sa collègue.

– T'es sérieux ? balbutia-t-elle. On n'est même pas dans les parages.

– Non, mais je me disais que…

– Désolée, mais qu'est-ce qui te prend ?

– Dunja, je comprends que tu sois contrariée, mais notre travail, c'est ça.

– Je rêve ! Un vol à l'étalage !

Dunja avait le sentiment d'être un volcan en éruption.

– Un petit chef sous-payé de chez Netto abuse de son pouvoir sur une pauvre vieille, et toi, tu obéis comme un pion ! J'y crois pas, putain ! Et puis, qui se nourrit encore de filet de porc à deux balles, hein ?

– Tu auras beau t'énerver, rétorqua Magnus en secouant la tête, notre travail, c'est de maintenir l'ordre à tous les niveaux. Et comme le dit souvent Ib, les petites interventions sont tout aussi importantes que…

– Ib ? Tu crois vraiment que je m'intéresse à ce que ce connard peut bien raconter ? Il m'avait promis de me confier l'enquête et là, il se dégonfle et nie tout en bloc. C'est minable.

– Je comprends que ça te paraisse injuste, mais je suis sûr qu'il avait ses raisons et tout un tas de facteurs à…

– Ne me dis pas que tu le défends.

– Défendre, peut-être pas.

Magnus avala sa salive et contrôla son angle mort avant de changer de file.

– Je pense juste que ce n'est peut-être pas si facile que ce qu'on…

– Comment peux-tu me faire ça après ce qui s'est passé ce matin ? Hein ? C'est parce que tu es tout aussi dégonflé et minable que lui ? Parce que toi aussi, tu voudrais qu'au pire du pire, on n'ait qu'à s'occuper de bonnes femmes cleptomanes ? Désolée, Magnus, mais le monde n'est pas ainsi fait. Tu auras beau fermer les yeux et faire l'autruche, ça ne changera rien.

Il ne répondit rien, mais se mordit les lèvres. Au bout de sept longues minutes à conduire dans un silence étouffant, il tourna devant le supermarché et stationna. Les deux agents détachèrent leurs ceintures, descendirent de voiture et se dirigèrent vers l'entrée.

– Magnus… Attends, bredouilla Dunja.

Il se retourna.

– Excuse-moi, reprit-elle en le regardant dans les yeux.

– D'accord, fit-il en hochant la tête.

– Promis ?

Magnus prit un air songeur, avant d'afficher une mine radieuse.

– À une condition : que tu me laisses t'inviter dans un beau restaurant.

Elle opina, presque tentée de prendre Magnus dans ses bras si son portable ne s'était pas mis à sonner. C'était Michael Rønning, son vieil ami du service informatique du commissariat de Copenhague.

– Salut Michael, ça fait un bail, dit-elle en suivant Magnus dans le supermarché.

– C'est vrai, mais même les amoureux les plus transis ont besoin d'une petite pause de temps en temps.

Au moins, il n'était pas fâché, pensa Dunja.

– J'espère que tu ne m'as pas trop trompée pendant ce temps-là.

– Non, t'inquiète. Ta remplaçante me fait penser à Jar Jar Binks en plus grosse. Pour être parfaitement honnête, je ne suis même pas sûr que ce soit une femme.

– Depuis quand est-ce que ça compte pour toi ? Moi qui croyais que tu ne t'intéressais qu'à ce qu'il y avait en dessous de la ceinture.

– Mais non, mais non, rétorqua Rønning, tandis que Magnus lança un regard interrogateur à Dunja. Il n'y a que pour tes beaux yeux que je serais prêt à retourner au placard. Et à propos, je crois avoir trouvé ta vidéo.

Dunja s'immobilisa, laissant Magnus aller seul vers le responsable de la boutique qui se tenait près des caisses, les bras croisés et le regard braqué sur une petite dame effrayée.

– Où est-ce que tu l'as trouvée ? demanda-t-elle, bien décidée à se ranger du côté de la vieille femme.

– Le Dark Web, tu connais ?

42

Suède

Elvin à l'appareil. Je ne peux pas parler pour le moment, mais vous, oui. Alors allez-y.

Fabian raccrocha et regarda l'horloge de l'hôtel de ville. Dans une heure et trois minutes, à 14 heures, le criminel avait rendez-vous à la banque située à une trentaine de mètres de là où Fabian s'était garé.

Tout s'était précipité. À tel point que personne n'avait cherché à savoir pourquoi Hugo Elvin ne s'était pas montré à la réunion du matin et restait injoignable. Rien de grave, certainement. Sans doute était-il cloué au lit par un rhume de printemps et avait-il oublié de signaler son arrêt.

En réalité, Elvin s'absentait souvent ces derniers temps, mais d'ordinaire, il prévenait toujours ses collègues. Même si Fabian le connaissait mal, encore moins que Lilja pour peu que ce soit possible, il trouvait que faire ainsi le mort ne lui ressemblait pas. Normalement, quelqu'un de l'équipe aurait pris le temps de se renseigner, voire de se rendre à son domicile pour s'assurer qu'il allait bien. Hélas, ils n'avaient pas ce luxe aujourd'hui. En un éclair, leur routine avait été chamboulée. Pas plus tard qu'hier, ils erraient encore dans le noir et maintenant, ils s'apprêtaient à arrêter l'assassin. Quelqu'un dont ils ignoraient tout, y compris le nom.

Fabian vérifia une dernière fois le verrouillage central de la voiture avant de coucher son siège au maximum et de fermer les yeux. En quelques secondes, il s'endormit. Rien ne viendrait troubler son repos pendant dix-huit minutes, jusqu'à ce que l'alarme de son téléphone retentisse. Il ne lui en fallait pas plus pour recharger ses batteries. S'il dormait un peu plus longtemps, il risquait de sombrer dans les brumes du sommeil pour des heures.

Depuis le coup de fil de Tuvesson le matin même, tout était allé à une vitesse folle. Le manoir de Chris Dawn avait été immédiatement placé sous surveillance, au cas où le criminel se montrerait dans les parages. Ils avaient ainsi pu concentrer leur énergie sur le rendez-vous de l'après-midi. Compte tenu du peu de temps qui leur était imparti, les préparatifs avaient été extrêmement rigoureux. Ils avaient non seulement convoqué toutes leurs ressources disponibles sur place, mais appelé Malmö en renfort.

À première vue, l'opération était simple. Arrêter quelqu'un en pleine entrevue à la banque ne requérait guère plus de deux agents en uniforme. Sauf qu'il ne s'agissait pas de n'importe qui, mais d'un criminel qui, jusqu'à présent, semblait avoir pensé à tout dans les moindres détails.

Et ainsi que Stina Högsell, la procureure, l'avait souligné, ils manquaient d'éléments concrets comme une empreinte digitale ou un cheveu leur permettant de relier le suspect au lieu du crime. Ils étaient donc contraints d'attendre qu'il s'installe et pose sur un document une fausse signature. Alors, ils détiendraient suffisamment de preuves pour qu'elle puisse l'inculper. Leur seule inquiétude était que l'homme ne se présente pas, sachant qu'il avait la police à ses trousses.

Fabian et Lilja s'étaient pourtant appliqués à ne pas laisser la moindre trace derrière eux, et rien ne suggérait que le suspect se soit trouvé sur place. Mais ce n'était pas une certitude. En réalité, il fallait tout envisager dans cette affaire. Il n'était pas impossible qu'à l'instant, le criminel se tienne lui aussi quelque part à surveiller la banque, conscient qu'il était à deux doigts de se faire arrêter.

Voilà pourquoi aucune fourgonnette ni aucun homme en uniforme ne devait apparaître à l'horizon. Pour ne surtout pas attirer l'attention, les agents des forces spéciales s'étaient habillés en civil et avaient été divisés en groupes de deux – le binôme envoyé dans la banque s'était déguisé en techniciens de surface, munis de leurs armes automatiques cachées dans des chariots et de simples écouteurs en guise de casques. Les deux sorties arrière du bâtiment étaient gardées par des équipes de prétendus jardiniers, éboueurs et touristes qui passaient par là avec une carte à la main et un appareil photo au cou.

Tout le monde s'était vu attribuer un rôle qui lui convenait. Klippan jouait au laveur de vitres en bleu de travail et Lilja aux guichetières en tailleur. Pour l'occasion, elle s'était teint les cheveux en brun et avait retiré les nombreux anneaux qu'elle avait d'habitude aux oreilles. Tuvesson, quant à elle, s'était assise à l'un des bureaux donnant sur la pièce où le conseiller recevrait le criminel.

Fabian avait pour sa part loué une voiture et enfilé un vieux jean, un sweat-shirt et des baskets. Parce qu'il allait entrer dans l'agence comme un simple client et qu'il se trouverait vraisemblablement à quelques mètres de l'homme, il avait accepté de s'affubler d'une fausse barbe. Les poils étaient si réalistes qu'il y croyait presque lui-même en se regardant dans la glace.

Seul Molander n'avait pas eu besoin d'enfiler un costume, posté dans une pièce à l'étage de la librairie qui faisait face à la banque. De là, il avait une vue panoramique sur la façade de Handelsbanken et une bonne partie de la grand'place, depuis la statue de Magnus Stenbock jusqu'au salon de thé Fahlman.

Si par miracle le suspect parvenait à passer entre les mailles du filet, Drottninggatan pourrait être barrée en moins de cinq minutes, ainsi que Hälsovägen et les escaliers allant vers Kärnan. Ils avaient obtenu l'autorisation de suspendre tous les ferrys et les trains, et si ce n'était toujours pas suffisant, ils auraient recours aux barrages sur l'autoroute E4 au nord de la ville et sur l'E6 au sud. Même des hélicoptères envoyés de Malmö se tenaient prêts à décoller.

Tout ce que le criminel avait à faire, c'était de se montrer et signer un papier. Eux s'occupaient du reste.

Mais dès que Fabian se réveilla en sursaut, il comprit que rien ne se passerait comme prévu. Il n'était pas 13 h 15 lorsque la voix de Molander retentissant dans son oreillette l'extirpa de son sommeil :

« Appel à toutes les unités ! Suspect en vue. Je répète : suspect en vue. Il traverse la grand'place droit vers la voiture de Fabian. »

43

DANEMARK

Comme pour les autres vidéos, les images granuleuses et tremblantes étaient accompagnées d'un morceau de musique classique. Sans doute une symphonie de Mozart. Les malfaiteurs, cette fois au nombre de trois outre celui qui tenait la caméra, étaient tous vêtus de sweat-shirts noirs et de baskets blanches, le visage dissimulé par des bas avec de grands smileys.

Mais la ressemblance s'arrêtait là. La scène que Dunja visionnait était d'un tout autre niveau de violence. Bien que le clip ne fasse que confirmer ses soupçons, elle était tellement choquée qu'elle en avait le souffle coupé.

Magnus n'était pas moins perturbé, lui qui aurait dû rester à Helsingør pour écrire tranquillement son rapport sur la vieille femme cleptomane. Pourtant, au grand étonnement de sa collègue, il avait insisté pour l'accompagner à Copenhague, rappelant qu'ils formaient une équipe et qu'il devait veiller à ce qu'elle ne fasse pas de bêtise. Ensemble, ils avaient donc rejoint Michael Rønning au centre culturel d'Islands Brygge.

Le directeur de l'établissement, qui d'après Rønning était non seulement un client fidèle du Cosy Bar malgré son âge avancé, mais qui donnait volontiers dans le *bearbacking* sous le pont d'Ørstedsparken, avait accepté de leur prêter une salle. Dunja voyait bien que Magnus ne comprenait rien à ce que son ami racontait – après y avoir réfléchi une seconde, elle avait conclu qu'il valait mieux le laisser dans l'ignorance.

Le but de cette réunion entre quatre murs, à deux pas du commissariat bien que de l'autre côté du canal, était de ne pas risquer de tomber nez à nez avec Kim Sleizner. Le chef de la police de Copenhague avait suffisamment fait des siennes, et il ne fallait surtout pas qu'il apprenne ce que Dunja et ses complices manigançaient. Voilà pourquoi ils s'étaient retrouvés secrètement pour regarder la vidéo qui tournait maintenant sur l'ordinateur portable de Rønning.

D'abord, l'innocence de cet œil captant une scène que n'importe qui aurait pu filmer avec son téléphone. Un SDF assis au milieu d'un tas de couvertures et de sacs de couchage crasseux vient de se piquer et de desserrer son garrot. Dès que l'héroïne se répand dans ses veines, son regard se perd dans le vide et la bouteille de whisky qu'il tenait en main tombe par terre. Quelques secondes plus tard, il s'effondre comme une masse informe, ignorant que trois hommes masqués s'approchent de lui.

Ensuite, le sang-froid avec lequel ils le tournent sur le dos, le visage droit vers le ciel, les bras le long du corps et les jambes bien tendues, avant de scrupuleusement nouer ensemble les lacets de ses vieux godillots.

Le tout laissant place à une brutalité qui dépasse l'entendement. Au premier bond, la vidéo bascule au ralenti. Prenant un mètre d'élan environ, l'un des hommes saute à pieds joints avec une telle force que, même sans la bande-son, le craquement des côtes se serait fait entendre. Jens Lemke sort aussitôt de sa torpeur, mais il n'a pas le temps de réagir qu'un deuxième individu atterrit sur sa poitrine qui s'enfonce de quelques centimètres. Il tousse, crache du sang. Malgré la drogue qui doit atténuer la douleur, il hurle, se tord dans tous les sens pour essayer de s'échapper. Malheureusement, il est déjà trop tard.

Les trois hommes se relaient, prenant leur élan et sautant encore et encore, jusqu'à ce que leurs baskets blanches soient barbouillées de rouge et bien après que la victime a arrêté toute résistance.

Quand l'écran devint noir et que les dernières notes retentirent, Dunja resta sans voix. Aucun mot ne convenait pour décrire ce qu'elle éprouvait. Elle n'avait qu'une envie : rentrer chez elle, se cacher sous sa couette et y rester jusque ce que le monde se porte un peu mieux.

– Ce n'est pas exactement ce dont tu as parlé à la réunion de ce matin ? murmura Magnus, l'air d'avoir lui aussi perdu foi en l'humanité.

Dunja opina sans rien répondre.

– Putain de merde, reprit-il en secouant la tête. Le seul truc bien, c'est qu'en voyant ça, Sveistrup et les autres vont devoir t'écouter. Tu ne dirigeras peut-être pas l'enquête, mais au moins, tu pourras te vanter d'y avoir participé et même de les avoir menés sur la bonne piste. C'est déjà quelque chose.

– Oui, fit Dunja. À condition que je leur montre la vidéo.

– Comment ça ? Évidemment que…

– Ils ne la verront pas tant que je n'aurai pas coincé ces connards.

– Tu ne comptes tout de même pas…

– Bien sûr que si.

Elle plongea son regard dans celui de Magnus.

– Fais comme tu veux. Je comprendrais parfaitement que tu préfères continuer à te montrer dans ton bel uniforme et faire la police au supermarché.

– Dunja, ce n'est pas ça, mais…

– Écoute-moi, tu veux ?

D'instinct, elle se pencha vers lui et lui prit la main.

– Comme tu le dis depuis le début, ce n'est pas notre boulot. Donc si tu veux ne pas prendre de risque, aucun problème. Je suis sincère, Magnus, il n'y a aucun problème.

– Dunja…

– Attends, je n'ai pas fini. Quoi que tu décides, moi, j'arrête cette comédie et je me mets en arrêt maladie. Malgré toute ma bonne volonté, je ne peux pas regarder Ussing et Jensen faire capoter l'affaire pendant que ces tarés s'amusent à torturer des gens en toute liberté. J'espère que toi aussi, tu comprends.

Magnus se leva d'un air impassible, lui tourna le dos et se posta devant la fenêtre qui donnait sur le quai où, sous le crachin, seuls quelques rares badauds se promenaient. Dunja patienta gentiment, alors qu'elle aurait voulu lui crier qu'elle se fichait de ce qu'il en pensait. Il pouvait tout aussi bien la laisser se débrouiller et retourner lécher les bottes du patron. Sa présence ne changeait rien.

Mais ce n'était pas vrai. Si Sveistrup apprenait la vérité, elle ne tarderait pas à se retrouver avec Sleizner aux basques. Comme toujours, ce dernier ferait tout pour lui mettre des bâtons dans les roues, si bien que l'enquête échouerait et que le criminel s'en sortirait.

Maintenant qu'elle attendait son verdict, elle se maudissait d'avoir laissé Magnus l'accompagner. C'était une mauvaise idée, elle le savait depuis le début. Mais il avait insisté et sa mauvaise conscience avait pris le dessus.

Au bout d'une minute de réflexion, Magnus sortit son téléphone de sa poche. Dunja échangea un regard inquiet avec Rønning.

– Salut Grete, Magnus Rawn à l'appareil, déclara-t-il, les yeux fixés sur un cargo qui passait au loin. Je voulais juste te prévenir que je ne me sentais pas très bien… Je ne sais pas ce qui m'arrive, mais j'ai de la fièvre et mal partout, donc je risque de devoir rester au lit toute la semaine... D'accord, merci, c'est gentil. On fait comme ça. Salut.

Magnus raccrocha puis se tourna vers Dunja et Rønning.

– Alors ? fit-il. On se met au boulot ?

44

Suède

Fabian ajusta son rétroviseur en espérant que l'homme qui marchait droit vers lui ne le remarquerait pas. Molander avait raison : c'était bien le criminel. Il portait des bottines pointues, un jean noir, une ceinture cloutée, une veste en velours et cette coiffure de star du hard rock caractéristique de Chris Dawn.

L'homme les avait-il découverts ? Était-ce la raison pour laquelle il le prenait maintenant pour cible ?

Fabian tâta son arme rangée à sa place dans le holster d'épaule. Malheureusement, il ne pouvait pas la dégainer et il était trop tard pour prendre la fuite. Démarrer le moteur ne ferait qu'attirer encore plus l'attention sur lui. Sans compter qu'il perdrait sa place et devrait ensuite tourner en rond pendant une éternité pour retrouver où se garer.

Le criminel atteignait déjà le véhicule, côté droit. D'instinct, Fabian attrapa sa ceinture et la boucla comme s'il venait juste de se mettre au volant. À son grand soulagement, l'homme passa son chemin sans lui adresser un regard et il traversa la rue.

– Le suspect continue vers la banque, déclara Fabian dans le micro de son oreillette.

– Je ne comprends rien, grommela Klippan en retour. Je croyais qu'il avait rendez-vous à 14 heures. Il n'est que 13 h 15…

L'inspecteur apparut sur le seuil du bâtiment dans son bleu de travail, avec un seau à la main et une échelle à l'épaule.

– Le rendez-vous a peut-être été avancé ? suggéra Molander. Astrid, toi qui es sur place, tu n'as rien entendu à ce propos ?

– Rien.

– Bon, tenez-vous tous prêts. Le suspect arrive.

Mais immédiatement après des arbres parfaitement taillés trônant à quelques mètres de l'entrée, l'homme tourna à droite, passa devant Klippan qui venait d'humidifier une fenêtre, et disparut à l'angle.

– Il bifurque vers Norra Strandgatan, indiqua Molander.

– Équipe 1 à l'appareil, déclara une voix. Suspect en vue.

– Qu'est-ce qu'il fait ? demanda Fabian.

– Il continue. Non, attendez, il vient de s'arrêter au niveau de l'entrée latérale et… il pivote… et se remet en marche.

– Il inspecte les lieux, conclut Molander. À mon avis, il va faire le tour du pâté de maisons.

Bien sûr, pensa Fabian.

– Mais est-ce qu'on a quelqu'un sur Kolmätaregränden ?

– Négatif, répondit Molander. C'est à plus de soixante mètres de la banque. On a concentré nos forces sur les trois entrées du bâtiment.

Autrement dit, le suspect risquait de disparaître un court instant de leur champ de vision.

– Équipe 1, vous le voyez toujours ?

– Oui, il continue, mais… il s'immobilise et regarde autour de lui.

– Où se trouve-t-il exactement ?

– Au bout de la rue.

– Et il regarde dans quelle direction ?

– Au nord, vers Kullagatan. Je le suis ?

Fabian était sur le point de dire oui, mais Tuvesson le devança :

– Non. Que tout le monde garde sa position. Je vous rappelle qu'il reste quarante-deux minutes avant le rendez-vous.

La chef avait raison. Ils risquaient d'être découverts et alors, l'homme disparaîtrait à jamais. Mais Fabian avait beau savoir qu'ils n'étaient pas en mesure de l'arrêter maintenant, il ne pouvait s'empêcher de penser qu'ils laissaient peut-être passer là leur seule chance.

– Alors ? Vous le voyez ? Il ne devrait pas être arrivé de l'autre côté ? Équipe 2, vous êtes là ?

– Oui, mais le suspect n'est pas en vue. Pas encore.

Fabian jeta un œil à sa montre : 13 h 22. Plus le silence s'installait, plus il perdait son calme. Une minute plus tard, toujours rien. Il avait du mal à respirer dans ce vide grandissant qui pompait tout l'oxygène. Impossible de rester coincé dans cette voiture à attendre plus longtemps. Comme Molander l'avait compris, le criminel examinait les environs. Rien n'indiquait qu'il ne les avait pas remarqués et qu'à cet instant, il n'était pas en train de décamper.

Fabian ouvrit la porte, descendit de voiture et inspira profondément.

– Fabian, qu'est-ce que tu fous ? retentit la voix de Molander dans son oreillette.

– Je vais faire un tour d'inspection, répondit-il en refermant la portière.

– Hors de question, répliqua Tuvesson. Tu surveilles les lieux depuis ton poste comme prévu.

Sans y réfléchir à deux fois, Fabian coupa la conversation et se mit en marche. Il ne pouvait pas perdre une telle occasion de surprendre le suspect. Surtout compte tenu du fait qu'ils n'avaient comme preuve qu'une photo d'identité sur laquelle l'homme ressemblait à Chris Dawn.

Au lieu de suivre le criminel à la trace, Fabian se dirigea à l'opposé. Il s'engagea dans Stallgatan, à gauche de la banque, sous le regard ébahi des trois prétendus jardiniers occupés à tailler la rangée d'arbres qui s'élevaient le long de la ruelle. Fabian crut entendre Tuvesson s'égosiller dans leurs oreillettes.

Il continua dans le passage qui séparait l'hôtel de ville et la banque jusqu'au café qui remplaçait désormais Clock, le bar à burgers de son enfance. Comment toute une chaîne de restaurants avait-elle ainsi pu se volatiliser ? se demanda-t-il en arrivant à Kolmätaregränden, à l'arrière de la banque. Au même instant, il se rendit compte que le criminel en avait fait autant : l'homme s'était volatilisé sous leurs yeux.

45

Elvin à l'appareil. Je ne peux pas parler pour le moment, mais vous, oui. Alors allez-y.

Fabian téléphonait à son collègue pour la quatrième fois.

– Salut Hugo, c'est de nouveau Fabian, dit-il tout en essayant de traverser l'avenue Hälsovägen encombrée de voitures sans se faire renverser. Tu pourrais nous donner signe de vie avant qu'on lance un appel à témoins et qu'on commence à organiser les recherches ?

C'était une plaisanterie, mais il avait du mal à repousser l'angoisse diffuse qu'il éprouvait depuis qu'Elvin avait commencé à jouer les abonnés absents ce week-end.

Le tableau d'affichage en feutre décoloré indiquait que H. Elvin habitait au troisième étage. Une fois devant sa porte, Fabian appuya sur la petite sonnette en plastique blanc au bord inférieur bruni. Ce n'était pas l'un de ces *ding-dong* électriques, mais une vraie sonnette qui grésillait tel un frelon furieux. Pourtant, Hugo Elvin ne sembla pas entendre. En tout cas, personne ne vint ouvrir.

Quelques heures plus tôt, ils avaient tous cru que le criminel avait disparu pour de bon. Que d'une manière ou d'une autre, l'homme avait compris qu'il avait la police à ses trousses.

Fabian avait parcouru en long et en large toutes les rues aux alentours de la banque, avant de retourner à sa voiture et d'attendre qu'il soit 14 heures avec les autres. Mais aucun sosie de Chris Dawn ne s'était montré. Ils avaient gardé leurs positions une heure de plus, jusqu'à ce que Tuvesson se rende à l'évidence et finisse par lever le camp.

Fabian était prêt à assumer la responsabilité de cet échec – c'était forcément son passage au manoir avec Lilja qui les avait trahis. Mais quelques minutes avant la fermeture de la banque, le conseiller avait reçu un appel du criminel. Ce dernier avait eu un empêchement et il demandait à reporter leur rendez-vous au lendemain à 17 heures.

Fabian saisit la poignée de la porte de l'appartement d'Elvin. En constatant que c'était ouvert, il ignora la petite voix qui lui rappelait qu'il n'avait pas le droit de faire ainsi irruption chez son collègue, et entra.

Même si c'était la première fois – Elvin n'était pas du genre à inviter les gens à dîner –, l'endroit lui semblait familier. Sans doute parce que Fabian s'attendait à ce genre de décor : par terre, des tapis dans les tons marron déroulés sur un sol en lino gris marbré ; aux murs, un papier peint en toile beige parsemé de vieilles photos de Simrishamn, où Elvin avait grandi. L'une d'elles montrait un petit garçon vêtu d'une robe qui aidait sa mère à étendre le linge.

Fabian pénétra dans le salon et regarda autour de lui. Entre les étagères String remplies de bibelots, les assiettes à motifs bleus accrochées aux murs, le canapé en velours installé devant la télé cathodique et la table basse à carreaux de faïence vert foncé couverte d'un napperon, la pièce semblait figée dans le passé. Ce n'est pourtant pas ce qui surprit Fabian.

Sachant qu'Elvin était célibataire, Fabian était parti du principe qu'il l'avait toujours été, qu'il n'avait jamais eu ni femme ni enfant dans sa vie. Cependant, cet appartement n'était pas une garçonnière où un homme asocial et un peu rustre vivrait depuis des années. Une femme y avait laissé son empreinte. Peut-être pas récemment – qui sait, elle était peut-être morte depuis longtemps –, mais Elvin avait tout gardé intact. En revanche, Fabian ne trouva aucun portrait d'elle. Ni aux murs, ni dans les albums photos.

Il continua dans la petite cuisine où planait une odeur douceâtre légèrement étouffante. Manifestement, les poubelles n'avaient pas été sorties depuis un moment, ce qui ne ressemblait pas du tout à Elvin que Fabian savait propre et ordonné, à force de le côtoyer au quotidien depuis deux ans.

Elvin était sans conteste l'inspecteur le plus compétent de l'équipe. Il avait le don comme personne de soulever les questions les plus cruciales d'une enquête. Il ne disait jamais que le strict nécessaire, bien qu'il laisse parfois sa mauvaise humeur se répercuter sur les autres.

Par contre, Fabian n'avait aucune idée de ce qu'Elvin faisait à ses heures perdues, pas plus que Lilja. Ils ne se voyaient jamais en dehors du travail, contrairement à Molander et Elvin qui se connaissaient depuis l'école de police, si ce n'était auparavant. Dans sa vie privée, leur collègue pouvait donc cacher tous les secrets du monde.

Était-ce ce qui avait poussé Fabian à débarquer chez lui ? Ou s'inquiétait-il vraiment pour son collègue ? À vrai dire, ce personnage l'intriguait depuis qu'il s'était installé à Helsingborg et qu'il lui avait emprunté son bureau le temps des vacances.

Fabian entra dans la chambre où trônait un lit soigneusement bordé. Pas une trace de ce qui avait pu se passer, s'il était seulement arrivé quelque chose. Mais en ouvrant l'une des portes du placard, il trouva enfin de quoi l'intéresser. Quelque chose qui n'apportait pas de réponses, mais amenait d'autres questions.

En découvrant la tringle pleine de jupes, de robes et de chemisiers, Fabian commença par penser que ces vêtements appartenaient à la femme avec qui Elvin avait vécu sans jamais en parler. Les collants, petites culottes et soutiens-gorge devaient être les reliques d'une vie révolue. Mais lorsque Fabian dénicha deux perruques, l'image qu'il se faisait de son collègue se métamorphosa.

46

DANEMARK

Fareed Cherukuri était totalement résigné à son sort de conseiller clientèle chez TDC, installé au quatrième sous-sol d'un bunker sans fenêtre. Il avait abandonné toute idée de faire carrière, même s'il se l'était juré en arrivant six ans plus tôt dans la société.

Il avait beau s'efforcer de le refouler, il était douloureusement conscient que, dans dix ans, il serait toujours assis dans cette pièce, à cette même place d'un mètre carré et demi, forcé de répondre aux questions les plus idiotes qui affluaient dans son casque trop serré. Même un week-end prolongé ne suffisait pas pour que disparaissent les traces que le dispositif lui laissait sur les tempes.

Certes, tout n'était pas noir et, au fil des années, il avait développé un intérêt pour la programmation. En tout cas, c'est ce qu'il répondait quand on l'interrogeait à ce propos. En réalité, il s'agissait d'élaborer des virus complexes de type cheval de Troie, de leurrer les systèmes de sécurité et de se frayer un chemin à travers les pare-feux.

Trois ans plus tôt, il avait réussi à craquer d'importantes clefs de déchiffrement et à accéder aux archives les plus secrètes de TDC – les conversations, les SMS et le trafic de données du réseau. Personnalités politiques, membres de la famille royale ou autres figures déchues, peu importait. S'il en avait envie, il lui suffisait d'entrer leur numéro et d'écouter.

Cette pratique avait égayé son quotidien pendant quelques mois jusqu'à ce qu'il se rende compte que la plupart des célébrités étaient terriblement ennuyeuses et leurs conversations affreusement creuses. Il n'avait pas découvert le moindre petit scandale croustillant.

Jusqu'à ce qu'un jour, deux ans plus tôt, une inspectrice du nom de Dunja Hougaard le contacte et lui demande de traquer le portable de son chef, Kim Sleizner. Tout avait alors dégénéré, surtout lorsqu'il avait transmis à la presse la localisation du téléphone – le haut lieu de la prostitution de Copenhague.

Depuis, il errait dans le noir.

Mais plus pour longtemps.

Fareed Cherukuri plaça le curseur de sa souris sur le bouton « Absence momentanée » et cliqua. Cette commande servait à ce que les employés se mettent en pause pour aller aux toilettes, fumer une cigarette ou boire un café. Et comme leur manager ne cessait de le rappeler, l'adjectif « momentanée » n'était pas là pour décorer : ils ne pouvaient pas quitter leur poste plus de six minutes trente, juste le temps nécessaire à ce genre d'activités d'après des calculs savants et de longues négociations.

Si par malheur, on avait mal au ventre ou que la machine à café était en panne, de sorte qu'il fallait sortir du bunker et monter dans le bâtiment principal pour remplir sa tasse, il fallait accepter de voir ce temps perdu retiré de son salaire.

Fareed détestait au plus haut point ce petit chef qui, pour couronner le tout, n'était qu'un gamin. Il ne méprisait pas moins le développeur incompétent qui n'avait pas su programmer correctement ce satané bouton, si bien que le texte dépassait du cadre. En réalité, il haïssait tellement son travail que, par moments, il envisageait d'injecter l'un de ses virus dans le système.

Tout ce qui le retenait, c'était la crainte de perdre son emploi et de devoir vendre son appartement. Non pas que quiconque pourrait remonter jusqu'à lui, mais toute la société s'écroulerait six mois plus tard.

S'il retirait maintenant son casque et se levait, ce n'était pas parce qu'il voulait aller aux toilettes ou fumer une cigarette, encore moins prendre un café – il n'en buvait jamais. Non... Alors qu'il était en train d'expliquer à une cliente que, hélas, il ne pouvait pas vider la mémoire de son téléphone à sa place, une fenêtre était apparue à l'écran :

Fareed Cherukuri convoqué immédiatement en salle de réunion Svanmølle.

Depuis qu'il avait lu le message, son cœur battait la chamade.

Il avait commencé par penser que Qiang Who le faisait marcher. Son collègue avait assez d'humour et de connaissances en informatique pour lui réserver ce genre de mauvaises blagues. Mais un simple coup d'œil par-dessus son épaule lui avait permis de constater que Qiang était en pleine conversation avec un client, et il était évident que ce dernier ne faisait pas semblant.

Fareed ne voyait qu'une explication possible : après toutes ces années, Dieu s'était enfin nettoyé les oreilles et avait écouté ses prières, veillant à ce qu'on le sorte de ce maudit bunker et qu'on lui propose un vrai poste de développeur.

Mais dès qu'il entra dans la salle de réunion, Fareed comprit qu'il était bien loin de la réalité.

47

Suède

La porte d'Hugo Elvin était restée ouverte, constata Fabian lorsqu'il entra dans l'appartement, cette fois en compagnie de Molander, tendu comme toujours lorsqu'il faisait quelque chose contre son gré.

– Tu comprendras que je ne fasse pas de zèle, grogna-t-il. J'ai d'autres chats à fouetter avant que notre homme se montre au grand jour.

Il pénétra dans l'entrée avec sa boîte à outils et Fabian referma la porte derrière eux.

À 17 heures, le criminel avait rendez-vous à la banque, ce qui leur laissait exactement quatre heures devant eux. Malgré le stress du technicien, c'était largement suffisant pour explorer l'appartement à la recherche d'éventuels éléments leur indiquant où leur collègue était passé.

Personne n'avait de ses nouvelles depuis maintenant deux jours, ce qui éveillait l'inquiétude de toute l'équipe. Tous sauf Molander qui affirmait que ce n'était pas la première fois qu'Elvin disparaissait ainsi de la surface de la Terre. Au cours de leurs études, il était arrivé à plusieurs reprises qu'il se coupe du monde, parfois jusqu'à deux semaines durant.

Lilja lui avait demandé s'il savait pourquoi. Le technicien s'était d'abord montré fuyant avant d'expliquer qu'à l'époque, des rumeurs couraient sur Elvin : on disait qu'il était homo. Certains étaient allés jusqu'à prétendre l'avoir vu participer à un drag show à Copenhague.

L'idée avait été réfutée par Lilja, Klippan et Tuvesson, qui considéraient Elvin comme la personne la moins féminine de leur entourage. Impossible qu'il se déguise en femme pour monter sur scène, ce que Molander avait approuvé. Lui et Elvin n'avaient jamais abordé le sujet. Après tout, ce n'étaient que des ragots.

Pendant ce temps, Fabian s'était tu, ne sachant s'il devait raconter ou non ce qu'il avait découvert dans le placard de son collègue. Mais il avait fini par comprendre qu'il n'avait pas le choix. Ses révélations avaient laissé place à un silence de deux longues minutes, que Tuvesson avait fini par briser pour dire que tout le monde avait son jardin secret. Quelle que soit l'orientation sexuelle d'Elvin, il ne fallait pas nécessairement y voir un rapport avec sa disparition éventuelle.

– Tu es déjà venu ? demanda Fabian.

– Non, figure-toi. Après trente ans d'amitié, c'est la première fois.

Molander secoua la tête et balaya la pièce du regard.

– D'après Gertrud, il nous doit plusieurs mois de salaire si on fait le compte de toutes les fois où on l'a invité à dîner.

Fabian s'approcha du portemanteau pour inspecter les vêtements qui y étaient accrochés, tout en essayant de se rappeler la dernière fois que lui et Sonja avaient eu quelqu'un à dîner.

– Tiens, mais le voilà !

Fabian se retourna brusquement, voyant d'ici Elvin sortir de sa chambre en sous-vêtements féminins, l'air de se demander ce que ses collègues fabriquaient chez lui. Mais Molander était penché sur la vieille photo montrant un petit garçon vêtu d'une robe.

– C'est lui, tu crois ?

– Si je crois ? C'est évident. Regarde, il n'a pas changé.

Fabian s'approcha pour voir de plus près, mais il n'était toujours pas convaincu.

– Bon, on s'y met ? reprit Molander en jetant un coup d'œil à sa montre.

Fabian le conduisit à la chambre à coucher, restée telle qu'il l'avait quittée la veille. Il ouvrit le placard contenant les chiffons et les perruques.

– Ben dis donc ! s'exclama Molander. On dirait le placard de ma femme en mieux rangé.

– Tu penses que ça a quelque chose à voir avec sa disparition ? demanda Fabian en ouvrant l'autre côté du placard qui contenait les habits normaux d'Elvin.

Molander haussa les épaules.

– Pour être honnête, je ne sais plus quoi penser. Va donc farfouiller dans son ordinateur, pendant que je fais quelques tests par ici.

Fabian contourna le lit en direction du bureau installé près de la fenêtre qui donnait sur l'avenue Hälsovägen, comme toujours encombrée de voitures. Pour s'allumer, l'ordinateur exigeait un mot de passe. Après avoir essayé les combinaisons les plus courantes comme *123456*, *password* et *abc123*, Fabian tenta le nom de son collègue accolé à son numéro d'identification personnel, ainsi que les différentes variantes des brioches du mardi gras dont Elvin raffolait. Mais toujours le même message apparaissait à l'écran : *Wrong password*.

– Ingvar, tu n'aurais pas une idée pour son mot de passe ?

Molander, occupé à sceller une pochette contenant quelques slips, secoua la tête.

– Tu as essayé *sexylady*, *cougar* ou peut-être *Hanna* ?

– Pourquoi *Hanna* ?

– Hugo, Hanna... C'est pareil, non ? Il doit bien avoir un nom quand il se pare de ses beaux habits, répondit Molander en brandissant une robe écarlate.

Fabian tapa les suggestions de Molander, mais aucune ne s'avéra la bonne. Cinq minutes plus tard, il eut l'idée de regarder sous le bureau où il trouva un morceau de papier scotché avec une liste d'utilisateurs et les mots de passe associés. Elvin avait souvent pour identifiant *Elvira*, un prénom qui, pour donner raison à Molander, ressemblait beaucoup au sien. En revanche, ni l'un ni l'autre n'aurait jamais pu deviner l'expression *Time4achange* qui déverrouilla l'ordinateur.

Ce choix s'expliqua dès que Fabian consulta l'historique de navigation. Des simples pages d'informations aux forums abordant la transidentité sous tous les angles, les recherches de ces dernières semaines n'avaient porté que sur une question : la réassignation sexuelle.

– Viens voir ça, dit Fabian en lançant une animation montrant en détail le déroulement de l'opération consistant à passer d'homme à femme.

En regardant la vidéo, Molander déclara :

– Ça va peut-être te sembler bizarre, mais au fond, je ne suis pas si surpris que ça.

Fabian, lui, ne savait pas quoi dire. Il ne s'était pas encore fait à l'idée qu'Elvin passe son temps libre dans des vêtements de femme, et encore moins à celle qu'il envisage sérieusement de passer sur le billard.

– Tu as regardé par là ? demanda Molander en pointant le menton vers un épais rideau bordeaux qui tombait du plafond dans un coin de la chambre, couvrant une partie du mur.

Fabian secoua la tête et s'en approcha. À vrai dire, il n'y avait même pas prêté attention. Le rideau à deux pans cachait une porte. L'appartement comportait donc une autre pièce qu'il n'avait pas remarquée.

L'odeur rance commençait à préparer son inconscient. Pourtant, Fabian ne se sentait pas prêt à faire une telle découverte.

Les quelques rayons de soleil qui filtraient à travers d'épais rideaux du même tissu que l'étoffe bordeaux éclairaient vaguement une pièce à peu près de la même taille que la chambre à coucher. Le mur du fond était couvert de longues rangées de livres. Dans un coin, un beau canapé ancien trônait à côté d'une lampe sur pied coiffée d'un abat-jour jaunâtre à franges et, à l'angle opposé, une psyché. Au milieu de la pièce était déroulé un grand tapis rouge avec des motifs baroques.

Quand Molander tira les rideaux, Fabian comprit que le corps inerte pendu au crochet de la suspension, affublé d'une robe à fleurs, de boucles d'oreilles et de rouge à lèvres, n'était autre qu'Hugo Elvin.

48

DANEMARK

Dunja et Magnus étaient restés plusieurs heures au centre culturel d'Islands Brygge pour travailler avec Michael Rønning. Comme Dunja, il avait estimé que ce n'était pas parce que le film était introuvable sur YouTube que les criminels avaient arrêté de publier leurs exploits, c'était simplement qu'ils étaient devenus plus prudents. Il avait donc cherché sur le Dark Web.

– Le Dark Web ? avait demandé Magnus.

Contrairement à ce qu'on croyait, avait expliqué Rønning, ce n'était pas si différent de ce qu'on appelait communément Internet. Il s'agissait même plus ou moins de la même chose, à la différence que Google et les autres moteurs de recherche ne pouvaient ni trouver ni indexer les sites, parce qu'ils utilisaient le réseau Tor, dit routeur Oignon.

Du coup, les internautes non initiés ne pouvaient pas dénicher ces pages et leurs utilisateurs restaient parfaitement anonymes. C'était donc le rendez-vous des pédophiles, des vendeurs d'armes et de tout individu proposant ses services sexuels ou criminels.

Pour parvenir à surfer sur le Dark Web, il fallait un navigateur Tor, avait poursuivi Rønning, avant d'entrer dans des détails techniques que Dunja n'avait pas essayé de comprendre.

L'important, c'était qu'il avait découvert un site sur lequel des anonymes publiaient et partageaient des vidéos d'une violence extrême, où des gens se faisaient torturer, violer voire assassiner sous l'œil de la caméra. Comme sur YouTube, les auteurs cherchaient à récolter un maximum de vues et de *likes* pour remonter dans les résultats.

C'est à la place quarante-deux que Rønning avait trouvé la vidéo du meurtre de Jens Lemke en tapant *Non weapon killing*. Malheureusement, il était impossible de mettre au jour l'adresse IP à partir de laquelle elle avait été chargée, ce qui les empêchait d'aller plus loin dans leurs recherches. Mais Magnus avait surpris tout le monde en posant une question aussi évidente que brillante : ne pouvaient-ils pas l'obtenir sur YouTube, grâce aux vidéos précédemment postées ? Rønning n'avait pas tardé à révéler l'adresse IP en question qui s'avérait provenir d'une connexion mobile.

Voilà pourquoi Dunja et Magnus se trouvaient maintenant dans l'une des nombreuses salles de réunion des locaux de TDC, attendant que Fareed Cherukuri s'installe de l'autre côté de la table.

– Bonjour Fareed, vous vous souvenez de moi ? le salua Dunja avec un sourire.

Fareed n'esquissa pas le moindre signe de tête, l'air de se demander si la visite de l'inspectrice était une bonne chose ou non.

– Laissez-moi vous rafraîchir un peu la mémoire, reprit-elle. Kim Sleizner et Wet Pussy, ça vous dit quelque chose ? N'ayez pas l'air si surpris, j'ai tout de suite su que vous aviez balancé l'affaire à la presse, alors que je vous avais formellement demandé que ça reste entre nous.

Elle marqua une pause, lui laissant la possibilité de répondre. Mais Fareed resta aussi muet que Magnus qui, comme convenu, attendait sans mot dire.

– À l'époque, je vous en ai pas mal voulu, c'est un peu votre faute si on m'a flanquée à la porte. J'ai même sérieusement pensé à vous dénoncer.

– Mais vous ne l'avez pas fait, déclara Fareed en affichant à son tour un sourire.

– Ce n'est pas mon genre. Et puis, j'allais sûrement avoir de nouveau besoin de votre aide.

– D'où votre visite aujourd'hui.

– Exactement.

Dunja se pencha en avant.

– Ce serait regrettable que vos chefs apprennent ce que vous faites de vos journées.

– Parlez pour vous.

Elle éclata de rire, impressionnée par sa repartie.

– J'en conclus qu'on se comprend ?

– Tout dépend de ce que vous voulez de moi.

Dunja lui tendit un morceau de papier sur lequel étaient inscrits quatre groupes de chiffres séparés par des points.

– C'est une adresse IP, précisa Magnus.

– Je crois qu'il s'en doute, répliqua Dunja d'un ton indulgent.

– Celle d'un téléphone portable, ajouta Fareed et reposant le papier.

– J'aurais besoin de savoir à qui il appartient.

– Hélas, c'est impossible. Ça vient d'une carte prépayée.

– Ils l'ont peut-être enregistrée.

En entendant le commentaire de Magnus, Dunja se sentit obligée de le rappeler à l'ordre d'un regard.

– Si vous pensez que vos criminels sont assez bêtes pour ça…

– Bien sûr que non, reprit Dunja. Si je m'adresse à vous, c'est que je sais que vous n'êtes pas n'importe qui, mais un petit génie.

Elle nota son numéro de téléphone à l'arrière du morceau de papier, avant de le faire glisser sur la table du côté de Fareed.

– Je suis sûre que vous trouverez un moyen.

49

Suède

Même si l'épisode de la pizzeria l'avait rendu furieux, Theodor avait payé la note et fait comme si de rien n'était quand, plus tard au cours de la soirée, il avait échangé des messages avec Alexandra. Ils s'étaient mis d'accord pour se retrouver le lendemain à 16 heures dans la cour de l'école. Leur journée de cours serait terminée et ils seraient libres de faire tout ce qu'ils voulaient.

Theodor se voyait déjà marcher vers le centre-ville, empruntant l'itinéraire auquel il avait pensé : au lieu de prendre Hälsobacken qui descendait droit dans les embouteillages, ils passeraient par Öresundsparken. Un petit détour qui en valait la peine. Il avait même fait un tour de vélo pour repérer les lieux. Ce parc était un havre de paix, loin du stress et de la circulation.

Et peut-être, peut-être oserait-il lui prendre la main juste avant d'arriver rue St. Clemensgata, qui offrait une vue magnifique sur le détroit.

Malheureusement, à 16 heures passées, Theodor attendait toujours sur son banc. Il en était à sa cinquième cigarette quand son téléphone retentit enfin, signalant un message :

J'suis chez Koppi. Viens.

Koppi… Encore l'un de ces bistros guindés qui tentaient de faire passer le café pour un art tellement complexe qu'il fallait avoir reçu le prix Nobel pour savoir l'apprécier. Lui avait pensé l'emmener Aux délices d'Ebba, où l'ambiance était nettement plus chaleureuse, le café tout aussi bon, si ce n'était meilleur, et trois fois moins cher. Sans parler de leur incroyable choix de pâtisseries.

Il envisagea un moment de tout laisser tomber. De répondre à Alexandra qu'elle pouvait siroter son café de snob toute seule. Mais quelque chose l'en empêchait et cinq minutes plus tard, il attachait son vélo derrière la fontaine à l'angle de Nedre Långvinkelsgatan. En entrant dans le café, il constata qu'elle n'était pas seule. Même si ça n'avait rien d'étonnant, il en était choqué. Hors de lui, même. C'était censé être leur soirée, elle avait dit oui, nom de Dieu.

– Tiens, mais regardez qui voilà ! Le jeune tourtereau, lança Henrik Maar en ricanant. Les pizzas ne t'ont pas laissé un arrière-goût trop amer ?

– Arrête, Henrik, dit Alexandra. Ne l'écoute pas.

– C'est bien ce que je fais, répondit Theodor en adressant à peine un regard au garçon. Viens, on y va.

– Comment ça, « on y va » ? rétorqua Henrik. Et nous ? On est de trop ?

Beavis et Butt-Head se mirent à glousser presque sur commande, tandis qu'Alexandra prit un air gêné.

– Je ne sais pas, balbutia-t-elle. T'es d'accord ?

Face à son regard suppliant, Theodor avait presque envie d'abandonner.

– Ils seront gentils, promis.

– On est toujours gentils, commenta Henrik.

Tandis qu'elle attendait sa réponse, Theodor essayait de lire sur son visage ce dont elle avait vraiment envie : cédait-elle à la pression du groupe, alors qu'en réalité, elle avait envie d'être seule avec lui ?

– Non, cette fois, c'est juste toi et moi, déclara-t-il en lui prenant la main. Viens.

Il avait le sentiment de se jeter dans le vide. Mais à son grand soulagement, Alexandra céda et se leva.

– Attends, attends…

Henrik se leva à son tour et lui attrapa le bras.

– Tu ne comptes tout de même pas planter tes potes ?

– Hein ? Non, mais…

– Comme vous m'avez planté l'autre jour à la pizzeria, tu veux dire ? lança Theodor.

– Exactement, reprit Henrik en affichant un sourire mauvais. À la différence que toi, tu n'es pas son pote.

– Bien vu. C'est justement pour ça qu'on vous laisse. Et puis, quelqu'un doit bien payer l'addition.

Theodor tourna les talons, mais sentit une main lui saisir l'épaule.

– Pas si vite. Il y a quelque chose que tu n'as pas l'air de comprendre.

Il fit volte-face.

– Les connards de ton espèce qui me tournent le dos méritent une bonne correction, déclara Henrik en fusillant Theodor du regard.

Une droite suffit pour que le garçon tombe à la renverse. Nul besoin de lui flanquer des coups de pied ou de se jeter sur lui pour le plaquer.

Sur quoi, Theodor se dépêcha de sortir.

Et le comble du bonheur… C'était qu'Alexandra ne lui avait pas lâché la main.

50

Le suicide d'Elvin avait eu l'effet d'une bombe au sein de l'équipe. Le choc les avait tous paralysés, ce qui avait sérieusement entravé les derniers préparatifs avant le rendez-vous à la banque. Face à l'incompréhension générale, Tuvesson avait dû convoquer une réunion d'urgence au cours de laquelle elle avait demandé à ses collègues de laisser leur émotion de côté, aussi dur que ce soit, et de se concentrer sur leur mission du jour.

Mais Fabian, comme les autres – il en était persuadé –, dépensait toute son énergie ou presque à tenter de comprendre comment ils avaient pu passer à côté du fait que l'un de leurs collègues soit tellement malheureux qu'il ait mis fin à ses jours. La mort d'Elvin lui semblait aussi surréaliste que les premières images de l'attentat du 11 septembre, lorsque le vol 11 d'American Airlines avait foncé sur la tour Nord du World Trade Center.

Jusqu'à ce qu'il pénètre dans le coquet bureau de banque de Stortorget et commence à attendre dans la fraîcheur de la pièce que l'écran affiche le chiffre 667 comme l'indiquait son ticket, Fabian ne s'était pas rendu compte que le temps avait défilé. Dans quelques minutes, il serait 17 heures.

À part lui-même et Lilja installée derrière le comptoir, absorbée dans son rôle, la salle ne comptait que quatre personnes : une employée assise au guichet numéro trois qui aidait un vieil homme élégamment vêtu à réaliser un versement, et une femme en jogging qui faisait rouler d'avant en arrière une poussette à trois roues. Sans compter le criminel qui, contre toute attente, se montra soudain.

L'homme était bien là, en chair et en os, avec ses bracelets et ses bagues serties de têtes de mort. Il attendait avec un calme déconcertant qu'on vienne le chercher, à seulement quelques mètres de Fabian.

À cette distance, l'inspecteur aurait aisément pu l'attraper et mettre un terme à cette opération qui mobilisait près de vingt agents avant même qu'elle ait commencé. Mais parce qu'ils n'avaient pas de preuves formelles, ils devaient attendre que le suspect signe un document.

Fabian prit place sur un banc et échangea un coup d'œil furtif avec Klippan, occupé à nettoyer l'intérieur de la vitrine. Plus qu'une minute.

Cette fois, une ambiance quasiment solennelle flottait dans l'air. Le criminel le ressentait-il ? Pourquoi avait-il reporté à aujourd'hui son rendez-vous ? N'était-ce qu'une mesure de sécurité supplémentaire ou y avait-il une autre raison à ce changement de plan ?

L'homme respirait le calme. Il attendait patiemment, dodelinant du chef comme s'il écoutait de la musique. Mais il ne portait pas d'écouteurs. Peut-être qu'une mélodie lui était venue en tête, ou que cette gestuelle était une manière de se glisser dans la peau de Chris Dawn.

Le banquier apparut avec un sourire nerveux et le front luisant de sueur.

– Bonjour, je suis Mattias Ryborn, déclara-t-il en s'approchant du criminel, le bras tendu. Vous devez être Chris Dawn.

– C'est comme ça qu'on m'appelle.

En regardant les deux hommes échanger une poignée de main, Fabian espéra que le banquier n'ait pas la paume aussi moite que son front démesurément grand par rapport au reste de son visage.

Dès qu'ils disparurent derrière les guichets, Fabian murmura dans le micro de son casque :

– Il se dirigent vers la salle de réunion.

Un bruit évoquant une mauvaise réponse délivrée à un jeu télévisé retentit soudain et les diodes rouges de l'écran affichèrent le numéro 666. Le vieil homme commença à se diriger vers la sortie, tandis que la femme en jogging s'approchait du guichet avec sa poussette.

Fabian, qui n'était pas superstitieux, n'accordait aucune espèce d'importance à ce nombre – ce n'était qu'une succession de chiffres guère plus effrayante que la rangée 13 à bord d'un avion. À ce qu'il sache, il n'était jamais arrivé que seuls les passagers installés à ces places meurent dans un crash aérien. Cependant, il ne put s'empêcher de s'imaginer que la femme ne revenait pas du tout de son footing et que la poussette contenait tout sauf un enfant.

– OK, je les vois, répondit Tuvesson. Tenez-vous prêts, attendez mon signal.

Dès que le criminel aurait apposé sa signature, le banquier le ferait savoir à Tuvesson, qui ordonnerait à son équipe de passer à l'action. Les deux agents déguisés en techniciens de surface feraient irruption dans la pièce et maîtriseraient le criminel, de manière à ce que Lilja et Tuvesson procèdent formellement à son arrestation. Pendant ce temps, Fabian et Klippan surveilleraient l'entrée principale tandis que les équipes des forces spéciales garderaient les portes latérales destinées au personnel.

Deux clients entrèrent dans la banque, un jeune homme suivi de peu par une femme d'âge mûre, portant un petit chien tout tremblant dans son sac à main. Lilja appuya sur le bouton qui contrôlait l'écran pour faire venir Fabian à son guichet. Pour gagner du temps en attendant le feu vert de Tuvesson, il sortit lentement son portefeuille, chercha longuement sa carte d'identité et la tendit paresseusement à Lilja.

– Voyons voir, comme dirait un aveugle à un sourd, déclara le banquier en affichant un sourire crispé, puis en refermant la porte de la salle de réunion derrière le criminel.

Ce dernier portait des bottines en peau de serpent, un jean et un T-shirt usé Led Zeppelin dans les mêmes tons bordeaux que la veste de la veille. Les deux hommes s'installèrent chacun d'un côté de la table de conférence sur laquelle des documents rangés les uns à côté des autres attendaient d'être signés.

– D'abord, je tiens à dire que nous sommes très fiers et heureux que vous ayez décidé de transférer vos comptes chez nous, reprit le conseiller.

Il sortit un stylo de la poche intérieure de sa veste.

– J'ai cru comprendre que vous prévoyiez de vendre la majeure partie de vos actifs, mais nous espérons naturellement que nous entamons là une belle et fructueuse collaboration.

– Bien entendu, répondit l'homme avec un sourire bref.

– Comme vous pouvez le voir, j'ai presque tout préparé. Un compte courant temporaire a été ouvert pour recevoir vos liquidités jusqu'à ce que vous sachiez où les placer.

Le criminel hocha la tête et glissa ses cheveux derrière ses oreilles.

– Tout ce qu'il me faut pour continuer, c'est une pièce d'identité.

L'homme sortit son portefeuille, piocha son permis de conduire et le posa sur la table.

– Parfait. Pendant que j'en fais une copie, vous pouvez commencer à signer les papiers. J'ai marqué d'une croix là où il nous faut un petit autographe, indiqua le banquier en lui tendant un stylo Bic.

– Merci, mais j'en ai un, dit le criminel en brandissant son propre stylo.

– Très bien, très bien.

Le conseiller quitta la pièce pour aller à la photocopieuse, où l'attendait Tuvesson.

Les mains gantées, elle saisit le permis de conduire, le badigeonna de poudre dactyloscopique et l'examina à la lumière d'une lampe.

– Rien, pas une empreinte.

– Quoi ? Mais...

– Comment est-ce qu'il le tenait ? demanda Tuvesson. Sur le rebord uniquement ?

– Aucune idée. J'avais tellement de choses auxquelles penser.

– Bon, mais au moins, vous lui avez donné le stylo ?

– J'ai essayé...

Le banquier avala sa salive.

– Mais il en avait un sur lui.

– Merde...

Tuvesson se massa les tempes.

– Je devrais peut-être y retourner avant qu'il commence à suspecter quelque chose.

Tuvesson opina, puis approcha de sa bouche le micro de son casque :

– Je ne sais pas si vous avez entendu, mais on n'a pas encore d'empreinte.

– Espérons qu'il laisse quelques traces sur la chaise ou la table, répondit Molander. Le plus important, c'est qu'il signe ces papelards.

Quand le banquier entra en salle de réunion, il remarqua tout de suite qu'aucun des documents n'avait été signé.

– Me revoilà, comment ça se passe par ici ? demanda-t-il en rendant le permis de conduire à son propriétaire. Quelque chose ne vous semble pas clair ?

Le stylo en main, le criminel plongea son regard dans le sien sans prononcer un mot.

51

Comme dans un rêve, ils avaient couru main dans la main à travers la ville en direction de la gare maritime. Au milieu de Stortorget, Alexandra avait failli le lâcher pour accélérer, mais il s'était accroché. Tant qu'il sentait le contact de sa main, plus rien n'avait d'importance, pas même le ferry qu'ils étaient sur le point de manquer. Du moment qu'ils restaient ensemble, tout pourrait s'arranger.

Ils avaient été les derniers à monter à bord, comme portés par une force surnaturelle qui aurait déroulé un tapis rouge sous leurs pieds. À présent, ils étaient en tête à tête autour de la petite table que Theodor avait réservée, avec une nappe blanche, des bougies et des couverts en argent.

Jamais il n'avait été dans un endroit aussi chic, en tout cas pas quand c'était lui qui invitait. Il avait 5 765 couronnes en poche et, si tout se déroulait comme prévu, il les dépenserait jusqu'au dernier centime.

– Vous avez choisi ? demanda le serveur qui s'était glissé sans se faire remarquer.

– On n'a même pas regardé le menu. Mais on va commencer par deux Long Island.

Theodor afficha un sourire radieux et se gratta les quelques poils de barbe qu'il avait au menton pour se donner l'air plus âgé.

La mine du serveur montrait qu'il voyait clair dans son jeu et qu'il s'apprêtait à le renvoyer à la liste des boissons sans alcool. Pourtant, il esquissa un bref signe de tête et disparut. De nouveau cette force surnaturelle qui veillait sur eux, se dit Theodor lorsque, un instant plus tard, il leva son verre pour trinquer avec Alexandra, yeux dans les yeux.

Ils étaient enfin seuls, dans leur bulle. Ils y resteraient toute la soirée, peut-être même toute la nuit, et rien ne pourrait venir les déranger. La traversée pour Helsingør prenait vingt minutes. Une demi-heure plus tard, ils seraient de retour vers Helsingborg et au bout de quelques heures, ils ne sauraient même plus dans quel pays ils se trouvaient.

Son père lui avait parlé de ce ferry quand ils avaient quitté Stockholm pour s'installer ici. Un jour, ils y étaient même allés ensemble. Mais Theodor ne comprenait que maintenant à quel point cet endroit était magique.

– Tu me sors le grand jeu, commenta Alexandra en reposant son verre.

Theodor ne savait pas trop quoi répondre. Était-elle ironique ? Non, elle avait l'air sincère et exprimait juste son émerveillement. Il hocha la tête et reprit une gorgée. Après avoir reposé son verre, il tâta la poche intérieure de son blouson où était enfoui le bijou en forme de cœur gravé de leurs noms. La soirée ne faisait que commencer, mais il ne pouvait plus attendre une seconde de plus. Le poème qu'il avait écrit lui semblait maintenant mauvais et tout compte fait, il préférait aller droit au but.

Theodor but une gorgée pour rassembler son courage et déjà, le verre qui lui paraissait pourtant immense était vide. Il lui en fallait plus, s'il voulait y arriver. Beaucoup plus. Mais il eut beau faire de grands signes, le serveur ne le voyait pas.

Il se précipita au bar et commanda lui-même deux autres cocktails. Après quelques gorgées, le poids qui lui oppressait la poitrine s'allégea un peu et il put se détendre. Plus d'une fois, il fit rire sa partenaire aux éclats, lui qui n'avait jamais eu le sens de l'humour.

Désormais, la soirée se déroulait exactement comme il le souhaitait. Le serveur répondit même à ses appels pour demander un autre de ces cocktails dont il avait oublié le nom. Et à plusieurs reprises Alexandra avait pressé sa jambe contre la sienne.

Autrement dit, c'était maintenant ou jamais.

Sans prononcer un mot, il piocha l'écrin et le posa sur la table.

– C'est pour moi ? demanda Alexandra.

– Ouvre, tu vas voir.

Elle obéit et en sortit le petit pendentif en argent accroché à deux chaînes.

– Trop beau ! s'exclama-t-elle, aussi surprise et joyeuse qu'il l'avait espéré.

Ensemble, ils rompirent le cœur en deux parties et enfilèrent chacun leur collier gravé du nom de l'autre. Theodor ne s'était jamais senti aussi heureux de sa vie et il envisageait finalement de lui lire son poème. Mais quand il trouva enfin le bout de papier au fond de sa poche, le portable d'Alexandra s'alluma. L'instant était passé.

– Salut Henrik…, dit-elle.

Theodor n'eut qu'une envie : lui arracher le téléphone de la main, se précipiter sur le pont et le jeter par-dessus bord. Cependant, il resta là, le regard braqué sur la bougie, tandis que le décor tournoyait et tanguait de plus en plus autour de lui.

52

Fabian n'avait pas bougé du guichet numéro 1, prenant simplement l'air d'attendre que Lilja ait entré les informations sur son ordinateur, alors qu'en réalité, il guettait le feu vert de Tuvesson. Plus les minutes passaient, plus il était convaincu que quelque chose n'allait pas.

– On en est où ? retentit la voix de Molander dans son oreillette.

– Aucune idée, la porte est toujours fermée, répondit Tuvesson d'un ton qui trahissait son angoisse.

– Ce ne sont que quelques papiers à signer, ça ne devrait pas prendre autant de temps, fit remarquer Molander. Si ça continue, je propose qu'on lance l'assaut.

– Personne ne fait rien avant mon signal.

Le silence qui régnait dans la salle de réunion était de plus en plus étouffant, tandis que le criminel regardait d'un œil impassible les documents. Le banquier, lui, avait du mal à garder son calme. D'ici peu, la sueur dégoulinerait sur son front.

– Il y a quelque chose qui ne va pas ? demanda-t-il en desserrant son nœud de cravate. C'est à moi d'aller chercher les enfants à l'école, ce soir. Vous savez ce qu'ils disent quand on est en retard…

– Donc vous avez des enfants ?

– Oui, une fille et un garçon de trois et cinq ans. Vous avez trouvé une erreur ? Si c'est le cas, sachez qu'on peut la corriger tout de suite.

Le criminel leva les yeux sur le banquier.

– Moi aussi, j'ai des enfants. Deux comme vous. Il n'y a rien de mieux, n'est-ce pas ?

– En effet. Ce que je voulais dire c'est qu'on aura beau relire, une ou deux fautes peuvent toujours venir se glisser par là.

– Et ça ne fait pas sérieux, répondit l'homme sans le lâcher du regard. Mais non, je n'ai rien vu de tel.

Il sortit la mine de son stylo et signa les documents les uns après les autres. Puis il le rangea dans sa poche intérieure et se leva.

– Bien, je vous remercie pour votre aide.

– Il n'y a pas de quoi, le plaisir était pour moi, répondit le banquier avec un grand sourire, acceptant la main que le criminel lui tendait. Tout devrait être prêt d'ici le début de la semaine prochaine, reprit-il. Transférer de telles sommes prend nécessairement quelques jours ouvrés.

L'homme opina et sortit de la pièce, accompagné du conseiller. À l'instant où il vit les deux techniciens de surface brandir leurs armes, il s'empara de ce dernier, le plaqua contre lui comme un bouclier et pressa son pistolet sur sa tempe.

– J'en connais un qui va devoir m'accompagner jusqu'à la sortie, siffla-t-il d'une voix aiguë comme s'il s'adressait à un enfant.

– Lâchez-le ! s'écria Tuvesson, tenant son arme des deux mains. J'ai dit : lâchez-le !

– Un pas de plus et personne n'ira chercher les enfants à l'école, rétorqua-t-il de la même voix haut perchée.

– La banque est encerclée, toutes les sorties sont condamnées. Appel à toutes les unités : le suspect est armé et a pris en otage Mattias Ryborn, annonça Tuvesson. Vous avez tout intérêt à vous rendre, vous n'avez pas la moindre chance. Votre petit jeu est terminé. Lâchez-le et couchez-vous ! s'écria-t-elle en s'approchant encore.

La détonation du petit pistolet ne fit guère plus de bruit que le chien d'un jouet en plastique. Mais la balle qui pénétra dans la peau, fusa à travers le cerveau et ressortit par l'oreille était bien réelle et causa la mort instantanément.

Lorsque le banquier s'effondra, tête la première sur le carrelage, il était déjà parti depuis un moment.

Telle une impulsion électromagnétique brouillant tous les signaux électriques, le choc se répandit et les paralysa tous sauf le criminel qui, en un éclair, s'empara du badge accroché à la ceinture de l'homme gisant par terre, avant d'attraper Tuvesson et d'appuyer la bouche du pistolet encore chaude contre sa tempe.

– Regardez ce que vous avez fait, murmura-t-il. Qui va aller chercher les gamins, maintenant ?

53

DANEMARK

Fareed Cherukuri ne s'était pas senti aussi passionné depuis des lustres. Au lieu de progresser au ralenti, le temps avait soudain cessé d'exister. Pas une seule fois il n'avait cliqué sur le bouton « Absence momentanée » pour faire une pause. Il n'avait pas eu ce luxe, encore moins celui de chercher la photo d'un animal affreux à partager avec Qiang Who, comme le voulait pourtant leur rituel quotidien.

Bien des fois, il s'était demandé en vain comment ils en étaient arrivés là. L'idée s'était simplement imposée à eux. La laideur de ces animaux leur permettait de repousser un peu la tristesse de leur vie de tous les jours. Qiang lui en avait déjà envoyé deux, un poisson-lune et, à l'instant, un rat-taupe nu. Fareed sentait peser sur sa nuque le regard interrogateur de son collègue, mais il n'avait pas le temps de s'expliquer.

Qiang pouvait toujours en déduire que si on l'avait convoqué, c'était pour lui donner un avertissement, et que par conséquent, il se concentrait sur les appels. Aussi appliqué qu'il soit, ce n'était qu'une manière de cacher ce qui l'occupait véritablement.

La mission que cette policière lui avait confiée. Dès qu'il avait compris de quoi il s'agissait, un éclat de lumière avait jailli au bout du tunnel, venant réveiller le mort-vivant qu'il avait été ces six derniers mois. En écoutant la jeune femme, il avait eu envie de bondir de sa chaise et de crier sa joie, de hurler pour qu'on l'entende à travers toutes les salles de réunion jusqu'au service de direction. Enfin il avait quelque chose à se mettre sous la dent, une bonne raison de respirer.

Mais il s'était tenu, faisant preuve d'un calme digne d'un moine bouddhiste. Il avait gardé la tête froide et déclaré que c'était mission impossible. Cette fois, il ne comptait pas se griller. C'était enfin l'occasion de quitter cet enfer, d'acheter sa liberté. Sous la pression des menaces qu'elle avait agitées comme il s'y attendait, il avait fini par accepter d'essayer.

À une condition.

Qu'elle veille à ce qu'il sorte d'ici.

Comment ? avait-elle demandé, ce à quoi il avait répondu qu'un petit génie comme elle trouverait bien un moyen, faisant écho à ses propres paroles. La conversation s'était terminée là et il était aussitôt redescendu dans le bunker pour s'atteler à cette mission impossible.

Relier une adresse IP au détenteur d'une carte SIM prépayée non enregistrée revenait à calculer les angles d'une pièce ronde. Mais l'idée que la lumière finisse par s'éteindre au bout du tunnel l'avait poussé à tenter toutes les idées les plus absurdes qui lui venaient.

Seulement, aucune solution ne s'avérait la bonne, et il avait dû prendre un appel. Une vieille femme qui assurait avoir rechargé de trois cents couronnes et que la somme n'avait pas été enregistrée. À coup sûr, elle avait mal entré le code à douze chiffres et en temps normal, il n'aurait rien pu pour elle sans le ticket de caisse qu'elle avait évidemment jeté. Mais ce n'était pas un jour comme les autres, loin de là. Il avait donc crédité son compte de cinq cents couronnes et lui avait souhaité une bonne fin de journée.

En fait, sans le savoir, cette femme lui avait donné une idée. Au bout d'une heure de travail intense, il commençait enfin à entrevoir une faille dans le mur opaque qui s'élevait devant lui. Il avait compris depuis longtemps que la police avait trouvé l'adresse IP sur YouTube, où un utilisateur anonyme publiait des vidéos montrant l'agression de pauvres gens. Mais jusque-là, il n'avait pas pensé à regarder l'heure à laquelle les films avaient été postés, alors qu'elle en disait beaucoup plus qu'une adresse IP reliée au néant.

Ces indications lui permirent de filtrer les informations figurant sur l'archive des paiements – un fichier qu'il avait craqué trois ans plus tôt – et après une bonne demi-heure à jouer avec le filtre, il parvint à mettre en évidence quelques numéros qui avaient été rechargés peu de temps avant que les vidéos soient publiées. Il lui suffit ensuite d'afficher les logs qui montraient à quel moment précis ces comptes s'étaient connectés afin de révéler un seul numéro. Et cerise sur le gâteau : il réussit à identifier la boutique de Helsingør où les recharges avaient été achetées.

Fareed appela aussitôt la policière pour lui raconter son exploit. Lui qui s'attendait à un tonnerre d'applaudissements et à la promesse d'un nouvel emploi s'entendit répondre par un simple « bien ». Bien ? Qu'est-ce que ça signifiait ? Dire qu'il y avait mis tant d'énergie… Pour qui se prenait-elle, nom de Dieu ?

Il raccrocha dans une colère noire, appuya sur « Absence momentanée » et, comme il l'envisageait depuis des mois, il ouvrit le cheval de Troie qu'il avait baptisé DrappelFed en hommage à son groupe favori.

Il n'y avait plus aucune hésitation à avoir. Un petit clic du bout de l'index et toute la société serait infestée par ce qui était comparable à une maladie incurable.

Mais quelques pixels à droite de son écran l'arrêtèrent dans son élan. Des pixels qui formaient jusque-là un cercle rouge, et qui venaient de passer au vert.

Le symbole associé au numéro tant recherché signifiait qu'il détenait maintenant une information capitale. Une information qui exigeait bien plus qu'un vague « bien ».

Le compte anonyme venait tout juste de se connecter.

54

Suède

– Je répète : Mattias Ryborn a été tué et le suspect vient de prendre Tuvesson en otage, retentit la voix tranchante de Lilja dans l'oreillette de Fabian.

– Police ! s'exclama-t-il en montrant son insigne aux quelques clients de la banque. Veuillez dégager les lieux au plus vite !

Les trois personnes ne se firent pas prier pour décamper.

– Appel à toutes les unités : les secours viennent d'arriver et attendent l'autorisation d'intervenir, déclara Molander. Où se trouve le suspect ?

– Il a fui par un escalier qui, apparemment, mène à l'entrée ouest du personnel, répondit Lilja.

– OK, les ambulanciers, vous pouvez y aller, dit Molander. Équipes 1 et 2, enfilez vos gilets pare-balles et tenez-vous prêts.

Malgré toutes les précautions du monde, le criminel avait réussi à les surprendre en mettant sa menace à exécution et en abattant le banquier sans hésitation. S'ils restaient là sans rien faire, l'homme ne tarderait pas à disparaître. Et cette fois pour de bon.

– On vient de passer la porte, reprit Lilja. Le suspect se dirige là-haut, non pas vers la sortie. Je répète : le suspect et Tuvesson montent dans les étages.

Vers le toit, peut-être ? Fabian s'empressa de rejoindre l'entrée principale, où Klippan tenait la porte aux ambulanciers chargés d'un brancard et de sacs contenant leur matériel d'urgence.

– Reste là, dit-il à son collègue et il s'élança vers Stallgatan.

– Tu vas où ? cria Klippan dans son dos.

Ne sachant pas lui-même, il continua à l'angle du bâtiment sans rien répondre, passant devant les trois jardiniers qui avaient enfilé leurs gilets pare-balles et sorti leurs armes automatiques, braquées sur l'entrée latérale.

– On a retrouvé Tuvesson ! annonça la voix de Lilja dans son casque. Il l'a laissée derrière lui !

– En vie ? demanda Klippan.

– Elle est inconsciente et elle saigne... Au front... Merde... Ne bouge pas... Est-ce qu'on peut avoir les secours ? Putain ! J'ai besoin des secours... Là, maintenant, tout de suite !

Pas elle, se dit Fabian. Pas Tuvesson. Il s'arrêta et leva les yeux vers le toit du bâtiment, mais, de si près, il ne voyait que la façade s'étirer de tout son long vers le ciel.

– Elle est en vie ! s'écria Lilja. Tuvesson est en vie ! Elle a juste perdu connaissance.

Fabian poussa un soupir de soulagement et recula de quelques mètres. Il avait beau s'approcher du massif de fleurs circulaire qui ornait le centre de la place Rådhustorget, il n'apercevait que le bord de la toiture.

– Très bien. Et vous voyez le suspect ? demanda Klippan.

– Non, on dirait qu'il s'est échappé sur le toit. Est-ce qu'on a des caméras là-bas ?

– Négatif, répondit Molander.

Le silence qui s'imposa en disait long. Ils avaient tous sous-estimé le criminel et se trouvaient maintenant coincés, incapables de faire autre chose que de le regarder se volatiliser.

Fabian s'efforça de ne pas se laisser paralyser. Au bout d'un instant, il se rappela que, la veille, l'homme s'était posté à l'angle de Norra Strandgatan et de Kolmätaregränden, le regard dirigé vers le nord.

– La porte est verrouillée et le lecteur de carte fracassé, déclara un homme des forces spéciales.

Tel était donc son plan ? Monter sur le toit pour rejoindre l'un des bâtiments voisins et redescendre d'une manière ou d'une autre en passant par une boutique.

Quand trois détonations retentirent dans son casque, Fabian courut à travers la ruelle jusqu'à l'endroit précis où il avait vu le criminel s'arrêter la veille.

– La porte est forcée, on est sur le toit.

Il y avait foule, les gens affluaient de partout. Manifestement, tout le monde avait décidé de quitter son travail en même temps et de faire quelques courses avant de rentrer chez soi.

– Le suspect n'est pas en vue.

– Cherchez, il doit bien être quelque part, lança Molander.

Malgré les dix mètres qui les séparaient, Fabian reconnut immédiatement la femme en jogging qui avait attendu avec lui à la banque. Elle sortait d'un magasin de jouets et de vêtements d'enfants avec sa poussette et un grand sac estampillé du nom de l'enseigne. Mais ce qui l'intéressait, c'était l'homme qui apparut derrière.

Il ne portait ni lunettes de soleil, ni ceinture cloutée, ni veste en velours bordeaux. Ses cheveux longs avaient disparu et son visage était différent, le nez peut-être, qui semblait plus court. Pourtant, c'était lui et personne d'autre. Il avait le regard de celui qui s'efforce de paraître calme, mais qui ne veut qu'une chose : déguerpir au plus vite.

– Risk à toutes les unités, le suspect se trouve rue Kolmätaregränden et se dirige vers Kullagatan. Il a retiré sa perruque et s'est changé. Il porte maintenant une casquette bleue, des baskets marron, un chino beige et un blouson gris.

– Bien reçu, répondit Molander. Équipe 1, remontez vers Hästmöllegränd et barrez le nord de Kullagatan.

– Entendu.

Fabian prit le criminel en filature. Pas trop vite, juste ce qu'il fallait pour le rattraper au bout de la rue, où il l'appréhenderait par-derrière et procéderait à son arrestation.

– Équipe 2, continua Molander. Dirigez-vous vers Strömgränden pour qu'il ne s'échappe pas par là-bas.

– On est en route.

Mais soudain, le criminel se mit à courir, se frayant à toute vitesse un chemin à travers la foule. À croire qu'il avait des yeux dans le dos et qu'il avait compris qu'on le suivait.

– J'ai l'impression qu'il m'a vu, déclara Fabian.

Il n'avait d'autre choix que de se mettre lui aussi à galoper et à zigzaguer entre les gens.

– Il tourne à gauche rue Kullagatan. Je répète : le suspect remonte Kullagatan vers le nord.

– Équipe 1 sur place. Nous sommes prêts à le recevoir.

– Parfait. Équipe 2, continuez vers Norra Storgatan.

– À vos ordres.

L'homme ondulait, valsait presque entre les piétons. Fabian le perdit de vue quand un groupe de touristes japonais sortit d'un magasin, lui barrant la route.

– Je l'ai perdu, dit-il en regardant autour de lui. Équipe 1, vous le voyez ?

– Pas encore.

Fabian se faufila à travers la meute.

– Toujours pas ?

– Négatif.

Les secondes commençaient à se faire longues, les renforts auraient dû le repérer depuis longtemps. Le criminel n'avait pourtant aucune échappatoire. Sauf peut-être… Comment n'y avaient-ils pas pensé plus tôt ?

– Il doit être chez Åhléns, s'écria Fabian tout en se précipitant vers l'entrée du grand magasin.

Une fois à l'intérieur, il tourna sur lui-même pour tenter d'étudier la multitude de visages qui l'entouraient.

– J'y suis, mais je ne le vois pas.

– Une voiture l'attend peut-être sur le parking installé sur le toit, suggéra Molander.

– Je monte.

Fabian se hâta vers l'escalier en colimaçon.

– Équipe 2, reprit-il en commençant à monter. Vous êtes arrivés à Norra Storgatan ?

– Oui, on est juste derrière le magasin.

– Bien. Occupez-vous de l'entrée arrière et de la sortie du parking. Équipe 1, je vous charge des deux entrées avant.

Le périmètre était bouclé. Si le criminel se cachait par là, ils le trouveraient d'une minute à l'autre.

– On arrive d'ici trente secondes, la voix de Lilja retentit, accompagnée du souffle lourd de Klippan.

– Parfait, fit Molander. Fouillez tous les rayons. N'oubliez pas la boutique de sport à l'étage. À sa place, c'est là que je me cacherais et je crois qu'il y a aussi un accès au parking.

– OK, on y va, répondit Lilja. Klippan se charge du rez-de-chaussée.

Fabian atteignait tout juste le toit du bâtiment. À droite, une rampe qui descendait vers la sortie, et en face, des voitures garées le long du parapet. Visiblement, le parking était complet, mais il n'y avait personne. L'endroit était même étonnamment silencieux si près du centre-ville, à deux pas des rues grouillantes de monde.

Il braqua son arme devant lui et commença à contrôler les lieux, jetant un œil entre les voitures, sous la carrosserie, puis à l'intérieur, derrière le volant et sur la banquette arrière. Tout à coup, un moteur se mit à gronder. Fabian se redressa, mais ne pouvant repérer de quelle voiture il s'agissait, il s'élança vers la rampe et se posta en plein milieu. L'une des voitures garées tout au bout sortit de sa place en marche arrière, puis tourna dans sa direction.

Avec le reflet du ciel dans le pare-brise, il ne voyait pas le conducteur, mais il n'y avait aucun doute à avoir : le véhicule lui fonçait droit dessus.

– Ici Fabian. Le suspect est au volant d'une voiture. Une Skoda blanche immatriculée KFL 231 qui s'apprête à sortir du parking.

– Équipe 2, vous êtes prêts ? demanda Molander.

– Affirmatif.

Fabian se tenait en plein milieu, les jambes écartées et son arme pointée droit devant lui. L'écho des cris de ses anciens collègues n'avait pas surgi dans sa tête depuis longtemps. Il avait beau trembler, il tenait fermement son pistolet. S'il n'appuyait pas maintenant sur la détente, la voiture l'écraserait.

Les trois coups étaient les premiers qu'il tirait en dehors d'une piste d'entraînement. Comme si la scène se déroulait au ralenti, il vit les balles percer le pneu avant gauche, avant d'avoir juste le temps de se jeter sur le côté pour éviter la voiture qui filait à vive allure. Mais elle manqua le virage et s'écrasa contre le mur en béton où elle s'immobilisa, le capot fumant.

Fabian se dépêcha de se relever, de rejoindre le véhicule et d'ouvrir la portière avant. L'homme était là, coincé derrière l'airbag, un rictus apeuré aux lèvres.

– Équipe 2, vous pouvez monter. Les autres, arrêtez les recherches. Je le tiens.

– Yes ! s'exclama Lilja.

La jubilation de Molander, de Klippan et des autres ne se fit pas non plus attendre.

– Beau travail tout le monde, complimenta Tuvesson qui, de toute évidence, avait non seulement repris connaissance, mais suivi de près les événements.

Fabian se décala pour laisser l'équipe des forces spéciales faire descendre le criminel de la Skoda. Une fois que ce dernier fut neutralisé, mains dans le dos, il osa enfin respirer.

L'homme ne s'était pas simplement rendu coupable d'usurpation de signature. Il avait abattu le banquier sous les yeux de Tuvesson, ce qui signifiait que la procureure avait tout ce qu'il lui fallait pour le condamner à la perpétuité. Empreintes digitales, traces ADN, pièces à conviction… Plus rien de tout cela n'avait d'importance.

Et pourtant, le criminel affichait un sourire insouciant.

55

La douleur qui lui cognait dans la tête donnait à Theodor l'impression que quelqu'un était venu se loger là et lui infligeait des coups de marteau. À chaque battement, la nausée s'imposait un peu plus. Manifestement, il allait bientôt de nouveau vomir. Dieu qu'il détestait ça.

Autant en finir et se fourrer les doigts dans la bouche, se dit-il. Mais pas tout de suite. Dès qu'il en aurait la force. Cocktail de merde… Il avait bu verre sur verre comme si c'était du jus de fruits.

Au début, il avait cru que c'était le ferry qui tanguait. Mais au bout de quelques gorgées encore, il avait été forcé de quitter la table et de se précipiter aux toilettes. Heureusement, la place était libre et il avait pu rendre tripes et boyaux droit dans la cuvette. Et maintenant qu'il était affalé sur le trône, ça recommençait. Putain…

Il se leva, se retourna, ouvrit la bouche et s'enfonça l'index et le majeur vers la luette. Son estomac se contracta, faisant aussitôt jaillir son poison à travers la gorge. Theodor recommença pour se vider de toute la bile. Il avait le gosier en feu, comme sur le point de se déchirer. Et il grelottait tout en transpirant à grosses gouttes.

Il tira la chasse plusieurs fois. Depuis combien de temps était-il enfermé là ? Chaque seconde qu'il passait loin d'Alexandra était une seconde de trop. Déjà, il se sentait un peu mieux. Certes, il était aussi faible que s'il n'avait rien avalé depuis des années, mais au moins, la nausée avait lâché prise.

Il se lava les mains et se rinça généreusement la bouche, avant de retourner dans la salle de restaurant. Leur table était abandonnée. Il s'assit à sa place et balaya la pièce du regard, cherchant en vain Alexandra. Peut-être qu'elle en avait profité pour faire un tour aux toilettes, pensa-t-il, essayant de se convaincre que tout se déroulait toujours comme prévu.

56

DANEMARK

– Vous pouvez prendre à gauche ? grésilla la voix de Fareed dans le combiné que Dunja tenait en main.

– À gauche ?

Elle regarda par la vitre, tentant de voir à travers l'obscurité qui avait laissé place à l'heure bleue.

– Oui, mais c'est une impasse. Vous êtes sûr que ce n'est pas plutôt à droite ?

– Non, à gauche.

Dunja croisa le regard interrogateur de Magnus, qui attendit un signe de tête de sa collègue pour s'engager sur la petite allée de gravier derrière la gare de Mørdrup.

Trois heures plus tôt, Fareed les avait appelés pour leur annoncer que le numéro anonyme venait juste de se connecter, et qu'il s'apprêtait à s'introduire dans le système pour géolocaliser le téléphone.

À ce moment, Dunja et Magnus venaient de prendre place sur la terrasse de Laura's Bakery, à deux pas de chez elle rue Blågårdsgade, après avoir attendu une demi-heure qu'une table se libère. Ils avaient commandé des bières et des pizzas, et quand son téléphone avait sonné, Dunja avait déjà avalé la moitié de sa pinte. Elle avait donc été forcée de laisser le volant à Magnus.

Mais dès qu'ils avaient bouclé leurs ceintures et s'étaient mis en route, Fareed avait décrété qu'il leur livrerait l'information à une seule condition.

Qu'on lui trouve un nouveau boulot.

Dunja devait promettre de lui arranger un emploi, et pas n'importe lequel : il exigeait de faire valoir ses connaissances en programmation, de pouvoir choisir lui-même son matériel et surtout, de travailler à la lumière du jour. Si elle n'était pas d'accord, il n'hésiterait pas à raccrocher et à la bloquer pour couper tout contact.

De nouveau, elle avait menacé de le dénoncer à ses supérieurs, ce à quoi il avait rétorqué qu'il avait fait des recherches sur son compte et qu'il lui souhaitait bonne chance. De toute façon, s'il continuait à bosser dans ce satané bunker, il finirait par mourir d'ennui. Autrement dit : il n'avait rien à perdre.

Elle n'avait eu d'autre choix que d'accepter. Ignorant si elle aurait elle-même encore un travail à la fin de cette affaire, elle avait promis de lui trouver un emploi de développeur. La question de savoir comment elle s'y prendrait pouvait attendre. Tout ce qui importait pour le moment, c'était qu'il leur donne cette foutue information pour qu'ils puissent arrêter les criminels.

Malheureusement, la géolocalisation était tout sauf une science exacte, et ils erraient plus ou moins à l'aveuglette depuis deux bonnes heures dans les quartiers sud de Helsingør. À présent, ils ne semblaient toujours pas sur la bonne voie.

– Ça donne sur une ferme. Une ferme isolée et abandonnée, déclara Dunja en observant les deux bâtiments agricoles à travers la vitre, tandis que Magnus freinait dans la cour.

Il n'y avait ni voiture ni scooter en vue, ni même une fenêtre allumée.

– On ne trouvera rien par ici.

– Vous avez fait un tour, au moins ?

– C'est une vieille ferme au milieu de nulle part. Qu'est-ce que vous voulez qu'on fasse ?

– J'en sais rien. Je me contente de regarder mon écran, ce n'est pas ma faute si le système n'est pas plus précis que ça. Je peux vous garantir que si c'était moi qui l'avais conçu, ce serait…

– Oui, oui, oui, vous êtes le meilleur développeur du monde, on a compris, ironisa Dunja. En attendant, il n'y a personne par ici, retournons sur la grand-route.

Magnus opina et retourna sur l'allée. Depuis qu'ils avaient quitté Copenhague, il n'avait quasiment pas prononcé un mot. Pas une seule protestation n'était sortie de sa bouche, ce qui ne lui ressemblait pas. Il n'avait même pas soulevé l'idée d'un nouveau dîner en tête à tête, vu qu'ils avaient été obligés de laisser leurs pizzas. Finalement, peut-être qu'il…

– Attendez, stop !

– Quoi ? fit Dunja en lançant un coup d'œil à Magnus qui pila en plein milieu du chemin. C'était à droite comme je pensais ?

– Non, à gauche.

– Comment ça, à gauche ? On en revient. Sur la grand-route, vous voulez dire ?

– Non, là maintenant. Faites ce que je vous dis !

Dunja observa les alentours.

– Je ne sais pas ce que vous voyez sur votre écran, mais tout ce qu'il y a par là-bas, c'est une prairie…

– Mais allez ! Qu'est-ce que vous attendez, bon sang ? s'écria Fareed dans le combiné.

Elle devait reconnaître qu'elle aimait son énergie.

– Calmez-vous, on y va, répondit-elle en faisant signe à Magnus de redémarrer.

– Mais où ça ? demanda-t-il. Il n'y a pas de route.

– On s'en fout, roule !

Magnus haussa les épaules et tourna sur le terrain.

– Accélérez un peu, vous en avez pour quelques centaines de mètres maximum, reprit Fareed.

– Ce n'est pas une bonne idée, pas une bonne idée du tout, marmonnait Magnus tout en avançant à travers champs.

Quand ils passèrent devant une baignoire renversée sur le flanc, Dunja déclara :

– Pour info, il n'y a toujours rien.

– Vous ne pouvez pas la fermer et continuer tout droit ? répliqua Fareed.

Mais soudain, la voiture s'embourba dans un trou.

– Là, qu'est-ce que je disais ? commenta Magnus.

– Essaie de sortir de là, pendant que je poursuis à pied, ordonna Dunja en descendant du véhicule et en se précipitant dans le noir.

Avec l'herbe qui lui arrivait à la taille, son pantalon était déjà trempé. Elle n'avait aucune idée de ce qui l'attendait, mais la détermination de Fareed l'avait convaincue d'aller plus loin, même si rien n'indiquait qu'elle était sur la bonne piste.

Tout à coup, elle se cogna violemment dans une clôture qui semblait être subitement sortie de terre. Elle pesta dans l'obscurité. En sentant un goût de sang envahir son palais, elle se demanda si elle ne ferait pas mieux de retourner à la voiture quand son portable se mit à vibrer dans sa poche. Elle n'avait pas encore porté l'appareil à son oreille qu'elle entendit Fareed grommeler :

– Pourquoi vous vous êtes arrêtée ?

Comment pouvait-il savoir ? Avait-il aussi géolocalisé son téléphone ?

– Allô ? Y a quelqu'un ? C'est l'heure de la pause pipi ou quoi ?

– Non, je me suis juste pris une barrière à la con ! Et ne me dites pas de continuer au milieu de ce néant !

En se rendant compte de son ton explosif, elle inspira profondément pour tenter de se calmer. Il n'y avait rien de pire que les bonnes femmes hystériques, sauf peut-être leur équivalent masculin.

– C'est pourtant là-bas. Continuez.

– D'accord, reprit-elle avec un flegme forcé. Mais s'il s'avère que vous vous trompez encore et que vous me demandez de faire demi-tour, de filer à gauche, ou peut-être en fait à droite, je veillerai personnellement à ce que vous croupissiez dans ce bunker toute votre vie.

– Je dois raccrocher, déclara-t-il.

– Hein ? Pas si vite. Pourquoi ? Allô ?

La conversation avait déjà été coupée. Dunja essaya en vain de le rappeler plusieurs fois, avant d'escalader la clôture et de poursuivre à travers les hautes herbes jusqu'à ce qu'une lumière éblouissante jaillisse dans le noir. Une voiture.

En la regardant approcher et passer à quelques mètres, Dunja comprit qu'elle se trouvait au bord d'une route, ou de ce qui ressemblait plutôt à une sortie d'autoroute. L'E47, peut-être, qui allait de Helsingør à Copenhague ? Mais pourquoi n'avait-elle pas entendu le bruit de la circulation ? Peu importe, elle devait avancer... Elle se dépêcha de traverser et de s'enfoncer dans le bois qui s'élevait de l'autre côté.

Pour ne pas glisser sur le terrain escarpé, elle s'agrippa aux branches et aux troncs d'arbre. Plus elle descendait, plus elle entendait le grondement de la circulation, et elle ne tarda pas non plus à voir les voitures et les camions qui filaient dans les deux sens opposés.

Au même instant, elle comprit que Fareed avait visé juste.

Sur le bas-côté de la voie sud apparaissaient des silhouettes aux visages dissimulés par des smileys tout jaunes et tout sourire. Les voitures passaient en klaxonnant, se demandant comme Dunja ce qu'ils fabriquaient. Elle en comptait quatre :

l'un d'eux semblait brandir quelque chose devant lui, tandis que les trois autres poussaient un objet qui brillait à la lumière des phares.

Un caddie.

Dunja ne comprenait rien. Que pouvaient-ils bien faire d'un…

Quand l'une des silhouettes se risqua sur la voie, elle arrêta de réfléchir. Elle se mit à courir à toutes jambes, espérant avoir mal vu. Il fallait à tout prix qu'elle arrive avant qu'il ne soit trop tard.

Elle aurait voulu appeler Magnus, mais elle n'avait pas le temps. Elle devait rejoindre au plus vite l'autre côté de la route pour les arrêter. Elle se mit à gesticuler pour stopper les voitures, qui ne répondirent que par des coups de klaxon et des appels de phares. Une BMW manqua même de la faucher en mordant largement sur la ligne blanche.

Une vieille Volvo rouillée aux phares cassés qui tirait une remorque finit par freiner et lui donner le courage de s'aventurer au milieu de la circulation, avec la lumière de son téléphone pour seul bouclier. Elle traversa assez facilement la première file, mais la file intérieure était encombrée d'une horde de motos rugissantes qui passaient les unes après les autres en l'effleurant. Quand elle entendit un camion s'approcher en klaxonnant, elle comprit qu'elle n'avait pas une seconde à perdre et se jeta entre les deux-roues.

Une fois sur le terre-plein central, à peine avait-elle eu le temps de souffler qu'elle s'aperçut que tout était perdu. Le temps s'était précipité, leurs efforts avaient été vains. Il était trop tard. Il ne lui restait plus qu'à regarder le SDF qu'elle reconnaissait du squat de Stengade filer vers la mort.

L'homme, assis pieds et poings liés dans le caddie, fixait de ses yeux écarquillés d'effroi une fourgonnette qui fonçait droit sur lui. Le véhicule eut beau freiner, il percuta le caddie et l'envoya valser vers la file intérieure, où il heurta un SUV et tomba à la renverse, avant de passer sous les roues d'un camion. Le tout en moins de cinq secondes.

Dunja en eut le souffle coupé, comme si le choc paralysait ses poumons. À travers le bruit de la circulation qui semblait s'estomper, elle entendait des rires et des cris de jubilation s'élever de l'autre côté de la voie.

57

SUÈDE

Theodor n'osait pas croire que c'était vrai. Que ses fantasmes n'étaient pas en train de s'animer en 3D devant lui, avec un package ouïe, goût et odorat. En réalité, peut-être qu'il rêvait. Mais dans ce cas, il espérait ne jamais se réveiller… Tout était tellement parfait. Pour une fois, il avait le sentiment que les forces de l'univers se concentraient pour son bien.

Il se pinça la joue. Si, il était bien là, nu, allongé dans un lit.

Le lit d'Alexandra.

Et c'était bien elle qui était blottie contre lui.

La veille, il avait pourtant perdu tout espoir la concernant.

Il avait commencé par attendre Alexandra tranquillement, ignorant les regards impatients du serveur, avant d'aller la chercher. D'abord aux toilettes pour femmes, puis à la boutique duty free et dans tout le restaurant. Il était ensuite descendu dans la cale pour jeter un œil entre les voitures, avant de monter sur le pont supérieur, mais Alexandra semblait avoir été engloutie par les eaux sombres du détroit.

En comprenant qu'il ne la trouverait pas, il était retourné à leur table pour commander un burger et un grand Coca. Mais voilà qu'elle était là, à sa place. Où était-il passé ? avait-elle demandé. Est-ce que tout allait bien ?

Inquiète qu'il s'absente aussi longtemps, elle était partie à sa recherche. Comme lui, elle avait fouillé partout, et fini par retourner à leur table pour manger quelque chose.

Quel festin ! Autour d'une entrée, d'un plat principal et d'un dessert, ils avaient longuement discuté et rigolé. Theodor savait précisément quoi dire et il se sentait plus habile qu'un jongleur. À 4 heures du matin, ils étaient finalement descendus du ferry et ils avaient pris un taxi pour aller chez elle.

Ses parents, quelque part en voyage, ne reviendraient pas avant vendredi. Si Theodor avait quelques trous de mémoire à propos de la traversée, le souvenir de la nuit restait limpide. Il se rappelait chaque seconde et pouvait se remémorer toute la scène comme un film.

Leurs doigts qui déboutonnaient les vêtements de l'autre en allant vers la chambre. La voix de Lykke Li, la lumière des bougies et leurs corps s'aimant pour la première fois. Theodor n'avait jamais fait l'amour auparavant. Dire qu'il commençait avec une fille qu'il adorait par-dessus tout. Contrairement à tout ce qu'il avait pu entendre et lire à ce propos, ce moment avait été merveilleux.

Tout avait parfaitement fonctionné. Certes, il avait joui presque dès qu'elle l'avait touché, mais elle ne s'était pas moquée et ne lui avait pas tourné le dos pour dormir. Elle avait pris son sexe dans sa bouche et fait en sorte de lui redonner vie, afin qu'ils puissent s'aimer pour de vrai. Le temps semblait s'être arrêté pour eux, enfermés dans leur bulle. À un moment, ils avaient dû s'assoupir, puisque Theodor se réveillait maintenant aux côtés d'Alexandra, allongée sur le ventre, ses cheveux éparpillés en éventail sur l'oreiller.

Il souleva la couette et observa son corps dévêtu. Rarement il avait vu un tel chef-d'œuvre. Il aurait beau essayer, pas un mot ne parviendrait à décrire une telle perfection.

Il posa délicatement la main dans le creux de son dos et se laissa envahir par la chaleur de sa peau. Puis il glissa le long de ses fesses, fermes bien que détendues. Alexandra écarta légèrement les jambes, comme pour inviter ses doigts à continuer. Il se sentait grisé. Même si elle dormait, elle avait envie. Envie de lui. Elle non plus n'en avait pas assez.

Quand une mélodie se fit soudain entendre, il pensa qu'elle venait de chez les voisins. Mais il se rappela qu'ils étaient seuls dans une grande maison. C'était un son de synthé, des bips accompagnés d'un accord sourd, le genre de morceaux que son père mettait lorsqu'il se croyait seul. Lui ne considérait pas cette cacophonie comme de la musique.

Theodor sortit du lit et repéra d'où venait la mélodie qui sonnait en boucle : des vêtements laissés par terre en boule. Dans la poche du jean d'Alexandra, il trouva un téléphone, un Sony Ericsson qu'il n'avait jamais vu et qui venait de se taire. À ce qu'il savait, il n'appartenait pas à Alexandra – elle avait le dernier Samsung Galaxy qui, comme elle le disait elle-même, battait à plate couture son iPhone 4. À qui était-ce ? Il l'examina, appuya sur le bouton central. Un appel en absence d'un numéro masqué. Une erreur, peut-être ?

« Message du côté obscur de la force, tu as reçu », retentit la voix de Yoda.

Alexandra venait de recevoir un SMS sur son Galaxy. Theodor se retourna vers le lit pour voir si elle était réveillée, mais elle dormait toujours à poings fermés. La tirer du sommeil pour l'interroger était bien la dernière chose à faire.

J'ai appelé pour voir. Ça a sonné des tonnes de fois. Éteins-le, putain !

Le message venait d'un certain « H », qui ne pouvait être autre que Henrik. Le téléphone vibra de nouveau dans sa main, accompagné de la voix de Yoda signalant l'arrivée d'un nouveau message.

Dis, tu peux répondre ? Y a un problème ?

Qu'est-ce qu'il voulait encore ? Parlait-il de l'autre téléphone ? Si oui, qu'est-ce que ça pouvait faire qu'il soit allumé ? Theodor reposa le Galaxy, attrapa le Sony Ericsson et se mit à explorer le contenu de l'appareil.

Il n'y avait pas un message, ni le moindre numéro dans le journal, à l'exception du contact masqué qui venait juste d'essayer d'appeler. Aucun jeu, aucun fond d'écran n'était installé. Theodor crut que le téléphone était vide jusqu'à ce qu'il trouve une vidéo.

D'après le code temporel, la scène avait été filmée quelques heures plus tôt. On y voyait un homme essayer de sortir d'un caddie lancé en plein milieu d'une autoroute. Au bout de quelques secondes terriblement longues, le chariot disparaissait sous les roues d'un camion.

Il n'avait pas besoin d'en voir beaucoup plus pour comprendre. Malgré les bas avec des smileys que les malfaiteurs avaient enfilés sur leurs visages, il reconnaissait Henrik et ses deux acolytes. Il croyait même entendre le rire d'Alexandra résonner dans le fond. C'était elle qui tenait le téléphone.

Theodor sentit le sol se dérober sous ses pieds. Lui qui commençait juste à retrouver son équilibre, à pouvoir respirer et goûter à la vie, s'était jeté dans la gueule du loup.

DEUXIÈME PARTIE

15-20 mai 2012

« *Tout ça, c'est ta faute. À toi et personne d'autre.* »

T.R.

58

Suède

– Je m'appelle Fabian Risk et je travaille à la brigade criminelle de la police de Helsingborg.

– Bonjour Fabian, le salua l'homme assis de l'autre côté de la table, avec un accent du Sud aussi marqué que le sourire accroché à ses lèvres.

Compte tenu du contexte difficile lié au suicide d'Hugo Elvin, Tuvesson avait donné congé à toute l'équipe après l'arrestation du criminel. Mais Fabian avait insisté pour mener dès la nuit même le premier interrogatoire.

Était-ce parce qu'il avait un mauvais pressentiment ou simplement pour éviter de penser à Sonja, il l'ignorait lui-même.

– Pouvez-vous me donner votre nom complet et votre date de naissance ?

– Rolf Tore Stensäter, né le 25 octobre 1973. Tore, ça vient de mon grand-père paternel.

Fabian ne laissa pas transparaître que ces informations correspondaient à ce qu'ils avaient trouvé dans le portefeuille du suspect. Parmi quelques cartes de fidélité et un peu d'argent liquide y était rangé un permis de conduire délivré dix-huit mois plus tôt. Or ce n'était pas un renouvellement : l'homme venait manifestement d'apprendre à conduire.

Pourtant, Fabian n'osait pas croire un mot de ce que cet homme pouvait déclarer. Même s'il avait été interpellé et qu'il n'y avait plus aucun doute sur son identité, l'inspecteur sentait que quelque chose ne collait pas.

Peut-être était-ce ce sourire qui le perturbait. Ce sourire assuré, l'air de dire qu'ils pouvaient bien faire tout ce qu'ils voulaient de lui. Que ça n'avait aucune espèce d'importance puisqu'ils finiraient par perdre la partie. À moins que ce ne soit du bluff.

Surtout qu'il avait refusé l'assistance d'un avocat, ce que Fabian interprétait d'ordinaire comme un aveu d'échec – quand l'inculpé était coupable, il ne cherchait souvent même pas à se défendre. Cette fois, cependant, Fabian en était d'autant plus inquiet. Compte tenu de la rigueur dont le criminel avait fait preuve jusque-là, il pouvait à tout moment sortir un joker que personne n'avait anticipé.

– Rolf, reprit-il en regardant l'homme dans les yeux. Avez-vous tué Peter Brise ?

– Peter Brise... Ce n'est pas ce type dont on a parlé dans les journaux ? Celui qui a coulé dans le port avec sa bagnole ?

– Vous déclarez donc que vous n'étiez pas au volant de ce véhicule avec Peter Brise, le 9 mai dernier ?

L'homme émit un rire.

– J'espère bien ! Ce jour-là, j'étais chez moi à Magnalund, occupé à aiguiser la tondeuse à gazon d'un certain Håkan Jönsson. Pourquoi diable est-ce que...

– Parlons un peu de Chris Dawn, l'interrompit Fabian, s'efforçant de montrer qu'il n'était pas dupe.

– Qui ça ?

– Hans Christian Svensson. L'homme pour lequel vous vous êtes fait passer hier à la banque. Vous avez oublié ?

L'inculpé prit un air perdu.

– Je ne vous suis plus, là. J'ignore de quoi vous parlez.

– Hier, peu avant 17 heures, vous êtes entré dans l'agence de Handelsbanken située place Stortorget pour rencontrer Mattias Ryborn.

Fabian lui tendit une capture d'écran des caméras de surveillance qui montrait l'individu en train d'attendre à l'accueil, affublé d'une perruque et de lunettes de soleil.

– Voilà qui pourrait vous rafraîchir la mémoire.

L'homme regarda l'image et secoua la tête.

– Je suis désolé, mais ce n'est pas moi.

– Vous niez avoir pénétré dans cette banque hier et abattu Mattias Ryborn sous les yeux de ma chef, entre autres témoins ?

– Évidemment. C'est affreux ! Qui ferait une chose pareille ?

– Je vois.

Fabian soupira profondément bien qu'au fond, il soit impressionné par les talents de comédien de son interlocuteur.

– Si vous êtes aussi innocent que vous le prétendez, comment se fait-il que vous ayez essayé de prendre la fuite quand je vous ai rattrapé ?

– Je n'ai pas essayé de m'enfuir.

– Vous vous êtes mis à courir.

– Mon ticket de parking venait d'expirer et les flics font souvent du zèle vers chez Åhléns. Un jour, je suis arrivé trois minutes en retard et je me suis retrouvé avec une amende qui m'a coûté neuf tondeuses à aiguiser. Net d'impôts, mais tout de même…

– C'est aussi pour ça que vous avez essayé de m'écraser ?

L'homme lâcha un rire.

– Non, là, je vous demande pardon. J'ai paniqué. Je n'ai pas mon permis depuis très longtemps et j'ai perdu les pédales en vous voyant sortir votre arme. Excusez-moi, c'était idiot, j'accepterai sans broncher ma peine à ce propos.

L'homme était incroyablement convaincant. À vrai dire, de si près, il paraissait même différent. Pas simplement ses cheveux et ses vêtements, mais son visage était transformé.

– Vous avez des enfants ?

– Pas que je sache, ricana-t-il.

– Alors que faisiez-vous dans un magasin de jouets et de vêtements pour enfants ?

– Oliver, le fils de mon voisin, fête ses quatre ans dimanche prochain.

– Vous n'avez rien acheté.

– C'est hors de prix, là-dedans.

L'homme haussa les épaules et afficha de nouveau un sourire.

– Honnêtement, je ne comprends pas qui peut s'offrir ce genre de choses. En tout cas, mon métier ne le permet pas.

– Pourquoi êtes-vous aussi joyeux ? Si vous êtes tellement innocent, sachez que vous devriez vous faire du souci, parce que vous êtes sérieusement soupçonné de triple meurtre, de faux et usage de faux.

– Je sais… C'est peut-être stupide de ma part, mais je trouve toute cette histoire assez excitante. Voir les choses de l'intérieur, plutôt qu'à la télé. Je dois dire que ça n'a rien à voir. Le jour et la nuit, si vous voulez mon avis. Mais j'imagine que vous vous en étiez déjà rendu compte.

L'homme éclata de rire, puis se tut.

Fabian ne savait pas trop comment continuer l'interrogatoire. Il y avait un milliard de questions à lui poser, des questions auxquelles il était en théorie impossible de répondre sans reconnaître les faits. Pourtant, l'homme évitait les pièges avec une aisance déconcertante.

Le sourire vissé aux lèvres, il mentait comme un arracheur de dents. Le problème, c'était qu'il était si bon acteur que la question était maintenant de savoir comment le prouver.

59

Danemark

Une mélodie. Un air que Dunja n'avait jamais entendu. Des notes de musique agaçantes qui devaient cesser au plus vite. Dieu qu'elle avait mal au cou. Au loin, elle percevait le grondement de la circulation. Quoique, non... Le bruit était tellement proche qu'elle pouvait discerner chaque véhicule qui passait et, de temps en temps, le grondement d'un camion. Elle sentait quelque chose lui chatouiller la joue. Une bestiole plus grande qu'une fourmi, mais plus petite qu'une souris. Une araignée, peut-être, ou un scarabée. Où suis-je ? se demanda-t-elle sans oser ouvrir les yeux.

Mais oui, l'autoroute. Elle avait vu les criminels pousser un pauvre homme dans un caddie entre les voitures lancées à pleine vitesse et l'envoyer droit vers la mort. Quatre individus masqués de smileys, tout jaunes et tout sourire, ainsi que Sannie Lemke l'avait raconté. Ils riaient joyeusement comme au milieu d'un parc d'attractions.

Elle avait réussi à traverser la voie et à les prendre en chasse. Elle leur avait ordonné de s'arrêter, crié qu'elle était de la police et n'hésiterait pas à tirer. Mais ils s'étaient enfuis entre les arbres vers la bretelle la plus proche. Elle avait couru à toutes jambes et failli en attraper un, jusqu'à ce qu'un coup surgi de nulle part lui frappe l'arrière du crâne.

Au moins, la bestiole était partie. Dunja ouvrit les yeux, mais commença par ne rien voir. Dès qu'elle remua, elle comprit qu'elle était allongée sur le ventre, le visage enfoui dans l'herbe. Elle se redressa, s'efforçant d'ignorer sa nuque qui réclamait à cor et à cri un massage et une serviette chaude.

Elle porta le regard vers la route, où les voitures allaient au pas. Elle ne voyait pas encore de véhicule de police, ce qui voulait dire qu'elle n'avait perdu connaissance que quelques minutes. En même temps, ses collègues de Helsingør n'étaient pas franchement connus pour leur réactivité. Pas de trace du camion qui avait mis un terme à la course folle du caddie. S'était-il sauvé ? Elle avait entendu dire qu'un poids lourd pouvait écraser des chevreuils et des blaireaux sans s'en rendre compte. Mais un chariot contenant un homme ?

Le bruit sourd des sirènes la décida à se lever et à descendre vers la route. Au même instant, la mélodie irritante reprit de plus belle. Bien sûr, le portable…

– Dunja, c'est toi ? balbutia Magnus. Qu'est-ce qui s'est passé ? Où es-tu ? Ça fait mille fois que j'essaie de t'appeler !

– Calme-toi, Magnus. Tout va bien, mais je n'ai pas le temps de t'expliquer, là. Tu as réussi à libérer la voiture ?

– Oui, mais…

– Parfait. Va de l'autre côté de l'autoroute et prends l'entrée sud, on se retrouve là-bas.

– Attends, qu'est-ce qui…

Elle raccrocha et continua le long du talus. Le son des sirènes retentissait de plus en plus fort, et la lueur bleue des gyrophares balayait l'obscurité. Dans une minute, ses collègues seraient là et commenceraient à boucler le périmètre. Si quelqu'un la remarquait, tout était fichu.

Elle fit signe à l'une des voitures de se ranger, un ancien modèle de chez Renault, mais le vieil homme au volant secoua la tête sans lui adresser un regard. Elle eut beau frapper à sa vitre, l'automobiliste continua de l'ignorer. Il fallut qu'elle ouvre la porte et lui flanque sa plaque de police sous le nez en lui ordonnant de sortir pour qu'il daigne se tourner.

– Je n'ai rien fait, je suis innocent. Je passais juste par là et...

– Personne ne vous accuse de quoi que ce soit, rétorqua Dunja en jetant un œil vers les gyrophares qui approchaient. Par contre, je vais vous demander de bien vouloir descendre du véhicule, de prendre votre triangle de présignalisation et de le placer sur la route. Et que ça saute !

L'homme opina et déboucla sa ceinture, tandis qu'elle arrêta un autre véhicule sur la voie d'à côté. Maintenant que la circulation était coupée, elle pouvait rejoindre le caddie défoncé et renversé par terre, une vingtaine de mètres plus loin sur le terre-plein central.

Avec les morceaux de chair accrochés au grillage en acier, le chariot ressemblait à un grand piège à rats. Si le bas du corps amputé à la taille ne débordait pas de viscères, on aurait pu prendre le mort pour un mannequin.

Les restes de la dépouille étaient éparpillés sur un périmètre relativement important. Un pied par-ci, une oreille par-là. On aurait dit qu'un lion avait déchiqueté sa proie, avant de partir sans s'en régaler. La tête avait roulé au bord du terre-plein, encore en partie accrochée au buste lacéré. Mis à part de profondes blessures au côté droit, le visage de l'homme barbu entre deux âges était étonnamment intact. Un peu plus loin, Dunja reconnut le briquet qu'elle avait vu la victime manipuler dans le squat de Stengade.

À quelques mètres de là gisait un bras qui semblait être passé au rouleau compresseur. Mais la main avait plus ou moins été épargnée, et les doigts crispés tenaient fort quelque chose qui brillait dans l'éclat des gyrophares.

Dunja s'accroupit et retira prudemment du poing de la victime un petit pendentif argenté qu'elle plaça à la lumière, tout en entendant des voix et le grésillement d'une radio CB.

Elle n'en croyait pas ses yeux.

Quelle malheureuse coïncidence.

Le constat qui s'imposait à elle était tellement terrifiant qu'elle aurait voulu pouvoir le repousser.

60

SUÈDE

Tuvesson avait acheté un généreux assortiment de roulés à la cannelle, de croissants et de pains au chocolat, le péché mignon de Klippan, et des litres de café chez Bistro Scanie. Pourtant, une ambiance aussi lourde qu'une toile de tente trempée pesait sur la salle de réunion. Après les quelques heures de repos de la nuit, toute l'équipe semblait comprendre qu'Hugo Elvin ne prendrait plus jamais place parmi eux.

– Quelqu'un sait quand aura lieu l'enterrement ? demanda Lilja.

Tuvesson secoua la tête.

– J'essaie toujours en vain de contacter sa sœur qui habite en Suisse. Apparemment, il n'avait pas d'autre proche.

– Tu te fatigues pour rien, déclara Molander. Ils ont coupé les ponts après l'inventaire de succession de leurs parents. À ce que j'ai compris, Hugo lui a tout légué pour ne plus avoir affaire à elle.

Tuvesson poussa un soupir.

– Je vous tiens au courant dès que j'en sais plus. C'est promis.

– En fait, c'était de toi qu'il était le plus proche, dit Klippan en regardant Molander.

Le technicien opina timidement.

– Tu te doutais de quelque chose ?

– J'avais des soupçons, même s'il n'était pas du genre démonstratif. Mais jamais je n'aurais pu imaginer qu'il se sentait aussi mal et qu'il envisageait de se faire opérer…

Dans le silence qui s'imposa, Fabian revit l'image de son collègue, la corde au cou et vêtu d'une robe.

– Bon, c'est difficile pour tout le monde, reprit Tuvesson. J'aurais aimé pouvoir vous donner votre semaine, hélas, ce n'est pas possible. Le criminel est peut-être derrière les barreaux, mais l'enquête est loin d'être terminée. La procureure va arriver d'une seconde à l'autre et j'aimerais que vous laissiez vos sentiments de côté et que vous vous concentriez à cent pour cent sur le travail qu'il nous reste à faire. Entendu ?

Fabian opina et vit que les autres en faisaient autant. Elle avait raison. Aussi pénible que ce soit, ils n'avaient pas d'autre choix que de remettre leur deuil à plus tard.

Klippan s'empara d'un pain au chocolat, le regard fixé sur la chaise vide d'Elvin. Au même instant, la porte de la salle de réunion s'ouvrit, laissant entrer Stina Högsell, la procureure générale. Ses yeux se posèrent aussitôt sur le plateau de viennoiseries appétissantes.

Comme Fabian, elle avait vraisemblablement résolu de ne pas toucher à ces bombes caloriques après s'être battue pendant des années contre les kilos. Les rumeurs disaient qu'elle en avait perdu plus de quarante, ensuite de quoi elle s'était fait retendre la peau. En tout cas, elle avait rajeuni d'une bonne décennie et changé radicalement de look, abandonnant les tenues informes pour des vêtements qui soulignaient sa silhouette.

– Bien, je vous explique, déclara-t-elle, alors que tout le monde était en train de se servir. À minuit précis ce vendredi, je dois engager les poursuites contre l'inculpé. Pour ce faire, il me faut des preuves formelles, ce que nous n'avons pas à ce jour. Vous avez donc cinquante-deux heures pour les trouver. Si nous échouons, nous serons forcés de le libérer.

Voilà ce que le criminel espérait, pensa Fabian. D'où son sourire satisfait vissé aux lèvres.

– Attendez, je ne comprends pas très bien, dit Klippan. Je croyais qu'il suffisait qu'il signe un document pour que ce soit réglé et qu'on puisse l'arrêter. Là, il a abattu un homme devant plusieurs témoins.

– Très juste. Mais si vous l'aviez interpellé à la banque et non sur le parking de chez Åhléns, tout serait différent.

Klippan soupira, à court d'arguments.

– Elle a raison, intervint Fabian. Pour l'instant, il nie tout en bloc, et même si nous, on sait que c'est lui, rien ne le prouve.

– Tu l'as pourtant vu, Astrid ! Tu étais là quand il…

– Oui, mais les circonstances étaient terriblement stressantes, répondit Tuvesson. Et puis, il n'avait pas du tout la même tête.

– Tu pourrais quand même le reconnaître sans problème si…

– Écoutez, le coupa Högsell. Je suis désolée, mais l'heure tourne. Même si vous êtes plusieurs à l'avoir vu, votre témoignage ne nous aide pas. Il nous faut un témoin extérieur, quelqu'un qui n'ait pas vu le suspect depuis son arrestation et qui pourrait le désigner lors d'une confrontation. Trouvez-moi cette personne et nous en rediscuterons.

– Et si cette personne n'existe pas ? demanda Lilja.

– Il faudra s'en remettre aux preuves techniques : empreintes digitales, cheveux, ce genre de choses. Quelque chose qui le lie à l'une des victimes, à leur domicile ou à la banque.

– Et si on ne…, commença Klippan.

Mais Högsell l'interrompit aussitôt :

– Au pire du pire, il nous reste les preuves indirectes, mais vous savez comme moi que c'est un chemin périlleux. La moindre faille risque de tout faire échouer.

Après une courte pause, elle reprit :

– Bon, je ne vais pas vous prendre plus de temps. Vous me trouverez dans mon bureau plus ou moins à toute heure jusqu'à vendredi. D'accord ?

Fabian et ses collègues firent signe que oui. La procureure se servit un café et sortit de la pièce.

– Bien, au boulot, déclara Tuvesson en se levant. Comme vous venez de l'entendre, on a un ordre des priorités : témoin, preuves techniques, et en dernier recours, preuves indirectes.

Elle écrivit les trois catégories les unes à côté des autres sur le tableau.

– En théorie, une seule des trois doit suffire à engager les poursuites. Mais à mon avis, cette affaire finira par une appréciation générale de tout ce qu'on aura réussi à trouver. Je propose donc qu'on travaille en parallèle sur les trois fronts.

Tout le monde opina.

– Commençons par les témoins potentiels. Nous cherchons quelqu'un qui ait vu le criminel quand il se faisait passer pour Peter Brise ou Chris Dawn.

– L'agent immobilier qui a vendu l'appartement de Brise et le banquier de l'agence de Söder, dit Fabian.

– Exact. Faisons-les venir pour voir s'ils sont capables de le reconnaître, répliqua-t-elle.

– Il y a aussi la femme et les enfants de Chris Dawn, ajouta Lilja.

– Bien vu. On a une idée d'où ils se trouvent ?

– D'après Instagram, ils ont passé le week-end en Crète, mais depuis, c'est silence radio.

– D'accord, mieux vaut contacter tout de suite la compagnie aérienne.

Lilja hocha la tête et sortit de la salle.

– Ingvar, tu es bien silencieux, reprit Tuvesson en entourant la catégorie « preuves techniques ». J'espère que c'est parce que tu ne sais pas par quel bout commencer.

– Hélas, répondit Molander. On n'a pas encore fini d'examiner la banque, mais pour l'instant, on n'a rien d'intéressant.

– Et sur le toit ? demanda Klippan. Vous avez cherché là-haut ?

Molander se contenta de lui lancer un regard fatigué.

– Il a bien dû se débarrasser de sa perruque et de ses vêtements quand il s'est changé.

– Certes, mais il ne les a pas laissés là-haut.

– Au fait, est-ce qu'on a regardé s'il y avait un chemin qui allait du toit de la banque au magasin par lequel il est sorti ? demanda Fabian, avant d'attraper un croissant, cédant finalement à l'appel irrésistible du sucre.

Molander opina du chef.

– Il suffit de descendre par le bâtiment voisin en passant par le conduit de lumière situé à l'extrémité, qui mène droit à l'entrée du personnel de la boutique.

– Le criminel a très bien pu se changer là-bas, fit remarquer Tuvesson. Interrogez les employés et, Ingvar, trouve-moi quelqu'un pour passer le magasin au peigne fin.

– Tu as quelqu'un à me proposer ? demanda Molander en prenant une gorgée de café. Parce que mes trois hommes sont déjà occupés à examiner la banque, et il nous reste encore toute la baraque de Chris Dawn.

– J'en ai parlé avec Malmö, ils peuvent nous prêter deux agents et un maître-chien. À propos de Dawn, l'examen de son domicile est notre priorité absolue.

Molander acquiesça.

– Une dernière chose, reprit Tuvesson en se tournant vers Klippan. Qu'est-ce que tu as trouvé sur l'identité de Rolf Stensäter ?

Elle montra du doigt le portrait tout récent du criminel.

– Lui aussi a été congelé quelque part, ou est-ce que cette personne n'existe même pas ?

– Bonne question, répondit Klippan. Je pensais aller faire un tour chez lui après la réunion. Tout ce que je peux vous dire pour l'instant, c'est que les informations semblent malheureusement coïncider avec ce qu'il a déclaré lors de l'interrogatoire mené par Fabian. Adresse, voisins, boulot, auto-école, etc. Tout colle. Ah oui, j'ai trouvé quelques photos sur Internet et je me disais que tu pourrais les analyser à l'ordinateur, ajouta-t-il en sortant trois clichés imprimés d'un dossier et en les tendant à Molander.

La première montrait le criminel devant une Skoda blanche et les deux autres devant une tondeuse qu'il était en train d'aiguiser.

– Pas besoin d'un ordinateur pour voir que c'est bien lui, dit Molander en lui rendant les images.

– Tu penses qu'il est l'homme qu'il prétend être ? demanda Tuvesson.

– Oui, ou alors il a récemment publié un tas de photos de lui sur Internet.

– Mais…

Tuvesson poussa un profond soupir.

– Je comprends qu'il soit extrêmement bien préparé, mais il doit y avoir des limites, non ? Peut-il vraiment avoir pensé au moindre détail ?

La porte s'ouvrit soudain et Lilja resta plantée sur le seuil de la salle de réunion.

– Je viens d'avoir la compagnie Norwegian. Jeanette Dawn et ses deux enfants ont atterri dimanche à l'aéroport de Copenhague.

61

Danemark

On en parlait partout. À la caisse du supermarché, sur Facebook et dans les cantines à l'heure du déjeuner. Comme sous l'effet d'une hypnose collective, personne ne semblait pouvoir penser à autre chose qu'aux événements de la nuit sur l'autoroute au niveau de Helsingør.

Le genre d'esclandre qui irritait Kim Sleizner par-dessus tout. Il n'avait qu'une envie : monter sur une chaise, brandir un mégaphone et hurler aux gens de se taire. Ou encore mieux : se défouler sur quelqu'un. N'importe qui, ça n'avait aucune importance, du moment qu'il pouvait taper des pieds et des mains jusqu'à épuisement.

Le matin même, il n'avait pas pu sortir tranquillement de chez lui pour aller à la gym de la résidence sans qu'un de ses imbéciles de voisins lui demande d'un ton sarcastique s'il avait vraiment le temps de faire de l'exercice, alors que les coupables couraient en liberté. Sans parler du vieux couple qu'il avait croisé en rejoignant sa voiture, qui avait évidemment voulu en discuter avec lui – où donc le pays allait-il si les jeunes s'en prenaient aux sans-abri ?

Il se doutait bien que la nouvelle ferait la une des journaux, mais il ne s'attendait pas à un tel tapage. Télé, radio... Tous les médias consacraient leur antenne à ce sujet. Certaines chaînes retransmettaient en direct les images de l'autoroute barrée, où l'on voyait quelques agents incompétents en uniforme chercher des indices derrière un ruban de signalisation.

La nouvelle avait même dépassé les frontières du Danemark. Elle était d'abord arrivée aux oreilles de leurs voisins suédois, avant que le *Guardian* et le *New York Times* en fassent un désastre aussi grave qu'une tuerie en milieu scolaire.

LE PAYS LE PLUS HEUREUX DU MONDE SOUS LE CHOC

Ce qui était étrange, c'était que ni Dunja Hougaard ni cette couille molle de Magnus Rawn n'étaient mentionnés. Sleizner avait eu beau éplucher tous les articles de presse et écouter tous les flashs d'infos depuis 5 heures du matin, leurs noms ne figuraient nulle part.

Mais il n'était pas dupe. Évidemment qu'elle était impliquée.

La confiture était bien trop appétissante pour que cette satanée guêpe n'y touche pas. Ib Sveistrup pouvait jurer qu'elle avait été exclue de l'enquête et qu'elle était en arrêt maladie depuis des jours, il n'y croyait pas. En arrêt maladie… Quel gros naïf !

Le problème, c'était qu'il avait perdu sa trace. Rien d'étonnant à ce que Sveistrup ignore ce qu'elle trafiquait, mais il était plus curieux que tous ses contacts n'en sachent rien. Personne ne l'avait vue au commissariat ou sur les lieux du crime. Et elle n'était pas chez elle. On aurait dit qu'elle se terrait, qu'elle se tenait consciemment loin des radars. Impossible de se renseigner. Était-elle sur une piste, soupçonnait-elle quelqu'un, voire était-elle proche de la solution ?

Le pire des scénarios serait qu'elle résolve brillamment l'affaire. Tous ses arguments contre elle tomberaient alors et il ne pourrait plus l'empêcher de travailler à Copenhague.

Hors de question d'en arriver là. Après mûre réflexion, il se résolut à envoyer le message qu'il rédigeait depuis un bon quart d'heure :

Vous avez réfléchi à ma proposition ? Je vous conseille de le faire avant que ça dégénère.

Il y avait un risque que tout lui retombe dessus. Un risque qu'il était prêt à prendre, même si le sort semblait ligué contre lui. Et malgré le non cordial, mais catégorique, qu'il s'était entendu répondre quelques jours plus tôt, quand il avait appelé son interlocuteur pour en parler de vive voix.

À ce moment, le but était surtout de se présenter et de soumettre l'idée, pour la laisser germer et s'enraciner jusqu'à ce qu'elle finisse par s'imposer. Sleizner réfléchissait déjà à un deuxième SMS à envoyer. Un message qui devait sous-entendre des menaces, montrer qu'il était l'homme le plus bienveillant du monde et qu'il se souciait simplement des conséquences. Mais aussitôt, son portable vibra dans sa main :

J'y ai réfléchi et finalement, c'est d'accord.

Les yeux rivés sur son écran, Sleizner lut ces quelques mots à plusieurs reprises pour s'assurer qu'il ne se trompait pas. Mais non, sa vue ne lui jouait aucun tour.

Il entrait dans la danse et bientôt, il la collerait de si près qu'elle sentirait son haleine dans sa nuque. Elle aurait beau se retourner, elle ne le verrait pas. Alors, il frapperait et elle n'aurait aucune chance de se relever.

62

Suède

Fabian quitta la grand-route, remonta l'allée puis stationna devant le portail fermé. Cette fois, il n'avait pas à se soucier d'être vu, il lui suffisait d'escalader la grille.

Ils avaient essayé d'appeler Jeanette Dawn sur son portable et à son domicile, mais ils étaient tombés systématiquement sur son répondeur. En géolocalisant son téléphone, ils avaient pourtant vu qu'elle était rentrée chez elle ce dimanche à 16 h 53. Depuis, l'appareil était éteint.

Molander était censé accompagner Fabian, mais il avait voulu attendre les renforts de Malmö. Fabian, qui rongeait son frein depuis le week-end, ne tenait plus en place. Il n'y avait plus une minute à perdre.

En constatant que la serrure de l'entrée principale semblait impossible à crocheter, il continua à l'angle de la maison et trouva une porte de service à côté du garage condamné. Dès qu'il parvint à la forcer, il enfila sa combinaison intégrale à capuche, des gants en plastique et des chaussons jetables, avant de pénétrer dans ce qui s'avéra être une buanderie.

La première porte qu'il ouvrit donnait sur un garage rempli de voitures de sport ; la deuxième sur un couloir sombre d'où s'élevait un bruit sourd. Fabian n'arrivait pas à l'identifier, mais plus il s'approchait, plus l'écho était net. On aurait dit des voix. Deux personnes qui discutaient.

Il sortit son arme, poussa du pied la porte au bout du couloir et continua à travers un vaste vestibule. À gauche, un escalier montait à l'étage, et à une dizaine de mètres devant lui, au milieu d'une cuisine ouverte, trônait un congélateur.

Un congélateur coffre assez grand pour contenir un homme, exactement comme Fabian se l'était imaginé. Le câble qui serpentait le long du sol jusqu'à une prise dans le mur montrait que l'appareil était toujours en marche.

Les voix interrompirent ses pensées. S'étaient-elles tues ou les avait-il un instant oubliées ? Quoi qu'il en soit, des gens se chamaillaient, qui plus est en anglais. Dès qu'un jingle retentit, Fabian comprit que ce brouhaha venait de la télévision. Encore une de ces émissions de téléréalité faites pour combler l'antenne.

Des cris de joie résonnèrent, et lorsque Fabian pénétra dans le salon, il ne vit personne sur le canapé installé devant un énorme écran plat. Vraisemblablement, il s'agissait de faire croire que la maison n'était pas vide. Les participants de l'émission venaient de découvrir leur intérieur après des travaux de rénovation et vivaient le plus beau jour de leur vie...

Fabian laissa la télé allumée et retourna à la cuisine. En approchant du congélateur, il ajusta ses gants, avant de saisir la poignée. La porte était verrouillée, mais il ne tarda pas à trouver la clef sur le plan de travail, laissée à côté d'une seringue surmontée d'une aiguille d'une dizaine de centimètres de long.

Chris Dawn, en position fœtale près d'une bouteille de vodka Heavy Water, fixait Fabian de ses yeux écarquillés, l'air de lui demander pourquoi il arrivait aussi tard. L'homme avait le visage et le corps en grande partie couverts d'une fine couche de glace. Fabian entendait d'ici Greide expliquer que les blessures aux genoux et les traces de sang au bout des doigts montraient que la victime avait désespérément essayé de s'échapper.

Soudain, il comprit pourquoi la télé était allumée à un tel volume. Non pas pour faire croire que les propriétaires étaient chez eux, mais à l'inverse, pour dissimuler leur présence.

Il se hâta vers le salon, s'empara de la télécommande et éteignit le poste, avant de retourner dans le hall d'entrée et de crier : « Il y a quelqu'un ? » Aucune réponse. Sans doute était-il trop tard, personne n'appelait plus à l'aide depuis longtemps.

Fabian observa l'escalier qui montait à l'étage, mais il choisit de descendre au sous-sol. En arrivant dans une antichambre nettement moins luxueuse que le reste de la maison, il ouvrit au hasard l'une des portes qui donnait sur une pièce contenant le matériel de chasse de Chris Dawn. Il y avait là des vêtements et des bottes pour tous les temps, ainsi que des appeaux et des jumelles de toutes sortes rangés sur des étagères. Près d'un présentoir à couteaux trônait une armoire contenant cinq fusils, dont certains équipés de viseurs. Une autre arme laissée sur un plan de travail semblait même chargée.

Mais nulle trace de Jeanette Dawn et de ses deux enfants, ni dans la pièce contiguë, une cave à vin regorgeant de vieux millésimes poussiéreux.

Un petit escalier fait de marches instables en bois descendait un étage plus bas.

Là, à la lumière de l'ampoule nue accrochée au plafond, il les aperçut enfin dans un coin, assis à même le sol en terre battue, derrière un seau en plastique rouge et un bidon renversé. Blottis les uns contre les autres, tête baissée comme des fleurs fanées, les vêtements salis et déchirés. Même s'ils étaient enchaînés à un tuyau qui filait le long du mur, ils se tenaient tous les trois les bras, l'air de refuser d'aller seuls vers la mort.

Fabian accourut et plaqua l'index et le majeur sur le cou de Jeanette.

Devait-il y croire ? N'était-ce pas le fruit de son imagination ? Non, ce n'était pas une illusion. Les battements réguliers qu'il sentait au bout de ses doigts étaient aussi réels que le sol sous ses pieds.

Ils vivaient. Non seulement la mère, mais les deux enfants. Soit on les avait anesthésiés, soit ils avaient perdu connaissance d'épuisement et de déshydratation. C'était difficile à dire. Quoi qu'il en soit, Fabian avait besoin d'une ambulance au plus vite. Il se leva et sortit son portable, mais son téléphone ne captait pas à cette profondeur et il dut remonter. À quelques marches du rez-de-chaussée, le réseau réapparut enfin.

– Salut Ingvar, dit Fabian.

– Où es-tu ?

– Dans la maison. J'ai trouvé la femme et les gamins tout en bas dans la cave. Et vous ?

– On est en route, on arrive dans cinq minutes. Ils sont en vie ?

– Oui, mais inconscients.

– On appelle une ambulance. Attends-nous, répondit le technicien d'un ton blasé, comme s'il était question d'acheter des sacs d'aspirateur.

Décidément, Fabian ne se faisait pas à ce trait de caractère chez son collègue. Rien ne semblait jamais le toucher. Contrairement aux autres de l'équipe qui devaient s'efforcer de contenir leurs émotions pour ne pas craquer, Molander était toujours capable de poursuivre l'enquête sans états d'âme, quoi qu'il arrive.

Après quelques verres d'eau-de-vie à leur premier dîner de Noël commun, Fabian avait osé lui demander frontalement comment il se débrouillait pour rester toujours aussi pro, même dans les situations les plus stressantes. La réponse n'était peut-être pas surprenante de la part du personnage, mais stupéfiante dans la bouche d'un policier :

– Oh, il suffit d'oublier que ce sont des êtres humains, avait-il lancé dans un rire.

Fabian s'en souvenait mot pour mot comme si c'était hier.

– En fait, notre boulot n'est rien d'autre qu'un jeu. Des mots croisés comme on en trouve dans les journaux, un truc impossible à résoudre, sauf qu'il faut à tout prix y arriver. C'est aussi simple que ça.

Puis il avait levé son verre et adressé à son collègue un clin d'œil.

Fabian se rappelait qu'il avait ri à la plaisanterie, tout en se doutant que ce n'en était pas vraiment une. Aujourd'hui, dix-huit mois plus tard, il savait que Molander était on ne peut plus sérieux.

La voix du technicien dans le combiné l'extirpa de ses pensées :

– Les secours arrivent dans dix minutes. S'il y a un portail, est-ce que tu peux nous ouvrir pour qu'on…

Mais Fabian raccrocha et tendit l'oreille. N'avait-il pas entendu une porte claquer ? Si, et maintenant, des pas.

Non pas des talons martelant le sol, mais des baskets qui produisaient un couinement léger. Une autre porte retentit, les pas approchaient. Quelqu'un marchait droit vers Fabian en sifflotant.

Lorsqu'il vit la jeune femme de vingt-cinq ans traverser le vestibule en sautillant, il reconnut l'air qu'elle fredonnait. Elle avait un piercing au nez, des baskets colorées, des vêtements amples et des dreads blondes attachées par un chouchou, ainsi que des écouteurs rouges enfoncés dans les oreilles.

La fille était tellement plongée dans la musique qu'elle continua sans le remarquer, chantonnant la reprise des Clash dont M.I.A. avait fait un tube. Fabian la suivit jusqu'à la cuisine, où elle s'immobilisa, le regard braqué sur le congélateur qui trônait au milieu de la pièce.

– Houhou ! s'écria-t-elle en retirant ses écouteurs. Y'a quelqu'un ? Chris ! C'est moi, Dina Dee ! lança-t-elle, avant de se retourner subitement vers Fabian.

63

DANEMARK

Fareed Cherukuri n'aurait jamais cru que ce jour arriverait. Depuis le temps qu'il travaillait chez TDC, il avait pour la première fois quitté son poste contre son gré. À minuit passé, alors qu'il était occupé à mener cette policière récalcitrante dans la bonne direction, son écran était soudain devenu noir et n'avait plus affiché qu'un mot clignotant en lettres rouges :

DÉCONNEXION.

Ils l'avaient découvert. Après toutes ces années, ils l'avaient démasqué. Fareed en transpirait d'angoisse dans son T-shirt en synthétique estampillé du nom de la société, qui lui collait au dos comme un rideau de douche trempé. Comment était-ce possible ? Il n'en avait pas la moindre idée. Lui qui ne laissait jamais la moindre trace derrière lui, qu'avait-il pu manquer ?

Tout ce qu'il avait cru bon de faire était de raccrocher au nez de la policière, fermer son ordinateur portable et décamper au plus vite, avant que n'arrivent les deux gardiens déjà en train de descendre dans l'ascenseur en verre.

En arrivant chez lui, il avait commencé par se servir un bon bol de Frosties, avant d'essayer de se détendre avec une dizaine de parties de *Bop It*. Quelques minutes après avoir battu son record personnel de 348 points, il s'était rendu compte qu'il n'y avait qu'une seule explication rationnelle à toute cette histoire : les économies.

S'il avait été déconnecté automatiquement, ce n'était pas parce qu'il avait été découvert, mais parce qu'il avait largement dépassé son temps de travail réglementaire. Plus tôt dans la soirée, une notification était d'ailleurs apparue sur son écran pour le prévenir. Or après minuit, le tarif des heures supplémentaires doublait, ce que cette bande de radins à la tête de l'entreprise n'étaient évidemment pas prêts à payer.

Dans ce cas, qu'est-ce qui avait amené les gardiens ? Il les avait évités en sortant par les escaliers et n'avait pas vu ce qu'ils étaient venus faire. Ce n'était sans doute qu'une fâcheuse coïncidence.

Le lendemain matin, il hésita pourtant un instant avant de biper son badge et de taper son code. Mais personne ne surgit pour l'arrêter et il put tranquillement descendre, se mettre à sa place et s'identifier, s'apprêtant à prendre les appels et à répondre aux questions plus idiotes les unes que les autres.

Ce jour-là, il apprécia même étonnamment son travail. Aucun des clients ne lui tapait sur les nerfs. Maintenant que le danger était écarté, il se sentait soulagé comme à l'arrivée des premiers rayons de soleil du printemps.

Mais le plaisir ne fut que de courte durée. Au bout de quelques heures, l'ennui le rongeait déjà et après la pause déjeuner, il ne put s'empêcher de pénétrer de nouveau dans le système.

Pour une raison obscure, le fameux téléphone était toujours allumé. Sa position clignotait tel un phare en pleine mer au milieu de la carte de Helsingborg.

64

Suède

– Je n'ai commis aucun crime, si c'est ce que vous vous imaginez, déclara la jeune femme, les yeux rivés sur le verre d'eau posé devant elle.

– Je ne m'imagine rien du tout, répliqua Fabian en retirant sa veste et en l'accrochant au dossier de sa chaise, même s'il faisait à peine quinze degrés sur la terrasse où ils s'étaient installés.

Heureusement, le soleil commençait enfin à taper. Il ne lui manquait qu'une paire de lunettes de soleil.

– En revanche, j'aimerais savoir qui vous êtes et ce que vous faites ici.

– Ça va être long ? demanda la fille en soupirant. Je n'ai pas toute la journée…

– Je suis désolé de vous avoir fait attendre, dit-il en constatant sur son téléphone qu'une bonne demi-heure s'était écoulée depuis qu'elle avait passé le pas de la porte. Tout dépend de vous, en réalité.

Molander et ses hommes se débrouillaient très bien sans lui, accaparés par le chien qui avait flairé une piste dans le jardin, de l'autre côté de la maison. Pendant ce temps, Fabian s'était occupé de Jeanette Dawn et des enfants. Rien que les libérer de leurs chaînes avait pris une éternité. Maintenant, ils étaient enfin en route vers les urgences de Helsingborg et si tout allait bien, la police pourrait les interroger dès le soir même.

– Commencez par me dire votre nom.

– Dina Dee.

– Je peux jeter un coup d'œil à vos papiers ?

– Hein ? C'est quoi ce délire ? Je suis venue voir Chris. Il est là, oui ou non ?

– Vous savez, moi j'ai tout mon temps, mentit Fabian.

La fille leva les yeux au ciel, sortit son portefeuille et lui tendit sa carte d'identité.

– Diana Davidsson, lut Fabian en remarquant que la pièce avait été délivrée plus de dix-huit mois plus tôt.

– Oui, mais tout le monde m'appelle Dina Dee.

Même s'il avait envie de lui demander pourquoi, il se retint.

– Comment connaissez-vous Chris Dawn ?

– On s'est rencontrés il y a des années quand il jouait dans Bombadilla. Je sortais avec leur ingé son, un gros con. Mais bref, depuis, Chris et moi, on est comme les deux doigts de la main. Il me laisse son studio quand j'en ai besoin et tout.

– Vous faites aussi de la musique ?

– Autant que possible, à côté de mon boulot.

– J'ai déjà pu entendre un de vos morceaux ?

– Non, je me réserve pour l'année prochaine. « Dina Dee is da shit » va faire un malheur, je vous jure.

– Je vous crois. Où est-ce que vous travaillez ?

– Dans une crèche canine à Bårslöv. Oui, je sais, c'est pathétique. Moi qui n'aime pas les clebs, en plus… Mais la boss est cool et le salaire franchement convenable.

– Et vous êtes venue pour emprunter le studio ?

– Non, pour lui rendre ça, dit-elle en montrant un trousseau de clefs. Ne me demandez pas pourquoi, mais Chris est d'une sale humeur depuis quelque temps. Il veut absolument les récupérer et il m'a bien fait comprendre que je ne devais pas poser de questions.

– Quand l'avez-vous vu pour la dernière fois ?

– Il y a quelques semaines, mais là, il était normal, répondit-elle en haussant les épaules. C'est la semaine passée qu'il m'a appelée pour me réclamer ses clefs.

– Il ne vous a pas expliqué pourquoi ?

– Apparemment, il en a marre que je débarque et que je tape dans son frigo. Je lui ai répondu qu'il délirait et j'ai raccroché. J'avoue, ça m'est arrivé une ou deux fois, mais il n'a pas pu le remarquer. La mousse de crevettes, c'est pour ses enfants, lui n'en mange même pas et en plus, je leur en ai laissé.

– Donc vous ne vous êtes pas vus en personne…

– Non, mais vous savez quoi ? Le lendemain, je l'ai facetimé par surprise. Vous avez déjà essayé ? C'est trop bien et gratuit, en plus !

– Vous l'avez vu ?

– Ben oui !

Elle lâcha un rire.

– Putain, il était tellement vénère. Il a gueulé : « Fous-moi ces clefs dans la boîte aux lettres ! » et il a raccroché. Depuis, pas de nouvelles.

– Vous êtes sûre que c'était lui ?

– Comment ça ? Qu'est-ce que vous sous-entendez ?

La fille fixa Fabian d'un air déconcerté.

– Vous ne voulez pas dire que… Putain de merde.

Elle plaqua sa main sur sa bouche.

– C'était quelqu'un d'autre, c'est ça ? J'ai bien trouvé qu'il était plus mince, ou je ne sais quoi… Putain, j'y crois pas, ajouta-t-elle en secouant la tête.

– L'homme que vous avez vu à l'écran, commença Fabian en se penchant en avant. Vous pensez que vous pourriez le reconnaître ?

– L'image était de sale qualité, mais qui sait…

Elle haussa les épaules et opina.

C'était trop beau pour être vrai, pensa Fabian en s'adossant à sa chaise. En quelques heures, ils avaient déjà trouvé deux témoins et ils n'avaient même pas encore contacté le banquier et l'agent immobilier.

– Fabian, tu as une minute ? retentit soudain la voix de Molander.

Malgré sa combinaison, le technicien avait réussi à s'approcher sans se faire remarquer.

– Vous avez trouvé quelque chose ?

Molander hocha la tête.

– Tuvesson est en route.

– Désolée, mais je peux bientôt y aller ? demanda la fille. J'ai une meute de chiens puants à promener…

Fabian acquiesça et se leva.

– J'ai juste besoin de votre numéro de téléphone. On vous appellera tout à l'heure ou demain au plus tard. D'accord ?

– Yes.

Diana Davidsson lui tendit un flyer avec une photo d'elle intitulée « Dina Dee is da shit ! ».

– Vous trouverez mon numéro au dos, déclara-t-elle avant d'enfoncer ses écouteurs dans les oreilles, de tourner les talons et de se mettre en marche vers la grille.

Quand Fabian entendit le bruit d'un scooter démarrer, il se tourna vers Molander.

– Qu'est-ce que vous avez trouvé ?

– Mieux vaut que tu voies par toi-même.

65

Fabian suivit Molander de l'autre côté de la maison. Un peu plus loin au fond du jardin, derrière un ruban de signalisation bleu clair qui claquait au vent, deux hommes creusaient le fond d'une fosse de deux mètres sur trois.

L'inspecteur et le technicien passèrent sous le ruban et continuèrent vers une table installée à l'ombre d'un parasol, où étaient disposées leurs trouvailles : un portefeuille en cuir noir, deux balles de fusil et la patte d'un animal.

– Quel genre de bête ? demanda Fabian.

– Un berger allemand.

Molander contourna un monticule de terre, puis s'accroupit près d'une bâche sur laquelle gisait le corps de l'animal.

– Va savoir ce que cette pauvre bête a fait pour mériter ça. On lui a tiré dessus à bout portant, une vraie exécution. Là, tu vois l'impact ? dit-il en montrant une lésion barbouillée de sang juste au-dessus du museau de l'animal. La balle a dû tout arracher sur son passage. C'est affreux.

Pour une fois, Molander semblait abattu. Exceptionnellement, la victime était un animal, non un être humain. Tel était donc son point faible.

– Et voici certainement son maître, reprit Molander en soulevant la bâche qui couvrait le corps d'un homme.

Le cadavre couché sur le dos portait des santiags, un jean, un vieux T-shirt Dire Straits et une veste en jean. Malgré sa barbe et ses cheveux longs, il était évident que l'homme corpulent de deux mètres avait dépassé la cinquantaine.

– Qu'est-ce qui te fait dire ça ? demanda Fabian en ne discernant aucune plaie.

– Ils ont été tués par la même arme. Les balles sont sur la table.

Molander leva le menton de la dépouille et montra du doigt un impact enfoui dans la barbe.

– C'est un drôle d'angle de tir, mais compte tenu de la taille de la victime et de sa force herculéenne, je pense que le criminel a dû le menacer de près pour qu'il lui obéisse.

– Pour quoi faire ?

Molander haussa les épaules.

– Venir jusqu'ici, j'imagine.

Il bascula le corps sur le côté, révélant le cratère d'une dizaine de centimètres à l'arrière du crâne par lequel était sortie la balle.

– Ça pourrait être la même arme qu'à la banque ? demanda Fabian.

– Hélas, c'est un tout autre calibre, un 308 Winchester comme on en utilise souvent pour chasser.

Molander relâcha le corps et se leva en voyant Tuvesson approcher.

– Attendons la conclusion de l'examen, mais je ne serais pas surpris qu'elle vienne de la collection de fusils personnelle de Chris Dawn.

– Mon Dieu, déclara Tuvesson en s'accroupissant auprès de la victime. On a une idée de qui c'est ?

– Pas encore, répondit Molander en se redressant. Mais comme il ne semble pas avoir atterri là depuis beaucoup plus de deux semaines, ça ne devrait pas être trop difficile à déterminer.

– En tout cas, ce n'est pas le directeur financier de Ka-Ching, observa Fabian.

– Per Krans, tu veux dire.

Tuvesson se releva et regarda autour d'elle.

– Lui, il est juste là, indiqua Molander en enjambant une boîte scellée et en continuant vers une autre bâche qui couvrait un corps nettement plus amoché. Du moins à en croire les papiers qu'on a retrouvés dans le portefeuille laissé dans la poche de son pantalon.

La dépouille vêtue d'une chemise blanche avait l'abdomen tellement déchiqueté que certains organes internes étaient à nu. Le crâne fendu, la moitié droite du visage horriblement déformée et un magma de sang coagulé à la place de l'œil gauche.

– Tu as une idée de la cause du décès ? demanda Tuvesson.

Molander secoua la tête.

– J'ai commencé par me dire qu'on lui avait tiré dans l'œil, mais je ne vois pas d'orifice de sortie de balle, donc aucune idée. Greide pourra sans doute nous aider.

Fabian était sans voix. Le sang-froid dont le criminel avait fait preuve à la banque était visiblement inné. Si un obstacle se dressait sur son chemin, il s'en débarrassait. Il semblait être capable de tuer sans la moindre hésitation. Homme ou animal, ça n'avait aucune importance.

– Mais pourquoi a-t-il laissé la femme et les enfants en vie ? pensa-t-il tout haut.

Le visage de Molander s'illumina.

– C'est exactement ce que je me demandais. Ma théorie, c'est qu'il voulait les garder en vie jusqu'à ce que Chris Dawn « mette fin à ses jours », répondit-il en mimant des guillemets.

– Mais comment ? dit Tuvesson.

– Sans doute en lui tirant une balle dans la bouche après avoir exécuté sa famille. La victime ne manquait pas d'armes.

– Bon, imaginons que c'était son plan, reprit Fabian. Le criminel sort le corps pour le laisser décongeler, il tue la femme et les enfants, avant de s'occuper de Dawn.

Molander hocha la tête.

– Greide verrait tout de suite qu'il y a un problème. Même son collègue, là, comme s'appelle-t-il déjà…

– Arne Gruvesson.

– Oui, même lui se demanderait pourquoi il n'y a pas de sang partout.

– Exact. Mais c'est là qu'intervient ce joujou.

Molander descella une boîte et en sortit la seringue que Fabian avait aperçue dans la cuisine.

– Je n'en mettrais pas ma main au feu, mais à voir la taille de la pompe et de l'aiguille, je dirais que c'est conçu pour les chevaux ou quelque chose de ce genre. Certainement pas pour les êtres humains, en tout cas. En revanche, voilà le genre d'ustensile idéal pour vider un corps de son sang et répandre le tout par terre.

La semaine précédente, Fabian aurait secoué la tête et accusé son collègue de regarder trop de séries policières à la télé. Aujourd'hui, c'était un scénario plus que probable.

– Je dois admettre que le type m'impressionne, conclut Molander.

– Il t'impressionne ? Pourquoi diable ? lança Tuvesson en croisant les bras. Pour moi, ce n'est qu'un fou, un sadique qui mérite plusieurs fois la perpétuité.

– Tout dépend du point de vue. De toute évidence, il veut de l'argent et il est prêt à tout pour s'en procurer. Je ne suis pas expert en typologie criminelle, mais je ne le traiterais ni de fou ni de sadique. Brutal et maître de lui ? C'est certain. Mais avant tout effroyablement futé. S'il n'était pas apparu dans ton rétro, je ne suis même pas sûr qu'on en serait là.

– En voilà un autre, s'écria tout à coup l'un des assistants.

Fabian et Tuvesson suivirent le technicien jusqu'au bord de la fosse au fond de laquelle émergeait un sac mortuaire noir.

– Vous avez pris des photos ? demanda Molander.

L'homme armé d'un appareil opina.

– Bien, sortez-moi ça de là.

Ils extirpèrent le paquet et le posèrent sur une bâche. Molander se baissa, tira la fermeture éclair. Le sac en renfermait un deuxième.

– Le trésor est bien emballé, commenta-t-il en continuant à ouvrir.

L'odeur qui se répandit les fit tous reculer et détourner instinctivement le regard. Comme ils s'y attendaient, un autre corps gisait là, à la différence que celui-ci avait largement commencé à se décomposer. La nuée de petits asticots dont il était recouvert formait un voile frémissant sur la silhouette.

– Lui, il n'est pas mort hier.

Molander sortit une brosse pour débarrasser des bestioles le visage à moitié pourri, révélant les traits d'une femme ou d'un jeune homme d'origine asiatique.

La victime était vêtue d'un anorak marron et d'un pantalon multipoche beige. Derrière les asticots grouillant sur le haut du crâne se devinait un bonnet en laine avec des têtes de mort.

– Attends, ce n'est pas..., balbutia Tuvesson, le doigt pointé sur le cadavre.

– Tu la connais ? s'étonna Fabian.

Tuvesson hocha la tête.

– La livreuse de journaux. Vous ne vous rappelez pas ? Cette fille qui a retrouvé le corps de Seth Kårheden il y a deux ans.

Fabian essayait de comprendre. Qu'avait son ancien camarade de classe à voir là-dedans ?

– Tu sais, ton petit camarade, continua-t-elle. Celui que le criminel avait remplacé.

– Je vois bien, mais qu'est-ce qu'il vient faire dans cette... ?

– C'est elle qui l'a retrouvé mort dans son lit un matin.

– Mais comment tu le sais ? demanda Molander.

– J'avais mené l'interrogatoire avec Irene. Soni Wikholm. Je m'en souviens comme si c'était hier.

Le technicien lâcha un rire.

– Tu es capable de reconnaître tous les gens que tu as interrogés ces dernières années ? Tu m'épates !

– Ce n'est pas le cas, répliqua Tuvesson.

Elle s'accroupit pour regarder de plus près.

– Loin de là. Mais elle… Je ne sais pas. Elle avait quelque chose de particulier.

– Comment ça ? demanda Fabian en se baissant à son tour.

– Rien que le fait de débarquer comme ça chez les gens. Elle trouvait bizarre qu'après ses vacances, Kårheden ne vienne pas à la porte recevoir son journal en main propre. Mais de là à entrer chez lui… Quel livreur aurait cette idée, au lieu de continuer tranquillement sa tournée ? Et quand elle a trouvé le corps ligoté au lit et la moustache arrachée, vous savez ce qu'elle a fait ?

Fabian et Molander secouèrent tous les deux la tête.

– Elle était malade, si vous voulez mon avis. Est-ce qu'elle a appelé à la police ? Bien sûr que non. Elle s'est approchée et s'est mise à tâter le corps. Pourquoi ? Juste pour « sentir » la mort.

Tuvesson poussa un soupir.

– Apparemment, elle écrivait un roman policier. L'occasion parfaite de faire quelques recherches, à l'en croire.

– Autrement dit, elle était curieuse comme une chouette.

– Ou complètement tordue.

– Quoi qu'il en soit, le scénario s'est peut-être reproduit, suggéra Fabian. Imaginons que le domicile de Chris Dawn ait fait partie de sa tournée. Un matin, elle voit quelque chose qui éveille sa curiosité, qui la pousse à entrer et à voir quelque chose qu'elle n'aurait pas dû.

– Ça se tient, je me disais la même chose de l'homme au chien, répondit Molander. Le problème, c'est qu'elle repose là depuis plus d'un an. Peut-être même encore plus.

66

Theodor voulait s'enfuir. Déguerpir d'ici, de ce lit qui avait pourtant été un océan de plaisir quelques heures plus tôt. Si seulement il pouvait se rhabiller, se faufiler hors de la maison et rentrer chez lui en courant. Faire comme s'il n'avait jamais trouvé ce téléphone ni vu cette vidéo infernale. Que rien ne soit arrivé, que lui et Alexandra ne se soient jamais rencontrés.

Mais c'était impossible. Malgré sa force de volonté, il était incapable de bouger. Son corps, vidé de toute énergie, semblait s'être paralysé. Seul son cœur, qui battait à tout rompre, semblait encore fonctionner. Mais chaque douloureuse pulsation lui donnait l'impression que quelqu'un lui cognait la poitrine.

C'était ça, une crise d'angoisse ? Ou avait-il peur, tout simplement ? Il avait horreur de ce sentiment qu'il connaissait depuis son enfance.

Rien n'était aussi handicapant. La peur pouvait surgir sans prévenir et le transformer en statue de pierre. Tout ce qui avait le pouvoir de la vaincre, c'était la fureur. Se connaissant lui-même, elle risquait d'éclater à tout instant.

Alexandra ne pouvait-elle pas se réveiller ? Il attendait depuis des heures, résistant à l'envie de la plaquer au mur et de lui demander ce que tout ça voulait dire. Résistant à sa fureur. Mais elle dormait d'un sommeil de plomb. Si son dos ne se gonflait pas à intervalle régulier, il se serait demandé si elle était toujours en vie.

Il ne la quittait pas des yeux. Ses omoplates saillantes formaient comme deux dunes au milieu du Sahara. Ses boucles noires déployées en éventail cachaient à moitié son visage. L'aimait-il toujours ? Le problème n'était-il pas qu'en dépit de sa peur, il ressentait au fond de lui qu'ils étaient faits l'un pour l'autre, envers et contre tout ?

– Salut.

Theodor sursauta en remarquant qu'elle avait les yeux ouverts. Elle le regardait et attendait manifestement une réponse.

– Qu'est-ce qu'il y a ? dit-elle au bout d'un temps.

Comment osait-elle faire comme si cette satanée vidéo n'existait pas et que la vie était belle ?

– À ton avis ? rétorqua-t-il.

– OK, je comprends, tu n'es pas du matin...

Elle se retourna, l'air de pouvoir se rendormir et se prélasser là pendant des heures.

– Je ne suis peut-être pas du matin, mais au moins, je me suis réveillé contrairement au pauvre type dans son caddie.

Alexandra fit volte-face, toute la sérénité qu'elle dégageait en émergeant d'une bonne nuit de sommeil aussitôt envolée.

– J'ai vu votre petite vidéo, reprit Theo en lui tendant le téléphone qu'il préférait pourtant ne pas toucher.

– Ce n'est pas ce que tu penses, murmura-t-elle en se redressant et en tirant la couette sur elle.

– Ah non ? Tu veux dire que toi et tes potes, vous ne vous amusez pas à envoyer droit à la mort des types complètement innocents ? Ouf, tant mieux. Vous n'avez donc rien à voir avec cette bande de criminels dont tous les médias parlent sur Internet. Je suis rassuré, je t'avoue que je commençais à m'inquiéter.

Il poussa un soupir démonstratif.

– T'as raison, je suis de mauvais poil et je me suis fait un film.

– Theo, écoute-moi…

– Un putain de caddie ! Tu vois pas que c'est de la folie ?

– Je sais, mais c'est Henrik qui…

– Évidemment que c'est Henrik ! Comme si je n'avais pas compris ! Mais qui est-ce qui tient la caméra, hein ? Qui est-ce qui me plante sur le ferry ? Qui est-ce qui se marre au milieu de l'autoroute ? Quel monstre fait des choses pareilles ?

Alexandra fondit en larmes. Pour ne pas se laisser contaminer par ses pleurs, Theodor se leva et commença à s'habiller.

– Attends… Theo, s'il te plaît. Laisse-moi t'expliquer.

Elle se leva à son tour, enfila une culotte et un T-shirt. Mais Theodor ne voulait pas entendre les fausses excuses qu'elle pourrait bien trouver. Il avait enfin le courage de sortir de cette chambre et s'il ne le faisait pas tout de suite, il resterait coincé ici pour de bon.

– Ce n'est pas du tout ce que tu penses ! cria-t-elle en se précipitant derrière lui.

Le couloir lui semblait plus long que la veille, mais il refusait de courir, de céder à la peur. Il alla en toute hâte vers l'escalier.

– Il m'a foutu son portable dans la main et m'a demandé de filmer. Je te jure, je n'ai rien compris quand il s'est mis à frapper une fille qui passait par là.

En l'entendant sangloter, il ressentit l'envie de s'arrêter, de la prendre dans ses bras et de la consoler. Heureusement qu'il avait la force de résister. Il dévala l'escalier en direction de la porte d'entrée.

– Après, ça n'a fait qu'empirer. Je ne voulais pas, mais à chaque fois, il m'a forcée. Il menaçait de me dénoncer si je me dégonflais.

Plus que quelques mètres et il serait dehors. Il pourrait enfin souffler. Dans une minute, il ne l'entendrait plus, et toute cette histoire serait derrière lui. Et dès qu'il aurait changé de lycée et veillé à ne plus jamais croiser son chemin, ce serait comme si rien de tout ça n'était arrivé.

– Réponds-moi, putain !

Il saisit la poignée et se retourna, s'apprêtant à lui dire de ne plus jamais l'appeler. Mais la sonnette qui retentit soudain le coupa dans son élan. Le bruit surgi de nulle part résonna comme les trompettes du Jugement dernier.

– C'est qui ? chuchota-t-il, bien qu'Alexandra eût l'air aussi interloquée. C'est Henrik ? Il vient récupérer le portable, hein ?

Theodor se précipita dans la cuisine.

– Un mot sur moi et je balance tout à mon père, je te préviens.

Elle secoua la tête et sécha ses larmes.

– Il n'oserait jamais venir ici, bredouilla-t-elle en s'approchant de l'interphone accroché au mur, avant d'appuyer sur un bouton qui alluma l'écran. Ça doit être une amie de ma mère, constata-t-elle en haussant les épaules et en se tournant pour attraper la poignée.

– Attends !

Theodor se pressa vers l'interphone et observa la femme qui se tenait de l'autre côté de la porte.

Lui aussi aurait voulu hausser les épaules et ouvrir. Mais il connaissait cette personne. Même s'il ne l'avait vue qu'une seule fois près de deux ans auparavant, jamais il n'oublierait le visage de la policière danoise qui lui avait sauvé la vie.

67

Autour de l'agrandissement d'une empreinte digitale affiché au tableau, une flèche rouge visait quelques clichés d'une machine à café encrassée installée dans une cuisine tout aussi douteuse. Une deuxième pointait l'image d'un vieux réveil posé près d'un lit. Klippan était en train de tracer la troisième vers la photo d'une télécommande laissée au fond d'un fauteuil usé, quand Tuvesson entra dans la salle de réunion, des cartons de pizza plein les bras.

– Astrid, tu lis dans mes pensées ! s'exclama-t-il. C'est exactement ce dont j'avais envie.

Il lâcha son marqueur, prit les cartons et les répartit sur la table.

– Je me doutais que vous commenciez à avoir faim, dit Tuvesson en posant les boissons, des assiettes et des verres. Comment ça s'est passé chez Rolf Stensäter ? Vous avez trouvé quelque chose ?

– Oui, tout ce qu'on veut… Génial, une pizza kebab. Tu es un ange, Astrid. Si je n'avais pas déjà la bague au doigt, je te jure que je t'aurais demandée en mariage, maintenant que tu es libre et tout.

Il s'empara d'une part de pizza prédécoupée et y mordit à pleines dents.

– Qu'est-ce que vous avez trouvé ?

– Des extraits de peau, des empreintes digitales, tout un tas de machins. Moi qui pensais qu'on avait trop de bibelots à la maison…

Il prit une autre bouchée.

– Mon Dieu, c'est la meilleure pizza que j'aie jamais mangée, ajouta-t-il. Mais pas un mot à Berit, je suis censé être au régime.

– OK, mais tu as quelque chose qui pourrait nous aider dans l'administration des preuves ?

Klippan secoua la tête.

– À ce que j'ai pu voir, toutes les empreintes correspondent à celles du suspect, sans exception. Mais qui sait, Molander remarquera peut-être autre chose.

Il haussa les épaules et continua de manger.

– Qu'est-ce que ça veut dire ? Qu'il est l'homme qu'il prétend être ?

– Oui, ou qu'il a passé un temps fou et dépensé une énergie incroyable à le faire paraître. J'ai sonné à la porte de quelques-uns de ses voisins : tous ont confirmé que c'était bien lui sur la photo.

– Pas de trace d'une fosse ou quelque chose du genre ?

– Non, même Einstein n'a rien flairé.

– Einstein ?

– Notre chien, si on peut dire que ce toutou en est un.

Klippan poussa un soupir.

– Berit m'a forcé à le prendre avec moi, parce que l'une de ses clientes prévues aujourd'hui est allergique aux poils d'animaux.

– Mais il est où ?

– Derrière toi.

Tuvesson eut beau se retourner, elle ne vit qu'un cabas en cuir abandonné par terre contre le mur.

– Ne me dis pas que tu l'as enfermé là-dedans !

– Je ne peux pas le laisser gambader et pisser partout. Ne t'inquiète pas, j'ai laissé entrouvert pour qu'il puisse respirer.

– Dans ce cas..., répondit Tuvesson.

Elle était trop préoccupée pour se soucier d'un chien. Ce cabas qui ressemblait étrangement à celui qu'elle gardait dans sa voiture et utilisait pour acheter son vin lui rappela qu'elle n'avait pas bu une goutte d'alcool depuis lundi. Compte tenu de sa consommation de ces six derniers mois, c'était un petit exploit. Elle aurait dû se sentir fière, sauf que ce n'était pas le fruit de sa volonté, mais de sa surcharge de travail. Pour être honnête, elle n'avait qu'une hâte : que Högsell obtienne les preuves nécessaires et que l'affaire soit classée.

Elle se tourna vers Fabian qui venait d'entrer et qui était déjà en train de se servir une part de pizza.

– Ça a été ? Tu as réussi à joindre Diana Davidsson ?

– Oui, tout est prêt, répondit Fabian en versant de l'eau pétillante dans un verre. Il faut juste qu'on la case à 15 h 30, entre Rickard Jansson et Jeanette Dawn. C'était son seul créneau.

– Ça ne devrait pas être un problème. On a combien de figurants ?

– Huit. Comme le criminel a pris chaque fois une apparence différente, on a préféré varier la tenue et la coupe de cheveux, plutôt que la corpulence.

– Bien, voilà qui devrait satisfaire Högsell. Selon elle, c'était notre meilleure carte à jouer.

Fabian opina, puis s'approcha du mur où étaient affichées les photos de la fosse et des trois corps gisant les uns à côté des autres.

– Ah oui, j'ai parlé avec Greide, reprit Tuvesson. Le barbu a été identifié : il s'appelait Gunnar Frelin et comme Molander le pensait, le berger allemand lui appartenait.

Elle se posta à côté de Fabian pour inscrire le nom de l'homme sous la photo.

– Il a un lien avec Chris Dawn ?

– Oui, il bossait chez Soundscape, une société de vente et de location de matériel de studio qui fournissait Dawn. D'après l'un de ses collègues, il avait une livraison samedi dernier et lundi, il a appelé pour dire qu'il s'était fait un lumbago. Apparemment, ce n'est pas une première. La dernière fois, il s'est arrêté pas moins de six semaines, donc si on n'avait pas trouvé son corps, personne n'aurait remarqué sa disparition avant un moment.

– Mais sa voiture ? demanda Klippan. Il a bien dû y aller en voiture.

– Elle est garée au pied de son immeuble à Rydebäck. Molander y a envoyé l'un de ses hommes chercher des empreintes.

– Et Per Krans ? continua Fabian en montrant du doigt l'homme à l'orbite ensanglantée. Qu'est-ce qu'en dit Greide ?

– Tu le connais, il ne veut rien affirmer avant d'avoir fait un milliard d'examens. En tout cas, il semblerait qu'il soit mort d'une hémorragie cérébrale.

– Une simple hémorragie ? fit Klippan, avant de se servir une nouvelle part de pizza.

– Pas telle que tu te l'imagines : plusieurs saignements internes dus à un objet pointu qu'on lui aurait planté dans l'œil gauche et qui aurait tout écharpé sur son passage.

– Un objet pointu…, marmonna Klippan, tandis que Fabian observait le cliché de la blessure. Qu'est-ce que ça pourrait être ?

– Notre médecin légiste n'est pas très clair sur ce point.

– Mais te connaissant, tu as réussi à lui tirer les vers du nez, commenta Fabian.

Tuvesson hocha la tête.

– Un tire-bouchon.

– Un tire-bouchon ? répéta Klippan.

– Oui, il pense avoir trouvé des traces de liège dans l'un des deux hémisphères.

Fabian s'imaginait parfaitement la scène : Per Krans, ne se doutant de rien, sonne à la porte de Peter Brise pour le confondre sur les drôles de transactions financières de Ka-Ching. Le sosie de son patron ouvre et une seconde plus tard, il se prend un tire-bouchon dans l'œil.

– Ce meurtre-là n'était probablement pas prémédité, reprit Tuvesson. C'est pour ça qu'il s'est emparé du premier objet qu'il avait sous la main.

– Mais pourquoi ne pas se simplifier la vie et s'armer d'un couteau ? objecta Klippan.

– Il voulait que ce soit clean, répondit Fabian. Pour ne pas en mettre partout, mieux valait lui amocher l'intérieur du crâne plutôt que lui lacérer le corps.

Klippan prit un air dégoûté et posa son assiette, alors qu'il n'avait pas fini.

– C'est là que vous vous cachez tous, déclara Lilja en entrant, son ordinateur portable sous le bras.

– Il n'y a qu'à se servir, répondit Tuvesson. Alors, tu as rencontré ses parents ?

Lilja opina et attrapa un morceau de pizza.

– Les parents de qui ? demanda Klippan.

– De Soni Wikholm. Tu sais, la livreuse de journaux qu'on a retrouvée dans la fosse.

Tuvesson se tourna vers Lilja :

– Comment ça s'est passé ?

– Bien, répondit Lilja entre deux bouchées. Mais il y a de quoi se demander comment ils ont réussi les tests en vue de l'adoption… La mort de leur fille n'a l'air de leur faire ni chaud ni froid. Ils ont déjà vidé son appartement il y a plus d'un an pour ne pas avoir à payer le loyer. Elle et son frère auraient peut-être mieux fait de rester en Chine à l'orphelinat.

– Elle avait un frère ?

– Oui, un certain Hao Wikholm. Il semble aussi bizarre que sa sœur, si ce n'est pas pire. Il est parti de chez ses parents après la troisième et il n'a plus jamais donné de nouvelles. Tout ce qu'ils ont de lui, c'est un carton dans la cave contenant un vieil exemplaire de *L'Homme-dé*, le livre de Luke Rhinehart, et des tonnes de dés. Je n'en avais jamais vu autant de ma vie. Vous saviez que…

– Concentrons-nous sur sa sœur, l'interrompit Tuvesson.

– D'accord. D'elle, ils ont gardé trois cartons, et voilà ce que j'ai trouvé.

Lilja brandit un appareil photo numérique.

– Il y a plein de choses là-dedans, entre autres une série de photos du corps de Seth Kårheden dans son lit.

Elle alluma le projecteur et le connecta à son ordinateur portable.

– Mais regardez-moi ça. Je pense que c'est la raison de sa mort.

Sur le mur apparut l'image d'une fenêtre dans laquelle se reflétait le visage de Soni.

– Au début, j'ai cru que c'était un banal selfie, mais j'ai fini par comprendre ce que ce cliché avait d'intéressant.

– On sait quand il a été pris ? demanda Klippan.

– Jeudi 11 novembre 2010 à 7 h 16. Autrement dit, la veille de sa disparition.

– Elle avait découvert quelque chose, en conclut Tuvesson en s'approchant de la photo pour l'examiner de plus près. Reste à savoir quoi.

– Vous voyez la porte ouverte au fond de la pièce ? reprit Lilja en zoomant sur une zone plus claire.

– On dirait une salle de bains, observa Klippan, les yeux plissés.

– Exactement.

Lilja continua de zoomer jusqu'à ce qu'ils discernent tous ce qu'elle avait trouvé.

Au milieu de la salle de bains éclairée, dans le miroir d'une armoire sur pied entrouverte, apparaissait une silhouette. Le reflet d'un homme chauve sous la douche, qui étalait de la mousse à raser sur son corps efflanqué. Il était là, le caméléon aux mille visages, mis à nu, littéralement.

– Tu as une idée d'où cette photo a été prise ? demanda Tuvesson.

– Pas encore, mais il est probable que Soni soit passée par là pendant sa tournée. Je comptais appeler son ancien employeur afin de connaître son parcours et faire ensuite moi-même la boucle pour tenter de trouver la maison. Elle ressemble à ça.

Lilja passa quelques clichés jusqu'à la photo d'une belle demeure blanche entourée d'une clôture.

– Inutile de te déplacer, déclara Klippan. Je sais que c'est à Viken, sur la côte. La baraque appartenait à Johan Halén, le fils d'armateur.

– Celui qui s'est gazé dans son garage ?

Klippan opina.

Dès le début de l'enquête, Hugo Elvin avait remarqué le parallèle entre la mort de Peter Brise et celle de Johan Halén. Même Berit, la femme de Klippan, l'avait suggéré au vernissage de Sonja. Fabian, qui avait lu tout le rapport d'enquête, ne pouvait pas nier les points communs. Pourtant, ils n'y avaient prêté aucune attention.

– Bon, reprit Tuvesson. On a un mort de plus sur les bras. Fabian et moi sommes attendus à la maison d'arrêt pour une confrontation de témoins. Klippan, je propose que tu ailles sur-le-champ à Viken. Irene, dresse-moi une liste de toutes les personnes disparues ces deux dernières années.

Les deux inspecteurs hochèrent la tête et ramassèrent leurs affaires.

Fabian suivit sa chef hors de la salle de réunion. Tous les deux marchèrent en silence vers l'ascenseur en se demandant la même chose :

À côté de combien d'autres victimes étaient-ils passés ?

68

Une confrontation était toujours un difficile exercice d'équilibre sur une corde mal tendue. Le témoin pouvait avoir vu le suspect après l'arrestation sur des photos publiées dans la presse. Il arrivait que les figurants, alignés à côté de l'accusé, soient trop nombreux et d'apparence trompeuse à cause de leurs vêtements. Et face à des questions excessivement suggestives, le témoin donnait facilement l'impression de douter. Or au moindre écart, l'acte risquait d'être invalidé.

Mais cette confrontation s'avérait encore plus périlleuse. L'affaire était tellement complexe que Fabian peinait à s'en faire une vue d'ensemble. Non seulement les témoins avaient aperçu le suspect dans toutes sortes de déguisements, mais ils avaient cru que l'homme était celui qu'il prétendait être. En revanche, aucun d'eux ne connaissait son vrai visage, défait de ses perruques et de ses tenues soigneusement élaborées. Tel qu'il apparaissait là, le numéro 5 entre les mains.

Les choses avaient mal commencé. Johan Holmgren, l'agent immobilier, avait patiemment étudié un à un les individus qui lui étaient présentés. Il avait fini par montrer du doigt l'inculpé, mais un tel doute l'avait envahi qu'il avait déclaré ne pas être en mesure de le reconnaître. Rickard Jansson, le banquier, avait adopté une attitude radicalement opposée, affirmant que le coupable ne se trouvait pas parmi ces hommes et que, de toute évidence, ils avaient arrêté un innocent.

Leurs espoirs reposaient sur Dina Dee. Elle qui connaissait Chris Dawn depuis des années, elle qui avait réussi à surprendre le suspect sur Facetime et qui avait tout de suite remarqué que quelque chose n'allait pas.

– Salut beau gosse ! s'écria-t-elle, la main dressée en l'air esquissant un high five.

Fabian eut beau s'appliquer, il rencontra sa paume de travers.

– Mouais, fit Dina en secouant la tête. J'espère que vous êtes plus doué pour choper les truands.

– Oui, rassurez-vous, c'est déjà fait, répondit Fabian avec un rire.

Il l'accompagna à travers les contrôles de sécurité de la maison d'arrêt, puis ajouta :

– À vous de jouer pour qu'on ne soit pas forcés de le relâcher.

– Vous inquiétez pas, je suis hyper détendue.

– Tant mieux.

Fabian la mena dans un couloir en direction de la salle de confrontation.

– Vous avez bien discerné son visage, au fait ? Vous disiez que l'image était de mauvaise qualité…

– Je sais ce que j'ai vu et je peux vous dire que ce n'était pas mon Chris. D'accord ?

– D'accord, fit Fabian, plein d'espoir.

Il ouvrit la porte de l'arrière-salle protégée par un miroir sans tain où les attendaient Stina Högsell et Tuvesson.

– Bonjour, je m'appelle Astrid Tuvesson, déclara cette dernière. Chef de la brigade criminelle de la police de Helsingborg. Et voici Stina Högsell, procureure générale, qui assistera à la séance.

Dina observa la main qu'elle lui tendait comme si elle était infectée.

– Je préférerais avoir affaire à votre collègue, là…

– OK, pas de problème, répondit Tuvesson en retirant sa main. Vous voulez un café avant de commencer ?

– Vous avez peut-être toute la journée, mais moi, j'ai des tonnes de trucs à faire. Et puis, le café, c'est du poison, alors pourquoi est-ce que je voudrais m'infliger ça ?

– Très bien, rétorqua Tuvesson. Alors allons-y.

Elle adressa un signe de tête à Fabian et recula auprès de Högsell.

– Tenez, asseyez-vous, dit-il en tirant l'une des trois chaises placées devant la large vitre fumée.

Dina opina et prit place.

– On devrait peut-être baisser le siège pour que vous soyez pile à la bonne hauteur, suggéra Fabian en se baissant pour tourner la molette. Là, c'est mieux ? Vous êtes bien installée ?

– J'ai l'air d'un bébé ou quoi ?

Fabian secoua la tête.

– Bon, alors arrêtez de me dorloter et commençons avant la prochaine période glaciaire.

– D'accord.

Au fond, il devait reconnaître qu'il aimait son style. Elle se croyait peut-être tout permis, mais au moins, elle allait droit au but et savait ce qu'elle voulait. Sans doute était-ce une condition sine qua non pour réussir dans le monde de la musique.

– Bien, je vous explique, reprit-il en s'asseyant sur la chaise à côté. À mon signal, neuf personnes vont pénétrer dans cette pièce avec chacune un numéro. Elles ne peuvent ni vous voir ni vous entendre. Tout ce que vous avez à faire, c'est de désigner le bon numéro. Si vous n'êtes pas sûre de vous et que vous voulez que l'une d'elles s'approche, il suffit de le demander. Entendu ?

– Yes.

– C'est bon, on est prêts, déclara Fabian dans un micro.

La lumière s'alluma de l'autre côté de la vitre. Une porte au fond à gauche s'ouvrit, laissant entrer une rangée d'hommes, tous de corpulence mince et dans la trentaine. Mais le premier avait les cheveux blonds, le deuxième était brun, le troisième barbu, et ainsi de suite. Leurs tenues n'étaient pas moins variées, allant du jean au jogging en passant par le costume-cravate.

L'inculpé, qui portait le chiffre cinq, semblait toujours aussi décontracté qu'aux deux premières confrontations. Pas l'ombre d'une inquiétude ne transparaissait sur son visage, bien qu'il ignore qui se tenait derrière la vitre.

À la voir examiner calmement et méthodiquement chacun des hommes, Fabian se réjouit de constater que Dina Dee prenait la tâche au sérieux. Il fut d'autant plus surpris lorsqu'elle déclara :

– Le trois.

Avait-il mal entendu ?

– Vous êtes sûre ? dit-il, s'efforçant de ne pas manifester sa déception.

– Certaine. C'est lui, le numéro trois.

– Bien. Très bien, déclara-t-il sans savoir comment continuer.

L'homme en question ne ressemblait guère à l'inculpé, mais il était le seul au crâne rasé.

– Je sais que vous êtes pressée, mais c'est important que vous preniez votre temps avant de vous prononcer définitivement, reprit-il.

– Quoi, je me suis plantée, c'est ça ?

– Non, non, pas du tout. Je veux juste m'assurer que vous n'ayez aucun doute. Parce que si c'est le cas et que vous voudriez que l'un d'eux s'approche…

– Je sais, le coupa Dina. Mais c'est lui. S'il le faut, je pourrai désigner ce connard à la barre, ajouta-t-elle en dressant de nouveau la paume en l'air.

Même si c'était bien la dernière chose dont il avait envie, Fabian lui topa dans la main.

Jeanette Dawn imposa une ambiance radicalement différente dans la pièce. Non seulement elle avait un caractère à l'opposé de celui de Dina Dee, mais elle était rongée par le chagrin. Elle semblait aussi frêle que les ailes d'un papillon, ce qui n'avait rien d'étonnant compte tenu de ce qu'elle avait traversé. Quelques heures plus tôt, elle se trouvait encore enchaînée à un tuyau dans sa cave, persuadée qu'elle ne reverrait jamais la lumière du jour.

C'était à Tuvesson de prendre le gouvernail, elle qui l'avait rencontrée plus tôt aux urgences. Fabian se tenait en retrait avec Högsell.

– Sachez que nous sommes extrêmement reconnaissants que vous veniez jusqu'à nous dans ces circonstances, déclara Tuvesson en lui serrant la main.

– Si je peux vous aider à attraper le coupable, murmura Jeanette d'une voix quasiment imperceptible.

– C'est ce que nous espérons. Je vous en prie, asseyez-vous. Vous voulez un café ?

Jeanette opina et s'installa sur l'une des chaises devant la vitre fumée. Lorsqu'elle voulut porter la tasse à sa bouche, ses mains se mirent à trembler si fort qu'elle dut la reposer.

Voilà une piste bien fragile à laquelle s'accrocher, pensa Fabian, conscient que la procureure réfléchissait déjà à des alternatives. Si les membres de la cour estimaient que le témoin n'était pas en parfaite santé mentale, ils prendraient son témoignage autant au sérieux que celui de Lisbet Palme[1].

– Ça va ? demanda Tuvesson en s'asseyant près d'elle et en lui prenant la main.

Jeanette hocha la tête, mais elle ne put retenir ses larmes.

– Je comprends que vous soyez nerveuse, continua-t-elle. Ne vous inquiétez pas, ce n'est pas la fin du monde si vous n'y arrivez pas. On trouvera une autre solution. D'accord ?

– Il va me voir ?

– Non, il ne peut ni vous voir ni vous entendre. Il ne sait même pas qui se tient derrière la vitre.

– Vous êtes sûre ?

– Jeanette, tout ce qu'il verra, c'est un miroir. Je vous montre.

Tuvesson enfonça le bouton du micro.

– Vous pouvez allumer ? Le témoin aimerait inspecter les lieux.

Dès que la pièce fut éclairée, Tuvesson la fit entrer par une porte acoustique.

– Ils vont arriver par là et comme vous, ils ne verront que leur reflet.

Elle se tourna vers la vitre et ajouta :

– Vous pouvez toucher, si vous voulez.

Jeanette donna quelques petits coups prudents sur le verre.

– Et la porte, elle sera verrouillée ?

– Bien sûr. Et il y aura une légion de gardiens, donc il n'y a aucune raison de s'en faire.

La veuve balaya des yeux la pièce sans rien dire, avant de suivre Tuvesson de l'autre côté.

– Vous êtes prête ?

---

1. Référence au procès du présumé coupable du meurtre d'Olof Palme, Premier ministre de Suède, assassiné en pleine rue le 28 février 1986.

Jeanette opina et reprit place sur sa chaise.

– C'est bon, on y va, déclara Tuvesson dans le micro.

Une seconde plus tard, les neuf hommes entraient de nouveau en scène.

Tout le monde se tut. Jeanette ne bougeait pas d'un cil et regardait droit devant elle. En l'observant, Fabian se demanda si elle clignait seulement des paupières. Au bout de dix longues minutes de silence, Tuvesson se racla doucement la gorge :

– Jeanette, je comprends que ce soit difficile. Mais est-ce que l'un d'eux retient votre attention ? Quelqu'un que vous ayez le sentiment d'avoir déjà vu sans vraiment savoir où.

Elle secoua la tête, le regard toujours fixe.

– Dans ce cas, voulez-vous que je leur demande d'approcher un à un ? Ou que certains quittent la pièce ?

Jeanette resta parfaitement immobile. Mais bientôt, des larmes se mirent à rouler sur ses joues.

– Vous voulez faire une pause ? proposa Tuvesson. Qu'est-ce que vous en dites ? On peut aussi arrêter là pour aujourd'hui et voir comment vous vous sentez demain. D'accord ?

– Le cinq, murmura-t-elle d'une voix tellement faible que le silence l'engloutit aussitôt.

– Pardon ?

– Le cinq, répéta-t-elle avec un peu plus d'assurance. C'est lui. L'homme qui tient le numéro cinq.

– Vous en êtes sûre ?

Jeanette opina.

– Je reconnais ses yeux.

– Comment ça ?

– Ses yeux froids et morts. Je n'avais jamais vu une telle froideur auparavant. Aussi cliché que ça puisse paraître, Chris avait toujours le regard chaleureux, même quand il était furieux.

Elle essaya en vain de sécher ses larmes qui coulaient à flots.

Tuvesson lui tendit un paquet de mouchoirs, tandis que Högsell s'approcha du micro et enfonça le bouton :

– Je crois que ce sera tout pour aujourd'hui.

69

Klippan se gara devant l'ancienne maison de Johan Halén, descendit de voiture puis passa la laisse au cou d'Einstein. Il venait de parler au téléphone avec Tuvesson, qui lui avait appris que Jeanette Dawn avait su désigner le criminel et que Högsell pourrait engager les poursuites dès vendredi. Comme le reste de l'équipe, il était libre de prendre sa soirée et il aurait pu rentrer directement chez lui.

Sauf qu'il aurait dû admettre que Berit avait eu raison à propos de Johan Halén. Elle aurait vu rouge, il le savait. Déjà qu'en rentrant du vernissage la semaine précédente, elle lui avait fait une crise… Il avait eu beau s'excuser, lui proposer un massage des pieds, il n'avait pas réussi à la calmer. Ils avaient fini par dormir chacun à une extrémité du lit, le dos tourné.

Elle avait boudé toute la semaine. Il avait dû accepter de s'occuper d'Einstein une journée entière pour qu'elle s'adoucisse et lui adresse de nouveau la parole. L'idée de recommencer tout ce cirque le poussait à rester loin de chez lui.

Il s'approcha de la clôture et leva les yeux vers la somptueuse demeure blanche, tandis qu'Einstein urinait contre le pied de la boîte aux lettres. Un homme vêtu d'une chemise à carreaux, d'une casquette et d'un casque poussait sa tondeuse à gazon à travers le terrain. Un peu plus haut vers la maison, deux fillettes de cinq et huit ans jouaient au hula hoop, pendant qu'une femme étendait du linge au fond du jardin.

En réalité, Klippan ignorait ce qu'il venait faire ici. Plus de dix-huit mois s'étaient écoulés depuis la mort de Johan Halén et les indices éventuels avaient nécessairement été effacés. À l'époque, Elvin et Molander étaient venus inspecter les lieux et ils en avaient tiré la conclusion qu'il s'agissait d'un suicide. Bien qu'à l'évidence ils se soient trompés, rien ne suggérait dans le rapport que le travail avait été bâclé.

Il était même extraordinaire que Greide, l'infaillible médecin légiste, n'ait pas non plus compris qu'ils avaient affaire à un meurtre. Cette année-là, l'hiver avait été particulièrement rude, ce qui expliquait que le corps ait été retrouvé tout congelé dans le garage, avait-il estimé. Mais ce n'était pas tout, lui et les autres avaient forcément raté quelque chose. Restait à savoir quoi.

– Désolé, mais je peux vous aider ?

Klippan, plongé dans ses pensées, n'avait pas remarqué que le moteur de la tondeuse s'était tu et que l'homme s'était avancé.

– Qu'est-ce que vous faites là à fixer ma maison ?

Il avait le teint étrangement pâle et de l'acné, bien qu'il se situe dans la quarantaine.

– Excusez-moi. Police de Helsingborg, se présenta Klippan en montrant sa plaque de police et en tendant la main.

– Ah… Bonjour.

L'homme lui serra la main, le visage impassible.

– Quelle magnifique maison ! Moi qui habite du mauvais côté de la départementale, je peux vous dire que ça me fait rêver. En fait, ça fait un moment que je garde un œil dessus par curiosité. Je ne savais pas qu'elle avait été à vendre.

– Elle ne l'a jamais été publiquement, répondit l'homme avec un bref hochement de tête signalant que le sujet était clos. Qu'est-ce qui vous amène ?

– Ah oui… Vous êtes au courant de ce qui est arrivé à l'ancien propriétaire ?

– Johan Halén ?

L'homme poussa un soupir.

– On sait qu'il s'est suicidé dans le garage. C'était difficile de passer à côté d'une telle affaire, mais ça ne nous concerne pas.

– Non, bien sûr, répliqua Klippan. Seulement, aujourd'hui, de nouveaux éléments laissent penser que ce n'était peut-être pas un suicide, mais…

Il s'interrompit en voyant la femme approcher.

– Bonjour. Je m'appelle Stephanie, déclara-t-elle en lui serrant la main.

– Encore un de ces curieux intéressés par la maison, lança son mari.

– Ah oui ? Vous voulez jeter un œil à l'intérieur ? Tout n'est pas encore parfaitement à sa place, mais…

– Volontiers ! répondit Klippan.

Il franchit aussitôt la clôture en ignorant le regard insistant de l'homme. S'il voulait jouer à ce petit jeu, il était bien tombé.

– Oh, trop mignon ! s'exclamèrent les deux fillettes en chœur en lâchant leurs cerceaux et en accourant vers Einstein. On peut jouer avec lui ?

– Bien sûr, si votre maman est d'accord.

– Maman, s'il te plaît, s'il te plaît, s'il te plaît, firent-elles comme des oisillons affamés jusqu'à ce que leur mère opine du chef.

– Vous pouvez lui donner de l'eau si vous voulez. Je crois qu'il meurt de soif, précisa Klippan avant de confier la laisse à l'aînée.

– Je vais en chercher ! s'écria la cadette en s'élançant vers la maison.

Klippan avait gardé en tête les photos du rapport d'enquête. Il se souvenait avoir trouvé l'intérieur de Halén terriblement froid et austère. Sans doute à cause de toutes ces œuvres d'art installées dans des pièces blanches épurées. Ou peut-être de la rumeur concernant une mystérieuse chambre érotique que Molander n'avait jamais trouvée.

– Désolée pour le fourbi, dit Stephanie en lui faisant faire le tour du rez-de-chaussée. Mais avec trois enfants, il nous faudrait une armada de femmes de ménage pour maintenir un peu d'ordre.

Maintenant, la maison respirait la vie. Le vide avait été comblé par des meubles, des rideaux et tout ce qui allait de pair avec une famille.

– Voilà, vous avez tout vu, déclara-t-elle en se tournant pour signaler que la visite était terminée.

Klippan n'avait pourtant qu'une envie : descendre au sous-sol. Après tout, peut-être que la rumeur disait vrai.

– Votre mari m'a dit que la maison n'avait pas été à vendre publiquement, reprit-il.

– Non, sinon on n'aurait jamais eu les moyens. Les propriétaires voulaient aller vite et étaient prêts à baisser considérablement leur prix. Vous imaginez l'aubaine pour nous, expliqua-t-elle en esquissant un mouvement vers le vestibule.

– Bravo, répondit Klippan sans bouger. Quelle agence immobilière s'en est occupée ?

La femme ne cacha pas son étonnement face à cette question abrupte.

– Une agence du coin, à Viken, je crois. Ou peut-être à Höganäs, je ne sais plus… Peter nous avait inscrits sur une liste et ils nous ont appelés. On s'est retrouvés pour visiter la maison et on est allés droit à la banque. En quelques heures, l'affaire était bouclée. Incroyable, quand on pense que c'est l'achat d'une vie.

– Je peux vous demander combien vous l'avez payée ?

Aussitôt, elle prit un air gêné.

– On préférerait garder ça pour nous... Comme je vous l'ai dit, c'était bien en deçà du prix du marché. Mais si vous voulez bien m'excuser, je vais devoir vous laisser. Ce soir, on reçoit des amis et comme vous pouvez le voir, il y a du ménage à faire.

– Hélas, je ne partirai pas avant d'être descendu au sous-sol, déclara-t-il.

– Quoi, vous êtes de la police peut-être ?

À son expression, elle semblait plus le prendre pour un voleur.

– Exactement, répondit-il en lui montrant sa plaque. Vous avez entendu parler d'une chambre au sous-sol où l'ancien propriétaire aurait emmené des femmes ?

Il se tut un instant, ne sachant comment continuer.

– C'était un vieux garçon, et..., reprit-il. Est-ce que par hasard vous auriez trouvé cette pièce ?

– Je ne vois pas du tout de quoi vous parlez. Quel genre de pièce ?

– Je ne sais pas vraiment...

Il avala sa salive, conscient de s'aventurer sur un terrain glissant.

– D'après les rumeurs, c'était une sorte de... De chambre érotique où il... avec des femmes.

– Non, mais attendez... Peter ! cria la femme à travers la porte d'entrée. Peteeer !

Klippan en profita pour descendre. En arrivant dans un couloir aux murs couverts de lambris blancs, avec des spots au plafond et une porte en verre poli, il se crut à bord d'un bateau. Au fond, le corridor continuait sur la droite. Il s'arrêta devant une vitrine éclairée incrustée dans le mur dans laquelle il se rappelait avoir vu, dans le rapport d'enquête, quelques maquettes des navires de la compagnie Halén. Aujourd'hui, une collection de flacons de parfum colorés y était exposée.

En ouvrant la porte à droite, Klippan constata que les nouveaux propriétaires avaient gardé telle quelle la salle de cinéma privée équipée d'une machine à pop-corn. Par contre, un détail important ne correspondait pas du tout aux photos.

– Non, mais vous vous croyez où ?

Klippan se retourna vers l'homme, suivi de près par sa femme.

– Excusez-moi, mais cette porte, là..., fit-il en tapotant dessus, elle était là quand vous avez acheté la maison ?

– Monsieur prétend qu'il y aurait une chambre érotique cachée par ici, dit Stephanie.

– Désolé, je comprends que vous soyez remontés. Je ne veux pas vous embêter, mais comme je l'ai expliqué à votre mari, de nouveaux éléments laissent penser que Johan Halén a été assassiné. C'est pour ça que je suis là.

Klippan eut beau afficher un sourire, il ne parvint pas à susciter la bienveillance qu'il espérait.

– Donc, maintenant, la police n'a plus besoin d'une perquisition pour débarquer chez les gens ?

– Non, ça, c'est à la télé, rétorqua Klippan. Il suffit qu'un individu soit « fortement soupçonné » d'un délit, et je me demande bien qui ça pourrait être aujourd'hui... Quoi qu'il en soit, j'ai besoin que vous me disiez d'où vient cette porte, le nom de l'agence qui vous a vendu la maison et si vous avez remarqué quelque chose depuis votre emménagement.

– Nous ne parlerons pas tant que vous n'aurez pas de papiers qui montrent que vous êtes dans votre droit.

– Je vois, répondit Klippan, décidé à ne pas insister davantage.

– Attendez... Peter, et ce machin en plastique qu'on a trouvé dans le garage ? On n'a jamais compris à quoi ça servait.

– Je ne dirai rien tant que ce type ne m'aura pas prouvé qu'il ne délire pas.

– Quel machin ? demanda Klippan.

– Une seconde, je vais le chercher.

La femme se précipita dans le couloir.

– Hors de question. Stephie ! s'écria l'homme.

Mais elle avait déjà disparu par la porte du garage.

– C'est facile de venir zyeuter des gamines et de débarquer sans raison chez les gens rien qu'en montrant une plaque de flic. Je comprends mieux pourquoi il y a des abus…

Klippan s'apprêtait à se défendre, quand la femme revint avec un petit objet en plastique gris muni de deux boutons.

– On dirait une télécommande, constata-t-il en essayant d'appuyer.

– C'est aussi ce qu'on pensait, mais elle ne contrôle ni la ventilation ni aucun appareil dans la maison.

Il l'examina sous tous les angles jusqu'à trouver le logement à piles qu'il ouvrit. Il tourna les deux batteries du bout du pouce, puis leva la télécommande en l'air et pressa de nouveau les boutons.

Un bruissement se fit entendre et avant même que Klippan parvienne à repérer d'où venait le bruit, deux planches du lambris se mirent à pivoter le long du pan de mur entre la vitrine et l'entrée de la salle de cinéma.

– Mon Dieu, qu'est-ce que… ? souffla la femme en plaquant la main sur sa bouche.

Son mari, lui, resta sans voix.

L'inspecteur cherchait aussi quelque chose à dire, tout en regardant les planches dévoiler deux solides barres en acier fixées à la vitrine qui sortait lentement de son renfoncement dans le mur. Quelques secondes plus tard, le meuble resta un instant en l'air, avant de se loger dans le chambranle de la porte de la salle de cinéma. Un système solide et ingénieux qui révéla une ouverture à gauche de la vitrine. Tout s'éclairait, à présent.

– Bordel de Dieu…, lâcha l'homme.

Il fit signe à sa femme de rester là, s'apprêtant à suivre Klippan à l'intérieur.

– Non, attendez-moi là, déclara ce dernier, heureux de pouvoir se montrer un peu plus autoritaire.

Il pénétra dans la pièce que personne n'avait réussi à trouver. Des murs blancs comme partout dans la maison. Pas de fenêtres, mais de grands miroirs. Y compris au plafond, juste au-dessus d'un lit qui trônait au milieu de la chambre avec un matelas plastifié, des oreillers et un drap souillé de sombres taches de sang.

Les rumeurs disaient donc vrai. Même à propos du placard contenant des sex-toys en tout genre, dont certains ressemblaient à des instruments de torture.

En jetant un coup d'œil sous le lit, Klippan constata que les pieds étaient fixés au sol par d'épaisses cornières. La couche de poussière indiquait que personne n'avait marché là depuis plus d'un an. Il se redressa et observa les câbles blancs tendus grâce un système astucieux de poulies, avec lesquels Halén pouvait aisément ligoter ses victimes. Bizarrement, l'un d'eux avait été coupé. Non pas arraché, mais coupé.

– Maman ! Papa ! Venez !

Klippan ne saisit pas tout de suite d'où venaient ces cris. Mais quand les mots résonnèrent dans sa tête, il comprit que la fillette avait une bonne raison de brailler.

– Vite ! Einstein s'est échappé ! Il est en train de creuser un trou dans l'herbe, derrière la maison !

70

– Je ne sais pas comment ça marche au Danemark..., dit le réceptionniste qui d'après son badge s'appelait Florian Kruse. Mais ici, en Suède, il faut prendre rendez-vous. Donc non, je ne peux malheureusement rien pour vous.

Avec ses cheveux peignés soigneusement sur le côté et sa chemise boutonnée jusqu'en haut surmontée d'une cravate, le jeune homme portait bien son nom.

– Si vous vouliez seulement bien m'écouter[1], répondit Dunja toujours en danois tout en se demandant si c'était son patronyme qui avait déteint sur lui, ou s'il l'avait adopté pour mieux coller au personnage.

– Non, à vous de m'écouter !

– Je vois que je vous énerve et j'en suis désolée.

Elle jeta un coup d'œil en direction de Magnus qui se tenait un peu plus loin, le nez sur son téléphone.

– Le problème, c'est que vous n'avez pas l'air de comprendre que ça ne dépend pas de moi, rétorqua le réceptionniste. Vous croyez peut-être que ça m'amuse de ne pas pouvoir vous aider. Désolé de vous décevoir, mais ce n'est pas du tout le cas. En ce moment, la brigade criminelle s'occupe d'une enquête extrêmement complexe et Mme Tuvesson a formellement demandé à ne pas être dérangée jusqu'à la fin de la semaine.

1. En danois dans le texte.

– Je comprends bien. Mais comme je vous l'ai dit, si vous m'aviez écouté, je connais Fabian Risk et je suis certaine qu'il voudrait me recevoir s'il savait ce qui m'amène. Donnez-moi au moins son numéro de téléphone, que je l'appelle.

– Permettez-moi de vous demander pourquoi vous n'avez pas son numéro, si vous êtes en si bons termes, hein ?

– Je l'ai, mais mon portable est mort.

Elle lui montra l'appareil éteint.

– Je n'arrive pas à le rallumer.

– Comme quoi, on a tous nos moments de faiblesse.

Dunja sentit soudain la fatigue l'accabler violemment. Certes, elle ne s'était pas accordé une minute de repos depuis lundi, mais sans ce nazi installé derrière le comptoir, elle aurait tenu bon. Dire qu'il avait le culot d'enfiler ses écouteurs et de mettre en marche une chanson tellement fort qu'elle distinguait en partie les paroles sur fond de synthétiseur :

Why kill time when you can kill yourself…

La rage l'envahit. Était-ce le manque de sommeil ou l'absurdité de cette situation ? Elle l'ignorait, mais elle se vit bondir en avant comme si elle sortait de son propre corps, et lui arracher ses écouteurs qui atterrirent par terre.

– Mais merde ! Vous savez combien ça coûte ?

– Non, mais je sais que vous m'avez poussée tellement à bout que j'ai envie de les piétiner. Et que je ne bougerai pas tant que vous ne m'aurez pas demandé pardon et donné un coup de main.

– Dunja, on devrait peut-être y aller, intervint Magnus en lui prenant l'épaule. Il est tard.

– Si tu crois que je vais laisser ce petit Hitler me commander, tu te trompes !

– Mais Dunja, on…

– Vas-y, toi, si tu veux. Moi j'attends qu'il daigne s'excuser et m'aider.

– On ferme dans dix minutes, rétorqua le réceptionniste.

– Et qu'est-ce que vous comptez faire, hein ? Nous jeter dehors ?

Il adressa à Dunja un regard las.

– Vous croyez vraiment que vous arriverez à vous débarrasser de nous ? Même avec un fouet ou je ne sais quoi…

– Tiens, mais Dunja ! Salut !

Tous les trois se tournèrent vers Fabian qui sortait juste de l'ascenseur. Il s'approcha pour embrasser la policière danoise.

– Qu'est-ce que tu fais là ? Pourquoi tu ne m'as pas appelé ?

– Bonne question… Demande donc au lutin de la Gestapo que vous avez là. Il n'avait pas l'air d'accord.

– Tuvesson a demandé à ne pas…

– Florian, le coupa Fabian. Tu as affaire à Dunja Hougaard de la police de Copenhague. Notre porte lui est grande ouverte, c'est compris ?

– Oui, mais Tuvesson avait formellement…

– Peu importe ce qu'elle ou les autres peuvent bien dire. Si Dunja a besoin de nous, on fait notre possible pour l'aider. C'est aussi simple que ça.

Fabian se retourna vers Dunja.

– Qu'est-ce qui t'amène ?

– Moi et mon collègue Magnus, on travaille sur une affaire un peu en sous-main. On aurait besoin de savoir qui vit à certaines adresses. Des maisons pas très loin de chez toi, à vrai dire.

– Bien sûr, pas de problème. Suivez-moi, répondit Fabian en les menant vers l'ascenseur.

Dunja avait beau savoir que c'était superflu et que ce geste lui retomberait certainement dessus, elle ne put s'empêcher d'adresser un sourire triomphant au réceptionniste avant de monter dans la cabine.

À l'instant où Fabian allait appuyer sur le bouton du dernier étage, son portable se mit à sonner. Il le sortit et lut le nom de Klippan sur l'écran.

– Dis, je suis un peu occupé, là. Je peux te rappeler ?

– Non, désolé. Je n'arrive pas à joindre Tuvesson et c'est urgent.

71

Cette affaire ne prendrait donc jamais fin ? pensa Fabian, après avoir essayé une fois de plus d'appeler Tuvesson, tout en observant les objets déterrés disposés sur la table : des écouteurs rouges, une paire de baskets Asics bleues tirant sur le gris, taille 36. Et un doigt noirci sous l'effet de la décomposition, orné d'une chevalière en or.

Combien de victimes allaient-ils encore exhumer ?

Il se redressa et regarda les techniciens creuser un grand trou dans la pelouse à l'arrière de l'ancienne maison de Johan Halén. Une fosse avec de nouveaux corps suscitant de nouvelles interrogations.

Le criminel était derrière les barreaux et ils détenaient un témoin capable de le reconnaître. Pourtant, Fabian avait toujours le sentiment de chasser un fantôme.

Molander et ses hommes s'affairaient depuis maintenant près de trois heures. D'après Klippan, le propriétaire des lieux avait perdu son sang-froid en les voyant débarquer avec leur matériel, commencer à boucler le périmètre et à planter des piquets dans son gazon. Il avait tenté de les en empêcher, ne cessant de répéter qu'il exigeait un document officiel où il apparaîtrait noir sur blanc qu'ils avaient le droit d'abîmer son jardin. S'il ne s'était pas calmé à l'arrivée de ses invités pour le dîner, ils auraient sans doute dû l'arrêter.

– Bon, maintenant, j'aimerais savoir qui est responsable de tout ce cirque.

Fabian se retourna vers l'homme qui franchissait sans hésitation le ruban de signalisation. Son regard trahissait qu'il avait bu quelques bières et partagé une bonne bouteille de vin.

– C'est moi, répondit-il pour décharger un peu Klippan qui avait été jusque-là la cible de ses récriminations.

– Alors je vous prierais de bien vouloir m'expliquer ce qui se passe, déclara l'homme avec un geste du menton vers le monticule de terre.

– Je comprends que vous soyez bouleversé et que vous vous posiez un tas de questions. Mais vous devez respecter le fait que nous sommes au cœur d'une enquête criminelle complexe et que nous ne pouvons pas…

– J'aimerais aussi savoir qui va payer les réparations !

– Ça suffit ! s'écria Fabian en avançant d'un pas. D'une, vous n'avez pas le droit de pénétrer dans ce périmètre et je vous demanderais donc de bien vouloir passer de l'autre côté du ruban.

– Pas le droit ? Qu'est-ce que c'est que ces conneries ? C'est chez moi, nom d'un chien !

– Non, ce sont les lieux d'un crime.

L'homme s'apprêtait à rétorquer quelque chose, mais il se ravisa et recula.

– Merci. De deux, c'est à moi et à mes collègues de poser les questions. Vous, votre boulot, c'est d'y répondre et de collaborer au mieux le temps de l'investigation.

– Si vous croyez que vous pouvez…

L'homme se tut et porta son regard derrière Fabian, qui se retourna. Molander était en train de sortir de la fosse, remontant l'échelle dans sa combinaison intégrale, un bras dans les mains.

– Fabian, tu pourrais m'apporter l'appareil que tu trouveras dans la valisette juste là ? demanda le technicien, avant de poser délicatement sa dernière trouvaille à côté des autres sur la table. Il faut qu'on prenne des photos.

Fabian opina, s'approcha de la valisette en métal, l'ouvrit et en sortit l'appareil.

– Stop, arrêtez ! s'écria Klippan dans son dos.

Fabian fit volte-face, mais trop tard pour empêcher l'homme de déchirer le ruban de signalisation et de se précipiter vers la fosse.

– Nom de Dieu…, bredouilla-t-il, posté sur le rebord. Qu'est-ce que c'est que ça ? C'est quoi, putain ? Répondez, bordel !

Fabian se hâta vers lui pour le forcer à reculer. Mais lorsqu'il aperçut à son tour les corps au fond de la fosse, il resta pétrifié. Il en comptait trois, un homme logé dans une housse mortuaire éventrée et deux femmes jetées telles des ordures dans une décharge.

La fille en jogging avait perdu une bonne partie de sa jambe gauche, et l'homme avait le cou tordu, la mâchoire ballante. Le tout grouillait d'asticots blancs qui semblaient bien partis pour les rendre méconnaissables.

Cependant, c'est à la vue de l'autre femme que Fabian eut le vertige. Celle qui gisait au fond à gauche, encore à moitié enterrée. Même si son visage était également couvert de vers, il la reconnut à ses habits colorés, ses baskets et ses dreads blondes attachées par un chouchou.

Molander, Klippan et les autres le fixaient. Pourquoi avait-il l'air de voir un cadavre pour la première fois ? lisait-il dans leur regard. Mais il était incapable de leur répondre.

Son cerveau, tout son système nerveux, avait bugué et nécessitait d'être redémarré. Rembobiner, récapituler les deux rencontres qu'il avait eues avec cette femme, d'abord dans le domicile de Chris Dawn, puis à la maison d'arrêt. Se remémorer leurs discussions. Mot pour mot, syllabe après syllabe.

Le tout pour essayer de comprendre.

Que le corps de Dina Dee se trouvait dans cette fosse.

Qu'il n'y avait pas qu'un seul criminel, mais deux.

72

La policière danoise était restée plantée près de vingt minutes devant la porte. Vingt longues minutes pendant lesquelles Theodor et Alexandra n'avaient eu d'autre choix que d'attendre qu'elle se lasse et qu'elle retourne auprès de l'agent qui la guettait dans la voiture.

Malheureusement, elle n'avait pas renoncé, mais traversé le jardin à l'avant de la maison et grimpé sur la terrasse pour regarder à travers la fenêtre du salon. Alors, ils s'étaient jetés par terre et tapis derrière le canapé, tremblant de peur et priant qu'elle ne les voie pas, jusqu'à entendre finalement un moteur démarrer et un véhicule s'éloigner.

Ils avaient patienté encore un quart d'heure avant d'oser sortir de leur cachette. Theodor s'était précipité dans la cuisine, il avait trouvé un hachoir et cogné de toutes ses forces sur ce maudit téléphone jusqu'à ce qu'il n'en reste plus que des éclats de plastique qu'ils avaient ramassés et mis dans un sac.

En descendant la rue Johan Banér vers le rivage, le paquet caché sous sa veste, Theodor avait eu le sentiment de tenter de faire passer un demi-kilo de drogue à la douane. Chaque promeneur qu'il croisait aurait pu s'avérer un flic habillé en civil, prêt à les attraper à tout moment.

Une fois au bord de l'eau, ils avaient escaladé le bord de la jetée et continué sur les rochers, à la recherche d'un endroit où vider le sac renfermant les restes du téléphone. Mais une foule de gens flânaient par là, profitant des derniers rayons de soleil de la journée. L'idée de sortir le paquet aux yeux de tous leur était plus difficile que de se jeter à la mer, de nager au loin et de plonger pour l'abandonner dans les profondeurs.

Ce n'est qu'au parc de Gröningen qu'ils avaient eu le courage d'en éparpiller le contenu dans plusieurs poubelles, avant de s'enfuir vers la marina, où d'heureux plaisanciers nettoyaient, repeignaient et bichonnaient leurs bateaux comme si l'été s'annonçait plus merveilleux que jamais et que l'avenir leur appartenait. D'une certaine manière, ils s'étaient laissé contaminer par leur optimisme et en arrivant au port, Alexandra avait proposé qu'ils s'arrêtent pour prendre un café. Une table au soleil s'était aussitôt libérée sur la terrasse d'à côté. Enfin le tapis rouge se déroulait de nouveau sous leurs pieds.

Ils avaient commandé deux cappuccinos et partagé une part de tarte aux pommes nappée de crème anglaise. Puis, les yeux dans les yeux, ils s'étaient promis de ne plus jamais penser ni évoquer les événements de ces dernières vingt-quatre heures.

Mais alors qu'ils commençaient juste à baisser la garde, le portable d'Alexandra avait sonné, les ramenant brusquement à la réalité. En la voyant regarder le nom de Henrik sur l'écran comme celui d'un pestiféré, Theodor avait décroché.

« Tiens, mais c'est notre jeune tourtereau ! » avait lancé Henrik, à quoi Theodor avait rétorqué : « Fous-nous la paix. » Henrik en avait déduit qu'il avait vu la vidéo et quand Theodor lui avait raconté que la police était venue à leur porte et qu'ils avaient détruit le téléphone, un long silence s'était installé à l'autre bout du fil. À tel point qu'il s'était demandé si cet abruti avait raccroché, enfin décidé à les laisser tranquilles, jusqu'à ce qu'il l'entende prononcer :

« Faut qu'on se voie. »

Theodor aurait voulu l'ignorer et envoyer bouler Henrik, mais il n'avait eu d'autre choix que d'accepter de le retrouver au club de boxe. Les deux garçons se toisaient à présent comme si un seul d'entre eux sortirait vivant de cette salle qui empestait la sueur. Tout reposait dans le regard, Theodor l'avait compris dès le début du collège. S'il baissait les yeux maintenant, il avait perdu. Alexandra, assise à sa gauche, lui prit la main pour bien signifier dans quel camp elle s'était rangée.

– Mais voyez-moi ça… Comme ils sont mignons, ironisa Henrik.

Ses deux copains s'esclaffèrent aussitôt.

– Vous voulez pas une tétine, tant qu'à faire ? Ou des couches, peut-être, pour éviter de vous pisser dessus.

Les ricanements reprirent de plus belle.

– C'est bon, t'as fini ton petit numéro ? répondit Theodor en serrant la main d'Alexandra. Qu'est-ce qu'on fout là, en fait ?

– Bonne question, fit Henrik. Moi aussi, j'aimerais savoir ce que je fous ici au lieu de mater tranquillement un porno à la maison. Laisse-moi réfléchir… Ah oui, parce que ta meuf a été assez conne pour oublier d'éteindre le téléphone !

– C'est nous, le problème ? Pas vous qui flanquez des innocents dans des caddies et les balancez au milieu de l'autoroute ? Je rêve, putain.

Henrik éclata de rire :

– Je ne sais pas si ça se voit sur la vidéo, mais quand il a compris ce qui se passait, il a fait cette gueule.

Il ouvrit grand la bouche, les yeux écarquillés.

– Et après, BAM ! Touché coulé, ajouta-t-il avant d'adresser un high five à chacun de ses copains.

– T'es taré, putain. Tu comprends ? Ou même ça, c'est trop compliqué pour ton cerveau ? Vous en avez tué combien, en fait ?

– Pas un seul être humain, déclara Henrik en plongeant de nouveau ses yeux dans les siens. Des cafards ou des rats, si tu veux. Et même si personne n'ose le dire tout haut, je suis sûr que les gens sont contents que quelqu'un prenne les choses en main et fasse un peu le ménage. Tu sais, comme on se débarrasse des morpions. Tu n'imagines pas ce qu'ils puent… De vrais sacs à merde, littéralement. La prochaine fois, je propose même qu'on enfile des masques à gaz, qu'est-ce que vous en pensez, les autres ?

Les deux types opinèrent en rigolant.

– Il n'y aura pas de prochaine fois, déclara Theodor. C'est terminé.

– Qu'est-ce que t'en sais ? T'as l'intention de tout rapporter à ton papa, peut-être ?

– Si j'entends parler d'une autre histoire de ce genre avec un SDF, c'est exactement ce que je ferai.

Il se leva, tirant doucement le bras d'Alexandra pour qu'elle le suive.

– Ah, et une dernière chose : si toi et tes petits copains nous adressez ne serait-ce qu'un regard, je n'hésiterai pas à tout balancer.

– Mais, mon cher tourtereau… Et elle, comment tu comptes la sortir de là ?

– Même si c'est grave, elle n'a fait que filmer. Elle est prête à payer.

– C'est tellement beau…, répliqua Henrik en applaudissant. J'en ai la larme à l'œil. Mais juste une question, par curiosité. Comment peux-tu être aussi sûr qu'elle se soit contentée de filmer ?

Dès qu'il se tourna vers Alexandra, Theodor regretta ce geste de faiblesse.

– Ça ne l'avait même pas effleuré ! reprit Henrik en se levant à son tour. Mais disons que ce soit vrai. Qu'est-ce qui te fait croire que la police pourrait être aussi naïve que toi ? On a bien fait attention à porter des masques, donc ce sera parole contre parole. Et d'ailleurs, qu'est-ce qui prouve que tu n'en étais pas, hein ?

Il s'approcha et planta son index dans la poitrine de Theodor.

– Moi, hier, pendant que certains s'amusaient de l'autre côté de la frontière, j'étais au ciné. Regarde, je suis allé voir *Avengers*, continua-t-il en sortant un ticket froissé de sa poche et en le jetant au visage de Theodor. Et vu tout ce que tu as traversé ces derniers temps, ça me paraît plus plausible qu'un mec comme toi se cache derrière ces horreurs qui font les gros titres que quiconque dans cette pièce. La police danoise l'a sans doute déjà compris.

Theodor aurait voulu répondre quelque chose de percutant, quelque chose qui détruise les arguments de son adversaire et lui montre qu'il n'avait aucun souci à se faire.

Mais rien ne lui venait.

– Au fait, Alexandra, reprit Henrik. Ça ne me concerne peut-être pas, mais tu n'as pas ton joli petit pendentif au cou aujourd'hui. J'espère que tu ne l'as pas perdu. Ton amoureux le prendrait mal, le connaissant. Pourvu que tu ne l'aies pas laissé au bord de l'autoroute. Je veux dire, qu'est-ce que la police viendrait s'imaginer s'ils retrouvaient tes empreintes ?

Il avait raison. Si difficile que ce soit, Theodor était forcé d'admettre que ce connard avait raison.

73

Toute l'équipe avait le souffle coupé depuis qu'ils s'étaient rendu compte qu'ils n'avaient pas affaire à un seul criminel aux visages multiples, mais à deux, un homme et une femme. Ils avaient les jambes sciées à l'idée que cette dernière coure toujours en liberté, tellement confiante qu'elle s'était présentée à la maison d'arrêt sous les traits de Dina Dee pour désigner un faux coupable. Fabian n'avait rien trouvé à redire quand Tuvesson avait décidé de les laisser libres jusqu'au lendemain.

Lui-même était en état de choc, comme il l'avait compris en se voyant errer entre les rayons du supermarché. Il n'avait pas la moindre idée de ce dont il avait besoin, alors qu'il s'était rendu là pour acheter de quoi préparer des tacos pour le dîner.

En arrivant chez lui avec son sac de courses, la maison baignait déjà dans des odeurs de cuisine et la voix de Feist s'élevait de la stéréo. Par un drôle de hasard, les premières notes de « Bittersweet Melodies » retentirent à l'instant où il ferma la porte.

– Salut, dit Sonja en lui adressant un sourire. Tu arrives juste à temps, le repas est prêt.

Elle ouvrit le four, sortit un plat fumant et le posa au milieu de la table dressée.

Les lasagnes étaient sa grande spécialité. Elle utilisait un mélange d'épices secret dont il n'avait pas senti le parfum depuis des années et qui le ramena instantanément à une autre époque. L'époque où ils étaient ensemble pour de vrai. Où ils dînaient en tête à tête, riaient et partageaient leurs angoisses autour d'une bouteille de vin, puis d'une autre.

– Salut, répondit-il, ne sachant trop comment réagir.

Sonja, qui l'avait quitté samedi dernier, se trouvait maintenant là, au milieu de la cuisine, à préparer de bons petits plats.

– Je croyais que tu étais chez Alex White.

Quelque chose n'allait pas, c'était évident.

– J'y étais, mais pas comme tu te l'imagines. J'ai profité de son séjour à Los Angeles pour travailler nuit et jour sur place. Regarde, j'ai quasiment fini, dit-elle en sortant son téléphone.

Elle lui montra la photo d'une caisse en bois rectangulaire de plusieurs mètres de haut reposant sur des plinthes au milieu de l'immense salon du collectionneur d'art.

– Il n'y a plus qu'à la vernir et la suspendre. Joli, nan ?

Fabian opina. Il ne pouvait qu'être d'accord. L'œuvre était non seulement d'une forme et d'un volume impressionnants, mais différente de tout ce qu'elle avait réalisé jusque-là. Pour ne rien gâcher, elle y était arrivée en un temps record – visiblement, elle avait enfin trouvé la porte menant à sa créativité. Voilà qui expliquait peut-être sa bonne humeur.

– J'ai aussi beaucoup réfléchi, ajouta-t-elle en reposant son téléphone. Tu dis aux enfants de descendre dîner ?

Fabian hocha la tête et sortit son portable pour leur envoyer un message, mais il se ravisa et monta les chercher. Même si en réalité, il aurait voulu demander à Sonja si elle avait pensé à eux et quelle était sa conclusion.

Dans l'escalier, il croisa Matilda qui arborait un maquillage tellement prononcé qu'elle aurait pu se poster dans une ruelle du quartier rouge de Copenhague. Il se retourna pour lui faire une remarque, mais elle était déjà en bas, en route vers la cuisine, tel que le suggéraient ses lourds pas sur le carrelage.

À travers la porte de Theodor tonitruait le genre de musique infernale qu'il écoutait l'année passée, quand il était au plus mal. Comme il s'y attendait, Fabian trouva son fils allongé sur son lit, le regard rivé au plafond.

– Theo, on mange. Le dîner est prêt.

– J'ai pas faim.

Fabian s'approcha de la stéréo et baissa le volume.

– Quelque chose ne va pas ?

– Non, je n'ai pas faim, c'est tout.

– Tu es sûr ?

– Oui, ça te pose un problème ou quoi ?

– Je ne sais pas, répondit Fabian en s'asseyant au bord du lit. Ça devrait ?

Theodor leva les yeux au ciel. Manifestement, il aurait donné tout au monde pour pouvoir changer de père.

– Écoute, reprit Fabian. Je vois bien qu'il y a quelque chose. D'accord, si tu ne veux pas en parler. Dieu sait que je ne disais rien à mes parents quand j'avais ton âge, mais sache que tu peux toujours…

– Ohé ! Qu'est-ce que vous fabriquez là-haut ? s'écria Sonja du rez-de-chaussée.

– Tu pourrais au moins nous tenir compagnie, conclut-il. Allez viens.

Les lasagnes de Sonja étaient aussi délicieuses que dans ses souvenirs. Et grâce au vin italien qui accompagnait le dîner, le dernier retournement de l'enquête semblait de plus en plus lointain. Theodor finit par avaler un morceau, même s'il était pâle comme un linge et regardait droit dans son assiette.

– Theo, ça ne va pas ? demanda Sonja au bout d'un moment. Il s'est passé quelque chose ?

– Qu'est-ce que vous êtes lourds, putain ! répondit-il. Je vous ai dit que ça allait.

– Surveille ton langage, je te prie, fit Fabian en dressant l'index.

– Il a un chagrin d'amour, déclara Matilda entre deux bouchées. Ça se voit à des kilomètres.

– Qu'est-ce que t'en sais, toi ? rugit Theodor.

– Hier, avec Esmaralda, on a discuté avec Greta. Elle nous a dit que tu t'étais disputé avec ta copine.

Theodor se leva tellement brusquement que sa chaise tomba à la renverse.

– Tu ne sais rien, bordel ! Tu n'as aucune idée de rien, putain !

– Theo..., intervint Sonja. Tu n'as pas entendu ton père ? Dans cette maison, on ne se parle pas sur ce ton.

– Très bien, vous ne m'entendrez plus, répondit Theodor.

Il se précipita dans les escaliers et l'écho de sa musique ne tarda pas à se faire entendre.

– Mon Dieu, mais qu'est-ce qui lui prend ? dit Sonja en secouant la tête. Je ne comprends pas, l'autre jour, il était heureux comme un prince.

– Il était amoureux, précisa Matilda avant de boire son verre de lait.

– Et maintenant, il ne l'est plus ?

Elle haussa les épaules.

– J'en sais rien, mais je peux demander à Greta si tu veux.

– C'est qui déjà ? demanda Fabian. Le fantôme, là ?

– On ne dit pas fantôme, mais esprit.

– Peut-être, mais ça ne me plaît pas, et j'aimerais que tu arrêtes ces bêtises.

– Pourquoi ? Qu'est-ce que ça peut te faire puisque tu n'y crois pas ?

– Non, mais ça n'empêche pas.

– Je dois avouer que je suis d'accord avec ton père, intervint Sonja en se resservant un verre de vin.

– Genre vous êtes d'accord sur tout maintenant, rétorqua Matilda. Ça y est, c'est de nouveau le grand amour ?

– Ne parle pas à ta mère sur ce ton, ça te concerne toi autant que Theo, gronda Fabian en veillant cette fois à ne pas tendre bêtement son index. Et tant qu'on y est, j'aimerais savoir pourquoi tu t'es maquillée comme une voiture volée.

– Ah parce que ça aussi, c'est un problème ?

– Matilda, tu as treize ans...

– Et alors ? Je suis bientôt une femme, au cas où tu n'aurais pas remarqué.

– Si, mais je ne suis pas encore prêt à devenir grand-père, donc si tu pouvais...

– T'inquiète, je sais comment on se protège, lança Matilda avant de quitter la table sans dire merci ni débarrasser.

Un instant plus tard, le bruit d'une porte qui claquait violemment retentit à travers le brouhaha s'élevant de la chambre de Theodor.

Fabian poussa un soupir.

– Santé ! dit-il en levant son verre. Moi qui pensais qu'elle serait plus facile...

– Qui ne l'aurait pas cru..., répondit Sonja en imitant son geste.

– Pas trop non plus, juste assez pour garder la tête hors de l'eau. Ce n'était pas trop demander, si ?

Il but une gorgée en regardant sa femme rire et approuver de la tête. Pour la première fois depuis longtemps, il avait le sentiment qu'ils étaient sur la même longueur d'onde.

– Tu disais que tu avais réfléchi, reprit-il.

Sonja opina et remplit de nouveau leurs verres.

– Ça m'a fait beaucoup de bien d'être seule ces derniers jours et de prendre un peu de recul.

– Ce n'est jamais une mauvaise chose.

Fabian se leva pour aller chercher une nouvelle bouteille de vin.

– D'abord, je voulais m'excuser pour mon comportement de vendredi.

– N'y pense pas, répondit-il en commençant à la déboucher. Je l'avais bien mérité.

– Oui, je sais. C'est bien ce que j'en ai conclu.

Fabian se rassit, la bouteille à la main, perplexe face à la tournure que prenait la conversation.

– Fabian, je crois qu'il vaut mieux qu'on se sépare pour de bon.

74

Depuis toujours, Jeanette Dawn détestait les hôpitaux. Elle avait horreur de ces blouses blanches, de ces longs couloirs et de cette odeur, le parfum de la mort mêlé aux puissants agents nettoyants.

Son dernier accouchement avait été un cauchemar. Sune s'était présenté par le siège et était venu au monde au bout de quarante-huit heures infernales. Qu'elle ait survécu à ce bain de sang digne d'un remake de *Rosemary's Baby* tenait en réalité du miracle.

Et l'y revoilà. Certes, elle et les garçons avaient eu une chambre à part avec salle de bains, mais les mêmes néons brillaient au plafond et les mêmes blouses blanches allaient et venaient comme dans un moulin.

Pourquoi diable ne se débrouillaient-ils pas pour rendre cet environnement un peu plus chaleureux ? Elle aurait mille fois préféré prendre une chambre au Grand Hôtel, d'autant qu'en pleine semaine, la suite royale était toujours disponible. Mais le chef de service avait décrété qu'ils devaient rester au moins trois jours en observation.

Il avait fallu que la police insiste vivement pour que le médecin la laisse aller à la maison d'arrêt afin de tenter de désigner le coupable. La confrontation avait été pénible, beaucoup plus qu'elle ne l'avait imaginé. En sortant, elle s'était sentie aussi vidée qu'une serpillière essorée. Elle ne pensait plus qu'à se coucher et se dégager de toute responsabilité.

Elle était en état de choc, estimait le personnel soignant. Mais au fond, elle n'éprouvait qu'une lassitude extrême comme à la suite d'un long voyage fait de vols retardés ou annulés et de moments d'attente interminables sur une banquette inconfortable dans un hall mal éclairé. Elle n'en pouvait plus. À tel point qu'elle n'était pas sûre de réussir à sortir de la baignoire et à rejoindre son lit.

L'assassinat de son mari n'avait déclenché aucune émotion en soi. Ce n'était pas qu'elle ne l'aimait pas, bien au contraire. Certes, ils avaient eu leurs différends comme tout le monde, mais Chris était sans conteste la personne la plus importante de sa vie. Pourtant, maintenant qu'il n'existait plus, elle n'éprouvait quasiment rien.

Sa mort s'était imposée à elle comme un simple constat. Une triste nouvelle, mais rien de dramatique, comme le fait qu'il n'y aurait pas de neige cette année avant Noël. Si ce vide émotionnel était une conséquence du choc, à quoi devait-elle s'attendre une fois qu'il l'aurait libérée de son emprise ? Le souhaitait-elle seulement ?

À moins que ce ne soit l'effet des cachets puissants qu'elle prenait à longueur de journée ? Ils avaient pour but d'adoucir son quotidien, mais ils semblaient tout éradiquer sur leur passage. Sauf peut-être la légère inquiétude qu'elle éprouvait à propos des garçons.

Pour l'instant, ils ne savaient rien et Jeanette ignorait combien de temps elle pourrait encore attendre. Comment annoncer à des enfants qu'ils ne reverront jamais leur père ? Que quelqu'un l'avait cruellement assassiné ? Était-ce vraiment nécessaire ?

Les garçons étaient tous les deux au lit, chacun son iPad en main et des écouteurs enfoncés dans les oreilles. De temps en temps, elle entendait Viktor éclater de rire, comme toujours devant *Cash Express,* même s'il avait déjà vu ce film une centaine de fois.

Le calme avant la tempête. Jeanette avait parfaitement conscience qu'elle devait savourer son bain et l'effet des calmants, avant que l'angoisse ne les contamine.

La porte de la chambre s'ouvrit, laissant entrer une infirmière avec un chariot. Viktor et Sune levèrent le nez de leurs tablettes.

– Salut, tu t'appelles comment ? demanda Viktor en retirant ses écouteurs.

– Je m'appelle Jenny, c'est moi qui vais m'occuper de vous cette nuit. Je passais juste voir si tout allait bien.

– Tu as déjà vu *Cash Express* ?

– Non, je ne crois pas. C'est bien ?

Viktor hocha la tête.

– Il y en a un qui n'arrête pas de s'endormir. Alors qu'il est en train de courir et tout, il s'arrête et se met à ronfler. Et un autre qui... qui est suspendu à une montgolfière et quand elle passe au-dessus d'un champ, les vaches lui foncent dessus.

Le garçon gloussa joyeusement.

– Ah oui, ça a l'air drôle, dit l'infirmière tout en versant de l'eau dans deux gobelets.

Sune retira à son tour ses écouteurs.

– Tu t'appelles comment ?

– Jenny, répondit l'infirmière en s'approchant de leurs lits. Tenez, il est l'heure de prendre vos médicaments.

– Tu as un chien ?

– Non.

Elle leur tendit à chacun le récipient en plastique.

– Pourquoi ?

– Je suis allergique aux poils d'animaux, expliqua-t-elle. Autrement, j'en aurais plein.

– Mon papa aussi est allergique, déclara Viktor. Et s'il mange des noix, il devient tout rouge et se met à vomir.

– Peut-être que si tu ne mangeais pas les poils, tu pourrais avoir des chiens ? suggéra Sune.

– Oui, peut-être, répondit l'infirmière en riant.

– Tu sais, un jour j'ai vomi en mangeant des petits pois, reprit Viktor. Trop dégueu.

– Berk ! Mais dites, il est bientôt l'heure de dormir, donc si vous voulez regarder encore un peu la télé, c'est maintenant.

Elle les aida à enfiler leurs écouteurs, monta un peu le volume et continua vers la salle de bains.

– Bonsoir, comment ça va ?

Jeanette venait de s'endormir quand l'infirmière passa la tête dans la salle de bains. Trop épuisée pour répondre, elle esquissa un hochement de tête en espérant que ce geste suffise à ce qu'on la laisse tranquille.

– Je m'appelle Jenny, poursuivit l'infirmière avec un large sourire.

Elle entra et s'approcha du lavabo pour remplir un verre d'eau.

– Je suis de garde cette nuit, ajouta-t-elle. Si vous avez besoin de quelque chose, il suffit d'appuyer sur le bouton. D'accord ?

Jeanette opina.

– Bien. Il ne vous reste plus qu'à prendre vos calmants pour la nuit.

L'infirmière se tourna et continua vers la baignoire.

– Ouvrez la bouche, mieux vaut que je vous les donne moi-même.

N'avaient-ils pas bientôt fini de la bourrer de médicaments ? D'un côté, Jeanette ne comprenait pas pourquoi elle en avait encore besoin, mais de l'autre, elle aimait la brume insouciante dans laquelle elle flottait depuis quelque temps. Si elle avait pu, elle aurait voulu y rester pour l'éternité. Dès qu'elle avala, elle sentit que la substance était plus forte que ce qu'on lui avait donné jusqu'à présent. Mais il n'y avait pas à s'inquiéter, sans doute était-ce pour pouvoir tenir toute la nuit.

La femme en blouse lui adressa de nouveau un sourire, avant de tourner les talons et de disparaître sans un au revoir. Jeanette n'y prêta aucune attention. De nos jours, les gens manquaient tellement de savoir-vivre… Les cyclistes, par exemple, croyaient que la rue leur appartenait. Dieu qu'ils étaient détestables.

Mais quand elle la vit revenir avec son sourire hypocrite, Jeanette fut troublée. Avait-elle oublié quelque chose ? Voilà typiquement le genre de femme à monter sur un vélo, c'était évident… Et pourquoi diable s'asseyait-elle au bord de la baignoire ? Ne pouvait-elle pas lui foutre la paix ? Et maintenant, que faisait-elle avec son poignet ? Devait-elle lui prendre sa tension ?

L'infirmière tâta les veines de la patiente à la recherche du vaisseau le plus dilaté. Soudain, elle sortit un scalpel qu'elle planta dans sa peau fine et trancha une entaille assez grande pour que le sang se déverse dans l'eau encore fumante du bain.

Jeanette sursauta de douleur et bredouilla quelques mots imperceptibles, mais elle n'eut pas la force de résister tandis que l'infirmière s'occupait de son autre poignet. L'eau ne tarda pas à se colorer de rose. La victime ferma les yeux et se pencha en arrière, comme si l'anesthésie lui faisait comprendre qu'il était vain de se battre.

Dans la chambre, les deux garçons dormaient déjà profondément. La femme en blouse leur retira les écouteurs, éteignit la lumière, posa leurs tablettes sur la table de chevet et les borda avant de quitter tranquillement la pièce.

75

Lorsque Fabian entra dans la salle de réunion, ses pensées étaient restées chez lui, rue Pålsjögatan. Il essayait de comprendre pourquoi Sonja voulait divorcer, bien qu'au fond ce ne soit pas si surprenant. Après coup, il voyait bien que depuis quatre ou cinq ans, ils allaient droit dans le mur.

Pourtant, il n'arrivait pas à s'y faire. En un sens, il avait le sentiment de ne pas être concerné, qu'il s'agissait d'un autre couple. Lui et Sonja s'étaient promis l'un à l'autre devant leur famille et leurs amis, pour le meilleur et pour le pire. Ils étaient du genre à se sortir de toutes les situations, aussi difficiles soient-elles. Et même si Fabian y avait déjà pensé quelques fois, le divorce ne lui était jamais apparu comme un recours envisageable.

Klippan et Lilja s'affairaient à réorganiser toutes les notes et les photos au tableau. De nouveaux clichés avaient été ajoutés après la découverte de la chambre secrète où Halén violentait ses partenaires et la fosse mortuaire dans son jardin. Un portrait de la criminelle sous les traits de Dina Dee avait également été placé à côté des multiples visages de son complice. Elle semblait aussi effroyablement douée que lui pour se fondre dans un rôle.

Le tout formait une grande frise chronologique de l'ensemble des faits connus. De la mort de Jeanette Dawn la nuit même, qui avait suivi de peu celle de son mari, au meurtre de Halén un an et demi plus tôt, en passant par l'accident de voiture maquillé de Peter Brise la semaine passée et son assassinat deux mois auparavant.

Fabian avait beau essayer de prendre du recul pour examiner dans leur globalité toutes ces informations et ces victimes alignées les unes à côté des autres, il ne cessait de se remémorer la conversation de la veille.

– Et les enfants ? avait-il bredouillé. On ne peut pas... Pense à Theo.

– Fabian..., avait répondu Sonja. Ça va bientôt faire deux ans. J'ai du mal à croire que ce soit bon pour lui qu'on continue de vivre dans un tel mensonge.

Chaque mot s'était gravé dans sa mémoire. Voilà donc ce qui restait de leur engagement. Un mensonge. Un fragile parachute s'efforçant de les extirper du gouffre dans lequel ils se précipitaient.

– Ohé, du bateau !

Klippan s'était planté devant lui et agitait la main.

– Pardon... Tu disais ?

– Tu as des nouvelles de Tuvesson ?

Fabian secoua la tête d'un air indifférent, alors qu'il avait essayé de l'appeler en chemin non seulement sur son portable, mais à son domicile.

– On a tenté de la joindre toute la matinée, reprit Klippan. Et Greide aussi apparemment. À propos, il a fini l'autopsie d'Hugo.

– Alors ?

– Tu le connais, il ne voulait parler qu'à la patronne. Mais à ce que j'ai compris, il n'y a aucun doute sur le fait qu'il s'agit d'un suicide, si quelqu'un avait des soupçons.

Un suicide..., pensa Fabian. La conclusion venait du médecin légiste qui s'était forgé la réputation d'être infaillible.

Pourtant, il s'était gravement trompé à propos de Halén. N'y avait-il pas un risque qu'il fasse de nouveau erreur ?

– On ne sait toujours rien à propos de l'enterrement ? demanda-t-il pour tenter de chasser de lui cette idée.

Les autres esquissèrent un non, puis il déclara :

– Bon, je propose qu'on commence sans Tuvesson.

– D'accord, dit Lilja. On sera entre nous, Molander est parti à l'hôpital à la pêche aux indices.

– À mon avis, il ne trouvera rien du tout, affirma Klippan. Cette femme a l'air aussi minutieuse que son complice.

– Donc théoriquement parlant, il y a un risque que la mort de Jeanette Dawn soit classée comme un suicide, observa Fabian.

– Tout dépend de ce que diront les enfants quand on pourra les interroger. Pas impossible qu'ils aient vu quelque chose et puissent nous donner un signalement.

– Et les caméras de surveillance ?

– On a demandé les enregistrements, ils arriveront dans la journée. Mais les chances qu'on y trouve quelque chose sont minimes, je le crains.

Lilja s'approcha du tableau et pointa du doigt les portraits des criminels.

– Ces deux-là savent parfaitement ce qu'ils font et comment s'y prendre pour qu'on ne puisse rien contre eux.

– Rien que l'homme qu'on a arrêté, continua Klippan. Ça fait deux jours qu'il est en garde à vue, mais on n'est pas près de l'identifier. Même avec son visage, ses empreintes digitales et dentaires, on n'obtient pas un résultat dans nos registres. C'est à croire qu'il n'existe pas.

– Et ça risque d'être la même chose avec la fille, poursuivit Lilja. Alors au lieu de dépenser notre énergie à essayer de lui mettre la main dessus, on s'est dit avec Klippan qu'il valait mieux remonter le temps.

Elle se tourna vers la frise chronologique formée au tableau.

– À leurs débuts, ils n'étaient sans doute pas aussi doués qu'aujourd'hui et pourraient avoir laissé des traces derrière eux.

Fabian ne pouvait qu'approuver.

– OK, voyons voir ce que ces gens peuvent nous apprendre, dit-il en s'approchant des photos des corps exhumés.

En tout, ils avaient déterré six cadavres, sept en comptant le chien. Dans le jardin de Halén, un homme et deux femmes. Trois personnes qui n'avaient a priori rien en commun, sauf d'avoir vu ce qu'il ne fallait pas. De même que Soni Wikholm, Per Krans et Gunnar Frelin retrouvés chez Dawn.

– Aucun d'eux n'avait ses papiers sur soi ?

– Non, mais comme tu le pensais, ça, c'est vraisemblablement Diana Davidsson.

Klippan tapota du bout du doigt la photo du corps de la chanteuse de hip-hop aux vêtements colorés et aux longues dreadlocks.

– Elle a perdu toute sa famille dans le tsunami de 2004 et après, elle s'est coupée du monde. Autrement dit, le genre de personne dont il est facile d'usurper l'identité.

– Greide a évoqué les circonstances du décès ?

– Je ne crois pas qu'il ait commencé à s'occuper d'elle, répondit Klippan. En partant du principe que la fosse a été creusée il y a un an et demi, sa mort doit dater de cette époque. Quand on y pense, c'est effarant qu'ils aient attendu le meurtre de Chris Dawn pour faire revivre son personnage. Mais parlons plutôt de celle-ci, puisque Greide a fini son autopsie.

L'inspecteur posa le doigt sur le cliché d'une femme rousse vêtue d'un jogging et amputée d'une jambe.

– Je vous présente Marianne Wester. Elle a disparu le 23 novembre 2010 pendant son footing. Et écoutez-moi bien : elle travaillait comme banquière à la SEB de Höganäs, l'agence où Johan Halén était client.

Ça explique tout, pensa Fabian. En tant que conseillère personnelle de Halén, cette femme avait dû remarquer que quelque chose n'allait pas. Peut-être avait-elle compris que le criminel n'était pas celui qu'il prétendait être et qu'elle s'était mise en travers de sa route. Pour ne pas commettre deux fois la même erreur, ce dernier avait bien veillé à changer d'agence dans le cas de Peter Brise.

– Elle avait de la famille ?

– Un mari et une fille, indiqua Lilja. Il y a des tas d'articles dans les journaux sur leurs recherches désespérées. On devrait les contacter pour leur dire qu'on a retrouvé son corps.

– On ? fit Klippan. Ce n'est pas à la police de Höganäs de le faire ? C'est eux qui ont mené l'enquête.

– Peut-être, mais ce serait bien de leur parler, dit Fabian. On ne sait jamais, ils pourraient avoir quelques pièces manquantes du puzzle.

Lilja opina et prit note dans son carnet.

– On continue ? demanda Klippan.

Il attendit un signe approbateur de Fabian pour désigner les photos des corps des deux femmes.

– Je ne suis pas expert, loin de là, mais je dirais qu'elles en sont au même stade de décomposition. Qu'est-ce que vous en pensez ?

Fabian s'approcha pour mieux voir, puis il hocha la tête.

– Lui, par contre, reprit Klippan en montrant l'homme vêtu d'un pantalon en velours côtelé, d'une chemise et d'une veste, il m'a l'air d'avoir moisi là bien six mois de plus.

Klippan avait raison. Une bonne partie de la peau des mains et du crâne clairsemé de cheveux avait été rongée. Çà et là sur le visage, les vers s'étaient frayé un chemin jusqu'au squelette.

– Ce que je veux dire, c'est qu'il se distingue des autres.

– En plus d'avoir été assassiné plus tôt ?

Klippan opina.

– Comme la livreuse de journaux, il était emballé dans deux housses mortuaires. Peut-être qu'il a eu droit au même traitement.

– Comment ça ?

L'inspecteur poussa un soupir.

– Soni Wikholm s'est retrouvée dans la mauvaise tombe, non ? Elle n'avait rien à voir avec Chris Dawn, mais elle a été enterrée dans son jardin. Pourquoi pas chez Halén ? Sans doute parce qu'ils avaient déjà refermé la fosse et s'apprêtaient à quitter les lieux quand elle les a surpris.

– Donc ils l'ont conservée dans une double housse le temps d'en creuser une nouvelle, dit Fabian qui commençait à comprendre où voulait en venir son collègue. Tu sous-entends que cet homme n'a rien à voir avec Johan Halén.

Klippan acquiesça.

– Mais ce n'est qu'une supposition.

Une supposition pertinente, pensa Fabian.

– Où en est l'identification ?

– Pas bien loin. Tout ce qu'on sait, c'est que ce doigt devait lui appartenir, répondit Klippan en montrant la photo de l'annulaire amputé orné d'une chevalière en or.

– Où est passée la bague ? demanda Fabian.

– Chez Molander. Mais il n'a certainement pas eu le temps de l'examiner avec le meurtre de cette nuit.

Fabian se pencha pour observer de plus près la chevalière encrassée estampillée d'une armoirie. Un sceau représentant deux lions dressés sur leurs pattes arrière, gueule ouverte, de part et d'autre d'un bouclier décoré des bois d'un cerf d'un côté, et d'une épée de l'autre.

76

Danemark

Sous le jet chaud de la douche, Dunja rinça ses yeux encore chassieux puis l'après-shampoing qu'elle avait pour une fois laissé agir. Elle se sentait enfin reposée. La veille, elle s'était mise au lit dès 22 heures, à bout de forces, incapable même d'ouvrir l'un des sachets de réglisse extrasalée qu'elle avait achetés de l'autre côté de la frontière.

Elle avait dormi douze heures. Douze heures d'un sommeil aussi profond que réparateur, qui faisaient d'elle la preuve vivante qu'il était possible de rattraper ses nuits. Elle eut même l'énergie de se raser les jambes et de s'épiler les sourcils, avant de retourner dans sa chambre où elle enfila des sous-vêtements propres et décida de changer ses draps, alors qu'elle ne connaissait pas pire corvée.

Dans une demi-heure, Magnus arriverait pour passer en revue les noms que ce SS planté à la réception du commissariat de Helsingborg avait finalement bien voulu leur communiquer. Dès que Fabian les avait quittés, le nazi en herbe s'était braqué, trouvant toutes les excuses pour ne pas coopérer. Dunja avait de nouveau perdu patience et sans Magnus, la situation aurait certainement dégénéré.

Avec son flegme naturel, il était parvenu à les faire tous les deux baisser d'un ton, avant de réussir le tour de force de convaincre le Suédois de bien vouloir obtempérer. Il lui avait suffi d'un coup de fil au service de l'état civil pour obtenir les informations nécessaires.

À vrai dire, Magnus s'avérait d'une aide beaucoup plus précieuse qu'elle n'avait pu l'imaginer. Non seulement il la soutenait en toutes circonstances, mais il disposait de compétences sociales dont elle-même, elle devait bien l'admettre, était dépourvue. Quand Dunja avait tendance à tomber sans raison dans le conflit, Magnus avait le don de calmer les esprits et de sortir de l'impasse.

Grâce à lui, ils avaient maintenant les noms et les numéros d'identification nationale de tous les habitants du périmètre dans lequel Fareed avait repéré le téléphone. Pas moins de cent vingt-huit personnes réparties dans une cinquantaine de maisons. Après avoir éliminé les enfants de moins de onze ans et les adultes de plus de vingt-neuf, il leur restait trente-trois individus. Dix-neuf garçons et quatorze filles.

Theodor Risk n'y figurait pas, car la maison de Fabian se situait juste en dehors du périmètre. Mais il n'y avait pas d'autre Theodor sur la liste. Certes, un millier de facteurs pouvaient expliquer la présence du pendentif gravé qu'elle avait trouvé au bord de l'autoroute. Pourtant, si elle n'identifiait pas de meilleur suspect, elle n'aurait d'autre choix que de recontacter Fabian.

Cette fois, elle serait peut-être contrainte de lui demander de prélever les empreintes digitales de son propre fils.

Tout à coup, un bon quart d'heure en avance, l'interphone se mit à bourdonner. Dunja finit de remplir sa théière d'eau bouillante, puis se hâta vers le vestibule pour faire entrer Magnus. À peine eut-elle enfilé un jean et une chemise qu'il frappait à sa porte.

– Tu es en avance, dit-elle tout en ouvrant.

Sauf que ce n'était pas Magnus qui se tenait sur le seuil, mais Fareed Cherukuri.

– Ah... euh... C'est vous, balbutia-t-elle, prise de court.

– Oui, à moins que vous ne connaissiez d'autres Indiens qui bossent chez TDC, répondit-il en croisant les bras et en affichant un sourire forcé.

Dunja n'y comprenait rien. Une chose était sûre : elle ne supportait pas cet air supérieur, alors qu'il faisait deux têtes de moins qu'elle.

– Je suis désolée, mais je suis un peu occupée, là...

– À me trouver un travail, j'espère.

– Pardon ?

– En échange de mon aide, vous m'avez promis un nouveau boulot. Vous avez oublié ? lança-t-il d'un air encore plus arrogant.

Merde... C'était elle tout craché.

– Entrez, murmura-t-elle, ne sachant trop à quoi elle s'engageait.

Fareed pénétra dans le vestibule et elle referma la porte.

– Vous voulez du thé ?

– Parce que je viens d'Inde ?

– Hein ?

– C'est pour ça que vous partez du principe que je voudrais du thé ? Vous savez combien d'habitants il y a dans ce pays ?

Dunja secoua la tête. Même s'il était près de 10 h 30, il était trop tôt pour ce genre de devinettes.

– Un milliard deux cents millions. Vous croyez vraiment que tout le monde a les mêmes goûts ?

– Non, dit-elle, déjà fatiguée.

– Bien. Imaginez un instant que je vous propose de la sauce rémoulade à longueur de temps juste parce que vous êtes danoise ?

– De la sauce rémoulade ?

– Vous voyez ce que ça fait, hein ? Ça s'appelle du racisme. Mais comme tous vos compatriotes, vous ne connaissez rien de mieux.

– Qu'est-ce que ça veut dire ?

– Il n'y a pas plus raciste que les Danois, tout le monde le sait.

– Et ça, ce n'est pas raciste peut-être ?

– Non, répliqua l'Indien. Vous êtes un peuple, pas une race.

Dunja soupira profondément. Elle n'avait pas la force d'argumenter.

– Peu importe… Je viens de me faire du thé et je me demandais si vous en vouliez. Je suis navrée que vous ayez pris ça pour une injure. Si vous préférez, je peux vous proposer du café, du Coca, du jus de fruits… Ou du lait, peut-être. Et puis j'ai de l'eau. Plate ou gazeuse ?

– Non, merci. Un thé m'ira bien.

– Parfait, répondit Dunja.

Elle se tourna vers la cuisine en retenant un rire nerveux.

– Installez-vous dans le salon, j'arrive.

Un instant plus tard, elle entrait dans la pièce avec la théière dans une main et deux tasses dans l'autre. Fareed s'était assis sur le canapé.

– Bon, cet emploi que je vous aurais promis…, reprit-elle en posant sur la table basse les tasses qu'elle commença à remplir. Je pensais qu'il s'agissait de garder l'œil ouvert et de vous recommander si je voyais quelque chose d'intéressant. À vrai dire, je ne sais même pas si j'aurai moi-même un travail à la fin de…

– Qu'est-ce que c'est que ça ? demanda Fareed en montrant la liasse de papiers posée à côté d'un bol de réglisses.

– La liste des habitants du périmètre que vous avez repéré.

– Qu'est-ce que vous comptez en faire ?

– Contrôler les noms, répondit-elle avant de tremper les lèvres dans son thé. Voir si je peux mettre en évidence un suspect.

– Ça risque d'être interminable.

Fareed s'empara des documents tout en attrapant trois réglisses qu'il fourra dans sa bouche et qu'il recracha presque aussitôt comme si c'était du poison.

– Merde, mais c'est dégueulasse !

Dunja avait de plus en plus de mal à s'empêcher de rire.

– Entre onze et vingt-neuf ans, ils ne sont pas tant que ça, précisa-t-elle. Trente-trois, pour être exacte.

– Si j'étais vous, je commencerais par Facebook.

Fareed sortit de sa poche intérieure une mini-tablette avec clavier.

– Je sais, c'est plus ambiance maison de retraite que cour d'école, mais quasiment tout le monde y a un compte. Et puis, ce réseau est plus facile à pirater qu'un oignon. Mais je ne suis même pas sûr que ce soit nécessaire. La plupart des gamins de cet âge ne demandent qu'à s'exhiber aux yeux de tous, expliqua-t-il, déjà en train de taper dans la barre de recherche le premier nom figurant sur la liste.

– Ensuite, il faudra continuer sur Instagram et sur les blogs.

– Attendez une minute, l'arrêta Dunja en posant sa tasse. Vous n'avez tout de même pas déjà démissionné ?

– Vous m'avez promis un travail.

Il déconne, pensa-t-elle.

– Oui, mais je ne… Qu'est-ce que vous vous imaginez ? Que je peux vous dénicher comme ça un…

– Vous, les Danois, vous n'avez vraiment pas le sens de l'humour, déclara Fareed en secouant la tête. C'était une blague, je commence après le déjeuner. On s'y met ?

Dunja opina timidement. Mais cinq minutes plus tard, elle était vissée à l'écran, stupéfaite de voir toutes les informations que Fareed parvenait à puiser sans entrer le moindre mot de passe. Comme il l'avait suggéré, on aurait dit que ces jeunes gens demandaient qu'on vienne fouiner dans leurs vies.

Ensemble, ils examinèrent les uns après les autres les profils des noms de la liste, et même si ce mode opératoire était purement arbitraire, Dunja les classait en deux catégories : insignifiants d'un côté, et dignes d'intérêt de l'autre. Jusqu'à présent, la plupart avaient fini dans la deuxième colonne.

Ils ne tardèrent pas à arriver à l'une des plus grandes maisons du quartier, là même où Dunja se rappelait avoir attendu longuement qu'on lui ouvre la porte, envahie d'un curieux pressentiment. Peut-être se trompait-elle, mais quand elle avait jeté un œil par la fenêtre, il lui semblait avoir vu bouger quelque chose dans le salon. Il pouvait s'agir d'un chat, d'un aspirateur robotisé ou de Dieu sait quoi, mais ce souvenir la poussa à accorder une attention toute particulière à la fille des propriétaires.

D'après son profil à moitié public, il apparaissait qu'Alexandra af Geijerstam aimait Lykke Li, les films avec Bruce Lee et qu'elle pratiquait elle-même les sports de combat. Telle était peut-être la clef. Un détail qui expliquait le coup surgi de nulle part que Dunja avait reçu et qui l'avait mise K-O.

– Faites donc une recherche avec son nom et « clubs de sports de combat à Helsingborg ».

Fareed obéit et obtint tout de suite un résultat : un club nommé Art Martial Fenix situé au 2 rue Kadettgatan, à quelques kilomètres de chez la jeune fille.

– Allez sur le site, dit-elle en cliquant elle-même sur le lien.

Subitement, elle se sentait terriblement impatiente.

– Continuez par là, ajouta-t-elle en indiquant l'onglet « photos ».

À l'instant où s'affichèrent tous les pixels qui composaient l'image, Dunja sut qu'elle avait visé juste.

77

SUÈDE

Fabian se gara devant chez Astrid Tuvesson à Rydebäck et gagna la porte d'entrée. Le retraité qui nettoyait son véhicule devant l'habitation voisine et une jeune mère qui passait par là avec son landau suivaient chacun de ses pas comme s'il était le premier homme à marcher sur la Lune. Au loin ronflait une tondeuse à gazon. Le vieux resta un instant figé, son éponge mousseuse à la main.

Ils étaient au courant. Les voisins savaient toujours tout et les commérages couraient sans doute déjà depuis longtemps. Un divorce déchirant marqué par de violentes disputes qui s'étaient échappées d'une fenêtre ou d'une porte entrouverte. Une voix d'homme grondant qu'il n'en pouvait plus de la voir picoler sans arrêt, elle qui dirigeait la police, pour aggraver son cas. Mais personne n'avait frappé et proposé son aide. Il ne fallait pas s'en mêler. Observer leur chute aux premières loges était amplement suffisant.

Fabian avait caché aux autres qu'il comptait se rendre à son domicile. À ses yeux, c'était la seule solution, tant pis si elle était furieuse. L'enquête se trouvait dans sa phase la plus critique. Ils avaient plus que jamais besoin d'un meneur en la personne de Tuvesson. Du moment qu'elle n'avait pas bu, bien entendu.

La porte d'entrée était verrouillée, mais Fabian repéra une fenêtre entrouverte et se glissa facilement à l'intérieur. Aussitôt, l'air ambiant le prit à la gorge. Il eut la nausée rien qu'à respirer cette odeur qui le ramenait au temps où il était gardien de la paix. Un mélange pestilentiel de crasse, de poubelles abandonnées, de fonds de cuvette et de bile. À l'époque, il avait affaire à des ivrognes dans des squats. Aujourd'hui, il s'agissait de sa chef.

Il la trouva dans le salon, inconsciente au pied du canapé, la moitié du visage dans une flaque de vomi. À côté d'une console à trois pieds renversée étaient éparpillés les débris d'au moins quatre bouteilles de spiritueux. Mais Fabian sentait son pouls et voyait sa poitrine se gonfler faiblement, mais régulièrement.

Était-ce le sort qui l'attendait ? Même s'il n'était pas alcoolique, la solitude l'effrayait plus que tout. Il serait loin d'être le premier à laisser sa vie basculer quand plus rien n'aurait de sens, que la vanité envelopperait son quotidien tel un film plastique. Qu'allait-il devenir ? Parviendrait-il à tenir le choc ou finirait-il comme elle ?

Soudain, le téléphone de Tuvesson laissé sur le canapé retentit bruyamment, produisant ces énervantes notes de marimba, la sonnerie que Fabian lui-même et des millions d'autres avaient gardée par défaut. C'était Klippan. Fabian ignora l'appel pour pivoter prudemment Tuvesson sur le dos, loin du contenu de son estomac, avant de lui essuyer le visage avec du Sopalin qu'il trouva sur le sofa. Puis il se leva et fit le tour de la maison afin d'ouvrir toutes les fenêtres. En réalité, l'habitation avait besoin d'un assainissement radical à l'aide de produits de nettoyage sans nul doute dangereux pour la planète, mais il n'avait pas le temps. Cependant, il ne pouvait pas la laisser dans cet état.

Il retira sa veste, enfila des gants de vaisselle et s'attaqua à la salle de bains. Il commença par tirer plusieurs fois la chasse d'eau, puis versa du produit W-C et frotta la cuvette. Le sol était jonché de vieilles brosses à dents, de serviettes hygiéniques et de toutes sortes de déchets qu'il était en train de balayer quand les notes de marimba retentirent de nouveau. Cette fois, la sonnerie venait de son portable.

– Salut Klippan, c'est important ? Je suis un peu occupé, là.

– Occupé à quoi ? Et d'ailleurs, tu es passé où ?

– J'avais un truc à faire avant d'aller à Höganäs voir le mari et la fille de Marianne Wester. Qu'est-ce qu'il y a ?

– Tu as des nouvelles de Tuvesson ? J'ai encore essayé de l'appeler et je commence sérieusement à m'inquiéter. L'un de nous devrait peut-être faire un tour chez elle.

– Ce n'est pas nécessaire, je viens de l'avoir, dit Fabian.

– Hein ? Quoi ? Quand ça ?

– À l'instant, elle m'a rappelé. Elle est à Malmö pour une réunion de crise, tu sais comme moi que ça peut prendre des heures.

Ce dernier point au moins n'était pas un mensonge.

– Ah…

Klippan se tut un instant. Dans le silence, son incrédulité se laissait presque entendre.

– On se parle plus tard, s'empressa d'ajouter Fabian.

– Pas si vite, répliqua Klippan. Qui a dit que c'était tout ?

– Qu'est-ce qui est si compliqué à comprendre ? Elle est à Malmö et elle sera de retour dès que…

– Ça n'a rien à voir avec Tuvesson, l'interrompit Klippan. En fait, j'appelais pour autre chose.

– Ah bon ?

– Tu sais, le sceau de la chevalière, là. J'ai failli devoir passer en revue toutes les armoiries qui existent. Rien qu'en Suède, devine combien il y en a.

– Aucune idée, répondit Fabian en mettant le haut-parleur pour pouvoir continuer son ménage.

– Plus de huit cents ! Je ne vois même pas l'intérêt, vu qu'elles sont plus ou moins toutes pareilles.

– Et pourtant, tu as trouvé.

Fabian continua vers la cuisine, où il commença à vider dans plusieurs sacs la poubelle débordante.

– Oui, comment tu sais ? Je m'y étais à peine mis que je suis tombé sur la famille von Gyllenborg. Tu connais ?

– Non, je devrais ?

– Ils vivent quasiment tous à Stockholm ou dans les environs. Le genre de lignée avec des comtes, des barons et tout le tralalala. Apparemment...

– Klippan, tu as identifié le corps, oui ou non ?

– Minute papillon, j'y arrive.

Fabian avait oublié à quel point son collègue pouvait être irritant dans ce genre de situations. Il avait beau essayer de se concentrer sur la serpillière qu'il passait sur le sol, il bouillait d'impatience.

– Le truc, c'est que cette famille a l'air mêlée à tout un tas d'affaires louches.

– Klippan, tu n'avais pas besoin d'aller fouiller dans...

– Tu peux pas écouter, nom de Dieu ? tempêta Klippan.

Fabian ne l'avait jamais entendu hausser le ton sur quelqu'un d'autre que sa femme.

– Pardon, dit-il en espérant que ce mot d'excuse suffirait, tandis qu'il sortait de la cuisine avec un torchon imbibé d'eau chaude.

Klippan poussa un profond soupir et reprit :

– J'en ai marre qu'on me coupe sans cesse la parole.

– On a tous besoin de repos, affirma Fabian.

De retour dans le salon, il s'accroupit et commença à tamponner le visage de Tuvesson.

– Vas-y, je t'écoute.

– Pour l'instant, ce n'est qu'une théorie, donc ne t'emballe pas. Mais je ne serais pas surpris que Greide me le confirme dès qu'il aura effectué ses examens. Le dimanche 11 juillet 2010, le comte Bernard von Gyllenborg a disparu sans laisser la moindre trace derrière lui. Je suis prêt à parier que c'est son corps qu'on a retrouvé.

– Un comte ?

Fabian prit Tuvesson dans ses bras et se dirigea vers la chambre à coucher.

– Oui, il habitait Stockholm et devait passer le week-end dans la propriété familiale près de Järna, au sud de la capitale. D'après son frère, Aksel von Gyllenborg, qui possédait la moitié de la baraque, il n'est jamais venu.

– Mais comment aurait-il atterri dans le jardin de Halén ? Ils sont liés d'une manière ou d'une autre ?

– Pas que je sache pour le moment, mais il doit y avoir quelque chose. Par contre, et c'est là que ça devient intéressant, le 24 octobre 2010, près de quatre mois après la disparition de Bernard, son frère Aksel a été retrouvé mort sur son terrain de chasse. Et devine quoi !

– Vas-y, répondit Fabian en posant délicatement Tuvesson sur son lit.

– Il vivait seul, et à en croire les journaux, il est parti à la chasse un samedi et n'est jamais revenu. La nuit du dimanche au lundi, les recherches ont commencé, et huit heures plus tard, son corps a été retrouvé. Apparemment, il s'était tiré une balle dans le pied et ne pouvait pas rentrer chez lui.

– On ne meurt pas d'une balle dans le pied.

– Non, mais de froid.

– Ah, donc il est mort de froid ?

– Cette nuit-là, il a fait en dessous de – 5. Mais à mon avis, il était déjà mort depuis longtemps.

78

À l'hôtel de police Kronoberg de Stockholm, Malin Rehnberg, l'ancienne collègue de Fabian, était assise à son bureau, le téléphone plaqué contre l'oreille et les yeux rivés sur les feuilles jaunies de l'ancien rapport d'enquête ouvert devant elle. Quelques heures plus tôt, Fabian avait eu le culot de l'appeler pour lui demander de l'aide. Or s'il y avait bien quelqu'un à qui elle n'avait pas envie de rendre service, c'était lui. Elle aurait voulu l'envoyer promener.

Depuis les événements traumatisants près de deux auparavant dans le sous-sol de l'ambassade d'Israël, au cours desquels elle avait perdu l'un des jumeaux qu'elle attendait à l'époque, elle pensait qu'il la contacterait un jour pour discuter de ce qui s'était réellement passé. Pourquoi diable n'avait-il pas pressé la détente pour la protéger non seulement elle, mais Tomas et Jarmo ? Comment se faisait-il que ses deux collègues aient perdu la vie et qu'elle soit mère d'un seul enfant ?

Certes, il lui avait fait parvenir un bouquet de fleurs excessivement généreux, et il lui avait rendu visite quelques mois plus tard, pendant son congé maternité. Non pas pour discuter des faits, mais pour lui annoncer qu'il avait décidé de quitter Stockholm pour s'installer à Helsingborg avec sa famille. Elle en avait été stupéfaite. Elle se voyait encore figée dans la cuisine, la boîte à café dans une main, ne sachant plus combien de cuillerées elle avait déjà versées dans le filtre.

Et maintenant qu'il avait besoin d'aide pour une enquête, il décrochait enfin son téléphone. Le problème, c'était qu'elle avait été tellement surprise et heureuse d'entendre sa voix qu'elle avait oublié toute sa rancune et accepté de l'aider sans y réfléchir à deux fois. Et maintenant, elle attendait qu'il lui réponde, plongée malgré elle dans une affaire non élucidée qui datait de vingt ans.

C'était urgent, avait dit Fabian, ne se souciant évidemment pas de la déranger en plein jeudi de l'Ascension. Dès qu'Anders, son mari, était rentré des courses, elle lui avait confié Thindra pour se rendre à Kronoberg, où elle avait cherché le rapport d'enquête dans les archives. Par chance, son nouveau collègue, Per Wigsell, n'était pas à son poste. Lui qu'elle surnommait Bob, comme Bob l'Éponge, parce qu'il avait le visage étrangement carré et qu'il ne cessait de la harceler de questions.

– Salut Malin, tu as trouvé quelque chose ?

En l'entendant, son irritation s'envola de nouveau. Dieu qu'il lui avait manqué. Même s'il n'était pas assis au bureau d'en face, elle avait le sentiment qu'ils travaillaient de nouveau ensemble.

– Oui, figure-toi, répondit-elle, avant de boire une gorgée de son café devenu froid depuis longtemps. Un rapport d'il y a vingt ans sur le meurtre de Henning von Gyllenborg.

– C'est qui ?

– Le père d'Aksel et de Bernard. Le 16 mai 1992, il a été retrouvé mort dans l'une des fermes de sa propriété située au sud de Stockholm. Une vraie boucherie. L'autopsie parle de pas moins de dix-huit coups de couteau dans le dos.

– Qui a été chargé de l'enquête à l'époque ? Edelman ?

– Oui, mais il n'a jamais rien trouvé de concluant et il a dû classer l'affaire.

– Vraiment ?

– Fabian, je sais ce que tu penses. Mais autrefois, c'était un bon flic, tu sais bien. À ce que je peux voir, lui et ses hommes ont fait un travail minutieux et exploré toutes les pistes. C'est un sacré pavé que j'ai entre les mains, je te promets.

– D'accord, dit Fabian d'un ton sceptique. Et il y a un lien avec le meurtre des frangins ?

– Pas que je sache pour l'instant. Par contre, un détail intéressant, c'est qu'on a retrouvé du sperme et du sang sur le pénis de la victime. Le sperme était le sien, mais pas le sang.

– Autrement dit, il venait de violer quelqu'un.

– C'est en effet le plus probable et visiblement, Edelman en avait tiré la même conclusion. Selon lui, le motif du crime était la vengeance.

– Des suspects ?

– Oui, une certaine Vera Meyer qui travaillait comme cuisinière au château. Elle habitait dans la maison où le corps a été retrouvé. C'est évidemment la première à avoir été interrogée, mais elle avait un solide alibi pour avoir passé le week-end en question chez une amie à Kalmar. Et puis, les analyses ont montré que ce n'était pas son sang.

– Ils ne se sont tout de même pas contentés de ça, si ?

– Non, ils ont interrogé une vingtaine de femmes qui vivaient dans les environs avec prélèvements sanguins à la clef, sans obtenir le moindre résultat. Toute cette affaire est très étrange, à vrai dire. On dirait que le ou la criminelle est partie en fumée.

– C'est peut-être justement ça, le rapport.

– Comment ça ?

– Je ne sais pas, mais nos meurtriers ont l'art de partir en fumée. Cette Vera Meyer, là, elle est toujours en vie ?

– Non, elle est morte d'un cancer du sein trois ans après les faits, indiqua Malin. Et si j'en touchais un mot à Edelman ? Il pourrait avoir une idée.

– Je préférerais qu'il ne s'en mêle pas, répondit Fabian. Mais tu peux me donner l'adresse de la ferme, que je voie qui y vit aujourd'hui ?

– Attends, je regarde.

Malin feuilleta le rapport d'enquête jusqu'au chapitre contenant des photos, des cartes et d'autres données sur le lieu du crime.

– Là, je l'ai. Route 857 à la sortie de Järna.

Elle tapa l'adresse dans la barre de recherche de l'annuaire de police et laissa l'ordinateur trouver les personnes qui y avaient été domiciliées ces vingt dernières années.

– Mince, c'est bizarre, dit-elle en observant la liste. Apparemment, personne n'y a vécu depuis la mort de Vera Meyer.

– Comment ça, la maison serait inhabitée depuis dix-sept ans ?

– À en croire notre annuaire, oui.

Le silence s'imposa. Ils avaient beau n'avoir pas travaillé ensemble depuis des années, Malin savait ce que pensait Fabian. Il voulait qu'elle aille sur place, mais il ne savait pas comment lui demander un tel service et espérait qu'elle le propose d'elle-même.

Seulement, cette fois, elle ne comptait pas le laisser s'en sortir aussi facilement.

79

Fabian coupa le moteur et déboucla sa ceinture. Maintenant qu'il avait parlé avec Malin, il se sentait soulagé. Elle s'était montrée aimable et avait même accepté de se rendre sur place, une fois qu'il avait eu le courage de le lui demander.

Il descendit de voiture, verrouilla les portes, puis leva les yeux vers l'église de Höganäs qui, avec son clocher imposant, semblait disproportionnée par rapport à la taille du village. Quand les cloches se mirent à sonner l'heure de l'office, Fabian se demanda si cette église dite de l'Ascension accueillerait plus de fidèles aujourd'hui.

Il traversa la rue vers l'immeuble à quatre étages qui s'élevait à l'angle de Storgatan. Des pignons en brique rouge et une façade couverte de tôle beige avec d'affreuses coursives. Qu'y avait-il de pire : qu'un architecte perde son temps à dessiner une telle croûte ou que la commune l'approuve ?

Fabian trouva le nom de *Christoffer & Marianne Wester* inscrit sur l'interphone. À peine eut-il appuyé sur le bouton que le verrou de la porte en aluminium vitrée s'ouvrit en grésillant.

– Papa ! Il est là ! s'écria une fillette de onze ou douze ans, avant de disparaître dans l'appartement.

L'intérieur était moderne, décoré dans les tons clairs, avec de nombreuses fenêtres qui donnaient sur les beaux bâtiments voisins – l'avantage quand on vivait dans l'immeuble le plus laid du quartier, c'était qu'on avait une belle vue. Un homme était installé à la table au fond du salon, les yeux fixés sur l'église. Il n'esquissa pas un geste pour souhaiter la bienvenue à Fabian, ce que ce dernier comprenait parfaitement, étant donné que son hôte venait d'apprendre qu'il ne reverrait jamais son épouse.

Sa fille ressortit de la cuisine avec un plateau chargé de tasses, d'une théière et d'une cafetière, et d'un gâteau fait maison.

– C'est un cake à la banane. Vous aimez ça ?

Fabian opina, même s'il n'était pas sûr d'y avoir jamais goûté.

– Je peux m'asseoir ? demanda-t-il.

– Je me disais que vous pourriez vous mettre là, indiqua-t-elle en désignant la chaise installée en face de son père, avant de poser le plateau au milieu de la table. Thé ou café ?

– Du café, s'il te plaît, répondit Fabian en tirant la chaise vers lui. Tu as besoin d'aide ?

– Non, pas la peine, répondit-elle en commençant à servir.

– Quelle fée du logis vous avez là, commenta-t-il en espérant une réaction de la part du père.

Mais l'homme l'ignorait toujours, le regard rivé au-dehors.

– Moi, j'ai deux gamins plus âgés à la maison, et aucun d'eux n'est capable de vider le lave-vaisselle.

– Aujourd'hui, ça fait un an, cinq mois et trois jours que vous avez arrêté de chercher ma femme, déclara le veuf sans quitter des yeux le clocher magistral de l'église.

Fabian hocha la tête, ne doutant pas de l'exactitude du décompte. Il s'apprêtait à répondre qu'il n'avait pas participé à l'enquête quand Wester reprit :

– Vous aviez dit que les recherches entraient dans une phase théorique et que vous continueriez le travail depuis vos bureaux.

– C'est possible. Seulement, je n'ai rien à voir avec…

– Et depuis, pas de nouvelles, le coupa-t-il en se tournant enfin vers lui. Pas un mot en dix-huit mois, putain. C'est exactement ce que j'appelle de la théorie. Vous avez refusé de me voir, ignoré mes appels et répondu à mes mails par des phrases toutes faites prétendant que l'enquête suivait son cours et que tout espoir n'était pas perdu. Des putains de mensonges !

– Je suis terriblement désolé que vous ayez trouvé que la police ne…

– Mais maintenant que vous avez besoin de mon aide, vous reprenez contact, la bouche en cœur. Et vous vous attendez à ce qu'on se tienne au garde-à-vous, qu'on vous offre du café et qu'on se montre reconnaissant, par-dessus le marché.

– Monsieur Wester, j'aurais quelques petites questions à vous poser pour nous aider à…

– À quoi ? À la faire ressusciter ?

Il attendit la réponse que Fabian ne pouvait pas lui donner.

– C'est bien ce que je pensais.

– Mais, papa…, intervint la fillette.

– Ne t'en mêle pas, Meja, gronda-t-il. Monsieur l'inspecteur, je me fous de qui peut être le coupable. Je me fous que vous l'arrêtiez ou non. Je me fous de la peine qu'il encourt et de ce qui a bien pu se passer. Je me foutrai de tout tant que Marianne ne sera pas là.

Fabian aurait voulu le raisonner, mais il se tut. L'homme avait raison. Ni lui ni personne ne pourrait ramener Marianne à la vie. C'était comme Tomas et Jarmo. Il aurait beau passer des heures et des heures au club de tir chaque semaine, il aurait toujours leur mort sur la conscience.

– Je comprends que…

– N'imaginez pas une seconde que vous me comprenez, nom de Dieu !

Le veuf se leva d'un coup et partit vers le vestibule. Quelques secondes plus tard, la porte d'entrée claqua violemment.

Fabian resta là, déconcerté. Il avait pensé expliquer à Wester où le corps de sa femme avait été retrouvé, puis l'interroger sur le déroulement du jour de sa disparition. Ensuite, il comptait lui révéler leurs soupçons concernant l'un de ses clients, Johan Halén, et lui demander ce qu'elle avait bien pu découvrir pour représenter une telle menace.

Désormais, il n'avait plus qu'à se lever et à remercier la fille pour le café.

– Vous n'êtes pas obligé de partir, dit-elle. Pas tout de suite. Papa ne reviendra pas avant une bonne heure et moi, j'aimerais bien entendre ce que vous avez à raconter.

– Pas sans ton père, Meja, je suis désolé. Tu es trop jeune. Mais peut-être qu'un autre adulte de ton entourage pourrait t'accompagner ?

– Je suis trop jeune pour avoir perdu ma mère, mais pas pour savoir ce qui lui est arrivé.

Fabian se rassit. La petite avait visé juste. Quel droit avait-il de lui refuser de connaître la vérité ?

– Vous avez fini par la retrouver ?

– Oui, mais malheureusement, comme l'a dit ton père, elle ne reviendra pas.

Meja posa sa tasse de thé et baissa les yeux.

– J'ai compris quand vous avez appelé papa, mais quand je lui ai demandé, il ne m'a rien répondu.

D'un côté, Fabian avait envie de la prendre dans ses bras et de la consoler. De l'autre, il voulait courir aux trousses du père, l'attraper et le secouer jusqu'à ce qu'il se rende compte de ce qu'il infligeait à sa fille. Mais il resta sur sa chaise sans bouger.

– Tout le monde n'a pas arrêté de me dire que je ne devais pas perdre espoir, qu'il ne fallait surtout pas que je n'y croie plus. Alors, j'ai espéré. Chaque nuit avant de m'endormir, j'ai prié pour que je me trompe, pour que ce que je sentais au fond de moi ne soit pas vrai. Mais si, et maintenant, je suis encore plus triste. Je ne comprends pas pourquoi les gens répètent ça. Si je n'avais pas espéré, maintenant, je n'aurais plus de quoi pleurer.

Oubliant tous les principes et règles, Fabian prit Meja sur ses genoux et la serra dans ses bras. Pas un muscle ne résista. Contrairement à Matilda qui s'était toujours débattue, elle s'abandonna totalement à son étreinte, comme si c'était ce dont elle manquait depuis longtemps.

Fabian voulait lui expliquer que le chagrin ne se dosait pas, et que ce qu'elle éprouvait maintenant n'avait rien à voir avec ce qu'elle aurait connu quelques mois auparavant. Lui faire comprendre que l'espoir était important malgré tout et qu'il nous aidait, qu'on le veuille ou non. Que grâce à ça, elle avait eu la force de se lever tous les matins et de préparer les meilleurs cakes à la banane du monde entier. Mais il se tut, conscient que chacun de ses mots sonnerait creux face à ce que la petite avait traversé.

– Elle devait m'aider à faire mes devoirs, murmura-t-elle. J'avais écrit une rédaction sur mon cheval.

– Tu as un cheval ?

– Pas vraiment, je suis allergique. Et puis le soir, elle m'avait promis de lire quatre chapitres de *Madiken*[1] parce que la veille, elle n'avait pas eu le temps.

– Mais ton papa, il ne pouvait pas le faire à sa place ?

Meja secoua la tête.

– C'était toujours maman qui me racontait des histoires. Elle prenait des voix différentes et tout, et parfois, pour me faire sursauter, elle faisait des bruitages, genre « PAN ! », « BOUM ! ». Mais maintenant, je lis toute seule dans mon lit.

– Tu te rappelles autre chose du jour où elle a disparu ?

1. Célèbre roman pour enfants d'Astrid Lindgren.

– Le matin, elle était de mauvaise humeur. Ça n'arrivait quasiment jamais. Apparemment, elle avait travaillé toute la nuit. J'ai mis de la musique pour la faire danser et l'amuser, mais ça n'a pas marché, alors que c'était les Smiths, son groupe préféré. Elle est partie sans même me dire au revoir.

– Tu ne sais pas ce qui l'avait occupée toute la nuit, par hasard ?

Elle esquissa un non de la tête.

– Quand elle travaillait, elle gardait toujours la porte de son bureau fermée pour être tranquille. Personne n'avait le droit d'entrer, même pas papa. Je pensais qu'elle finirait par sortir pour me faire la lecture, mais elle est restée enfermée toute la nuit.

– Et ce bureau, il existe toujours ?

– Oui, mais papa l'a condamné. Il a dit qu'on ne devrait jamais y retourner. Sauf qu'en fait, il ne sait pas que je sais que c'est la même clef qui ouvre toutes les portes, ajouta-t-elle en croisant le regard de Fabian.

La pièce faisait à peine dix mètres carrés, mais y trouvaient leur place un fauteuil usé avec repose-pied, une console, une télé avec magnétoscope et lecteur DVD intégrés, une grande bibliothèque dont les étagères ployaient sous le poids des livres, des piles de papiers et des bibelots, une table sur laquelle trônaient une machine à coudre et le canevas d'une couverture en patchwork. Et au fond, devant la fenêtre, un bureau croulant sous les tasses encrassées de café, les classeurs et autres dossiers. Le tout reposait sous une fine couche de poussière. Manifestement, personne n'avait mis les pieds ici depuis la nuit précédant le meurtre de Marianne. Pas même la police lorsque sa disparition avait été signalée.

Fabian s'installa sur la chaise de bureau et balaya du regard le méli-mélo de documents, essayant de comprendre ce qu'il avait sous les yeux. Pour la plupart, des papiers de banque, dont certains estampillés du logo vert de la SEB et d'autres du nom d'établissements étrangers dont il n'avait jamais entendu parler. Certains classeurs étaient remplis de listes d'opérations financières, où sous le dépôt gris apparaissaient des ordres de vente et des avis de retrait cernés de signatures plus ou moins illisibles.

De quoi s'agissait-il, en réalité ? Qu'est-ce qui avait pu être assez important pour que Marianne s'enferme dans cette pièce, et ne vienne pas lire une histoire à sa fille ni même lui souhaiter bonne nuit ? Fabian tentait de se concentrer, tout en soulevant un document par-ci, en déplaçant un par-là. Mais ses pensées ne lui obéissaient pas. Il laissa son regard errer au hasard sur toutes ces lignes de chiffres dans l'espoir qu'elles commencent à former un ensemble et à prendre vie.

Peu à peu, les éléments se mirent en place. Et soudain, tel un objectif parvenant enfin à faire la mise au point, tout s'éclaira.

Comme il le savait, Marianne Wester avait été la conseillère personnelle de Johan Halén. Or, elle ne s'était pas contentée d'avoir des soupçons sur son identité. Elle était allée bien plus loin, inspectant le détail de chacune des transactions de vente de ses actifs.

Un travail qui aurait pris une éternité à la police. Rien qu'obtenir les documents nécessaires pour pouvoir examiner l'activité de ces comptes installés dans des pays sans accords d'échange d'informations avec la Suède aurait relevé du miracle. Pourtant, Marianne avait réussi à suivre le cheminement de la fortune de Halén qui, à travers plusieurs sociétés offshore, avait commencé par voyager aux quatre coins du monde, avant de revenir quelques mois plus tard en Suède, sous la forme de primes d'assurances et de prétendus gains au jeu.

Quatorze mois auparavant, les millions blanchis avaient été virés sur un compte de la Nordea. Ne s'attendant pas à faire une telle découverte, Fabian crut d'abord qu'il avait mal vu. Mais en y regardant de plus près, il n'eut plus aucun doute.

Le compte appartenait à deux noms : Sten et Anita Strömberg.

Les voilà, avec leurs signatures inscrites noir sur blanc, leurs numéros d'identification personnels et une copie de leurs permis de conduire. Et bien qu'ils semblaient plus âgés et différents, Fabian reconnaissait leurs regards intenses braqués sur lui, comme Jeanette Dawn l'avait souligné quelques jours plus tôt.

Marianne Wester avait effectué tout le travail. Et grâce au suivi des transactions bancaires, associer les meurtres de Halén, de Brise et de Dawn aux deux mêmes criminels ne devrait plus être un problème.

Bientôt, la boucle serait enfin bouclée.

80

DANEMARK

Il y avait bien dix ans que Dunja n'avait pas mis les pieds au Café Sebastopol. Non pas qu'elle ait quelque chose contre ce restaurant, au contraire. La nourriture y était tout à fait correcte – un bistro français classique à des prix raisonnables. Les alentours de la place Sankt Hans, qui n'était qu'à quelques pas de son appartement, faisaient partie des coins les plus agréables de Copenhague.

Pourtant, elle ne se sentait pas parfaitement à l'aise. On aurait dit que la belle façade de l'établissement n'était justement qu'une façade, et que ce lieu n'avait pas sa place dans le quartier populaire de Nørrebro. Jusqu'à présent, parmi les clients, elle n'avait vu personne de son voisinage.

Mais elle n'avait rien montré à Magnus, fier comme un paon. Lui qui s'était plié en quatre pour trouver l'endroit parfait et avait même insisté pour lui faire la surprise.

Avant qu'il ouvre la porte du restaurant et que le maître de salle les accompagne à leur table, Dunja n'avait pas même compris qu'il l'emmenait dîner en tête à tête. Ce soir, elle avait pensé engloutir un kebab, avant de se remettre au travail et continuer à recenser tous les membres du club d'art martial de Helsingborg. En réalité, elle n'était pas du tout d'humeur à passer des heures à table.

Mais au fond, elle avait apprécié cette initiative. Magnus, qui d'ordinaire paraissait si pingre, s'était comporté en vrai gentleman. Il lui avait offert non seulement une coupe de champagne en apéritif, mais un menu à trois plats. Rien n'était trop cher, avait-il souligné. Maintenant qu'ils flânaient le long de Fælledvej en direction de chez elle, Dunja était forcée de constater que personne ne s'était montré aussi attentionné envers elle depuis très longtemps.

– Je ne dirais pas non à une tasse de thé avec une larme de rhum, déclara-t-il avec le sourire. Tu en as chez toi ? Sinon, on passe quelque part en acheter. Le rhum, ça se marie avec presque tout. Dans du chocolat chaud par exemple, tu as déjà goûté ?

– Magnus…

Dunja essaya de capter son regard errant.

– C'était une soirée très agréable, vraiment. Mais je pense qu'il vaut mieux que chacun rentre chez soi.

– Déjà ? Il est à peine plus de 22 heures.

La dernière double dose de whisky qu'il avait insisté pour commander se faisait manifestement sentir.

– Depuis quand es-tu si sage ?

Magnus s'immobilisa et se retourna vers elle, titubant légèrement.

– Tu crois que je n'ai pas entendu les rumeurs ? Hein ? Sur tes petites habitudes du mardi soir… Alors, certes, aujourd'hui, c'est jeudi, mais mardi dernier, c'était pas trop l'ambiance, à moins que tu ne te sois tapé quelqu'un rapidos dans une voiture, avant de te précipiter vers l'autoroute.

Le bruit de la paume de Dunja claquant sur sa joue résonna dans la rue déserte. Le sang afflua dans ses veines et pulsa dans sa main. Elle avait voulu le faire taire, mais le coup avait été plus violent que prévu. Pourtant, Magnus, avec sa pommette en feu, ne semblait pas plus choqué que ça. Il avait surtout l'air penaud.

– Pardon, dit-il en se prenant la joue, comme si la douleur avait fini par franchir la barrière de l'alcool. C'était con, terriblement con… C'est juste que tu me plais tellement, je me disais que… Après tout, on est… Tu sais. Mais tu as bien fait. Pardon.

– Magnus, ce n'est pas grave.

– Si, c'est grave. Écoute-moi deux secondes.

Il tenta en vain de fixer ses yeux sur elle.

– Je sais ce que tu penses de moi. Que je suis lourdingue, pas du tout ton genre et…

– Magnus, tu n'as pas besoin de…

– Chut, la coupa-t-il, l'index dressé en l'air. Je veux que tu saches que tout ce que je fais, c'est pour toi. Absolument tout.

– D'accord, je m'en souviendrai. Mais maintenant, c'est l'heure de rentrer.

– Ne sois pas fâchée. Jure-moi que tu n'es pas fâchée.

– Promis juré. Ne t'inquiète pas, je veux juste que tu rentres chez toi.

– Tu es tellement parfaite, putain. La meilleure. Mais tu le sais déjà, j'imagine. Le truc, c'est que si quelqu'un mérite qu'on fasse bien les choses et qu'on n'aille pas trop vite, c'est toi. Tu comprends ?

Dunja hocha la tête.

– C'est pour ça que je préfère que tu ne montes pas chez moi, répondit-elle en essayant de capter son regard de plus en plus fuyant.

– Pardon… Pardon…

Magnus tourna les talons et commença à s'éloigner. Mais il allait à l'opposé de chez lui et à pas si chancelants que le fait qu'il tienne seulement debout tenait du miracle.

– Magnus ! Attends ! s'écria Dunja en le rattrapant. Réflexion faite, il vaut mieux que tu dormes sur mon canapé.

Il se retourna, les yeux embués.

– Je veux surtout pas que tu te sentes…

Dunja eut juste le temps de faire un pas de côté pour éviter les restes de viande, de pommes de terre et de vin rouge qui jaillirent de sa bouche.

– Merde…, bredouilla Magnus, avant d'être pris d'un autre vomissement. Putain, la honte.

Dès qu'il cessa de rendre tripes et boyaux, Dunja l'attrapa sous le bras et le mena vers la porte de son immeuble, puis dans son appartement.

– Magnus, ça va aller, ou tu sens que ça va revenir ? demanda-t-elle.

– Non, ça va mieux, beaucoup mieux. Je dois juste…

Il se traîna vers la salle de bains, d'où elle l'entendit ouvrir le robinet et se rincer, puis se laver les dents.

Trop fatiguée pour chercher à savoir s'il avait pensé à prendre sa propre brosse à dents ou s'il utilisait la sienne, Dunja entra dans sa chambre afin de sortir une couverture et des draps du tiroir installé sous son lit, avant d'aller au salon, de tirer les rideaux et de préparer le lit. Le canapé était un peu trop petit pour lui, mais elle n'avait pas mieux à lui offrir.

Puis elle retourna dans sa chambre et ferma la porte. Pendant qu'elle se déshabillait, elle entendit Magnus traverser le couloir en direction du salon.

– Je t'ai fait ton lit sur le canapé, lança-t-elle. Couche-toi, on se voit demain.

Il ne répondit pas, mais la porte de sa chambre se mit à grincer dans son dos.

– Magnus… J'ai dit le canapé, pas mon lit, continua-t-elle en se dépêchant d'enfiler un bas de pyjama.

Et le haut, où diable était-il passé ?

– Magnus, nom de Dieu. Je suis sérieuse, sors d'ici tout de suite.

Elle était seins nus et ne pouvait pas se retourner vers la porte qui claqua. Ce porc était entré, elle sentait son haleine. Quel connard… Il était comme tous les autres. Mais pourquoi ne disait-il rien ?

– Très bien, dans ce cas, dégage de chez moi, reprit-elle. Sors de cette pièce et va-t'en. Si tu m'obéis, on oublie tout, mais sinon, je vais devoir…

Ce qu'elle sentit soudain dans son dos lui évoqua une comptine pour enfants.

Haut les mains, peau de lapin…

Sauf que ce n'était pas un jeu. Entre ses omoplates était pressée la bouche d'un pistolet.

81

Suède

Ça s'appelait « faire une fugue ». Mais Theodor ne se sentait pas concerné. Pas par cette expression qui signifiait s'enfuir de chez soi. Jamais cette baraque prétentieuse dans un quartier prétendument charmant de Helsingborg ne serait chez lui.

Il lui suffisait de fourrer quelques affaires dans un sac à dos et de décamper. Prendre le ferry pour le Danemark, rejoindre Copenhague où il sauterait dans le premier train, cap vers le sud. Personne ne remarquerait rien. Quand ses parents, qui semblaient enfin avoir décidé de se séparer, remarqueraient qu'il n'était pas dans sa chambre, il serait à l'autre bout de l'Europe.

Peut-être devait-il miser sur l'est du continent, là où la vie n'était pas chère. Il n'aurait sans doute pas trop de problèmes pour trouver du travail, n'importe quel boulot, juste de quoi survivre. Et même s'il n'y arrivait pas... Après tout, ça ne changeait rien. Cette vie de merde était foutue, de toute façon.

Tout ce qui l'avait retenu jusque-là, c'était Alexandra. Il avait pensé lui proposer de l'accompagner, mais c'était trop risqué. Aussi amoureux soit-il, il valait mieux qu'il garde ses distances à présent.

Il mit *Nervermind* à plein volume pour que personne ne l'entende. Tout ce dont il avait besoin se trouvait dans sa chambre et il serait prêt bien avant que son père ait fini de préparer le dîner. Ensuite, il n'aurait qu'à se gaver le plus possible, proposer de faire la vaisselle pour que les autres le laissent seul, puis partir juste après.

Il avait tout prévu sauf qu'on vienne frapper à sa porte.

– Theodor, tu as de la visite !

C'était son père. Comment ça, de la visite ?

– OK, j'arrive.

Il cacha son sac dans son placard et ouvrit la porte.

– C'est un copain à toi, dit Fabian d'un air aussi enjoué que s'il venait de gagner au Loto.

Il s'apprêtait à demander qui quand il vit Henrik Maar apparaître en haut de l'escalier.

– Salut, Theo. Ça roule ? fit ce dernier, la main levée.

Theodor fut forcé de lui rendre son high five et d'afficher un sourire.

– Le dîner est prêt dans une demi-heure, déclara Fabian. Si tu veux, tu peux te joindre à nous.

– Oui, pourquoi pas, répondit Henrik. Ça sent hyper bon.

– Désolé, mais c'est pas possible, intervint Theodor. Henrik a juste un truc à me montrer sur *Call of Duty*.

– Comme vous voulez, dit Fabian. Si vous changez d'avis, faites-moi signe.

Dès que son père redescendit l'escalier, Theodor entraîna Henrik dans sa chambre et claqua la porte.

– Qu'est-ce que tu fous là ?

– Calme-toi, répondit Henrik, les mains dressées en l'air. Je viens faire la paix.

– C'est ça…

Il saisit Henrik par le col de son bomber et le plaqua contre le mur.

– Qu’est-ce que tu veux, putain ?

– Je croyais qu’on était potes, t’as déjà oublié ?

Henrik se dégagea de sa prise et s’installa sur sa chaise de bureau, les pieds posés sur la table.

– Quand on est potes, on s’entraide, nan ? On fait gaffe à ce que l’autre se porte bien et qu’il ne fasse pas de conneries.

– Comme quoi ?

– J’en sais rien, répondit Henrik en commençant à tripoter ce qu’il trouvait sur son bureau. Parler un peu trop à son papa, par exemple, ou rompre le pacte.

– On n’a conclu aucun pacte, que je sache. Toi et les autres, faites ce que vous voulez. Je m’en fous.

– Vraiment ? C’est dommage. On s’apprêtait à une nouvelle petite action.

Henrik s’immobilisa soudain.

– Mais non ! s’écria-t-il en attrapant son journal intime, c’est vraiment ce que je crois ? Trop mignon, putain.

Theodor lui arracha le carnet des mains.

– Si tu crois que tu vas réussir à me mêler à vos sales histoires, tu te trompes. Il est temps que tu t’en ailles.

– Déjà ? Je ne t’ai même pas montré mes astuces sur *Call of Duty*. Et puis, je ne t’ai pas expliqué ce qu’on avait prévu cette fois.

– Je m’en fous, je t’ai dit. Allez, salut.

– Tu vois cette fille ? continua Henrik en sortant puis en agitant la photo d’une femme couverte de sang au milieu d’une rue piétonne. Elle s’appelle Sannie Lemke et c’est la seule à pouvoir nous reconnaître. Si on se débrouille pour la faire taire, on est sauvés. Toi et Alex, vous pourrez baiser tranquilles.

– T’es bouché ou quoi ? rétorqua Theodor en allant vers la porte, décidé à répondre par la force. Tu n’as pas l’air de comprendre ce que je te raconte, alors autant que mon père t'explique les choses, finalement.

Il ouvrit la porte.

– Papa ?

– Oui ? répondit une voix du rez-de-chaussée. Qu'est-ce qu'il y a ?

Soudain, un clic retentit dans son dos. Même s'il n'avait jamais entendu pour de vrai ce bruit, Theodor sut parfaitement de quoi il s'agissait. Il se retourna, les yeux rivés sur le pistolet que Henrik tenait en main.

– Joli, n'est-ce pas ?

Le garçon le remua pour le montrer sous toutes les coutures.

– Où est-ce que t'as eu ça ? balbutia Theodor.

– N'encombre pas ton petit cerveau avec ça, répondit Henrik. Tout ce dont tu dois te soucier, c'est refermer la porte et m'écouter.

– Rien rien ! lança Theodor en claquant la porte.

– Là, tu vois que tu sais coopérer, quand tu veux…

Henrik agita le pistolet en direction du lit.

– Comme je disais, on n'a plus qu'un coup à faire. Dès qu'on trouve la fille, on s'occupe d'elle.

Il sortit une étoffe noire de la poche intérieure de son blouson, la jeta à Theodor avant de glisser son arme dans sa ceinture.

Theodor déplia le morceau de tissu, qui n'était autre qu'une cagoule avec un grand smiley recouvrant l'ouverture du visage.

– Attends, tu ne comptes quand même pas sur moi pour participer ?

La panique se répandit dans ses veines tel le venin d'un serpent.

– Mais pourquoi ? bredouilla-t-il.

– Parce que maintenant, tu es l'un des nôtres.

82

DANEMARK

Dunja croyait que c'était Magnus qui, trop tenté, s'était glissé dans sa chambre. Pourtant, en sentant la bouche du pistolet lui tâter le dos, elle n'avait plus su quoi penser. Ce garçon avait ses défauts, mais il n'était certainement pas du genre violent.

En se retournant, elle s'était attendue à tout sauf à croiser le regard menaçant de Sannie Lemke, qui tenait sa propre arme pointée sur elle. Dunja avait aussitôt poussé un cri et Magnus avait accouru, à moitié endormi, ce qui n'avait fait que jeter de l'huile sur le feu : Sannie, à bout de nerfs, s'était mise à agiter fébrilement l'arme entre les deux policiers, jurant qu'elle était prête à tirer.

Dunja avait répété qu'elle n'avait rien à craindre, qu'elle était en sécurité, insistant sur le fait qu'ils étaient tous les deux officiellement en arrêt maladie et qu'ils menaient l'enquête de leur côté.

Sannie avait écouté et elle s'était laissé convaincre non seulement de lâcher son arme, mais de prendre un bain chaud. Lorsqu'elle réapparut dans le vestibule, les cheveux propres et vêtue d'habits que Dunja lui avait prêtés, elle ressemblait à n'importe quelle jeune femme de Copenhague. Tout ce qui trahissait son histoire, c'était les regards nerveux qu'elle jetait sans cesse par-dessus son épaule.

– Sannie, personne à part moi et Magnus ne sait que vous êtes ici. Vous pouvez vous détendre.

– Vous êtes sûre ?

Dunja hocha la tête et lui prit délicatement la main.

– Venez, allons dans la cuisine. Je viens de préparer du thé et de quoi grignoter. Vous devez avoir une faim de loup.

Sannie opina et suivit son hôte vers la table de la cuisine.

– Magnus ! Tu viens ? lança Dunja.

– Commencez sans moi, répondit-il du salon. J'arrive.

Dunja commença à remplir les tasses.

– Servez-vous, dit-elle. Vous avez du fromage, des œufs, du salami et là, du miel pour le thé, si vous en voulez.

Sannie, les mains tremblantes, attrapa une tranche de pain sec qu'elle mangea du bout des dents, avant de boire quelques gorgées de la boisson chaude. Au bout de quelques bouchées, elle souffla et osa se servir plus généreusement. Quand Magnus entra dans la pièce, rhabillé et rafraîchi, les cheveux peignés à l'eau, il ne restait sur la table qu'une tranche suintante de fromage et quelques tristes quignons.

– Sannie…, reprit Dunja en lui attrapant la main, tout en essayant de capter son regard. Je crois savoir qui a assassiné votre frère. Et je crois que si vous êtes venue ici, c'est pour nous aider à les arrêter.

– Non, fit Sannie en secouant la tête. Non, non, non, non, non. Ils ont pris Bjarke et je… je n'avais nulle part où aller. J'espérais juste que vous étiez différente des autres.

– C'est le cas, vous avez bien fait. Bjarke, c'est l'homme avec le briquet ?

– Il était sorti ramasser de vieilles bouteilles[1], mais il n'est jamais revenu…

---

1. En Suède, il existe un système de consigne sur les canettes et bouteilles en plastique.

La jeune femme se mordit les lèvres pour retenir en vain un sanglot.
– Et par hasard, est-ce que vous lui auriez donné mon arme ? demanda Magnus.
– Magnus, intervint Dunja. Ça, ça peut peut-être attendre, non ?
– Je voulais juste…
– Magnus, répéta Dunja en prenant délicatement les épaules de Sannie. Va plutôt me chercher un peu de rhum.
– Hein ? Tu en as ?
– Dans le placard tout en haut à droite. Mais ce n'est pas pour toi, tu as assez bu.
Magnus trouva la bouteille et la tendit à Dunja, qui versa une lichette d'alcool dans le thé de Sannie.
– Tenez, avalez-moi ça.
Sannie engloutit d'un trait le contenu de la tasse, avant de la poser et de sécher ses larmes.
– Je l'ai cherché toute la nuit, mais je ne l'ai pas trouvé, et le lendemain matin, il était partout, dans tous les journaux, sur toutes les chaînes de télé.
– Ce que je ne comprends pas, c'est comment ils ont fait pour le retrouver, reprit Dunja en lui préparant un nouveau thé au rhum. Vous êtes pourtant restés discrets, non ?
Sannie opina tout en reprenant une gorgée.
– Ils demandent à droite à gauche à coups de menaces et de pourboires. Et puis maintenant, il leur suffit d'enfiler leurs masques pour que les gens parlent. La prochaine fois, c'est moi qu'ils voudront.
– Il n'y aura pas de prochaine fois, vous entendez ?
Dunja serra la jeune femme dans ses bras.
– Sannie… C'est justement à ça que vous devez nous aider.
– Mais comment ? Comment est-ce que je pourrais…
– En les désignant. C'est tout ce que vous avez à faire.

– C'est *tout* ?

Elle se dégagea de l'étreinte de Dunja et plongea son regard dans le sien.

– Je n'ai qu'à témoigner devant tout le monde ? À me présenter à la police pour qu'ils enregistrent ma déclaration et en profitent pour me réclamer un test d'urine et des tas de trucs à la con ?

– Sannie, je vous promets de veiller à...

– Vous n'avez rien à me promettre, continua-t-elle. Les flics n'ont jamais levé le petit doigt pour les gens comme moi. Qu'est-ce que vous croyez qui arrivera quand les coupables sortiront, hein ? S'ils atterrissent seulement en prison... À votre avis, qui est-ce qu'ils chercheront ?

– D'accord, mais quelle est la solution, alors ? Que ces types continuent librement à s'amuser et à vous attraper tous, les uns après les autres ? Qu'on les regarde faire sans rien dire ? Sannie, je comprends parfaitement votre sentiment. Croyez-moi, personne ne sait mieux que moi ce dont certains sont capables dans notre métier. Mais ce sont des exceptions et là, autour de cette table, vous avez au moins deux flics qui sont de votre côté, assura Dunja en se tournant vers Magnus, qui approuva de la tête. Nous sommes prêts à tout, mais nous avons besoin de votre aide.

Sannie resta silencieuse un instant, puis acquiesça finalement.

– Je peux en avoir encore un petit peu ? demanda-t-elle avec un geste du menton vers la bouteille de rhum.

Dunja lui prépara un nouveau thé arrangé, avant d'aller dans le salon chercher les photos des membres du club d'art martial. Dès qu'elle revint et les posa sur la table de la cuisine, elle vit au regard happé de Sannie qu'elle reconnaissait certains visages.

Mais soudain, l'interphone se mit à grésiller dans l'entrée.

– Qu'est-ce que c'est ? demanda Sannie en bondissant de sa chaise et en cherchant des yeux la sortie.

– Calmez-vous, ce n'est rien, affirma Dunja en l'invitant à se rasseoir. Dans ce quartier, il n'y a pas une nuit sans qu'un imbécile bouscule l'interphone et réveille tout l'immeuble. On s'habitue, croyez-moi, il suffit de dormir avec des boules Quies.

Mais le bourdonnement reprit de plus belle, retentissant par à-coups agressifs.

– Magnus, tu peux aller voir ce qui se passe ? Il est minuit passé.

Dès que son collègue disparut dans le vestibule, Dunja poursuivit :

– Rassurez-vous, personne ne sait que vous êtes ici. Je vous le promets.

Elle versa de nouveau une larme de rhum dans le thé de Sannie, qui s'empressa de l'avaler avant de se rasseoir.

– Là, vous voyez ? C'est fini. Mais au fait, vous êtes entrée comment ?

La jeune femme esquissa un sourire.

– Vous croyez peut-être fermer en partant de chez vous, mais ces vieilles portes, c'est du carton quand on sait s'y prendre.

– Tiens, mais qui voilà ! Ça fait un bail !

Dans l'embrasure de la porte se tenait Kim Sleizner, affichant une mine radieuse. Dunja ne comprenait pas. Elle eut beau bouger les lèvres, aucun son ne sortit de sa bouche.

– Tu n'es pas contente de me voir ?

Il entra dans la cuisine, les bras ouverts.

– Et voilà Sannie Lemke, si je ne m'abuse…

Son regard alterna entre les deux femmes.

– Dans d'autres circonstances, on aurait passé du bon temps, toi et moi, ajouta-t-il en lui tapotant la joue et en lui reniflant les cheveux. Après qu'on t'aurait débarrassé de tes poux, bien entendu.

– Kim, qu'est-ce que tu fous là ? reprit Dunja en se levant. Comment as-tu pu savoir…

– À ton avis, de quoi ça a l'air ? lança Sleizner en frappant deux coups dans ses mains, et deux agents en uniforme surgirent dans la cuisine. Arrêtez-moi cette fille, leur ordonna-t-il.

Sannie renversa la table pour tenter de s'échapper, mais les deux hommes parvinrent vite à la plaquer au sol et à la maîtriser.

– Lâchez-la ! s'écria Dunja, avant de se tourner vers Sleizner : Tu n'as aucun droit de débarquer comme ça chez moi et de…

– Bien sûr que si, rétorqua-t-il.

Les agents tirèrent si fort les bras de Sannie en arrière pour lui enfiler les menottes que ses épaules craquèrent.

– Cette putain a volé des armes de la police, reprit Sleizner. Et puis, c'est le témoin principal de l'une de nos enquêtes les plus importantes actuellement. Donc j'ai toutes les raisons de venir la cueillir chez ma petite détective privée préférée. Sache que, pour établir la vérité, je peux faire tout ce qui me plaît. De toi, d'elle et de ce trou à rats. Tout ce que je veux, quand je veux.

Le chef de la police se tourna vers ses hommes.

– Embarquez-la et attendez-moi dans la voiture.

Les agents opinèrent et emmenèrent Sannie, qui se débattait comme une lionne. Avant de disparaître dans le couloir, elle fusilla Dunja du regard et lui cracha au visage.

Sleizner éclata de rire.

– Tu sais ce qui m'étonne, hein ? Devine…

Il s'approcha pour se poster juste devant Dunja.

– Que tu aies l'air aussi surprise. Je savais que tu étais naïve, mais à ce point-là, je n'en reviens pas. Tu ne t'imaginais tout de même pas que toi et moi, c'était fini, si ? Ou plutôt, que j'en avais fini avec toi.

Il alla vers le frigo, l'ouvrit et en sortit une bière qu'il décapsula avec la queue d'une fourchette.

– Si tu avais cru une seconde le contraire, je peux t'assurer qu'avec toi, je n'en aurai jamais fini. Je suis du genre à jouir en cascade, tu sais.

Il avala quelques gorgées de bière, puis éructa.

– Au bout d'un certain temps, tu commenceras à te demander quand ça s'arrêtera. Mais le truc, c'est que ça ne cessera jamais, et tu commenceras à avaler pour suivre le rythme, sauf que ça continuera encore et encore, et tu finiras par avoir des haut-le-cœur, à ne plus pouvoir respirer. Et même quand tu t'écrouleras, inconsciente, la bouche entrouverte, je continuerai à aller et venir.

Il illustra son propos avec le goulot de la bouteille.

– Non pas que ce soit si bon que ça, je préfère quand on me résiste. Mais juste parce que j'ai le droit.

Il but les dernières gouttes.

– Mmmh, délicieuse cette bière, commenta-t-il en regardant l'étiquette. Mikkeller… Jamais entendu parler. Encore une de ces brasseries de hipsters, non ? Mais peu importe, je crois qu'on va en rester là pour aujourd'hui.

Sleizner se dirigea vers Magnus qui, dans l'embrasure de la porte, affichait une mine déconcertée.

– Ne prends pas cet air de chien battu, lui dit-il en lui tapotant la joue. Rassure-toi, tu as joué ton rôle à la perfection, je ne l'oublierai pas. Bois plutôt une bière à ma santé.

Le chef de la police de Copenhague disparut dans le vestibule et claqua la porte derrière lui.

Dunja n'en croyait pas ses oreilles. Jamais elle n'aurait pu croire Magnus capable de contacter Sleizner dans son dos. Voilà donc ce qu'il avait voulu dire en rentrant tout à l'heure, la langue déliée par l'alcool. Et maintenant, il semblait de nouveau pris de nausée.

– Pardon, marmonna-t-il en avalant sa salive. Je voulais bien faire, tu comprends, pour t'éviter des ennuis. Je ne pouvais pas savoir que ça prendrait cette tournure, ajouta-t-il, attendant une réaction de sa part. Je t'en prie, réponds-moi.

Mais elle était sans voix, encore paralysée par le choc.

Ce qui, au fond, valait sans doute mieux.

83

Suède

Le soleil levant semblait abandonné dans le ciel d'un bleu limpide. Même si l'obscurité régnait encore entre les arbres, le jour était en train de transformer l'humidité de la nuit en un voile flottant sur la route caillouteuse qui sillonnait la forêt.

Au fond du bois, derrière un virage serré, un camping-car gris métallisé reposait dans la brume matinale, garé près d'une camionnette et d'une moto. D'une fenêtre s'échappait un air joyeux de bossa-nova qui venait se mêler au chant des oiseaux.

À l'intérieur, une femme en sous-vêtements, aux cheveux roux coupés au carré, se maquillait en chantonnant face à un miroir éclairé.

Le petit espace ressemblait à la loge d'un théâtre. Des vêtements pendaient un peu partout et sur une étagère étaient alignées les têtes de mannequins coiffés de toutes sortes de perruques. Un panneau en liège accroché près du miroir était tapissé de photos Polaroid, les clichés de certaines victimes épinglés à côté du portrait du criminel, une fois qu'il s'était glissé dans leur peau.

La femme enfila de grosses boucles d'oreilles, attrapa un collant, une jupe bleu marine et un chemisier blanc. Puis elle passa une paire d'escarpins, une veste assortie à la jupe et des lunettes à monture épaisse, avant de couper la musique et de sortir du camping-car, une serviette en cuir patiné sous le bras et un casque à la main. Un instant plus tard, le grondement d'un moteur perturba le calme du petit matin et la moto fila sur le chemin forestier.

Dès qu'elle arriva sur l'autoroute, la femme accéléra en direction de Helsingborg. Sur sa droite défilèrent Väla, le centre commercial qui ne cessait de grandir, et quelques minutes plus tard, le bâtiment du *Helsingborgs Dagblad*, le journal local, apparut sur sa gauche. Elle ne tarda pas à ralentir pour se ranger sur la file extérieure et sortir sur Kullavägen, avant de prendre tout de suite à droite sur Rundgången qui menait au commissariat.

Contrairement à la voiture qui tourna juste devant elle sur le parking du personnel, elle continua et stationna une cinquantaine de mètres plus loin, près de la maison d'arrêt. Avec des gestes mécaniques, elle sortit d'un coup de talon la pédale, descendit de selle, tout en retirant son casque et en le laissant sur le guidon. Puis elle verrouilla le véhicule et laissa la clef sur la roue arrière.

– Vous devez être Cecilia Olsson, déclara le gardien qui la reçut à l'entrée de la maison d'arrêt.

Elle hocha la tête sans bouger ses lèvres pourpres et montra sa carte d'identité.

– Je croyais qu'il ne voulait pas d'avocat, reprit le gardien tout en examinant ses papiers.

– Tout le monde a le droit de changer d'avis, rétorqua-t-elle avec un sourire bref.

– Oui, surtout pour une jolie femme comme vous, lança-t-il en lui adressant un clin d'œil. C'est à se demander si on ne devrait pas tous se mettre à griller les feux et à faire des conneries.

L'homme passa sa carte dans le lecteur et lui fit signe de le suivre à travers la grille.

– À ce que j'ai compris, c'est aujourd'hui le grand jour. Mais d'après les rumeurs, ils ont de quoi lui coller la perpétuité.
– C'est d'autant plus important que je m'entretienne avec lui maintenant.
– Oui, on peut voir ça comme ça. Après tout, l'espoir fait vivre.
Il lui tendit une pochette transparente dans laquelle la femme vida de ses poches ses clefs, son téléphone et son portefeuille.
– Mettez votre sac sur le tapis roulant et placez-vous sur les marques, bras tendus.
La femme obéit et le gardien passa sur ses vêtements un détecteur de métaux qui bipa au contact des baleines de son soutien-gorge. Puis il commença à la palper à mains nues.
– Vous êtes toujours aussi méticuleux ? demanda-t-elle.
– Vous avez sans doute entendu parler de ce qui s'est passé il y a deux ans. Depuis, on a de nouvelles consignes, même si je dois bien avouer que certains jours, on s'applique plus que d'autres.
Le gardien lui adressa de nouveau un clin d'œil, tout en lui tâtant le dos, puis les bras, la poitrine et la taille, avant de finir par les jambes.
Enfin, il lui rendit son porte-documents et ouvrit une autre grille, où une gardienne prit le relais et l'escorta à travers plusieurs couloirs jusqu'à une porte en métal qu'elle déverrouilla à l'aide d'un badge et d'un code à six chiffres.
– Comme vous êtes avocate, on n'est pas censés assister à la rencontre. Mais si vous voulez qu'on vous protège, on peut faire une exception.
– Merci, mais je préfère qu'on s'en tienne au règlement.
La gardienne acquiesça.
– Si vous voulez sortir, vous n'avez qu'à appuyer sur le bouton rouge. Autrement, je reviens dans une demi-heure.

La femme pénétra dans la salle des visites, une pièce aveugle meublée d'une banquette en plastique et d'une table où l'attendait le criminel. Il portait un uniforme gris clair estampillé du logo de la maison d'arrêt de Helsingborg.

– Bonjour, je m'appelle Cecilia Olsson, dit-elle, la main tendue.

– Bonjour bonjour.

L'homme se leva pour lui serrer la main, tandis que la gardienne reculait et fermait la porte. Le pêne de la serrure électrique s'enfonça automatiquement dans le mur.

Il approcha et posa son front contre celui de sa visiteuse, qui retira ses escarpins. Les deux criminels se regardèrent yeux dans les yeux comme si toute une vie les avait séparés. Au bout d'un instant, il pointa sa langue et elle en fit autant, et ils se léchèrent goulûment tels deux serpents entrelacés.

– Bientôt…, murmura-t-il en lui retirant ses lunettes. Il n'y en a plus pour longtemps.

Elle hocha la tête, et comme s'ils s'étaient donné un signal, ils commencèrent à se déshabiller, lui, retirant sa blouse et son pantalon d'uniforme, elle, son chemisier, sa jupe et ses collants. Puis, tandis qu'il agrafait le soutien-gorge rembourré, elle passa sa blouse de prisonnier. Chacun de leurs mouvements semblait travaillé au détail près, comme une chorégraphie à laquelle ils se seraient longuement exercés.

En un rien de temps, l'homme avait enfilé les collants et la jupe de sa complice, tandis qu'elle avait boutonné le pantalon gris. Puis ils s'approchèrent de nouveau l'un de l'autre pour s'embrasser passionnément, avant de continuer.

Elle ôta ses faux cils qu'elle fixa aux paupières de son complice, avant de lui mettre ses boucles d'oreilles. Puis elle ouvrit sa serviette, en sortit un coton humide et commença à se démaquiller, tandis qu'il se poudrait le visage, se dessinait deux traits d'eye-liner et se colorait les lèvres du même rouge.

Enfin, elle le coiffa de sa perruque – elle aussi était rasée à blanc – et dès qu'il eut enfilé les escarpins et les lunettes, la ressemblance était parfaite.

Dix minutes plus tard, le bruit de la serrure retentit, la porte s'ouvrit et la gardienne réapparut.

– La visite est terminée, annonça-t-elle.

L'homme déguisé en avocate remonta ses lunettes sur son nez, s'empara de la serviette, puis se leva, perché sur ses hauts talons, et se retourna vers la gardienne qui le fit sortir de la pièce et l'escorta à travers les couloirs, sans remarquer un seul instant qu'elle n'avait pas affaire à la même personne.

84

Malin Rehnberg et son mari Anders s'étaient mis d'accord pour faire le pont de l'Ascension, afin de se débarrasser une fois pour toutes des gravats qui croupissaient sous une bâche dans le jardin depuis bientôt deux ans, lorsqu'ils avaient fait rénover leur maison. Même leurs voisins, qui d'ordinaire étaient si aimables et si discrets, avaient commencé à se plaindre. Non pas directement, mais à d'autres qui refusaient désormais de les saluer.

Le problème, c'était que l'affaire du meurtre du comte restée non résolue démangeait Malin comme des piqûres de moustique à la cheville. Et tel que Fabian l'avait suggéré, il n'y avait qu'un moyen de la soulager : aller voir par elle-même sur les lieux du crime, une petite maison de campagne située au sud de Stockholm.

À son mari, elle avait dit qu'elle se sentait enfin prête à se remettre au sport et qu'elle préférait finalement aller en ville s'acheter du matériel, puis faire tranquillement le tour des clubs pour choisir celui qui lui convenait. Elle en profiterait pour tester un cours ou deux, en fonction de sa forme.

Comme elle s'y attendait, Anders n'avait pas bronché. C'était une merveilleuse idée, avait-il répondu avec le sourire. Elle n'avait pas à se soucier de ce vieux tas de gravats.

D'après le GPS, elle devait en avoir pour une heure de voiture. Plus d'une fois, elle avait cru se perdre à travers les petites routes caillouteuses qui coupaient les forêts, mais elle finit par arriver à bon port.

La maison s'élevait à une dizaine de mètres derrière une épaisse haie de buissons touffus. À travers la végétation luxuriante, Malin voyait que la bicoque datait de plus d'un siècle et que la façade classique autrefois rouge aux rebords de fenêtres blancs était couverte d'une couche de mousse et de champignons.

Elle passa la clôture à la peinture écaillée et continua à travers les herbes hautes jusqu'au perron. Pas de nom sur la porte, rien qu'une trace rectangulaire avec quatre trous aux angles. Bien qu'elle ne s'attendît pas à ce qu'on vienne lui ouvrir, Malin frappa quelques coups à l'aide d'un heurtoir rongé par la rouille. Le lourd bruit métallique fut aussitôt englouti par la végétation environnante, redonnant sa place au silence.

Après trois tentatives, elle se décida à saisir la poignée montée à l'envers. La maison n'était pas fermée.

À l'intérieur, il faisait plus froid. Dans l'air humide manifestement chargé de spores de champignons, Malin sentit poindre son asthme qui menaçait de lui boucher les bronches. Il n'y avait rien à faire, se raisonna-t-elle en avançant vers la cuisine garnie de tapis, de meubles et de toutes sortes de babioles et d'ustensiles. Sur le plan de travail reposaient encore des assiettes, des verres et des couverts, et sur la table le journal local daté du 4 mars 1995 qui avait pour titre : « Hold-up à la hache dans une station essence Statoil. »

Lorsque Malin remarqua que toutes les poignées de porte étaient en fait montées à l'envers, ses pensées s'échappèrent vers la vieille ferme de sa tante, en Dalécarlie. Petite, elle avait fait le même constat et quand elle avait demandé pourquoi, sa tante lui avait expliqué que c'était pour se protéger des créatures qui habitaient la demeure. Apparemment, les êtres surnaturels ne pouvaient pas passer les portes truquées. Cette maison était-elle hantée ? Était-ce pour cette raison qu'elle avait été abandonnée après la mort de Vera Meyer ?

La chambre à coucher ne contenait d'un côté qu'un secrétaire ancien installé sous une étagère, et de l'autre, un grand lit aux montants sculptés recouvert d'un raide couvre-lit grisâtre qui, à une époque, avait dû être bleu. Comme la lirette déroulée au sol, il avait déteint au soleil.

Malin s'en approcha et chassa le tapis du pied pour voir par elle-même ce que le rapport d'enquête décrivait.

La sombre tache de sang biscornue devait mesurer près d'un mètre de diamètre. Ici même, Henning von Gyllenborg avait été lacéré de coups de couteau dans le dos, avec une telle violence que certains avaient percé la poitrine. L'arme du crime n'avait jamais été retrouvée, bien qu'on ait passé le périmètre au peigne fin à l'aide d'un détecteur de métaux et dragué les cours d'eau.

Malin s'accroupit et effleura le plancher que quelqu'un avait manifestement frotté à la brosse, poncé et blanchi en vain. Mais le bois sec avait absorbé tellement de sang qu'il n'y avait plus qu'à le remplacer.

Soudain, un grincement se fit entendre. Malin se retourna brusquement et écouta.

– Il y a quelqu'un ? lança-t-elle en se levant, mais il régnait dans la maison un silence assourdissant.

Elle secoua la tête, riant intérieurement d'elle-même. Elle n'allait tout de même pas se mettre à croire aux fantômes à cause de quelques poignées de porte ridicules. Contrairement à Anders, elle ne croyait à rien sans en avoir la preuve sous les yeux.

Elle replaça la lirette et continua vers le secrétaire en bois sculpté assorti au lit. La clef était enfoncée dans la serrure. Elle ouvrit, baissa l'abattant et trouva tout au fond du meuble une pile de coupures de journaux – une liasse de mots croisés entamés.

Dans l'un des quatre petits tiroirs latéraux étaient rangés des crayons et des gommes et dans un autre, quelques jeux de cartes. Le troisième contenait des aiguilles, des bobines de fil et des dés à coudre, et le dernier était vide, de même que le tiroir central, deux fois plus grand que les autres. Mais quand elle l'ouvrit, un courant d'air lui effleura le dos de la main. Elle le retira complètement, le posa, puis se pencha, mais il faisait trop sombre pour qu'elle discerne quoi que ce soit, et elle alluma la lampe torche de son téléphone.

Un trou était creusé dans le mur, à l'arrière du secrétaire. Alors qu'elle réfléchissait à ce qui pouvait bien se cacher là, quelque chose grinça de nouveau dans son dos. Elle se retourna et appela encore, sans obtenir de réponse. Elle avait beau se douter que les vieilles maisons ne craquaient que dans les contes de fées, elle ferma la porte de la chambre, puis elle rejoignit le secrétaire pour essayer de le décaler du mur. Mais le meuble était vissé au sol. Elle n'avait donc pas d'autre choix que d'enfoncer la main dans ce mystérieux trou noir.

Elle se baissa pour pouvoir passer tout le bras et lorsqu'elle sentit quelque chose au bout de ses doigts, elle se redressa pour enlever son pull et son manteau, avant de replonger. Cette fois, elle parvint à attraper l'objet et à le sortir.

Un vieil album photo couvert de poussière et de crottes de souris qu'elle essuya rapidement et ouvrit. La première image montrait deux enfants de cinq ou six ans, assis main dans la main dans l'herbe, devant la maison. Seuls leurs vêtements les différenciaient – le garçon portait une culotte courte à bretelles et une chemise, la fille une robe à nœuds. Autrement, ils se ressemblaient comme deux gouttes d'eau : les mêmes cheveux blonds, les mêmes yeux, la même forme de visage, jusqu'à leur manière de poser, une main sur la hanche.

« Didrik & Nova » était joliment inscrit en dessous, à l'encre délavée.

Malin continua à feuilleter l'album rempli de portraits des deux jumeaux à tous les âges. Sur la plupart, ils se tenaient la main, le regard droit vers l'objectif, parfois à côté de Vera Meyer, ou ils se serraient dans les bras voire s'embrassaient. Malin chercha dans son portable les photos que Fabian lui avait envoyées des deux criminels. Il n'y avait aucun doute : c'était eux.

Didrik et Nova.

Vera était-elle leur mère ? Pourtant, elle n'avait pas eu d'enfant, en tout cas pas à en croire l'enquête d'Edelman qui s'était fié aux registres d'état civil.

Le clic qui retentit dans son dos aurait pu sortir de son imagination, s'avérer encore un caprice de son inconscient. Mais le bruit, bien réel, venait d'un fusil si proche qu'elle en devinait la bouche du coin de l'œil. D'instinct, elle porta sa main à son holster, se ravisant aussitôt.

Il était trop tard.

85

Il y avait maintenant plus de vingt-quatre heures que Sonja était partie et qu'elle n'avait ni appelé ni envoyé le moindre message. Qu'elle s'enferme dans sa bulle pour peindre n'avait rien d'inhabituel. Fabian lui-même pouvait disparaître pendant des jours pour le travail.

La différence, c'était que cette fois, elle l'avait quitté.

Une différence qui faisait que les secondes lui semblaient des heures.

La veille, l'enquête l'avait aidé à refouler son angoisse une bonne partie de la journée. Mais dès qu'il avait passé le seuil de chez lui et laissé au crochet son trousseau de clefs, ses pensées s'étaient portées droit où ça faisait mal.

Il avait préparé un rapide dîner et pendant qu'il mangeait avec Theodor et Matilda, les questions l'obsédaient. Allaient-ils devoir vendre la maison ? Et les enfants… N'étaient-ils pas trop grands pour une vie à faire leurs valises, ballottés entre leurs parents une semaine sur deux ? Lui-même finirait-il simplement en père célibataire ou se noierait-il dans l'alcool comme Tuvesson ? Autant d'interrogations sans réponse qui représentaient un effroyable précipice.

Quand Matilda avait demandé où était sa mère, Fabian s'était contenté de hausser les épaules et de répondre une demi-vérité : elle devait bosser tard. Mais l'adolescente voyait clair en lui, c'était évident.

Après le dîner, il avait essayé de tuer le temps en se couchant dès 21 h 30. Seulement, il n'avait pas réussi à fermer l'œil de la nuit. Ses pensées l'avaient torturé tel un son persistant dans son oreille. Il s'était tourné encore et encore, transpirant entre ses draps comme dans une camisole de force.

Maintenant qu'il attendait que ses collègues s'installent autour de la table de réunion, il avait plus que besoin de caféine et il se servit une deuxième tasse du café fraîchement coulé à réveiller les morts.

– Bien, on y va, déclara Tuvesson qui était enfin de retour et semblait la seule de l'équipe reposée. D'après ce que j'ai compris, j'en ai loupé, des choses. Qui veut commencer à me faire un résumé ?

Elle posa sa tasse et balaya la pièce du regard. Klippan leva la main.

– Avant toute chose, j'ai une petite question, dit-il. Où diable étais-tu passée depuis mercredi soir ? Je ne sais pas ce que les autres en pensent, mais moi, j'ai besoin de savoir.

– Moi aussi, acquiesça Lilja.

– Alors que l'enquête partait dans tous les sens, reprit Klippan, j'ai essayé de t'appeler un milliard de fois, mais tu n'as ni répondu ni donné de nouvelles. J'aimerais savoir pourquoi, parce que ça ne peut pas continuer comme ça.

Fabian les comprenait parfaitement. Klippan et Lilja en avaient assez que la consommation d'alcool de Tuvesson affecte de plus en plus leur travail. Lui-même ne le supportait plus, mais le moment était fort mal choisi pour soulever le problème.

– Moi, elle m'a répondu, affirma-t-il en affrontant le regard étonné non seulement de ses collègues, mais de Tuvesson. Tu ne pouvais pas discuter parce que ton avion allait décoller, n'est-ce pas ?

La surprise laissa place à la gratitude dans les yeux de sa chef, qui hocha la tête.

– Oui, j'étais en route pour Berlin pour aller voir ma sœur.

– Berlin ? fit Lilja.

– Pardon, j'aurais dû vous prévenir, mais ce n'était pas prévu. En fait, c'est ma sœur qui a eu l'idée que je fasse le pont pour lui rendre visite. Je ne pensais pas que ce serait possible jusqu'à ce que mercredi, Högsell dise que le témoignage de Jeanette Dawn suffirait. J'ai trouvé un vol de dernière minute et j'ai filé à l'aéroport. Sauf que dès que j'ai appris ce qui s'était passé, j'ai sauté dans le premier avion pour rentrer.

– Ta sœur..., marmonna Klippan en se grattant le menton piqué de poils de barbe. Elle devait être déçue.

– Oui, mais je n'avais pas le choix.

Tuvesson ouvrit les bras pour signaler qu'il n'y avait rien à ajouter.

– Je croyais qu'elle était coincée à une réunion à Malmö, continua Klippan en se retournant vers Fabian.

– Oui, mais ça, c'était après son retour.

– Exactement, j'y suis passée en rentrant, confirma Tuvesson. Bon allez, il est grand temps de s'y mettre. Je dois bientôt retrouver Högsell, justement. Fabian, on t'écoute, tu n'as qu'à commencer.

L'inspecteur hocha la tête et relata rapidement les découvertes qu'ils avaient faites au domicile de Johan Halén. Il en vint ensuite au comte Bernard von Gyllenborg dont le frère Aksel avait été retrouvé mort de froid un jour de l'hiver 2010, avec une balle dans le pied. Fabian avait chargé Malin Rehnberg, son ancienne collègue de Stockholm, de vérifier s'il existait un rapport entre leur affaire et cette histoire restée non résolue depuis vingt ans.

Enfin, il expliqua que, de son vivant, la conseillère personnelle de Halén, Marianne Wester, avait réussi à démêler un nœud de complexes transactions financières impliquant plusieurs sociétés offshore pour remonter jusqu'à un compte joint au nom de Sten et Anita Strömberg.

Dès qu'il se tut, Tuvesson se posta devant le tableau et observa la frise chronologique illustrée du portrait des victimes, de photos des différents lieux de crimes et de flèches allant dans toutes les directions.

– Vous avez raison, murmura-t-elle. On dirait que… Je ne comprends pas comment ils ont… J'en perds mes mots. Dans d'autres circonstances, j'aurais trouvé ce scénario fou, complètement improbable.

– Fous, c'est exactement ce que sont nos criminels, commenta Fabian. On a quand même affaire à une femme qui a l'audace de se présenter à la maison d'arrêt pour saboter notre confrontation de témoins, et à un homme qui se précipite dans l'eau au volant d'une voiture pour disparaître dans les fonds marins.

Tuvesson opina.

– Et maintenant, qu'est-ce qu'on fait ?

– Je pense qu'on devrait se concentrer sur elle, répondit Fabian en montrant la photo du permis de conduire d'Anita Strömberg. Rien ne dit que ce soit sa véritable identité, mais il y a des chances que ce soit celle qu'elle utilise.

– Oui, pour une fois qu'on a un numéro d'identification personnel…

Tuvesson se tourna vers Klippan.

– Je propose que tu commences sans délai à rassembler tout ce que tu peux trouver sur son compte, déclara-t-elle. Irene, donne-lui un coup de main, ça ira plus vite.

Klippan et Lilja acquiescèrent et sortirent de la salle de réunion, chacun une tasse de café bien remplie à la main.

En se levant pour les suivre, Fabian sentit son angoisse revenir au galop. Mais Tuvesson l'arrêta dans son élan et lui demanda :

– Fabian, comment ça va ?

Il n'avait aucune échappatoire.

– Au travail ou à la maison ?

– Mince, c'est à ce point…, dit-elle en allant vers la machine à café. Quand j'étais enceinte, je voyais des femmes au gros ventre partout. Neuf mois plus tard, quand je me promenais fièrement avec mon landau, c'était comme si les rues en avaient été envahies.

Elle se retourna et plongea son regard dans le sien.

– Après un divorce, c'est pareil. On le lit dans les yeux des gens, on l'entend au son de leur voix.

Fabian hocha la tête. Il n'y avait rien à dire, certainement pas maintenant. Pour l'instant, ce n'étaient que des faits.

– On pourrait en discuter une autre fois, bredouilla-t-il en esquissant un mouvement vers la sortie.

– Bien sûr, répondit Tuvesson. Excuse-moi, je ne voulais pas… Je pensais juste… Mais attends une minute avant de te sauver.

De nouveau, Fabian fut forcé de s'arrêter.

– Je voulais te remercier de m'avoir soutenue tout à l'heure, pendant la réunion.

– Pas de souci, dit-il en forçant un sourire. Quand on est au milieu d'une enquête comme celle-ci, je crois qu'il vaut mieux éviter de se mêler de la vie des autres.

– Tu as sans doute raison, mais hier, c'est bien toi qui es passé chez moi, non ?

Il acquiesça. Tuvesson se passa l'index sur les lèvres.

– Je ne sais pas comment te le dire, mais…

– Tu n'as pas besoin de dire quoi que ce soit.

– Si, écoute-moi. D'abord, sache que je suis infiniment reconnaissante et soulagée d'avoir eu affaire à toi et à personne d'autre de l'équipe. Ensuite, je voudrais m'excuser platement pour ce que tu as vu et que tu ne risques pas d'oublier de sitôt.

– Astrid, ne t'inquiète pas.

– Si, il y a franchement de quoi s'inquiéter. Mais…

Elle porta son regard à travers la fenêtre.

– Quoi que tu en penses, il me paraît important de souligner que ce n'était qu'un incident. Ça n'arrivera plus.

– Ce n'est pas ça, le problème, rétorqua Fabian, alors qu'au fond, il voulait couper court à la conversation. Le problème, c'est que cette enquête est terriblement complexe et ne pourra pas avancer avec une chef qui disparaît de la circulation !

– Fabian, tu as raison. Mais tu sais bien que…

– Si ça recommence, reprit-il, le regard braqué sur elle, je n'hésiterai pas à en parler à Bokander. Crois-moi.

Tuvesson s'apprêtait à répondre quand son téléphone se mit à sonner.

– Oui, allô ? Oui, c'est moi, Astrid Tuvesson… Bonjour, Ragnar… Oui, oui. Quoi ? Non, mais attends, tu peux répéter ?

Son visage devint blême et elle s'assit sur la chaise la plus proche.

– Mais… Je ne comprends pas. Comment est-ce que… ? Mon Dieu, je rêve… C'est complètement absurde. Hein ? Comment ça, notre faute ? Ce n'était pas à nous de… Mais de quelle arrestation arbitraire tu parles ? Ragnar, écoute-moi deux secondes ! C'est de la folie !

Fabian avait beau entendre une voix gronder de plus en plus fort dans le combiné, il ne discernait pas les paroles. Tuvesson finit par raccrocher et se tourner vers lui, l'air de ne pas avoir non plus saisi un mot.

– Ils ont échangé leurs vêtements, soupira-t-elle, les yeux dans le vide comme si elle était sous hypnose.

– Hein ? Qui ça ?

– Les criminels.

Fabian ne comprenait pas.

– Apparemment, une femme a rendu visite au détenu ce matin, et une demi-heure plus tard, c'est lui qui est ressorti avec ses vêtements. J'ai d'abord cru à une plaisanterie, mais non, c'est très sérieux.

– Et elle ? Qu'est-ce qu'elle est devenue ?

– Elle est restée tranquillement là-bas jusqu'à ce qu'ils remarquent leur énorme bourde, il y a un quart d'heure.

– Donc maintenant, c'est elle qui est derrière les barreaux ?

– Si seulement…

Tuvesson soupira profondément et secoua la tête, prête à tout abandonner.

– Ne me dis pas qu'ils l'ont relâchée !

– Si, exactement.

– Ragnar n'était pas sur place parce qu'il fait le pont. Mais cette garce s'est fait passer pour une avocate et a menacés de les poursuivre pour arrestation arbitraire s'ils ne la relâchaient pas sur-le-champ. Je n'ai jamais rien connu d'aussi ridicule même si, à en croire Ragnar, c'est déjà arrivé à Stockholm en 2004, à la maison d'arrêt de Kronoberg. Et tu sais ce qu'il a ajouté ? Au-delà d'incriminer le manque de personnel. Hein ? Tu veux savoir ce que ce connard a eu le culot de me balancer ? Que rien ne serait arrivé si on l'avait tenu au courant du déroulement de l'enquête. Soi-disant, ils auraient été « plus sur leurs gardes ». Tu as déjà entendu quelque chose d'aussi grotesque ?

Fabian ne savait pas quoi répondre. Il se fichait de savoir qui pouvait bien porter le chapeau. Tout ce à quoi il pensait, c'était que maintenant que les deux criminels couraient de nouveau en liberté, ils étaient de retour à la case départ.

86

DANEMARK

Même si c'était du grand Sleizner d'organiser une conférence de presse dès qu'il en avait l'occasion, Dunja ne s'attendait pas à ce qu'il soit assez bête pour divulguer l'identité de Sannie Lemke. Et pourtant, sa télévision affichait le visage effrayé de la jeune femme, assise à l'arrière d'une voiture de police, le regard droit vers la caméra. À quoi diable pensait-il ?

– Vous ne vous y attendiez certainement pas...

Sleizner réapparut dans le plan. Comme d'habitude, il avait veillé à se poudrer le front et le nez pour que son teint ne brille pas à la lumière des spots.

– Mais nous avons déployé tous nos efforts, continua-t-il en esquissant un geste amical vers Ib Sveistrup, assis d'un côté, puis vers Søren Ussing, installé de l'autre.

– Ce n'est pas parce qu'il n'y a rien dans les journaux qu'on passe nos journées à nous tourner les pouces.

Un éclat de rire se répandit parmi l'assistance de journalistes.

– En tout cas, cette arrestation est le résultat du travail remarquable qu'effectuent nos hommes tous les jours dans l'ombre.

Dunja s'empara de la télécommande. Même si la vue de Sleizner lui donnait la nausée et que tout son être lui ordonnait d'éteindre, elle n'arriva pas à se résoudre à appuyer sur le bouton rouge.

– Comme vous vous en doutez, maintenant qu'on a un témoin, l'enquête sur le meurtre brutal de Jens Lemke et de Bjarke Friss fait un bond en avant. Je suis à la fois fier et heureux d'avoir pu y contribuer.

Il afficha l'un de ces sourires triomphants dont il avait le secret. C'en était trop. Dunja alla dans la salle de bains se passer de l'eau sur le visage.

Elle se sentait sale, souillée, comme si ce porc l'avait tripotée.

– La police de Copenhague a donc repris l'enquête ? s'enquit un journaliste.

– Non, nous n'avons rien repris en main, je tiens à le souligner.

En se séchant, elle aperçut une brosse à dents verte déposée dans le gobelet à côté de la sienne, qu'elle s'empressa de jeter à la poubelle.

– Mais comme toujours, nous travaillons en étroite collaboration. Dans cette affaire, moi et mon équipe avons pu apporter une pièce importante au puzzle. Il se trouve en plus qu'elle était à Copenhague le soir de son arrestation.

Magnus avait été tellement certain de passer la nuit chez elle qu'il avait pris sa brosse à dents. Elle comprenait d'autant moins qu'il lui ait réservé un tel coup bas. Le garçon avait naturellement tenté de s'expliquer, prétendant que c'était pour son bien et que Sleizner l'avait plus ou moins forcé.

– À l'heure qu'il est, elle est interrogée à Helsingør, sous la direction de mes collègues. Je vous laisse donc leur poser vos questions.

Mais Dunja n'avait rien pu écouter, assourdie par sa propre fureur comme par un marteau-piqueur. Et dès qu'elle en avait eu l'énergie, elle lui avait ordonné de partir de chez elle.

– Au début de l’enquête, c’était l’une de vos suspectes principales. Est-ce toujours le cas ?

En retournant au salon, Dunja vit Sveistrup approcher la bouche de son micro.

– Non, nous la considérons avant tout comme un témoin. En ce moment, elle nous aide à établir un portrait-robot.

– Mais comment envisagez-vous le fait que cette femme ait volé une arme de service et tiré sur un agent ?

– Dans les circonstances actuelles, nous donnons la priorité au témoignage qu’elle a à apporter.

– Ça veut dire que vous ne poursuivrez pas…

– Ça veut dire que pour l’instant, nous nous concentrons sur l’identification et l’arrestation des responsables de ces meurtres affreux.

Sveistrup s’écarta du micro et se radossa à sa chaise.

– J’aurais un petit éclaircissement à apporter, dit Ussing avant de se racler la gorge. Sans entrer dans les détails, il se trouve qu’à certains égards, la réaction de la police n’a peut-être pas été optimale ce jour-là, ce qui a sans doute amené à la situation que l’on connaît.

– Vous faites référence à Dunja Hougaard, à qui appartenait l’arme ?

– Nous ne voulons incriminer personne.

– Mais maintenant qu’on aborde le sujet, intervint Sleizner en levant la main, nous ne pouvons pas cacher qu’il y ait quelques brebis galeuses dans nos forces. Heureusement, ce sont des exceptions, mais Hougaard en fait partie. Comme certains d’entre vous le savent, je parle d’expérience, et je suis sûr que Søren et Ib pourront confirmer que sa carrière dans la police danoise est cette fois terminée.

Voir Ussing hocher la tête n’étonna pas Dunja le moins du monde. Mais Ib… Lui qui était tellement plus lucide. Même s'il avait l'air d'un robot programmé pour obéir, comment pouvait-il opiner et laisser dire des choses pareilles ? Cet amer constat lui donna au moins la force d'éteindre son poste de télévision.

87

SUÈDE

– Je vous en prie, entrez, dit à pleins poumons le vieil homme à moitié sourd en arrivant devant une bicoque au plafond si bas que, du haut de son mètre soixante-trois, Malin dut se baisser pour passer le seuil. Asseyez-vous, je vais chercher du café. C'est sur le feu.

Il posa son fusil contre le mur et s'approcha de la cuisinière.

– Au fait, vous aimez le café à la turque ?

Malin hocha la tête et s'installa sur l'une des deux chaises qui entouraient la petite table couverte d'une toile cirée à carreaux et d'un vase avec des fleurs artificielles. Le café à la turque, elle n'y avait goûté qu'une seule fois quinze auparavant, lors d'un stage d'équitation dans les plaines sauvages du Norrland. Alors qu'il faisait un froid mordant, elle avait commencé par refuser de tremper les lèvres dans la boisson fumante contenue dans sa timbale cabossée, mais elle avait fini par s'y résoudre en voyant se régaler le reste du groupe assis dans la neige.

C'était aussi imbuvable que son instinct le lui avait soufflé, et encore aujourd'hui, elle était persuadée que les autres avaient feint d'y prendre plaisir.

– J'espère que vous n'avez rien contre les biscuits roulés, ajouta le vieil homme en apportant une assiette remplie de quelques tranches.

Le gâteau spongieux semblait bourré de conservateurs. De même que les blattes qui se faufilaient çà et là, il aurait pu survivre à une troisième guerre mondiale.

– Comme je vous l'ai expliqué, nous sommes en pleine enquête criminelle, déclara Malin pour tenter de diriger la conversation. J'aurais besoin de savoir si vous connaissez ces enfants et si vous avez des choses à me raconter à leur propos.

Elle lui tendit l'album photo qu'elle avait trouvé dans la cachette dans le mur.

L'homme n'y prêta aucune attention et remplit tranquillement une tasse de café qu'il posa devant elle.

– Sachez que je suis garçon de ferme sur ces terres depuis mes dix-sept ans. À cette époque, je peux vous dire qu'il n'y avait ni téléphones portables, ni télés en couleur, et qu'un caramel ne coûtait qu'un sou si on en achetait cinq d'un coup.

– Oui, les temps ont changé… Mais dans ce cas, vous les avez forcément connus.

– Hein ?

– Je dis que vous avez dû connaître ces enfants, répéta Malin aussi fort que possible sans paraître irritée.

Maintenant, elle comprenait pourquoi il n'avait pas répondu quand elle avait crié pour savoir s'il y avait quelqu'un dans la maison.

– Vous savez, à cette époque, on pouvait sauter sur les filles et appeler une tête-de-nègre une tête-de-nègre sans se faire arrêter. Mais vous ne buvez pas votre café ?

Malin esquissa un si de la tête et se força à boire une gorgée qui, étonnamment, n'était pas si mauvaise.

– Dix-sept ans et les cheveux gominés… De ce temps, on pouvait tirer un coup par-ci par-là quand on s'y attendait le moins. Vous savez, je faisais le tour des fermes pour réparer deux-trois bricoles, et pour un gentil garçon comme moi, la porte était toujours ouverte. Devinez comment ils m'appelaient ! Le nègre. Vous savez pourquoi ?

– Très bien, je vais vous laisser, dit Malin en se levant.

– Hein ?

– Je n'ai pas de temps à perdre avec vos histoires machistes qui finiront certainement dans un tract de propagande raciste, répondit Malin. Si vous voulez bien m'excuser... Mais merci pour le café.

– Le vieux comte, lui, c'était différent. Il s'imposait, reprit l'homme en secouant la tête. Alors, il a eu ce qu'il méritait.

Malin, déjà dans l'embrasure de la porte, se retourna.

– Le vieux comte... Vous parlez de Henning von Gyllenborg ?

– Il faisait tout ce qui lui plaisait, vous savez. Pendant que les hommes étaient aux champs, il forçait n'importe quelle donzelle. Plus elle était jeune, mieux c'était, continua-t-il. Mais vous ne voulez pas de gâteau ? Ce n'est peut-être pas très appétissant, mais je vous garantis que ce n'est pas mauvais.

L'homme tendit l'assiette et Malin se rassit, puis en prit un morceau.

– Vous voulez dire que Henning von Gyllenborg violait toutes les femmes des environs ?

– Tout le monde le savait, mais personne n'osait rien dire. C'est lui qui tenait la bourse...

– Et Vera Meyer ? Elle y est passée, elle aussi ?

– Quoi ?

– Vera ! Meyer ! s'écria Malin en recrachant quelques miettes du biscuit roulé.

– Pas la peine de hurler. Je ne suis pas sourd, juste un peu dur de la feuille, affirma le vieil homme. Vera, c'était une de ses favorites un moment. Je me rappelle un été, ça devait être en 78. Il allait chez elle tous les après-midi, jusqu'à ce qu'elle ait un polichinelle dans le tiroir. Après, ce n'était plus si amusant.

Il plaça un carré de sucre entre ses dents, versa du café dans son assiette et se mit à boire bruyamment.

– Mais elle n'a pas été la seule à se faire engrosser, loin de là.

– Il y a tout de même quelque chose que je ne comprends pas. Le sang qu'on a retrouvé sur le sexe de la victime n'était pas celui de Vera.

– Par contre, elle a été la seule à réussir à prendre ses sous sans pour autant se faire avorter. Et pas des crottes de souris, croyez-moi.

– C'est donc à cette époque qu'elle a eu Didrik et Nova ?

– Pardon ?

– Non, rien, répondit Malin en reprenant un morceau de gâteau, décidée à le laisser parler.

– Même si elle attendait des jumeaux, ça se voyait à peine, continua l'homme. Elle avait toujours été grassouillette, donc il n'a rien remarqué. Elle a accouché secrètement chez elle et n'a jamais déclaré la naissance nulle part. Les premières années, elle laissait à peine les gosses sortir de leur chambre. Elle devait avoir peur que le comte les découvre et qu'il leur fasse du mal. Ils ne sont jamais allés à l'école ni rien, leur mère leur apprenait juste ce qu'elle, elle savait. Et je crois que ce n'est que six ou sept ans après la naissance que les rumeurs sont arrivées finalement aux oreilles du comte.

L'homme secoua la tête, reprit un carré de sucre et une gorgée de café.

– Naturellement, il était hors de lui et il l'a punie avec une bûche de bois, sous les yeux des marmots. Après ce jour, Vera n'a plus jamais été elle-même. Mais le comte n'en avait pas fini, loin de là. Il est revenu. Chaque jour, il passait par chez elle, parfois matin et soir. Et il ne s'en prenait pas qu'à elle, mais aussi aux gamins. Il paraît qu'il s'occupait d'eux en même temps, qu'il les forçait à faire des trucs entre frère et sœur. Des choses auxquelles il vaut mieux ne pas penser, le genre de choses qui vous déglinguent pour la vie.

Malin opina.

– Si l'Enfer existe, reprit l'homme en la regardant pour la première fois dans les yeux, je vous jure que cet homme y brûle pour l'éternité.

Elle comprenait parfaitement ce qui s'était passé : un jour, les enfants en avaient eu assez, ils s'étaient vengés de leur bourreau en lui infligeant dix-huit coups de couteau, et depuis, ils étaient partis en fumée.

Jusqu'à maintenant.

88

Sonja en rêvait depuis des années. Il y avait plus de dix ans que l'idée lui avait traversé l'esprit pour la première fois, surgissant de nulle part. Alors que les enfants dormaient enfin, elle et Fabian regardaient un épisode de *Six Feet Under*, allongés tête-bêche sur le canapé. Voir la fille de la série avec son amant avait éveillé un certain désir en elle. Si Fabian avait éteint la télé à ce moment précis, elle aurait été à sa merci. Mais naturellement, rien ne s'était passé, et Sonja s'était dépêchée de chasser ces pensées interdites.

Mais elle n'avait pas pu s'en défaire aussi facilement. Elle y avait pensé régulièrement, non pas tous les jours, loin de là, mais de temps en temps, quand elle était seule dans son atelier et qu'elle pouvait tranquillement se laisser envahir par les fantasmes. Et avec les années, l'envie de commettre l'adultère s'était fait de plus en plus violemment ressentir.

Elle n'en avait jamais parlé à Fabian. Pas même ce soir où, cinq ou six ans auparavant, après avoir ouvert une nième bouteille de vin, il lui avait demandé si elle voulait essayer quelque chose de particulier. « Tout ce que tu voudras », avait-il affirmé en vidant son verre.

Bien qu'au fond, elle attendait depuis longtemps qu'il lui pose cette question, elle s'était contentée de secouer la tête et de lui rappeler que les enfants se réveilleraient dans quelques heures à peine. Rien que le fait d'en discuter, de devoir mettre des mots sur ses pensées les plus intimes, lui avait fait se sentir sale et perdre toute envie.

Mais maintenant, elle savait que ce qu'elle recherchait, c'était qu'on la surprenne sans rien dire. Que comme Alex, on lise dans ses pensées et qu'on fasse le premier pas sans demander l'autorisation ou réfléchir aux conséquences. Qu'on montre qu'on la désirait.

Le bandeau qu'elle avait sur les yeux ne laissait pas passer un filet de lumière. Même si c'était le plein milieu de l'après-midi, il régnait une obscurité tellement opaque qu'elle avait le sentiment de flotter en apesanteur et qu'elle pourrait s'envoler à tout moment, si ses mains n'avaient pas été ligotées à la tête de lit.

Afin de préparer la soirée du lendemain, elle avait travaillé d'arrache-pied toute la nuit. Son œuvre, baptisée *The Hanging Box*, deviendrait la dernière pièce audacieuse de l'impressionnante collection d'Alex White. Une étape décisive pour sa réputation. Ce n'était pas la première fois qu'elle exposait, mais jamais encore elle n'avait été présentée au gratin du monde de l'art.

À aucun moment de sa carrière, Sonja n'avait réalisé quelque chose d'aussi magistral. Quand elle pensait au peu de temps qui lui avait été imparti, elle savait que ça tenait du miracle. Mais pour une fois, elle n'avait pas manqué d'inspiration.

Alors qu'elle venait de vider le petit sachet contenant les sept diamants qu'elle avait achetés pour cent quarante mille couronnes dans la caisse en bois de près de deux mètres, elle avait soudain remarqué Alex derrière elle, un bandeau à la main. Elle avait été tellement concentrée qu'elle n'avait pas pensé qu'il ne tarderait pas à rentrer de Los Angeles et qu'elle ne l'avait pas entendu s'approcher.

Sans prononcer un mot, il lui avait noué l'étoffe sur les yeux, puis il l'avait soulevée et portée dans sa chambre, où il l'avait attachée au lit avec des rubans veloutés, avant de commencer à la déshabiller. Tout doucement. D'abord ses chaussures, puis sa salopette que les taches de peinture avaient rendue rigide au fil des années. Son T-shirt, son soutien-gorge et enfin, sa culotte.

Pour l'instant, il l'avait à peine effleurée et elle attendait là, curieuse de ce qui l'attendait, tout en l'écoutant se dévêtir à son tour.

Les légers frissons qui la parcouraient lui faisaient prendre conscience de chaque millimètre de son corps. À mesure que les secondes passaient, elle comprenait que ce qu'elle fantasmait depuis si longtemps était sur le point d'arriver.

Il commença par ses seins. Un choix qui n'avait sans doute rien d'étonnant mais, plongée dans l'inconnu comme elle l'était, il lui semblait que tout pouvait advenir. Au contact de sa langue chaude sur son téton droit, elle éprouva quelque chose de nouveau, comme si le fait d'être aveugle décuplait ses autres sens. Le léger chatouillement se répandait à travers son corps à la manière de cercles concentriques dans l'eau.

Il continua sur l'autre sein, jusqu'à ce qu'elle ait mal, tellement ses tétons étaient durs. Tandis qu'elle gémissait déjà de plaisir, sa langue descendit le long de son ventre, laissant un trait humide dans son sillage, sur lequel il souffla. Sonja crut que tout son corps s'était transformé en une seule et même zone érogène.

Elle lui dit de la prendre, de ne plus attendre, mais il n'écouta pas et continua vers son pubis. Elle écarta les jambes et lorsque le bout de sa langue trouva enfin son clitoris, elle se mit à trembler de tout son être comme si c'était la première fois.

D'habitude, après avoir joui, elle ne supportait pas qu'on la touche pendant quelques minutes. Étrangement, elle éprouvait la moindre caresse comme un coup de poignard. Fabian devait attendre une bonne demi-heure pour pouvoir de nouveau poser les mains sur elle, s'il ne s'était pas comme souvent déjà endormi.

Aujourd'hui, pourtant, son corps en réclamait plus. Les coups de langue, le doigt qui s'engouffra tel un missile allant droit à son but vers le point que Sonja n'avait elle-même jamais réussi à trouver. Elle poussa un cri, se sentant tomber dans un océan de volupté.

Depuis combien de temps se trouvait-elle là ? Depuis quand Alex la dévorait-il comme s'il était affamé, fourrant ses doigts dans tous les orifices ? Le temps s'était arrêté. Sonja cessa de penser et pressa son pubis contre sa bouche pour qu'il aille encore plus loin.

Mais il lui saisit l'arrière des genoux, releva ses jambes, déposa les talons sur ses épaules. Elle sentait la sueur couler le long de son dos, entendait son cœur battre à tout rompre.

Et il la pénétra lentement, jusqu'au bout. Elle éprouvait en elle tous les contours de son sexe, la moindre nervure dilatée. À peine avait-il commencé à aller et venir qu'elle jouit de nouveau, de même qu'à chaque soubresaut, et quand il commença à accélérer, elle atteignit un long et puissant orgasme.

89

Toute l'équipe était réunie dans la salle de réunion en attendant Stina Högsell. Elle s'était enfermée dans un bureau pour appeler le tribunal de première instance afin de tenter d'expliquer pourquoi elle ne pouvait hélas pas déposer aujourd'hui une demande en assignation. Les mots brûlaient toutes les lèvres, pourtant le silence pesait lourdement dans la pièce.

Fabian en vint à penser à l'enterrement de sa grand-mère Ingrid, qui s'était caractérisé plus ou moins par la même ambiance. Son hémorragie cérébrale foudroyante avait laissé toute la famille sous le choc et personne ne semblait comprendre que ce soit véritablement arrivé. Au fond, ils s'attendaient tous à ce que le cercueil s'ouvre au beau milieu de la cérémonie, qu'Ingrid en sorte et leur fasse une démonstration des derniers pas de danse africaine qu'elle avait appris.

Aujourd'hui, les faits n'étaient pas moins surréalistes. Fabian et les autres espéraient que ce ne soit qu'un mauvais rêve, une vaste farce qu'ils n'allaient pas tarder à accueillir avec éclats de rire et applaudissements. Malheureusement, il n'y avait rien de plus sérieux. Le cercueil resterait bel et bien fermé.

Tout le travail de ces dernières semaines, toutes les pistes qu'ils avaient explorées, tous les liens qu'ils avaient découverts... Leur enquête était déjà enfouie, enterrée. Elle allait se décomposer et ne serait bientôt qu'un lointain souvenir.

L'idée qu'ils avaient failli y arriver, l'arrière-goût amer de ces crimes affreux presque parfaitement maquillés.

Högsell entra dans la pièce et claqua la porte derrière elle. Elle portait un tailleur beige à boutons dorés. Manifestement, elle s'était pomponnée pour aller au tribunal, mais son teint blême montrait qu'elle n'était pas moins affectée que les autres.

– Bon, fit-elle en captant le regard de l'assistance. On ne s'attendait pas vraiment à ça, déclara-t-elle en poussant un soupir. Je travaille dans ce secteur depuis trente ans et je n'ai jamais connu une chose pareille. Des jumeaux qui échangent leurs places en maison d'arrêt... Apparemment, il y a eu deux cas similaires en 2004 et dans les années 70, les deux fois à Kronoberg, mais il ne s'agissait que de petits délinquants. Cette fois, je ne sais honnêtement pas ce qu'on peut faire.

– On ne devrait pas réagir et les arrêter, tout simplement ? suggéra Klippan.

Il avala sa salive, l'air de comprendre dans quelle impasse il s'était engagé.

– Ce n'est pas aussi facile, répondit Tuvesson. Ils ont sans doute déjà quitté le pays sous une nouvelle identité.

– Peut-être, mais grâce aux documents fournis par Marianne Wester, Irene et moi avons réussi à contacter plusieurs banques suédoises et étrangères où Sten et Anita Strömberg possèdent un compte.

– On estime leur fortune commune à environ quatorze millions et demi de couronnes, dont la majeure partie se trouve en Suède, précisa Lilja. Rien que la semaine dernière, ils ont perçu trois millions sous la forme de primes d'assurance nettes d'impôts issues d'une société offshore au Panama, appelée Count Enterprises. Ils envoient l'argent à l'étranger pour le blanchir, avant de le transférer ici.

– Count Enterprises..., répéta Molander en dodelinant du chef. Au moins, ils ont le sens de l'humour.

– En tout cas, ils ont toujours l'air de se trouver sur le territoire et de prévoir d'adopter ces noms.

– C'était sans doute leur plan avant qu'on s'en mêle, dit Tuvesson. Mais maintenant, allez savoir...

– Oui, c'est sûr.

Lilja soupira, visiblement prête à abandonner à la moindre objection.

– En même temps, intervint Fabian, ils ne peuvent pas se douter qu'on est au courant.

– Très juste, s'exclama Klippan, une tasse de café à la main. Et écoutez-moi ça.

Il prit rapidement une gorgée, renversant dans son émotion quelques gouttes sur sa chemise blanche.

– Leur dernier retrait date du 8 mai à 11 h 15, continua-t-il. Quinze mille couronnes à l'agence Sparbanken de Höör. Je ne sais pas ce que vous en pensez, mais je dirais qu'ils vont bientôt avoir de nouveau besoin de liquide.

– Ou au moins, d'utiliser une de leurs cartes, ajouta Lilja.

– Certes, ils ont forcément d'autres comptes à travers le monde que ce qu'on a réussi à trouver pour le moment. Mais en se penchant sur la question, d'ici quelques jours, on devrait avoir une vision un peu plus complète de la situation. Peu importe où ils se trouvent, qu'ils achètent une glace à Florence ou des nems quelque part en Chine. On le saura. À chaque dépense, l'étau se resserrera, et on finira par les talonner de si près qu'il n'y aura plus qu'à leur passer les menottes.

Tuvesson opina et plongea le regard à travers la fenêtre.

– Le genre de stratégie qui nécessite toute la volonté de Dieu et une étroite collaboration avec nos collègues à l'étranger.

– Or on sait ce que ça donne avec nos voisins directs, de l'autre côté du détroit, commenta Molander.

– Exactement, acquiesça Tuvesson. Mais au point où on en est, ça vaut mieux que rien.

– Le problème, c'est que ça ne suffira pas, déclara Högsell, sortant de son silence.

– Comment ça ?

– Pour les inculper.

La procureure attrapa la cafetière et se servit une tasse.

– On peut toujours essayer, mais on risque de devoir les relâcher au bout de quarante-huit heures.

– Non, mais attendez, objecta Klippan. On a toutes les preuves du monde pour les condamner. Vous l'affirmiez vous-même pas plus tard qu'hier.

– Oui, mais entre-temps, ils ont échangé leurs rôles. Ce qui vient tout perturber.

– Dans quel sens ?

– Dans tous les sens possibles, répondit Högsell en se tournant vers le tableau recouvert de notes. Tout ça s'écroule comme un château de cartes.

– Je suis peut-être un peu lent à la détente aujourd'hui, insista Klippan. Mais je n'y comprends rien, vous si ? demanda-t-il aux autres de l'équipe.

Personne ne prononça un mot.

– Dans la mesure où nous n'avons pas de preuves physiques de type empreintes digitales ou ADN, et que notre demande en assignation reposait sur des témoignages, des indices et quelques images de vidéosurveillance, tout ce que nous pensions relever de notre homme peut s'avérer de la responsabilité de sa sœur jumelle. Comme dans le cas de meurtres ou de viols collectifs, les différents suspects risquent de se rejeter mutuellement la balle.

– Mais on a des témoins. La guichetière de la banque de Höör, par exemple. Elle sait forcément qui est Anita Strömberg et doit bien pouvoir la reconnaître.

– Klippan, ça ne sert plus à rien. D'après les gens du tribunal, on aura beau trouver tous les témoins du monde, si même nos collègues de la maison d'arrêt n'ont pas su les distinguer, comment justifier le fait que quelqu'un de l'extérieur en soit capable ? Repensez aux événements de l'autre jour à la banque. Vous avez tous cru avoir affaire à lui, vous y auriez mis votre main au feu. Mais en y réfléchissant, en êtes-vous si certains ? N'y a-t-il pas un risque, ne serait-ce que minime, qu'il s'agissait en fait de sa sœur ?

Dans le silence qui s'installa, Fabian et les autres se remémorèrent la scène. En effet, il avait été convaincu que l'individu qui patientait à quelques mètres de lui était un homme, mais en était-il si sûr aujourd'hui ?

– Donc, qu'est-ce qu'on fait ? demanda Tuvesson. On ne peut tout de même pas baisser les bras.

– Non, bien sûr que non, répondit Högsell. Mais si Ingvar ne parvient pas à trouver une ou deux empreintes, il ne nous reste plus qu'à les prendre en flagrant délit.

90

Même si près d'une heure s'était écoulée depuis leurs ébats, Sonja se sentait toujours délicieusement épuisée. Comme après une intense séance de sport, où tous ses muscles avaient été convoqués. Elle percevait toujours les lourds battements de son cœur, signe qu'elle avait connu la meilleure expérience sexuelle de sa vie. Et elle en voulait plus. Tout en sachant qu'à force, elle finirait par avoir mal, elle avait envie d'enfourcher son amant et de le réveiller. Peut-être était-ce à son tour de lui bander les yeux, se dit-elle en caressant sa poitrine glabre.

Après l'effort, ils avaient échangé quelques mots. Pas grand-chose, juste assez pour qu'elle lui parle des diamants qui augmentaient largement le coût de son œuvre, alors que personne ne pourrait jamais les apercevoir, enfermés au fond de la caisse. Alex avait suggéré de ne rien révéler au public et de baptiser la pièce *Secret Hanging Box*. D'après lui, le mystère donnait une tout autre dimension à son travail.

Il avait raison. Pourquoi n'y avait-elle pas pensé elle-même ? Voilà précisément ce qu'il y avait de merveilleux chez Alex : il l'incitait à se surpasser.

Apparemment, il ne revenait pas bredouille de son voyage à Los Angeles. Il avait mentionné des artistes comme Kathryn Andrews, Math Bass et Carter Mull, que Sonja ne connaissait pas. Puis, comme tous les hommes, il s'était assoupi et dormait maintenant toujours profondément. Sans doute le décalage horaire, pensa-t-elle, en constatant qu'il ne semblait pas sentir sa main qui descendait vers son bas-ventre.

Alex avait toujours un gros sexe, bien que le membre pende sur le côté, au repos. Sonja ne l'avait pas remarqué plus tôt, mais il avait le pubis rasé. Du bout du doigt, elle effleura sa peau douce et lisse, tout en pensant à Fabian qui, quelques années plus tôt, avait entrepris de se tailler les poils. Il avait affiné sa touffe jusqu'à ce qu'il n'en reste plus qu'une moustache à la Hitler. Sonja savait bien qu'un homme pouvait devenir impuissant pour moins que cela, mais elle n'avait pas pu s'empêcher d'éclater de rire en le voyant nu, et il avait fini par tout relaisser pousser.

Chez Alex, c'était différent. Il dégageait quelque chose d'interdit, de pornographique, qui excitait terriblement Sonja. Il semblait posséder une clef que Fabian n'avait jamais eue.

Elle se pencha et prit dans sa bouche son pénis encore gorgé de sang. Dans l'espoir de le réveiller, elle chatouilla son gland du bout de la langue tout en saisissant la base et commençant des mouvements de va-et-vient. Mais Alex ne réagit pas. De toute évidence, il était resté à l'heure américaine, mieux valait le laisser se reposer.

L'huile de lin qu'elle avait appliquée sur le bois devait être sèche, maintenant. Sonja pourrait enfin achever son œuvre et la suspendre aux câbles. Elle savait précisément comment s'y prendre et décida d'essayer de finir avant que son amant se réveille. La soirée n'était prévue que le lendemain, mais autant se préparer dès aujourd'hui.

Elle rassembla ses vêtements, se glissa hors de la chambre. En traversant le vaste salon en direction de la salle de bains, elle passa devant une porte entrouverte. Une porte qui, jusqu'à présent, avait toujours été condamnée.

Voilà donc pourquoi elle ne l'avait pas entendu rentrer. Il était passé par une autre entrée pour la surprendre, ou peut-être simplement pour déposer les nouvelles pièces de sa collection. Elle ouvrit, tâta le mur à la recherche de l'interrupteur et alluma.

Des escaliers. Comme elle s'en était toujours doutée, il y avait un sous-sol dans cette maison. En bas, elle trouva une grande cave à vin, un atelier regorgeant d'outils et de vêtements de travail, une salle de bains avec sauna et jacuzzi. Et au bout d'un large couloir, un garage où elle aperçut les dernières acquisitions d'Alex emballées dans du papier bulle.

Alors qu'elle s'apprêtait à avancer, curieuse de voir ce qui valait la peine de traverser l'Atlantique et tout un continent, son attention fut retenue par un grand congélateur bordeaux installé à côté. Ou plutôt, par le cadenas attaché à la poignée. Elle s'approcha. Quelle drôle d'idée de cadenasser ce genre d'appareil… Et s'il contenait une œuvre d'art ?

– Ah, te voilà.

Sonja sursauta et se tourna vers Alex, qui se tenait à quelques mètres derrière elle.

– J'allais prendre une douche, mais la porte était ouverte.

– La curiosité est un vilain défaut, déclara-t-il en ajustant sa robe de chambre.

– Pardon ?

Il lui répondit par un sourire et marcha dans sa direction. Son visage avait quelque chose de différent, quelque chose qui ne lui plaisait pas du tout.

– Alex, qu'est-ce qu'il y a ? Tu me fais peur.

Il brandit une petite clef.

– C'est ça que tu cherches ?

– Non, pas du tout. J'allais juste à la salle de bains, je t'ai dit. Dès que je me serai douchée, tu pourras peut-être m'aider à suspendre la caisse ?

– Je ne pense pas, fit-il en secouant la tête.

– D'accord, je me débrouillerai.

– Non plus.

– Alex, qu'est-ce qui se passe ? Je croyais qu'on…

– Tu croyais quoi ? lança-t-il d'un air étonné. Ne me dis pas que tu pensais sérieusement qu'on était faits l'un pour l'autre.

– Je ne comprends rien… Vraiment rien. Qu'est-ce que tu sous-entends ?

Sonja se sentait sale, mal à l'aise, et n'avait qu'une envie : déguerpir d'ici au plus vite. Se rhabiller et sauter dans sa voiture.

– Qu'est-ce que je sous-entends ? répéta-t-il en imitant sa voix, avant de lâcher un rire. Voyons, honnêtement… Tu dois bien savoir que tes pseudo œuvres d'art ne sont que des croûtes. Et je suis gentil.

C'était donc fini. Le rêve dans lequel elle s'était aveuglément précipitée n'avait été qu'un jeu, une supercherie pour parvenir à ses fins. Il l'avait manipulée comme une marionnette. Sonja aurait voulu crier de rage, faire une scène comme elle en réservait à Fabian lorsqu'il dépassait les bornes. Mais le nœud qu'elle avait dans la gorge empêchait sa fureur de s'exprimer.

– Je crois honnêtement que je n'ai jamais rencontré quelqu'un d'aussi naïf et désespéré que toi, continua-t-il. Une pauvre fille tellement en chaleur qu'elle couche avec le premier venu qui lui achète une petite merde.

– Il est temps que j'y aille, déclara-t-elle en esquissant un pas de côté, mais il planta son bras contre le mur pour la coincer.

– Ouvre-moi plutôt ça, ajouta-t-il en lui tendant de nouveau la clef.

– Pourquoi ?

– Parce que.

– Alex…

Elle poussa un soupir et leva les yeux au ciel, essayant de paraître détendue alors qu'elle était sur le point de s'écrouler.

– Tu as eu ce que tu voulais, donc si tu veux bien me laisser partir…

– Ouvre.

Son sourire s'était envolé et son regard brillait d'une telle froideur qu'elle comprit qu'elle devait obéir.

Elle attrapa la clef, se tourna vers le congélateur et la glissa dans le verrou. Un clic se fit entendre et elle ouvrit la porte.

En voyant une ombre se précipiter sur elle, elle ferma d'instinct les yeux et recula d'un pas pour l'éviter. Dès qu'elle les rouvrit, elle vit la silhouette d'un mannequin tomber sur le sol en béton avec un bruit sourd.

– Oups, fit Alex. Quelqu'un jouait à cache-cache dans le congélo.

Ce n'était pas un mannequin, mais un homme en chair et en os. Un homme entièrement congelé. Sonja eut beau fixer son visage, elle ne comprenait pas. Elle ne le reconnaissait pas, et pourtant…

Elle observa celui qui se prétendait Alex.

Et tout s'éclaira.

Dieu qu'elle avait été naïve.

Elle l'esquiva, s'élança vers la porte. Quelques mètres et elle pourrait l'enfermer au sous-sol.

Depuis le début, Fabian avait raison.

Mais qui qu'il soit, cet homme était effroyablement rapide.

91

DANEMARK

Dunja ignora un nième appel de Magnus et glissa son portable dans sa poche, tout en passant devant la réceptionniste du commissariat de Helsingør qui la fixait comme si elle sortait d'un film d'espionnage des années 60. Elle prit son badge et le pressa contre le lecteur, mais une lumière rouge s'afficha. Elle réessaya et reçut le même signal d'erreur.

– Vous pouvez m'ouvrir ? lança-t-elle en se tournant vers la réceptionniste.

Celle-ci avala sa salive et fit mine de ne pas l'entendre.

– Ohé ! Vous pouvez ouvrir la porte ?

– Non... Ce n'est pas moi qui... Vous avez rendez-vous ?

– Vous plaisantez ou quoi ? Soyez gentille, ouvrez, je n'ai pas toute la journée.

– Si vous voulez, je peux appeler Ib et voir s'il est disponible.

– Appelez qui vous voulez, je m'en fous ! rétorqua Dunja en s'approchant du comptoir.

Elle en avait assez. Toute cette histoire lui restait en travers de la gorge. Tant mieux, s'ils l'avaient déjà renvoyée.

– Mais... Qu'est-ce que vous faites ? protesta la réceptionniste lorsque Dunja se pencha au-dessus du comptoir pour appuyer sur le bouton qui déverrouilla la porte.

Sans un mot, cette dernière pénétra dans l'open space sous les regards ravis de ses collègues qui, manifestement, avaient attendu toute la journée ce moment. Voir aux premières loges l'arrogante flic de la capitale se faire humilier et dégager.

Aussitôt, comme s'il avait répété la scène pendant des heures, Ib Sveistrup sortit de son bureau.

– Dunja ! Tu tombes bien.

Du coin de l'œil, elle le vit lui adresser des signes, mais elle n'avait rien à lui dire. Non pas qu'elle lui en veuille – après tout, il était aussi sympathique qu'inoffensif, même si ses grands discours sur « ce chien de Sleizner » s'étaient avérés purement rhétoriques –, mais maintenant que le chef de la police de Copenhague le tenait, elle préférait l'éviter.

– Dunja !

– Désolée, Ib, mais je n'ai pas le temps.

– Comment ça, pas le temps ? Je te prie de me suivre tout de suite dans mon bureau. C'est un ordre.

– Un ordre ?

Elle s'arrêta et se retourna vers lui.

– Compte tenu du fait que mon badge ne fonctionne plus et que la bimbo plantée à la réception m'a demandé si j'avais rendez-vous, j'ai cru comprendre que je ne bossais plus ici.

– Non, c'est précisément ce que je voulais…

– Parfait, ça m'évite de démissionner.

Elle sortit son arme de service et sa plaque de police et les lui tendit.

– Je demande une indemnité de départ d'un an de salaire à 100 %, payée en une fois au plus tard vendredi prochain.

– Attends une seconde. Comment veux-tu que…

– À toi de voir. Autrement, je serai forcée de contacter le syndicat et de leur envoyer un petit rapport expliquant que cette enquête a été complètement négligée sous ta direction. Que tu n'as cessé de faire l'autruche et d'ignorer des indices évidents depuis un an, pour finalement flanquer à la porte la seule personne qui prenait cette affaire au sérieux. Je te rappelle que tu as deux morts sur la conscience. Donc si j'étais toi, j'enfilerais mon casque et mon armure, parce que ça risque de faire mal.

– Dunja, ne nous fâchons pas bêtement. Discutons plutôt de ce…

– Ib, débrouille-toi. Tu as une semaine.

Elle lui tendit la main.

– Merci pour tout. Ce travail fut… intéressant, dommage que notre collaboration ait fini en queue de poisson.

Après un instant d'hésitation, Ib accepta sa poignée de main.

– Maintenant que c'est réglé, reprit-elle, je voudrais savoir si Søren et Bettina sont dans les parages.

– Oui, mais je crois qu'il vaut mieux les laisser travailler. Avec les derniers rebondissements, ils ont du pain sur la planche, comme tu peux l'imaginer.

– C'est justement les derniers rebondissements qui m'amènent, comme tu peux l'imaginer.

Dunja tourna les talons et continua en direction du bureau de Jensen et Ussing. En ouvrant la porte, elle s'étonna de les trouver pour une fois au travail.

– Il faut qu'on parle, déclara-t-elle.

Presque aussitôt, leurs yeux se portèrent par-dessus son épaule, sur le visage de Sveistrup qui se glissa derrière elle tel un petit garçon curieux.

– Désolé, bredouilla-t-il, j'ai essayé de l'arrêter, mais…

– Ib, l'interrompit Dunja sans se donner la peine de se retourner. On s'est tout dit, donc si tu veux rester, tu es prié de te taire. Je n'ai ni l'énergie ni le temps d'écouter tes conneries.

– Je ne suis peut-être plus ton boss, mais c'est toujours moi qui décide entre ces murs !

– C'est ce que je croyais, rétorqua-t-elle en lui lançant finalement un regard.

Sveistrup, rouge comme une tomate, semblait au bord de l'AVC.

– Mais je n'en suis plus si sûre. La bise à Kim, au fait.

Elle le poussa dans le couloir, ferma la porte et tourna le loquet, avant de se tourner vers les inspecteurs.

– Je me demande bien ce que tu espères obtenir avec un tel comportement, commenta Ussing. J'ignore ce que tu en penses, Bettina, mais moi, ça m'a l'air franchement désespéré.

– Peut-être, répliqua Dunja en avançant de quelques pas, tout en sentant son portable se remettre à vibrer dans sa poche. Mais parfois, le désespoir est tout ce qui reste dans les situations les plus graves. Et je sais de quoi je parle. En tout cas, je ne suis pas là pour m'amuser ou chercher à reprendre l'enquête…

Elle sortit son téléphone. Cette fois, ce n'était pas Magnus, mais Fareed Cherukuri qui cherchait à la joindre. Il voulait certainement savoir quand il commencerait le fameux travail qu'elle lui avait promis. Elle lui raccrocha au nez, mais se doutait que, comme son ancien collègue, il allait la harceler nuit et jour jusqu'à ce qu'elle finisse par lui répondre. Elle aurait beau changer de numéro, il parviendrait à la retrouver et à réclamer son dû.

– Bon, qu'est-ce qui amène notre petite détective privée ?

Jensen croisa les bras en s'enfonçant dans sa chaise.

– Je veux juste vous aider à faire votre travail : arrêter les coupables.

Jensen éclata de rire.

– Dit celle qui a caché notre témoin principal !

– Je n'ai caché personne, rétorqua Dunja. Sannie est venue me voir parce qu'elle n'osait pas se présenter à la police. Et à vrai dire… Je la comprends. On n'a fait que les trahir, elle et ses amis.

– Parle pour toi. Moi et Søren, on bosse sur leur cas depuis…

– Si au lieu de vous tourner les pouces, vous vous étiez intéressés au problème dès le début, on n'en serait pas là !

– Tu comprends ce qu'elle raconte, toi ? fit Jensen en lançant un regard à son collègue, qui secoua la tête.

Dunja s'approcha du placard, sortit la caisse appelée « Enquête en cours », piocha le dossier des agressions qui n'avaient jamais été traitées et le jeta sur le bureau, sous le nez de Jensen.

– Vous n'avez qu'à lire les rapports que vous avez rédigés vous-mêmes. Je vous rappelle que tout a commencé en août dernier. Donc si vous voulez bien arrêter vos enfantillages une seconde et bosser un peu, vous pourriez les attraper avant qu'ils ne recommencent.

– On était en plein boulot jusqu'à ce que tu débarques, répondit Ussing en jetant un coup d'œil à sa montre. Nous aussi, on est un peu pressés, figure-toi. Dans une heure et demie, on tient une conférence de presse, alors si tu veux bien nous excuser, on doit avancer, là.

– Une conférence de presse ? Mais pourquoi ? Vous avez une annonce à faire ?

– Je ne vois pas pourquoi on devrait te…

– Dites, putain ! Qu'est-ce que vous comptez divulguer ?

Ussing hésita une seconde, puis adressa un signe de tête à Jensen, qui tendit à Dunja un portrait-robot crayonné.

– Voici le chef du groupe.

– C'est Sannie Lemke qui vous a aidés à le constituer ?

– Oui, comme quoi, on ne fait pas que se tourner les pouces, affirma Jensen. On va lancer un avis de recherche et on espère que…

– Non, surtout pas, le coupa Dunja. Moins les criminels en savent, mieux c'est.

– Ce n'est pas toi qui mènes l'enquête, mais nous, souligna Ussing. Pour résoudre cette affaire, on va avoir besoin de l'aide de la population.

– La seule personne qui puisse vous aider, c'est moi.

Ussing éclata de rire.

– Tu m'épates. Même si tu vas d'échec en échec, tu ne perds pas confiance en toi.

– Peut-être parce que contrairement à vous, je sais qui sont les criminels.

– Ah oui ? Magnifique. Notre petite détective privée s'est de nouveau surpassée.

Il se mit à applaudir.

– Et tu les as arrêtés, j'imagine ? Te connaissant, tu les as ligotés et cachés sous ton lit, ajouta-t-il.

– Les voilà tous les quatre, déclara Dunja en sortant quelques photos des membres du club de sport de combat. Au dos, vous trouverez leurs noms, adresses et numéros d'identification.

Ussing attrapa les quelques clichés et les examina en silence.

– Fais voir, dit Jensen en se penchant sur le bureau. Tiens, regarde, lui ressemble pas mal à notre portrait-robot.

Son collègue hocha la tête.

– Mais je ne comprends pas, bredouilla-t-il au bout d'un instant. Comment as-tu… ?

Il retourna la photo.

– Helsingborg ?

– Oui, vous devez appeler au plus vite la police suédoise pour qu'ils les interpellent. Pendant ce temps-là, je vais préparer la confrontation de témoins avec Sannie.

– Sannie ?

Ussing lança un regard furtif à Jensen, avant de revenir sur Dunja.

– Elle… Elle est… Elle n'est pas là.

– Comment ça ? Qu'est-ce que vous racontez ? Où est-ce qu'elle…

Dunja se tut, et observa successivement Ussing et Jensen.

– Vous l'avez relâchée…

– Pas exactement, dit Ussing. Bon, j'admets qu'elle n'était pas sous haute surveillance.

– Mais ce n'était pas nécessaire, poursuivit Jensen. On ne la suspectait de rien.

– Quoi qu'il en soit, elle a profité du fait qu'on… Bref, elle s'est sauvée, tout simplement.

– Donc si je comprends bien, articula Dunja, prise d'une envie soudaine de briser quelque chose. Vous avez commencé par révéler son visage et son nom pour annoncer à la terre entière qu'elle était le témoin principal du meurtre de son frère, alors que les criminels venaient de jeter dans un caddie sur l'autoroute le deuxième témoin. Ensuite, vous lui avez fait établir un pauvre portrait-robot et vous l'avez laissée partir ! Non, mais vous vous rendez compte des risques qu'elle court ?

– On ne l'a pas laissée partir, objecta Jensen. On lui a dit de nous attendre dans la cuisine, le temps qu'on fasse une petite réunion. Pas vrai, Søren ?

Ussing opina.

– Et puis, on sait où la trouver, si on a besoin d'elle.

– Où ça ?

– Dans un conteneur du magasin d'outillage, rue H. P. Christensen, répondit Jensen avec un sourire.

Alors que Dunja sortait déjà de la pièce, elle entendit Ussing triompher dans son dos :

– Ça, tu ne t'y attendais pas, hein ?

92

Suède

Fabian et ses collègues avaient passé ces dernières heures à contacter les compagnies aériennes, les entreprises de location de voitures, les sociétés ferroviaires suédoise et danoise afin de chercher à savoir si Sten et Anita Strömberg s'apprêtaient à quitter le territoire ou si c'était déjà le cas. Högsell leur avait fourni l'autorisation nécessaire pour que les banques surveillent l'activité de leurs comptes, tandis que Molander s'occupait de passer au peigne fin la salle des visites de la maison d'arrêt.

Jusqu'à présent, ils n'avaient rien trouvé d'intéressant. Tout ce qu'il leur restait à faire, c'était attendre et tenter de trouver un moyen de différencier les deux criminels en vue de l'administration des preuves, une fois qu'ils les auraient arrêtés.

Pour une fois, Fabian pensait rentrer simplement chez lui et réserver une petite surprise aux enfants. Sonja l'avait peut-être quitté, mais il ne comptait pas perdre Matilda et Theodor. Ce week-end, il leur proposerait de faire ce qu'ils voulaient, sans aucune limite. S'ils avaient envie d'aller à Londres, ils iraient. S'ils préféraient passer la fin de semaine à la maison, à regarder des films et jouer aux jeux vidéo, il n'y verrait aucun inconvénient.

Il venait de démarrer sa voiture et de lancer *Anywhere* de New Musik, l'un de ses vieux albums préférés, quand il sentit son portable vibrer dans sa poche. Il envisagea d'ignorer l'appel et de monter le volume, jusqu'à ce qu'il constate que c'était Malin Rehnberg.

– Désolée de ne pas avoir donné de nouvelles plus tôt, dit-elle tandis qu'il s'engageait sur Norra Stenbocksgatan. Mais j'ai dû m'acheter un abonnement à la salle de sport et un tas de vêtements techniques beaucoup trop chers dans lesquels j'ai tellement sué qu'ils empestent encore plus que le caleçon d'Anders après un match de badminton. D'ailleurs, tu peux m'expliquer pourquoi on ne peut pas laver ces fringues à soixante ? Impossible que l'odeur s'en aille à trente ou quarante degrés.

– Aucune idée, répondit Fabian. Mais dis, je suis au volant, là, on peut peut-être se parler…

– Je suggère plutôt que tu t'arrêtes quelque part. Crois-moi, tu as envie de savoir tout de suite ce que j'ai à te raconter.

Fabian obéit et trouva une place de parking sur Hjälmhultsgatan. Pendant qu'il se garait, Malin s'écria :

– Anders ! Je vais me doucher !

– D'accord, répondit une voix au loin dans le combiné. Je m'occupe du dîner.

– Y a pas le feu ! Je dois me laver les cheveux, faire un soin et tout, donc prends ton temps !

– OK !

Une porte claqua et un verrou grinça.

– Bien, maintenant, on peut discuter tranquillement. J'ai réussi à identifier ton petit couple de malfaiteurs. Je te préviens, ils sont spéciaux. Ils s'appellent Didrik et Nova Meyer, ce sont des jumeaux.

– Des jumeaux, répéta Fabian.

Bien des choses s'éclairaient soudain. Non seulement le fait qu'ils aient réussi le tour de force d'échanger leurs places en pleine garde à vue, mais qu'ils soient aussi parfaitement coordonnés. C'était à croire qu'ils communiquaient par télépathie.

– Pour résumer, ce sont les enfants illégitimes du comte Henning von Gyllenborg qu'ils ont assassiné le jour où celui-ci a abusé d'eux une fois de trop.

– Et vingt ans plus tard, ils se sont aussi vengés sur leurs frères, ajouta Fabian.

Au même instant, il se rendit compte qu'il stationnait juste devant le lycée de Theodor et que c'était l'heure de la fin des cours.

– Exactement, mais j'y reviens. Ce qui est intéressant, c'est que leur mère leur a donné naissance en secret et les a éduqués elle-même, en dehors du système.

– Comment ça ?

En suivant du regard un groupe de jeunes qui sortaient du bâtiment, Fabian pensa qu'il n'avait pas appelé son fils depuis plus d'une semaine.

– Ils n'existent pas, tout simplement.

– Attends… Quoi ?

– Mais réveille-toi ! Qu'est-ce qui est si compliqué à comprendre ? Ils ne sont domiciliés nulle part, ils n'ont pas de numéro d'identification personnel, ils ne sont jamais allés à l'école et n'ont jamais payé d'impôts. Autrement dit : ils n'existent pas.

– Je vois… Ça explique qu'on n'ait pas réussi à les identifier jusque-là. Mais leurs frères, alors ?

– Oui, il y a quelque chose qui ne colle pas. Commençons par Aksel von Gyllenborg, tu sais, celui qui est mort de froid au fond des bois.

Le bruit d'une chasse d'eau résonna.

– Ne t'inquiète pas, c'est pour qu'Anders ne se pose pas de questions. Bref : je suis partie du principe qu'ils l'avaient tué pour vendre sa part de la propriété.

– Qui est-ce qui possède l'autre moitié ?

– Son frère, Bernard von Gyllenborg, que vous avez retrouvé à Viken. À ce que j'ai compris, Aksel détenait la majeure partie des terres et de la forêt, où il pouvait s'adonner à sa passion pour la chasse. Bernard, qui était plus du genre à vouloir impressionner son entourage avec de somptueux dîners, possédait le château. Le truc, c'est que dans le cas de Halén et de Brise, ils ont liquidé leurs actifs et vidé leurs comptes, non ?

– Si.

– Mais pas cette fois.

Le clapotis de la douche se fit entendre.

– Mais qu'est-ce qu'ils ont fait de leur fortune ?

– C'est ça qui m'échappe. La part d'Aksel a été vendue le 27 septembre 2010 et l'argent versé par les acquéreurs a atterri sur son compte, tout simplement. Un beau pactole, cinquante-trois millions, pour être exacte. Au fait, tu ne te demandes pas d'où je tiens ces infos ?

– Si, pardon. Comment tu sais tout ça ?

– Heureuse que tu me poses la question. Grâce à mon banquier. Une crème. Je crois qu'il a passé des heures à fouiller dans les archives de la Sparbank. Apparemment, Aksel vivait largement au-dessus de ses moyens et il avait hypothéqué toute sa part, ce qui signifie que les jumeaux n'ont pas touché un rond à la vente, puisque plus ou moins toute la somme est allée droit aux créanciers, c'est-à-dire la banque.

– Et s'ils l'avaient acheté eux-mêmes ? suggéra Fabian, en sentant qu'il approchait du but. Après tout, c'est peut-être ça le motif de toute cette histoire : se venger de leur père, Henning von Gyllenborg, en l'assassinant lui, puis ses deux fils légitimes, et reprendre la propriété.

– C'est aussi ce que je pensais.

– Mais ? Qu'est-ce qui cloche ?

– Les acquéreurs. Inconnus au bataillon. Sten et Anita Strömberg.

93

Danemark

En s'échappant du commissariat, Sannie Lemke s'était sentie infiniment soulagée. En courant sous l'immensité du ciel parfaitement dégagé, dans la brise rafraîchissante du soir qui lui caressait le visage, elle avait repris confiance. Elle avait beau savoir qu'elle était nettement plus en sécurité là-bas, elle ne supportait pas l'idée de rester enfermée une nuit de plus entre ces murs.

L'odeur de la garde à vue. Dès qu'elle l'avait respirée, ce qu'elle s'était efforcée d'oublier avait ressurgi. Toutes ces fois où ils l'avaient interpellée sans raison, si ce n'est pour tuer le temps. Toutes ces choses que personne ne devrait jamais vivre et qui s'effaçaient dès que les premiers rayons du soleil s'infiltraient par la lucarne à barreaux, comme si rien n'était arrivé.

Elle n'avait cessé de se demander pourquoi, alors que la réponse était évidente : parce qu'ils en avaient le droit, parce qu'ils s'ennuyaient la nuit. Parce qu'elle était de ceux pour qui les règles du jeu ne s'appliquaient pas, pour qui tout le monde avait un joker à condition de se taire. Mais maintenant, elle était déjà assez loin pour que leurs regards, leurs mains ne l'atteignent plus.

Le problème, c'était qu'elle n'avait nulle part où aller. Où qu'elle se rende, elle risquait d'être vue des autres, de ceux qu'elle considérait comme ses amis, mais qu'une bouteille suffirait à convaincre de la dénoncer.

Tous ses espoirs reposaient désormais sur Dunja Hougaard. Sur l'idée qu'elle ne soit pas comme les autres, qu'elle tienne parole et qu'elle les arrête. En attendant, Sannie devait se cacher, se rendre invisible aux yeux des invisibles.

Mais déjà, elle se sentait suivie. Sans doute était-elle parano et la voiture qui la talonnait s'était juste perdue ou cherchait une place où se garer. En tout cas, le ronronnement persistant du moteur l'effrayait.

Jusqu'à présent, elle s'était retenue de jeter un coup d'œil par-dessus son épaule, de se mettre à courir, consciente qu'elle ne devait surtout pas montrer sa peur. Il valait mieux marcher normalement, continuer comme si elle avait un but, comme si quelqu'un l'attendait au prochain croisement.

Peut-être était-ce précisément ce qu'elle devait faire. Franchir la ligne interdite. S'insinuer dans le monde des visibles et se réfugier dans une belle maison désertée, le temps que ses propriétaires rentrent d'un voyage en Thaïlande ou d'un séjour d'affaires à Londres. Si elle se débrouillait bien, elle pourrait y rester jusqu'à ce que cette histoire ne soit plus qu'un lointain souvenir.

Elle devrait se montrer attentive, guetter les lampes à minuterie, le linge accroché au fil depuis des jours, les voitures qui prenaient la poussière devant un garage. S'introduire dans la maison qu'elle choisirait finalement serait un jeu d'enfant. Il suffisait d'une pierre et d'une fenêtre à l'arrière.

Enfin, elle avait un plan. D'ici quelques heures, quand la nuit serait tombée, elle se délasserait dans un bain parfumé bien chaud, avant de se glisser, comme elle ne l'avait pas fait depuis bien longtemps, dans des draps frais.

Plus elle y songeait, plus l'idée lui semblait évidente. Pourquoi n'y avait-elle pas pensé plus tôt ? Pourquoi elle et les siens s'obstinaient-ils à respecter une loi qui ne les concernait pas ? Au lieu d'errer dans les rues et de mendier, ne devraient-ils pas dévaliser les banques ?

Cette satanée voiture… Elle l'avait oubliée un instant, plongée dans ses pensées, mais le bruit du moteur s'imposa de nouveau, un bourdonnement plaintif tellement le véhicule allait au pas. Dans la vitre de l'arrêt de bus dressé devant elle, elle aperçut le reflet d'une vieille Saab vert pomme.

Personne sur la banquette arrière, ce n'était donc pas ceux qu'elle craignait. Pourtant, elle ne se sentit pas rassurée, se rappelant qu'elle avait vu une voiture étrangement similaire en sortant du commissariat. Une automobile verte, avec trois personnes à bord.

Une vingtaine de mètres plus loin, la route finissait en cul-de-sac, mais par chance, un escalier continuait entre les arbres vers la rue en contre-haut. Elle commença par monter tranquillement, sauta une marche, puis deux, et finit quatre à quatre. Tant pis ce qu'on pensait d'elle, du moment qu'elle sortait de cette impasse.

L'escalier était plus long que ce qu'elle avait cru, mais la peur lui donnait des ailes. Dès qu'elle franchit la dernière marche, elle se retourna et constata que personne n'était à ses trousses. Finalement, son imagination lui avait peut-être joué un tour.

Mais dès qu'elle fit volte-face pour poursuivre son chemin, elle se heurta à une silhouette qui se tenait tout près d'elle.

– Pardon, bredouilla-t-elle, avant de découvrir avec effroi que l'inconnu avait le visage couvert d'un grand smiley.

– Ha ha, cette pute se croyait en sécurité ! lança une voix sur le côté.

Un autre homme masqué s'approcha, tenant un téléphone en main. Sannie eut à peine le temps de comprendre ce qui se passait que le premier l'atteignit.

94

Suède

Après sa conversation avec Malin, Fabian avait remis le contact et manœuvré pour sortir de sa place en direction de chez lui. Mais un instant plus tard, il s'était de nouveau arrêté et était resté là, à réfléchir derrière le volant, et tenter de saisir ce qu'impliquaient réellement les révélations de son ancienne collègue de Stockholm.

Plus le tableau s'esquissait sous ses yeux, plus il retrouvait son énergie. Et tout à coup, une image claire s'était imposée à lui. Grâce à la fortune de Johan Halén, les jumeaux avaient acheté la moitié de la propriété familiale, mais leur but était naturellement de l'acquérir en entier.

Ni Klippan, ni Lilja, ni Interpol ne trouveraient la moindre trace des criminels en dehors du pays. Même si tout indiquait qu'ils s'apprêtaient à fuir, ils n'en avaient aucune intention.

Sans doute se préparaient-ils à frapper de nouveau.

Paradoxalement, bien que l'idée aille à l'encontre de toute morale, un nouveau meurtre aurait été une bonne chose, un événement qui leur aurait permis d'avancer dans l'enquête, maintenant qu'ils avaient une théorie concrète à explorer. Aussi, rarement l'idée de retourner au commissariat et de faire une croix sur le week-end n'avait semblé aussi évidente à Fabian.

En chemin, il avait appelé Tuvesson qui, à son grand soulagement, avait répondu d'une voix parfaitement sobre. Il lui avait parlé de Didrik et de Nova Meyer, de leur désir de se venger de leur père, Henning von Gyllenborg. Tout laissait penser désormais qu'ils étaient sur le territoire, en quête de nouvelles victimes.

Elle avait aussitôt convoqué le reste de l'équipe et leur avait demandé d'annuler ce qu'ils avaient prévu en cette fin de semaine. Pour une fois, Fabian s'était laissé surprendre par leur zèle en les voyant tous revenir sans broncher et se remettre au travail avec un entrain qui avait manqué ces derniers jours.

Comme le voulait la coutume, Tuvesson avait acheté des pizzas et des sodas, mais personne n'y avait encore touché. Pas même Klippan, d'ordinaire si gourmand, trop concentré à compléter sa frise chronologique qui s'étendait maintenant sur deux tableaux et remontait à la naissance secrète des jumeaux, à la fin des années 1970.

– En liquidant les actifs de Chris Dawn, ils obtiendront grosso modo quarante-deux millions de couronnes, dit Lilja, plongée dans des papiers éparpillés sur la table devant elle. J'ai compté vingt pour la baraque, quinze pour les titres et autres actifs immobilisés et sept pour les biens de type œuvres d'art, vins millésimés, etc.

– On parle de l'argent qu'ils voulaient récupérer le jour où on a arrêté le frère à la banque, n'est-ce pas ? demanda Tuvesson.

Lilja acquiesça.

– Et il leur faut combien pour acheter l'autre part ?

Tuvesson se tourna vers Fabian qui étudiait les photos que Malin lui avait envoyées de l'album qu'elle avait trouvé enfoui dans le mur.

– Difficile à estimer avant que la propriété ne soit en vente, mais je dirais entre cinquante et cent millions. En tout cas, les héritiers de Bernard von Gyllenborg ont l'air prêts à s'en séparer. D'après Malin, ils ont voulu constater le décès il y a six mois pour entamer les démarches.

Sur l'une des photos, Didrik et Nova, six ou sept ans, jouaient au bras de fer, vêtus des vêtements de l'autre. Lui portait sa robe et elle, assise en face, son pantalon.

– Maintenant, ça ne leur posera aucun problème, fit remarquer Klippan.

– Autrement dit, les jumeaux doivent se dépêcher s'ils veulent pouvoir rassembler assez avant la vente, reprit Tuvesson. À propos, Fabian, tu pourrais me donner le numéro de Malin ? Je voudrais la remercier pour tous ses efforts.

Il opina, même s'il l'écoutait à peine, toujours absorbé par la photo dont il ne parvenait pas à décrocher le regard.

– Si elle ne nous avait pas aidés, ils auraient pu continuer longtemps sans qu'on suspecte quoi que ce soit, ajouta Tuvesson.

Elle approcha du seul pan du tableau encore vierge pour écrire en lettres capitales : VICTIMES POTENTIELLES.

– Alors, des idées ?

– À mon avis, ils sont toujours dans la région, affirma Klippan.

– Qu'est-ce qui te fait dire ça ?

– Assassiner quelqu'un, ça ne s'improvise pas. Ça ne m'étonnerait pas qu'ils se préparent depuis des années. Quelle que soit la prochaine victime, ils ne l'ont certainement pas choisie à la va-vite.

Klippan prit une bouchée de pizza, puis continua :

– Ajoutez à ça le fait qu'ils ont intérêt à se tenir loin de Stockholm pour ne pas risquer qu'on les reconnaisse, notre belle région, qui compte du reste les plus grandes fortunes de Suède, me semble toute choisie.

– Et puis, ils n'auraient jamais pu tout planifier si leurs cibles vivaient aux quatre coins du pays, ajouta Lilja.

Tuvesson hocha la tête et se tourna vers Molander.

– Cette liste que tu avais dressée… Il restait quelques noms ?

– Pas si on n'augmente pas notre périmètre de recherche.

– De combien ?

– Au moins jusqu'à Göteborg, si on veut que ça tienne la route. Le problème, c'est qu'on va se retrouver avec tous les milliardaires du coin qui ont fait renouveler leur permis de conduire récemment.

– Attendez une minute, intervint Fabian, qui avait enfin compris ce que la photo tentait de lui dire. On est passés à côté de quelque chose en élaborant cette liste.

L'idée lui semblait maintenant tellement évidente qu'il ne comprenait pas qu'aucun membre de l'équipe n'y ait pensé plus tôt.

– Il nous en manque la moitié.

– Comment ça ?

Molander croisa les bras, l'air vexé, comme si la remarque de Fabian lui était directement adressée.

– Si tu penses au fait qu'il ne faut pas juste s'intéresser aux célibataires, mais aussi aux pères de famille comme Chris Dawn, j'ai déjà vérifié plus d'une fois et, crois-moi, on n'obtient rien.

– Je n'en doute pas, répondit Fabian. Mais tu auras beau vérifier, il n'y aura toujours que des hommes sur cette liste.

– Oui, évidemment, que veux-tu y trouver d'autre ?

– Des femmes, par exemple.

Fabian ouvrit les bras.

– À moins que, selon toi, une femme ne puisse pas réussir assez dans la vie pour s'enrichir comme un homme.

– Mon Dieu, dire que ça ne nous a pas traversé l'esprit ! s'exclama Lilja, coupant Molander qui s'apprêtait à rétorquer quelque chose pour se défendre.

– Incroyable, poursuivit Tuvesson, sur quoi le technicien se rassit à son ordinateur sans ajouter un mot. Surtout que cette Nova a l'air aussi bonne comédienne que son frère.

– Je dirais même qu'elle est encore plus douée.

Fabian se tourna vers Molander, déjà occupé à pianoter sur son clavier.

– Tu crois que tu pourrais afficher les résultats sur le projecteur ?

– Une chose à la fois, s'il te plaît.

Tout le monde patienta en silence. Même Klippan se fit aussi discret que possible et déroula doucement la toile pour ne pas risquer de déranger le technicien qui, au bout d'un moment, leva le nez de son écran et brandit la télécommande pour allumer le projecteur.

– Alors ? Combien ? demanda Tuvesson.

– Onze, selon les mêmes critères que pour les hommes.

– Et combien d'entre elles ont fait renouveler leur permis ces six derniers mois ?

– Trois, indiqua Molander.

Au même instant, le projecteur démarra, affichant à l'écran trois noms et le montant de leurs fortunes.

– Commençons par Lydia Klewenhielm, reprit-il d'un ton assuré qui indiquait qu'il s'était remis de sa vexation.

Il ouvrit une photo des deux permis de conduire confrontés l'un à l'autre.

– Elle pèse soixante-dix millions et possède plusieurs biens immobiliers ici à Helsingborg, ainsi qu'à Malmö.

– Qu'est-ce qu'on sait de sa situation familiale ?

– Divorcée et mère d'un enfant de bientôt quatre ans, dont elle partage la garde.

– Son ancien permis datait de dix ans, donc elle devait de toute façon le renouveler, observa Klippan, qui s'était approché de l'écran pour mieux voir.

– Ça explique qu'elle ait autant changé, remarqua Lilja. Tu peux zoomer ?

– Suffit de demander.

Un double clic et les deux portraits s'affichèrent en grand. Sur le plus récent, la femme semblait plus âgée, elle portait des lunettes et les cheveux courts. Même son visage semblait différent, possiblement sous l'effet du temps. Déterminer à l'œil nu s'il s'agissait ou non de la même personne paraissait bien difficile.

– Je vous présente maintenant Sandra Gullström, continua Molander, en ouvrant la photo de deux autres permis. Sa fortune est estimée entre deux et cinq cents millions, en majeure partie sous la forme d'actions investies dans une société en capital-risque dont elle est à la tête avec son mari, Gunnar Gullström.

La pièce d'identité la plus ancienne datait de sept ans et, là encore, il était impossible de savoir s'il s'agissait ou non de la même femme. Elle portait en tout cas la même paire de lunettes sur les deux portraits.

– Et enfin, Elisabeth Piil.

Molander ouvrit le dernier document.

– Son arrière-arrière-grand-père s'appelait Fredrik Ahlgren. Avec son frère, ils ont inventé les voitures les plus vendues au monde.

Il marqua une pause oratoire, manifestement ravi que personne ne comprenne ce à quoi il faisait référence.

– Vous n'avez jamais entendu parler des voitures Ahlgren ?

– Mais si, les bonbons ! s'écria Klippan. Ça lui vaut une petite fortune de combien ?

– Cent soixante-dix millions, et comme vous pouvez le voir, son ancien permis ne datait que de deux ans avant son renouvellement.

– Mais elle est quasiment identique sur les deux photos, fit remarquer Fabian.

– Et si tu les soumettais à une analyse faciale, qu'on soit sûrs ? suggéra Tuvesson.

– Bonne idée, mais pour un résultat fiable, il me faut deux ou trois heures par personne.

Molander releva ses lunettes sur sa tête et ajouta :

– Vu qu'elles sont trois, je n'aurai pas fini avant demain matin.

– D'accord, répondit-elle. Alors séparons-nous et allons toquer à leurs portes. Fabian, tu t'occupes de Klewenhielm, moi de Gullström, Irene, charge-toi de Piil.

– Tu ne comptes tout de même pas qu'on y aille seuls, si ? s'enquit Lilja.

– Bien sûr que non, je vais appeler les forces spéciales. Ils se diviseront en trois groupes et se tiendront cachés dans les environs, prêts à réagir au cas où. Klippan, tu feras le lien entre les équipes et tu les enverras à la rescousse si l'un de nous tire la sonnette d'alarme.

L'intéressé hocha la tête.

– Il ne faut surtout pas attirer leur attention sur nous, poursuivit Tuvesson. Rappelez-vous que c'est grâce au fait qu'ils ne se doutaient de rien qu'on en est là aujourd'hui.

– Mais qu'est-ce qu'on leur dit en arrivant ?

La chef de la police haussa les épaules.

– Improvisez. Le plus simple est sans doute de justifier notre visite comme une mesure de sécurité suite à l'augmentation récente des détournements d'identité. Quelque chose dans ce goût-là. Allez, on se retrouve en bas dans une heure. D'ici là, lisez un maximum d'infos sur chacune d'entre elles.

95

DANEMARK

Dès que Dunja se glissa à travers le passage découpé dans le grillage, elle constata dans la nuit tombante que le magasin appelé « Machines & Co » portait bien son nom.

Quelques tracteurs étaient garés devant les portes de garage d'un bâtiment blanc. Un peu plus loin, à l'ombre d'un arbre, reposaient deux tondeuses à gazon, un chasse-neige et quatre fourgonnettes. La pompe à essence qui trônait, seule, au milieu de la cour aurait pu figurer sur un tableau d'Edward Hopper.

Derrière un hangar en tôle au toit arqué, Dunja aperçut le conteneur où quelqu'un avait manifestement élu domicile. Comme dans la cour rue Stubbedamsvej, l'endroit était jonché de couvertures et de sacs de couchage empestant l'urine.

Mais comme elle s'y attendait, Sannie n'apparaissait nulle part. Après avoir pédalé d'abri en abri où elle pensait pouvoir trouver la jeune femme, ce recoin était le dernier sur sa liste.

Maintenant qu'elle avait en vain tout essayé, elle envisageait de laisser tomber, de s'affaler dans cette montagne de duvets nauséabonds et d'oublier. Mais son téléphone retentit soudain.

Fareed Cherukuri, évidemment. C'était soit lui, soit Magnus à l'appareil.

– Non, je ne vous ai toujours pas trouvé de boulot…

– Ah ? D'accord, mais…

– Et comme je vous l'ai dit, je vous appellerai dès que…
– Attendez, vous ne voulez pas…
– Mais c'est quoi, votre problème ? Vous avez une case en moins ou quoi ? Je suis occupée, compris ?
– Vous cherchez Sannie Lemke ?
Dunja regarda autour d'elle, se sentant subitement observée.
– Comment vous savez ?
– Je crois savoir où la trouver. C'est pour ça que je vous harcèle depuis des heures.
– Quoi ? Vous savez où elle est ?
– Non, pas exactement. Mais j'aimerais bien que vous changiez de ton…
– Vous savez, oui ou non ?!
– Pas Sannie, mais les criminels.

96

Suède

Sonja avait rangé son téléphone dans son soutien-gorge. Une habitude qu'elle tenait depuis l'époque où les portables étaient plus petits, lorsqu'elle avait besoin d'avoir les mains libres. Aujourd'hui, les smartphones étaient plus imposants et sa poitrine avait sans doute un peu rétréci. Quoi qu'il en soit, l'appareil avait glissé dans sa salopette et s'était coincé contre son ventre.

Mais fonctionnait-il toujours ? Alex, ou qui que soit cet individu, l'avait frappée jusqu'à ce qu'elle abandonne. Une fois qu'elle avait cessé toute résistance, il lui avait scotché la bouche et les mains, avant de la traîner sur le sol en béton et de la jeter dans le coffre d'une voiture.

Pourtant, il n'avait pas remarqué son téléphone.

Si seulement elle pouvait le faire glisser, qu'il s'échappe du vêtement. Le scotch qui lui bloquait les poignets dans le dos était tellement serré qu'elle commençait à ressentir des picotements dans les mains. Mais peut-être parviendrait-elle, du bout du nez ou du menton, à appeler Fabian avant qu'il ne soit trop tard. Avant que le rideau tombe et que s'effacent tous les souvenirs de leur vie commune.

Elle avait entendu Alex parler avec quelqu'un au téléphone. Sans parvenir à discerner les mots dans le flot de paroles emportées, elle se savait le sujet de la conversation.

Ils ne l'épargneraient pas, Sonja le sentait de tout son être meurtri de coups. Pour l'homme au volant, elle ne représentait rien d'autre qu'un vulgaire maillon dans la chaîne. Un moyen de pression au cas où Fabian et ses collègues s'approcheraient de trop près. Cette fois, paradoxalement, c'était elle qui s'était mêlée de ce qui ne la regardait pas et qui en ferait les frais.

Sonja n'avait jamais compris qu'on puisse redouter la mort, fin naturelle et inéluctable de la vie, accompagnée, espérait-elle, de quelques étincelles. Mais maintenant qu'elle se trouvait au bord du précipice, elle était terrifiée. Elle se sentait loin d'être prête, elle avait encore tant à faire. Toutes ces choses qu'elle avait repoussées au lendemain, toutes ces choses qu'elle n'avait pas exprimées, attendant le bon moment. Et tout à coup, il était trop tard.

97

En attendant que l'équipe des forces spéciales s'installe en toute discrétion autour du domicile de Lydia Klewenhielm, au 11 rue Sofierovägen, Fabian, assis dans sa voiture, feuilletait les photos d'enfance des jumeaux que Malin Rehnberg lui avait envoyées. Au point où ils en étaient, suivre leur instinct et aller à la rencontre des victimes potentielles s'avérait un plan aussi précipité qu'évident. Comme Tuvesson l'avait suggéré, s'ils voulaient avoir une chance de réussir, ils devaient improviser. Leur temps était trop compté pour patienter encore.

Douze heures s'étaient déjà écoulées depuis que les jumeaux avaient réussi à leurrer les gardiens de la maison d'arrêt. Douze heures de liberté. Il n'y avait qu'à espérer qu'ils n'aient pas causé davantage de dégâts, trop occupés à se retrouver et à panser leurs plaies après l'échec lié au meurtre de Chris Dawn. À condition qu'ils aient seulement reconnu la défaite et qu'ils en aient souffert.

Fabian en doutait. Il avait beau les avoir rencontrés tous les deux, il ne parvenait pas à saisir leurs personnages. C'était à croire qu'ils défiaient toutes les lois de la nature humaine avec leur sang-froid et leur détermination inébranlables.

Leur seule lacune semblait leur enfance, unique détail qu'ils n'avaient pas su enterrer et qui venait entacher leur perfectionnisme. Là, sur les photos, ils n'avaient rien d'irréel. Deux gamins en chair et en os, un frère et une sœur avec leurs failles et leurs faiblesses comme tous les autres, sauf que leur quotidien avait été un enfer.

Un message de Klippan bipa sur son téléphone.

Forces spéciales en place. Go.

Fabian vérifia que son pistolet était chargé, puis il descendit de la voiture et traversa la rue.

Si le quartier où lui-même vivait était réputé pour son charme, ce coin de la ville était d'une tout autre beauté. Avec sa vue sur le détroit, ce secteur était sans conteste ce que Helsingborg offrait de mieux. Il ne se laissa pas pour autant impressionner par la grande maison blanche ornée de quatre colonnes à l'entrée.

Il appuya sur la sonnette qui transmit à l'intérieur un son électronique imitant un carillon. Parviendrait-il à reconnaître la criminelle à ses yeux, au son de sa voix ? Ou se laisserait-il tromper par une paire de lentilles de couleur et un faux accent ?

Soudain, son téléphone se mit à sonner. Il s'attendait à ce que ce soit Klippan, mais espérait au fond voir s'afficher à l'écran le nom de Theodor. *Sonja.* C'était bien la dernière sur qui il aurait parié. Avait-elle des remords ? Ou voulait-elle simplement s'assurer qu'il n'était pas à la maison pour passer prendre des vêtements ? Quelle que soit la raison de son appel, ça devrait attendre. À l'instant où il raccrocha, la porte s'ouvrit.

– Bonsoir, je m'appelle Irene Lilja, je suis de la police de Helsingborg, déclara Lilja en montrant sa plaque.

Dès qu'Elisabeth Piil était apparue sur le seuil, Lilja avait constaté qu'elle n'avait pas la même coupe de cheveux que sur les photos.

– Ah ? fit la femme, l'air embarrassé.

– Je peux entrer ? demanda l'inspectrice.

– Désolée, mais… Il est arrivé quelque chose ?

La femme arrangea son pull échancré qui lui glissait de l'épaule.

– C'est ce qu'on cherche à déterminer, d'où ma présence ici aujourd'hui.

– Je peux savoir de quoi il s'agit ?

– Oui, mais il vaudrait mieux qu'on en parle à l'intérieur.

Lilja l'observa dans les yeux. Elle était méfiante, mais son regard laissait voir autre chose. Une touche d'inquiétude, voire de peur…

– Ça vous pose problème ?

– Non non, pas du tout.

La femme se décala d'un pas et avala sa salive comme si elle venait d'ingurgiter une pomme de terre trop chaude. L'appartement dans lequel Lilja pénétra était moins grand que ce à quoi elle s'attendait, compte tenu de la fortune de son hôte. Sans en demander l'autorisation, elle continua vers le salon.

– Excusez-moi, mais ça va être long ?

– On verra.

Lilja s'enfonça dans l'un des deux canapés installés devant une cheminée.

– Depuis quelque temps, nous connaissons une augmentation du phénomène de détournement d'identité visant les gens un peu plus aisés que la moyenne. C'est pourquoi nous effectuons une petite visite de contrôle auprès de tous ceux qui auraient récemment renouvelé leur permis de conduire, comme vous l'avez fait alors que l'ancien datait de deux ans.

– Hein ? Pourquoi est-ce que j'aurais fait ça ?

La femme, visiblement étonnée, s'assit sur le canapé en face.

– C'est exactement ce que nous voudrions savoir, répondit Lilja, consciente qu'elle ne devait surtout pas se fier aux apparences. Donc vous n'étiez pas au courant ?

Elle tendit à son interlocutrice une copie des deux pièces d'identité et observa sa réaction.

À voir ses mains tremblantes, sa bouche entrouverte et ses yeux écarquillés, la femme paraissait sincèrement surprise. Mais il ne fallait pas s'en contenter. Si Nova Meyer était aussi bonne comédienne qu'on le prétendait, elle devait savoir feindre tout un éventail de sentiments. Et pourtant, dans le cas où la criminelle jouait la comédie, n'avait-elle pas intérêt à lui fournir une explication ? À moins que le fait de se justifier ait été plus suspect…

– Tiens, tiens, mais on a de la visite ?

En se retournant d'un coup, Lilja se rendit compte qu'elle n'avait pas la moindre chance de se défendre contre l'homme qui marchait droit vers elle.

Astrid Tuvesson avait horreur des chevaux. Non pas que ces animaux lui aient jamais fait du mal, mais leur taille imposante et leurs lourds sabots lui inspiraient un sentiment de respect qui s'approchait de la peur. Aujourd'hui, elle était pourtant bien obligée de se contrôler, à deux pas du monstre qui reprenait son souffle après le galop du soir.

– Bien sûr, dit Sandra Gullström en rendant à Tuvesson la copie des deux permis de conduire avant de descendre de selle. Qui voulez-vous que ce soit d'autre que moi ?

– Dans ce cas, pourquoi l'avez-vous fait renouveler ? demanda la commissaire, veillant à se tenir à bonne distance de l'animal en marchant vers l'écurie. L'ancien était encore valable trois ans et nous n'avons trouvé aucune déclaration de vol dans nos archives.

– Non, je l'ai perdu.

La femme mena le cheval dans son box.

– Vous l'avez perdu ? répéta Tuvesson, prise à la gorge par l'odeur du crottin.

– Oui, enfin… C'est ce que j'ai prétendu à l'époque. À vrai dire, c'était pure vanité de ma part.

La femme lâcha un rire et commença à desseller l'animal.

– Au moins, depuis, j'ai changé de coiffeur.

– Vous avez vraiment changé votre permis parce que vous n'aimiez pas votre coupe sur la photo ?

– Pas juste ma coupe… Vous voyez vous-même que je n'étais pas à mon avantage. Bouffie et tout. J'avais peut-être sept ans de moins, mais cinq kilos de plus. Ça ne paraît peut-être pas beaucoup, mais quand tout le gras se met dans le visage, je vous assure que ça vous défigure.

Elle secoua la tête et sortit du box, la selle dans les bras.

– Je ne sais pas comment j'ai fait pour tenir sept ans avec ce permis. Si vous voulez tout savoir, c'est mon psy qui m'avait suggéré de prendre les choses en main et de le changer.

Elle accrocha la selle et se tourna vers Tuvesson.

– Mais dites, je peux vous offrir un café ou vous êtes du genre à ne pas supporter la caféine après 20 heures ?

– Avec plaisir, répondit Tuvesson, heureuse de pouvoir enfin s'échapper de l'écurie.

– Je vous préviens, je dois être à l'Opéra dans trois quarts d'heure, déclara Lydia Klewenhielm en faisant entrer Fabian à contrecœur dans le vestibule. De quoi s'agit-il ?

Il balaya la pièce du regard, prenant son temps pour répondre :

– Êtes-vous au courant que votre permis de conduire a récemment été renouvelé ?

Ne surtout pas précipiter les choses et risquer d'engendrer du stress.

– Bien sûr que oui. L'ancien datait de près de dix ans, il n'allait pas tarder à expirer.

Même s'il ne voyait aucune ressemblance avec Dina Dee, quelque chose le troublait chez cette femme.

– Je ne savais pas que la police avait les moyens de frapper à la porte de tous les citoyens qui renouvelaient leur permis.

– Ces derniers temps, nous avons fait face à un boom des affaires de détournement d'identité, expliqua Fabian, tout en essayant de percevoir si l'indignation de son interlocutrice était réelle ou jouée.

– Comment ça ? Vous soupçonnez que je puisse être visée ?

– Nous ne soupçonnons rien du tout. C'est une simple visite de routine.

– Très bien, alors Monsieur l'agent peut dormir sur ses deux oreilles : c'est moi qui en ai fait la demande. Si c'est tout ce que vous vouliez savoir, je n'ai pas toute la soirée…

– Où étiez-vous ce matin entre 9 et 10 heures ?

Fabian s'insinua dans le salon qui offrait une vue magnifique sur le détroit. On aurait dit que la pièce flottait sur l'eau.

– Je faisais ma séance de yoga matinale sur la terrasse et ensuite, je me suis mise au travail.

– Ici, chez vous ?

– Oui, mais qu'est-ce que ça a à voir avec mon permis de conduire ?

– Quelqu'un peut-il le confirmer ?

– Non, j'étais seule toute la journée. Si j'avais su que c'était condamnable, j'aurais évidemment veillé à ce qu'un témoin me regarde faire, assis dans le canapé.

– Du calme, personne ne vous accuse de quoi que ce soit.

– Ah non ? Alors pourriez-vous avoir la gentillesse de m'expliquer à quoi ça rime ? De quoi est-ce que je peux être suspectée pour avoir soudain besoin d'un alibi ? D'avoir volé ma propre identité, peut-être ?

Encore faut-il que vous soyez celle que vous prétendez, pensa Fabian tout en approchant de la bibliothèque et commençant à feuilleter un album photo.

– Je viens de vous dire que le détournement d'identité était un problème de plus en plus courant.

La plupart des images semblaient dater de l'époque où elle était mariée et sans enfant. À ce qu'il pouvait voir, elle et son mari vivaient déjà dans cette demeure et respiraient le bonheur.

– Et je viens de vous répondre que j'avais moi-même fait la demande de renouvellement.

– Pourquoi vous avez divorcé, au fait ?

La question laissa la femme étonnamment indifférente.

– Le grand classique, fit-elle en haussant les épaules. Une aventure de trop quand j'avais le dos tourné.

Autrement dit, son ex-mari avait payé cher ses infidélités et il avait dû lui laisser la maison. Rien d'étrange à cela, si ce n'est que la femme sur les photos ne ressemblait pas le moins du monde à celle qui se tenait au milieu du salon.

98

Petite, Matilda avait un ami imaginaire. Un ami rien qu'à elle, dont elle ne parlait jamais à personne. Il s'appelait Eriksson – elle n'avait rien inventé, c'était son nom, tout simplement. Parfois, quand elle était seule, il lui arrivait de lui parler tout haut comme s'il était assis à table avec elle ou allongé dans son lit.

Dès que quelqu'un d'autre entrait dans la pièce, Eriksson se faufilait dans son esprit et elle n'avait plus besoin d'ouvrir la bouche pour discuter avec lui. Ils se comprenaient en pensée. Un moment, elle avait décidé qu'il s'était glissé dans la peau de l'une de ses peluches, bien qu'au fond, elle se doutait qu'il n'existait peut-être pas en vrai.

Avec Greta, c'était pareil. Elle se montrait et en même temps non. Matilda y croyait dur comme fer, tout en sachant que c'était impossible. À la seule différence que, maintenant, elles étaient deux à la fréquenter : elle et Esmaralda.

Au fur et à mesure des séances entre les nappes étendues dans la cave, communiquer avec Greta était devenu plus naturel. La peur que Matilda avait ressentie la première fois s'était envolée. Greta, comme n'importe qui, pouvait être de mauvais poil et se taire, mais le plus souvent, elle semblait joviale et prête à discuter de tout, sauf de sa personne.

Dès que Matilda et Esmaralda tentaient de savoir indirectement qui elle était et ce qui avait causé sa mort, Greta se braquait et le viseur s'immobilisait sur la planche. Une fois, le silence s'était prolongé si longtemps que Matilda et son amie avaient craint qu'elle ne leur adresse plus jamais la parole. Il avait fallu qu'elles jurent de ne plus évoquer le sujet pour qu'elle se manifeste de nouveau.

L'aventure de la mère de Matilda était une autre question qu'elles avaient évitée jusque-là. Même si la curiosité la dévorait, Matilda éprouvait encore au corps le choc qu'elle avait eu lors de la première séance. Un peu comme la brûlure qu'elle portait sur le torse, stigmate du jour où une casserole d'eau bouillante s'était renversée sur elle à un âge où elle était trop petite pour s'en souvenir.

Selon Esmaralda, ce n'était pas parce qu'on détenait la clef de tout un tas de portes qu'il fallait toutes les ouvrir. Il valait mieux se garder d'explorer certaines pièces. Sans doute avait-elle raison, mais ce conseil ne changeait rien au fait que sa mère les avait quittés depuis deux jours.

Matilda avait essayé d'en parler à Theodor, qui l'avait fixée avec des yeux de merlan frit, l'air de ne pas comprendre un mot de ce qu'elle racontait. Il avait fini par hausser les épaules, bredouiller qu'il s'en fichait et claquer la porte de sa chambre.

Son père ne risquait pas non plus de la renseigner. À cette heure, elle n'avait même pas encore eu l'occasion de le lui demander. Comme toujours, il était arrivé un truc super grave au travail et il avait dû annuler non seulement le dîner, mais ce qu'il leur avait réservé pour le week-end. Quand il avait mentionné une surprise, Matilda avait commencé par se réjouir, se demander de quoi il pouvait bien s'agir avant de comprendre, au bout de quelques minutes, que ça sentait le divorce à plein nez.

Quelle que soit la réponse, Matilda était résolument décidée à interroger Greta à ce propos. Tant pis pour les conseils de son amie, elle avait besoin de savoir.

– Esprit, es-tu là ? déclara Esmaralda une fois qu'elles avaient pris place, allumé les bougies et posé l'index sur la goutte placée au milieu de la vieille planche Ouija.

Presque instantanément, le viseur glissa sous leurs doigts du côté gauche.

YES…

– C'est Greta ?

La goutte frémit sans changer de place. C'était bien elle, pensa Matilda tout en échangeant un regard avec son amie, qui attendait manifestement qu'elle formule sa question.

– Ma mère… Elle est avec qui ?

– Tu es sûre de vouloir te lancer là-dedans ? demanda Esmaralda d'un ton inquiet.

Matilda opina, guettant le mouvement du viseur. Mais rien. À force de garder le bras tendu dans la même position, elle eut vite mal à l'épaule.

– Greta n'a pas l'air de vouloir aborder le sujet, constata Esmaralda.

– Mais je veux savoir ! Tu entends, Greta ? Tant pis si c'est pénible ! Il faut que je sache !

– Pas la peine de crier. Elle n'est pas…

Esmaralda fut interrompue par le viseur qui glissa tout à coup vers la droite pour s'arrêter au bout de la première rangée de lettres sur le M. Puis l'objet s'empressa de descendre à l'opposé vers le O, avant de s'immobiliser sur le R.

– Mor…, murmura Matilda.

– Ça doit être « Mort » avec un T, affirma Esmaralda. C'est bien ça ?

Aussitôt, le viseur remonta vers la gauche.

YES.

– Mort ? Comment ça, « mort » ?

Matilda sentait l'agacement monter.

– Ma question, c'était avec qui sort ma mère.

MOR.

– Tu y comprends quelque chose ? dit-elle à Esmaralda, qui secoua la tête. Quelqu'un est mort ? reprit-elle, non plus irritée, mais inquiète.

MOR.

– Ma mère ? C'est d'elle que tu parles ? continua-t-elle, les larmes aux yeux. Elle est morte ?

Au bout d'un court instant, le viseur se déplaça vers la lune, dans l'angle à droite.

NO.

Matilda poussa un soupir de soulagement.

– On devrait peut-être arrêter là, suggéra Esmaralda.

– Non, je veux en savoir plus. Tu m'entends, Greta ? Je ne partirai pas tant que je n'aurai pas de réponse ! s'écria-t-elle.

MOR.

– Mais qui est-ce qui est mort ? Tu as une idée de ce qui se passe, toi ?

– Non, répondit Esmaralda. Je crois qu'on devrait réessayer un autre jour.

– Et si ce n'était pas encore arrivé ?

Esmaralda haussa les épaules.

– Greta, nous te remercions pour cette séance et nous te disons à bientôt...

– Non, non, on n'a pas fini, la coupa Matilda. Greta, quelqu'un va mourir ? C'est ce que tu veux dire ?

– Matilda, on ne devrait pas..., objecta Esmaralda, tandis que le viseur fusa vers le mot YES. Crois-moi, ce n'est pas...

– Mais qui ? Greta, je veux savoir qui !

– Matilda ! insista Esmaralda.

– Qui ?

La goutte se déplaça tellement vite sur la planche qu'elles eurent du mal à suivre le mouvement. Pourtant, Matilda parvint à mémoriser les quatre lettres qui apparurent brièvement dans le trou central. Mais le mot, ou plutôt le nom, qu'elles formaient lui était bien trop familier pour qu'elle parvienne à l'intégrer.

RISK.

99

– Je vous en prie, entrez, et pour l'amour du Ciel, gardez vos chaussures.

Sandra Gullström mena Tuvesson à l'intérieur d'une vieille ferme transformée en somptueuse maison de luxe, avec un plan libre et une belle hauteur sous plafond.

– J'ai le même genre de bottines et je sais qu'une fois qu'on les a aux pieds, impossible de les retirer.

Tuvesson suivit son hôte à travers le salon meublé de grands canapés et fauteuils qui ne demandaient qu'à ce qu'on s'y installe pour la soirée, un verre de whisky d'une main, une cigarette de l'autre.

– Quelle magnifique maison.

– Merci. Les travaux de rénovation nous ont pris deux ans, précisa la femme en contournant l'îlot central. Deux années infernales, si vous voulez mon avis, ajouta-t-elle en secouant la tête. On a quasiment tout abattu, mais maintenant, on a le chauffage au sol, des triples vitrages et tout le tralala.

Elle se savonna puis se rinça les mains.

– Mon mari ressasse encore le fait que ça nous aurait coûté moitié moins de faire construire la maison de zéro. Mais il n'a pas l'air de comprendre qu'on n'aurait jamais eu cette atmosphère…

– Oui, c'est somptueux, répondit Tuvesson. Après, j'aurais du mal à vivre dans un endroit aussi isolé, sans le moindre voisin.

– Vous n'êtes pas la première à me le dire. Mais vous savez, j'ai mes chevaux, c'est mieux que des voisins. Et puis mon mari bien sûr, même s'il est souvent en déplacement.

– Ah, et il est où en ce moment ?

– À Tokyo. Dites-moi, vous êtes du genre cappuccino ou café filtre ?

– Tout me va, répondit Tuvesson en regardant attentivement autour d'elle. Il y a un an, je ne jurais que par les expressos. Et puis tout à coup, ne me demandez pas pourquoi, j'en ai eu assez. Depuis, je me suis mise au café filtre, à condition que le café soit fraîchement moulu. C'est ça, le secret. Ces paquets qui moisissent pendant des mois dans les rayons des supermarchés, ça ne devrait pas s'appeler du café.

Rien ne détonnait dans ce décor harmonieux. Même la manière dont la femme remplit de grains le moulin à café, versa de l'eau dans la machine et mit le filtre en place montrait qu'elle avait effectué ces gestes des milliers de fois.

– Ce matin, entre 9 et 11 heures... Qu'est-ce que vous faisiez ?

– Je discutais avec mon mari.

– Tout ce temps ?

– Non, mais une bonne heure et demie. Avec tous ces voyages, le téléphone, c'est ce qui nous raccroche, alors on en profite.

Tuvesson s'apprêtait à demander si son époux pourrait le confirmer lorsqu'une mélodie de marimba retentit soudain. Elle sortit son téléphone, qui était pourtant éteint.

– Quand on parle du loup, dit Sandra en attrapant son portable. Ça ne vous dérange pas que je réponde ? D'habitude, il n'appelle jamais à cette heure. C'est la nuit au Japon.

Tuvesson opina.

– Si vous voulez, je peux lui demander combien de temps on a discuté ce matin, même si je sais d'avance qu'il me dira que j'étais beaucoup trop bavarde, ajouta la femme avec un rire.

L'homme tendit la main à Lilja.

– Håkan Hansson, se présenta-t-il. Détendez-vous, je ne mords pas.

– Désolée, je croyais qu'on était seules, déclara Lilja.

Tout en lui serrant la main, elle essaya de déterminer si cet individu pouvait être Didrik Meyer.

– Je ne t'avais pas demandé de rester dans la chambre ? dit Elisabeth Piil.

– Chérie… Je n'allais pas me cacher dans mon coin quand tu reçois la police. Excusez-la, Elisabeth a peur que notre relation s'ébruite. Elle et moi, on n'a encore rien officialisé, expliqua-t-il en montrant l'alliance qui ornait son annulaire gauche. Mais bientôt, tout ça ne sera qu'un mauvais souvenir. N'est-ce pas, chérie ?

La femme opina sans rien dire et son amant s'assit près d'elle sur le canapé.

– Raconte-moi, reprit-il en lui prenant l'épaule. Qu'est-ce qui s'est passé ?

– Je ne suis pas sûre d'avoir bien compris, mais apparemment, quelqu'un a fait renouveler mon permis de conduire. Regarde, dit-elle en lui tendant la photo des deux pièces d'identité.

– Qui ferait ça et pourquoi ?

– Pour voler son identité et liquider ses biens, répondit Lilja afin d'observer leur réaction.

– Mon Dieu, quelle horreur ! s'exclama la femme en se blottissant contre son amant. J'ai l'impression qu'on… qu'on m'a violée !

Lilja faillit rétorquer que les autres victimes avaient connu bien pire, mais elle se retint.

– Je comprends que vous soyez choquée. Heureusement, rien n'indique que les criminels aient encore frappé. D'après le schéma, le permis de conduire n'est qu'un moyen de se préparer et…

– De se préparer… ?

La femme était devenue blanche comme un linge.

– Ce que madame essaie de dire, c'est que rien de concret n'est encore arrivé, intervint l'homme en se tournant vers Lilja. N'est-ce pas ?

Elle hocha la tête.

– Oui, et pour empêcher ça, nous allons dès à présent vous mettre sous protection personnelle jusqu'à ce que nous ayons arrêté les criminels.

– Quoi ? Vous ne pensez tout de même pas qu'ils seraient capables de… Mon Dieu, mais qu'est-ce que c'est que cette histoire ?

Fabian balaya du regard la chambre à coucher à l'étage. Un lit double, une coiffeuse et un placard. Rien qui n'éveillait sa curiosité et le poussait à aller voir de plus près. Il avait maintenant exploré toute la maison sans rien trouver de suspect.

Pour s'assurer que son hôte ne lui joue aucun tour, il l'avait menottée à l'un des fauteuils du salon. Elle avait protesté haut et fort, et n'avait fini par se taire qu'une minute auparavant.

Ses réponses et réactions étaient vraisemblables. Ces dernières années, elle disait avoir subi une série d'opérations de chirurgie esthétique, ce qui expliquait qu'elle soit si différente de la femme qui apparaissait sur les photos – elle s'était non seulement fait refaire les seins qui, après l'allaitement, ressemblaient à deux gants de toilette, mais le nez, la bouche et les pommettes.

Était-ce crédible ou non ? Fabian n'en avait aucune idée. Il avait le sentiment que tous les visages qu'il avait vus ces derniers jours ne formaient plus qu'une seule et même image fantôme.

Il sortit de la chambre et commença à descendre au rez-de-chaussée quand il reçut un appel de Klippan.

– Alors ? Tu as trouvé quelque chose ?

– Rien pour l'instant.

– Ça veut dire que ce n'est pas elle ?

– Non, juste que je n'ai rien trouvé pour le moment.

Fabian jeta un coup d'œil à son hôte assise sur le fauteuil, tête baissée.

– Le plus simple, ce serait de convoquer quelqu'un qui puisse l'identifier. Son ex-mari, un frère ou une sœur, un collègue… N'importe qui qui la connaisse depuis longtemps.

– Je vais voir ce que je peux faire.

– Et les autres ? Comment ça se passe ?

– Irene est tombée à pic. Pour une fois, on dirait qu'on est arrivés à temps. Et d'après ce que j'ai compris, Astrid ne devrait pas tarder à revenir. Sinon, qu'est-ce qu'on fait des forces spéciales ? Je te les envoie pour t'aider à fouiller ?

– Pas tout de suite, mais qu'ils se tiennent prêts à intervenir au cas où.

Fabian raccrocha, puis s'approcha de la femme qui le défia du regard.

– Vous avez une cave ?

– Non, il n'y en a pas, répondit-elle en soupirant. Sérieusement, ce n'est pas bientôt fini ?

– Pas tout à fait.

En sentant qu'un détail lui avait échappé, Fabian observa de nouveau attentivement les environs.

– Pour l'instant, on cherche à faire venir quelqu'un pour vous identifier.

– Ah oui ? Et après, vous me relâcherez ?

– Votre machine à laver, elle est où ?

Voilà ce qu'il avait manqué. Comment se faisait-il qu'il n'y ait pas pensé plus tôt ?

– Pardon ?

– Où est-ce que vous faites votre lessive ?

Elle ouvrit la bouche, mais hésita une seconde avant de répondre :

– Je n'ai pas de machine, c'est ma femme de ménage qui s'occupe du linge. Ça vous va ?

Elle mentait, il n'y avait aucun doute. Fabian lisait le mensonge dans ses yeux. Trois minutes plus tard, il remarqua en face de la salle de bains une porte couverte d'une tapisserie à rayures bleues qui se confondait avec le mur.

La porte de la buanderie.

Il y trouva un sèche-linge, une armoire chauffante et une mangle. Puis derrière un rideau, sous des étagères avec des serviettes soigneusement pliées, un congélateur du même type que celui qu'il avait découvert chez Chris Dawn.

Sandra Gullström n'était pas réapparue depuis que son mari avait appelé cinq bonnes minutes plus tôt. Tant mieux, avait pensé Tuvesson, elle pouvait explorer tranquillement les lieux sans avoir à faire la conversation. Cette femme avait beau prétendre ne pas souffrir de l'isolement, son débit de paroles trahissait l'inverse. Elle avait autant soif de compagnie qu'un chat affamé.

Au rez-de-chaussée, la commissaire n'avait rien trouvé d'intéressant. Ni dans l'imposante bibliothèque du salon, ni dans la salle de bains. Encore moins dans la chambre à coucher, où un mur était couvert de portraits encadrés de Sandra et de son époux. Quand Klippan l'avait informée qu'Elisabeth Piil n'était au courant de rien, elle avait répondu qu'elle partirait dès que son hôte aurait fini sa conversation téléphonique.

En attendant, elle descendit jeter un œil à la cave où régnait une atmosphère radicalement différente. Toute l'élégance de cet intérieur semblait ne pas avoir franchi le niveau du sol. Elle s'était attendue à y trouver une cave à vin, une salle de gym ou un spa, du moins quelques box parfaitement rangés.

Mais ce sous-sol s'avérait un bric-à-brac encore plus invraisemblable que ce que Tuvesson avait pu connaître chez elle dans ses pires moments. Au plafond bas, soutenu par des poutres installées au hasard, pendaient çà et là des ampoules qui formaient dans le noir quelques halos de lumière. La vaste pièce était remplie de gravats et de tout un fatras de choses. Sans doute les restes des travaux, pensa la commissaire, en se retournant pour remonter au rez-de-chaussée.

Mais soudain, elle perçut un bruit. Ou plutôt, elle le remarqua maintenant qu'il s'était tu.

Le ronronnement d'un congélateur.

– Vous m'avez menti à propos de la buanderie. Pourquoi ? demanda Fabian, tout en écrivant un message à Klippan pour lui demander d'envoyer sur-le-champ les forces spéciales.

La femme poussa un soupir.

– Parce que je voulais que ça cesse, et à présent, j'exige la présence de mon avocat.

– D'abord, vous allez me dire où se trouve la clef du congélateur.

– Ce n'est pas moi qui…

– La clef ! Elle est où ?

– Je ne sais pas. Demandez à mon ex-mari, cet appareil lui servait à conserver de la viande d'élan et de chevreuil. Je lui ai dit de venir le récupérer un milliard de fois. Mais maintenant, j'aimerais une fois pour toutes savoir de quoi il s'agit !

Fabian devait admettre qu'il était impressionné par la capacité de son interlocutrice à garder la face, à rester dans son rôle envers et contre tout. Elle jouait si bien la comédie qu'il sentait déjà ses doutes revenir au galop.

À l'instant où les renforts pénétrèrent dans le vestibule, il alla à leur rencontre pour les conduire dans la buanderie.

– Le congélo est condamné, ouvrez-moi ça au plus vite, déclara-t-il.

Le chef d'équipe opina, adressa un signe à l'un de ses collègues qui s'attaqua aussitôt au verrou à l'aide d'une disqueuse. Fabian se tourna et se boucha les oreilles pour tenter de se protéger du hurlement strident de l'appareil. Quand, quelques minutes plus tard, le verrou céda, Fabian s'approcha et ouvrit la porte du congélateur.

Elle gisait là, recroquevillée au fond de l'appareil, ses mains ensanglantées jointes en prière. Ses cils et sourcils étaient couverts de glace, comme une partie de sa chevelure. Elle avait les yeux clos, l'air de s'être finalement livrée à la mort. Et dans un coin reposait une bouteille d'alcool.

Malgré le voile de givre qui lui enveloppait le visage, Tuvesson reconnut tout de suite Sandra Gullström. Tel que Nova Meyer l'avait expliqué, elle avait changé de coupe de cheveux. Mais elle n'avait pas perdu de poids, bien au contraire.

– Alors, on fouine chez les gens sans leur en demander l'autorisation ?

La commissaire lâcha la porte du congélateur et se tourna vers la femme qui sortit de l'ombre quelques mètres derrière elle.

– Ça manque de manières, vous ne trouvez pas ? reprit-elle en avançant encore d'un pas.

– Vous n'êtes pas chez vous, rétorqua Tuvesson en s'emparant aussitôt de son arme et la braquant sur son adversaire. À plat ventre, jambes et bras écartés !

Un instant plus tôt, Tuvesson avait identifié le bruit du congélateur que Gunnar avait insisté pour acheter et qui encombrait maintenant son garage et consommait de l'énergie pour rien. Le ronronnement du compresseur, suivi d'un silence.

– À plat ventre, j'ai dit !

Localiser l'appareil n'avait pas été aussi simple. Elle était passée plusieurs fois devant ce qu'elle croyait être une table couverte d'une nappe rouge croulant sous des cartons de déménagement, des piles de livres et des bonbonnes remplies d'eau, avant de comprendre qu'il s'agissait en fait d'un congélateur coffre du même type que celui qu'elle avait chez elle. Un modèle sans verrou de chez Electrolux.

Évidemment, elle aurait dû appeler Klippan et lui ordonner d'envoyer les renforts au plus vite. Mais elle n'avait pensé qu'à gagner du temps, débrancher la machine et l'ouvrir. Sauver pour une fois une vie.

Même si elle se savait terriblement naïve, elle ne cessait d'espérer. C'est pourquoi, lorsqu'elle entendit un gémissement quasiment imperceptible, elle ne put s'empêcher de se tourner vers l'appareil et d'ouvrir la porte.

À l'instant où elle rencontrait le regard perçant de Sandra Gullström, le noir s'imposa.

100

Klippan ne cessait de malaxer la boule antistress faite d'une centaine voire d'un millier d'élastiques colorés. Il était nerveux, c'était certain, et pour être honnête, ce gadget n'y remédiait pas vraiment. Les tonalités commençaient à se faire nombreuses sans réponse de Tuvesson, elle qui décrochait d'ordinaire instantanément. À condition, bien entendu, qu'elle ne soit pas saoule.

Elle devait être au volant, en route vers le commissariat, bien que conduire ne l'ait jamais empêchée de s'emparer de son téléphone. Dans ces circonstances, la commissaire, encore plus que les autres, était nécessairement consciente qu'un appel en absence signifiait qu'elle avait des problèmes.

Or, des problèmes, ils en avaient eu assez.

– Salut, Klippan…, résonna finalement la voix hachée de Tuvesson dans le combiné. Désolée d'avoir mis autant de temps…

– Je commençais à m'inquiéter.

– Ça ne capte pas bien, j'ai… monter sur un… et…

– Astrid, attends, je te reçois très mal. Où es-tu ? Tout va bien ?

Un grésillement saccadé prit le dessus.

– Astrid, tu m'entends ?

– Là, c'est mieux ?

– Beaucoup mieux, affirma Klippan, même si le crépitement persistait. Je ne comprends pas, tu es où ? En voiture ?

– J'ai fait le tour de la maison et je suis descendue dans la cave.

– Quoi ? Tu y es toujours ?

– Oui, c'est assez grand et plein de…

De nouveau, sa voix fut coupée.

– Astrid, tu as trouvé quelque chose ?

– Non, rien.

– Je n'envoie pas les renforts ?

– Non, pas la peine. Il n'y a rien.

– Pareil du côté de Fabian. Ils n'ont déniché que quelques gigots de chevreuil. Apparemment, Lydia Klewenhielm était aussi furax contre Fabian que Berit peut l'être contre moi.

Klippan gloussa à sa propre plaisanterie et s'étonna d'entendre Tuvesson en faire autant.

– OK, donc je les renvoie chez eux.

Elle qui ne riait jamais à ses blagues d'habitude… Sans doute était-elle aussi soulagée que lui que l'opération se soit bien passée. Désormais, ils savaient que la prochaine cible des jumeaux s'appelait Elisabeth Piil.

– Bon, on t'attend au commissariat d'ici vingt-trente minutes, cracha la voix de Klippan dans le haut-parleur.

– Oui, dans ces eaux-là, répondit Nova Meyer, tout en soulevant la dernière lourde bonbonne pour la placer sur la nappe rouge qui couvrait le congélateur secoué de temps en temps de tremblements, sous les efforts désespérés de Tuvesson.

– Bien, les autres aussi seront rentrés. On pourra discuter d'une stratégie concernant Elisabeth Piil.

– Parfait.

Nova Meyer raccrocha, puis elle s'empara d'un carton qu'elle posa à côté des deux bonbonnes, avant d'en soulever un autre et de l'installer dessus. Pour hisser le troisième, elle grimpa sur le congélateur, d'où il lui suffit de glisser le dernier au sommet. Elle s'assura que les cartons étaient bien coincés entre l'appareil et le plafond, avant de sauter et de disparaître de la pièce.

L'installation tremblait de moins en moins. À distance, personne ne pouvait rien remarquer. Il fallait s'approcher de tout près pour percevoir de légers frémissements à la surface de l'eau contenue dans les bonbonnes, et des cris étouffés.

101

Dernière tentative apparut à l'écran qui brillait dans l'obscurité du coffre de la voiture. Sonja venait de manquer pour la deuxième fois de taper du bout du nez son code PIN. Elle s'immobilisa, rassemblant ses forces pour essayer de nouveau. Si elle échouait encore, son téléphone ne servirait plus à rien.

Elle inspira profondément, remua les doigts pour tenter d'activer sa circulation. Quelques minutes plus tôt, ses bras ligotés dans le dos l'élançaient tellement qu'elle aurait voulu hurler de douleur malgré sa bouche bâillonnée. Maintenant, elle les sentait engourdis et bientôt, elle perdrait toute sensation.

Son cerveau semblait ailleurs, avoir déjà capitulé. Une impression qu'elle reconnaissait de son enfance, lorsqu'elle avait été piégée dans un lac sous un tapis de nénuphars. Comme si la vie ne valait peut-être finalement pas la peine d'être vécue, elle avait vite cessé de tenter de s'extirper hors de l'eau. Ça, c'était bien elle – toujours à choisir l'issue la plus facile, à laisser les choses lui échapper des mains.

Cette fois, pourtant, elle ne comptait pas se regarder mourir. Cette fois, elle se battrait comme une lionne. Elle avait bien trop de raisons de vivre pour lâcher prise maintenant. Matilda, Theodor, Fabian… Leur histoire ne pouvait pas finir ainsi.

La voiture s'engagea soudain sur une route cahoteuse. Un chemin de campagne, devina-t-elle, même si elle avait cessé depuis longtemps de tenter de comprendre où on l'emmenait.

Mieux valait concentrer son énergie sur son téléphone. Rien que l'extraire de sa salopette lui avait coûté d'intenses efforts, elle en était encore trempée de sueur. Quand du premier coup, elle était parvenue à entrer le code à quatre chiffres et à appeler Fabian, elle avait retrouvé espoir. L'appareil était chargé à soixante-trois pour cent et captait parfaitement. Elle ne doutait pas une seconde que Fabian décrocherait et volerait immédiatement à son secours.

Mais Sonja s'était cruellement trompée. Fabian n'avait pas répondu, il était loin de pouvoir la sauver. Il lui avait fallu quelques minutes pour se remettre de la déception, avant de se résoudre à appeler quelqu'un d'autre.

Maintenant qu'elle avait tapé un mauvais code à deux reprises, il ne lui restait qu'une toute dernière chance. 5-8-9-5, quatre petits chiffres à composer dans le bon ordre.

Elle prit une profonde inspiration, se pencha sur son portable. Aucun problème pour entrer le 5, puis le 8, auquel elle avait pourtant échoué les deux fois précédentes. Mais à l'arrivée du 9, elle commença à trembler sous l'effet du stress. Quel ne fut pas son soulagement d'y arriver malgré tout. Elle y était presque, plus qu'un 5, pensa-t-elle, se concentrant intensément en pointant le nez.

Si le véhicule n'avait pas soudain freiné, elle aurait visé juste. Mais elle effleura le 2 et son portable s'éteignit aussitôt. Au même instant, la voiture s'arrêta et le grondement du moteur laissa place au silence.

102

DANEMARK

Sannie Lemke ignorait si elle avait les yeux ouverts ou clos. Une chose était sûre : elle ne voyait rien. Elle venait juste de revenir à elle, après un long trou noir dans lequel elle errait encore. Que s'était-il passé ? Pourquoi grelottait-elle autant ? Et qu'est-ce qui l'attendait ?

Des rires… Voilà la dernière chose qu'elle se rappelait. Les mêmes ricanements cruels qui la hantaient depuis la mort de son frère. Lui, ils avaient voulu le tuer. Elle, ils lui réservaient un autre sort. Malgré les coups, elle n'était pas morte. Voilà peut-être ce qu'il y avait de plus inquiétant.

Elle était assise sur un sol dur et granuleux. Du bitume, quelque part au grand air. En voulant se mettre en boule pour résister au froid, elle remarqua qu'elle avait les mains et les poings liés.

Presque aussitôt, elle les entendit approcher, glousser, jubiler.

– Regardez, elle se réveille ! s'écria une voix.

– Je m'en occupe, déclara une autre.

Le coup la frappa avec une telle violence qu'elle tourna de nouveau de l'œil. Hélas, elle émergea juste à temps pour ressentir la douleur du choc suivant. Elle aurait voulu sombrer pour de bon dans l'obscurité. Loin des rires, loin des courants d'air. Se transformer au plus vite en une masse de chair inconsciente n'éprouvant plus rien. Un punching-ball sans la moindre fibre nerveuse.

C'était trop demander.

– Elle est assez ramollie, vous croyez ?

– Non, répondit quelqu'un, avant de la cogner si fort qu'elle eut l'impression que son crâne éclatait en morceaux.

– Maintenant, oui, ajouta la même voix, suivie de ces rires atroces.

Quelqu'un s'avança et s'accroupit près d'elle. Elle percevait son haleine. Pourquoi diable entendait-elle et pensait-elle encore ? Une main força sa tête en arrière, une autre sa bouche à s'ouvrir pour y fourrer un objet long et rigide, enduit d'une substance grasse qui l'aida à glisser dans son gosier. Les vomissements eurent beau tenter de barrer la route à ce corps étranger, des doigts de plus en plus nombreux venaient l'aider à s'enfoncer. Sannie, secouée de convulsions, essayait vainement de respirer. Ça y est ? Allait-elle enfin mourir ?

Mais tout à coup, les mains la relâchèrent et ses poumons se remplirent. Elle éprouva un immense soulagement, malgré les haut-le-cœur persistants. Quoi qu'on lui ait enfoui dans la gorge, l'objet était maintenant trop loin pour en ressortir. Elle croyait sentir une corde remonter le long de son œsophage et s'échapper de sa bouche.

– OK, vous êtes prêts ?

– Yes ! Allons-y, putain !

Un briquet, le bruit d'un briquet, puis un crépitement.

Quand on lui débanda les yeux, elle vit ses agresseurs se dresser devant elle, masqués de cagoules avec de joyeux smileys. L'un d'eux tenait en main un téléphone, un autre un briquet. Il faisait nuit, des heures s'étaient donc écoulées depuis qu'ils l'avaient attrapée.

Le crépitement persistait comme s'il provenait d'un cierge magique. Elle baissa les yeux sur les étincelles rougeoyantes qui fusaient vers son visage, vers sa bouche. Dès qu'elles atteignirent sa langue, elle se tordit de douleur, essaya en vain de les éteindre avec sa salive, de cracher. Le feu la rongeait déjà de l'intérieur, se frayait un chemin dans sa gorge. Elle hurla, mais ces cris ne firent qu'alimenter les flammes qui brûlaient tout sur leur passage.

Dans sa torpeur, elle perçut à peine la détonation, le coup sourd qui résonna au fond de sa poitrine. Un cœur énorme rendant son dernier souffle.

À chaque tonalité qui se succédait dans le combiné, Dunja avait le sentiment de recevoir une gifle en plein visage. Dans ces circonstances, il était incompréhensible que Søren Ussing ne décroche pas. Lui et sa collègue avaient déjà largement prouvé leur incompétence. Ils auraient dû se sentir sur des braises et n'attendre qu'une chose : qu'elle les appelle.

Fareed était parvenu à identifier le numéro des criminels, un numéro de portable suédois, puis à le localiser. Il avait mené Dunja dans l'une des zones industrielles de Helsingør, rue Ellehammersvej, où elle les avait trouvés au pied d'un silo s'élevant derrière un grillage, tous les quatre dressés autour de Sannie et masqués de cagoules.

Dunja aurait voulu accourir et les arrêter, mais elle n'avait aucune chance. Elle n'était pas armée, il lui fallait au plus vite des renforts. Dès que le répondeur d'Ussing se mit en marche, elle raccrocha pour réessayer de l'appeler, cette fois sur son numéro d'urgence.

Mais en sentant une présence dans son dos, puis le contact de la bouche d'un pistolet à l'arrière de son crâne, elle lâcha son portable et leva les mains en l'air.

– Pas de panique, dit-elle d'une voix aussi calme que possible, tout en comptant de nouveau le nombre de silhouettes qu'elle apercevait au loin.

Quatre, ils étaient bien quatre. D'où venait ce cinquième individu ?

La pression de l'arme s'allégea légèrement. Elle n'osa pas pour autant se retourner, se préparant à recevoir un coup de crosse qui arriva en effet sur la droite. Son agresseur, lui, n'avait pas prévu qu'elle projette aussitôt sa tête en arrière et lui heurte violemment le nez.

Le pistolet s'écrasa par terre et avant que l'homme ait le temps de se ressaisir, elle fit volte-face et lui tira brusquement les jambes. En le regardant tomber à la renverse comme une lourde masse, Dunja comprit qu'elle n'avait pas affaire à un adepte des sports de combat. Lui n'avait rien de l'agilité qu'elle avait constatée lors de l'épisode de l'autoroute.

L'homme soupira, porta la main à son visage inondé de sang, tout en essayant de se relever.

– Pas un geste ! s'exclama Dunja en avançant pour lui retirer sa cagoule.

Le sang qui s'échappait de ses narines avait déjà barbouillé une grande partie de son visage. Mais rien n'aurait pu empêcher Dunja de reconnaître le garçon qu'elle avait sauvé quelques années plus tôt. Elle avait beau s'en douter depuis qu'elle avait trouvé le pendentif, elle n'avait pas pu se résoudre à écouter ce pressentiment. C'était absurde. Comment en était-il arrivé là ? Et pour quelle raison ?

– Theodor…, murmura-t-elle. Pourquoi ?

Le garçon se releva mollement, les yeux braqués sur elle, les lèvres frémissantes, manifestement au bord des larmes. Au loin s'élevèrent des cris et des claquements de portières. En se retournant, Dunja vit des phares projeter deux faisceaux de lumière dans le noir.

– Theodor, on va trouver une solution, mais d'abord, j'ai besoin que tu m'aides.

Mais le garçon en avait profité pour s'emparer de nouveau de son arme qu'il dirigeait maintenant sur elle, tremblant comme une feuille.

– Theo, ce n'est pas toi, ça…

– La ferme !

Un moteur rugit de l'autre côté du grillage, la voiture manœuvra, puis disparut dans l'obscurité.

– Tu vois, ils se fichent de toi.

– La ferme, j'ai dit !

Le pistolet en main, il recula d'un pas, puis d'un autre, avant de s'enfuir à toutes jambes. Dunja s'élança aussitôt dans la direction opposée, contournant le grillage qui la séparait du silo au pied duquel Sannie gisait nue, ligotée contre un mur. Elle s'agenouilla, la prit dans ses bras et lui tâta le pouls jusqu'à sentir quelques pulsations fragiles au bout de ses doigts. Cette issue, elle la redoutait depuis le début. Elle avait tout fait pour l'éviter, elle s'était battue pour tenir sa promesse.

– Sannie, pardon…, dit-elle, même si les mots ne changeraient rien à son échec.

Dans un dernier effort, Sannie ouvrit les yeux et plongea son regard dans le sien.

– Je sais qui c'est, je sais où ils habitent, j'ai vu leur voiture et même la plaque, tu entends ? Il suffit que j'appelle mes collègues pour les arrêter. Tu ne me crois sans doute plus, mais je te promets, je te jure qu'ils payeront.

Sannie toussa, entrouvrit la bouche pour répondre quelque chose. Seulement, il n'en sortit que du sang. Un flot continu coulant au coin des lèvres et le long de sa poitrine, formant une petite mare rouge sur le goudron.

Elle avait toujours les yeux rivés sur Dunja, mais le regard éteint.

Les faibles battements de son pouls s'étaient arrêtés.

Dunja lui ferma délicatement une paupière puis l'autre, avant de la coucher doucement sur le flanc, de se lever et d'inspirer profondément l'air humide de la nuit.

Une fois de plus, Sleizner avait réussi à déployer ses tentacules et à corrompre l'enquête, ce qui avait amené à la pire des fins. Mais cette fois serait la dernière, pensa Dunja. Même si elle devait y laisser sa peau, elle veillerait à ce qu'un tel drame ne se reproduise plus.

À partir de maintenant, elle consacrerait tout son temps, toute son énergie à le faire chuter pour de bon. Elle trouverait son point sensible et frapperait quand il s'y attendrait le moins. Lorsqu'il penserait naïvement qu'elle avait abandonné et qu'il pouvait savourer sa victoire.

Dès qu'il ploierait devant elle, Dunja le piétinerait sans pitié. Il aurait beau l'implorer, lui demander pardon, elle déverserait sur lui tous les pesticides interdits qu'elle pourrait se procurer pour éradiquer à jamais cette vermine.

Et elle savait précisément qui elle voulait à ses côtés.

Elle retourna chercher son portable, là où Theodor l'avait surprise. L'écran était brisé, mais il s'éclaira dès qu'elle l'effleura pour chercher le numéro de Fareed.

– Alors ? Ça a été ?

– Pas vraiment, je suis arrivée trop tard. Mais je n'appelle pas pour ça.

– Ah... Qu'est-ce que je peux encore faire pour vous ?

– Démissionner de votre boulot.

103

Suède

Jusqu'à présent, Astrid Tuvesson n'avait pas touché à la bouteille. Elle ignorait ce qu'elle contenait, si le bouchon en métal était encore intact ou non. Prendre une gorgée d'une bouteille ouverte, ça n'avait rien à voir avec l'entamer soi-même. Là résidait toute la différence. Et pour l'instant, elle avait réussi à se retenir.

Elle ne savait pas davantage ce qui se passait à l'extérieur. Ses collègues la cherchaient-ils, avaient-ils seulement remarqué son absence ? Depuis plus d'une heure et demie, elle n'entendait que le bourdonnement du compresseur qui s'interrompait de temps en temps pour laisser place à un calme tellement absolu qu'elle percevait les battements de son cœur. Or rien ne l'angoissait plus que le silence.

Sans doute était-elle naïve, mais au fond, elle avait compté sur le fait que Klippan se demande assez vite pourquoi elle ne donnait plus de nouvelles. Même s'il n'était pas des plus entreprenants, il finirait bien par envoyer les renforts. Ils trouveraient sans tarder la cave, mais la question était de savoir combien de temps il leur faudrait pour remarquer le congélateur certainement de nouveau caché derrière une nappe et un tas d'objets. Si elle-même y était arrivée, ils devraient bien y parvenir.

Voilà ce qu'elle avait pensé jusque-là, ou plutôt espéré. Mais maintenant, elle se sentait déconcertée. Non pas paniquée, du moins pas pour le moment. En jetant de nouveau un coup d'œil au cadran rétroéclairé de sa montre, elle constata qu'elle était enfermée dans cette boîte depuis bientôt une heure quarante-cinq. Autrement dit, dans cinq minutes, le moment serait venu de crier encore à l'aide, de produire le plus de boucan possible, tel qu'elle l'avait fait toutes les dix minutes.

Une heure quarante-cinq... Il n'était pas étonnant qu'elle grelotte, elle qui avait toujours été horriblement frileuse. Au début, elle avait essayé d'absorber la chaleur du corps de Sandra Gullström qui gisait juste en dessous. Elle l'avait serrée dans ses bras, ne cessant de lui répéter que les secours étaient en route. Mais elle avait fini par comprendre que c'était peine perdue, que Gullström ne pouvait plus être sauvée, et que son cadavre, qui ne serait bientôt qu'un grand bloc de glace, la refroidissait d'autant plus.

La bouteille reposait à une dizaine de centimètres à peine. Qu'y avait-il de mal à tâter le bouchon ? Ce qu'il fallait à tout prix éviter, c'était l'ouvrir. Même s'il ne s'agissait que de humer le parfum de l'alcool, elle savait pertinemment que ce serait la fin.

Elle attrapa la bouteille, la soupesa dans ses mains. Pleine, manifestement. Elle la saisit fermement par le fond, glissa les doigts le long du ventre, guère incommodée par le contact du verre glacé, pour palper d'un côté l'étiquette humide qui commençait à se décoller.

De la vodka Explorer, c'était évident. Elle reconnaissait la forme du bateau viking avec sa voile à rayures blanches et rouges, gonflée par le vent. Celle-ci formait une pointe qui dépassait sur la gauche, extrémité que l'on commençait toujours par tripoter lorsque le manque se faisait ressentir et que l'on tentait tant bien que mal de s'abstenir.

Elle continua jusqu'à la bague où elle trouva, à son grand étonnement, un anneau lâche. Le bouchon avait été ouvert. Aussitôt, son pouls s'accéléra et sa soif grandit.

Elle lâcha la bouteille comme un objet infesté, tenta de respirer calmement. N'y touche plus, surtout n'y touche plus, se dit-elle, tout en regardant de nouveau sa montre.

Une heure et cinquante-deux minutes. Il était largement temps de crier à pleins poumons, de taper comme une folle contre les parois de l'appareil. Toutes les dix minutes pendant soixante secondes. Voilà la méthode qu'elle avait décidé d'adopter dans le but d'écarter la panique.

Cette fois, elle persévérerait pendant deux, voire trois minutes. Seulement, ses appels à l'aide se transformèrent vite en hurlements. Elle eut beau essayer de se contrôler, elle sentait le désespoir l'envahir pour de bon.

Depuis combien de temps s'égosillait-elle ? Elle n'en avait aucune idée. Tout ce qu'elle savait, c'est qu'elle hurlait si fort pour sa vie que les renforts auraient dû l'entendre s'ils se trouvaient dans les parages. Elle risquait de se briser les cordes vocales et n'obtiendrait certainement rien, mais il lui était impossible d'arrêter.

Elle ne parvint à se taire que lorsqu'elle saisit de nouveau la bouteille, la porta les mains tremblantes à sa bouche et laissa la boisson arroser son gosier. Dieu qu'elle avait soif. Elle avala, frissonna de plaisir tandis que la chaleur de l'alcool se répandait dans son corps gelé. Pourquoi diable avait-elle attendu si longtemps ? se demanda-t-elle en reprenant une gorgée un peu plus généreuse.

104

Theodor avait fait tout ce qu'ils avaient dit. Sa part du boulot et même un peu plus. Il avait coopéré et monté la garde. Maintenant, cette histoire devait être terminée, se trouver derrière lui. Le cauchemar devait prendre fin. Aussi affreux et réel qu'il ait été, ce ne serait bientôt qu'un mauvais souvenir et dans quelques années, il aurait presque tout oublié.

Du moins, c'était ce que ce connard de Henrik avait promis.

Mais tout avait foiré. Et là, il se retrouvait à courir seul dans la nuit, le nez cassé, identifié comme l'un d'eux. L'un de ces tarés d'assassins masqués qui s'en prenaient aux innocents et s'amusaient à les torturer.

Quel enculé…

Il ignorait ce qu'ils avaient fait de la fille. Tout ce qu'il savait, c'était qu'ils s'étaient servis d'un pétard, bien qu'il n'ait pas entendu la moindre détonation. Mais il préférait ne pas y penser. Il aurait voulu vider sa mémoire et redémarrer de zéro.

Ces connards l'avaient laissé en plan. Au lieu de l'aider, ils s'étaient barrés. Lui qui les avait soutenus, lui qui n'avait rien à voir avec cette affaire. Mais ils allaient payer. Ça oui, ils paieraient. Tous les quatre. Même Alexandra, malgré les sentiments qu'il éprouvait pour elle. Il y veillerait personnellement. Après tout, c'était à lui qu'ils avaient confié l'arme.

Plus rien n'avait d'importance désormais. Tout était foutu, lui y compris. En réalité, il l'avait toujours su et il n'y avait rien à faire. Un monstre à la naissance, un modèle déficient bon à jeter aux ordures.

Theodor courait depuis longtemps maintenant sur cette route qui n'en finissait plus. Il ne pouvait que continuer en espérant aller dans la bonne direction. Lorsqu'il aperçut enfin un panneau indiquant Helsingborg – ce trou perdu que l'on faisait passer pour une grande ville – il retrouva de l'énergie. Quelques minutes plus tard, la gare maritime apparut à quelques centaines de mètres. La file des voitures attendant le ferry était étonnamment longue pour un vendredi soir. Peut-être que le bateau précédent avait été supprimé… En tout cas, le départ était imminent.

Il n'entrerait pas tout de suite dans le terminal. En tant que piéton au milieu des véhicules, il risquait d'être vu. Or la dernière chose qu'il voulait, c'était que ces enfoirés l'aperçoivent dans le rétroviseur. Il longea le grillage, repéra tranquillement la vieille Saab et s'arrêta.

L'idée était de surgir de nulle part, se matérialiser comme par magie. Il les entendait d'ici essayer de s'expliquer, assurer que ce n'était qu'une plaisanterie en lui faisant de la place sur la banquette, l'air de rien. Ils pouvaient toujours rêver pour qu'il monte dans leur bagnole pourrie. Il resterait planté devant eux à les fixer sans rien dire, jusqu'à ce qu'ils comprennent qu'ils venaient de signer leur arrêt de mort.

La Saab stationnait en tête de file, juste sous l'un des réverbères qui éclairaient le terminal. Malgré la distance, il voyait que Henrik était au volant, Alexandra sur le siège passager, Beavis et Butt-Head à l'arrière. Le portable contenant la dernière vidéo passait certainement de main en main sous les éclats de rire.

Il se remit en marche d'un bon pas. À une trentaine de mètres de sa cible, il s'immobilisa et leva les yeux vers un lampadaire, qui s'avéra plus haut que ce qu'il avait cru. Heureusement, le grillage n'était pas surmonté de barbelés, et il parviendrait sans problème à passer de l'autre côté et à se faufiler entre les voitures.

Il n'avait plus qu'à rassembler ses forces, à respirer pour calmer son pouls qui battait comme une machine à coudre et à se concentrer sur les minutes à venir. Les dernières de son existence.

Theodor fourra la main sous son sweat à capuche, sortit le pistolet pour vérifier qu'il était chargé, avant de le glisser dans sa ceinture. À partir de maintenant, il ne pouvait plus faire demi-tour.

Escalader le grillage ne lui coûta pas trop d'efforts. Dans l'obscurité, il traversa la voie qui menait hors du ferry jusqu'au grillage suivant, beaucoup plus bas. Il bondit pour l'enjamber dans son élan et pénétra dans le terminal, puis continua vers la Saab sans la moindre hésitation. Aucun d'eux ne méritait de vivre, lui encore moins, se répétait-il. À une vingtaine de mètres, il piocha son arme et la brandit devant lui.

Quinze mètres.

Dix.

Son cœur s'affolait tellement que les battements semblaient continus.

Sept.

Jamais il n'avait été aussi anxieux. Pourtant, il était déterminé. Il avait hâte d'en finir, de jouer le dernier acte de sa vie.

Trois.

Si des gyrophares n'étaient pas apparus au loin, il aurait atteint son but. Peut-être même tiré une balle ou deux. Mais il dut vite ranger son arme et se cacher.

En moins de deux minutes, la zone fut submergée par un flot de lumières bleues clignotantes. Aussi nombreuses soient-elles, les voitures de police semblaient jaillir du néant. Avant que Henrik et les autres aient le temps de réagir, des agents vêtus de noir, équipés de gilets pare-balles et d'armes automatiques, se précipitèrent de tous les côtés.

Theodor chercha du regard une issue de secours. Réescalader le grillage ne ferait qu'attirer l'attention sur lui, de même que s'enfuir en courant – c'était exclu. Il commença à marcher tranquillement, un pas, puis deux, accélérant peu à peu. Personne ne semblait le remarquer. Au bout d'un moment, il risqua un œil par-dessus son épaule pour voir ses complices se faire arrêter, ignorant que la police venait de leur sauver la vie.

105

Dès que le trou creusé fut assez grand pour accueillir le corps d'un adulte, la pelleteuse s'arrêta. À côté reposait la caisse en bois que Sonja avait fabriquée, éclairée par un projecteur sur pied. Malgré la lumière, personne ne pouvait se douter de ce qui se tramait au fond de la forêt, à bonne distance de la route.

Didrik Meyer sortit de l'épaisse végétation pour rejoindre la Mustang jaune garée devant sa camionnette, rampe dépliée. Il déverrouilla le coffre dans lequel gisait Sonja, recroquevillée en boule.

– C'est l'heure de se réveiller, dit-il en lui infligeant quelques gifles.

Elle sursauta et ouvrit les yeux, cria aussitôt à l'aide. Mais de sa bouche bâillonnée ne s'échappa qu'un faible murmure.

– Gueule tout ce que tu veux, d'ici, personne ne peut t'entendre. Allez, debout.

Sans prêter attention à ses mains ligotées dans le dos, il la hissa hors du coffre. Ses jambes lâchèrent aussitôt et elle s'étala par terre.

– Comme tu voudras, soupira-t-il, avant de la traîner par les pieds entre les arbres.

Elle eut beau essayer de se débattre, de résister, elle avait tout juste la force de lever la tête pour éviter les cailloux. Une fois au bord de la fosse, il la lâcha et se tourna vers la caisse. À l'aide d'une visseuse sans fil, il retira quelques vis pour ouvrir le couvercle. Sonja se remit à hurler de toutes ses forces, regardant d'un air affolé le trou et ce qui serait son cercueil.

– Qu'est-ce qui t'effraie autant ? Ta pseudo œuvre d'art ? Dommage, ça commence enfin à ressembler à quelque chose… Je veux dire, quel artiste peut se vanter d'être enterré dans sa propre installation ? C'est ce qui s'appelle mourir sur scène.

Il éclata de rire et la souleva.

– Dommage que personne ne vienne admirer le spectacle.

Il continua vers la caisse, l'y jeta.

– Regarde-moi ça, pile la bonne taille, reprit-il, forçant du pied son épaule gauche à entrer dans le cercueil beaucoup trop étroit. Tu peux n'en vouloir qu'à toi, si tu trouves ça trop petit. N'oublie pas que c'est ta faute.

Sonja, couverte de sueur à force de brailler, se tut un instant.

– Si tu t'étais bien comportée, rien de tout ça n'aurait été utile. Tu aurais pu rentrer tranquillement chez toi et moi, j'aurais fini mes affaires. Tout le monde aurait été content, toi la première, avec ta petite aventure. Mais bon, le sort en a décidé autrement…

Sonja bredouilla des paroles incompréhensibles.

– C'est bien parce que c'est toi, déclara-t-il en lui retirant le scotch.

– Je te préviens, tu ne t'en sortiras pas comme ça. Ils vont se demander où je suis passée, ils vont me chercher, et je te jure que Fabian n'arrêtera pas tant que…

– Fabian…, répéta Didrik Meyer, lâchant un rire tout en lui bâillonnant de nouveau la bouche. Tu crois encore qu'il va débarquer sur son cheval blanc pour te sauver. Comme c'est touchant ! Mais qui sait, peut-être que tu as raison ? Après tout, l'espoir fait vivre. Le problème, c'est qu'il ne risque pas de te chercher par ici puisque tu seras à Los Angeles avec ton amant. Ah ? Tu n'es pas au courant ? Demain, toi et Alex White achèterez vos billets et le jour suivant, tu t'en iras sans même dire au revoir aux enfants. Pas très classe, si tu veux mon avis. À ta place, je leur aurais au moins laissé un mot…

Il secoua la tête.

– Ça te donne de quoi réfléchir avant d'étouffer. Allez, salut.

Sans prêter attention aux cris désespérés de Sonja, il plaça le couvercle et refixa une à une chacune des vis. Puis il posa son outil, saisit la caisse par le fond et la fit basculer dans la fosse, avant de se diriger vers la pelleteuse. Mais à l'instant où il allait mettre le contact, son portable émit un bip dans sa poche.

Il sortit le téléphone et ouvrit le message.

Encerclée par les flics. C'est foutu.
/ Nova.

106

Matilda et Esmaralda étaient toujours installées entre les nappes dans la cave, les yeux rivés sur la flamme de la bougie qui vacillait tellement qu'elle semblait tenter de résister au vent. Malgré les heures qui s'étaient écoulées, Matilda était encore secouée par la nouvelle. Selon Greta, quelqu'un de sa famille allait bientôt mourir, mais elle ignorait qui. Elle porta son regard sur son amie qui paraissait sous le choc, elle aussi.

– Esma… On ne peut pas rester là toute la nuit, murmura-t-elle. Il faut faire quelque chose.

– Je m'en doute, répondit-elle, fixant toujours la bougie. Mais quoi ?

– On ne devrait pas l'invoquer et lui demander pardon, tout simplement ?

– Ce n'est pas si facile.

Esmaralda rencontra enfin le regard de Matilda.

– On a sans doute trahi sa confiance pour toujours.

– Qu'est-ce que tu en sais ? rétorqua Matilda.

L'assurance de son amie commençait vraiment à l'agacer.

– Et si contrairement à ce que tu dis, elle n'était pas fâchée ? reprit-elle. Si ça se trouve, elle n'attend qu'une chose, c'est qu'on la rappelle.

– Tu ne sens pas ? demanda Esmaralda en ouvrant les bras. Tu ne sens pas ce qu'il y a dans l'air ?

Matilda secoua la tête. Sa seule impression, c'était qu'elle tombait en chute libre dans un précipice.

– On peut toujours essayer, répondit-elle au bout d'un moment. Qu'est-ce qu'on a à perdre ?

– Tout.

– Comme quoi ? Au pire, qu'est-ce qui peut arriver ? Même si elle est fâchée, elle finira bien par s'en remettre.

– Tu ne comprends pas, reprit Esmaralda. Je n'aurais jamais dû t'initier à ce monde.

– Pourquoi ? Je n'ai rien fait de mal. Je te signale que c'est toi qui as lâché la goutte et interrompu la séance !

– Oui, mais c'était pour toi. J'ai essayé de te prévenir, de t'empêcher d'aller trop loin, mais tu ne m'as pas écoutée. Qu'est-ce que je pouvais faire d'autre ?

– Me laisser continuer.

– Mais tu posais un tas de questions dont tu ne voulais pas la réponse.

– Hein ? Peut-être que toi, ça t'est égal, mais pas moi. Si quelqu'un de ma famille doit mourir, j'aimerais savoir qui !

– Pourquoi ? insista Esmaralda, le regard plongé dans celui de Matilda.

– Comment ça, pourquoi ? C'est évident.

– Vraiment ? Moi, j'imagine l'inverse. Réfléchis deux secondes. Qu'est-ce que tu ferais de cette information ? En parler à tes parents, à ton frère ? Et si c'était toi, hein ? Tu y as pensé ? Ne t'imagine pas que tu peux changer les choses, ce qui doit arriver arrivera quoi qu'il en soit.

Matilda resta sans voix.

– Matilda..., reprit son amie. Le problème, c'est que tu en sais déjà trop. Tu as ouvert une porte qu'il ne fallait pas.

– D'accord, je comprends, dit Matilda en hochant la tête.

Après tout, peut-être qu'Esmaralda avait raison. Mais il était trop tard. Maintenant que la porte était grande ouverte, elle était bien obligée de la franchir.

– Promis ?

Matilda opina de nouveau, s'efforçant d'avoir l'air sincère. Tant pis si mentir était le seul moyen de la convaincre de reprendre la planche.

– Je crois quand même qu'on devrait essayer de se réconcilier avec Greta, ajouta-t-elle.

– Elle n'a pas envie, je le sens.

– Ça mérite quand même d'essayer.

Esmaralda réfléchit un instant, puis poussa un soupir.

– OK, mais pas de questions sur la mort, ni rien dans le genre. Tout ce qu'on fait, c'est demander pardon.

Matilda acquiesça.

– Jure-le.

– Je le jure.

Esmaralda observa Matilda quelques secondes, avant de s'emparer de la planche et de l'installer entre elles. Au centre, elle plaça le viseur sur lequel les deux amies posèrent l'index.

Mais elles eurent beau attendre, la goutte ne bougea pas d'un millimètre.

– Tu vois, j'en étais sûre, commenta Esmaralda. Elle boude.

– Esprit, es-tu là ? déclara Matilda, ignorant le regard interloqué de son amie. Esprit, je t'appelle, es-tu là ? insista-t-elle sans lâcher le viseur.

– Matilda… Ce n'est pas une bonne idée. Elle n'a pas envie, je te dis.

– Greta, m'entends-tu ? Es-tu là ?

– Il ne faut pas l'appeler par son nom.

– Pourquoi ?

– Parce qu'elle risque de venir alors qu'elle n'est pas dans de bonnes dispositions.

– Tant mieux ! répliqua Matilda. Greta ! s'écria-t-elle. Je sais que tu m'entends ! Nous avons besoin de te parler !

Au lieu de protester, Esmaralda retira subitement son doigt de la goutte comme d'un objet brûlant.

– Esma, qu'est-ce qu'il y a ? Tu as senti quelque chose ?

Elle ne dit rien et resta là, pétrifiée, le regard fixe et le visage de plus en plus blême.

– Réponds ! Qu'est-ce qui se passe ?

Elle tenta d'articuler quelque chose, mais aucun mot ne sortit de sa bouche. Soudain, les sanglots l'envahirent, la secouèrent de la tête aux pieds. Matilda ne comprenait rien. Son amie était-elle possédée ? Par Greta ou quelqu'un d'autre ? C'était sa faute, pensa-t-elle, elle avait insisté pour invoquer un esprit qui… qui… Tout à coup, elle remarqua que les yeux effrayés d'Esmaralda étaient rivés sur un point précis derrière elle. Malgré sa peur, elle osa se retourner.

Les pleurs jaillirent sans prévenir, de même que le jet d'urine qui trempa sa culotte. Sur la nappe rouge grossissait une ombre, quelque chose approchait.

– Va-t'en ! s'écria-t-elle. Dégage ! Retourne dans l'au-delà !

L'ombre s'immobilisa. Une main saisit la nappe et la tira brusquement, faisant voler les pinces à linge. L'homme qui apparut devant elle lui était étranger, pourtant, il avait quelque chose de familier.

– C'est vous, Greta ? demanda-t-elle.

L'homme afficha un sourire.

– J'ai beaucoup de surnoms, mais pas celui-là.

Ce sourire… Matilda l'avait déjà vu. Cette fois comme la précédente, il lui fit froid dans le dos.

– C'est vous…, balbutia-t-elle. C'est vous qui avez ma mère.

Didrik Meyer lâcha un rire.

– Bonne pioche ! Et à ton tour, maintenant. Donc debout et suivez-moi toutes les deux, ordonna-t-il en agitant son pistolet.

107

Tuvesson ne tremblait plus. En réalité, elle ne ressentait plus du tout le froid. Elle commençait même à avoir un peu trop chaud et avait déjà déboutonné le haut de son chemisier. Sans doute l'effet de la ménopause qui, jusque-là, s'était manifestée par d'intenses bouffées de chaleur pouvant arriver sans prévenir et la mettre en nage en une fraction de seconde.

Tout irait bien, pensa-t-elle. Dans la position presque confortable qu'elle avait trouvée, elle pourrait patienter encore des heures.

Pourtant, au fond d'elle, elle se doutait que les jeux étaient faits. Un sentiment qui lui apparaissait comme un phare perdu dans une nuit brumeuse. Le froid n'était pas le seul problème, l'air commençait également à manquer. Ce n'était qu'une question de temps avant qu'elle meure asphyxiée par son propre souffle.

Mais elle n'osait pas y songer. Après tout, à quoi bon crier et taper du poing jusqu'au sang, alors que personne ne semblait la chercher ?

Elle s'était toujours imaginé tirer sa révérence lors d'une fusillade spectaculaire au milieu d'un carrefour, sous une averse torrentielle. Alors qu'elle aurait reçu plusieurs balles, elle aurait tout juste le temps de recharger son arme avant de s'écrouler par terre, les yeux ouverts, la poitrine maculée de rouge. Plus jamais la pluie ne l'incommoderait.

Le moment venu, elle avait cru que sa vie défilerait sous ses paupières. Que sa mémoire diffuserait son contenu une dernière fois avant de tout effacer pour de bon. Mais jusqu'à présent, aucune image ne lui était apparue. Ni ses anniversaires, ni le jour de son bac, ni celui de son mariage. Tout ce qui lui revenait, c'était ces petites choses qui l'agaçaient tant chez Gunnar. Le fait qu'il était incapable de fermer le tube de dentifrice ou de jeter le paquet de muesli après l'avoir vidé…

C'était peut-être le signe qu'elle n'était pas prête à mourir. Certes, son existence était bien pathétique depuis quelque temps et la mort ne serait rien de moins qu'une libération. Mais elle s'était juré de se reprendre, de repartir du bon pied. Et elle avait commencé. Le fond, elle l'avait touché depuis longtemps, les choses ne pouvaient que s'arranger.

Mais une lassitude soudaine s'empara d'elle. Elle arriva à peine à soulever la bouteille pour la secouer contre son oreille. Il restait là une bonne quantité de vodka, une trentaine de centilitres, de quoi l'endormir une fois pour toutes si elle avalait d'un trait. Non, elle n'était pas si bête, elle ne prendrait qu'une gorgée. Rien qu'une toute petite, elle le méritait bien.

Elle saisit le bouchon pour le dévisser, mais ses forces semblaient l'avoir abandonnée. Lorsqu'elle y parvint enfin, elle porta la bouteille à sa bouche et but à grandes lampées, oubliant de compter les gorgées.

– Commençons par en bas, déclara Fabian dans son micro, tout en comprenant que fouiller cette cave mal éclairée risquait de leur prendre bien plus de temps que prévu.

S'il voulait débuter par là, c'était que, d'après Klippan, la communication avait été très mauvaise avec son interlocutrice qui s'était révélée être Nova Meyer. Du reste, son collègue s'était surpassé dans son rôle de coordinateur. Pour une fois, il avait été bref, efficace et parfaitement concentré, et avait fait preuve d'esprit d'initiative.

C'était lui qui avait senti que quelque chose n'allait pas. Ses soupçons étaient nés du fait que Tuvesson rie au téléphone à sa blague, ce qui ne lui arrivait jamais. Quand trente-cinq minutes plus tard, elle n'était toujours pas de retour au commissariat, il avait lancé l'alerte, même s'il avait du mal à croire qu'il ait vraiment eu la criminelle au bout du fil.

Molander avait localisé l'appareil qui se trouvait non pas sur un point fixe, mais filait à 90 kilomètres-heure le long de l'E6, plein sud en direction de Malmö. Klippan avait aussitôt contacté la police de Landskrona qui avait envoyé deux véhicules sur l'autoroute et, à l'aide des coordonnées fournies par le technicien, ces derniers avaient réussi à rattraper le camping-car gris métallisé, à le forcer à sortir au niveau de Barsebäck et à le bloquer.

Restait à savoir où se trouvait Tuvesson. Pourvu qu'ils n'arrivent pas trop tard, pensa Fabian, tout en faisant signe à l'équipe des forces spéciales de se disperser dans la cave. Cette pièce, qui contrastait fortement avec le reste de la maison soigneusement restaurée, nourrissait tous leurs espoirs. Il y avait de quoi être claustrophobe dans cet espace aussi vaste que bas de plafond. Fabian se surprit lui-même à aller tête baissée, alors qu'il pouvait largement se redresser.

La pièce était remplie de gravats, de meubles anciens cachés sous des draps et d'un joyeux bric-à-brac. Les étagères installées sur un mur s'avéraient le seul signe que les propriétaires avaient tenté d'organiser un peu ce chaos. Mais à voir l'épaisse couche de poussière qui recouvrait tout, cette entreprise remontait à des années. Sous une bâche reposait une Porsche de collection qui, avant de pouvoir démarrer, nécessiterait des heures de mécanique.

Pas la moindre trace de Tuvesson. Les renforts ne l'avaient pas trouvée à bord du camping-car arrêté sur l'E6 et sa voiture stationnait toujours ici, devant la maison. Mais la propriété était grande et disposait même d'une écurie.

Fabian s'immobilisa et écouta, ne sachant s'il avait bien entendu ou si son imagination lui jouait des tours. Le bruit pouvait très bien venir de quelqu'un de l'équipe. Les sept hommes des forces spéciales travaillaient dans un tel boucan qu'il était impossible de distinguer quoi que ce soit. Pourtant, il lui semblait avoir perçu le bourdonnement d'un réfrigérateur ou d'un congélateur.

– Demande à tout le monde de ne faire aucun bruit pendant quelques minutes, dit-il dans son micro.

Trente secondes plus tard, le silence s'était fait dans la cave. Fabian tendit l'oreille, le regard fixé sur une bonbonne remplie d'eau installée à côté de cartons de déménagement, empilés sur une table couverte d'une nappe rouge frôlant le sol.

Évidemment, le ronronnement s'était tu, et plus le temps passait, plus il se persuadait d'avoir mal entendu. Mais maintenant qu'il avait interrompu tout le monde, autant attendre un peu et s'assurer que ce n'était pas le compresseur d'un congélateur qui pouvait se remettre en marche d'une seconde à l'autre.

Soudain, il sentit son portable vibrer dans sa poche. Il le sortit, c'était un message de Sonja contenant une photo floue et trop sombre. Des gens bâillonnés assis côte à côte sur un canapé qui ressemblait étrangement au sien. Mais... À l'instant où son téléphone vibra de nouveau, il saisit ce qu'il avait sous les yeux.

Cher Fabian
Comme tu peux le voir, je tiens ta femme, ta fille et sa copine en otage chez toi. Belle maison, au passage. Dans une heure, soit à une heure trente précise, je commencerai à les exécuter l'une après l'autre, à un quart d'heure d'intervalle. À moins que tu ne te présentes seul, juste avec ma sœur.
Didrik

La bouteille glissa de la main de Tuvesson, se coinça entre la paroi et le corps de Sandra Gullström.

Puis le silence s'installa.

Pas le murmure d'une pensée.

Pas un souffle.

Pas un battement de cœur.

Le silence absolu.

Elle ne perçut même pas le bruit de la porte du congélateur qui s'ouvrit enfin, ni la lumière des lampes de poche qui, malgré leurs puissants rayons, ne percèrent pas l'obscurité opaque dans laquelle elle était plongée.

108

Elles le hantaient de nouveau. Les voix de Tomas et de Jarmo, ses anciens collègues. Leurs cris à l'aide, le souvenir de son échec. La preuve qu'aujourd'hui, il échouerait encore. À la différence que cette fois, c'était sa famille qui en ferait les frais.

Fabian ne comprenait rien. Alex White avait-il été l'une des victimes comme il le craignait dès le début, ou Didrik Meyer était-il entré en contact avec Sonja autrement ? Peu importe. Tout ce qui comptait, c'était d'arriver à temps avant que ce fou mette ses menaces à exécution.

Repérer l'endroit précis où le camping-car avait été arrêté et Nova Meyer interpellée ne s'avéra pas bien compliqué. La lumière bleue des gyrophares des voitures de police se voyait à des kilomètres sur l'E6. Malgré l'heure tardive, un embouteillage s'était formé peu après que la sortie avait été barrée et que des agents en uniforme avaient commencé à contrôler chaque voiture qui passait. Toutes les forces étaient mobilisées.

Il présenta sa plaque, puis se gara devant le périmètre bouclé. La fourgonnette de Molander stationnait à une vingtaine de mètres, près du camping-car qui avait légèrement dévié sur le bas-côté herbeux. Fabian n'apercevait ni son collègue, ni ses assistants – eux aussi risquaient de le reconnaître. Sans doute étaient-ils tous dans le véhicule, occupés à prélever des preuves techniques et à les mettre sous scellés.

Il descendit de voiture, jeta un coup d'œil à sa montre. Une heure moins cinq, il avait donc trente-cinq minutes pour trouver les policiers qui gardaient Nova Meyer, les convaincre de le laisser prendre les choses en main et partir avec elle. Dieu seul savait ce qui l'attendait ensuite.

– Fabian ! Qu'est-ce que tu fais là ?

Molander, qui sortait du camping-car, venait tranquillement vers lui.

– Je viens chercher Nova Meyer pour un premier interrogatoire, répondit-il en lui serrant la main, conscient de l'évidence de ses propos. Tu ne saurais pas où elle est, par hasard ?

– Si, dans une voiture par là-bas, indiqua Molander avec un geste de la tête vers leurs confrères de Landskrona. Apparemment, elle n'a pas dit un mot depuis son arrestation. À propos de pipelettes, je viens d'avoir Klippan au téléphone, il ne m'a pas prévenu de ton passage.

– Ah ? Pourtant, me voilà.

Fabian haussa les épaules pour bien montrer qu'il ne comptait pas s'attarder sur le sujet.

– Vous, ça va ? reprit-il. Vous trouvez quelque chose ?

Le technicien afficha une mine radieuse.

– Des perruques, des vêtements, des photos, des notes, des permis de conduire et des ordinateurs… Tout ce qu'il nous faut et même un peu plus. Högsell va sauter de joie quand elle l'apprendra. À toi de jouer pour faire parler la fille, qu'on sache où se cache son frère et qu'on puisse enfin se reposer ce week-end.

– Espérons, répondit Fabian. À plus tard.

Et il se dirigea dans la direction que son collègue venait de lui indiquer. Là, à l'arrière de l'une des voitures, entre deux agents, il aperçut la silhouette de la femme qui l'avait trompé comme personne.

– Attends, juste une chose ! s'écria Molander dans son dos, trop fort pour qu'il puisse prétendre ne pas avoir entendu.

Il regarda de nouveau l'heure avant de se retourner. Plus que vingt-cinq minutes.

– Bien joué pour Tuvesson. Klippan m'a dit qu'elle s'en sortirait, malgré une sévère hypothermie et un arrêt cardiaque.

– Oui, il était moins une, commenta-t-il en hochant la tête jusqu'à sentir qu'il pouvait enfin passer son chemin.

La suite se déroula sans problème. Les deux policiers de Landskrona ne virent rien d'étrange à ce que Fabian prenne le relais, et moins de cinq minutes plus tard, il était en route pour chez lui, rue Pålsjögatan, aux côtés de Nova Meyer.

Bien trop de questions lui venaient en tête pour savoir par où commencer. Il préféra donc se taire, s'efforcer de se calmer et de chasser les voix qui criaient désespérément son nom.

Il trouva une place devant la maison, de l'autre côté de la rue. La lumière du salon était allumée, mais les rideaux tirés empêchaient de voir ce qui se passait à l'intérieur. Il sortit, contourna sa voiture et aida la femme qui l'accompagnait à descendre. Ils n'avaient pas échangé un mot du trajet, sans doute n'en auraient-ils jamais besoin. Peut-être allait-elle de nouveau bientôt s'évaporer.

Elle le laissa sans broncher lui retirer ses menottes pour lui attacher les mains dans le dos. Fabian ne toucha pas aux liens qu'elle avait aux chevilles et ils traversèrent lentement la rue. Arrivé en haut de l'escalier du perron, il sortit son arme du holster d'épaule et la déverrouilla. La porte n'était pas fermée à clef. Tenant Nova Meyer d'une main et son pistolet de l'autre, il pénétra dans la maison.

Comme sur la photo qu'il avait reçue, les trois victimes étaient installées côte à côte sur le canapé. Sonja, avec Matilda à sa droite et Esmaralda à sa gauche, bouche et mains scotchées. La peur transparaissait dans leur regard.

– Bien, déclara Didrik Meyer, assis en tailleur sur la table basse. Près de deux minutes avant l'échéance, ajouta-t-il en levant les yeux sur Fabian. Ça mériterait presque un applaudissement, tu ne trouves pas ?

L'homme posa sur ses genoux son revolver muni d'un silencieux pour battre nonchalamment des mains.

– Lâche ton arme, déclara Fabian en lui faisant signe du bout de la sienne de la jeter par terre.

– Ce n'est pas ironique, je suis réellement impressionné. Parce qu'à en croire ta femme, tu te fiches éperdument d'elle et des enfants. Si c'était le cas, on n'en serait pas là…

– J'ai dit : lâche ton arme.

– Ce truc ? fit Didrik Meyer en levant son revolver. Je risque de te décevoir. Tu sais bien que si ce petit jeu doit finir, c'est à toi de lâcher la tienne. Pas à moi.

Fabian secoua la tête, conscient que son pistolet était la seule chose qui les raccrochait, lui et sa famille, à la vie.

– J'ai exécuté les ordres. Ta sœur est là et il n'y a pas le moindre flic dans les parages. Alors si vous voulez vous échapper, lâche immédiatement ton arme.

– Toutes ces heures au club de tir ont fini par porter leurs fruits, ma parole. Tu n'as pas du tout la main qui tremble, observa Didrik Meyer, dirigeant son arme légèrement de biais sans quitter Fabian des yeux. Maintenant, il te manque juste un peu de vitesse de réaction.

La balle fusa sans bruit comme une flèche. Ce n'est qu'en voyant Matilda se recroqueviller, se tenant le ventre déjà barbouillé de rouge, que Fabian comprit que le coup était parti.

– À toi de choisir si tu veux m'obéir ou pas.

Il avait envie de hurler, de tirer sur Nova Meyer et de se jeter sur son frère, mais il savait que c'était vain. Il n'avait d'autre choix que de poser son arme sur le carrelage et de l'écarter d'un coup de pied.

– Là, gentil garçon.

Matilda s'était écroulée par terre et gisait en position fœtale au milieu d'une mare de sang qui ne cessait de grandir sur le tapis blanc. Sonja cria malgré son bâillon, esquissa un mouvement vers sa fille.

– Pas un geste, gronda Didrik Meyer sans décrocher le regard de Fabian. Toi, démenotte ma sœur.

L'inspecteur sortit la clef, s'accroupit pour libérer les chevilles de la criminelle, puis se releva. Mais à l'instant où il s'apprêtait à lui délier les poignets, la porte d'entrée s'ouvrit.

– C'est qui ? Tu attends quelqu'un ?

Fabian secoua la tête et s'étonna de voir s'avancer Theodor, le nez cassé et l'air médusé en découvrant ce sinistre spectacle.

– Tiens, mais qui voilà, déclara le criminel avec un sourire. Magnifique, toute la famille réunie. C'est rare.

– Qu'est-ce que... ? C'est Matilda ? balbutia Theodor en montrant le corps affalé par terre. Putain, mais oui ! C'est Matilda ! Qu'est-ce qui se passe ?

– Theodor, c'est bien ça ? Ta petite sœur ne va pas très bien, là, et si tu ne veux pas finir pareil, je te conseille de t'asseoir tout de suite sur le canapé.

– Fais ce qu'il te dit, ordonna Fabian.

– Tout ça, c'est ta faute, lui répondit Theodor en le fusillant du regard. À toi et personne d'autre.

– Theo, écoute-le avant que...

– Désolé d'interrompre votre petite conversation père-fils, mais on n'a pas toute la nuit.

– Alors tire ! s'écria Theodor en se plaçant devant Fabian, face à Didrik Meyer. Vas-y, je m'en fous !

– Comme tu voudras.

L'homme brandit son arme.

– Theo, qu'est-ce qui te prend ? Fais ce qu'il…

– Mais tire, putain ! insista Theodor. Tire !

C'est alors que Fabian remarqua dans le dos de son fils un pistolet qui dépassait de sa ceinture. Le garçon s'adressait à son père, non pas au criminel. C'était à lui de tirer. Sans réfléchir d'où l'arme pouvait venir, il s'en empara, la braqua droit devant et tira trois coups. Il ne se souvenait ni avoir dégagé la culasse ni avoir pris le temps de viser, mais Didrik Meyer était déjà plié en deux sur la table, avec un impact au milieu du front d'où ruisselait un filet de sang.

Theodor se précipita vers Matilda sous les cris stidents de Nova Meyer. À peine Fabian s'était-il tourné qu'elle se jeta sur lui, les bras toujours liés dans le dos. Il tomba à la renverse et tenta de lui échapper, mais tel un chien en rage, elle se mit à mordre tout ce qu'elle pouvait trouver sur son passage, visant manifestement l'artère carotide.

D'une main, il essaya de repousser son visage, de l'autre de la frapper avec le pistolet. Mais il manquait d'élan pour lui infliger un coup suffisamment violent, et il sentit soudain ses dents lui trancher la gorge jusqu'au sang. Il frappa encore et encore, persistant jusqu'à ce qu'elle le relâche et s'effondre lourdement sur lui.

Il se dégagea de son corps inerte, se leva les jambes tremblantes et se dépêcha de rejoindre Theodor, qui tentait désespérément de ranimer Matilda. En voyant le tapis blanc s'imbiber de sang, les mots de son fils résonnèrent dans sa tête.

Tout ça, c'est ta faute.

À toi et personne d'autre.

ÉPILOGUE

18-20 mai 2012

En arrivant aux urgences de Helsingborg, Astrid Tuvesson présentait une sévère hypothermie. Sa température corporelle inférieure à 28 °C se situait à la limite des conditions nécessaires pour pouvoir maintenir les fonctions vitales de son organisme. Elle souffrait d'arythmie et d'hypoxie cérébrale, raisons directes de son coma. Heureusement, les médecins ne constatèrent aucune lésion cérébrale et estimèrent qu'elle avait de bonnes chances de s'en remettre.

L'état de Matilda s'avéra nettement plus critique. Après une intervention de huit heures, le personnel médical ne fut pas en mesure de se prononcer. La balle l'avait frappée en plein abdomen, lui déchirant en partie le foie, l'estomac et le poumon gauche. État général aggravé par le fait qu'elle avait perdu beaucoup de sang.

Dans la journée du samedi, la patiente fut transférée au centre hospitalier universitaire de Lund, où elle subit une nouvelle opération de plusieurs heures. Les médecins ne purent toujours rien promettre, mais ils affirmèrent que la chirurgie du poumon et de l'estomac s'était bien déroulée compte tenu des circonstances. Le problème demeurait le foie, qui nécessiterait encore plusieurs interventions dès que la jeune fille aurait repris des forces.

Tout du long, Fabian et Sonja restèrent à son chevet, main dans la main, parfois assoupis dans les bras l'un de l'autre. Même s'ils discutaient à peine, pour la première fois depuis des années, ils se sentaient en symbiose. Là, au milieu d'un tourbillon de sentiments contradictoires, mal installés et à la lumière puissante des néons, ressortait une impression qu'ils avaient tous les deux longuement attendue et qu'ils n'espéraient plus voir un jour ressurgir.

Dès que l'affaire fut diffusée dans la presse, elle dépassa les frontières du pays, et chaque jour, les affichettes des kiosques à journaux révélèrent de nouveaux détails sur les fameux jumeaux. Toute leur enfance, ils avaient été violentés par leur père, le comte Henning von Gyllenborg, et à l'âge adulte, ils avaient vécu en couple, cachés du monde. En 2008, grâce à de faux papiers, ils s'étaient mariés à l'église de Järna sous le nom de Sten et Anita Strömberg.

Au cours des interrogatoires de police, Nova Meyer ne répondit pas à une seule question. Ni à son procès, à la suite duquel elle devint la huitième femme de Suède condamnée à la perpétuité. Dans la mesure où aucun centre pénitentiaire pour femmes ne disposait de dispositifs de sécurité suffisants, un quartier de la prison de Hinseberg fut spécialement aménagé. Malgré ses rencontres assidues avec des psychologues et ses séances de thérapie de groupe, Nova Meyer resta muette.

Pendant l'examen technique du camping-car, une housse mortuaire fut retrouvée dans une pièce cachée contenant un corps à un stade de décomposition avancé, qui se révéla être celui de Rolf Stensäter. À ce jour, il n'est pas déterminé s'il existe d'autres victimes.

Dunja Hougaard suivit depuis son appartement de Copenhague les suites de l'arrestation des quatre jeunes criminels remis aux autorités suédoises, qui les condamnèrent à un séjour en prison pour mineurs. Bien que leurs identités n'aient jamais été révélées, elle savait que Theodor Risk ne faisait pas partie de la bande. Autrement dit, elle devrait bientôt prendre contact avec Fabian, mais pas tant que sa fille se trouvait dans un état aussi grave. Il y avait des limites. En attendant, elle avait largement de quoi faire à élaborer un plan pour tenter d'atteindre Kim Sleizner.

Le dimanche après-midi, Fabian quitta l'hôpital de Lund pour assister à l'enterrement d'Hugo Elvin célébré à l'église Sankta Anna. Aucun membre de la famille n'assista à la cérémonie, seulement quelques rares amis qui n'avaient pas échangé avec lui depuis des années, ainsi que ses collègues de Helsingborg. Tuvesson mise à part, toujours hospitalisée, se présentèrent non seulement Molander, Klippan et Lilja, mais Florian Kruse, le réceptionniste, Stina Högsell, la procureure, et Gert-Ove Bokander, le chef de la police départementale. Dans son costume noir, Greide avait presque l'air normal, malgré ses cheveux et sa barbe tressés.

À cette occasion, Fabian eut la surprise de retrouver l'une de ses anciennes camarades de Stockholm, la technicienne Hillevi Stubbs, qui avait fait ses études avec Elvin. Plus tard, pendant la collation qui suivit la cérémonie, elle prit Fabian à part pour lui demander s'ils avaient une idée du motif du suicide. Elvin avait été retrouvé vêtu d'une robe et maquillé, expliqua-t-il, et semblait envisager sérieusement de changer de sexe. « Tu me fais marcher ? » répliqua Stubbs en éclatant de rire. Dans leur jeunesse, elle et Elvin avaient été ensemble un temps et, à l'en croire, il s'était montré tout sauf une femme enfermée dans le corps d'un homme. Ces révélations ne firent que susciter le doute chez Fabian. Après tout, peut-être que quelque chose ne collait pas.

Ils ne purent discuter beaucoup plus longtemps, car Klippan et les autres s'approchèrent et lancèrent la conversation sur des anecdotes concernant Elvin. Molander ne tarda pas à rappeler à Fabian qu'à son arrivée dans l'équipe, il avait emprunté le bureau d'Elvin et commis le crime de lèse-majesté de modifier les réglages de sa chaise. Tout le monde se gaussa et continua à partager les souvenirs des colères noires d'Elvin dont lui seul avait le secret. Fabian hochait la tête et riait avec eux, faisant mine d'écouter, alors que l'idée qui venait de lui traverser l'esprit l'accaparait totalement.

Une demi-heure plus tard, il prit congé, prétextant de devoir retourner à l'hôpital. En réalité, il se rendit au commissariat, monta à l'étage déserté de la Criminelle et entra dans le bureau d'Hugo Elvin que personne n'avait encore touché.

Pourquoi n'y avait-il pas pensé plus tôt ? Avait-il eu trop de choses auxquelles songer ou simplement refoulé ce souvenir honteux ? Quoi qu'il en soit, il en avait subitement une vision limpide.

Deux ans auparavant, dans un élan de curiosité, il avait fouillé dans les tiroirs du bureau de son nouveau collègue, sauf un qui était verrouillé. Quelques jours plus tard, alors qu'il était au téléphone avec Dunja Hougaard, il avait renversé son verre d'eau. Le liquide avait vite formé une petite cascade ruisselant par terre, et il s'était mis à quatre pattes pour sécher la flaque à l'aide du journal du jour. Là, sous le bureau, il avait découvert une clef scotchée au meuble.

Fabian se pencha – la clef était toujours là. Il la détacha, la soupesa et l'inséra doucement dans la serrure, où elle tourna sans bruit comme dans du beurre ramolli.

À l'époque, tout ce qu'il avait pu apercevoir avant que sa conscience lui dicte de refermer le tiroir rempli à ras bord, c'était une trousse et un agenda ; aujourd'hui, il en trouva deux. Il en saisit un et l'ouvrit au hasard.

Début avril 2011. Sur les sept jours de la double page, des horaires suivis de l'inscription « I. M. ». De même la semaine suivante, sauf que les horaires différaient légèrement. Et idem page après page. Presque tous les jours portaient les initiales « I.M. », les autres des points d'interrogation ou d'obscurs symboles.

Le lundi 5 septembre, Fabian trouva enfin quelque chose de plus clair :

Nouveau num. : 07 28 53 46 72.

Quelqu'un avait donc changé de numéro. Il sortit son téléphone, entra les chiffres et vit, à son grand étonnement, le nom d'Ingvar Molander apparaître à l'écran. Voilà donc à qui les initiales correspondaient.

Fabian dut s'asseoir. Face à ce troublant constat, il avait le souffle coupé. Chacune des pages de l'agenda d'Elvin concernait Ingvar Molander. Les horaires semblaient coïncider à l'arrivée et au départ du technicien au commissariat. Molander... Fabian avait du mal à intégrer l'idée qu'Elvin ait pu surveiller de si près leur collègue.

Il essuya les gouttes de sueur qui perlaient à son front, attrapa le premier dossier et l'ouvrit. Une carte du détroit d'Øresund marquée d'une croix sur la côte nord de l'île de Ven, le point d'arrivée d'une courbe tracée à la main partant de Råå, au sud de Helsingborg. Ensuite, les photos du corps nu d'une certaine Inga Dahlberg, fixé à une palette à l'aide d'une dizaine de vis. Le tout portait visiblement sur une affaire non résolue datant de 2008.

Le dossier suivant ne lui était pas inconnu : le rapport sur l'agression d'Ingela Ploghed qui, deux ans plus tôt, avait subi une hystérectomie vaginale forcée. Quelqu'un l'avait droguée, opérée et abandonnée dans le parc Ramlösa, la laissant se vider de son sang.

Fabian se rappelait les débats qui avaient animé l'équipe quant à savoir si ce crime était l'œuvre de Torgny Sölmedal, l'assassin de leur enquête en cours, ou s'il s'agissait d'un cas à part. Il y avait des ressemblances incontestables avec l'affaire, mais également d'importantes divergences. Molander, lui, affirmait que le coupable était Sölmedal. Lorsque Fabian avait souligné le fait que le mode opératoire n'était pas vraiment identique aux meurtres de ses anciens camarades de classe, il s'était presque montré agressif.

Et ce n'était pas tout. Il y avait là d'autres dossiers contenant les pièces d'anciennes enquêtes non élucidées. Tant de mystères qui trouvaient subitement une explication. Une explication tellement effrayante qu'elle provoquait chez Fabian un infâme sentiment d'interdit. Pourtant, plus il y songeait, plus les choses lui paraissaient évidentes.

Tuvesson avait envoyé Molander explorer seul la maison où ils suspectaient qu'Ingela Ploghed avait été attaquée. C'était certainement le technicien qui avait examiné les lieux du meurtre d'Inga Dahlberg quelque part à Råå, un quartier qui, du reste, n'était pas loin de chez lui. Plus récemment, il s'était chargé d'inspecter le domicile d'Hugo Elvin – or personne ne savait aussi bien que Molander comment maquiller un meurtre en suicide.

Tout s'éclairait d'un coup. Elvin n'avait pas mis fin à ses jours. Il avait trouvé la pièce permettant de recomposer tous ces puzzles laissés incomplets. Et il l'avait payé de sa vie.

De combien d'affaires s'agissait-il ? Fabian l'ignorait. Tout ce qu'il savait, c'est que la responsabilité d'établir la vérité lui incombait désormais.

REMERCIEMENTS

Mi, Kasper, Filippa, Sander et Noomi.

Pour votre lecture et vos suggestions, vous qui arrangez les piles de livres dans les librairies, et surtout, me supportez même quand je viens de comprendre que mon travail de la semaine mérite un bon coup de gomme.

Jonas Axelsson.

Pour ton temps et ton énergie, tes pensées et tes idées. Je te l'ai déjà dit, mais je ne peux que te répéter ma gratitude.

Adam Dahlin et Andreas Lundberg.

Pour votre aide et vos précieux commentaires. Je crois bien avoir été d'accord avec toutes vos remarques.

Helena Biel.

Pour ton savoir sur le Ouija et ses forces occultes.

Lars Forsberg.

Pour ton œil attentif spécialisé sur les questions de police.

Enfin, un grand merci à mes éditeurs et traducteurs à l'étranger qui veillent à ce que mes histoires dépassent les frontières de la Suède et à ce que quelqu'un soit toujours en train de me lire quelque part.

DU MÊME AUTEUR

Aux éditions Albin Michel

HORS CADRE, 2016
LA NEUVIÈME TOMBE, 2019

Composition Nord Compo
Impression CPI Bussière en septembre 2020
Éditions Albin Michel
22, rue Huyghens, 75014 Paris
www.albin-michel.fr
ISBN : 978-2-226-43974-1
N° d'édition : 23321/02 – N° d'impression : 2053367
Dépôt légal : septembre 2020
Imprimé en France